JACKIE FRASER

Der kleine Buchladen zum großen Glück

Über die Autorin:
Jackie Fraser hat viele Jahre lang als freie Lektorin und Redakteurin gearbeitet, unter anderem für Reise- und Gourmetführer wie B&B Guide, Restaurant Guide und Pub Guide. Sie interessiert sich für Geschichte, Kunst, Essen, Populärkultur und Musik und liest Bücher aller Genres.

JACKIE FRASER

DER KLEINE BUCHLADEN ZUM GROẞEN GLÜCK

ROMAN

Aus dem Englischen
von Kerstin Ostendorf

lübbe

FSC
www.fsc.org
MIX
Papier aus verantwortungsvollen Quellen
FSC® C014496

Dieser Titel ist auch als E-Book erschienen.

Vollständige Taschenbuchausgabe

Deutsche Erstausgabe

Für die Originalausgabe:

Titel der englischen Originalausgabe: »The Book Shop of Second Chances«
Originalverlag: Simon & Schuster
Published by Arrangement with Simon & Schuster UK Ltd, London, England
Dieses Werk wurde vermittelt durch die
Literarische Agentur Thomas Schlück GmbH, 30161 Hannover.

Für die deutschsprachige Ausgabe:

Textredaktion: Anne Schünemann, Schönberg
Titelillustration: © shutterstock.com: Douglas Freer, Ratchat |
1000 Words, JJFarq | RUNGSAN NANTAPHUM | Nuchylee
Umschlaggestaltung: ZERO Werbeagentur, München
Satz: Dörlemann Satz, Lemförde
Gesetzt aus der Minion Pro
Druck und Verarbeitung: GGP Media GmbH, Pößneck
Printed in Germany
ISBN 978-3-404-18498-9

2 4 5 3 1

Sie finden uns im Internet unter luebbe.de
Bitte beachten Sie auch: lesejury.de

Für Kay Neldrett
28. 05. 1946 – 14. 02. 2001

und

Annemarie Fraser
08. 11. 1945 – 17. 12. 2010

1

Gestern war Valentinstag. Es ist jetzt zwei Wochen her, dass ich meine Stelle verloren habe – ich wurde betriebsbedingt gekündigt und fristlos aus dem Büro geworfen – und zehn Tage, dass mein Ehemann Chris, von nun an »dieser Mistkerl«, mich verlassen hat. Oder habe ich ihn verlassen? Vielleicht schon, immerhin war ich diejenige, die gehen musste.

Den Valentinstag habe ich damit verbracht, auf dem hässlichen und unbequemen Schlafsofa in meiner schrecklichen neuen Wohnung zu liegen und mir die Seele aus dem Leib zu heulen. Und jede Menge Gin zu trinken. Ich habe mir *Die schwarze Narzisse* und *Mary Poppins* angesehen, freiwillig, und beide Filme durchgeweint. Heute habe ich Kopfschmerzen und kann nicht einmal sagen, ob es ein Kater ist oder die Gefühlsüberdosis. Meine Lider sind geschwollen. Ich bin nur angezogen, weil Xanthe – meine beste Freundin, Vertraute und mein wichtigstes Auffangnetz – mich vorhin am Telefon so angeherrscht hat. Jetzt sitzen wir an dem winzigen Tisch in der offenen Küche und schreiben Listen. In wenigen Augenblicken, einer halben Stunde oder Stunde, werden wir zu meinem alten Haus fahren und meine Sachen packen. Das wird der nächste Schritt auf dieser gottverdammten »Reise«.

»Soll ich alleine hinfahren?«, bietet Xanthe an. »Ich kann das für dich erledigen, wenn du willst.«

Es ist seltsam, sie so ernst zu erleben. Normalerweise lacht sie dauernd und amüsiert sich über alles. Allerdings ist es schwer, irgendetwas Amüsantes an dieser Situation zu finden.

»Nein, sei nicht … Das geht nicht, oder? Du weißt ja nicht, was ich haben möchte. Ich muss das selbst machen.«

»Aber ich komme mit.« Sie mustert mich, versucht offenbar einzuschätzen, ob ich in der Verfassung dafür bin.

»Das wäre … toll. Danke.«

Die ganze Zeit zu weinen ist furchtbar *langweilig*. Mir wurde schon mal das Herz gebrochen, und ich habe ganz vergessen, wie ermüdend und öde das ist. Ich blinzle und schnäuze mich zum hundertsten Mal. Ursprünglich war dieses Vorhaben für gestern geplant, aber ich konnte ihn schlecht am Valentinstag treffen, oder?

Letztes Jahr um diese Zeit sind wir verreist. Wir haben ein kleines Cottage in der Nähe von Rye gemietet. Es war unser achtzehnter gemeinsamer Valentinstag. Wir tranken Champagner, saßen an einem offenen Feuer, sagten Dinge wie: »Da sind wir also immer noch« und versicherten einander, dass wir uns liebten. Ich denke, einer von uns könnte gelogen haben.

Denn jemand, der seine Frau liebt, schläft normalerweise nicht mit einer ihrer Freundinnen, oder? Aber genau das hat mein Mann – Verzeihung, ich meine, »dieser Mistkerl« – getan, mit meiner angeblichen Freundin Susanna Howich-Price (seitdem bekannt als »dieses Miststück«), und zwar seit … Nun, sie wollten mir nicht sagen, wie lange das schon geht. Aber spielt das überhaupt eine Rolle? Nicht wirklich. Fünf Jahre oder fünf Monate, das Ergebnis ist doch dasselbe.

Ich habe einen Transporter gemietet. Chris und ich hatten schon, nun, nennen wir es eine Diskussion über ein paar Beistelltische im Mid-Century-Modern-Design, die wir letztes Jahr gekauft haben. Ich habe keine Ahnung, wie wir erst Vereinbarungen über die Dinge treffen wollen, die wir beide unbedingt haben möchten.

»Stellt alles, worüber ihr euch nicht einig seid, in ein Zimmer, und dann geht ihr diese Dinge am Ende durch. Da müsst ihr dann einfach Kompromisse finden«, schlägt Xanthe vor.

Sie hat recht, aber mir ist übel vor Anspannung. Ich möchte nicht, dass er … gewinnt, aber darum geht es ja eigentlich nicht. Es ist keine Schlacht und auch kein Wettbewerb. Und ich möchte nicht kämpfen, ich bin völlig erschöpft. Manche Dinge sind mir egal. Er kann das Sofa behalten, genau wie das Sideboard, den Esstisch und die Stühle. Diese Stühle habe ich noch nie gemocht. Das ist immerhin etwas Gutes, genau wie die Tatsache, dass ich seinem Dad und seinem Bruder nie wieder bei ihren Formel-1-Gesprächen zuhören muss.

»Sag ihm aber nicht, dass es dir egal ist. Du solltest mit der Einstellung dahinfahren, dass du alles haben möchtest. Du gehst doch sowieso schon den größeren Kompromiss ein«, meint sie.

Das stimmt tatsächlich. Denn er behält das Haus, und Susanna lebt bereits dort, oder zumindest einen Teil der Zeit, auch wenn sie nicht da sein wird, wenn wir kommen. Das musste er mir versprechen. Ich will sie nicht sehen. Die Vorstellung, dass sie in meinem Haus lebt, meine Teller benutzt, Essen isst, das wahrscheinlich ich gekauft habe, mit meinem Mann schläft … Es ist keine Überraschung, aber davon wird mir schlecht.

* * *

Ich weiß nicht, was ich zu ihm sagen soll, als er die Tür öffnet und verlegen zurücktritt, um mich hereinzulassen. Ich musste an meine eigene Haustür klopfen. Aber diese Sicht auf die Dinge hilft mir nicht weiter. Sobald ich über den Teppich im Flur nachdenke, der neu ist, oder den Spiegel im Esszimmer, der seiner Großmutter gehörte, die ich sehr gernhatte, werde ich wütend. Es sind nur Gegenstände. Aber all diese Gegenstände stehen für unsere Beziehung. Wir haben sie beide ausgesucht oder platziert. Tausende von Entscheidungen, der Hintergrund einer Liebesgeschichte. Nein. Denk an etwas anderes, denk ganz praktisch.

Zuerst die einfachen Dinge. Xanthe und ich gehen hoch auf den Dachboden, um den Karton mit Schulbüchern und die anderen Kisten zu holen, die ich vom letzten Haus in dieses mitgeschleppt habe und vorher schon aus meiner Wohnung und davor aus meinem Elternhaus. Ich neige dazu, Erinnerungsstücke zu horten, daher sind dort oben noch Puppen und Lego und jede Menge anderes Gerümpel. Wahrscheinlich sollte ich einiges aussortieren, aber jetzt ist nicht der richtige Zeitpunkt dafür. Ich habe bei der Lagerraumvermietung Kartons gekauft, und wir arbeiten zügig. Wer bekommt die Weihnachtsdekoration? Wir sollten sie aufteilen, oder? Doch ehrlich gesagt kümmert es mich nicht.

»Scheiß drauf«, sage ich. »Sie können es haben. Mir egal.«

»Okay«, antwortet Xanthe. »Ich finde aber, du solltest dir alle Möglichkeiten offenhalten. Falls du deine Meinung änderst.«

»Hm. Lass uns einfach weitermachen.«

Ich schaufle wahllos Gegenstände aus dem Badezimmerschrank in einen Karton. Die Dinge, die ich regelmäßig benutze, habe ich alle schon mitgenommen, aber hier liegen noch Make-up für Halloween und falsche Wimpern und – werde ich irgendetwas hiervon jemals brauchen?

»Pack es ein«, sagt Xanthe geduldig. »Du kannst entscheiden, ob du es willst, wenn du die Kisten in deinem neuen Haus durchgehst.«

»Ha. Wann auch immer das sein wird.«

Ich packe drei Wintermäntel ein, die ich seit zehn Jahren nicht getragen habe, und meine Lederjacke. Einen Karton fülle ich mit Stoffen. Chris und Susanna schlafen im Gästezimmer – eine Anwandlung von Moral, nehme ich an. Es wäre auch ein bisschen viel, wenn sie in unserem Bett nächtigen würden. Ich möchte gar nicht darüber nachdenken, ob sie das nicht ohnehin in den vergangenen Wochen oder Monaten oder Jahren getan haben.

Aber immerhin bedeutet das wohl, dass ich die Bettwäsche für das große Bett haben kann. Es gehört mir, oder zumindest habe ich es mit dem Geld von einem Bonus gekauft. Die Matratze hat fast tausend Pfund gekostet. Die ganzen King-Size-Bettlaken verstauen wir in einer Kiste, und wir falten die Bettdecke und stecken sie in eine Vakuumverpackung. Vier Kissen, die Hälfte der Kissenbezüge. Drei Tischdecken. Die zweitbesten Handtücher, denn sie können die neuen haben, die Chris' Schwester uns letztes Jahr an Weihnachten geschenkt hat – wie großzügig von mir. Xanthe räumt die Kleidung aus meinem Schrank in einen Koffer und schüttet den Inhalt der Schubladen obendrauf. Strumpfhosen, Socken, Slips und Nachthemden, meine Reizwäsche, die ich vermutlich nie wieder brauche, wenn wir mal ehrlich sind. Schals und Schmuck, Haarspangen, einen Lockenstab und T-Shirts.

»Es ist so viel«, klage ich schwach.

»Komm schon. Die Hälfte ist geschafft.«

Als wir das Bett auseinanderbauen, bringen wir damit meterweise staubigen Teppich und einen Ohrring zum Vorschein. Xanthe bückt sich schnell, um etwas aufzuheben, aber nicht schnell genug, um es vor meinem Blick zu verbergen: eine aufgerissene Kondompackung. Sie steckt sie beiläufig in die Hosentasche ihrer Jeans, und keiner von uns sagt etwas.

Wir kämpfen uns mit der Matratze nach unten.

»Ich nehme den kleinen Nachttischschrank«, erkläre ich Chris, der angespannt im Esszimmer sitzt. Er nickt still.

Damit wäre alles von oben gepackt, bis auf die Bücher. Ich bin erledigt. Aber immerhin hält mich die Beschäftigung vom Weinen ab.

Er hat alle Fotos von uns in einen Karton geräumt.

»Du möchtest also keine davon?«

Wenn ich ehrlich bin, stört mich das. Aber er wirkt … gequält und sagt: »Ich kann einfach nicht – ich bin gerade nicht in der Lage, mich mit den Fotos auseinanderzusetzen, Thea. Tut mir leid.«

»Okay. Sollen wir damit warten? Wir könnten uns später damit befassen. Ich meine, bitte schmeiß sie nicht weg –«

»Ich stelle den Karton in den Schrank«, entgegnet er. »Nimm dir aber, was immer du davon haben willst.«

»Ich weiß selbst nicht, ob ich sie mir gerade ansehen kann.« Es ist leicht, die Fotoalben einzupacken, die aus der Zeit stammen, bevor ich ihn kannte, aber wer bekommt das Hochzeitsalbum? Das ist furchtbar. Ich würde fast sagen, es ist der schlimmste Tag meines Lebens, aber ich glaube, den habe ich schon hinter mir.

Wir einigen uns wegen der Beistelltische. Ich packe das Porzellangeschirr meiner Großtante ein, lasse dafür aber die Kochtöpfe, die wir zur Hochzeit geschenkt bekommen haben, und die erst im Dezember gekauften Champagnergläser zurück. Ich nehme meine Schallplatten – ja, ich habe meine Schallplatten noch – und meine CDs mit. Die Bücher überfordern mich.

Xanthe kocht Tee, und kurz darauf sitzen wir drei etwas verlegen am Küchentisch und trinken ihn. Auf dem Tisch steht eine Vase, die ich noch nie gesehen habe, voller Narzissen aus dem Garten. Meine Narzissen, die ich gepflanzt habe.

»Ich glaube nicht, dass ich heute noch mehr machen kann.« Bedrückt senke ich den Blick auf meine Jeans, die von einer graubraunen Staubschicht bedeckt ist.

»Das musst du auch nicht«, versichert Chris. »Jetzt sind es ja hauptsächlich nur noch die Bücher, oder? Die kannst du durchgehen, wann immer du willst. Oder ich übernehme das, wenn du möchtest.«

»Ich schätze, ich sollte es einfach hinter mich bringen, damit es nicht länger über mir schwebt.«

»Dann gib mir doch einen Karton, und ich fange schon mal an.«

Er will mich hier raushaben, und wer könnte es ihm verdenken?

Angestrengt versuche ich, mich daran zu erinnern, was noch eingepackt werden muss. »Die Nähmaschine. Und mein Fahrrad.«

»Okay«, sagt Xanthe. »Ich hole dein Fahrrad, ja?« Dann fügt sie an Chris gewandt hinzu: »Garagenschlüssel« und streckt ihm fordernd die Hand entgegen. Er steht auf und nimmt den Schlüssel von einem Haken an der Hintertür. Den Haken haben wir in Cornwall gekauft, er hat die Form eines Pilzes. Das Haus ist voller Dinge, die mich an andere, bessere Zeiten erinnern, aber ich kann sie nicht alle einpacken, das ist unmöglich. Und würde es helfen? Wahrscheinlich nicht.

Ich ziehe ein Paar zusammengeschmolzener Glasherzen von einem Nagel neben dem Kühlschrank ab und stecke sie in meine Tasche. Dann öffne ich die Besteckschublade und verkünde: »Du wirst dir eine neue Knoblauchpresse besorgen müssen. Ich nehme diese mit, weil sie mal Polly Watsons Granny gehört hat.«

Vor fünfundzwanzig Jahren habe ich in einem Haus mit Polly Watson gewohnt. Und obwohl ich ihre Granny nie kennengelernt habe, ist die Knoblauchpresse einfach ein Teil meines Lebens, und ich möchte sie haben.

Als wir endlich fertig sind, fühle ich mich, als wäre ich einen Marathon gelaufen oder durch ein ganzes Land marschiert. Bei dem Gedanken, all diese Dinge in einen Lagerraum zu verfrachten und sie dann eines Tages wieder in einen Lieferwagen zu wuchten, um sie in ein mysteriöses und unbekanntes Zuhause zu bringen, würde ich am liebsten losheulen und nie wieder aufhören.

»Wenn dir noch etwas einfällt, lass es mich wissen«, sagt Chris. »Und ich gebe dir noch etwas Geld für das Sofa und die Esszimmermöbel und –«

»Gut«, unterbricht Xanthe ihn. »Vielleicht schreibst du das besser auf? Dann gibt es später keinen Ärger. Als mein Dad ausgezogen ist, haben meine Eltern gar nichts geklärt. Darüber ärgern sie sich heute noch. Weißt du, jemand anderes«, wir wissen alle, wen sie meint, »könnte dir sagen, du wärst zu großzügig. Das sehe ich nicht so, ich finde, du bist sehr vernünftig, was gut ist, aber die Dinge ändern sich. Du könntest vergessen, wie Thea ist. Du könntest missgünstig werden.«

Er zieht die Augenbrauen zusammen. »Ich denke nicht –«

»Ich weiß. Aber im Ernst. Schreib es einfach auf.«

»In Ordnung.« Er holt einen Zettel und notiert:

Ich bin damit einverstanden, eine Zahlung über jeweils die Hälfte der Kosten des Sofas und der Tische etc. an Thea zu leisten.

»Okay?«

»Danke«, sage ich.

»Schon gut. Hör mal, ich möchte mich nicht wie ein Arschloch verhalten.«

»Wie ein noch größeres Arschloch, meinst du.« Xanthe lacht über seinen Gesichtsausdruck.

»Du weißt, dass ich das nie geplant hatte«, sagt er an mich gewandt.

Ich kann ihn nicht ansehen, zumindest nicht direkt. Also schaue ich immer nur kurz von der Seite zu ihm, ganz flüchtig. Doch unsere Blicke treffen sich nie.

»Ja. Ist schon okay. Oder … nein, ist es nicht … Aber ich weiß, dass du es nicht mit Absicht getan hast.«

»Nein. Das habe ich wirklich nicht.« Er wirkt erledigt, beinahe so schlimm, wie ich mich fühle.

»Na ja, ich gehe jetzt besser.«

Er nickt. »Ach, Moment, du hast einen Brief bekommen.«

»Einen Brief?«

»Er ist erst gestern angekommen. Ich dachte, da du vorbeikommst … Warte eben.« Er verschwindet kurz im Büro. »Hier. Von einem Anwalt, glaube ich. Hast du –«

»Nicht von meinen Anwälten«, entgegne ich und nehme ihm den Umschlag ab. Nach kurzem Zögern reiße ich ihn auf und überfliege rasch den Inhalt. »Oh, wie merkwürdig.«

»Was denn?«, fragt Xanthe.

»Es geht um Onkel Andrew.« Ich sehe Chris an. »Großonkel Andrew, sollte ich wohl sagen.«

»Der, der gestorben ist?«

Ich nicke. Großonkel Andrews Beerdigung fand letztes Jahr statt. Doch ich war nicht dort, denn er lebt – lebte – in Schottland, und ich habe ihn nur ein paarmal gesehen. Er war der älteste Bruder meines Großvaters und hat ihn um gut fünfzehn Jahre überlebt. Er ist dreiundneunzig geworden.

»Und?«

»Er hat mir sein Haus vererbt«, sage ich fassungslos.

»Oh, wirklich? Wo ist es?«, will Xanthe wissen. »Ein glamouröser Ort?«

»Ungefähr eine Stunde westlich von Dumfries.« Ich lache über ihre enttäuschte Miene. »Ich war noch nie dort. Es liegt am Arsch der Welt.«

»Das ist doch praktisch«, sagt Chris. »Ich meine, so kannst du es hoffentlich verkaufen und dir an einem anderen Ort ein Haus kaufen. Das ist doch viel besser, als wenn du nur das Geld von deinem Anteil an diesem hier hättest.«

Ich sehe ihm seine Erleichterung an. Wenn ich mir etwas Anständiges leisten kann, wird er sich besser fühlen. Und besser dastehen. »Ja, kann sein«, erwidere ich. In dem Schreiben ist auch die Rede von Geld, aber darüber sage ich nichts. Es handelt sich um eine beträchtliche Summe. Plötzlich merke ich, wie die meistens noch recht schwache, aber hin und wieder ernsthafte Existenzangst von mir abfällt, die mich wegen meiner Kündigung heimgesucht hat. Es ist nicht genug, um für immer davon zu leben, aber es ist definitiv eine Erleichterung.

»Wie kommt es, dass er es dir vererbt hat? Hat er keine Kinder?«, fragt Xanthe.

»Er hatte eine Tochter. Dads Cousine. Aber sie ist schon vor vielen Jahren gestorben«, antworte ich und versuche, mich daran zu erinnern, was damals geschehen ist. »Ich glaube, sie ist ertrunken, aber sicher weiß ich es nicht. Allerdings ist es komisch, dass er sein Haus nicht Dad vererbt hat oder Tante Claire.«

»Wie aufregend«, sagt sie. »Musst du hinfahren und seine Sachen aussortieren? Du bist ja gerade bestimmt in genau der richtigen Stimmung, um noch mehr Kisten durchzusehen, oder?«

Das bringt uns alle zum Lachen, und die Spannung löst sich ein wenig.

»Darüber habe ich noch nicht nachgedacht, aber wahrscheinlich schon.« Ich schaue wieder auf den Brief in meinen Händen. »Offenbar ist alles schon geklärt, und jetzt hat dieser Typ –«, ich drehe das Stück Papier um, »Alastair Gordon von Smith, Gordon und Macleod, die Schlüssel und einige Unterlagen für mich. *Lassen Sie mich wissen, wann Sie das Grundstück in Besitz nehmen möchten. Ich bringe Sie gerne zum Haus*. Und ja, der Hausrat wird auch erwähnt, und hier steht, dass er Bücher gesammelt hat. Der Wert der Bibliothek – ha, Bibliothek – wurde wohl vor einigen Jahren geschätzt, sollte vermutlich aber neu geschätzt werden und von einem seriösen Händler verkauft werden, falls ich entscheide, dass ich sie nicht behalten möchte.«

»Wow«, stößt Xanthe aus. »Das Haus hat eine richtige Bibliothek?«

»Ich denke nicht. Dafür ist es bestimmt nicht groß genug. Es heißt West Lodge. Aber das können wir später noch nachgucken. Armer Onkel Andrew. Jetzt fühle ich mich mies, weil ich nicht zu seiner Beerdigung gegangen bin.«

»Ist das sein Testament?«, fragt Chris, als ich eine dicke Kopie auseinanderfalte.

»Ja. Oh, er erklärt: … *und an meine Großnichte Althea Lucy Mottram, geborene Hamilton,* bla, bla, *die ich nur viermal getroffen habe, die aber jedes Mal lieber lesen wollte, als sich zu unterhalten, was ich persönlich auch schon immer bevorzugt habe.* Wow. Da siehst du mal, Mutter, so viel dazu, dass das für nichts gut wäre.«

2

Es dauert fast sechs Wochen, bis ich alles für meine Reise nach Schottland organisiert habe. Dabei bin ich nicht einmal besonders beschäftigt, wenn man vom Im-Bett-Liegen und Weinen einmal absieht.

Ich habe mehrere Telefongespräche mit Alastair Gordon geführt, der einen bezaubernden Akzent hat und sehr nett klingt. Er sagt, die West Lodge sei vollkommen bewohnbar, obwohl vorher gelüftet werden müsse, wenn ich dort schlafen wolle. Das Grundstück ist noch an die Stromversorgung angeschlossen, und die Telefonleitung ist ebenfalls noch aktiv, also wird mein Aufenthalt kein Campingurlaub. Das ist auch gut so, da in vier Tagen erst der April beginnt. Wir besprechen, wie lange ich bleiben möchte, und er bietet an, vor meiner Ankunft einmal hinzugehen und zu überprüfen, wie es im Haus aussieht. Ich vermute, dass das über seine Pflichten weit hinausgeht, aber darüber beschwere ich mich sicher nicht. Als ich ihn frage, ob dieser Gefallen mich dreihundert Pfund pro Stunde kosten würde, verneint er schockiert. Großonkel Andrew sei ein guter Freund gewesen, erzählt er. Ich muss zugeben, dass ich das recht enttäuschend finde, da es bedeuten muss, dass er mindestens fünfundsechzig ist. Selbst dann wäre er noch gut dreißig Jahre jünger als Andrew.

Nicht, dass sein Alter eine Rolle spielt. Doch die Vorstellung, einen charmanten schottischen Anwalt zu treffen, klang durchaus verlockend. Wahrscheinlich ist er verheiratet. Die meisten Leute sind schließlich verheiratet, nicht wahr?

* * *

»Ich komme mit«, bietet Xanthe an. »Wie lange bleibst du dort?«

Wir sitzen in der unteren Etage unseres Lieblingscafés zwischen Secondhandbüchern und Krimskrams. Hier ist es immer ruhiger, denn man erreicht diesen Teil des Cafés nur über eine steile gusseiserne Wendeltreppe, die junge Mütter und alte Menschen abschreckt. Draußen strömt der Regen unablässig aus den Wolken hinab und verhüllt die ersten Frühlingsanzeichen.

»Keine Ahnung, vielleicht zwei Wochen. Es sollte nicht allzu lange dauern, seine Sachen durchzugehen. Und dann kann ich das Haus zum Verkauf anbieten und ein wenig die Gegend erkunden. Zumindest, wenn es warm genug für Sightseeing ist.«

»Was gibt es denn da zu sehen?« Xanthe wirkt nicht überzeugt.

»Burgen. Und Strände. Es sieht ganz hübsch aus, ein bisschen wie in Cumbria. Nicht so spektakulär wie die Seen des Lake District, aber auch nicht so touristisch.«

»Klingt gut. Ich glaube nicht, dass ich zwei Wochen bleiben kann, aber ich könnte ja für eine Woche mit hochkommen?«

»Das wäre großartig. Es könnte sogar ganz lustig werden, wenn du da bist.«

Die Aussicht, allein nach Schottland zu fahren, hat mir bereits Sorgen bereitet. Es ist eine weite Reise, wenn man allein ist und niemanden kennt. Ich weiß, dass es albern ist, so zu denken, immerhin bin ich erwachsen und werde von jetzt an alles allein tun, aber trotzdem finde ich es schöner, Gesellschaft zu haben.

Vielleicht sollte ich einen Lieferwagen mieten. Ein paar der Möbelstücke möchte ich bestimmt behalten, und sicherlich muss ich auch einige kleinere Sachen aus Onkel Andrews Nachlass hertransportieren und in meinem Lagerraum unterbringen. Aber mit dieser Entscheidung warte ich besser, bis ich dort bin. Schließlich möchte ich nicht auf Verdacht einen Lieferwagen bis nach Schottland fahren. Und eigentlich spielt es keine große Rolle, ich habe genug Zeit und – wie aufregend – vierzigtausend Pfund auf meinem Hauptkonto. Ich habe weitere fünfundvierzigtausend Pfund auf verschiedene Sparkonten aufgeteilt und der Versuchung widerstanden, mir etwas vollkommen Unsinniges zu kaufen. Dafür habe ich mir einige neue Kleidungsstücke geleistet, auch wenn ich im April in Schottland wahrscheinlich keine Sommerkleider brauche. Vor allem, wenn ich die meiste Zeit nur zum Secondhand-Laden oder zur Mülldeponie fahre.

Noch nie in meinem Leben musste ich so viele Entscheidungen auf einmal treffen. Ich erinnere mich nicht einmal, ob ich jemals irgendeine Entscheidung ganz allein treffen musste. Wahrscheinlich schon, doch das alles ist für mich … beinahe überwältigend. Aber nur beinahe. Denn andererseits ist es schön, über Dinge nachdenken zu können, die nichts mit Chris zu tun haben.

***

Am Abend vor unserer Abreise nach Schottland ruft mich meine Freundin Angela an, um mir zu erzählen, dass sie von Chris und Susanna zum Abendessen eingeladen wurde. Sie fragt, ob es mich stören würde, wenn sie hinginge.

»Es ist so seltsam, dass es in deinem Haus stattfindet«, sagt sie. »Natürlich möchte ich dich nicht verärgern. Ich fühle mich furchtbar, aber irgendwie finde ich, dass ich hingehen sollte. Was meinst du dazu? Ich mag Chris.« Sie schnalzt mit der Zunge. »Ich dachte auch, ich würde Susanna mögen, aber jetzt, na ja, jetzt bin ich mir da nicht mehr so sicher.«

Die Angelegenheit amüsiert mich beinahe. Eigentlich finde ich, sie hätte Xanthe nach ihrer Meinung fragen sollen, nicht mich, aber Angela ist nicht besonders taktvoll. »Du solltest hingehen, wenn du möchtest, mach dir meinetwegen keine Gedanken.«

»Aber es ist so *furchtbar*. Ich kann gar nicht glauben, dass sie –«

»Ja, es ist furchtbar. Aber …« Ich dachte, ich könnte es ohne dieses leichte Schwindelgefühl des Kummers und ohne die aufsteigenden Tränen sagen, doch offenbar war das ein Trugschluss. Ich räuspere mich. »Aber Susanna, also sie beide … So ist es jetzt nun mal. Das Haus gehört mir nicht mehr. Es ist ihres.« Ich frage mich, ob ich das jemals wirklich glauben werde.

»Ich wäre so *wütend*, Thea. An deiner Stelle.«

Ich lache. »Ich bin auch ziemlich wütend. Und wahrscheinlich werde ich noch wütender, bevor ich mich besser fühle. Aber ich kann es nicht ändern, oder? Und es macht keinen Unterschied, ob ich wütend oder unglücklich bin oder … was auch immer. Wenn du mit ihnen befreundet sein möchtest, dann … ist das okay. Geh zu ihnen nach Hause, iss ihr Essen und … Erzähl mir einfach nicht von ihnen.« Ich halte kurz inne, während ich nachdenke. »Es sei denn, ich frage nach.«

»Okay.«

»Und selbst wenn ich frage, solltest du mir wahrscheinlich nichts erzählen, um ehrlich zu sein.«

***

Ich habe gepackt und bin bereit. Nun muss ich nur noch Xanthe einsammeln, die zweifellos gerade hektisch umherirrt und Rob auf die Woche vorbereitet, in der er allein mit den Kindern ist, und dann geht es los. Es ist Sonntag, und ich hoffe, dass die Straßen leer sein werden. Wir sollten gegen halb fünf nachmittags in Gretna sein.

Sechs Stunden im Auto. Es regnet während der ganzen Fahrt. Wir essen Süßigkeiten und singen eine umfangreiche Playlist mit, die Xanthe zusammengestellt hat, ausschließlich mit Liedern aus der Zeit, bevor ich Chris kennengelernt habe, Liedern aus unserer Jugend. Ein Roadtrip mit einer Freundin ist immer ein Riesenspaß, zumindest, solange keiner erschossen wird und niemand von einer Klippe fahren muss wie bei *Thelma und Louise*.

In Gretna übernachten wir in dem schönsten Hotel, das ich finden konnte, da ich funktionale, nichtssagende Low-Budget-Hotelketten leid bin. Meinen Anforderungen entsprechend gibt es hier Cocktails (wenn auch nicht viele), ein King-Size-Bett und schicke Chenille-Sofas. Es ist auf zurückhaltende, moderne Weise glamourös. An der Bar prosten wir einander zu und denken uns Geschichten über die anderen Gäste aus. Wir gehen früh ins Bett, weil wir alt und erschöpft sind. Ich liege noch eine Weile wach und lausche Xanthes leisem

Schnarchen. Dabei versuche ich zu zählen, wie viele Betten wir uns schon geteilt haben, komme aber Mitte der Neunziger durcheinander, und als ich schließlich einschlafe, habe ich einen dieser verblüffend komplexen und angstgetriebenen Träume, nach denen man nicht viel erholter ist, als wenn man wach geblieben wäre.

***

Laut Plan werden wir um elf in Baldochrie ankommen, eine vernünftige Zeit für einen Termin mit einem Anwalt. Ich bin nervös, auch wenn ich eigentlich nicht weiß, warum. Schließlich ist es ja nicht so, als könnte er entscheiden, dass ich ungeeignet für das Erbe bin. Es dauert eine Ewigkeit, bis ich erkenne, dass ich vielleicht gar nicht nervös bin, sondern aufgeregt.

Dumfries and Galloway ist einer dieser großen, zusammengelegten Verwaltungsbezirke. Im Vergleich zur Westküste weiter im Norden kann man die Landschaft hier nicht als auffallend schön oder wild bezeichnen. Die Gegend ist recht ländlich – soweit das Auge reicht, sieht man Rinderweiden und Schafe. Die Ortschaften sind klein, und die A75 führt an den meisten vorbei, von denen ich schon mal gehört habe. Wir passieren Dumfries, Castle Douglas und Kirkcudbright. Manchmal erhaschen wir einen kurzen Blick aufs Meer. Es regnet jedoch immer noch, draußen ist es grau und nass, und ein scharfer Wind weht. Auf der Straße sind viele Lastwagen unterwegs, die aus Stranraer kommen oder dorthin wollen. Vielleicht wäre es hübsch hier, wenn es nicht regnen würde, das lässt sich schwer einschätzen. Wir fahren an kleinen Cottages und großen viktorianischen Villen vorbei, an unaufgeräumten Bauernhöfen und Campingplätzen. Wir sehen Burgen in unterschiedlichen Stadien des Verfalls. Der Wind peitscht über die Felder und lässt alles eisig kalt wirken. Es fühlt sich komisch an, durch diese fremde Landschaft zu fahren und zu wissen, dass Teile von ihr einem später vertraut sein könnten, aber noch nicht zu wissen, welche Teile es sein werden. So geht es mir auch immer im

Urlaub. Ich frage mich dann oft, welche der Straßen ich am häufigsten befahren werde, in welche Geschäfte ich gehe oder wo ich wohl tanke.

Und dann kommen wir in Baldochrie an. Wir finden einen Parkplatz vor dem recht imposanten viktorianischen Rathaus auf einem kleinen Platz, der von vielen gepflegten Steinhäusern umgeben ist. Der Ort hat eine Kirche, ein Kriegerdenkmal mit einem Soldaten im Kilt und richtige Geschäfte: einen Co-op-Supermarkt, ein Antiquitätengeschäft, zwei Cafés, eine Apotheke. Auf dem Kirchhof tanzen noch Narzissen in den stürmischen Böen, deren Blütezeit zu Hause längst vorbei ist. Es ist nett hier, altmodisch. Nichts Aufregendes natürlich, aber ich habe schon einige traurige kleine Städte gesehen, in denen alle Geschäfte zum Verkauf stehen, und so ist es in Baldochrie nicht. Immerhin gibt es noch einen Metzger und einen Bäcker und einiges mehr.

»Meine Güte«, sagt Xanthe. Sie späht durch das Autofenster und die Regentropfen auf der Scheibe. »Stell dir mal vor, hier zu leben.«

»So schlimm ist es nicht. Auch wenn Jugendliche vermutlich nicht allzu viel unternehmen können.«

»Oh ja. Der nächste Nachtclub ist wahrscheinlich achtzig Kilometer weit weg.« Wir erschaudern beide. »Und ich werde etwas dringend nötige Diversität ins Dorf bringen«, fügt sie hinzu. »Bestimmt haben einige der Leute schwarze Frauen bisher nur im Fernsehen gesehen.«

»Ach, komm schon.«

»Ich wette darauf.«

»Na ja. Das ist jedenfalls die Anwaltskanzlei.« Ich deute auf ein großes, quadratisches georgianisches Gebäude mit dem obligatorischen Messingschild und einer Schmutzfangmatte vor der Eingangstür, zu der vom Bürgersteig drei Stufen hinaufführen.

»Aufregend. Bist du aufgeregt?«

»Ich weiß nicht. Glaube schon. Es ist seltsam.«

»Während du bei dem Termin bist, gehe ich einen Kaffee trinken. Ich muss ja nicht mit reinkommen, oder?«

Ich zögere. »Nein, ich denke nicht.«

»Es ist fast elf. Na los.«

Eine Böe drückt den Nieselregen gegen die Windschutzscheibe. Ich ziehe mir die Jacke an und streiche meinen Rock glatt, der von der zweistündigen Autofahrt zerknittert ist.

»Du siehst sehr schick und verantwortungsbewusst aus«, versichert Xanthe mir. »Schreib mir, wenn du fertig bist. Ich bin in –«, sie sieht über die Straße, »dem Café da. The Lemon Tree.«

***

Eine sympathisch wirkende Dame mittleren Alters sieht von ihrem Schreibtisch auf, als ich die Tür hinter mir schließe.

»Guten Morgen«, grüßt sie. »Sie sind sicher Mrs Mottram?«

Ich nicke bestätigend. Ein kleines Schild auf ihrem Schreibtisch verrät mir, dass sie Mrs McCain heißt. Neugierig sehe ich mich in der großen Eingangshalle mit dem Boden aus schwarz-weißen Marmorfliesen um. Hier ist es vielleicht ein wenig kühl für Mrs McCain. Der Geruch eines elektrischen Heizgeräts steigt mir in die Nase, und ich vermute, dass es unter ihrem Schreibtisch steht und ihr die Beine wärmt. Eine eindrucksvolle Treppe aus poliertem dunklem Holz windet sich ins nächste Stockwerk, und der Schreibtisch fügt sich passend daneben ein. An der Wand hinter Mrs McCain hängt ein großes und recht finsteres Porträt einer jungen Frau in weißem Satin, die sich kunstvoll auf einem Sofa ausstreckt.

Drei weiße, elegante Türen gehen von der Eingangshalle ab, eine links von mir und zwei rechts. Eine große Vase mit Narzissen schmückt den Schreibtisch, neben einem Telefon und dem Computer. Zwischen den beiden Türen auf der rechten Seite steht eine Bank ohne Rückenlehne, aber dafür mit Kissen, die Platz für zwei oder drei Personen bietet. Darüber hängt ein riesiger, gefleckter Spiegel, der sich wahrscheinlich schon dort befindet, seit das Haus gebaut wurde.

Mrs McCain lächelt mich an. »Ich lasse ihn wissen, dass Sie hier sind. Setzen Sie sich doch.«

Dafür bleibt mir jedoch keine Zeit, da sich die Tür zu meiner Linken öffnet und Alastair Gordon heraustritt. Er streckt mir seine Hand zur Begrüßung entgegen. »Mrs Mottram. Schön, Sie endlich persönlich kennenzulernen.«

Er ist viel jünger als erwartet. Tatsächlich ist er vermutlich sogar jünger als ich. Und er hat mich gerade daran erinnert, dass ich meinen Namen vielleicht ändern müsste. Soll ich das wirklich? Ich werde nicht viel länger Mrs Mottram sein. Wie funktioniert das? Wie entscheidet man so etwas?

Als wir uns die Hände geben, bin ich durcheinander und bringe kein Wort über die Lippen. Ich folge ihm in sein Büro, und mir rutscht heraus: »Ich dachte, Sie wären alt. Ich meine, verzeihen Sie, aber Sie sagten, Sie wären mit Onkel Andrew befreundet gewesen.«

»Wir sind nicht zusammen zur Schule gegangen oder so«, erwidert er amüsiert.

»Nein, ich … Selbst wenn Sie alt wären, könnten Sie nicht so alt wie er sein und trotzdem noch arbeiten. Ich habe einfach erwartet, dass Sie älter wären. Nicht, dass es eine Rolle spielt. Ach Gott, jetzt fange ich an … Bitte entschuldigen Sie.« Ich lache. »Es kam alles ziemlich unerwartet.«

»Setzen Sie sich doch.« Er bietet mir etwas zu trinken an und erkundigt sich nach der Anreise. Wir sprechen über den Verkehr und die Baustellen, und er öffnet kurz seine Bürotür und bittet Mrs McCain, Tee aufzusetzen. Ich habe mich schon immer gefragt, wie es ist, eine persönliche Assistentin zu haben. Doch ich bezweifle, dass ich es je selbst herausfinden werde. Fast frage ich ihn danach, kann mich aber gerade noch zurückhalten. Also wirklich, ich muss dieses Verlangen unter Kontrolle bekommen, einfach alles auszusprechen, was mir in den Sinn kommt.

Ich bin etwas verlegen, auch weil Xanthe einen beträchtlichen Teil der Reise damit zugebracht hat, über Mr Gordon zu fantasieren, und wir viel über ihre Vorstellungen gelacht haben, meistens, weil wir davon ausgingen – oder vielmehr überzeugt waren –, dass er in

Wirklichkeit ganz anders wäre als in ihren Tagträumen. Und das ist er in gewisser Weise auch, da wir ihn uns als dunkelhaarig vorgestellt haben, er aber blond ist. Trotzdem sieht er gut aus, wenn man auf Männer steht, denen man ihre vornehme Herkunft ansieht, was ich für meinen Teil offiziell immer abstreite. Aber mal ehrlich, sie haben eine gute Knochenstruktur und sind meist sehr attraktiv, da stecken Jahrhunderte der zielgerichteten Vermehrung hinter. Allerdings ist er geschätzt erst etwa fünfunddreißig.

Er geht zurück zu seinem Schreibtisch und setzt sich. »Mein Vater war schon vor mir Andrews Anwalt. Ich kenne ihn seit meiner Kindheit. Soviel ich weiß, kannten Sie ihn nicht sonderlich gut, oder?«

Ich schüttle den Kopf. »Kaum. Das Ganze kam sehr überraschend.«

Verstohlen sehe ich mich um und suche nach dem obligatorischen Foto von Ehefrau und Kindern, kann aber keines entdecken. Heutzutage haben die meisten Leute ja schließlich auch eher Bildschirmschoner mit Fotos von ihren Kindern als eingerahmte Fotos auf ihren Schreibtischen, oder? Dafür sticht mir ein kleines Gemälde eines Hundes ins Auge, das an der Wand neben der Tür hängt. Ein Golden Retriever.

Mr Gordons Büro hat auch einen Kamin und wunderschöne Stuckverzierungen. In den Mauernischen an der Kaminwand sind Regalbretter befestigt, auf denen fein säuberlich mit Nachnamen beschriftete Kisten stehen. Eine von ihnen, auf die in wunderschöner Handschrift *HAMILTON, A F & M G* geschrieben wurde, steht zwischen uns auf dem Schreibtisch. Über dem Kaminsims hängt noch ein Gemälde, Berge und Moorland, und zwischen den Fenstern ein Aquarell, ich glaube, darauf ist der Marktplatz dargestellt. Irgendwie amüsant, ein Bild aufzuhängen, auf dem mehr oder weniger die Aussicht aus dem Fenster abgebildet ist.

»Und, waren Sie schon mal in Baldochrie?« Er lehnt sich im Stuhl zurück.

»Nein, noch nie.« Ich gestehe ihm, dass mich ein schlechtes Gewissen plagt, weil ich nie zu Besuch und auch nicht auf der Beerdigung war. Dann bitte ich ihn, mir zu erzählen, wie Onkel Andrew war, und mache mir nach und nach ein Bild von ihm: unabhängig, ein Gärtner und Buchliebhaber, immer schick angezogen und laut Alastair Gordon witzig und sehr scharfsinnig.

»Er hat mich oft zum Lachen gebracht«, sagt er und fügt nach einer kurzen Pause hinzu: »Ich vermisse ihn.«

3

Gespannt biege ich hinter Alastairs BMW von der Straße auf die breite Kieseinfahrt ab, die sich neben der West Lodge entlangschlängelt. Ich kann es kaum erwarten, das Haus gleich vor mir zu sehen, auch wenn ich es schon oft auf Google Street View angeschaut habe. Es ist ein gepflegtes, einstöckiges Gebäude aus grauem Stein mit einem Schieferdach. Der Rasen vor dem Haus wird allmählich zottelig, im Vorgarten wachsen Tulpen und Primeln und an den Wänden der Lodge irgendeine Art Kletterpflanze, noch sehr nackt, also möglicherweise Blauregen, der sich um die leuchtend rote Eingangstür windet. Xanthe und ich steigen aus dem Auto und laufen knirschend über den Kies zu der Stelle, an der Alastair auf uns wartet. Es hat aufgehört zu regnen, und im Süden wird es allmählich heller. Vom Dachvorsprung tropft etwas Wasser. Alastair reicht mir zwei Schlüsselsätze und deutet dann auf das Tor und die Straße, die in Richtung des Hauses führt, für welches das Pförtnerhaus West Lodge ursprünglich gebaut wurde. Das habe ich mir auch auf Street View angesehen, ein großes und imposantes georgianisches Anwesen, das vielleicht ein Hotel oder eine Schule sein könnte. Allerdings habe ich kein Schild gesehen und auch keinen Parkplatz voller Autos, also vielleicht auch nicht. Andererseits wohnt heutzutage sicher niemand mehr in so einem großen Haus.

»Das ist die Zufahrtsstraße«, sagt er. »Sie ist privat – sofern man in Schottland von privatem Land sprechen kann –, von der Hauptstraße aus durch das Tor bis hierher. Aber Teil des Vertrags ist, dass Sie und Ihre Gäste, Geschäftsleute und so weiter freie Zufahrt haben. Das ist bloß eine Formalität.«

Das kunstvolle, schmiedeeiserne Tor ist mindestens doppelt so groß wie ich. Ich glaube nicht, dass es lange geschlossen war.

»Ihr Onkel hat dem Großvater des jetzigen Gutsherrn das Haus in den späten Fünfzigern abgekauft. Lord Hollinshaw wäre also Ihr nächster Nachbar. Das Haus – Hollinshaw House – befindet sich etwa anderthalb Kilometer weiter die Straße hoch.«

»Ein echter Lord?«, fragt Xanthe ungläubig.

Alastair nickt. »Ich fürchte ja. Einige der zum Gut gehörenden Gebäude wurden verkauft, nicht nur die West Lodge. Die Nachkriegszeit war hart für die Oberschicht«, erklärt er mit einem Hauch Sarkasmus. »Sie mussten einiges verkaufen, um sich die Instandhaltung des Hauses leisten zu können, ein unnötig großes Gebäude. Der zehnte Lord Hollinshaw hat fast alle zugehörigen Gebäude verkauft. Die East Lodge, diese hier, einige Cottages, die damals für Gärtner und Wildhüter errichtet wurden, und den zum Gut gehörigen Bauernhof. Und dann hat sein Sohn alles an Land verkauft, was nicht direkt ans Haus angegliedert war, sodass sie nur noch den Park hatten.«

Ich trete zurück und sehe zum Dach der Lodge hoch. Von hier aus sieht es gut aus. Mein Dad hat mir dazu geraten, ein Gutachten erstellen zu lassen, so wie ich es tun würde, wenn ich es kaufen würde. Wahrscheinlich hat er recht.

»Wie schrecklich für sie«, sage ich.

»Ja. Jedenfalls kauft Charles alles zurück, seit er Mitte der Neunziger den Familiensitz übernommen hat. Die West Lodge ist das einzige Gutsgebäude, das noch in fremder Hand ist. Ich kann Ihnen versichern, sollten Sie sich zum Verkauf entscheiden, wird er es Ihnen mit Kusshand abnehmen.«

»Ach, wirklich?«

Alastair ist an die Haustür getreten. Er sieht über die Schulter zu mir zurück. »Er ist sehr erpicht darauf, alle Gebäude wiederzubekommen. Die meisten vermietet er als Ferienwohnungen. Seine erste Frau war Innenarchitektin, sie haben sie sehr stilvoll hergerichtet. Die East Lodge und die Cottages wurden nach der Renovierung sogar in Zeitschriften abgedruckt. Und der neueste Artikel war erst letztes Jahr im *Telegraph Magazine*. Andrew hat Lord Hollinshaw standgehalten, aber davon sollten Sie sich in Ihrer Entscheidung nicht beeinflussen lassen.«

»Wie viele Frauen hatte er denn?«, fragt Xanthe, die wie immer die Details wissen möchte.

»Ach, nur zwei. Ich meine, er war zweimal verheiratet. Und zweimal geschieden.«

»Wirklich?« Xanthe sieht mich an und hebt vielsagend die Augenbraue, und ich unterdrücke ein Lachen. Sie hat entschieden, dass es »schrecklich öde« ist, zwanzig Jahre lang mit derselben Person zusammen zu sein, und dass ich noch mal »mit viel Glück davongekommen« bin, was die langweilige Langzeitmonogamie betrifft. Das ist natürlich alles ein wohlüberlegter Scherz, damit ich mich besser fühle. Leider funktioniert es nicht, aber ich weiß ihre Mühe zu schätzen.

Ich räuspere mich. »Er wollte nicht verkaufen? Oder nur nicht an Lord Wie-heißt-er-noch-gleich?«

»Hollinshaw. Sie haben sich tatsächlich nicht gut verstanden. Eigentlich ironisch, weil … Nun, es ist eine lange Geschichte, und es steht mir eigentlich nicht zu, sie zu erzählen.«

»Ach, kommen Sie schon«, bittet Xanthe. »Sie können uns doch nicht so in der Luft hängen lassen.«

Er schließt die Haustür mit einem dritten Schlüsselsatz auf, den er danach ebenfalls an mich weiterreicht, und führt uns hinein. Wir betreten einen langen Flur mit Steinplattenboden und mehreren weißen Türen auf beiden Seiten. Es riecht leicht muffig, aber nicht feucht. Mein Blick fällt auf eine schnörkelige antike Flurgarderobe mit einem Spiegel und Haken für Mäntel, in der Gehstöcke stehen und an deren mittlerer Schublade ein bunter Golfschirm lehnt. Ein Paar Gummistiefel, eine wasserdichte Jacke. Diese Gegenstände, Zeugnisse des Lebens, das hier gelebt wurde, stimmen mich leicht melancholisch. Ich erschaudere und wünsche mir erneut, ich hätte Onkel Andrew schon vor seinem Tod besucht.

Ich öffne die erste Tür links und erhasche einen Blick auf ein Wohnzimmer mit grünem Teppich und jeder Menge Möbeln. Wir bleiben aber im Flur stehen, während Alastair fortfährt: »Ihr Onkel hat sich überhaupt nicht mit Charles' Vater James verstanden. Ich weiß nicht genau, was der Grund dafür war, um ehrlich zu sein. Jedenfalls, als Charles … Es ist etwas kompliziert. Charles ist der jüngere Bruder, verstehen Sie, Edward hat auf den Titel verzichtet.«

»Wow«, kommentiere ich. »Wie Tony Benn?«

»Ich wette, Tony Benn hat ihn inspiriert, ja. Also, Edward ist auch nicht gut mit seinem Vater ausgekommen. Er und Ihr Onkel waren übrigens gut befreundet. Wegen der Bücher.«

»Oh, ja, die Bücher. Können wir uns die Bücher ansehen?«

»Hier entlang.« Er führt uns durch den Flur und öffnet die dritte Tür auf der rechten Seite. Das Zimmer ist mit einer schweren Gardine verdunkelt. Alastair bleibt auf der Türschwelle stehen und spricht weiter. »Ja – Edward ist Händler. Buchhändler, meine ich. Er führt eine Buchhandlung im Ort, vielleicht haben Sie sie gesehen? Sie liegt an dem Platz gegenüber von meinem Büro. Sein Vater fand sie ganz furchtbar. Als James starb, nun ja, wie gesagt, da verzichtete Edward auf den Titel, der daraufhin an Charles ging. Charles hat einen größeren Geschäftssinn, könnte man sagen. Er hat in Edinburgh und Glasgow viel Geld als Immobilienentwickler gemacht. Er war fest entschlossen, wenigstens die Gutsgebäude zurückzukaufen, auch wenn das Ackerland noch einmal eine andere Sache ist. Den zum Anwesen gehörenden Hof hat er vor etwa fünf Jahren wiedererworben, aber es gibt noch viel mehr Land, das in den Fünfzigern und Sechzigern stückchenweise von verschiedenen Leuten gekauft wurde. Und wie gesagt, er hat die East Lodge und die unteren Farm-Cottages und all das gekauft.« Alastair trommelt mit den Fingern gegen die Tür und wechselt dann das Thema. »Das hier sind jedenfalls die Bücher. Edward hat den Gesamtwert Ende … nicht letzten, sondern vorletzten Jahres für Andrew geschätzt. Wahrscheinlich hat sich nicht viel daran geändert, aber vielleicht bitten Sie ihn trotzdem besser, sie sich noch mal für Sie anzusehen.«

Er schaltet das Licht an.

»Gütiger Himmel«, stößt Xanthe aus.

Das Zimmer ist von Regalen gesäumt, und diese sind bis auf den letzten Zentimeter mit Büchern gefüllt. Die meisten sind ledergebunden und haben einen Goldschnitt. Wie eine Miniatur-Schlossbibliothek. Ich entdecke Büsten von Milton, Shakespeare und Newton. Ein sehr schwacher muffiger Geruch hängt in der Luft, überlagert von einer Ledernote.

»Scheiße«, sage ich, und dann entschuldige ich mich.

»Ja, also das hier –«, er macht eine vage Geste, »sind alles Erstausgaben, glaube ich, Scott und so weiter, und es gibt eine ziemlich große Burns-Sammlung. Ich weiß zwar nicht, ob Sie sie behalten wollen, aber sie sind sehr viel Geld wert. Edward hat natürlich schon sein Interesse bekundet ...«

»Also könnte ich Charles das Haus verkaufen und Edward die Bücher?«

»Wenn Sie möchten, dann schon, denke ich.«

»Praktisch.«

»Ja. Oder Sie geben die Bücher an jemand anderen. Vielleicht sind die Burns-Leute interessiert. Wie auch immer, Sie sollten sich wahrscheinlich mit Edward darüber unterhalten. Obwohl ich Sie lieber vorwarne, er ist nicht sehr umgänglich. Meine Verlobte«, Xanthe verzieht enttäuscht das Gesicht, und ich hoffe, Alastair bemerkt es nicht, »mag Charles lieber, weil sie findet, dass er wenigstens charmant ist.« Er lacht. »Aber vielleicht bin ich unfair.«

Es ist offensichtlich, dass er sich überhaupt nicht für unfair hält.

»Ja, und wie gesagt, sie verstehen sich nicht. Habe ich das gesagt? Die beiden können sich nicht ausstehen.«

»Wie in einer Soap«, kommentiert Xanthe erfreut.

»Warum verstehen sie sich nicht?«

»Oh, liebe Güte. Sehr kompliziert. Ähm, es hat etwas mit Charles' Frau zu tun«, sagt er verlegen. Wir wenden uns beide zu ihm um. »Ex-Frau, sollte ich wohl sagen. Oder zumindest lautet so das Gerücht. Beziehungsweise eines der Gerüchte. Ach, sehen Sie, ich bin indiskret, ich sollte aufhören zu reden. Wie dem auch sei, vielleicht möchten Sie die Bücher ja auch mit nach Hause nehmen und sie in London verkaufen oder so. Edward kennt sich gut aus, aber er kann … schwierig sein.«

***

Vier Tage später sind Xanthe und ich schon gut mit dem Aussortieren von Onkel Andrews Besitztümern vorangekommen. Es war eine Menge Arbeit, aber allmählich habe ich das Gefühl, dass ein Ende in Sicht kommt. Ich bin seine Kleidung durchgegangen, und die Alltagskleidung steckt jetzt in Müllsäcken, bereit für die nächste Fahrt zum Secondhand-Laden. Manche Dinge habe ich behalten, wie vier fantastische Tweedanzüge mitsamt Westen, einen Kilt mit allem Drum und Dran, einen Stapel wunderschöner Stofftaschentücher und mehrere Hüte – mit Krempe, ich nehme an, es sind Trilbys. Ich habe keinen Schimmer, was ich mit all diesen Dingen anfangen soll, aber ich habe es nicht über mich gebracht, sie wegzugeben.

Im Kleiderschrank des Gästezimmers steht eine Kiste mit Habseligkeiten von Fiona, der Cousine meines Dads, Andrews Tochter. Ein trauriger Teddybär, Babyschuhe, einige Kinderschulbücher, Fotos. Sie war erst etwa vierzehn, als sie gestorben ist. Das ist so lange her. Ich bin immer noch nicht sicher, was genau passiert ist, ich muss daran denken, meine Mutter bei unserem nächsten Gespräch danach zu fragen. Ich lege den Deckel wieder auf die Kiste und stelle sie in den Schrank zurück. Es ist schon genug los, ohne dass ich mich mit den Gedanken an die junge Frau quäle, die sie nie ganz werden durfte, die das hier eigentlich an meiner Stelle tun sollte, die aber schon seit langer Zeit tot ist.

Im Schrank finde ich außerdem noch Tante Marys Kleidung in einer Schublade, oder zumindest einen Teil davon, die Kleidung ihrer Jugend, wunderschöne ausgestellte Röcke aus den Fünfzigern, ein paar zauberhafte gestrickte Stücke, Teile aus Kaschmir und elegant zugeschnittene Tweedröcke. Vermutlich passen sie mir nicht, aber ich sollte sie verkaufen können, genau wie die Handtaschen, die Schuhe und Schals. Ich finde auch einen Pelzmantel, den ich persönlich nie tragen würde, doch es gibt Leute, die solche Stücke suchen.

Wir haben die uninteressanteren Küchensachen bereits eingepackt, verschiedene Schmuckstücke, die mir nicht gefallen, und einige Drucke und Bilder mit Fischereimotiven, mit denen ich nichts anfangen kann. Es ist schwer, Entscheidungen über den Rest zu fällen, solange ich noch nicht weiß, was ich mit dem Haus machen werde.

»Du könntest es vermieten«, schlägt Xanthe vor. »Ich meine, als Ferienhäuschen. Es hat genau die richtige Größe.«

»Das stimmt. In dem Fall sollte ich definitiv etwas von den Küchensachen behalten. Obwohl ich schätze, dass die Leute lieber Tassen und Teller von Ikea hätten – etwas Neues.« Ich stehe mit den Händen in die Hüfte gestemmt in der Küche und begutachte den Inhalt der Schränke, der vor mir auf dem Tisch und den Arbeitsflächen ausgebreitet liegt.

Xanthe zuckt mit den Schultern. »Du könntest ja ein paar neue Dinge dazukaufen. Wenn du es vermieten willst, musst du das Badezimmer aber sanieren lassen.«

Das Badezimmer ist in Ordnung, aber wahrscheinlich hat sie recht. Es muss in den Siebzigern das letzte Mal erneuert worden sein, die Sanitärobjekte sind blassgrün, ich tippe auf Avocado, mit kantigen Wasserhähnen, und es gibt keine richtige Dusche.

»Dann müsste ich vielleicht auch eine Spülmaschine kaufen.«

»Ich würde mit Sicherheit nirgendwo hinfahren, wo es keine Spülmaschine gibt. Ich meine, stell dir mal vor, du musst im Urlaub Geschirr spülen.« Sie verzieht entsetzt das Gesicht.

»Und ich weiß nicht, wo man sie hinstellen könnte. Das würde also gleich eine neue Küche bedeuten, und wenn ich dann an die Zehntausend dafür zahlen muss, sie erneuern zu lassen … Und ich bräuchte WLAN.«

»Oh mein Gott, ja.«

Hier draußen haben wir kaum Empfang, kein 4G, und natürlich hatte Onkel Andrew keinen Computer. Es gibt einen Festnetzanschluss, ein cremefarbenes Wählscheibentelefon auf einem kleinen Tisch am Fenster im Wohnzimmer und ein zweites, in grün, im Schlafzimmer. Wir verbringen viel Zeit damit, uns zu notieren, was wir alles recherchieren müssen, wenn wir das nächste Mal in der Stadt sind und das kostenlose WLAN in einem der Cafés nutzen oder im Auto vor dem Rathaus sitzen und heimlich das Internet dort anzapfen.

»Du hättest dann aber ein Einkommen, was praktisch wäre. Wahrscheinlich hängt es auch davon ab, was du tun willst, wenn du nach Hause fährst. Und wenn du das Geld von Chris kriegst.«

»Puh. Ja. Ich weiß nicht, was ich tun werde, ich möchte daran noch nicht einmal denken.«

»Wir werden jetzt erst einmal das Zeug los, das du mit Sicherheit nicht brauchst. Das wird schon alles gut.«

Also packen wir die Kleidung und diejenigen Küchenutensilien ein, die entweder nicht nötig sind oder uns nicht gefallen. Dazu zählen ein paar schäbige Gläser, einige Tassen und Unterteller, die zu nichts anderem passen, und ein paar ältere Töpfe, die wahrscheinlich in den Müll müssen, auch wenn ich versuchen werde, sie im Secondhandladen abzugeben.

Wir verfrachten gerade alle Sachen in den Kofferraum, als auf der Straße das Klackern von Pferdehufen ertönt und immer lauter wird. Wir blicken beide auf und sehen, wie jemand über die Straße auf uns zureitet, aus der Richtung des, wie ich es gerne nenne, großen Hauses, aka Hollinshaw.

»Grundgütiger«, sagt Xanthe, »ein Mann auf einem Pferd.«

Das Pferd bleibt vor unserer Einfahrt stehen, wo der Kiesweg beginnt, und der Mann hebt die Hand an den Schirm seiner Reitkappe.

»Guten Tag«, sagt er.

»Guten Tag«, erwidere ich und betrachte ihn neugierig. Das muss er sein, der zweifach geschiedene Lord, Bruder des Buchhändlers, den ich noch nicht kennengelernt habe. Auch wenn die Kappe sein Haar zum Großteil verdeckt, erkenne ich, dass er dunkelhaarig ist, dichte Augenbrauen und ein kantiges Kinn hat. Wirklich gut aussehend, muss ich sagen. Nicht jung, wahrscheinlich etwa so alt wie wir. Tweedjacke, beigefarbene Reithose, glänzende schwarze Stiefel.

Er schwingt sich von dem großen Pferd. Ein Brauner, heißen sie nicht so, diese Pferde mit hellem, beinahe rotbraunem Fell, einer schwarzen Mähne und einem schwarzen Schweif sowie einer weißen Blesse auf der Nase? Mein gesamtes Wissen über Pferde stammt von Ponybüchern aus meiner Kindheit, ich bin also keine Expertin. Es stellt die Ohren auf und sieht in unsere Richtung. Der Mann schlingt die Zügel lose um einen Torpfosten und kommt über die Einfahrt auf uns zu, dabei löst er die Schnalle seiner Kappe. Er nimmt sie ab, als er bei uns ist, fährt sich mit der Hand durch die Locken und sieht von einer zur anderen. Überlegt er womöglich, ob es rassistisch wäre, anzunehmen, dass ich diejenige bin, mit der er sprechen muss?

Er vermeidet die Entscheidung, wer von uns Mrs Mottram, geborene Hamilton, sein muss, indem er sagt: »Mein Name ist Maltravers, Charles Maltravers. Wir sind Nachbarn, ich lebe oben in Hollinshaw House. Ich dachte, ich schaue mal vorbei und sage Ihnen Hallo.«

Vielleicht ist er es dann doch nicht? Oder müssen Nachname und Titel gar nicht übereinstimmen? Ich versuche, mich zu erinnern. Nancy Mitfords Vater war ein Lord, aber er hieß nicht Lord Mitford, oder?

Ich trete auf ihn zu und strecke die Hand aus. »Wie nett von Ihnen. Ich bin Thea Mottram, und das ist meine Freundin Xanthe Cooper, die mir dabei hilft, alles zu regeln.«

Er schüttelt mir die Hand, dann Xanthe, und wirft daraufhin einen Blick auf das Auto, das voller Kartons und Mülltüten ist.

»Sortieren Sie Andrews Besitz aus?«

»Ja, eine ganz schöne Aufgabe«, antworte ich. »Ich bin mir nicht sicher, ob er jemals etwas weggeworfen hat.«

»Es ist immer schwierig, wenn man sich mit einem gesamten Leben auseinandersetzen muss. Er hat lange hier gelebt.«

Ich nicke, und wir stehen alle einen Moment da und sehen einander an. Dann fragt er: »Andrew war Ihr Onkel?«

»Großonkel. Der älteste Bruder meines Großvaters.«

»Ah, dann sind Sie eine Hamilton.« Er lächelt mich an, und attraktive Fältchen legen sich um seine Augen. »Ich glaube, wir haben entfernte Verbindungen. Und was haben Sie vor? Möchten Sie verkaufen?«

Xanthe prustet los, versucht dann aber – möglicherweise überzeugend –, ihr Lachen in ein Husten zu verwandeln. Ich lächle gewinnend. »Bisher habe ich mich noch nicht entschieden. Vielleicht behalte ich es, zumindest eine Zeit lang. Ich habe gehört, dass Sie einige der Häuser auf dem Anwesen als Ferienhäuser vermieten?«

»Ja, genau. Tatsächlich arbeite ich gerade am Umbau einiger Nebengebäude. Wenn sie fertig sind, haben wir sechs Urlaubsmietobjekte und zwei für längere Vermietungen. Sie werden nicht selbst hier einziehen?«

»Das wäre nicht sehr praktisch«, erwidere ich. »Eigentlich lebe ich in Sussex.«

»Ah!« Er lacht. »Nein, dann vielleicht nicht. Nun, eventuell haben Sie schon von anderen gehört, dass ich gern die Objekte zurückkaufen möchte, die mein Vater und Großvater veräußert haben. Wenn Sie sich zum Verkauf entschließen, lassen Sie es mich wissen. Ich mache Ihnen ein Angebot. Zum Marktwert natürlich.«

»Oh.« Ich gebe mich unwissend. »Wirklich? Das ist ja interessant, ich behalte es im Hinterkopf.«

»Und schauen Sie doch mal oben beim Haus vorbei, wenn Sie möchten. Wir geben Ihnen gern eine Führung. Haben Sie es schon gesehen?«

Ich muss gestehen, dass wir von der Straße aus, die den Park kreuzt, einen Blick darauf geworfen haben.

»Folgen Sie einfach der Straße«, sagt er. »Ich bin normalerweise da.« Er schüttelt mir erneut die Hand. »Schön, Sie kennengelernt zu haben.«

Dann gibt er auch Xanthe noch einmal die Hand, setzt seine Reitkappe auf und geht zu seinem Pferd. Er nimmt die Zügel und schwingt sich elegant in den Sattel. Wieder tippt er sich an den Schirm und trabt in die Richtung zurück, aus der er gekommen ist.

»Wer ist ›wir‹?«, überlege ich laut. »Ich dachte, er wäre geschieden.«

»Er hat bestimmt eine Freundin, oder? Ich meine, hui.«

Ich sehe Xanthe mit erhobenen Augenbrauen an.

»Na? Fandest du nicht?« Sie lacht, und ich stimme mit ein.

»Ich weiß nicht, er sah schon nicht schlecht aus. Aber wir können doch nicht für Lords schwärmen, Xan, wir müssen sie und ihren privilegierten Unsinn verachten.«

»Er ist sicher reich, wenn er Häuser zurückkauft. Was meinte Alastair, was er macht? Immobilienentwicklung?«

»Vermieter von Slums, wohl eher.«

Sie schnaubt. »Zynisch. Solche Sachen kannst du aber nicht zu den Leuten hier im Ort sagen, das ist dir klar, oder? Sie werden ihm alle hörig sein nach all den Jahrhunderten der Unterdrückung.« Sie kichert vor sich hin. »Meine Mum wird ausflippen, wenn ich ihr erzähle, dass ich einen echten Lord kennengelernt habe.«

»Es ist schon etwas verrückt, oder? Na ja, komm, dann lass uns das Zeug hier mal wegbringen.«

4

Es ist Xanthes letzter Tag. Sie trinkt gerade einen Kaffee in der Old Mill, das, wie wir nach einigem Ausprobieren beschlossen haben, das beste Café hier ist. Zur Old Mill gehört eine kleine Galerie, in der Kunstwerke von einheimischen Töpfern und Malern verkauft werden, sowie ein Hinterhofgarten voller Blumen. Jilly und Cerys, die Inhaberinnen, sind unheimlich freundlich und hilfsbereit. Sie haben uns Geschäfte empfohlen, in denen man besser einkaufen kann als im Co-op, ohne bis zu dem riesigen Tesco in Dumfries fahren zu müssen. Außerdem haben sie mich mit einem Bauunternehmer und einem Klempner bekannt gemacht, und sie bereiten hervorragende Schinken-Sandwiches zu.

Xanthe hat ihren Aufenthalt länger ausgedehnt als geplant und ist nun schon seit eineinhalb Wochen hier, aber sie kann nicht für immer bleiben. Sie hat einen Job und Kinder und Hunde, an die sie denken muss. Beim Frühstück in der sonnigen Küche heute Morgen habe ich ihr erzählt, dass ich mit dem Gedanken spiele, eine Weile hier zu wohnen. Ich könnte den Sommer in der Lodge verbringen. Ich fühle mich wohl und heimisch in dem Haus, umgeben von Onkel Andrews Besitztümern, von denen einige einst meinen Urgroßeltern gehört haben. Das weiß ich, weil in den Papieren, die ich von Alastair bekommen habe, eine Notiz gesteckt hat.

Liebe Thea,
ich dachte, Dich würde vielleicht interessieren, dass der Tisch im Wohnzimmer meinen Eltern gehörte, Deinen Urgroßeltern. Er war ein Hochzeitsgeschenk vom Vater meiner Mutter, Deinem Ururgroßvater, und wurde 1896 in Dumfries erworben …

Jetzt, da es sonniger wird, klingt die Vorstellung verlockend. Es ist zu spät, um viel im Garten zu machen, aber wir haben in den Obstkäfig geschaut, und da habe ich mich kurz der Fantasie hingegeben, wie es wohl wäre, hier dauerhaft zu leben. Immerhin ist es eine wunderbare Sache, einen Obstkäfig zu besitzen. Außerdem ist es herrlich ruhig in der West Lodge, weil sie so weit von anderen Häusern entfernt liegt, und die Bäume sind fantastisch. Ich freue mich schon darauf, allein hier zu sein, auch wenn ich das nicht zu Xanthe gesagt habe. Allerdings vermute ich, dass es im Winter ziemlich trübselig ist. Und was soll ich die ganze Zeit tun? Ich bezweifle, dass es hier viel Arbeit gibt. Und auch wenn das nicht eilt, wird selbst der Verkauf der Bücher mich nicht ewig hierhalten.

Der Verkauf der Bücher – deswegen bin ich hier, vor der Buchhandlung. Auf dem dunkelgrünen Schild steht in eleganter, geschwungener Schrift *Fortescue's Books*, und auf den großen Glasfenstern prangt der goldene Aufdruck: *Antiquariat und Secondhand-Buchhandlung*. Ich drücke die Tür auf, und über mir klingeln Glocken. Ursprünglich war das Gebäude vermutlich mal ein Wohnhaus und wurde erst nachträglich zum Geschäft umfunktioniert. Es ist ein großes quadratisches georgianisches Haus wie Alastairs Büro, das fast direkt gegenüber liegt. Zur Buchhandlung führen jedoch keine Stufen hinauf, die tief liegende, breite, halb verglaste Eingangstür befindet sich auf Gehsteighöhe. Durch sie hindurch tritt man in den sonnigen Eingangsbereich eines großen Raumes, vielleicht wurden hier zwei kleinere Räume durch einen Wanddurchbruch zu einem verbunden. Mit viel gutem Willen könnte man bei den Fensterauslagen von Schaufensterdekoration sprechen, obwohl es sich eigentlich nur um ein paar Bücherstapel handelt. Da könnte sich jemand mehr Mühe geben, finde ich. Mein Verdacht, der natürlich haltlos ist, wäre, dass sich der Verantwortliche hier für solche Dinge zu schade ist.

Der Boden ist leicht uneben und besteht aus großen, abgetretenen Steinplatten, die Wände sind etwa dreieinhalb Meter hoch und stehen voller Bücherregale. Der Kamin wurde mit Brettern vernagelt, aber auf dem Sims steht eine große grüne Majolika-Jardinière voller Tulpen. Daneben liegen stapelweise orangefarbene Penguin-Bücher, und darüber hängt ein gerahmter Druck des Rathauses. Ein Bücherschrank neben der Tür ist mit Kriminalromanen der 1970er und 1980er bestückt und schirmt die Ladentheke vom Eingang ab. Zwei Männer mittleren Alters stöbern im Geschäft. Ich entdecke eine Holzleiter, mit der die Kunden an die höheren Regale kommen können, und überall sind Schilder. *Bitte benutzen Sie eine Leiter oder fragen Sie nach Hilfe, wenn Sie etwas haben möchten, an das Sie nicht herankommen*, steht auf einem in meiner Nähe. In einem Ständer sind Vintage-Postkarten mit Motiven der Umgebung in wunderbar gesättigten Farben ausgestellt, und an der Wand sehe ich eine *Liste mit Fragen, auf die die Antwort Nein lautet*, die alle ziemlich fies sind. Edward Maltravers (oder jemand, der für ihn arbeitet) scheint die Liste immer wieder zu ergänzen, wenn ihm etwas einfällt, denn etwa mittig heißt es: *Haben Sie* Fifty Shades of Grey *oder möchten Sie es kaufen?* Weiter unten steht: *Sind Menschen wichtiger als Bücher?* und außerdem: *Mein Kind kann nicht lesen, wird es auch so zurechtkommen?*

Ein Griesgram, schlussfolgere ich.

Hier auf der eher schwach beleuchteten rechten Seite, gut von der Ladentheke aus einsehbar, befinden sich die antiquarischen Bücher, Bücher in Folio- und Quartformaten. Ein ganzes Regal mit Shakespeare, viktorianischer und älterer Literatur und vielen anderen Werken, manche mit lateinischen Titeln. *Bitte fassen Sie diese Bücher nicht an, wenn Sie nicht ernsthaft kaufinteressiert sind. Wenden Sie sich bei Fragen gerne an uns*, steht auf einem Schild.

Ich mag Bücher, aber ich bin keine Expertin. Onkel Andrew hat eine Menge Bücher besessen, viele von Autoren geschrieben, von denen ich noch nie gehört habe. Mittlerweile habe ich die aktuelle Schätzung seiner Sammlung vorliegen, die im vorletzten September vorgenommen wurde, ein Jahr, bevor er gestorben ist, und die Gesamtsumme ist unerwartet hoch. Jetzt möchte ich wissen, wie viel die Bücher von Sir Walter Scott wert sind. Ich selbst bin kein Freund von Scott, und ich kann mir vorstellen, dass man hier oben, vielleicht in Edinburgh, mehr dafür bekommen würde als zu Hause. Ich bin nicht sicher, ob ich die gesamte Bibliothek verkaufen soll oder nicht, aber ich möchte definitiv nicht alle oder auch nur die meisten Bücher behalten, schon allein wegen der Verantwortung. Und weil ich an all die *anderen* Bücher denke, die ich mir mit dem Geld davon kaufen könnte. Letzte Nacht habe ich geträumt, dass Onkel Andrews Bibliothek mit meinen eigenen Büchern gefüllt war. Es hat sich ziemlich gut angefühlt.

***

Durch eine Tür hinten im Raum gelangt man in einen kleinen Durchgang zu einem Flur, in dem eine breite, elegante Treppe nach oben führt. Im Flur stehen noch mehr Bücherregale, und eines verläuft neben der Treppe hinauf bis zum oberen Treppenabsatz. Ich finde es schwierig, mir vorzustellen, wie sich das Haus ohne die Bücher anfühlen würde, aber es ist wohlproportioniert, und überall entdecke ich so viele für die Zeit typische Einzelheiten, dass es mir schwerfällt, mich auf eine zu konzentrieren. Durch die vielen Bücher und Regale wirkt es recht dunkel, aber überall stehen Lampen, und von oben fällt über die Treppe natürliches Licht ein, das den Flur mit ein wenig goldenem Sonnenschein erhellt. Auf den Steinen liegen abgetretene Perserteppiche, und alle Ecken und Winkel sind sorgfältig mit Regalbrettern und Büchern bestückt, wobei jeder Bereich beschriftet ist: *Kinderliteratur (Sammlerstücke), Kinderliteratur (nur zur Unterhaltung), Lyrik, Kriegsgeschichte, Frühgeschichte* und so weiter. Es gibt drei Räume: den Hauptraum vorne, einen zweiten hinter der Treppe, der Gedichtbände, Theaterstücke und literaturwissenschaftliche Werke beherbergt und sehr gemütlich aussieht mit zwei Sofas und einem Beistelltisch, auf dem Literaturmagazine ausliegen, und einen dritten, viel größeren Raum hinten, mit Holzdielenboden, in dem das Fenster von den Regalen verdeckt wird. Eine Tür führt, wie ich vermute, hinaus, womöglich in einen Garten, auch wenn man davon nicht viel sehen kann. Eine große Hütte oder Werkstatt steht im Weg, sodass man nur einen Blick auf ein paar Bäume und Büsche erhaschen kann. Die ganze Buchhandlung riecht nach Bohnerwachs und Papier und ist, wie ich zugeben muss, wirklich reizend.

Nachdem ich alles erkundet habe, gehe ich zurück in den ersten Raum und nähere mich der Ladentheke. Ich glaube, sie ist eine alte Anrichte oder ein Konsolentisch mit Türen an der Vorderseite und drei Schubladen, ein wenig im Stil der Arts-and-Crafts-Bewegung, aus wunderschönem honigfarbenem Holz. Sie ist mit einer riesigen Marmorplatte versehen und recht hoch, auf jeden Fall über Hüfthöhe der meisten Leute auf der Kundenseite. Eine altmodische, kastenförmige Holzkasse und ein paar Bücher in Plexiglasgestellen stehen darauf. Und eine Klingel, wie in einem Hotel. Dicke schwarze Vorhänge vor dem Fenster halten das Sonnenlicht draußen. Hinter der Ladentheke, um eine Stufe erhöht, steht ein abgewetzter Sessel vor einem kleinen Schreibtisch mit einem Laptop. Im Sessel sitzt ein dunkelhaariger Mann, vorgebeugt und krähenartig. Es ist recht dunkel in diesem Bereich, und in seiner kleinen Ecke steht eine grün getönte Schreibtischlampe. Er betrachtet etwas auf dem Bildschirm seines Laptops. Um ihn herum stapeln sich noch mehr Bücher, aus einigen schauen Zettel heraus, die seinen Fortschritt markieren oder vielleicht besonders faszinierende Stellen. Ich stehe eine Weile an der Ladentheke, aber er hebt den Blick nicht und nimmt mich auch ansonsten nicht zur Kenntnis. Das überrascht mich nicht sonderlich, schließlich wurde ich vorgewarnt.

Ich bin schwer versucht, die Klingel zu betätigen, aber das erscheint mir sogar noch unhöflicher, als jemanden zu ignorieren.

»Hallo«, sage ich schließlich.

Er sieht auf. Zwar seufzt er nicht direkt, aber er hätte es genauso gut tun können.

»Ja?«, fragt er.

»Ich habe gehofft, dass Sie mir helfen können.« So schnell werde ich mich nicht entmutigen lassen.

»Das bezweifle ich.«

Aus irgendeinem Grund amüsiert mich das. »Wahrscheinlich schon. Es geht um Bücher.«

Dieses Mal seufzt er tatsächlich. »Wie kommen Sie nur auf den Gedanken, dass ich mich mit Büchern auskenne?«

»Ist nur so eine Ahnung. Sind Sie Edward Maltravers?« Ich sehe ihm an, dass er überlegt, es zu leugnen. »Ich habe Bücher geerbt«, fahre ich fort, »und ich muss einige von ihnen wahrscheinlich verkaufen. Oder alle.«

Er steht auf, oder vielmehr faltet er sich auseinander, kommt zur Ladentheke und stützt sich auf die Marmorplatte. Er ist gut gebaut, hat einen kantigen Kiefer und Augenbrauen, die ganz eindeutig nur dafür gemacht sind, finster zusammengezogen zu werden. Und das tut er auch. Ich weiß, dass er älter als der andere Maltravers ist, als der Lord. Charles. Er ist vielleicht fünf Jahre älter als ich, müsste auf die Fünfzig zugehen. Ich erkenne kaum graue Strähnen in seinem Haar, das wild gelockt ist wie das seines Bruders, aber länger und ungebändigter. Er trägt einen dunkelgrünen Pullover mit einem kleinen Loch in einer Schulter (Motten?), ein dunkel gemustertes Hemd darunter, ich glaube, es ist geblümt. Er hat dunkle Augen, einen breiten Mund und gerade Zähne. Und er ist groß, viel größer als ich, an die zwei Meter, selbst unter Berücksichtigung der erhöhten Plattform, auf der er steht. Er sieht zu mir hinab, und ich schaue zu ihm hoch. Ich fühle mich ein wenig eingeschüchtert.

»Was für Bücher? An den Mills-and-Boon-Liebesromanen Ihrer Granny bin ich nicht interessiert.« Er hält nachdenklich inne. »Es sei denn, Sie haben welche aus den frühen Sechzigern oder noch eher.«

»Ich glaube nicht, dass eine meiner Großmütter jemals Mills-and-Boon-Bücher gelesen hat«, erwidere ich. »Sie haben sich eher für *Jane Eyre* und *Rebecca* begeistert. Aber wie auch immer, nein. Ich glaube,

Sie haben sie schon mal gesehen. Die Bücher, meine ich. Wenn Sie denn Edward Maltravers sind. Ich möchte wissen, wie viel meine Scotts wert sind und ob ich sie hier oben oder zu Hause verkaufen sollte.«

»Sie glauben, ich hätte sie schon gesehen?«

»Ja, scheint so. Alles Erstausgaben, die Bücher meines Onkels Andrew.«

Er runzelt die Stirn. »Onkel … Aber Sie sind doch sicher nicht Andrew Hamiltons Nichte, oder?«

»Warum nicht? Aber nein, ich bin seine Großnichte.«

Das scheint akzeptabler für ihn zu sein. Er nickt. »Charlotte. Oder Emily oder so.«

»Thea Mottram«, sage ich leicht verärgert. »Hallo.«

»Ja, hi.« Er sieht mich kurz an, dann läuft er um seine Ladentheke herum, tritt die Stufe hinunter in den Raum und auf mich zu. Ich mache unfreiwillig einen Schritt zurück, was er amüsant zu finden scheint. Er grinst mich an und streckt mir die Hand entgegen. »Hallo. Ich bin Edward Maltravers.«

Wir geben uns die Hände. Tatsächlich schüttele ich Leuten viel lieber die Hände, als ihnen einen Kuss auf die Wange zu hauchen. Und seine Hände sind riesig. Ich bin alles andere als klein, eins achtzig ohne Schuhe, aber er ist wirklich sehr groß, mindestens zehn Zentimeter größer als ich.

»Die Scotts«, wiederholt er. »Alle?«

Ich nicke.

»Etwa achthundert Pfund für alle zusammen. Vielleicht etwas mehr, ich müsste sie mir anschauen. Einige von ihnen sind in schlechterem Zustand als andere. Aber ein paar sind sehr gut.«

»Und sollte ich sie hier verkaufen? Oder in Edinburgh?«

»Sie sollten sie auf jeden Fall an mich verkaufen.«

»Ja, ich verstehe schon, dass das gut für Sie wäre, aber was wäre für mich das Beste? Wenn Sie mir keine objektive Antwort geben können«, füge ich freundlich hinzu, »frage ich jemand anderen.«

»Meine Preise sind fair«, antwortet er schroff.

»Das glaube ich Ihnen. Aber wenn ich sie verkaufe, möchte ich natürlich den besten Preis, den ich kriegen kann.«

»Wollen Sie sie denn nicht behalten?« Er runzelt die Stirn.

»Ich habe etwa fünfmal versucht, *Ivanhoe* zu lesen, und bin genauso oft gescheitert. *Waverly* zweimal. Und wenn ich sie lesen wollte, wäre eine normale Penguin-Classics-Ausgabe mit Anmerkungen viel eher etwas für mich. Ich meine, sie sind großartig, aber an mir leider vergeudet, fürchte ich.«

»Hm. Wollen sie alle verkaufen? Ich meine, alle Bücher?«

»Ich bin mir noch nicht sicher.«

»Das Burns-Zeug ist wahrscheinlich mehr wert. Genau wie die Bücher von Dickens. Die Erstausgaben aus dem zwanzigsten Jahrhundert. Und der Newton.« Er betont den Namen »Newton« mit besonderer Eindringlichkeit.

»Ja? Sehen Sie, ich kenne mich wirklich nicht aus. Alastair hat vorgeschlagen, dass ich die Bücher von Burns an die Burns-Leute gebe. Ich kann mir allerdings nicht vorstellen, dass ich irgendetwas habe, was sie nicht selbst haben.«

»Alastair Gordon?«

Ich nicke.

»Hm. Es gibt amerikanische Universitäten, die sie sofort nehmen würden. Sie würden sie Ihnen wahrscheinlich abkaufen. Oder, wenn Sie lieber die gute Fee spielen wollen …«, sagt er sarkastisch.

»Ich weiß nicht, was ich mit ihnen tun möchte.«

Er betrachtet mich und zieht dabei an seiner Unterlippe. »Werden Sie hier wohnen? In der Lodge?«

Ich zucke mit den Schultern. »Vermutlich nicht. Es ist unpraktisch, ein weiter Weg von zu Hause.«

»Und zu Hause ist wo?«

»Sussex.«

»Also werden Sie verkaufen?«

»Wahrscheinlich.«

»Verkaufen Sie es nicht meinem Bruder«, sagt er.

»Wenn ich es auf dem Markt anbiete, glaube ich nicht, dass ich mir wirklich aussuchen kann, wer es kauft.« Ich setze mein bestes aalglattes Lächeln auf.

Er schnaubt. »Sie werden es nicht auf dem Markt anbieten müssen. Er wird einfach auftauchen und Ihnen Geld anbieten. Wie lange sind Sie schon hier? Wundert mich ja, dass er es nicht schon längst getan hat.«

»Wir sind seit zehn Tagen hier. Letzten Montag sind wir angekommen.«

»Wer ist wir? Sie und Mr Mottram?«

Ich entschließe mich, seine Frage zu ignorieren, weil es ihn nichts angeht. »Aber tatsächlich haben Sie recht, Ihr Bruder ist gestern vorbeigekommen und hat sich vorgestellt. Er sagte, er würde es kaufen, wenn ich verkaufen möchte. Ein Angebot hat er mir aber nicht gemacht.«

Er nickt, eindeutig zufrieden, weil er recht behalten hat. »Noch nicht. Das wird er aber. Ich würde es lieber sehen, wenn Sie ihn abblitzen lassen.«

»Geschwisterliebe ist etwas Wunderbares«, sage ich zustimmend.

***

Nachdem Edward und ich einen Termin ausgemacht haben, an dem er vorbeikommen und sich die Scotts ansehen wird, sammle ich Xanthe an der Old Mill ein und fahre sie zum Bahnhof in Dumfries, der eine Stunde und zwanzig Minuten Autofahrt von Baldochrie entfernt liegt. Sie wird ungefähr sieben Stunden für die Heimreise brauchen. Ich beneide sie nicht darum.

Wir sind fast die einzigen Menschen vor dem kleinen Bahnhof. »Halt mich auf dem Laufenden«, sagt sie. »Schreib mir, wann immer du einen Kaffee trinken gehst.«

»Mach ich.«

»Und du kannst mich auch anrufen. Von deinem richtigen Telefon aus.« Sie tut, als würde sie eine Nummer wählen.

»Ich weiß.«

»Wenn du traurig bist oder dich einsam fühlst.«

»Ja. Danke, Xan. Du warst eine große Hilfe.« Ich bin fast etwas ängstlich, jetzt, da sie fährt.

»Es hat Spaß gemacht. Es ist schön hier. Ich bin mir wirklich nicht sicher, ob du verkaufen solltest.«

»Vielleicht ziehe ich her.« Ich sehe mich um und drehe mich in Richtung des mehr oder weniger leeren Parkplatzes. »Platz genug ist hier wahrscheinlich.«

»Mach nichts Verrücktes.« Wir umarmen uns. »Oh nein, sieh mal, jetzt kommen mir die Tränen.« Sie wischt sich über die Augen. »Wie albern.«

»Wirklich albern«, stimme ich zu. »Aber ich hab dich lieb. Gute … Okay, ich werde dir keine gute Reise wünschen. Hab eine Reise, die nicht zu schlimm ist. Und grüß Rob und die Kinder. Wir sehen uns, wenn ich nach Hause komme.«

»In Ordnung, Liebes. Ich gehe jetzt besser.« Wir umarmen uns noch einmal, dann nimmt sie ihren Rucksack und geht zur Barriere. Bevor sie hindurchgeht, dreht sie sich noch einmal um und winkt. Ich winke zurück und warte, bis sie im Bahnhof verschwunden ist. Es gibt nur zwei Gleise, eines Richtung Glasgow im Norden, eines Richtung Carlisle im Süden.

Dann bin ich allein. Es ist ein seltsames Gefühl. Ich bin knapp fünfhundert Kilometer entfernt von allen, die ich kenne. Nun, genau genommen bin ich natürlich keine fünfhundert Kilometer von Xanthe entfernt. Und ich bin auch nicht fünfhundert Kilometer von Bobby und Sheena entfernt, die in Newcastle wohnen, oder von meinen Cousins und Cousinen zweiten Grades, die in den Lowlands verteilt leben, auch wenn ich die alle nicht wirklich kenne. Aber was ich meine, ist, dass ich im Grunde allein bin. Niemand ist hier, dem ich gefallen muss, außer mir selbst. Niemand, mit dem ich sprechen kann, es sei denn, ich bemühe mich darum. Der Gedanke begeistert und verängstigt mich gleichermaßen.

Ich fahre zur Lodge zurück. Heute ist das Wetter durchwachsen, am Morgen war es recht grau und in Dumfries hat es geregnet, ein diesiger Nieselregen. Aber auf dem Rückweg kommt die Sonne heraus, und ich fühle mich recht … positiv gestimmt. Ich frage mich, ob ich wirklich hier oben leben könnte. Nicht für immer, das erscheint mir nicht realistisch. Aber ich könnte definitiv über den Sommer bleiben, oder? Wenn mir langweilig wird oder das Wetter zu schlecht ist, könnte ich immer noch nach Hause fahren. Auch wenn das bedeuten würde, Miete für eine Wohnung zu zahlen, in der ich nicht lebe. Aber wäre das so schlimm? Ich kann es mir leisten, und Xanthe oder Angela würden bestimmt die Pflanzen gießen und mir die Post weiterschicken. Es ist schon verlockend. Ich könnte mich über Ferienvermietung informieren und herausfinden, was die Lodge wert wäre, wenn ich sie verkaufe – oder ich lasse ein neues Badezimmer einbauen und bin einfach … nicht zu Hause. Dann könnte ich so tun, als wäre alles in Ordnung. Vielleicht werde ich sogar einen Punkt erreichen, an dem alles in Ordnung *ist*. Das muss doch möglich sein, oder?

5

An diesem Morgen kommt Edward Maltravers aus der Buchhandlung zu mir, um sich meine Bücher anzusehen. Er wird der erste Besucher sein, der mich in der West Lodge beehrt – ich denke, Xanthe zählt nicht. Ich habe zum ersten Mal gesaugt und überlegt, mir einen neuen Staubsauger zu besorgen, da dieser uralt und ineffizient ist. Ich sollte ihn vor Ort kaufen und die lokale Wirtschaft unterstützen. Da ich nicht sofort online gehen und einen bestellen kann, könnte das sogar etwas werden. Ich nehme mir vor, Edward Maltravers zu fragen, ob er mir ein Geschäft empfehlen kann. Ich räume auf und wische Staub in der Bibliothek. Er würde es bestimmt missbilligen, wenn es dort staubig wäre. Wahrscheinlich findet er so oder so etwas zu bemängeln. Ich stelle zwei Tassen in der Küche bereit und hole die Keksdose heraus. Ich bin beinahe nervös.

Wir sind um halb elf verabredet, und er klopft auf die Minute pünktlich an die Tür.

Ich öffne ihm und bin erneut überrascht, wie groß er ist. Ich muss selten hochblicken, wenn ich mit jemandem spreche. Heute trägt er eine dunkle Jeans und ein lilablaues Sakko über einem dunklen Hemd.

Er runzelt die Stirn, als wäre er leicht verwirrt über meine Anwesenheit. »Hallo«, sagt er. »Sie haben mich gebeten, herzukommen und mir Ihre Bücher anzusehen.«

Es belustigt mich, dass er denkt, ich könnte vergessen haben, warum er hier ist. »Genau. Kommen Sie rein. Danke, dass Sie extra vorbeischauen.«

»Kein Problem.« Er sieht sich um. »Etwas merkwürdig, hier ohne Andrew zu sein.«

»Ich habe nicht viel verändert«, versichere ich ihm, als ich ihn ins Wohnzimmer führe und aufs Sofa deute. »Setzen Sie sich. Möchten Sie etwas trinken?«

Er nickt. »Tee, ohne Zucker. Danke.«

»Bin sofort wieder da.« Ich eile in die Küche. Als ich mit Tassen, Untertellern und der Keksdose auf einem Tablett zurückkomme, steht er vor dem Fenster und betrachtet den Garten.

»Mir hat es hier drin schon immer gefallen«, sagt er. »Ein schöner, sonniger Raum. Obwohl der Kamin scheußlich ist.«

Wir sehen beide zum Kamin, der aus Backstein gemauert ist und eine schreckliche Kupferhaube und verzierte Nischen hat.

Ich lache. »Ich nehme an, Andrew hat ihn bauen lassen? Sieht aus, als wäre er aus den Fünfzigern oder vielleicht frühen Sechzigern.«

»Ja, wahrscheinlich ist er effizienter als das, was vorher da war. Sie könnten ihn aber sicherlich abreißen lassen.« Er kommt herüber und setzt sich. »Der ursprüngliche Ofen wird noch dahinter sein.«

»Er ist noch nicht alt genug, um eine dieser Inglenook-Kaminsitzecken gewesen zu sein, oder? Die Pförtnerhäuschen wurden ja sicher zur selben Zeit gebaut wie das Haupthaus. Wann war das? Im achtzehnten Jahrhundert? Ich kann mir gar nicht vorstellen, wie es dann hinter dem Kamin aussehen könnte.«

»Wahrscheinlich ist er größer. Sie könnten Charles«, er spricht den Namen seines Bruders mit unüberhörbarer Abscheu aus, »bitten, die Pläne für Sie herauszusuchen. Die sind mit Sicherheit oben in Hollinshaw House.«

Seine Oberschenkel ragen schräg vom Sofa in die Luft, wodurch er viel zu groß für das Möbelstück wirkt.

»Wirklich?« Ich starre ihn an, auch wenn es natürlich vollkommen plausibel klingt.

Er nickt. »Da ist ein ganzes Archiv mit diesem Kram.«

»Wann wurde das Herrenhaus gebaut?«

»Man hat 1770 mit den Arbeiten begonnen. Die Pförtnerhäuser wurden errichtet, nachdem das Herrenhaus fertiggestellt war, also wahrscheinlich um 1775.«

»Komisch, so alt kommt es mir gar nicht vor. Ich vermute mal, dass viel daran gemacht wurde.«

»Sie haben versucht, es zu modernisieren, um es ansprechender für die Mieter zu machen. Bei der Volkszählung 1911 haben hier zwölf Personen gewohnt. Neun Kinder, eine Großmutter, der Pförtner und seine Frau.«

»Wow.« Ich kann es mir gar nicht vorstellen. »Neun Kinder? Die Bibliothek war bestimmt ein weiteres Schlafzimmer. Meine Güte.«

»Glaube ich auch. Es war aber ziemlich groß für Arbeiter zu der Zeit. Ich habe ein paar Bilder im Laden. Ich hätte sie mitbringen sollen, um sie Ihnen zu zeigen.«

»Bilder von der Lodge?«

»Ja, ein paar frühe Drucke und auch ein paar alte Fotos. Auf Hollinshaw sind noch viel mehr. Aber eigentlich müssten hier sogar auch welche sein. Ich glaube, Andrew hat einige Zeichnungen und Drucke besessen.«

»Oh, ich würde sehr gern sehen, wie es früher hier aussah. Nicht viel anders?«

»Überall Gemüse vor dem Haus, und ein Schwein.« Er lächelt. »Kein Blauregen.«

»Ach, dann ist es tatsächlich Blauregen. Ich war mir nicht sicher.«

»In etwa zwei Wochen wird er fantastisch aussehen. Er muss ordentlich beschnitten werden, zweimal im Jahr. Im Februar und im August.«

»Oh, okay, also habe ich den ersten Zeitpunkt verpasst. Das muss ich wohl mal nachschlagen, ich weiß gar nichts über Blauregen.« Ich öffne die Keksdose. »Sie haben die Wahl. Rich-Tea-Plätzchen oder Tunnock's Karamellwaffeln?«

»Oh, jetzt kennen Sie meine Schwäche.« Er nimmt eine Karamellwaffel aus der Dose und grinst mich an. »Danke.«

»Also, Sie haben die Bücher schon mal geschätzt?«

»Ja, genau. So vor etwa achtzehn Monaten, vielleicht zwei Jahren. Wahrscheinlich wird das Ergebnis heute nicht viel anders ausfallen, obwohl er noch ein paar dazu gekauft hat.«

»Ich möchte bloß wissen, wie es mit den Scotts aussieht, und auch mit möglichen anderen, äh, Abteilungen … Ich denke, manche werde ich behalten, aber zum Großteil sind sie an mir vergeudet, wie gesagt. Andererseits gefallen sie mir schon sehr. Ich bin etwas zwiegespalten.«

»Wenn Sie sie nicht lesen …«

»Ich weiß. Wahrscheinlich werde ich das nicht. Ich habe mir die Dickens-Ausgaben angeguckt, aber ich denke einfach … Ich habe schon welche, wissen Sie, und meine sind zwar nichts wert, aber in gewisser Weise ist das auch etwas Gutes. Und ich dachte, vielleicht sollte ich den Raum in ein Schlafzimmer zurückverwandeln. Oder ein Esszimmer oder so. Ich brauche eigentlich nur einen Ratschlag.«

»Okay.« Er beißt von seiner Waffel ab und kaut nachdenklich. »Der Newton ist wahrscheinlich am meisten wert. Sie könnten vierzig Riesen dafür kriegen. Ich weiß nicht, was Andrew bezahlt hat, er hat ihn schon seit fünfzig Jahren oder so.«

»Vierzigtausend Pfund? Für ein Buch? Großer Gott.« Ich bin entsetzt. »Sollte es nicht besser irgendwo eingeschlossen sein?«

Er zuckt mit den Schultern. »Es besteht aus zwei Bänden. Vermutlich sind sie im Safe, oder? Und es ist unwahrscheinlich, dass es gestohlen wird. Es sei denn, jemand wüsste, dass es hier ist. Von mir erfährt es aber niemand.«

»Es gibt einen Safe? Ich habe keinen gesehen, und Alastair hat keinen erwähnt.«

»Ich zeige ihn Ihnen. Der Newton ist recht selten. Und er ist sehr berühmt.«

»Nun, ich weiß, aber –«

»Zweitauflage, 1713«, sagt er und trinkt einen Schluck Tee.

»Oh mein Gott.« Ich denke einen Moment lang nach. Vor Kurzem habe ich eine Biografie über Isaac Newton gelesen. »Mathe oder Optik?«

»Mathe … na ja. *Principia. Opticks* kann man für etwa drei Riesen bekommen. Ich habe eins, falls Sie eins möchten.«

»Wow. Nein. Vierzigtausend?«

»Ja, das kann ich Ihnen leider nicht abkaufen, aber ich könnte es für Sie verkaufen.«

»Verflixt.«

Er trinkt seine Tasse aus. »Wollen wir es uns dann mal anschauen?«

Ich folge ihm in die Bibliothek. »Ich hoffe, Sie lassen die Vorhänge geschlossen«, sagt er.

»Oh, ja. Für die Einbände, richtig? Ich habe sie heute Morgen nur geöffnet, um Staub zu wischen, und für Ihren Besuch.«

In der Mitte des Zimmers bleibt er stehen, sieht sich um und seufzt. »Es ist eine Schande, sie aufzulösen.«

»Ich weiß, bitte machen Sie mir nicht ein noch schlechteres Gewissen. Aber Sie wissen ja, dass ich das Haus wahrscheinlich verkaufe – ich habe keinen Platz für eine Bibliothek –, und jetzt bin ich auch noch unglaublich nervös wegen des Newton.« Angespannt knete ich die Hände.

Er lacht. »Brauchen Sie nicht zu sein.«

»Das sagt sich so leicht.«

Er läuft zum Schreibtisch am Fenster. Daneben steht der Schrank mit der Shakespeare-Büste.

»Dafür gibt es keinen Schlüssel«, erkläre ich ihm. »Oder zumindest habe ich keinen gefunden.«

»Es gibt einen Riegel.« Er lehnt sich um den Schrank herum und drückt etwas an der Hinterseite. Die Schranktür springt auf und bringt die grün angemalte Tür eines altmodischen Safes zum Vorschein.

»Oh!«

»Ja, das Schloss ist eine Täuschung«, sagt er. »Der Safe ist von einer der Banken im Ort. Er hat den Schrank so bauen lassen, dass er drumherum passt.«

»Wie gewieft. Aber wie öffnen wir den Safe? Ich kenne die Kombination nicht.«

»Fünfzehn, zehn, achtundzwanzig.« Er dreht an dem Schloss. »Marys Geburtstag. Es sei denn, er hat sie geändert. Ah, nein, hat er nicht.« Er öffnet die Tür, und wir spähen hinein. Die Bücher liegen im oberen Fach. Ansonsten scheint der Safe jedoch leer zu sein, keine Juwelen oder Geldstapel, leider. Er zieht ein Paar weiße Baumwollhandschuhe aus der Tasche und zieht sie an. »Ich lege sie auf den Schreibtisch.«

Ich sehe zu, wie er den ersten Band vorsichtig ablegt. Es ist außergewöhnlich, so etwas zu besitzen. Tatsächlich bin ich mir nicht mal sicher, ob das Werk wirklich mir gehört. Bestimmt sollte es eigentlich in einem Museum sein. Er blättert ein paar Seiten um, und ich erhasche einen Blick auf Diagramme und Gleichungen. Der Text ist auf Latein.

»Oh Gott, das ist alles so einschüchternd.«

»Es ist nur ein Buch. Kein Grund, sich eingeschüchtert zu fühlen.« Doch wenn ich mir ansehe, wie er mit dem Finger über die Ränder der Seiten fährt, bin ich mir nicht so sicher, ob er wirklich denkt, es wäre »nur ein Buch«.

»Bitte sehr, ich lasse es draußen, damit Sie es sich ansehen können. Aber denken Sie nachher daran, es wieder wegzuschließen.« Er zieht die Handschuhe aus und reicht sie mir. »Und versuchen Sie, es nicht ohne diese hier zu berühren.«

»Okay, danke.« Ich bin mir nicht sicher, ob ich es überhaupt berühren will, das Ganze überwältigt mich ziemlich.

Er räuspert sich und dreht sich vom Schreibtisch weg. »Und jetzt die Scotts«, sagt er. »Ich habe heute Morgen im Internet nachgesehen, ich könnte Ihnen fünfhundert Pfund für das zusammengehörige 1871-Set geben, das sind keine Erstausgaben. Der Einzelhandelspreis liegt bei etwa sechshundert. Dieser *Ivanhoe* ist eine Erstausgabe und in hervorragendem Zustand. Sechstausend. Ich habe ganz vergessen, dass er den gekauft hat.«

»Wow.«

»Die anderen Erstausgaben sind in keinem so guten Zustand. Zweihundert Pfund jeweils für *Guy Mannering* und *Das Herz von Midlothian*. Fünfhundert für den Rest.«

»Okay.« Offen gesagt finde ich das furchterregend.

»Ihre Burns-Sammlung ist etwa achttausend Pfund wert. Ich bezweifle, dass darunter irgendetwas Bemerkenswertes ist, das die Burns-Leute haben möchten.«

»Würden Sie sie kaufen?«

Er zupft an seiner Lippe. »Ja, wahrscheinlich schon. Burns werde ich normalerweise problemlos los. Die Trollope-Sammlung ist gut, die passenden Einbände zeigen, dass sie als Sammlung zusammengestellt worden sind, wahrscheinlich in den Zwanzigern. Dreieinhalbtausend Pfund.«

»Himmel.«

»Ich meine, bei dem Ganzen hier«, er wedelt mit dem Arm, »können Sie wahrscheinlich mit achtzig- bis hunderttausend Pfund rechnen. Ich kann es mir nicht leisten, sie alle zu kaufen. Oder zumindest nicht alle auf einmal.«

»Himmel, nein. Nein, okay. Aber könnten Sie sie für mich verkaufen? Ich nehme an, dafür bekommen Sie eine Vermittlergebühr?«

»Fünfzehn Prozent.«

»Ja, in Ordnung«, sage ich. »Ja.«

»Sie wirken verängstigt.« Er lächelt mich an.

»Bin ich auch. Außerdem verwirrt es mich ein wenig, dass Sie sie beim letzten Mal zu niedrig geschätzt haben.«

»Wir haben über die Steuer gesprochen«, sagt er, »Andrew und ich.«

»Oh, Gott, natürlich. Nun, ich weiß nicht, ob ich –«

»Sie können es anmelden, wenn Sie wollen. Das ist mir gleich.«

»Ich finde Steuern schon sinnvoll«, sage ich zweifelnd.

Er grinst mich an. »Ich auch. Aber wir dachten, es wäre nützlich, wenn Sie die Option haben.«

Ich starre auf die Bücher. Ein ganzes Leben der Hingabe, der Suche, des Sammelns liegt hier vor mir. »Wusste Onkel Andrew, dass er sterben würde?«

»Wir sterben alle«, entgegnet Edward. Ich sehe zu ihm. Er hebt die Augenbrauen.

»Ich weiß, aber –«

»Er war einundneunzig, als ich die Bücher geschätzt habe. Das ist ziemlich alt.«

»Ja.«

»Also. Ich nehme die Scotts, richtig? Und die Trollopes? Möchten Sie einen Scheck, oder soll ich das Geld überweisen?«

»Oh … Ich denke, eine Überweisung ist einfacher, da ich nach Newton Stewart fahren müsste, um den Scheck einzulösen. Und nehmen Sie auch die Burns-Ausgaben.«

»Okay. Ich schreibe Ihnen eine Quittung. Und dann überweise ich alles, was ich durch den Verkauf einnehme.«

»Was ist, wenn nicht? Wenn Sie sie nicht verkaufen können, meine ich?«

»Ich bin mir sicher, dass ich sie verkaufen kann. Wie wäre es damit: Alles, was ich in sechs Monaten nicht verkauft habe, kaufe ich selbst.«

»Okay. Ähm, wir sollten das aufschreiben, sonst vergesse ich es. Und was ist mit dem Rest?«

»Den Newton?«

»Darüber muss ich noch nachdenken.«

»Ich kann auch ein anderes Mal wiederkommen und dann noch Bücher mitnehmen. Wir könnten uns das nächste Mal die Literatur aus dem frühen zwanzigsten Jahrhundert anschauen. Fitzgerald und Waugh sind ein bisschen was wert. Ich habe eine Erstausgabe von *1984*, die ist mindestens fünfzehn wert.«

»Fünfzehntausend?«

»M-hm. Wenn sie signiert wäre«, erläutert er, »wäre sie fünfzigtausend wert. Er hat nicht viele signiert. Ich besitze ein signiertes Exemplar von *Erledigt in Paris und London* … hat mich dreiundzwanzigtausend gekostet.«

»Grundgütiger.« Dreiundzwanzigtausend Pfund für ein Buch? Eins, das noch nicht einmal hundert Jahre alt ist? Das ist … Ich weiß gar nicht, wie ich es nennen soll. Absurd.

»Ja. Ich würde sie ja alle kaufen«, sagt er mit einem Blick durch das Zimmer, »aber ich habe keine hundert-noch-was Riesen locker sitzen.«

»Nein, das verstehe ich.«

»Wenn Sie sie schneller loswerden müssen, sagen Sie mir einfach Bescheid. Ich kenne andere Händler mit mehr Liquidität.«

»Ich denke nicht, dass es besonders eilig ist. Ich danke Ihnen vielmals, das war sehr hilfreich. Und augenöffnend.«

»In gedruckten Büchern steckt doch immer noch etwas Geld«, sagt er grinsend.

6

Es ist Mitte Mai. Seit vier Wochen werkele ich nun schon in der Lodge herum. Ich genieße es, hier zu sein, alles zu erforschen, Andrews Sachen durchzusehen und den Garten in Schuss zu bringen. In der Zwischenzeit habe ich ein Angebot für ein neues Badezimmer eingeholt und mit Angus, dem Klempner, besprochen, wo ich einen Geschirrspüler unterbringen könnte. Seine Schwester Jenny ist die Tierärztin im Ort und gleichzeitig Alastair Gordons berühmte Verlobte. Ja, Baldochrie ist wirklich sehr klein. Cerys, die zusammen mit ihrer Partnerin Jilly die Old Mill führt, hat mir geraten, vorsichtig damit zu sein, was ich zu wem sage.

»Einfach, weil alle miteinander verwandt sind«, hat sie gemeint, »und du das immer erst herausfindest, nachdem du schon etwas Schreckliches gesagt hast. Ich bin ständig in Fettnäpfchen getreten, als ich neu hergezogen bin. Wenn sie nicht verwandt sind, sind sie zusammen zur Schule gegangen. Es ist ein Albtraum.«

Ich glaube ihr und bin dementsprechend zurückhaltend. Behutsam baue ich mir ein Sozialleben auf, das bisher darin bestanden hat, zu einem Vortrag über Künstler aus Kirkcudbright im Rathaus und zu einer Quiltausstellung in der Old-Mill-Galerie zu gehen. Alastair war auch dort und hat mir seine Verlobte Jenny vorgestellt. Vermutlich war er überrascht, dass ich die Lodge noch nicht zum Verkauf ausgeschrieben habe und zurück nach England gereist bin. Jenny hat dunkles Haar, das zu einem Pixie-Cut geschnitten ist, und intensive, helle blaue Augen. Sie ist offen und direkt und war mir auf Anhieb sympathisch. Ich habe mich ewig lang mit ihnen über Kunst und Handwerk unterhalten, und es wurde ein unerwartet netter Abend.

Ich habe selbst schon mal Quilts genäht, zuletzt für Jasmine, Xanthes Tochter, die zum zehnten Geburtstag eine Umgestaltung ihres Kinderzimmers geschenkt bekommen hat, und während meiner

Erkundungstouren durch die Lodge habe ich herausgefunden, dass Großtante Mary anscheinend auch welche genäht hat. In einer der Schubladen unter dem Bett im Gästezimmer liegen ordentliche Stoffstapel, dicke Quadrate, die nur darauf warten, zu einem Patchwork verarbeitet zu werden. Ich frage mich, wem sie die Quilts geschenkt hat, wenn sie fertig waren. Leider weiß ich nicht viel über Mary, die vor etwa zehn Jahren gestorben ist, und gar nichts über ihre Familie. Ihre Nähmaschine ist viel besser als die, die in meinem Lagerraum auf mich wartet, daher werde ich sie behalten. Ich gehe davon aus, dass sie alle Gardinen in der Lodge genäht hat, denn sie sind selbstgenäht und viel besser, als ich sie je hingekriegt hätte.

Noch immer bin ich damit beschäftigt, Andrews Besitz durchzugehen – inzwischen handelt es sich aber größtenteils um Papiere. Es ist alles recht ordentlich, nicht vergleichbar mit dem Albtraum, als ich Angela nach dem Tod ihres Vaters geholfen habe. Er hatte wirklich nie etwas weggeworfen, und wir wurden irgendwann schon fast hysterisch, als wir uns mit seinen Kontoauszügen aus den Sechzigern, Rechnungen für längst ausrangierte Haushaltsgeräte und Stapeln von pornografischen Magazinen wie *Razzle* und *Men Only* auseinandersetzen mussten. Zum Glück habe ich in der Lodge nichts dergleichen gefunden. Ich könnte wahrscheinlich schon fertig sein, wenn ich es darauf angelegt hätte, aber ich habe mich entschlossen, mir Zeit zu lassen. Meistens gehe ich ganz simpel vor: Ich lege alles Interessante auf eine Seite, wobei ich nicht zu streng darüber urteile, was als interessant zählt. Er hat viele wahrscheinlich unnötige Sachen behalten, aber natürlich werden die Dinge umso spannender, je älter sie sind – vor allem, wenn es sich um kurzlebige Erscheinungen handelt. Ich ordne alle möglichen Rechnungen und Belege säuberlich auf dem Tisch an und mache Fotos für meinen Instagram-Kanal. Sie finden vor allem Anklang bei den Typografie-Interessierten und Liebhabern von Design mit Lokalkolorit, das an die Zeit erinnert, als alles im eigenen Dorf entweder jemandem gehörte, mit dem man zur Schule gegangen ist, oder dessen Vater. In der Zeit, als Telefonnummern noch aus drei Ziffern bestanden und alles auf der Schreibmaschine getippt wurde von einer Dame, die eigens für diesen Zweck eingestellt worden war. Als meine Mutter zur Schule ging, mussten Mädchen sich entscheiden, ob sie die O-Levels machen (für die akademisch orientierten unter ihnen, die vielleicht noch aufs College gehen würden) oder Stenografie und Tippen lernen wollten (für diejenigen, die eine Arbeitsstelle brauchten, bis sie verheiratet waren).

Ich finde auch Aufzeichnungen von Andrew – es scheint eine Art Memoire zu sein, auch wenn es recht bruchstückhaft ist. Manche der Notizen sind handgeschrieben und manche getippt, das muss er bei der Arbeit gemacht haben, oder er hat sie jemandem diktiert, denn in der Lodge befindet sich keine Schreibmaschine. Ich stoße auf einige Notizbücher und einen Stapel loser Zettel. Darunter sind Geschichten über seine Eltern und Großeltern (und ich muss mich selbst daran erinnern, dass ich ebenfalls von diesen Leuten mit ihren beinahe unvorstellbaren Leben abstamme), Kindheitserzählungen über Wilderei und typische Streiche und eine ganze Auflistung von Abendgesellschaften und Tänzen, zusammen mit Tanzkarten und Speisekarten. Nicht direkt schillernd, aber wessen Leben ist das schon? Mir gefallen seine leisen Geschichten. Und es ist ja nicht so, als wäre nie etwas geschehen, immerhin ist ihm und Mary das Schlimmste widerfahren, was einem als Eltern nur passieren kann, als sie ihre Tochter verloren. Ich weiß nicht, ob er darüber geschrieben hat – falls ja, bin ich bei diesem Teil noch nicht angekommen. Vielleicht meide ich ihn auch. Es gibt diesen einen Punkt, an dem man das Gefühl hat, nie wieder aufhören zu können, sobald man einmal anfängt zu weinen. Ich versuche, mich nicht in eine Stimmung zu bringen, in der ich an diesem Punkt ankommen könnte. Daher lese ich lieber etwas über Möbel aus Dumfries aus dem neunzehnten Jahrhundert oder über Baldochrie während des Krieges.

***

Im Laufe der Zeit überlege ich, ob ich mir eine Arbeitsstelle suchen sollte. Nichts allzu Anstrengendes, vielleicht könnte ich in einem Café Sandwiches belegen oder in der Bäckerei die Kunden bedienen. Einfach nur etwas, wodurch ich mit Menschen in Kontakt komme und eine Beschäftigung habe.

Ich bitte Cerys, die Augen für mich offen zu halten, und dabei mache ich deutlich, dass ich nicht von ihr erwarte, mich einzustellen. Offen gestanden glaube ich nicht, dass ich mich für die Arbeit in einem Café eigne, da ich nicht sicher bin, ob ich dieses Level des gut gelaunten Service aufrechterhalten könnte.

»Hat Jenny eine neue Sprechstundenhilfe gefunden?«, fragt Jilly. »Da Pam ja jetzt in der Schule arbeitet?«

»Kirsty Macdonald hat die Stelle doch übernommen, oder nicht?«

»Oh, ja, natürlich.« Sie betrachten mich beide nachdenklich. »Ich habe gehört, dass der Hofladen jemanden sucht.« Jilly streicht die Etiketten an den Kuchenständern neben der Kasse glatt.

»Das ist aber schon weit außerhalb«, wendet Cerys ein.

»So weit ist es gar nicht. Vielleicht sollte ich mal anrufen.« Ich mag den Hofladen mit den ordentlichen Regalen voller ausgefallener Marmeladensorten und Chutneys, wunderschönen Auslagen mit regionalen Erzeugnissen und exzellentem Brot.

»Dann bleibst du hier oben?«

»Nur über den Sommer. Vielleicht auch nicht, wenn ich nichts finde.«

»Ach, da findet sich schon was«, versichert Jilly. »Wenn du nicht gerade die Karriereleiter hochklettern willst.«

»Ich habe festgestellt, dass mir eine Karriere ziemlich egal ist. Zumindest im Moment.«

* * *

An diesem Morgen gehe ich mit Jenny und den Hunden am Strand spazieren. Mags ist ein enthusiastischer Golden Retriever, die Urenkelin des Hundes auf dem Gemälde in Alastairs Büro, und Rollo ein lebhafter Collie-Mischling mit einer langen, spitzen Schnauze. Die Sonne scheint, aber es weht ein kalter Wind. Der Strand ist recht ungeschützt, ein weiter Sandstrand, und die Hunde jagen voraus, bevor sie wieder zurückrasen und mit den Nasen am Boden schwanzwedelnd vor uns ihre Kreise ziehen. Außer uns ist niemand hier, auch wenn Sand und Kies sich weitläufig vor uns ausbreiten – keine Familien, die picknicken, keine anderen Gassigänger, keine Kinder. Vielleicht ist es noch zu früh – wir sind schon vor halb neun aufgebrochen, um die vierzigminütige Fahrt anzugehen, und wahrscheinlich ist es noch nicht einmal zehn Uhr.

Jenny erzählt mir von ihren Hochzeitsplänen. Sie und Alastair heiraten im Dezember, und im Großen und Ganzen ist alles organisiert. Sie scheint sich jedoch nicht so richtig darauf zu freuen.

»Ich möchte verheiratet sein«, sagt sie, »aber ich wünschte, wir müssten dafür keine Hochzeit feiern.«

Meine eigene Hochzeit kommt mir sehr lange her vor, die Erinnerungen daran sind stellenweise gestochen scharf und dann wieder von einem Schleier der Verwirrung durchzogen.

»Normalerweise lautet mein Rat immer, durchzubrennen«, erzähle ich ihr. »Das ist viel leichter. Und günstiger. Es sei denn, du möchtest unbedingt das ganze Paket mit Kleid und allem Drum und Dran.« Ich bücke mich, um ein leeres, leuchtend orangefarbenes Strandschneckenhäuschen aufzuheben, und stecke es mir in die Tasche. Hier liegen massenweise Muscheln in jeder Schattierung und ganze Ansammlungen dieser schmalen Spiralen, die wie Miniaturhörner von Einhörnern aussehen.

»Ich wünschte, daran hätte ich selbst gedacht. Wir hätten einfach am Wochenende nach unserer Verlobung irgendwohin fahren können, dann wäre es jetzt alles längst Geschichte.«

»Es wird aber bestimmt schön«, sage ich. Beide Familien leben im Ort. Trotz des Altersunterschiedes von fünf Jahren kennt sie Alastair schon aus der Schulzeit, denn er war im selben Jahrgang wie ihr ältester Bruder. Sie waren allerdings lange kein Paar, erst seit ein paar Jahren. Die Trauung findet in der Dorfkirche und der Empfang im Rathaus statt, wo sie das Beste aus der gemeindeeigenen Weihnachtsdeko herausholen wollen.

»Wahrscheinlich schon.«

»So oder so, es geht alles blitzschnell vorbei«, versichere ich ihr, »und dann seid ihr schon weg. Ihr müsst nicht mal bis zum Ende bleiben, wenn ihr nicht wollt.«

»Ja, das ist wahr. Aber trotzdem.« Sie stupst mit dem Zeh gegen ein Stück Treibholz. Die Flutmarke endet direkt vor uns, das Wasser zieht sich zurück und hinterlässt grünschwarze Meeresalgen, Plastikflaschen, Möwenfedern, grüne und orangefarbene Seilstücke. Meine Augen haben viel zu tun, während ich nach Kostbarkeiten Ausschau halte.

Die beiden verbringen ihre Flitterwochen auf Skye, was ich witzig finde. Ich selbst würde den Highlands im Dezember vielleicht einen wärmeren Ort vorziehen. Dafür werden sie abends das Essen im The Three Chimneys genießen können und haben ein wunderschönes Cottage an einem See. Es ist eine siebenstündige Fahrt dorthin, daher verbringen sie ihre erste Nacht als Ehepaar in einem Hotel in der Nähe von Newton Stewart.

Wir bleiben stehen und blicken aufs Meer. Der Wind peitscht weiter draußen hohe Wellen mit Schaumkronen auf, und am Himmel jagen weiße Wolken vorüber.

»Ist es eigentlich sehr unsensibel von mir, mit dir über meine Hochzeit zu sprechen?«, fragt sie.

Ich lache. »Nein, gar nicht. Warum sollte es?«

»Es geht mich überhaupt nichts an. Ich tue zwar gern so, als wäre ich nicht neugierig, aber natürlich bin ich es.«

»Ist das nicht jeder? Ist schon in Ordnung. Du kannst gern nachfragen, aber mir wäre es ganz lieb, wenn du … es nicht weitererzählst.«

»Ist etwas vorgefallen, zwischen dir und deinem Mann? Seid ihr … getrennt?«

»Ich denke schon. Ich meine, ja, wir sind getrennt.« Es ist das erste Mal, dass ich das ausspreche, seit ich hier oben bin. Ich bin einigermaßen überrascht, wie viel leichter es mir jetzt fällt im Vergleich zu damals im Januar, als ich es all meinen Freunden sagen musste.

»Also lasst ihr euch scheiden?«, fragt sie, während wir weiterlaufen.

»Noch nicht. Wenn man zwei Jahre getrennt ist, ist es einfacher, dann muss niemand vor Gericht gehen. Zumindest, soweit ich weiß. Ich habe mich noch nicht wirklich informiert. Vielleicht sollte ich das mal tun.«

»Verkauft ihr euer Haus?«

Ich lache. »Himmel, nein. Nein, er lebt dort mit seiner, äh, Freundin.« Ich glaube, so habe ich sie gerade zum ersten Mal genannt, zumindest laut.

»Oh. Aber was ist mit dir? Das ist doch nicht fair. Ist es sein Haus? Wie funktioniert das?«

»Nein, es gehört uns beiden. Er kauft mir meinen Teil ab, irgendwann.«

Sie zögert. »Dann hat er dich für sie verlassen, aye?«

»Aye. Ich meine, ja.« Ich erzähle ihr ein bisschen von Chris und Susanna, gerade genug, um ihr erklären zu können, wie es dazu kam, dass ich allein hier gelandet bin.

»Was für ein kleiner Scheißer«, sagt sie schließlich missbilligend. Das bringt mich zum Lachen.

* * *

Cerys und ich durchstreifen den Booker in Dumfries. Sie wirkte etwas überrascht, als ich sagte, dass ich sie gerne begleiten würde, aber ich liebe Großhandelsmärkte, und man kommt nie dorthin, wenn man nicht selbst einen Betrieb führt, für den man dort einkauft. In unserem Einkaufswagen liegen riesige Flaschen Oliven- und Sonnenblumenöl und ganze Säcke voll Reis, Couscous und Quinoa. Alles ist riesig, ich finde es großartig. Käselaibe, die so groß sind wie der eigene

Kopf, gigantische Gläser mit Kräutern und Gewürzen. Tomatendosen in der Größe von Fässern, die sie aber zu meiner Enttäuschung nicht kauft, da sie ihre Tomatendosen geliefert bekommen. Ich kann mich gar nicht entscheiden, was mir am besten gefällt – die kleinen Dinge, wie die Möbel eines Puppenhauses, oder die großen, wie diese skurrilen Riesen-Liegestühle, die man am Strand manchmal bekommt und in denen man selbst wie eine Puppe aussieht.

»Du bist ja leicht zu unterhalten«, sagt Cerys, die sich über meine Verzückung amüsiert.

»Ja, bin ich wirklich. Ich finde, das ist ein Segen. Ich langweile mich nie.«

»Das nächste Mal schicke ich dich allein los. Ich kann nicht gerade behaupten, dass ich gerne herkomme.«

»Es ist schon eine ziemlich lange Fahrt.« Draußen helfe ich ihr, mehrere Säcke Hülsenfrüchte ins Auto zu hieven. »Ich frage mich ja, wie ihr berechnet, wie viel von allem ihr braucht.«

»Das überlasse ich Jilly, sie ist der Kopf in unserem Unternehmen. Und diejenige, die zur Gastronomie-Fachschule gegangen ist. Ich mache nur, was mir gesagt wird. Ich kaufe das, was auf der Liste steht, und versuche, mich nicht von der Schokolade ablenken zu lassen.«

»Das klingt schrecklich unfair.«

»Ja, wem sagst du das? Wie auch immer.« Sie wirft die Kofferraumtür zu und wartet, während ich den Einkaufswagen zurückbringe. »Ich dachte, wir könnten auf dem Rückweg in Kirkcudbright halten und zu Mittag essen. Da ist ein neues Lokal, das wir uns mal ansehen wollten.«

»Uhh, ein rivalisierender Betrieb?« Wir steigen ins Auto, und sie stellt die Scheibenwischer an, um die Windschutzscheibe vom Nieselregen zu befreien.

»Wir sind nicht *direkt* Rivalen, aber ja. Wir haben die Konkurrenz gerne im Blick.«

»Industriespionage«, sage ich fröhlich, während ich mich anschnalle. »Und dazu ein Mittagessen. Klingt großartig.«

Kirkcudbright ist wahrscheinlich die touristischste von all den kleinen Ortschaften im Westen von Dumfries. Hier gibt es eine schicke Burgruine, eine blühende Kunstszene, jede Menge charmanter Gebäude aus dem achtzehnten und neunzehnten Jahrhundert und eine sehr ungewöhnliche Betonbrücke aus den 1920ern, die – meiner Meinung nach – hässlich und schön zugleich ist. Und zusätzlich zu all dem gibt es hier einen richtigen, wenn auch kleinen, Fischereihafen. Wir parken am Schloss, und genau in dem Moment wird der Regen stärker.

»Es ist nicht weit«, sagt Cerys, und wir eilen los und halten unsere Kapuzen fest, als ein scharfer Windstoß über die St Cuthbert's Street weht. Cerys biegt um eine Straßenecke, um noch eine, und dann stehen wir vor einem Gebäude, das eindeutig mal ein großes Geschäft war, ein Stoffladen vielleicht oder eine Apotheke. Es hat hohe, wunderschöne bogenförmige Fenster, und die Mosaikfliesen vor der Tür ergeben in glänzenden, auffälligen geschwungenen Buchstaben den Namen des Cafés, *Bristow's*. In den Fensterläden stehen große, mit Moos befüllte Töpfe mit roten und weißen Tulpen, und eine Tafel auf dem Bürgersteig verkündet: *KUCHEN! KAFFEE! UND MEHR!*

»Hm.« Cerys drückt die Tür auf. Drinnen erwarten uns eine Einrichtung aus unbearbeitetem Holz und zusammengewürfelten Möbeln, eine große Anzahl an Damen, die zu Mittag essen, und eine sehr beeindruckende gläserne Kuchenauslage. An der Wand hinter der Ladentheke hängt eine Tafel mit dem Angebot, und darunter steht eine glänzende Kaffeemaschine. Zwei Frauen werkeln hinter dem Tresen, eine, die etwa in meinem Alter sein muss, und eine Jugendliche. Sie lächeln uns an. Cerys ist zu sehr damit beschäftigt, sich umzusehen, um zu antworten, also frage ich, ob wir am Tresen bestellen sollen. Sie geben uns die Karte, und dann dürfen wir uns einen Tisch suchen.

»Wo möchtest du sitzen?«, frage ich. »Am Fenster?«

»Nein, lass uns nach hinten durchgehen, damit ich alles im Blick habe«, sagt sie, und ich folge ihr an einer Treppe vorbei, die nach unten zu den Toiletten und der Küche führt.

»Wie nervig für sie«, kommentiert Cerys, »den ganzen Tag die Treppen hoch- und runterlaufen zu müssen.«

»Aber denk mal an ihre Waden, die müssen hart wie Stahl sein.«

Sie lacht prustend, und wir setzen uns an einen Tisch mit einer langen, mit grünem Samt bezogenen Sitzbank an der Rückwand und zwei Stühlen, die nicht zueinanderpassen. Ich wickle mir den Schal ab, ziehe mir umständlich den Mantel aus und setze mich schließlich mit dem Rücken zum Raum. Cerys stupst schon mit dem Finger gegen die kleine blaue Glasflasche auf dem Tisch, in der eine einzelne Tulpe steht, und hebt die Salz- und Pfefferstreuer hoch, um zu sehen, von welcher Marke sie sind. An den Wänden hängt lauter Vintage-Werbung für Korsetts und ähnliche Dinge, weshalb ich erneut annehme, dass der Laden ein Stoff- oder Kleidungsgeschäft oder etwas in der Art gewesen sein muss. Von den hohen Decken hängen modische Lampen.

»Was meinst du?«, fragt Cerys mich. Ich hole mein Handy heraus, um die Tulpe zu fotografieren. Die blaue Farbe der Glasflasche bringt das Orange der Blüten besonders hübsch zur Geltung. Ich lehne mich umständlich zur Seite, um den Winkel zu verändern und etwas von den weißen Windröschen auf dem Nachbarstisch mit aufs Bild zu bekommen.

»Schöner Blumenschmuck«, sage ich, während ich durch meine Fotos scrolle und die lösche, die nichts geworden sind. »Perfekt für Instagram. Die Möbel mag ich auch. Und es gefällt mir, dass es hier eher dunkel ist, aber nicht finster.«

»Hm.« Cerys richtet ihre Aufmerksamkeit auf die Speisekarte. Sie kräuselt die Nase.

»Ist was Gutes dabei?« Ich nehme meine eigene Speisekarte in die Hand – sie besteht aus braunem, natürlichem Papier.

»Tatsächlich klingt das alles viel zu gut«, sagt sie. »Die Kuchen sehen unglaublich aus, oder?«

»Eure Kuchen sind auch sehr gut. Ich finde nicht, dass sie besser aussehen als eure.« Jillys Mum Kate backt die Kuchen, sie ist ein Genie.

Der Gedanke an Jillys Mum erinnert mich an etwas. »Kate hat schon immer in Baldochrie gewohnt, oder?«

»Ja.« Cerys wendet die Karte, um sich die Getränke anzusehen. »Michael auch. Sie sind echte Einheimische.«

»Dann sollte ich sie mal nach Fiona fragen.«

»Wer ist Fiona?«

»Meine Cousine. Na ja, nein, vielmehr Großcousine. Onkel Andrews Tochter.«

»Oh, ja, was ist denn mit ihr?« Sie runzelt die Stirn. »Warum hat nicht sie das Haus geerbt? Ist sie tot?«

»Ja, sie ist gestorben, als sie noch sehr jung war. Vierzehn.«

»Oh mein Gott, wirklich? Das ist ja schrecklich. Was ist passiert?«

»Ja. Ich bin mir nicht sicher, ich vergesse ständig, meine Mum danach zu fragen. Aber sie wäre jetzt wahrscheinlich etwa in Kates Alter. Ich glaube, sie wurde in den frühen Fünfzigern geboren.«

»Kate ist dreiundsechzig«, sagt Cerys. »Könnte also hinkommen.«

»Ich muss mal daran denken, sie zu fragen. Das muss damals eine große Sache gewesen sein.«

»Gott, ja, das denke ich auch. Ihre armen Eltern.«

7

Ich halte in Baldochrie an, um Brot und Milch zu kaufen. Dafür parke ich an der Buchhandlung, weil ich überlege, noch hineinzugehen und herauszufinden, ob Edward schon einige meiner Bücher verkaufen konnte. Im Fenster hängt ein Schild: *Dringend Verkäufer gesucht. Bitte im Laden melden.*

Ich bleibe stehen und betrachte das Schild. Mir hat die Vorstellung immer gut gefallen, mal in einer Buchhandlung zu arbeiten. Und eine Tätigkeit im Ort könnte mir dabei helfen, mit anderen Menschen in Kontakt zu kommen. Wenn ich ein paar Monate bleiben will, muss ich mehr Leute kennenlernen. Ich kann nicht von Jilly und Cerys oder auch Alastair und Jenny erwarten, für mein gesamtes Sozialbedürfnis herzuhalten. Ich war bereits mehrfach mit Jenny und den Hunden am Strand spazieren und habe zweimal bei ihnen zu Abend gegessen. Ich habe Jenny sehr gern, aber ich möchte ihr auch nicht zu sehr auf die Pelle rücken. Und ich kann von niemandem erwarten, all seine oder ihre Freunde mit mir zu teilen.

Ich bin mir nicht sicher, ob Edward so ein angenehmer Arbeitgeber wäre. Aber das spielt eigentlich keine große Rolle, wenn ich nicht für immer bleibe. Und als er mich auf der Lodge besucht hat, sind wir gut miteinander ausgekommen. Ich habe ihn sogar zum Lachen gebracht.

Als ich später am Tag mit Jenny in der Old Mill Tee trinke, erzähle ich ihr von dem Job. Sie stellt ihre Tasse ab und starrt mich an.

»Oh mein *Gott*«, sagt sie. »Da kannst du nicht arbeiten. Er ist ein Arsch.«

»Ist er das wirklich? Er schien okay zu sein, als er für die Schätzung meiner Bücher vorbeigekommen ist. Aber selbst wenn – ich kann damit umgehen. Mein alter Boss war ein richtiger Vollidiot. Und es ist ja nicht so, als würde ich unbefristet dort arbeiten wollen.«

»Ja, das stimmt wohl. Ich frage mich, ob Rory aufhört. Oh, er geht bestimmt bald zur Uni. Dann lernt er sicher gerade für seine Abschlussprüfung.«

»Rory ist der Junge, der dort arbeitet?« Ich habe ihn ein paarmal gesehen, als er Regale eingeräumt hat.

»Aye, er ist ein guter Junge. Vor ihm hat sein Bruder dort gearbeitet. Tom.«

»Und die beiden kommen gut mit Edward zurecht?«

»Oh, ja, er ist nur Frauen gegenüber ein Arsch. Normalerweise.« Sie verdreht die Augen.

»Was für eine Art Arsch denn? Mit mürrisch und übellaunig kann ich umgehen, aber mit grabschenden Händen will ich mich nicht herumplagen.«

Jenny lacht. »Nein, so etwas habe ich noch nie über ihn gehört. Eher das Gegenteil, ich habe Freundinnen, die sich sehr um ihn bemüht haben.«

»Wirklich?«

»Aye. Ohne Erfolg. Er ist ein elender Mistkerl.«

***

Ein paar Tage später bin ich wieder in der Buchhandlung und lehne mich über den Verkaufstresen. Edward sitzt auf seinem Stuhl, mir zugewandt. Wir haben schon darüber gesprochen, wann er wieder zu mir herauskommen und sich die Erstausgaben aus dem zwanzigsten Jahrhundert anschauen kann. Von denen werde ich mich schlechter trennen können.

»Ach, übrigens, ich habe Ihre Anzeige gesehen«, sage ich. »Ich dachte, ich bewerbe mich mal.«

»Anzeige?«

»Im Fenster. Für eine Verkaufskraft?«

»Oh, scheiße, nein.« Selbst für Edwards Verhältnisse erscheint mir das sehr barsch. Ich blinzle.

»›Oh, scheiße, nein‹? Sie hätten einfach sagen können, ich wäre ja eindeutig überqualifiziert oder so, kein Grund, gleich unhöflich zu werden. Oder vielmehr noch unhöflicher als sonst.«

Er wühlt in einer Schublade seines Schreibtischs und holt dann ein einlaminiertes Schild heraus, ähnlich wie die anderen, die überall im Laden hängen. Darauf steht: *VERGISS NICHT, KEINE MÄDCHEN.*

»Das ist meine Personalrichtlinie«, sagt er.

Ich lache und versuche dann, es mit einem Husten zu überspielen. »Ich glaube fast, das ist diskriminierend. Aber davon abgesehen bin ich schon seit Jahrzehnten kein Mädchen mehr.«

Er sieht mich an, mit gekräuselten Lippen. »Soll ich es zu ›Keine Frauen‹ umändern? Ich könnte Rory anweisen, das noch zu erledigen, bevor er geht. So oder so, es macht keinen Unterschied. Keine weiblichen Angestellten. Es sei denn, ich bin verzweifelt.«

»Ich habe gehört, dass Sie ziemlich verzweifelt *sind*. Wann geht er?«

Er wirkt gequält. »Nächsten Samstag ist sein letzter Tag.«

»Heute in einer Woche? Er will erst für die Prüfungen lernen und dann eine Interrail-Reise machen, richtig? Das habe ich jedenfalls gehört.«

»Ja, er schreibt die Prüfungen, dann ist er vier Wochen mit seinen sogenannten Freunden in einem verdammten Zug unterwegs, und danach geht er zur Uni. UNDANKBAR!«, ruft er in Richtung des Kamins, wo Rory Bücher aus einem großen Karton in ein Regal räumt. Er dreht den Kopf zu uns und grinst uns an.

»Also, was soll das überhaupt? Keine Mädchen?«

»Zu viel Ärger.«

Ich schüttle ungläubig den Kopf. »Es ist doch nicht Ihr heiliges *Baumhaus* oder so.«

»Oh doch. Es ist so was von mein Baumhaus.« Edward nickt nachdrücklich.

»Was für Ärger überhaupt? Weinen? Menstruieren?«

»Grundgütiger.«

Das bringt mich zum Lachen. »Nun?«

Er hebt verärgert eine Schulter. »Sie verlieben sich in mich. Oder ich verliebe mich in sie. Es ist dumm und nervig.«

Ich lache erneut. »Oh, kommen Sie schon. Das kann doch nicht Ihr Ernst sein.«

»Doch, es ist mein voller Ernst.«

»Nun, da brauchen Sie sich bei mir keine Sorgen zu machen. In meiner Situation besteht keinerlei Gefahr, dass ich mich in Sie verliebe, und es ist unwahrscheinlich, dass Sie sich in mich verlieben, stimmt's? Beantworten Sie das nicht«, füge ich schnell hinzu. »Lassen Sie uns einfach davon ausgehen.«

Rory stellt das letzte Buch ins Regal und kommt zu uns herüber. »Du b-brauchst jemanden, Edward. Ich bin nur noch diese Woche hier.«

»Da, sehen Sie? Und außerdem können Sie ja weitersuchen. Ich bin nur über den Sommer hier.«

»Wie kommt es, dass Sie länger bleiben? Ich dachte, Sie wollten nur zwei Wochen hier verbringen. Sie sind bestimmt schon doppelt so lange hier.« Er verschränkt die Arme und betrachtet mich argwöhnisch.

»Mir gefällt es hier. Und es ist nicht so, als hätte ich zu Hause einen Job. Ich habe Ihnen ja gesagt, mir wurde gekündigt. Also kann ich bleiben, zumindest erst einmal.«

»Was ist mit Mr Mottram? Stört es ihn nicht, wenn Sie den ganzen Sommer fortbleiben? Oder kommt er auch hoch?«

»Ich verstehe nicht, warum Sie so interessiert an meinem Mann sind. Er wäre sehr erstaunt, wenn er das wüsste.«

Er sieht mich finster an. »Ich bin nicht interessiert. Hab mich das nur gefragt.«

»Das k-klingt aber schon so, als wärst du interessiert«, sagt Rory. Er grinst mich an. Edward macht ein empörtes Geräusch, und Rory und ich lachen.

»Oh, Herrgott noch mal. Können Sie eine Kasse bedienen?«

Wir sehen alle zu der Holzkiste auf der Theke. Ich ziehe Luft durch die Zähne ein. »Sieht hochtechnisch aus. Aber ich nehme an, wenn es mir jemand beibringt, komme ich schon zurecht. Ich habe in einem HMV-Store gearbeitet, als ich auf dem College war«, füge ich hinzu, »aber ich sehe schon, dass sich die Technik seitdem sehr weiterentwickelt hat.«

Rory lacht erneut. Edward sieht mich weiter finster an. »In Ordnung. Du«, er zeigt auf Rory, »kannst es ihr beibringen. Können Sie jetzt anfangen? Heute?«

Ich blinzle überrascht. »Ich denke schon. Ja, warum nicht?«

»Dann fahre ich nach Glasgow, wenn hier jetzt zwei Leute im Laden sind. Für den Verkauf. Ich bin am Freitag zurück. Lass sie nichts Dummes tun. Für Sie«, er zeigt auf mich, »gilt Mindestlohn für den ersten Monat. Danach können wir noch mal darüber sprechen. Und du«, er zeigt wieder auf Rory, »erklärst ihr, wie das Katalogsystem funktioniert. Und später kommt eine Lieferung von Murchison, da kannst du ihr zeigen, wie man die Bücher einräumt.«

»Ich nehme an, das könnte ich mir auch selbst erschließen.«

Er kneift die Augen zusammen. »Machen Sie, was Rory Ihnen sagt. Stellen Sie keinen Unsinn an.«

»Ich werd's versuchen. In Ordnung, dann danke.« Ich salutiere scherzhaft. »Sie werden es nicht bereuen, Mr Maltravers, Sir.«

»Das will ich auch hoffen«, sagt er.

***

Rory und ich haben eine ziemlich lustige Zeit miteinander. Er ist schüchtern, fast so groß wie Edward, hat blasses, rotblondes Haar und einen unglücklichen Ausbruch von Akne im Gesicht. Im September wird er in St Andrews Englisch studieren, wenn seine Noten stimmen. Ich liebe seinen Akzent. Edward ist einer dieser anstrengend vornehmen Schotten, die nicht wirklich einen schottischen Akzent haben, was ich äußerst schade finde.

Rory stellt mir die Ladenkatze Holly Hunter vor, ein uralter Persermix, der überall büschelweise helles Fell hinterlässt und auf einem Haufen Handtücher auf der Heizung im Flur schläft. Er zeigt mir, wie man die Kasse bedient, wobei wir beide so tun, als wäre sie schrecklich komplex und technisch, und weist mich in das Katalogsystem ein. Es ist direkt mit der Internetseite verknüpft, sodass die Auflistungen immer aktuell sind. Die meisten der Verkäufe, vor allem die der antiquarischen Bücher, werden online abgewickelt – Päckchen sorgfältig zu packen und zur Post zu bringen gehört also auch zum Job dazu.

Rory ist bereits von der Schule zum Lernen freigestellt worden, daher bringt er jeden Tag seine Unterlagen mit ins Geschäft, auch wenn er eigentlich zu Hause sein sollte. Während des Schuljahres hat er unter der Woche meistens nur von halb fünf bis sechs gearbeitet. In unseren Kaffeepausen stelle ich ihm lauter neugierige Fragen, die er zum Großteil auch beantwortet.

Mir gefällt es ganz gut, mittleren Alters zu sein. Wäre ich so jung wie er, wüsste ich gar nicht, was ich zu ihm sagen sollte. Aber jetzt ist es schön einfach, ihm Fragen zu stellen, und er redet auch bereitwillig mit mir, wahrscheinlich, weil ich eine Fremde bin. Ich erzähle von meinen Abenteuern an der Uni, ohne zu erwarten, dass er besonders aufmerksam zuhört, und er erzählt mir von Chloe, seiner Freundin, die im September nach Edinburgh zieht. Er sorgt sich darum, was passieren wird, wenn sie beide fort sind und neue Leute kennenlernen, und ich kann ihn verstehen.

»Der Horizont wird plötzlich so viel größer, wenn man zur Uni geht. Es ist schwierig, sich das nicht zu Kopf steigen zu lassen. Und es ist sehr schwer, die Dinge, die passieren, nicht persönlich zu nehmen. Aber in deinem Alter ist jeder egoistisch. Das meine ich nicht als Kritik.«

»Ich liebe sie aber.« Er knibbelt an einem Preisschild, das jemand auf die Marmorplatte der Ladentheke geklebt hat.

»Ich weiß, und sie liebt dich sicher auch. Darum geht es auch nicht wirklich.«

Er sieht mich ernst an. »Das ist wohl eine dieser schrecklichen Sachen, die Erwachsene als unausweichlich ansehen, aye?«

»Irgendwie schon. Ich weiß noch, wie wütend ich war, als jemand meinem Freund gesagt hat, dass wir uns trennen würden, wenn ich an die Uni gehe.«

»A-aber Sie haben sich wirklich getrennt?«

»Am Ende schon.« Ich seufze. »Und am Ende hat es mir gar nicht mehr so viel ausgemacht.«

»Es macht mich t-t-traurig«, sagt er mit rosa Wangen, »wenn ich mir vorstelle, dass die Dinge, die mir jetzt wichtig sind, mir in der Zukunft vielleicht n-nicht mehr wichtig sind.«

»Ja. Das ist auch traurig. Aber – auch, wenn dir das nicht viel helfen wird – ich glaube, wenn man immer so intensiv leben würde wie im Alter zwischen sechzehn und vierundzwanzig, dann wäre man mit fünfundzwanzig tot. Ich war erleichtert, als alles etwas ruhiger geworden ist.«

»War das, als Sie geheiratet haben?«

»Ja, ich habe meinen Mann kennengelernt, als ich fünfundzwanzig war.«

»Sie w-wollten vorhin nicht mit Edward über ihn reden. Ihren Mann.«

Wie aufmerksam, der junge Rory. Ich überlege kurz, bevor ich antworte. »Nein, das stimmt. Edward kann etwas unausstehlich sein, nicht wahr? Ich möchte nicht so gern mit ihm über mich reden.«

»Warum n-nicht?«

Ich ziehe die Nase kraus. »Ich weiß nicht. Ich möchte ihm keine Munition liefern.«

»Und Ihr Mann wäre Munition?«

Ich lache. »Irgendwie schon. Wir haben uns im Januar getrennt.«

»Oh, das t-tut mir leid. Aber warum ist es ein Geheimnis?«

»Ich bin mir nicht sicher.« Ich zögere. »Eigentlich ist es keins. Aber mir wäre es lieb, wenn du mit niemandem darüber redest. Manchmal ist es besser, als verheiratete Person durchzugehen. Einfacher.«

Ich erwarte nicht, dass er es versteht, doch er nickt. »Das klingt e-einleuchtend. Und Edward ist etwas komisch. Was Frauen angeht.«

»Das dachte ich mir. Auch wenn ich davon ausgehe, dass ich zu alt bin, als dass er sich mir gegenüber komisch verhält.«

»Vielleicht«, sagt Rory.

***

Jetzt habe ich also einen Job. Er gefällt mir ganz gut. Obwohl ich lange Arbeitszeiten habe, ist es nicht anstrengend. Im Laden wird es nie zu hektisch, und natürlich ist es unheimlich interessant. Ich glaube, Edward hat nicht erwartet, dass ich Interesse an der Stelle hätte, aber als er aus Glasgow zurückkehrt und Rory sich wieder aufs Lernen konzentriert, essen wir in der Old Mill zu Mittag und reden über das Geschäft.

Wir sitzen im Wintergarten, ein wunderschöner, lichtdurchfluteter Raum, selbst an einem grauen Tag wie diesem. Cerys bringt uns das Essen – ihre Käsetoasts sind fantastisch – und zieht sich dann hinter die Theke zurück. Hin und wieder sehe ich mich um und bemerke, dass sie uns beobachtet. Vermutlich fragt sie sich, warum um alles in der Welt ich für Edward arbeiten möchte. Eine Weile essen wir schweigend, dann sage ich: »Wenn es Sie nicht stört, würde ich gerne mehr über Bücher und den Handel und all das lernen. Also bitte gehen Sie nicht davon aus, dass ich mich nicht dafür interessieren würde, falls es etwas gibt, das Sie jemandem erklären würden, der länger bleibt.«

Er betrachtet mich eine Weile, kaut nachdenklich und nickt schließlich. »Okay, ich kann Ihnen ein paar Dinge beibringen. Sind Sie geschickt?«

»Geschickt?«

»Ich meine, haben Sie einen Blick fürs Detail und eine ruhige Hand? Manchmal repariere ich Bücher.«

»Ahh, mit Klammern und Hasenleim? Ich weiß, dass man Bücher nicht mit Sellotape reparieren sollte.«

Er erschaudert. »Nein, wirklich nicht.«

»Ich habe in der Schule in der Bibliothek gearbeitet. Wir hatten spezielles Klebeband für die Bücher.« Ich denke gerne an den dunklen Klassenraum zurück, in dem es immer leise war, in dem ich viel über das Dewey-System erfahren habe und in dem ich zweimal pro Woche die Pausen verbracht habe, um Bücher für Mr Thompson zu reparieren.

»Okay, gut. Ja, ich kann Ihnen zeigen, wie man das macht, und auch, worauf Sie online und in den Verkaufskatalogen und so weiter achten müssen. Wenn Sie wirklich wollen.« Er wendet seine Aufmerksamkeit wieder dem Teller zu und isst die letzten beiden Tomatenscheiben.

»Ja, gerne. Ich bringe mich gern ein. Sie müssen mir sagen, wenn Sie das nervt.«

»Warum sollte es nerven?« Er schenkt sich selbst und nach einem fragenden Blick auch mir Wasser nach.

»Nun, es ist ja Ihr Laden, nicht wahr? Ich möchte nicht, dass Sie denken, ich mische mich ein.«

Er wirkt belustigt. »Möchten Sie sich einmischen?«

Das sehe ich als gute Gelegenheit an und sage: »Nein, es ist nur … Ich habe mir Gedanken über die Schaufensterauslagen gemacht …«

Er seufzt schwer. »Na gut, raus damit. Wir können darüber sprechen.«

»Wir könnten – ich meine, Sie könnten – sich jeden Monat ein anderes Motto überlegen. Zum Beispiel so was wie internationaler Monat des Was-auch-immer. Ich überlege mir ein paar Vorschläge, die Sie sich ansehen können. Und … Rory sagt, dass es eine Facebookseite gibt?«

Er schüttelt den Kopf. »Ich poste nie etwas.«

»Ich weiß. Darum könnte ich mich kümmern. Ich kenne mich ganz gut mit Social Media aus, bei meinem letzten Job habe ich mich um den Twitter-Account des Unternehmens gekümmert. Wir hatten fünfzehntausend Follower.«

Er seufzt erneut. »Ich führe eine Buchhandlung, um all das zu vermeiden.«

»Ich weiß. Aber Sie können es ja nach wie vor vermeiden – lassen Sie mich das übernehmen. Veranstalten Sie Events?«

Nun wirkt er skeptisch. »Was für Events?«

»Also, ich weiß, dass es im Laden eine Abteilung für aktuelle Bücher gibt. Laden Sie je Autoren für Signierstunden ein? Oder Lesungen?«

»Nein, das habe ich noch nie gemacht. Ich kann nicht gut mit Menschen umgehen. Ist Ihnen vielleicht schon aufgefallen.«

Ich ignoriere die Aussage. »Nein, aber hätten Sie Interesse? Ich meine, sagen wir mal, wir könnten Amy Liptrot oder so an Land holen?«

»Ich würde sie sehr gerne kennenlernen.« Kurz wirkt er angeregt.

»Ja, sie ist schon nicht schlecht, oder?« Ich nicke zustimmend. »Und sie scheint sehr interessant zu sein. Aber wie dem auch sei, sagen wir, sie würde irgendwas in Wigtown machen, im Rahmen des Buch-Festivals oder so, dann könnten wir sie fragen.« Ich hole mein Handy heraus. »Der Laden braucht definitiv einen Twitter-Account. Kann ich einen anlegen? Und Instagram?«

»Um was zu tun? Jeden Tag Fotos von unseren Sandwiches zu posten?«, fragt er amüsiert.

»Es ist nicht nur für die Essensbilder gedacht.« Ich schnalze mit der Zunge, auch wenn ich denke, dass das vielleicht sogar ein nettes Gimmick wäre. Das Mittagessen der Buchhändler. »Ich könnte Fotos von besonders schönen oder seltenen Büchern machen. Und wenn wir Bücher reparieren oder so etwas.«

»Ich habe nicht damit gerechnet, dass Sie so eifrig sind.« Er runzelt die Stirn. »Das ist irritierend.«

»Junge Leute sind toll, aber man kann ja nicht von Rory erwarten, sich mit Marketing auszukennen, so technikaffin er auch sein mag. Aber ich weiß ein bisschen was darüber, und heutzutage kann man so viel machen, ohne etwas dafür ausgeben zu müssen. Ich nehme an, Sie haben kein Marketingbudget?«

»Richtig.«

»Okay, ich wette, ich kann trotzdem einen Unterschied bewirken. Den Umsatz erhöhen. Nicht drastisch, aber ein bisschen.«

Er ist offensichtlich belustigt und verzieht den Mund zu einem halben Lächeln. »Das sehen wir ja dann.«

8

Wenn ich nicht bei der Arbeit bin, erkunde ich die Gegend. Jeden Sonntag, selbst wenn es regnet, verbringe ich entschlossen den ganzen oder zumindest den halben Tag draußen. Ich habe schon die Whithorn Priory und Caerlaverock Castle besichtigt und mich in den Ortschaften Castle Douglas und Newton Stewart umgesehen. Ich habe mir Ruinen von Turmhäusern und Steinzirkel angeschaut und bin die schmale Straße nach Cairnholy hinaufgefahren, um mir die berühmte Grabkammer anzusehen. Wofür bin ich schließlich hier oben, wenn ich mir nicht die Sehenswürdigkeiten ansehe?

An einem ungewöhnlich sonnigen Tag fahre ich zur Drumtroddan Farm, um die Cup-and-Ring-Markierungen zu bestaunen, die vor fünftausend Jahren in Steinblöcke geritzt wurden.

Es ist ruhig hier. Farmen sind merkwürdige Orte, entweder geht es dort unheimlich geschäftig zu oder es passiert gar nichts, und manchmal sieht man selbst auf einer großen Farm tagsüber niemanden, auch keine Tiere, einfach nur leere Gebäude und rostige Gegenstände, Schlamm und Kalk, aufwändig zusammengebaute Gatter und Zäune, große, mysteriöse Drahtbündel oder Rohre. Als ich den Schildern über den Hof folge, frage ich mich, ob die Besitzer wohl erfreut oder genervt davon sind, dass sie diese berühmten Markierungen auf ihrem Land haben.

Ich parke vor einem großen Schild mit der Aufschrift *KEINE HUNDE* und stecke fünfzig Pence in die Kiste an der Wand, auf der steht: *Spenden willkommen*. Ich kann mir nicht vorstellen, dass sie durch die Besucher viel Geld einnehmen, selbst wenn jeder etwas geben würde, was wahrscheinlich nicht der Fall ist. Ich frage mich, ob sie eine Zuwendung dafür bekommen, dass sie sich um die Steine kümmern. Oder bedeutet es für sie einfach nur eine Last, die Abnutzung ihrer Wege und eine ganze Weide, die nicht für Kühe genutzt werden kann, sofern die nicht brav und freundlich sind? All diese Fragen kommen mir in den Sinn, aber es ist niemand hier, dem ich sie stellen könnte. Ich öffne ein großes Tor und schließe es sorgfältig hinter mir, dann noch eins, und schließlich führt mich ein drittes auf das richtige Feld. Unter dem langen, saftig grünen Grasmantel ist der Boden hart und uneben. Die Steine befinden sich am anderen Ende der Wiese, umschlossen von einem schwarzen, stellenweise rostigen Eisenzaun mit einem knarzenden Kissing Gate. Der Zaun umgibt die Steine nicht besonders weitläufig, sondern eher sehr eng, um so viele von ihnen wie möglich in einen möglichst kleinen Raum einzupferchen. In dem umzäunten Bereich ist das Gras kürzer, von Hasen abgeknabbert, und hier wachsen Gänseblümchen, Hahnenfuß und Glockenblumen.

Der Wind hat sich gelegt, und wenn man zurück zur Farm blickt, sieht man überall grünes Gras und blauen Himmel. Am Horizont leuchtet mir das Rot des neuen Stalls und der alten Farmgebäude entgegen. In der Ferne höre ich einen Traktor und die Rufe einiger Saatkrähen. An drei oder vier Stellen ragen große, mit Flechten bewachsene graue Gesteinsbrocken empor, in die eine erstaunliche Anordnung von Ringen und Spiralen sowie die schalenartigen Vertiefungen der Cups eingeritzt sind. Ich setze mich auf eine natürliche Felsbank und beuge mich vor, um die Wirbel und Senkungen mit dem Finger nachzufahren. Es ist sehr beeindruckend. Niemand weiß, was diese Markierungen bedeuten, aber sie müssen einige Mühe gekostet haben – sie sind nicht einfach spontane Kritzeleien.

* * *

Am nächsten Tag bei der Arbeit sehe ich mich in der Abteilung für Heimatgeschichte um und frage Edward, ob ich ein paar hübsche Abbildungen von Felsbildern einscannen darf.

»Sie können das Buch haben.« Er blickt auf, um zu sehen, was ich mache.

»Hier steht, dass es einen Zehner kostet«, protestiere ich.

Er winkt ab. »Egal. Sie können es haben. Hier in der Gegend gibt es jede Menge Felsen mit Ritzungen. Haben Sie schon welche gesehen?«

»Ich war gestern bei denen von Drumtroddan.«

»Ah, ja, das sind die bekanntesten. Auf Hollinshaw gibt es auch welche. Im Park.«

»Wirklich?«

»M-hm. Ich kann sie Ihnen auf einer Karte zeigen, einen Moment. Das heißt, wenn Sie Interesse haben?«

»Das wäre toll.«

Er kommt um den Schreibtisch herum und geht die Landkarten in der Kartenabteilung durch. Wir haben Dutzende pinke Ordnance-Survey-Landranger-Karten für das ganze Land, die unterschiedlichsten Editionen, und orangefarbene Explorer-Karten. Er faltet umständlich Nummer dreiundachtzig auseinander und beugt sich dann darüber. »Hier.« Er tippt mit dem Finger darauf. »Das ist Ihr Haus –«

»Ich werde nie genug davon bekommen, mein Haus auf einer Karte zu sehen.«

»Und das ist die Einfahrt, schauen Sie, hier war die alte Burg.«

»Es gab eine Burg?«

»Auf Hollinshaw? Ja. Im Wald stehen noch Ruinen, es ist nicht mehr viel davon übrig. Sie – wir – haben dort bis Anfang des siebzehnten Jahrhunderts gelebt. Dann haben wir an der Stelle gebaut, wo das Haus jetzt steht, aber man sieht nicht mehr viel vom Originalgebäude. Jedenfalls, wenn Sie hier am Waldrand entlanglaufen, sind die Steine mit den Ritzungen etwas abseits des Weges. Hier an der Stelle ragt eine Felsnase heraus, aber Sie müssen nach dem flachen Stück links davon Ausschau halten. Nicht so beeindruckend wie Drumtroddan, aber man kann es alles recht deutlich erkennen. Weiter westlich ist ein Cairn und auch ein Menhir. Ich glaube, der ist sogar auf der Karte verzeichnet, ja, dort. Oberhalb des Flusses.«

»Wow, wie schön. Das muss ich mir mal ansehen. Ihr Bruder

sagte, ich darf mich auf dem Grundstück frei bewegen.« Ich werfe ihm einen verstohlenen Blick zu, um seine Reaktion zu beobachten.

»Ach ja?«

»Ja, also werde ich mich zumindest nicht fühlen, als würde ich unbefugt ein fremdes Grundstück betreten.«

»Unerlaubtes Betreten gibt es bei uns ja gar nicht.« Er schüttelt den Kopf.

»Ich weiß, aber das kommt mir komisch vor. Ich könnte nicht einfach so durch die Gegend marschieren, da würde ich mich schuldig fühlen.«

Er lacht. »Nun, wenn Charles sagt, dass es okay ist, können Sie ja ganz beruhigt sein.«

»Ja. Danke, zu Hause werde ich meine Karten direkt heraussuchen. Und darf ich das hier wirklich behalten?« Ich hebe die Hand mit dem Buch hoch.

»Klar. Wollen Sie mehr darüber lesen?«

Ich nicke. »Ich lerne gern neue Dinge. Hier ist alles ganz anders als in Sussex, und ich möchte das meiste herausholen. Sonst bereue ich es, wenn ich zurückgehe.«

Er betrachtet mich einen Moment mit undurchdringlicher Miene. »Sie gehen aber noch nicht sofort zurück, oder?«

»Oh, Gott, nein. Ich bleibe mindestens bis September.«

»Gut«, sagt er, bevor er an seinen Schreibtisch zurückkehrt.

***

Heute ist mein Geburtstag. Ich bin jetzt vierundvierzig. In der Lodge kommen Karten von Xanthe, Angela, meiner Cousine Sarah und meinen Eltern an. Meine Eltern sind gerade in Shanghai. Sie haben auch ein Päckchen geschickt, aber meine Mutter weiß nicht, wann es hier ankommen wird. Außerdem habe ich eine Karte von zwei ehemaligen Kolleginnen erhalten. Ich vermute, wenn ich mal irgendwo bin, wo ich eine Internetverbindung habe, trudeln auch einige Facebook-

Nachrichten bei mir ein. Von Chris habe ich nichts gehört, und ich rede mir ein, dass ich das auch nicht erwartet habe. Ich öffne meine Karten und stelle sie auf den Kaminsims. Letztes Jahr sind wir an meinem Geburtstag verreist. Ich versuche, nicht darüber nachzudenken. Und es ist unsinnig, sich über wenige Karten zu beschweren, wenn man seinen Geburtstag nie erwähnt. Niemand hier oben weiß davon, und ich habe nicht vor, es irgendjemandem zu sagen. Es ist einfach ein Tag wie jeder andere.

Vielleicht kaufe ich mir ein Steak oder fahre sogar nach Newton Stewart und esse in einem Pub zu Abend. Allein in einen fremden Pub zu gehen ist allerdings nicht viel verlockender, als sich selbst Abendessen zu kochen. Es macht mir auch eigentlich nichts aus, lieber bin ich allein, als irgendwo so tun zu müssen, als würde ich mich amüsieren. Ich frage mich, was ich nächstes Jahr an meinem Geburtstag tun werde. Vielleicht sollte ich etwas planen. Aber dafür habe ich ja noch genug Zeit.

Als ich gerade auf meinem gewohnten Platz vor dem Rathaus parke, klingelt mein Handy. Ich kenne die Nummer nicht, aber als ich das Gespräch annehme, erkenne ich Chris' Stimme natürlich sofort. Ich frage mich, ob jemals wieder eine Zeit kommen wird, in der das nicht mehr so ist. Es ist das erste Mal, dass wir miteinander sprechen, seit ich hier oben bin – normalerweise kommunizieren wir über E-Mails, und auch das passiert selten genug.

»Herzlichen Glückwunsch«, sagt er. »Ich dachte, ich ruf mal durch. Ich hab's verschwitzt, dir eine Karte zu schicken.«

»Schon okay.« Ich beobachte die Schwalben dabei, wie sie über das Rathaus hinwegfegen, und versuche, innerlich Abstand zu dem Gespräch zu gewinnen.

»Tatsächlich habe ich alle Geburtstage verschwitzt«, setzt er hinzu.

»Ach, Chris, wirklich? Sie stehen doch alle im Kalender.«

»Ich weiß.«

»Na ja, da wirst du dir einfach Mühe geben müssen. Aber den von deinem Dad hast du nicht verpasst, oder?« Der war letzte Woche, sechs Tage vor meinem. Ich habe ihm keine Karte geschickt, auch wenn das ein wenig kindisch von mir war.

»Nein, wir – ich habe ihn besucht.«

Ich versuche, nicht darüber nachzudenken. Sind sie alle zusammen gegangen?, frage ich mich. Auch Susannas Kinder? Ich kann es mir nicht vorstellen, und das ist wahrscheinlich auch besser so. »Oh, okay. Gut. Aber … Du solltest immer Anfang des Monats auf den Kalender gucken. Im Sideboard sind Karten.«

»Ach, da sind sie? Ich habe mir schon gedacht, dass irgendwo welche sein müssen. Aber egal, herzlichen Glückwunsch, Thea. Hast du was Schönes vor?«

Ich steige aus dem Auto und schließe die Tür. Es weht ein scharfer Wind, und ich fröstele. »Nein, ich habe nichts geplant.« Beinahe sage ich, dass ich niemanden habe, mit dem ich etwas unternehmen könnte, aber das erscheint mir zu armselig, also lasse ich es doch.

»Oh, okay. Hab einen schönen Tag. Äh …«

Ich merke, dass er nicht weiß, was er noch sagen soll. Es macht mich traurig, dass wir uns nichts mehr zu sagen haben. »Ich muss los«, erkläre ich ihm. »Ich wollte gerade Kuchen kaufen.«

»Oh, für die Arbeit?«

»Ja.« Nicht, dass ich Edward von meinem Geburtstag erzählt hätte, und das habe ich auch nicht vor. Aber wenn Chris sich eine nette Bürogeburtstagsfeier vorstellen will, halte ich ihn nicht davon ab.

»Okay. Dann mach's gut.«

»Ja, du auch.«

Wir verabschieden uns und legen auf. Ich lehne mich kurz gegen das Auto und beiße mir fest auf die Lippe. Ich glaube, eine Karte oder gar nichts wäre mir lieber gewesen. Es ist einfacher, wenn ich nicht mit ihm sprechen muss. Es war so eine flüchtige, bedeutungslose Unterhaltung. Ich gehe zum Bäcker, schaue mir die angebotenen Kuchen an und entscheide mich für süße Hefebrötchen.

***

Als ich nach Hause komme, liegt vor der Eingangstür eine Schachtel mit Blumen. Einen wilden Moment lang denke ich, sie könnten von Chris sein, aber das sind sie natürlich nicht, sie sind von Xanthe und Rob. Und das ist völlig in Ordnung. Ich gehe hinein und bringe die Blumen in die Küche, wo ich aus dem Schrank unter dem Waschbecken ein passendes Gefäß herauskrame. Pinke und gelbe Gerbera, die in der altmodischen Vase aus Pressglas sehr modern aussehen. Sie gefallen mir, und ich stelle sie auf den Küchentisch, damit ich sie bewundern kann, während ich mein Geburtstagssteak esse.

Ich hatte eigentlich keinen üblen Tag, die Sonne schien und wir haben eine schöne Menge an Büchern verkauft, was Edward in gute Stimmung versetzt hat. Alles in allem hätte es viel schlimmer kommen können.

Den Abend verbringe ich damit, mit Xanthe zu telefonieren und mir *Die Ritter der Kokosnuss* anzuschauen. Zu dieser Jahreszeit bleibt es hier im Norden fast bis Mitternacht hell, und bevor ich ins Bett gehe, setze ich mich im Schlafzimmer auf die Fensterbank, sehe ewig lang in den Garten hinaus und beobachte, wie sich das blaue Dämmerlicht vertieft. Ich fühle mich sonderbar und nostalgisch, nicht unbedingt wegen all der Geburtstage während meiner Ehe, sondern eher wegen der Jahre davor, während meiner Jugend und auch noch, als ich Anfang zwanzig war und nicht wusste, wer ich bin oder was ich will. Zu dieser Zeit im Jahr liegt immer ein gewisses Gefühl in der Luft, das mich an die Lernphase kurz vor meinem mittleren Schulabschluss denken lässt. Nicht, dass die Abende damals so lang und hell waren, wie sie es hier oben sind, aber selbst zu Hause wird es erst nach neun dunkel, und wir haben viel Zeit in dem Park in der Nähe der Schule verbracht, um in der Abenddämmerung illegal beschafften Cider zu trinken und zu rauchen.

Irgendetwas an der Lichtqualität weckt Erinnerungen in mir, und von all den Junis seither ist es genau der, der mir am stärksten in Erinnerung geblieben ist, oder vielleicht auch diejenigen direkt davor und danach, als »Sommer« immer auch »Lernen« oder vielmehr den

Versuch zu lernen bedeutete. Ich denke an die Abende im ersten Jahr der A-Levels, die ich bei Mark Woodley verbracht habe, wenn seine Eltern nicht zu Hause waren, und an die Dinge, die wir getan haben, anstatt zu lernen. Es erscheint mir unvorstellbar, dass es siebenundzwanzig Jahre her ist, seit ich meine Jungfräulichkeit verloren habe. Was würde mein siebzehnjähriges Ich sagen, wenn es mich hier sitzen sehen würde, den Arm gegen das kalte Glas gedrückt, in einem Pyjama von Onkel Andrew, ohne wirkliche Pläne oder Träume für die Zukunft?

9

Es ist ein Donnerstag im späten Juni. Edward sitzt in seinem grünen Sessel, und ich habe mich auf der Ladentheke niedergelassen. Ich habe keinen Sessel, hier ist kein Platz für zwei, daher klettere ich oft über einen Tritthocker auf die Ladentheke, wenn nicht viel zu tun ist. Er sagt, das verleihe mir »einen Hauch von jugendlicher Ungezwungenheit«, woraufhin ich meistens die Augen verdrehe.

Wir essen unsere Sandwiches, die ich in der Old Mill gekauft habe. Beim Kauen fällt mir etwas ein.

»Dein Bruder hat mich auf eine Party eingeladen«, erzähle ich ihm.

»Wie bitte?« Ich antworte nicht, da ich annehme, dass er mich schon verstanden hat. »Was für eine Party?«

»Ich weiß nicht. Eine Cocktailparty? Ich war noch nie auf einer Cocktailparty.«

»Hast du eine schriftliche Einladung erhalten?«

»Nein, er hat mir eine SMS geschickt. Ich muss zugeben, ich war ein wenig enttäuscht.« Vor meinem inneren Auge schwebt mir das Bild einer gedruckten Einladung mit geschwungener Schrift und goldenem Rand vor.

»Eine SMS? Wie ordinär. Und wie kommt es, dass mein Bruder deine Handynummer hat?« Er wirft mir einen finsteren Blick zu. Die Missbilligung in seiner Stimme bringt mich zum Lachen.

»Er hat mich danach gefragt, als wir uns das letzte Mal gesehen haben.«

»Wann war das? Warum hast du sie ihm gegeben?«

»Letzte Woche, da ist er vorbeigekommen. Ich glaube, er will mich weichkochen, damit ich ihm die Lodge verkaufe.« Zumindest nehme ich an, dass es das ist, was er vorhat. Er war in der letzten Zeit ein paarmal zu Besuch. Nie lange, und wir haben immer höflich über

Belanglosigkeiten geplaudert. Letzte Woche haben wir uns über den Umbau des Stalls unterhalten, mit der sein Bauarbeiterteam derzeit beschäftigt ist. Er hat mich allerdings auch zweimal nach Chris gefragt, aber ich habe immer nur unverbindlich geantwortet. Ich bin mir nicht sicher, wer über meine »Situation« Bescheid weiß. Charles vermutlich nicht, denn ich glaube, er wollte herausfinden, ob wir getrennt sind. Allerdings habe ich es ihm nicht gesagt. Wir haben im Garten Tee getrunken, und es war eigentlich ganz nett. Aber das braucht Edward nicht zu wissen.

»Ich hab's dir ja gesagt. Er will das Haus unbedingt in die Finger bekommen.«

»Er hat mich nicht direkt danach gefragt, nicht mehr seit unserem ersten Treffen. Er wollte wissen, ob ich mich schon entschieden habe, was ich tun will, und so weiter. Du weißt ja, wie er ist, furchtbar charmant.«

»Er ist ein Bastard.« Das sagt Edward mehr oder weniger immer, wenn das Gespräch auf Charles fällt, auch wenn er mir immer noch nicht erklärt hat, warum er das so sieht. Aber ich werde ihn auch nicht danach fragen.

»Wie du meinst. Aber was soll ich zu einer Cocktailparty anziehen? Wenn ich darüber nachdenke, kommt mir irgendwie immer etwas Achtzigerjahremäßiges in den Sinn.«

»Ein Kleid.«

Ich schnaube. »Na, danke, Anna Wintour.«

»Wer geht noch hin? Bist du sicher, dass es eine Party ist?«

»Er sagte, es wäre eine Party.« Ich lache. »Meinst du, er versucht, mich alleine hinzulocken? Du liebes bisschen. Alastair und Jenny sind auch eingeladen. Und Richard und Catriona und offenbar auch die Callows. Ich habe ihn gefragt, da ich nicht gern irgendwo hingehe, wo ich niemanden kenne, und als Single –«, ich unterbreche mich, als mir einfällt, dass Edward nichts davon weiß und es auch nicht wissen soll, »ich meine, allein irgendwo hinzugehen, wo alle anderen in Paaren kommen, ist unangenehm.«

»Kannst du Mr Mottram nicht davon überzeugen, übers Wochenende herzukommen? Wird er dich überhaupt mal besuchen?«

Ich ärgere mich über mich selbst, weil ich das Thema angeschnitten habe. »Zu viel zu tun. Die Arbeit ist im Moment ein Albtraum.«

»Nun, Charles ist ja auch allein da, nicht wahr?« Er verdreht die Augen.

»Ja? Ich weiß es nicht. Ich habe ihn auf einem Ausritt zusammen mit einer blonden Frau gesehen.« Ich erinnere mich, dass Charles auch mal von »wir« sprach, als er mich einlud, mir das Haus anzusehen, auch wenn mir aufgefallen ist, dass er es seitdem nicht mehr getan hat.

»Ach, wahrscheinlich Miranda. Ich glaube nicht, dass sie … obwohl es möglich wäre.« Edward zuckt desinteressiert mit den Schultern.

»Wie auch immer, er wird damit zu tun haben, Gastgeber zu sein, und selbst wenn das nicht so wäre, würde ich nicht den ganzen Abend mit deinem Bruder verbringen wollen, weißt du.«

Er betrachtet mich lange. »Nein? Warum nicht?«

»Um ehrlich zu sein, glaube ich nicht, dass wir viel gemeinsam haben.«

»Nein«, stimmt er mir zu. »Wahrscheinlich nicht.«

»Jedenfalls meinte er, es wären noch andere Leute allein dort. Bevor du fragst, nein, ich weiß nicht, wer. Was für ein Kleid denn? Kein langes, oder?«

»Nein, das wäre ein Abendkleid.«

Ich seufze. »Ich bin mir ziemlich sicher, dass ich nichts Angemessenes besitze. Es sei denn, im Gästezimmer liegt noch etwas.« Ich habe schon die ganze Zeit vor, Tante Marys Röcke durchzusehen und sie zu fotografieren, damit ich sie auf Ebay verkaufen kann. Extravaganz im Vintage-Stil. »Da könnte vielleicht ein richtig tolles Teil aus den Fünfzigern dabei sein, das ich tragen kann. Obwohl Vintage bei jemandem in meinem Alter ein wenig traurig aussieht.«

»Sei nicht albern.«

»Ist doch so. Außerdem war ihre Fünfziger-Kleidung ja auch gar nicht für eine Frau mittleren Alters gedacht. Da war sie zwanzig oder so und hatte wahrscheinlich eine unglaublich schmale Taille. Die ich nicht habe. Und die ich nicht einmal mit zwanzig hatte.«

»Kauf doch etwas.«

»Wo denn? Ich hab keine Lust, extra bis nach Dumfries zu fahren.« Ich trommle mit den Fersen gegen die Ladentheke.

»In Kirkcudbright kann man Kleidung kaufen. Und in Castle Douglas. Glaube ich zumindest.«

»Boutiquen. Ich weiß nicht. Wahrscheinlich sollte ich einfach im Internet schauen. Das muss ich dann heute machen.«

Ich habe in der Lodge immer noch keinen Breitbandzugang, da ich ja gar nicht wirklich hier lebe. Andererseits tue ich das irgendwie schon. Vielleicht sollte ich mich darum kümmern, es ist schon recht unpraktisch.

»Edinburgh. Oder Glasgow.«

»Ich fahre doch nicht bis nach Glasgow, das sind zwei Stunden von hier.«

Er schüttelt den Kopf. »Aber da gibt es viele Geschäfte. Wann ist die Party?«

»Samstag.« Es folgt eine Pause. Ich esse das Sandwich auf und trinke ein Glas Wasser. Holly Hunter stolziert aus dem Flur zu uns herein, sieht uns beide an und verlangt mit einem wehleidigen Miauen von Edward, dass er sie hochhebt. Er setzt sie sich auf den Schoß, wo sie wie eine Motorsäge schnurrt. Sie will immer noch nicht auf meinem Schoß sitzen, egal wie viel Mühe ich mir gebe, sie zu locken.

Ich nehme an, dass die Unterhaltung vorbei ist, und hole mein Handy heraus, um zu sehen, ob ich neue Nachrichten habe.

»Musst du hingehen?«, fragt er schließlich.

»Zur Party? Kommt mir unhöflich vor, es nicht zu tun. Und ich würde das Haus gerne sehen, ich war immer noch nicht drinnen. Ich bin neugierig. So ein schickes großes Haus würde ich lieber als Partygast betreten statt als Besucherin. Dann sehe ich auch, wo du aufgewachsen bist.«

»Hm. Es ist nicht interessant.«

»Red keinen Unsinn, es ist faszinierend.«

Er wirkt leicht entsetzt. »Nicht wirklich.«

»Pfft. Ja, du kannst es gern versuchen, Edward, aber du wirst nie normal sein. Eine normale Person wüsste, dass ein riesiger Herrensitz, in dem jemand aufgewachsen ist, den man kennt, auf jeden Fall interessant ist.«

***

Nach einem anstrengenden Shoppingtrip trage ich nun doch ein neues Kleid. Es hat einen recht gewagten eisvogelblauen Farbton und glänzt. Im Geschäft sah es passabel aus. Jenny sagt, es sehe auch jetzt gut aus, aber ich bin nicht überzeugt. Die Farbe gefällt mir jedoch nach wie vor, und mit der hohen Taille ist der Schnitt vorteilhaft für mich. Es ist ärmellos, aber ich habe einen schwarzen Bolero übergezogen.

Ich bin in Begleitung von Alastair und Jenny im Herrenhaus angekommen und sehe nun endlich das imposante Anwesen von innen, während die beiden mich durch eine hohe Eingangshalle mit viel Marmor und unzähligen Hirschköpfen an den Wänden führen. Mein Blick schweift über Kerzen, Wandverkleidungen und dunkle Gemälde von Blumen und Obst. Dann betreten wir einen helleren Raum mit Sofas und Spiegeln und einem riesigen Kamin mit Schnitzverzierungen. Hier tummeln sich jede Menge Leute – mehr, als ich erwartet hätte –, und die Decke ist mit dicken Engeln bemalt. Draußen ist es noch nicht dunkel, daher bieten die zwei riesigen Fenster einen Ausblick auf den Rasen vor dem Haus. Davor hängen wuchtige Raffgardinen mit Querbehängen, die fast einen Meter tief sind. Es sieht eigentlich fast genau so aus, wie ich es mir ausgemalt habe, aber dennoch sehr ungewöhnlich. Ich versuche mir vorzustellen, wie es sein muss, an einem Ort wie diesem aufzuwachsen, scheitere jedoch kläglich daran.

Alastair und Jenny wurden von mir fortgeschwemmt, aber Gavin McPherson, der ein Unternehmen für Badezimmerausstattung führt und den ich kennengelernt habe, als ich mir Duschen angesehen habe, kommt herüber, um mich zu begrüßen, und stellt mir dann eine furchtbar attraktive Frau namens Miranda vor, bevor er wieder geht. Ich versuche, mich nicht verlassen zu fühlen, und wende meine Aufmerksamkeit Miranda zu. Vermutlich ist sie die blonde Frau, die ich mit Charles beim Ausreiten gesehen habe, da es hier doch sicher nicht viele Menschen namens Miranda gibt.

»Charles hat erzählt, Sie seien mit Eddie befreundet«, sagt sie. Ich nippe an meinem Kir Royal und versuche, mich nicht eingeschüchtert zu fühlen, obwohl ich durchaus eingeschüchtert bin. Ihr Kleid hat mit Sicherheit mehr gekostet als die fünfzig Pfund, die ich für meins ausgegeben habe. Ich vermute, dass allein ihr Haarschnitt wahrscheinlich mehr gekostet hat als mein Kleid, die Schuhe und das Jäckchen zusammen.

Eddie? Ach du meine Güte.

»Ja, ich arbeite für ihn. In der Buchhandlung.«

Noch eine andere, genauso attraktive Frau steht mit etwas Abstand bei uns, so, wie man eben bei solchen Festen manchmal bei anderen steht. Ich glaube, sie heißt Sophie. Sie dreht sich um und starrt mich aus aufgerissenen Augen an. »Ach, wirklich? Herrje. Ist er ein guter Boss? Er ist schrecklich launisch.«

»Ich ignoriere ihn einfach, wenn er sauer wird«, entgegne ich, zucke lässig mit den Schultern und sehe von einer der beiden zur anderen. »Woher kennen Sie ihn?«

Miranda antwortet: »Unsere Eltern waren befreundet. Wir kennen uns schon seit unserer Kindheit.«

Ich nicke und sehe zu Sophie. Sie lacht. »Ach, ich kenne ihn – beide«, ihr Blick wandert zu Charles, der am Fenster mit noch einer anderen attraktiven Frau plaudert, »seit etlichen Jahren. Wenn auch nicht so lang wie Miranda, Gott sei Dank. Sie waren bestimmt schreckliche kleine Jungen.«

Miranda lacht. »Vor allem Charles, ja.«

»Komisch, dass sie nicht miteinander sprechen«, merke ich vorsichtig an. Ich kenne noch immer nicht den Grund dafür und muss zugeben, dass es mich fasziniert. In dem Moment wird Sophie von einem viel älteren Mann mit hellgrauem Haar eingesammelt und davongeführt – vermutlich ist das ihr Ehemann.

Miranda stimmt mir zu. »Gott, ja. Ich meine, es war ganz lustig, zumindest eine Zeit lang, aber mal im Ernst. Das ist so anstrengend. Man kann sie nicht beide zu derselben Veranstaltung einladen. Es ist schwer, Edward überhaupt zum Ausgehen zu bewegen. Wirklich schade.« Sie seufzt. »Obwohl ich dafür hauptsächlich Carolyn verantwortlich mache.«

»Wer ist Carolyn?«

Sie legt den Kopf schief und stellt damit eine unausgesprochene Frage. Wahrscheinlich gehen sie einfach davon aus, dass alle diese ganzen … Hintergrundgeschichten kennen. Tja, ich nicht, werte Dame. Ich weiß gar nichts. Sie tritt näher zu mir und senkt die Stimme. »Charles' Frau. Ex-Frau vielmehr. Ich meine, Julia und Charles waren ja schon getrennt, als … aber Carolyn … Wissen Sie, ich konnte all diese Leute noch nie ausstehen, sie benehmen sich einfach unheimlich schlecht, und das auf so eine altmodische Weise.«

Ich habe keine Ahnung, wovon sie spricht, nicke aber dennoch.

Sie schüttelt seufzend den Kopf und wechselt dann, zu meinem Bedauern, das Thema. »Leben Sie schon lange hier?«

»Ich lebe nicht wirklich hier, nur den Sommer über. Mein Onkel ist gestorben und hat mir sein Haus vererbt.«

»Ach, sind Sie die Lodge-Frau?«

Ich blinzle. »Offenbar schon.«

»Charles hat mir von Ihnen erzählt. Aber mir war nicht klar, dass Sie diejenige sind, die Eddie kennt.« Sie lacht. »Wie eigenartig.«

»Ich kannte ihn nicht, bevor ich hier angekommen bin«, sage

ich ein wenig verärgert. Mir gefällt die Vorstellung nicht, dass die Leute über mich reden. Ich bin doch gar nicht interessant. Was sagen sie wohl, diese schrecklichen Menschen mit ihren schönen Zügen und dem nicht vorhandenen schottischen Akzent? Wahrscheinlich kommt Miranda aus einem Haus wie diesem. Das Haus macht mir zu schaffen. Es ist zwar nett, an solch einem Ort zu sein, ohne dass Karden oder Stechpalmenzweige auf den Möbeln liegen, damit man sich nicht daraufsetzt, oder Seile Bereiche abtrennen, damit man die Schmuckstücke nicht anfasst. Ich könnte alles in diesem Raum anfassen, und auch wenn es vielleicht merkwürdig aussehen würde, würde deswegen kein Alarm losgehen. Aber die Porträts der hübschen jungen Frauen aus den letzten drei Jahrhunderten und der Perücken tragenden, uniformierten jungen Männer, die Charles und Edward immer ähnlicher sehen, je weiter sich die Reihe der Gegenwart nähert, ist einfach … zu seltsam.

»Werden Sie ihm Ihr Haus verkaufen? Charles, meine ich?«, unterbricht Miranda meine Gedanken.

»Ich bin mir noch nicht sicher.«

»Er möchte es unbedingt haben. Oh, das hätte ich wahrscheinlich nicht sagen sollen.« Sie lacht. »Falls Sie jetzt mehr Geld dafür verlangen.«

»Mir ist sein Interesse bewusst«, entgegne ich. Und dann fühle ich mich aus irgendeinem Grund verlegen, teils, weil es abrupt geklungen haben könnte, und teils, weil es wirkt, als würde ich denken, er sei an mir interessiert, und das wollte ich damit bestimmt nicht sagen.

»Ja, das denke ich mir«, erwidert sie höflich. Die Türen zur Halle öffnen sich, und noch mehr Leute strömen herein. »Ailsa, Darling!«, ruft Miranda. »Wie schön.« Dann küsst sie eine kleine runde Frau auf die Wangen, deren Ohrringe so stark funkeln, dass es sich dabei nur um echte Diamanten handeln kann. Ich drehe mich um und wandere gedankenversunken davon.

Jetzt wünschte ich, ich hätte die Einladung abgelehnt. Ich mag Small Talk mit Fremden nicht, und manchmal frage ich mich bei Veranstaltungen wie diesen (nicht, dass ich jemals schon einmal auf einer Veranstaltung wie dieser gewesen wäre), was all diese Leute wirklich denken. Ich wette, keiner von ihnen denkt über dieselben Dinge nach wie ich. Ich fange Jennys Blick am anderen Ende des Raums auf, und sie lächelt kurz herüber, bevor sie sich wieder ihrem Gesprächspartner zuwendet.

Ich komme mir viel zu groß und – ich versuche, das Gefühl zu identifizieren – plump vor. Als wären meine Füße zu breit und meine Kleidung zu billig und mein ganzes … Wesen einfach nicht fein genug. Liegt es an den Menschen oder an der Umgebung, dass ich mich so fühle? Oder ist es meine eigene Einstellung? Alle sind charmant, aber ich wünschte, ich wäre zu Hause oder hätte eine Begleitung, damit ich nicht ganz allein hier neben einem Konsolentisch stehen und dabei versuchen müsste, entspannt und autark zu wirken. Ich schlendere langsam umher, und eine elegante junge Frau in einem militärisch anmutenden weißen Blazer bietet mir Canapés an. Ich nehme mir eine winzige Mozzarellakugel, die mit Erbsenpüree bedeckt ist, und vermeide den Augenkontakt zu Johnny, einem kahl werdenden Mann im Alter von etwa fünfzig Jahren, dem ich zuvor vorgestellt wurde. Wir sind die vier Singles, er, Charles, Miranda und ich. Charles' Auswahl lässt meiner Meinung nach zu wünschen übrig, wenn er sich denn überhaupt Gedanken darüber gemacht hat. Allerdings scheinen Johnny und er gut befreundet zu sein, also hat er ihn vielleicht gar nicht eingeladen, um mich zu bespaßen.

Ich wünschte, Edward wäre hier. Es wäre unterhaltsam zu sehen, wie sehr er es hier hassen würde. Wobei er es vielleicht doch nicht hassen würde – immerhin kennt er all diese Leute wahrscheinlich, selbst wenn er sie nicht mag.

***

»Thea! Amüsieren Sie sich?« Charles lehnt sich mit der Schulter an den Kaminsims mit den Schnitzverzierungen und lächelt mich an.

»Ist Ihr Glas leer? Das geht aber nicht.« Er sieht sich nach einem Kellner um.

»Ach, ich habe es gerade erst ausgetrunken. Ich hole mir gleich noch etwas, keine Sorge.« Ich räuspere mich. »Viel wichtiger, da es Ihre Party ist: Amüsieren Sie sich denn?«

»Es ist immer schön, Gäste zu haben«, sagt er.

»Das Haus ist schon recht groß für eine Person, nicht wahr?« Meine Untertreibung belustigt mich, und ich lächle innerlich.

»Ich bin nicht die ganze Zeit allein. Die Kinder sind oft hier, und ich habe eine Haushälterin, auch wenn sie mir nicht direkt Gesellschaft leistet.«

Jenny hat mir erzählt, dass er zwei Kinder mit seiner ersten Frau Julia hat, der Innenarchitektin. Sie sind im frühen Teenageralter, ein Junge und ein Mädchen. Meistens sind sie in der Schule, und die Ferien verbringen sie zur Hälfte bei Charles und zur Hälfte bei ihrer Mutter, die ein Haus in der Nähe von Dumfries besitzt. Mit seiner zweiten Frau Carolyn war er nicht lange verheiratet, soweit ich das herausgehört habe. Sie haben zumindest keine gemeinsamen Kinder. Ich frage mich, wie seine Haushälterin wohl ist. Ich stelle mir sofort eine robuste Frau in Tweed vor, aber wer weiß? Trotzdem kann sie nicht allzu glamourös sein, sonst wäre sie doch sicher auch auf der Party, oder? Ich bin mir nicht sicher, wie diese Dinge im einundzwanzigsten Jahrhundert laufen.

»Haben Sie eine dieser riesengroßen Küchen mit einer Million Kupferpfannen?« Aus irgendeinem Grund hat mich diese Frage schon länger beschäftigt.

»Nun, ja, aber diese Küche benutzen wir heute nicht mehr zum Kochen. Wir haben eine kleinere, zweckmäßigere Küche in meinem Teil des Hauses. Zum Glück ist es insgesamt ganz gut zu bewältigen, aber es gibt auch ein paar Räume, die wir den Großteil des Jahres geschlossen halten, sofern nicht gerade viele Menschen zu Besuch sind. Und im Winter beschränken wir uns auf den Ostflügel, weil er besser zu heizen ist.«

»Wäre es nicht einfacher, es zu verkaufen und in einem praktischeren Haus zu wohnen?«, frage ich neugierig.

»Das kommt auf Ihre Definition von ›einfacher‹ an. In gewisser Hinsicht sicherlich. Aber wir haben schon immer hier gewohnt. Seit dem vierzehnten Jahrhundert jedenfalls.«

»Ja, ich weiß. Nicht, dass ich es mir wirklich vorstellen könnte.« Ich frage mich, was meine Vorfahren im vierzehnten Jahrhundert gemacht haben. Wahrscheinlich sind die meisten an der Pest gestorben.

»Sie müssen mich mal irgendwann besuchen kommen, damit ich Sie herumführen kann«, sagt er. »Ich schätze, es wäre unhöflich von mir, heute Abend alle meine anderen Gäste allein zu lassen.«

Ich lache. »Das denke ich auch.«

Er nimmt einen Schluck von seinem Drink und lässt den Blick über seine Gäste schweifen, die alle essen, trinken und sich fröhlich unterhalten. Ich erwarte, dass er jeden Moment etwas murmelt und dann weiterzieht, um mit jemand anderem zu reden, aber stattdessen sagt er: »Ich habe gehört, dass Sie mit Gavin McPherson über Ihr Bad gesprochen haben.«

»Oh, ja. Nun. Es ist etwas unpraktisch, keine richtige Dusche zu haben, und wenn ich mich entscheiden sollte, die Lodge zu vermieten – oder auch zu verkaufen –, würde es nicht schaden, ein neues Badezimmer zu haben. Ich … Ich versuche damit nicht, mehr Geld von Ihnen zu bekommen«, füge ich hinzu. »Ich meine, wenn ich mich überhaupt zum Verkauf entscheide. Sie sind nur eine meiner Optionen.«

»Ja, das ist wohl so.« Er lächelt, und ich glaube – auch wenn ich es nicht beschwören kann –, dass er mir zuzwinkert.

Wie merkwürdig. Vielleicht hat er Zuckungen. Ich ignoriere es jedenfalls und fahre damit fort, über Badezimmer zu schwafeln. Ich erwähne den hässlichen Kamin in meinem Wohnzimmer und erinnere mich daran, was Edward mir über Charles' Archive erzählt hat und dass er vielleicht Bilder von der Lodge hat.

»Ah, natürlich«, sagt er. »Ich habe einen ganzen Raum voller Pläne und Fotografien.« Er sieht sich noch einmal unter den Gästen um. »Kommen Sie, ich zeige ihn Ihnen.«

»Sie sagten doch gerade noch, dass Sie Ihre Gäste nicht einfach allein lassen können«, erinnere ich ihn.

»Es wird sicher keiner bemerken. Es ist nicht weit.« Er nickt zu einer Tür, einer anderen als die, durch die wir hereingekommen sind. »Da gibt es jede Menge interessanter Dinge. Es wird Ihnen gefallen.«

Ich folge ihm. Wahrscheinlich hat er recht. »Ja, aber was ist mit Ihren Gästen?«

»Sie kommen schon zurecht. Schauen Sie, alle unterhalten sich, niemand wird es auch nur bemerken.« Galant hält er mir die Tür auf. Ich zögere einen Moment lang und gehe dann auf den Korridor hinaus. Als er die Tür hinter uns schließt, ist es plötzlich ganz schön still. Der Korridor verläuft in beide Richtungen, und wir wenden uns nach rechts, fort von der Eingangshalle. Auf beiden Seiten sind jede Menge Türen, noch mehr Vertäfelungen, mehr Gemälde, die von Lampen auf Beistelltischen beleuchtet werden.

»Charles«, beginne ich, »Sie müssen mir den Raum wirklich nicht jetzt zeigen.«

»Hier hinein«, sagt er und öffnet eine Tür. Dann schaltet er das Licht ein. Der Raum ist klein und seine Wände mit Regalen und Schränken gesäumt, in der Mitte steht ein großer Schreibtisch mit einem Stuhl auf jeder Seite. Es gibt kein Fenster, also handelt es sich vielleicht eher um eine Art riesigen Schrank.

»Es ist alles beschriftet«, erklärt er mit einer umfassenden Geste. »Nachlassakten, Rechnungen, Testamente, Sie wissen schon, all so was. Der Grundriss des Hauses wird hier aufbewahrt. Und die aller anderen Gebäude auf dem Anwesen.«

An der Wand mir gegenüber steht ein großer Planschrank. Charles läuft zu ihm hinüber und betrachtet die Etiketten. »Die habe ich seit Ewigkeiten nicht angeschaut, nicht seit unseren Arbeiten an der East Lodge.«

Ich sehe mich fasziniert im Zimmer um. Es ist doch verrückt, all diese Dinge zu besitzen, die schon seit Jahrhunderten der eigenen Familie gehören. Damit kann der Esstisch meiner Urgroßeltern nicht wirklich mithalten.

»Hier.« Er zieht eine Dokumentmappe aus einer Schublade. »Ich glaube, hier sind Fotos drin. Und die Pläne …« Er beugt sich hinab und öffnet eine niedrigere Schublade. »Ja, hier sind sie.« Er breitet sie auf dem Tisch aus, und ich trete näher, um einen Blick auf die Papiere zu werfen.

»Lassen Sie mich eben etwas Licht machen …« Er drückt den Knopf an einer Schreibtischlampe. »Da.«

Es ist großartig, die Pläne meines Hauses zu sehen, die im achtzehnten Jahrhundert gezeichnet worden sind.

»Wow«, sage ich.

Er öffnet die Mappe. »Schauen Sie mal, diese Bilder wurden aufgenommen, kurz bevor Ihr Onkel das Haus gekauft hat. Und diese sind aus den …«, er dreht ein Foto um, »Zwanzigern. Das hier ist der Pförtner – Dougie MacNeil. Mein Vater hat noch oft von ihm gesprochen. Nach seinem Tod wurde die Lodge verkauft.«

Ich betrachte den Mann auf dem Foto, seine Hemdsärmel, die Weste und wie er verlegen in die Kamera lächelt. Eine schwarz-weiße Katze sitzt hinter ihm auf der Treppenstufe. Dort wächst kein Blauregen, wodurch mir die Vorderseite des Gebäudes merkwürdig nackt vorkommt.

»Was ich Ihnen schon die ganze Zeit sagen wollte …« Charles holt noch ein Bild hervor, das älter ist und auf dem eine Frau mit Hut neben einem Mädchen steht, das auf einem Küchenstuhl sitzt. Es sieht aus, als wäre es vor dem ersten Weltkrieg aufgenommen worden, vielleicht 1910.

»Hm?«, frage ich nach.

»Das Kleid steht Ihnen wirklich ausgezeichnet. Eine schöne Farbe.«

»Oh«, erwidere ich unangenehm berührt und ein wenig beunruhigt. »Das ist nett von Ihnen. Wegen der Farbe habe ich es auch ausgewählt.«

»Ja, es ist sehr … auffallend.«

Ich sehe an mir hinab. »Ich weiß nicht, ob ›auffallend‹ das ist, was mir vorgeschwebt hat, aber danke. Ich finde es ein wenig zu glänzend.«

»Nein, es … es sieht … Sie sehen hervorragend aus.«

»Nun, danke. Ich bin es nicht gewohnt, zu Anlässen zu gehen, für die man sich so herausputzt.« Ich räuspere mich verlegen. Ist es wirklich so warm hier drin, oder kommt es mir nur so vor? Ich möchte ungern mit Charles allein sein, wenn er über mein Outfit sprechen will. »Und danke, dass Sie mir diese hier gezeigt haben. Aber die Gäste fragen sich bestimmt schon, wo Sie sind, wir sollten zurückgehen.«

Er sieht mich lange an, ohne etwas zu sagen. Dann blickt er wieder auf die Bilder hinab.

»Kommen Sie gern jederzeit her, wenn Sie sich die Fotos noch mal richtig ansehen wollen«, bietet er an. »Ich kann Lynda bitten, ein paar einzuscannen, wenn Sie möchten.«

»Wer ist Lynda?«

»Ach so, meine Haushälterin.«

»Kümmert sie sich auch um die Verwaltung?« Das überrascht mich.

»Sie kümmert sich eigentlich um fast alles.« Er lächelt mich an. »Es ist ein bisschen so, wie eine Ehefrau zu haben – ohne den ganzen …« Er hält inne. »Äh, Ärger.«

Ich schnaube – sehr elegant –, antworte aber nicht darauf. Stattdessen sage ich: »Wir sollten zurückgehen.« Daraufhin knipst er die Lampe aus und tritt zurück. Die Dokumente aus der Mappe lässt er auf dem Tisch liegen.

Ich folge ihm zur Tür, und wieder hält er sie für mich auf. Als ich an ihm vorbeigehe, legt er seine andere Hand sanft auf meinen Rücken. Ich werde ein wenig schneller. Es soll nicht aussehen, als würde ich vor ihm weglaufen, aber ich möchte ihn auch nicht ermutigen.

Wenn es denn etwas gibt, wozu ich ihn ermutigen könnte. Gott, ich hasse diesen Kram. Ich hatte ganz vergessen, wie sehr man von all diesem … Mist verschont bleibt, wenn man einen Ehemann hat.

***

Als wir wieder den Empfangssaal betreten, hoffe ich, dass niemand unsere Abwesenheit bemerkt hat. Wir waren lange genug fort, dass es für alle möglichen Arten schlechten Benehmens gereicht hätte. Als Jenny vorbeiläuft, sage ich: »Ach, da ist ja Jenny, ich wollte sie noch fragen … Entschuldigen Sie mich«, und eile ihr hinterher.

»Hey«, begrüßt sie mich. »Ich habe gesehen, wie ihr wieder reingekommen seid. Was habt ihr beiden denn getrieben?« Sie grinst mich an. »Nichts Unanständiges, hoffe ich.«

»Also bitte, nein. Er wollte mir die Pläne der Lodge zeigen.«

»Oh, aye.« Sie wackelt mit den Augenbrauen. »Die Bezeichnung habe ich auch noch nicht gehört.«

»Jenny.«

Sie lacht. »Ach. Alle werden sich das jetzt fragen.«

»Das werden sie mit Sicherheit nicht.«

Sie grinst noch ein bisschen breiter. »Aber davon abgesehen, wie kommst du zurecht? Es ist schrecklich anstrengend, oder?«

»Allerdings. Sich mit Fremden zu unterhalten ist schwierig. Und diese Leute sind alle so fein.«

Sie lacht erneut. »Vielleicht ein bisschen. Komm mit und unterhalte dich mit mir – Alastair ist auf Toilette gegangen. Ich habe gerade das Canapé-Mädchen verfolgt. Hast du schon eins von diesen kleinen Garnelenhäppchen probiert?« Ich schüttele den Kopf, erleichtert, mit jemandem zu sprechen, der unkomplizierter ist.

»Wie läuft's bei der Arbeit?«, fragt sie mich, nachdem wir uns beide geschickt jeweils zwei Canapés vom Tablett stibitzt haben (eine halbe Feige mit Ziegenkäse und die erwähnte Garnele in pikanter Panade).

»Ach ja.« Ich versuche, mir die halbe Feige elegant in den Mund zu schieben. »Ich denke, es läuft ganz gut. Es gefällt mir.«

»Wirklich?«

»Mhm. Ja, es ist interessant, und Edward ist ganz witzig.«

»Du magst ihn.« Das ist keine Frage, sondern eine Feststellung. Sie betrachtet mich neugierig.

»Ja, ich mag ihn. Ich habe ihn einfach noch nie wirklich unausstehlich erlebt. Deswegen verstehe ich noch nicht so recht, warum ihr ihn alle so sehr hasst.«

»Ich hasse ihn nicht«, widerspricht sie. »Es ist nur … Er ist so empfindlich, das ist mir zu anstrengend. Und es ist egal, wie viel Mühe man sich gibt – wir haben ihn schon eine Million Mal zum Abendessen eingeladen –, es macht keinen Unterschied. Ich glaube, er genießt es, sich in seinem Elend zu suhlen.«

»Ich denke nicht, dass er sich in Elend suhlt«, wende ich ein. »Er wirkt alleine ziemlich zufrieden. Es scheint ihm ein bisschen zu gefallen, so zu tun, als wäre er ein Griesgram.«

»Du hast schon mal gesagt, dass du glaubst, er würde nur so tun.«

»Man kann ihn richtig zum Lachen bringen, also kann ich mir einfach nicht vorstellen, dass er wirklich griesgrämig ist.«

»Ich habe ihn noch nie richtig lachen sehen. Du musst wahnsinnig witzig sein.«

Ich überlege, ob das wirklich der Grund sein könnte. »Ach, daran liegt es wohl eher nicht. Vielleicht … Vielleicht liegt es daran, dass ich neu bin und er mit mir keine Vergangenheit hat. Was euch alle hingegen angeht …«

»Da ist was dran. Wir sind an ihn gewöhnt.«

»Ja. Jedenfalls kommen wir ganz gut miteinander aus, zum Glück für mich. Sonst wäre es ziemlich ungünstig, immerhin ist er praktisch die Person, mit der ich am meisten Zeit verbringe.«

* * *

Als ich am Montag im Geschäft ankomme, packt Edward gerade neue Bücher aus. Er sieht auf, als die Türglocke läutet.

»Wie war die Party?«

»Oh Gott, schrecklich.«

Er wirkt belustigt, was mich nicht überrascht. »Ja? Wie kommt's?«

»Ich bin nicht gut in diesen Dingen. Ich kannte kaum jemanden, und die Leute waren alle ziemlich … vornehm.« Ich lege seufzend meine Tasche hinter die Ladentheke.

»Damit hast du doch aber sicher gerechnet, oder?«

»Ich weiß, es ist meine eigene Schuld. Weil ich hingegangen bin.«

»Neugier ist der Katze Tod.«

Ich werfe ihm einen finsteren Blick zu. »Nun, zum Glück bin ich nicht gestorben.«

»Was war dann das Problem?«

Während ich antworte, zähle ich die Punkte an den Fingern ab. »Ich war befangen, verunsichert und gelangweilt.«

Er lacht. »Verunsichert? Warum das denn?«

Ich zucke mit den Schultern. »Ich mag solche Veranstaltungen nicht. Ich musste mich mit Fremden unterhalten, ich fühlte mich …«

»Ja?« Er hört mir aufmerksam zu.

»Ich glaube nicht, dass du das verstehst«, erwidere ich. Dann setze ich mich in den grünen Sessel und bewege die Maus, um den Laptop aufzuwecken.

»Vielleicht ja doch.«

»Dick, alt und … gewöhnlich.« Er blinzelt verwundert, und ich muss lachen. »Ich weiß. Lächerlich. Ich meine, mich gewöhnlich zu fühlen. Der Rest … Na ja, das ist irgendwie mein wunder Punkt. Ich vergesse es manchmal, aber er ist verdammt groß.«

»Dein wunder Punkt? Ist mir gar nicht aufgefallen«, entgegnet er und wirkt dabei vollkommen ernst, aber ich bin misstrauisch.

»Nimmst du mich auf den Arm?«

Nun grinst er mich an. »Nicht wirklich. Vielleicht ein bisschen. Aber du bist weder dick noch alt. Und mit Sicherheit nicht gewöhnlich.«

»Na ja, doch. Ich meine, dein Bruder ist ein *Lord*. Nicht, dass ich mir aus so etwas viel mache. Aber es ist schwer, nicht darüber nachzudenken, dass all die Frauen in der Familie meiner Mum Bedienstete gewesen sein müssen. In den letzten zweihundert Jahren oder so.« Ich stehe auf und strecke mich, dabei knacken meine Ellbogen. »Wahrscheinlich sogar länger. Es ist wie ein genetisches Gedächtnis. Ich hätte dann Böden geschrubbt, statt herumzustolzieren und Canapes zu essen.« Ich spreche den Akzent bewusst nicht aus. »Vor hundert Jahren hätte keiner von euch mit mir geredet, oder? Außer, um mir Anweisungen zu erteilen oder …« Ich kann nicht ganz in Worte fassen, was ich meine. »Ich habe mich einfach unwohl deswegen gefühlt.«

»Vor hundert Jahren wären wir an der Somme im Schlamm ersoffen«, sagt er. »Da wären wir mit anderen Dingen beschäftigt gewesen, als unsere Bediensteten anzuschnauzen.«

»Oh. Nun. Vielleicht. Aber dafür bist du ein bisschen alt, oder? Dir geht es anscheinend wie mir, dass du an dich selbst immer als jungen Mann denkst. So wie ich mich als Küchenmagd sehe, obwohl ich eigentlich hoffen würde, dass ich in meinem Alter schon Köchin oder Haushälterin gewesen wäre, und du wärst vermutlich General gewesen oder zu alt zum Kämpfen.«

Er runzelt die Stirn. »Gut möglich«, sagt er. »Du hast recht, in meinem Kopf bin ich immer zwanzig.«

»Ich weiß. Deprimierend, oder?«

10

Es ist Anfang Juli, und ich arbeite jetzt seit beinahe zwei Monaten im Buchladen. Inzwischen kümmere ich mich um die Schaufensterdekoration, die sich um einhundert Prozent verbessert hat, wenn ich das selbst so sagen darf. Der Twitteraccount ist ein durchschlagender Erfolg, sehr zu Edwards Entsetzen. Auf Instagram lade ich regelmäßig Bilder von Büchern hoch, und tatsächlich poste ich auch Dinge auf der Facebookseite, die Rorys Bruder vor fünf Jahren erstellt hat.

»Ich weiß nicht, warum du dir die Mühe überhaupt machst«, sagt Edward. »Ich werde nichts davon weiterführen, wenn du weg bist.«

»Nimm es doch ins Stellenprofil für meinen Nachfolger auf. Online-Marketing.«

»Himmel.«

»Wir haben schon mehr als fünfhundert Follower auf Twitter. Ich finde, das läuft ziemlich gut. Und viele davon sind Privatpersonen, nicht bloß andere Buchläden.« Ich öffne Kisten, von denen drei an diesem Morgen angekommen sind, und packe sie aus. Auf dem Boden neben der Kasse staple ich die Bücher.

»Argh.«

»Wenn du wieder jemand Jungen einstellst, übernimmt er das sicher gern. Es ist nicht schwer. Und diese Folio-Society-Jane-Austen-Box habe ich nur dank Twitter verkauft.«

»Ich weiß«, gibt er widerwillig zu. »Du bist anscheinend recht gut darin.«

»Da bin ich mir nicht sicher, aber es ist auf jeden Fall nicht schwer. Interaktion, Edward, darum geht es.« Ich öffne einen Reiseführer für die Lowlands aus den Siebzigern und blättere ihn durch. Er enthält einige großartige, übersättigte Fotografien, darunter meine Lieblingsart kommunaler Blumenbeete, Landschaften mit verdächtig blauen Himmeln und Seen. Es sind die Dinge, an die man nie denkt, wie

Mülleimer oder Bushaltestellen, die Schriftart auf Ladenfronten, die einen nostalgisch stimmen. In Castle Douglas gibt es einige Geschäfte, die immer noch die Ladenschilder aus den 1960ern haben, ich habe sie für meinen eigenen Instagram-Kanal fotografiert. Eines hat fast achthundert Likes bekommen – ich bin eine Social-Media-Expertin. Ha.

Als ich höre, wie mein Boss verächtlich schnaubt, hebe ich den Blick vom Reiseführer und schaue zu ihm hinüber.

»Ich habe doch keine antiquarische Buchhandlung eröffnet, um mit Menschen zu interagieren«, sagt er voller Abscheu und bringt mich damit zum Lachen. Ich bin ehrlich davon überzeugt, dass diese elendige Verdrießlichkeit reine Show ist. Manchmal vielleicht eine, die er selbst für wahr hält. Aber zum Großteil eine Show, hinter der er sich verstecken kann. Ich bin mir nur nicht sicher, warum er sich so versteckt, denn auch wenn wir oft den ganzen Tag zusammen verbringen und manchmal noch abends etwas trinken gehen, sprechen wir immer noch nicht viel über uns selbst, weil wir zu beschäftigt damit sind, uns über Bücher zu unterhalten.

»Hast du die Wettervorhersage gesehen?« Er schaut von seinem Handy auf.

»Nein«, antworte ich, während ich einen weiteren Karton aufschlitze. »Uhh. Regionalgeschichte.«

»Ist das dadrin? Hat ja auch lange genug gedauert. Wie auch immer, sieh mal, es sollen heute dreiundzwanzig Grad werden, morgen vielleicht vierundzwanzig. Was für eine glühende Hitze, davon werden wir uns nie erholen.«

»Das ist ja richtig heiß«, kommentiere ich überrascht. »Mir war gar nicht bewusst, dass es jemals so warm hier oben wird.«

»Ts. Natürlich wird es das. Ungefähr alle fünf Jahre, zwei Tage lang. Ich sag dir mal, was wir tun sollten.«

Ich stelle einen letzten Stapel Bücher auf die Ladentheke und zerlege den Karton. »Ach ja? Nämlich?«

»Den Laden schließen und an den Strand fahren.«

Das sieht ihm so unähnlich, dass ich lachen muss. »Nein. Ernsthaft?«

»Wir sollten zum Schuppen fahren.«

»Was ist der Schuppen? Und sag mir nicht, dass es sich dabei um einen Schuppen handelt.«

»Ist aber so. Auch wenn … Es ist etwas größer als ein Schuppen. Aber nicht sonderlich eindrucksvoll. Man nennt sie Strandhütten, aber sie ist nicht so wie die Strandhütten in Southwold oder Brighton. Sie ist eher eine Art Bretterbude. Ohne Elektrizität. Aber es gibt eine Toilette. Etwas primitiv, aber komfortabler als Camping.«

»Am Strand?«

»Mhm. Eine kleine Bucht, etwa fünfzehn Kilometer von hier. Es gibt dort einen Bach und Steine und ein bisschen Sand. Als Kinder waren wir oft dort.«

»Ach, wirklich?« Endlich ein Informationsschnipsel über seine Familie.

»Geh nach Hause und hol deinen Badeanzug«, sagt er.

Ich lache. »Aber ich habe keinen mitgebracht. Ich bin nur hergekommen, um das Haus leer zu räumen, und hatte nicht vor, zu bleiben.«

»Dann kauf dir einen.«

»Wenn es nur so einfach wäre. Ich bezweifle, dass ich hier einen Badeanzug bekomme. Welches Geschäft würdest du vorschlagen – den Co-op? Ich glaube, dafür müsste ich nach Dumfries fahren.«

Nachdenklich zupft er an seiner Unterlippe. »Hm. Da könntest du recht haben. Aber egal, dann geh dir Strandkleidung und ein Handtuch holen. Und dein Buch. Und vielleicht einen Schlafanzug für heute Nacht. Ich kümmere mich ums Essen.«

Ich sehe ihn an. Die Idee begeistert ihn, so viel ist offensichtlich.

»Heute Nacht?«

»Na ja, es ist schön, am Strand ein Feuer zu machen und die Sterne zu betrachten.«

Ein wenig skeptisch frage ich: »Würden wir … dort übernachten?« Ich bin mir nicht sicher, ob ich mir eine Unterkunft mit Edward teilen möchte. Es ist nicht so, als würde ich denken, dass etwas zwischen uns passieren könnte … Aber es ist intim, selbst wenn man nicht intim miteinander ist.

»Also es gibt ein Schlafzimmer, aber da schlafe ich nie. Die Hütte besteht ansonsten im Grunde aus einem einzigen großen Raum, aber es ist gemütlich. Das Sofa kann man ausklappen … Aber ich dachte nicht, dass wir dort übernachten, eher an einen Tagesausflug.«

»Ah, okay, das klingt … gut.« Ich bin erleichtert, dass ich mir keine Gedanken darüber machen muss, die Nacht mit ihm zu verbringen. Nicht »mit ihm«, meine ich, aber unter einem Dach.

»Pack deine Sachen. Ich hole dich ab.« Er wirft einen Blick auf seine Armbanduhr. »In etwa einer halben Stunde? Ist ja unsinnig, mit zwei Autos zu fahren. Na los. Trinkst du gern Bier?«

»Nicht wirklich.«

»Dann besorge ich uns eine Flasche Wein zum Mittagessen. Und ich schaue bei Rabbie's, welchen Fisch er heute hat.«

»Wir machen den Laden echt zu?«

»Klar, so gutes Wetter haben wir nicht oft. Ich ändere die Nachricht auf dem Anrufbeantworter und hänge ein Schild an die Tür. Na los, geh schon. Ich hole dich um … sagen wir, Viertel nach zehn ab.«

* * *

Edward fährt einen Land Rover Defender, der schon bessere Zeiten gesehen hat. Er ist dreckig, und über den Lack der Fahrerseite zieht sich ein fürchterlicher Kratzer. Die Rückbank ist mit allem Möglichen vollgestellt, unter anderem mit einem Weidenkorb und einer großen roten Kühlbox. Er stopft meine Tasche auch dazu und bleibt nachdenklich neben dem Wagen stehen.

»Sonnenhut?«, fragt er.

»Check.«

»Sonnencreme?«

»Check.«

»Hast du dein Buch? Es gibt dort kein Netz, also kannst du nicht online gehen.«

»Kein Problem.«

»Okay, dann los.«

Ich klettere auf den Beifahrersitz und bewundere die Aussicht von der schwindelerregenden Höhe des Allradwagens.

»Fahren wir durchs Gelände?«

»Tatsächlich müssen wir das, ja. Es gibt eine Straße, aber die ist unpassierbar.«

Ich setze mir die Sonnenbrille auf. »Aufregend, das ist ja, als würden wir in den Urlaub fahren.«

»Ich war diesen Sommer erst ein paarmal dort. Es macht mir nichts, wenn es nass oder windig ist – Stürme sind toll, wenn man direkt am Strand ist –, aber bei gutem Wetter ist es richtig herrlich.«

Ich wende mich zu ihm um. In so einer guten Stimmung habe ich ihn noch nie erlebt. »Also ist es sozusagen ein Familienort? Wenn ihr als Kinder oft dort wart?«

Eine Weile denkt er schweigend darüber nach. »Ja. Mein Großvater hat die Strandhütte gebaut, kurz vor dem Krieg.«

»Ich dachte, du hättest alles, was deine Familie betrifft, aufgegeben«, sage ich vorsichtig.

»Tja. Den Schuppen wollte ich behalten. Also bin ich wohl ein Heuchler.«

Offenbar ist er sich selbst gegenüber genauso kritisch eingestellt wie allen anderen gegenüber.

»Ach, ich finde, da bist du etwas hart zu dir selbst.«

»Ja? Das glaube ich nicht. Wie auch immer, ich habe den Schuppen behalten. Er ist wahrscheinlich nicht viel wert, keine Ahnung.«

»Wenn es dort keinen Strom gibt …«

»Ja, die anderen Strandhäuser da unten haben Strom. Ich könnte ihn bestimmt verlegen lassen, aber mir ist es ohne lieber. Mein Vater hat sich darum gekümmert, dass die Abwasseranschlüsse installiert werden. Dafür bin ich natürlich dankbar –«

»Sieh dir mal den Himmel an«, unterbreche ich ihn, »ist das nicht unglaublich? Es ist ja nicht so, als hätte es nur geregnet, seit ich hier bin, aber so sommerlich wie jetzt war es noch nie.«

Er lacht. »Nein, es wird nicht oft so warm. Auch wenn es viele schöne Tage gibt. Das Wetter ändert sich hier schnell, es ist eher ungewöhnlich, dass es mal einen Tag durchregnet.«

Wir fahren zum Großteil über Land, an Kuh- und Schafweiden vorbei. Ich bin immer noch überrascht, wie ländlich alles ist. Die Straße führt an der Küste entlang, also liegen auf der einen Seite die Felder und auf der anderen Salzwiesen.

***

Schließlich biegen wir von der Hauptstraße auf einen Pfad ab, der von dornigen Büschen gesäumt wird, und biegen dann erneut auf einen anderen, noch unebeneren Weg ab. Über ein Feld hinweg erhasche ich einen Blick aufs Meer. Ich bin tatsächlich ein wenig aufgeregt.

»Da unten stehen nur Wohnwagen«, erklärt er. »Sie haben auch ein Geschäft dort, da kann man also Milch holen, wenn man welche braucht.«

»Stören sie nicht das Ambiente?«

»Von der Hütte aus sehe ich sie nicht, und die Urlauber kommen nicht bis dahin. Es ist eine ganz schöne Strecke, und sie haben ihren eigenen Strand. Es kommen höchstens mal Gassigänger mit ihren Hunden vorbei. Und manchmal erwischt man Leute dabei, wie sie durch die Fenster spähen, oder sie setzen sich auf die Bank. Mir ist es egal, solange sie kein Chaos stiften. Entschuldige«, fügt er hinzu, als wir über eine besonders ruckelige Stelle fahren und ich nach dem Armaturenbrett greife. »Da, das ist er. Wärst du so nett und würdest das Tor öffnen?«

Ich klettere aus dem Wagen und laufe zu dem breiten moosbedeckten Tor zu meiner Rechten. Daran ist ein kleines Stück Schieferplatte befestigt, auf dem bloß *Maltravers* steht, als wäre das der

Name des Hauses. Ich schiebe den Riegel zurück und öffne das Tor. Dahinter stehen Bäume, kurz und verdreht, vom Wind verbogen, und umgrenzt ist das Grundstück von einer mit Flechten bewachsenen Bruchsteinmauer. Ich trete zur Seite, damit Edward mit dem Auto durchkommt, und sehe zum Schuppen, oder vielmehr der Hütte, dem Haus. Es ist einstöckig und aus schwarzem, mit Teeröl behandeltem Holz gebaut. Die smaragdgrün gestrichene Vordertür liegt auf dieser Seite an einer breiten, mit Unkraut übersäten Kieseinfahrt, auf der er das Auto parkt. Auf dieser Seite der Hütte ist auch ein mit einem Drahtgitter versehenes Fenster. Bislang kann ich das Meer nicht sehen, auch wenn ich es höre. Ein weiterer, kleinerer Schuppen mit einer Doppeltür steht zu meiner Linken, er sieht neuer aus.

Edward ist ausgestiegen und kommt auf mich zu. »Ich schließe auf und zeige dir alles. Drinnen wird es dunkel sein, ich muss zuerst die Fensterläden abnehmen.« Er kämpft ein wenig mit der Tür und lehnt sich mit der Schulter dagegen. »Und sie klemmt – ah, geht doch. Komm rein.«

Ich folge ihm in einen dunklen Flur. Die stehende Luft fühlt sich trocken an und riecht nach warmem Holz, Staub und Holzrauch. Der Geruch dieser aufgewärmten Hütte erinnert mich an Sommerferien, an die Tage, die ich bei meiner Freundin Tara verbracht habe. Es war aus irgendeinem Grund verboten, im Schuppen zu spielen, aber wir sind hineingeschlichen, während ihr Dad bei der Arbeit war, haben die Sonnenliegen ausgeklappt und so getan, als wäre es unser Haus. Den Rasenmäher, die Schaufeln und die Forken haben wir einfach ausgeblendet.

»Vorsicht«, warnt er mich, als er eine weitere Tür öffnet, »da ist eine Stufe. Warte kurz hier.«

Er verschwindet wieder nach draußen, und ich sehe mich im Halbdunkel um. Durch die Schlitze der Fensterläden kriecht ein wenig Licht, sodass ich einige Sofas und einen Sessel ausmachen kann, einen Tisch an einer Wand und einen Holzofen. Ich höre, wie etwas geschoben wird, und dann wird der Raum von Licht durchflutet.

»Oh, wow«, entfährt es mir schwach. Beinahe die gesamte Front des Zimmers besteht aus Glas, die Hälfte davon ist eine Schiebetür, die er öffnet. Draußen erblicke ich saftig grünen Rasen, Steine, den Ozean. Den Strand sehe ich nicht, weil er tiefer liegt als die Grasfläche, aber dafür die Felsen, die sich um ihn herumbiegen und so die Bucht formen, und das Meer selbst. Der Himmel und das Wasser haben denselben Blauton, es ist keine einzige Wolke in Sicht. Die Raumwände bestehen aus Nut-und-Feder-Brettern aus Kiefernholz, wie in einer Berghütte. Mein Blick streift einige Bilder und ein Bücherregal. Der Sessel, den ich schon im Halbdunkel erahnt habe, ist das Gegenstück zu dem im Geschäft, auf dem Edward immer sitzt. Eines der Sofas ist ein kleiner Zweisitzer im Mid-Century-Design mit einem Polster aus rauem blauem Webstoff und schrägen, dünnen Beinen. Bei dem anderen handelt es sich um ein riesiges, breites Viersitzersofa, das vermutlich ein Vermögen gekostet hat. Es ist mit Decken im Schottenmuster abgedeckt. An der Wand mit dem Holzofen stehen auch eine Spüle und ein altes Sideboard mit einer Marmorplatte, ähnlich der Ladentheke im Geschäft. Über der Spüle befinden sich ein Schrank sowie drei offene Regale mit Tellern, Schüsseln und Tassen, und an der Wand hängen Pfannen herab.

»Das Badezimmer – diesen Begriff benutze ich ganz frei – ist hinten im Flur auf der linken Seite. Es gibt auch ein Schlafzimmer, aber ich schlafe immer hier drin oder draußen im Gras.« Edward beobachtet mich dabei, wie ich mir alles anschaue. »Und das ist schon alles.« Er zuckt mit den Schultern. »Es geht ja ohnehin hauptsächlich um den Strand.«

»Oh, ja! Der Strand!« Ich eile nach draußen und über die Wiese. Sie fällt in einer steilen Kurve ab und geht dann in gelbbraunen Sand über, dazwischen Pferdeeppich, Meerkohl, große, schlammige Steine, angespülte Haufen von Seetang und Blasentang, Muscheln und Kieselsteine. Ein Paar Seemöwen beobachtet mich von einem silbrig glänzenden, blassen Treibholzstück aus. In den Wellen tanzt eine einzelne orangefarbene Boje. Es ist perfekt, ganz so, wie man sich einen

Strand bei den *Fünf Freunden* vorstellt. Ich drehe mich wieder zu der Hütte um, vor der Edward steht und mich grinsend beobachtet.

»Es ist wunderschön. Wie herrlich!«

Ich glaube, er freut sich, dass es mir gefällt. Er nickt lächelnd. »Am besten sortieren wir uns ein wenig, bevor es zu heiß wird. Tee?«

»Dafür ist es doch viel zu warm«, erwidere ich überrascht. »Wird es durch den Ofen nicht unerträglich in der Hütte? Willst du drinnen kochen?«

»Nein, ich koche hier draußen. Ich könnte den Kessel auf dem Campingkocher aufsetzen. Jedenfalls brauche ich einen Tee.«

»Das wäre wahrscheinlich besser. Auch wenn das natürlich deine Entscheidung ist«, füge ich hinzu. »Ich will dich ja nicht herumkommandieren.«

»Nicht?« Wieder grinst er mich an. Ich frage mich, ob es daran liegt, dass wir draußen unterwegs sind, oder daran, dass wir sozusagen blaumachen, dass er weniger … streitlustig ist.

Empört reiße ich die Augen auf und schüttle den Kopf. »Ich kommandiere nie jemanden herum.«

»Nein, nein, natürlich nicht.«

Ich sehe zu, wie er die Fensterläden wegbringt und einen nach dem anderen in den kleineren Schuppen auf der anderen Seite der Hütte trägt. Er kommt mit einem wunderschönen indischen Sonnenschirm in hellviolett wieder, von dem glitzernde Perlen hinabhängen. Er lehnt ihn an die Wand und geht noch einmal zurück, um den Ständer zu holen.

»Es wird irrsinnig heiß hier draußen, und es gibt keinen Schatten«, erklärt er, während er den Sonnenschirm aufbaut. Dann geht er wieder davon, dieses Mal kommt er mit einer Schubkarre voller Holz zurück.

»Wenn ich all das direkt erledige, müssen wir uns später nicht mehr darum kümmern, wenn es richtig heiß ist«, sagt er.

»Ich helfe dir«, biete ich an, woraufhin er mich bittet, den Korb auszupacken.

»Für Alkohol ist es ein bisschen früh, oder?«, fragt er.

Ich nicke. »Für mich schon, ja.«

»Dann bring den Wein mit nach draußen, und ich zeige dir den Kühlschrank.«

»Kühlschrank? Es gibt doch keinen Strom.«

»Du wirst es gleich verstehen.«

Ich gehe hinein und schnalle den Deckel des alten Weidekorbs von Fortnum & Mason ab, den er auf die Arbeitsfläche gestellt hat. Darin befinden sich zwei Flaschen Weißwein und vier Flaschen Mineralwasser sowie verschiedene Zutaten fürs Mittag- und Abendessen. Ich bin zwar keine Expertin, aber der Wein sieht teuer aus. Ich belade mich mit Flaschen, dann trotte ich wieder nach draußen.

»Hast du den extra gekauft? Ich sollte dir etwas Geld dafür wiedergeben.«

»Ach, nein, sei nicht albern. Okay, pass auf – das hier ist die schattige Seite, wegen der Bäume. Und hier drunter …« Er rollt einen Stein zur Seite, der genauso aussieht wie die anderen Steine, die auf dem Grundstück verteilt sind. Darunter kommt ein Stück Abdeckplane zum Vorschein und darunter eine Falltür, bei deren Anblick ich richtig aufgeregt werde. Er zieht sie auf und ein quadratisches Loch kommt in der Erde zum Vorschein, ordentlich mit Schiefer ausgekleidet, sodass ein kühler Ort entstanden ist, gerade groß genug für eine große Weinflasche. Es steht etwas darin, eingewickelt in eine Tragetasche.

»Oh, das habe ich ganz vergessen«, sagt er.

»Was ist es?«

»Champagner.« Er zieht das Bündel heraus und wickelt eine Flasche Perrier Jouet aus.

»Das muss man auch erst mal schaffen«, merke ich amüsiert an, »eine Flasche Champagner einfach zu vergessen.«

»Verschwenderisch.«

»Ein bisschen schon. Wie auch immer, sehr clever, dieser Kühlschrank. Hast du ihn gebaut?«

»Ja, als ich noch in der Schule war.« Er grinst mich an. »Ehrlich gesagt bin ich ziemlich stolz darauf.«

»Das war wirklich raffiniert.«

»Ja. Meine Mutter hat es immer ganz verrückt gemacht, dass man die Milch in einen Eimer mit kaltem Wasser stellen musste. Und dass es kein Eis für ihre Gin Tonics gab. Eis kann man zwar immer noch nicht lagern, aber man kann den Tonic kühl halten, vor allem, wenn man die Akkus aus der Kühlbox hier hineinlegt. Okay, was nun? Ich glaube, ich gehe schwimmen. Hast du einen Badeanzug gefunden?«

»Natürlich nicht. Aber ist schon okay, ich kann planschen.«

»Du verpasst etwas. Du könntest ja auch einfach ohne Kleidung baden … Es ist sehr ruhig hier –«

»Ähm, nein, ich denke nicht. Ich fürchte, bei mir ist einiges an Halt und Stützpfeilern nötig.«

Das bringt ihn zum Lachen. »Na gut. Ich gehe mich dann jetzt umziehen.« Damit geht er in die Hütte. Ich stehe draußen auf dem Rasen und schließe die Augen. Abgesehen von dem Rauschen der Wellen ist es vollkommen still. Die Sonne auf meinem Gesicht fühlt sich himmlisch an. Ich strecke die Arme aus und nehme die Wärme in mir auf. Wahrscheinlich sollte ich mich eincremen, bevor ich völlig verbrannt bin.

Soll ich mich auf die Wiese legen und lesen, während er schwimmt, oder lieber am Strand spazieren? Wenn ich auch nur fünf Jahre jünger wäre, wäre ich schon am Strand gewesen. Ich schmiere mich mit Lichtschutzfaktor dreißig ein und denke dieses Mal sogar an meinen Nacken. Dann setze ich mir den Hut auf und stopfe mir einen leeren Leinenbeutel in die Rocktasche. Ich bin froh, dass ich daran denke, so muss ich nicht versuchen, mögliche Strandgutfunde in den Händen zu sammeln. Dann sehe ich zurück zur offenen Tür und in den Flur. Edward ist noch in der Hütte, und ich bin unsicher, ob ich auf ihn warten soll.

Plötzlich erscheint es mir etwas merkwürdig, dass wir zusammen hier draußen sind. Schließlich sind wir ja nicht … Oder sind wir befreundet? Nicht direkt. Ich meine, er ist mein Boss. Hätte er Rory mit hierhergenommen? Vielleicht schon. Vielleicht hat er das sogar schon mal getan. Er scheint keine richtigen Freunde zu haben, obwohl ich mich frage, warum das so ist.

Ich laufe zum Rand der Rasenfläche und sehe auf die kleine Bucht hinunter, dann klettere ich über die Felsen, bis ich zwischen den Kieselsteinen stehe. Ich bücke mich, um mir die Sandalen auszuziehen, und lasse sie auf einem kleinen Felsen stehen. Gemächlich schlendere ich am Strand entlang und biege nach links ab, wo eine Reihe Felsen in die Bucht hineinragt.

Ich liebe Strände. Strände mit Muscheln und Treibholz, Sand und Felstümpeln. Ich mag es, mir alles anzusehen und Dinge zu sammeln. An einem guten Strand findet man Strandglas, in ungewöhnlichen Farben und vom Wasser glatt geschliffen, Scherben von gemustertem viktorianischem Porzellan und interessante Muscheln. Hier sind jedenfalls viele Muscheln. Als meine Augen sich allmählich an das grelle Sonnenlicht gewöhnen, bin ich erstaunt. Im Gegensatz zu dem Strand, an dem ich mit Jenny und den Hunden spazieren gehe, häufen sich hier in riesigen Bahnen Napfschnecken und Miesmuscheln an. Zwischen ihnen eingekeilt entdecke ich jedoch die gleichen leuchtend gelben und orangefarbenen Strandschnecken, deren Farben in einen kastanienbraunen Ton übergehen. Ich bin jetzt weiter unten am Strand, in der Gezeitenzone, auf festem Sand, der zuvor vom Wasser überspült wurde. Ich sehe zurück auf die leichten Abdrücke meiner Füße. Es weht eine sanfte Brise, und ich höre das endlose Flüstern der Wellen.

Was für ein großartiger Tag. Ich merke, wie sich meine Laune noch weiter hebt. Man könnte fast sagen, dass ich glücklich bin. Mit diesem Gedanken möchte ich mich jedoch gar nicht näher befassen, denn wenn man Glücksgefühle zu eingehend betrachtet, verschwinden sie für gewöhnlich sofort wieder. Es sind schüchterne Kreaturen. Und außerdem – es ist doch bloß eine Schicht, nicht wahr? Ein Moment der Freude, begründet in der Natur, dem Sonnenschein und dem Meer, eine Schicht, die alles andere überlagert.

Seit meiner Ankunft hier in Schottland war ich nie mehr so unglücklich wie in dem ersten Monat, nachdem Chris sich von mir getrennt hat. Ich glaube, es wäre ohnehin unmöglich, Leid auf diesem Level aufrechtzuerhalten. Es ist eine langsame Reise, aber die Dinge werden sich bessern, haben sich schon gebessert – mir ist jedoch bewusst, dass ich in gewisser Hinsicht vermeide, mich mit meinen Gefühlen auseinanderzusetzen. Es ist leicht, nicht daran zu denken, weil ich verreist bin. Das ist wohl dieser Tapetenwechsel, von dem alle immer sprechen. Wenn man an einem fremden Ort beschäftigt bleibt, kann man es gut vermeiden, sich die Dinge anzuschauen, die man sich vielleicht besser anschauen sollte. Es gibt Themen, mit denen ich mich auseinandersetzen muss, und ich habe die Sorge, dass das hier bloß eine Form der Verdrängung ist. Dass ich, sobald ich nach Hause zurückkehre, in meine furchtbare Wohnung, die mich gerade Geld kostet, obwohl sie leer steht, wieder genau da bin, wo ich mich vor meiner Abreise befand, ohne auch nur eines von all den zu regelnden Dingen angegangen zu sein oder ansatzweise in Ordnung gebracht zu haben. Ich erschaudere, und es kommt mir so vor, als wäre die Sonne hinter einer Wolke verschwunden, obwohl immer noch keine zu sehen sind – der Himmel leuchtet in einem unverschämt kräftigen Blau.

***

Ich liege am Strand und betrachte Muscheln, als Edward an mir vorbeirennt, über die Kieselsteine hüpft, ein Handtuch auf einen freiliegenden Stein fallen lässt und ins Wasser watet. Er tastet sich nicht behutsam vor, sondern schmeißt sich sorglos in die Wellen. Vermutlich ist das Wasser kalt, auch wenn bald August ist. Ich setze mich auf und sehe zu, wie er durch die Bucht krault und das Wasser dabei ganz schön um sich spritzt. Ich bin neidisch, ich kann mich gar nicht daran erinnern, wann ich das letzte Mal im Meer geschwommen bin.

Mit meinem inzwischen schweren Beutel, in dem ich interessant gestreifte Steine, leere Napfschneckenhäuser, von denen nur noch schmale Spiralen und Ringe übrig sind, und einige Stücke blasses, blaugrünes Strandglas gesammelt habe, laufe ich zum Wasser. Im Sand entdecke ich die Fußabdrücke von Möwen mit ihren drei Zehen und auch kleinere Abdrücke – vielleicht von einem Austernfischer? Sanfte Wellen rollen auf mich zu. Ich sehe hinaus aufs Meer zu dem Schwimmer in der Entfernung und mache einen Schritt ins Wasser, das, wie geahnt, eiskalt ist. Zuerst erscheint es mir zu kalt, aber ich gewöhne mich doch schnell daran und laufe weiter hinein, um über die kleinen Wellen zu hüpfen, wie ich es als Kind getan habe. Bald schon reicht mir das Wasser bis an die Waden, und eine höhere Welle klatscht gegen meine Knie, woraufhin ich keuche und lache. Meine Zehen graben sich in den Sand, in meinen Ohren ertönt das Rauschen der Wellen, und wieder erfasst mich ein Glücksgefühl.

***

Zurück in der Hütte leere ich meine Tasche voller Fundstücke in der Spüle aus, um den Sand von ihnen abzuwaschen, und lege sie dann auf einen Teller, den ich auf dem Rasen in die Sonne stelle. Ich stöbere in der heißen Stille der Hütte herum und öffne die Badezimmertür. Dort empfängt mich der Geruch von sonnengewärmtem Holz. Die obere Hälfte des Fensters besteht aus Klarglas und gestattet einen Ausblick auf die Bäume am Rande des Grundstücks, während die untere Hälfte aus Milchglas gefertigt ist. Ich begutachte das große altmodische Waschbecken und die Toilette. Sauber, aber einfach. Es gibt keine richtige Badewanne, nur eine Duschtasse mit einem Vorhang in der Ecke. Der Duschkopf ist mit einem Gummischlauch an der Badewannen-Armatur angebracht. Es gibt nur einen Hahn, vermutlich, weil es kein heißes Wasser gibt. Eine kalte Dusche in Schottland erscheint mir unnötig brutal, aber ich nehme an, es reicht, um sich das Salz aus den Haaren zu spülen. An der Wand hängt ein alter, weiß gestrichener Medizinschrank und über dem Waschbecken an einer Kette ein rechteckiger Wandspiegel, dessen Kanten angeschrägt sind, ein wenig erinnert er mich an den Art-déco-Stil. Vielleicht hängt er schon dort, seitdem die Hütte gebaut wurde. Das Glas mit den eingravierten Blumen lässt mich an den Spiegel im Schlafzimmer meiner Hamilton-Großeltern denken. Mich amüsiert die Vorstellung, dass die beiden Spiegel möglicherweise in demselben Geschäft gekauft wurden.

Gegenüber dem Badezimmer liegt noch eine Tür, die ich öffne. Der Raum ist dunkel, die Fensterläden sind noch verschlossen. Ich ziehe die Tür weiter auf, damit so viel Licht wie möglich hereinkommt. Vor dem Fenster hängen verblasste Vorhänge mit einem auffälligen Siebzigerjahre-Blumenmuster. Das Bett ist größer als ein Einzelbett, aber nicht so groß wie ein Doppelbett. Haben Edwards Eltern hier geschlafen und die Jungs im Hauptzimmer? Es fällt mir schwer, mir den Lord und die Lady hier vorzustellen. Ich sehe einen kleinen, etwas schiefen Kleiderschrank, ein Regal voller Taschenbücher und eine Kommode, alles aus glattem, gelblichem Holz und mit kurzen, breiten Standfüßen ausgestattet. Auf der Kommode liegt eine Auswahl an Muscheln und Steinen und etwas, das ich mir genauer ansehen muss, bevor ich zu dem Schluss komme, dass es der Wirbel eines Wals sein könnte. Außerdem steht dort ein altes Kilner-Einmachglas, das zur Hälfte mit Strandglas gefüllt ist. Auf dem säuberlich gemachten Bett liegen gefaltete Handtücher und Decken. Der Raum riecht nach Staub und Daunenkissen. An der Tür hängt eine hellorangefarbene wasserdichte Jacke. Ich entdecke einen Spiegel, der zu dem im Badezimmer passt, und daneben ein eingerahmtes Foto einer Frau, die draußen vor der Hütte sitzt und ihre Augen mit der Hand vor der Sonne abschirmt. Ihre Frisur und ihre Kleidung – ein locker fallendes weißes Kleid, das sie dennoch mit Schuhen und Strümpfen trägt – deuten auf die Zwanziger oder Dreißiger hin. Edwards Großmutter, vermute ich, die Ehefrau des Mannes, der diese Hütte gebaut hat.

Es gefällt mir, wie ruhig es hier ist. Die Stille, der Geruch von warmem Holz. Die Wellen in der Ferne. Das Haus von Onkel Andrew ist auch still, tatsächlich sogar noch stiller, da es nicht am Meer liegt, aber die Hütte fühlt sich isolierter und leerer an. Edward sagte zwar, es seien noch mehr Ferienhäuser in der Gegend, aber von hier sieht man sie nicht. Und ich habe eine Theorie, die besagt, dass ein Ort, den man mit jemand anderem zusammen besucht, in Abwesenheit dieser anderen Person stiller ist als ein Ort, an den man von vorneherein allein gegangen ist.

Ich laufe wieder nach draußen und schirme meine Augen ab, um zu schauen, ob ich Edward entdecken kann. Ich sehe ihn jedoch nirgends. Gerade als ich etwas nervös werde, taucht sein Kopf über den Felsen auf, während er zurück in den Garten klettert.

»Hey. War das Schwimmen schön?«

»Fantastisch, danke. Ich fühle mich gebührend belebt. Und ich bin am Verhungern. Bist du bereit fürs Mittagessen?«

»Oh, ja, sicher. Ich helfe dir.«

»Okay, du kannst die Sachen herausholen, wenn du möchtest. Teller, eine Pfanne. Irgendwelches«, er gestikuliert, »Besteck. Ich wollte Tomatensalat machen, also könntest du Tomaten schneiden. Normalerweise ziehe ich den Tisch herüber, um zu grillen. Ich gehe mich eben anziehen, bin sofort wieder da.«

Er rubbelt sich den Kopf kräftig mit dem Handtuch ab. Die dunklen Haare auf seinen Beinen und seinem Bauch sind vom Wasser geglättet und lang gezogen. Es ist merkwürdig, jemanden beinahe nackt zu sehen. Ich weiß gar nicht, wohin ich den Blick wenden soll. Bisher habe ich noch nicht mal seine Füße gesehen, geschweige denn seine Unterarme. Er hat Schwimmerschultern, breit und muskulös auf eine dezente Art, und unerwarteterweise sind seine Arme und Brust mit Sommersprossen gesprenkelt. Verlegen versuche ich, ihn nicht anzustarren. Ich wäre reichlich verärgert, wenn ich selbst im Badeanzug hier stünde und jemand überhaupt nur einen Gedanken über meinen Körper hätte. Himmel.

11

Später, als wir auf der Bank sitzen, die Aussicht über die Bucht genießen und dabei gebratene Makrelen und Tomatensalat essen, frage ich ihn, ob er im Sommer oft Leute mit hierhernimmt.

»Andere Leute? Nein, fast nie. Normalerweise komme ich allein. Letztes Jahr habe ich mal Rory und einen seiner Freunde mitgenommen. Wir haben uns ganz schön betrunken.«

»Oh, wirklich?«

»Ja, tragisch, nicht? Sie könnten meine Kinder sein.« Er schneidet seinen Fisch in Stücke und weicht meinem Blick aus.

»Na ja –«

»Mhm. Sehr tragisch. War nicht so geplant, aber sie haben Bier mitgebracht …«

Ich stelle mir das bildlich vor. »Rory kommt mir gar nicht vor wie ein Trinker.«

»Ach, aber er ist jung, stimmt's? Selbst wenn man kein Trinker ist, kann man mit achtzehn trotzdem viel trinken. Oder siebzehn. Mehr als ich jedenfalls. Mir war danach hundeelend.«

»Also dieses Jahr keine Saufgelage hier unten?«

»Ich bin ein Einzelgänger. Meistens.«

* * *

Nach dem Essen liegen wir auf Decken im Gras, im Schatten des Sonnenschirms. Es ist unglaublich heiß, und ich werde schläfrig. Ich merke, wie meine Lider schwer werden und mein Kopf zur Seite kippt.

»Müde?«

»Sieht ganz so aus.«

»Halt doch ein Nickerchen. Ich wecke dich in einer Stunde. Wenn du möchtest.«

»Das ist eigentlich zu schade«, widerspreche ich, aber ich döse bereits ein.

***

Als ich aufwache, habe ich ein etwas seltsames Gefühl, ich bin unsicher, wo ich mich befinde, und dann verlegen, weil ich nicht weiß, ob ich geschnarcht habe. Mein Nacken ist steif, und ich blinzle in Richtung Meer. Edward ist nicht mehr neben mir. Ich setze mich umständlich auf und sehe mich nach ihm um.

Er tritt aus der Hütte. »Ah, du bist wieder wach. Champagner?« Er reicht mir ein Wasserglas. »Tut mir leid, ich habe nur diese Gläser. Abgesehen von den Pint-Gläsern.«

»Ich trinke Champagner für gewöhnlich im Pint-Format.«

Er lacht. »Ach ja?«

Ich strecke mich und ändere meine Sitzposition auf der Decke. »Danke. Meine Güte, ist es warm.« Ich proste ihm zu und nippe an meinem Champagner. »Aber so muss das Leben sein.«

Er grinst mich an. »Ja, nicht wahr?«

»Es ist einfach zauberhaft hier, du kannst dich wirklich glücklich schätzen.«

»Hm. Ja? Vermutlich schon.« Er sieht fort, wieder verschlossener. Ich wünschte, er wäre nicht so … empfindlich. Nie ganz er selbst, immer … Unbeholfen kann man ihn nicht direkt nennen, oder zumindest glaube ich, dass er es nicht ist. Aber irgendetwas an ihm wirkt sonderbar, ihn umgibt eine undefinierbare Anspannung.

Er seufzt. »Als ich noch ein Kind war, sind wir in den Sommermonaten an den meisten Wochenenden hergekommen. Ich fand immer, dass mein Vater hier unten am ehesten er selbst sein konnte. Im Haus – da geht es ein bisschen offizieller zu.«

Ich hebe belustigt die Augenbrauen. »Ein bisschen.«

»Und früher war es natürlich schlimmer. Mein Großvater war ein sehr förmlicher Mann. Er ist gestorben, als ich acht war. Ich glaube, dass er alles so geregelt hat wie sein Vater vor ihm und sein Großvater und so weiter, oder es zumindest versucht hat, obwohl wir da schon nur noch drei Angestellte hatten. Mein Vater war eher ein Freigeist. Gewissermaßen zumindest. Er hat zu der Zeit viel getrunken. Sie haben sich ständig gestritten.«

Ich betrachte ihn aufmerksam. Das ist viel mehr, als er mir bislang je erzählt hat.

»Sobald mein Vater den Titel geerbt hatte, war es, als hätte …« Er hält inne und zupft am Gras. »… das Gewicht der Geschichte die Führung über ihn übernommen. Er hörte auf zu trinken, aber als ich fünfzehn war, führten wir beinahe genau dieselben Streitgespräche, denen ich als Kind schon gelauscht hatte.«

»Das ist ziemlich deprimierend.«

»Ja, das war es auch.«

»Und, ähm, wie alt warst du, als er gestorben ist?«

»Fünfundzwanzig.«

»Und du –«

»Ich habe schon entschieden, auf den Titel zu verzichten, als ich noch an der Uni war. Wie vorherzusehen ist mein Vater ausgerastet, als ich es ihm gesagt habe.«

»Aber, ich meine, dein Bruder –«

»Ich will gar nicht wissen, wie viel wütender er gewesen wäre, wenn ich ein Einzelkind wäre. Oder, Gott behüte, wenn Charles ein Mädchen gewesen wäre. Es hätte ihn wahrscheinlich umgebracht.«

Ich lasse mir das durch den Kopf gehen. »Nun, aber Charles ist kein Mädchen, und du bist kein Einzelkind, und es hat ihn nicht umgebracht.«

»Nein. Und ich weiß, dass es das Richtige war. Aber er hat nicht einmal versucht, es zu verstehen. Er hat es mir nie verziehen.«

»Und … belastet dich das?«

Er schnippt einige lose Grashalme von der Decke. »Nein. Vielleicht ein bisschen. Manchmal. Meistens aber nicht.«

»Ich denke, es ist nur normal, dass du diesbezüglich zwiespältige

Gefühle hast. Aber das Haus vermisst du nicht? Oder bereust du es, nicht Lord zu sein?«

»Gott, nein. Nein.«

»Na also. Du kannst es nicht jedem recht machen, und Eltern sind komisch. Selbst Eltern ohne … Geschichte sind merkwürdig, von daher …«

Er runzelt die Stirn. »Wie sind deine Eltern denn?«

»Ach, sie sind okay. Sie töpfern, du weißt schon, der Ruhestand. Wobei sie im Moment ausnahmsweise nicht töpfern, die Verrückten. Sie befinden sich gerade auf einer Weltreise. Ich glaube, sie müssten in Kambodscha sein. Oder Laos.« Ich schüttle den Kopf bei der Vorstellung.

»Wirklich? Verdammt, du erzählst mir auch nie irgendwas, oder?«

Ich grinse ihn an. »Entschuldige, Chef. Jedenfalls glaube ich nicht, dass sie je besondere Erwartungen an mich hatten, also konnte ich sie gar nicht allzu sehr enttäuschen.« Ich lächle, um ihm zu zeigen, dass ich scherze, auch wenn ich nicht sicher bin, ob ich es wirklich als Scherz meine.

»Und du bist allein groß geworden? Oder hast du Geschwister?«

»Nein, habe ich nicht.«

»Und dein Dad stammt aus der Gegend?«

»Nicht wirklich. Mein Großvater ist vor dem Krieg nach Birmingham gezogen und dann nach Chichester, dort hat er meine Großmutter kennengelernt. Er war Ingenieur«, füge ich hinzu. »Er hat nicht gekämpft. Unabkömmlichkeitsstellung.«

»Und dort lebst du auch? Chichester?«

»Dort bin ich aufgewachsen.« Ehrlich gesagt bin ich mir momentan gar nicht sicher, wo ich lebe. Das behalte ich aber für mich.

***

»Noch ein Glas?«

»Ach, na gut. Normalerweise trinke ich tagsüber nicht, ich sollte wohl ein bisschen vorsichtig sein.«

»Vorsichtig?« Er hebt eine Augenbraue, fast, als würde er mit mir flirten.

»Ich möchte nicht um halb sieben einen Kater haben. Grässliches Gefühl.«

»Das Risiko besteht natürlich immer.« Er steht auf, um den Champagner aus dem mit Schiefer ausgekleideten Loch im Boden zu holen, und schenkt mir nach.

»*Cheers*. Schläfst du wirklich draußen, wenn du hier bist?«

»Manchmal. Hängt vom Wetter ab.«

»Aber bildet sich dann nicht Tau?«

Er lacht. »Damit komme ich klar. Und das Sofa ist sehr gemütlich, falls ich mal empfindlicher bin.«

»Mir kommt es bloß so vor, als würde der Boden immer härter werden. Oder zumindest fühlt es sich so an.«

»Ich kann dir mehr Kissen holen, wenn du möchtest?«

Ich rutsche auf der Decke umher, dann stehe ich auf und strecke mich. »Vielleicht sollte ich spazieren gehen. Aber dann würde mein Getränk ja warm werden. Hm, schwierige Entscheidung.«

»Nimm das Glas doch mit«, schlägt er vor. »Wenn du etwa fünfzehn Minuten läufst, kommt die nächste Bucht.«

»Fünfzehn Minuten? Ich weiß nicht, ob ich mich dazu aufraffen kann. Und nachher trinke ich aus, bevor ich da bin, und dann bin ich versucht, das Glas in den Busch zu werfen, damit ich es nicht tragen muss.«

Das bringt ihn richtig zum Lachen. »Du kannst es auch irgendwo abstellen und auf dem Rückweg wieder mitnehmen.«

»Fördere doch meine Faulheit nicht so«, tadele ich ihn. »Ich gehe einfach hier am Strand spazieren.«

***

Als ich wieder in den Garten komme, etwas abgekühlt von meinem Spaziergang am Wasser und mit dem leeren Glas in der Hand, hat Edward die Position des Schirms an den veränderten Sonnenstand angepasst und lehnt mit dem Oberkörper an der Wand der Hütte. Die Beine hat er auf der Decke ausgestreckt, das Buch liegt aufgeschlagen im Gras neben ihm, und auf seinem Schoß balanciert er ein Tablett. Als er mich bemerkt, sieht er auf und schiebt sich die Sonnenbrille ins Haar.

»Besser?«

»Ja, danke. Was machst du?« Ich lasse meine Sandalen ins Gras fallen. Die leere Champagnerflasche steht auf dem Tisch, eine offene Weinflasche daneben. Ich betrachte die Flaschen und überlege kurz. Dann treffe ich eine Entscheidung und schenke mir ein wenig von dem Wein ein. Edward hält mir das Tablett hin, damit ich sehe, was darauf liegt. Es handelt sich um etwas, was wir immer als »Paraphernalien« bezeichnet haben – ein Päckchen Zigaretten, verziert mit einer von Krebs zerfressenen Lunge, ein aufgerissenes Rizla-Päckchen und eine Ansammlung von Zigarettenpapier. Ich bin ein wenig überrascht.

»Das stört dich doch nicht, oder?«, fragt er.

»Gott, nein.«

»So ein sonniger Nachmittag hat irgendetwas an sich.«

Ich beobachte ihn einen Moment, dann schnüffle ich. »Ist es Skunk? Ich hasse Skunk.«

»Nein, es ist selbst angebaut, nicht sehr stark. Du würdest es doch riechen, wenn es Skunk wäre, oder?«

»Wahrscheinlich.« Ich denke an die weiß gestrichenen Fenster des Gewächshauses im Garten hinter dem Buchladen. »Hast du es angebaut?«

»Nein. Ich kriege es von einem Kumpel. Rauchst du?«

»Seit Jahren nicht.«

Er leckt am Rand des Papiers entlang und verschließt den Joint. »Möchtest du auch?«

»Weiß nicht.« Ich setze mich neben ihn und lehne mich an das warme Holz der Hütte. »Hätte dich gar nicht als Kiffer eingeschätzt.«

»Grundgütiger. Man kann mich wohl kaum als Kiffer bezeichnen.«

Ich lache. »Du bist aber leicht aus dem Konzept zu bringen. Vielleicht solltest du dir ein wenig von der Einstellung eines Kiffers annehmen. Du musst dich entspannen.«

»Ich bin entspannt.«

Ich schnaube. »Ja, genau. Wohl eher angespannt.«

»Ich bin überhaupt nicht angespannt.«

»Oh, nein, entschuldige, ich muss dich wohl verwechseln.«

»Du bist ganz schön dreist.«

»Das ist gut für dich«, erkläre ich ihm.

Er zündet den Joint an und zieht daran. »Ach ja?«, fragt er durch eine Rauchwolke hindurch.

»Alle nehmen dich immer so ernst. Das kann ja nicht helfen.«

»Helfen?«

»Dir dabei helfen, kein Arsch zu sein.« Es folgt eine Pause, so lang, dass ich mich schon frage, ob ich jetzt zu weit gegangen bin.

»Bin ich ein Arsch?«

Plötzlich tut er mir leid. »Das weiß ich nicht«, sage ich. »Ich glaube ja, dass es nur gespielt ist. Zu mir warst du jedenfalls sehr nett. Vor allem heute.«

»Ja, das war ich wirklich, nicht wahr?«

»Es war sehr freundlich von dir, mich einzuladen.«

»Vielleicht. Allerdings wäre ich allein hier, wenn ich es nicht getan hätte.«

Ich beobachte ihn beim Rauchen. »Bist du einsam?« Das habe ich mich schon öfter gefragt.

Es folgt noch eine lange Pause, während er darüber nachdenkt. »Nein. Ich glaube, man muss andere Menschen mehr mögen als ich, um einsam zu sein.«

»Ich weiß nicht, ob das stimmt. Selbst wenn man Menschen nicht besonders mag, kann man einsam sein. Aber du bist es nicht, das ist doch gut.« Ich ziehe die Knie an, lege meine Handgelenke darauf ab und verschränke meine Finger.

»Was ist mit dir? So ganz allein mitten im Nirgendwo. Das ist doch sicher nicht das, was du gewohnt bist. Ich hätte nicht gedacht, dass du so lange bleibst.«

»Nein, ich auch nicht. Aber unter anderem deshalb habe ich mich auch entschieden, mir eine Arbeitsstelle zu suchen. Ich bin es nicht gewohnt, allein zu sein. Trotzdem würde ich nicht sagen, dass ich einsam bin.«

»Und was ist mit Mr Mottram? Ist er ohne dich einsam? Ich wäre nicht begeistert, wenn meine Frau sich für mehrere Monate am Stück verdrücken würde.«

Ich bin unsicher, was ich darauf erwidern soll. Vielleicht sollte ich es ihm einfach sagen, es spielt ja eigentlich keine Rolle. »Ich bezweifle, dass er einsam ist. Er lebt mit einer anderen zusammen.«

Es folgt eine kurze Stille. Ich lausche den Wellen und dem leisen Knistern des brennenden Zigarettenpapiers, als Edward Luft hindurchzieht. Er runzelt die Stirn.

»Wie, heißt das –«

»Wir sind, ähm … Er hat sich von mir getrennt«, erkläre ich.

»Kürzlich?«

»Nicht so kürzlich. Im Januar.«

»Oh. Das hast du gar nicht erwähnt. Warum nicht?«

Ich zucke mit den Schultern. »Das ist einer der Gründe, aus denen ich hier bin. Na ja, ich hätte sowieso kommen müssen. Aber es ist einer der Gründe, aus denen ich noch immer hier bin. Ich meine, ich musste nicht nach Hause zurück. Weil ich dort nicht mehr wohne, da dort jetzt jemand anderes wohnt.«

Er denkt eine Weile nach. »Aber warum ist es ein Geheimnis? Ist es eins? Weiß irgendjemand davon?«

»Ach, na ja. Jenny. Ein paar andere Leute. Aber es ist langweilig, Leuten davon zu erzählen. Außerdem bin ich nicht geschieden, also müsste ich sagen, dass ich in Trennung lebe oder wie auch immer, und das ist … mühsam. Ich denke, sobald ich mal wirklich geschieden bin – danke«, ich nehme den angebotenen Joint entgegen, »wird es leichter. Ich möchte es nicht ständig erklären müssen.«

»Du hättest es mir erzählen können.«

»Ja, hätte ich.« Ich lächle. »Aber ich wollte nicht.«

Er hebt die Augenbrauen. »Warum nicht?«

»Ich fand nicht, dass es dich etwas angeht. Und außerdem dachte ich, es wäre so einfacher. Ich wusste, dass du mich eigentlich nicht einstellen wolltest, und du hättest es dann vielleicht … als Grund genommen, es auch nicht zu tun.«

Ich sehe, dass er darüber nachdenkt. »Wie lange warst du verheiratet?«

»Fünfzehn Jahre. Zusammen waren wir neunzehn.«

»Das ist eine lange Zeit.«

»Ja.«

»Ist bei dir … Wie geht es dir damit?«

»Damit, dass mein Mann mich verlassen hat und mit einer Frau zusammengezogen ist, die ich für meine Freundin gehalten habe?«

»Verdammt.«

»Ja, es ist nicht gerade toll.«

»Aber … Ich kann nicht glauben, dass du es nie erwähnt hast.«

»Ich bevorzuge es, nicht darüber zu sprechen.« Ich lächle erneut, amüsiert über seinen schockierten Gesichtsausdruck.

»Wie hast du es herausgefunden? Oder hat er es dir erzählt?«

Witzig, dass er davon ausgeht, ich müsse es »herausgefunden« haben. Aber natürlich ist genau das auch passiert.

»Nein, ich bin dahintergekommen. Er hat mir versehentlich eine Nachricht geschickt.«

»Versehentlich?«

»Er wollte sie eigentlich ihr schicken.«

»Oh. Verdammt. Das ist –«

»Ja, es war nicht mein bester Tag.«

»Woher wusstest du –«

»Es war ein Bild«, erkläre ich ihm. »Ein Foto. Ich habe ihre Ringe erkannt.« Ich wackle mit den Fingern. »Sie trägt viele Ringe, sie ist etwas …« Ich denke über Susanna nach, mit ihren dicken, lockigen hennaroten Haaren und ihrem klobigen Silberschmuck, türkis und bernsteinfarben. »Sie sieht ein bisschen aus wie eine Erdgöttin. Ziemlich leicht wiederzuerkennen, selbst wenn du ihr Gesicht nicht richtig sehen kannst. Selbst wenn sie unerwarteterweise den Schwanz deines Ehemanns lutscht.«

»Heilige Scheiße.«

»Hm.«

»Thea, das tut mir schrecklich leid.«

»Ist schon okay«, sage ich fröhlich. »Du hast schließlich nichts gemacht, oder? Das jedenfalls hat die Katze gewissermaßen aus dem Sack gelassen. Ich dachte, er würde sich vielleicht entschuldigen, aber wie sich herausgestellt hat, mag er sie lieber.« Ich räuspere mich.

»Das ist furchtbar.«

»Ja. Aber es ist auch ziemlich öde.«

»Öde?«

Ich sehe auf den Joint in meiner Hand und stelle fest, dass er ausgegangen ist, noch bevor ich daran gezogen habe. Ich bitte ihn um Feuer, und er legt das rote Plastikfeuerzeug in meine Hand. Ich presse den Daumen gegen das Rädchen, höre, wie es sich dreht. Dann inhaliere ich und beobachte, wie die Flamme aufglüht. Wann habe ich das letzte Mal einen Joint geraucht? Am Silvesterabend der Jahrtausendwende? Aber seitdem doch sicher noch mal, oder? Auf irgendeinem dreißigsten Geburtstag? Damals konnte man noch in Pubs rauchen. Keine Drogen natürlich. Mir haben Pubs besser gefallen, als man noch darin rauchen durfte, aber vielleicht lag es auch einfach daran, dass ich da noch jünger war. Jetzt riechen Pubs nur noch nach Toiletten, Frittenfett und abgestandenem Bier. Aber dafür kann man abends ausgehen, ohne danach all seine Klamotten waschen zu müssen. Hat alles seine Vor- und Nachteile, schätze ich.

»Ich bin wohl kaum die erste Person, die eines Morgens aufwacht und feststellt, dass sie mittleren Alters und Single ist und nichts so werden wird, wie sie es sich vorgestellt hat. Das passiert ständig. Es ist uninteressant. Das ist eines der Probleme. Auch deshalb ist es so schwer, damit umzugehen – oder es hinter sich zu lassen. Es spielt einfach keine Rolle, wie schrecklich es ist oder wie mies ich mich fühle. Es ist unmöglich, originelle Gedanken zu der Sache zu haben. Das ist schlimmer, als sich klischeemäßig zu verlieben. Ehrlich, so öde.« Ich seufze. Ich bin halbwegs beeindruckt davon, dass ich darüber reden kann, ohne zu weinen.

»Nun, aber –«

»Jedenfalls, das Einzige, was noch öder ist, als darüber herumzugrübeln, ist, darüber zu sprechen.« Einen Moment lang halte ich nachdenklich inne. »Ich werde meinen Namen wieder ändern. Ich mochte Mottram nie besonders. Hamilton gefällt mir viel besser.«

»Hamilton ist ein schöner Name«, stimmt er mir zu.

Ich sehe ihn forschend an. »Also, ähm, warst du schon mal verheiratet?«

»Ich? Um Himmels willen, nein.«

»Oder etwas in der Art? Hast du mit jemandem zusammengelebt, oder warst du verlobt, oder –«

»Nein.«

Ich warte. Wird er das Gefühl haben, mir mehr Informationen schuldig zu sein, oder nicht? »Das ist etwas ungewöhnlich, oder? Hast du wirklich nie mit jemandem zusammengelebt? Aber du … schläfst hin und wieder mit jemandem, oder?« Ich denke daran, was Jenny mir über ihre Freundinnen erzählt hat, die erfolglos versucht haben, seine Aufmerksamkeit zu erregen, und daran, was er über die weiblichen Angestellten gesagt hat, die sich in ihn verliebt hatten oder umgekehrt.

»Manchmal. Ich versuche, es nicht zu tun. Oder zumindest –«

»Du versuchst, es nicht zu tun?« Ich blinzle. »Ich glaube nicht, dass ich jemals einen Mann getroffen habe, der so etwas gesagt hätte.«

Er wirkt ein wenig gequält. »Es ist am besten, sich auf niemanden einzulassen.«

»Wow.« Das hätte ich nicht erwartet.

Nun gibt er ein tiefes Seufzen von sich. »Ich verrate dir jetzt ein Geheimnis.« Ich sehe ihn aufmunternd an. Er zögert, versucht vermutlich zu entscheiden, ob es wirklich eine gute Idee ist, sich mir anzuvertrauen. Dann atmet er tief durch. »Ich habe mit jeder Frau geschlafen, die meinem Bruder je etwas bedeutet hat.«

Ich starre ihn an. »Jeder?«

»Na ja, nicht mit unserer Mutter. Oder, du weißt schon, anderen Verwandten. Aber mit all seinen Freundinnen oder beinahe allen. Und mit seinen beiden Ehefrauen.«

Und da ist sie endlich, die große Enthüllung. Ich wusste natürlich, dass da etwas im Argen liegt, seitdem Alastair es vor Monaten erwähnt hat. Aber ich kann es noch nicht wirklich glauben. »Ach du Scheiße.«

»Ich weiß.«

»Ach du *Scheiße*.«

»Also, es sind nicht wahnsinnig viele.« Er grinst ein wenig verschlagen. »Na ja. Eine nicht unerhebliche Anzahl.«

»Ich würde nicht behaupten«, merke ich vorsichtig an, »dass es die Zahlen sind, die mich schockieren.«

»Nein.«

»Darf ich fragen … Ich weiß nicht mal, was ich fragen möchte. Beide seiner Frauen? Meine Güte.«

»Ja, das ist das Schlimmste, oder? Auch wenn er und Julia schon getrennt waren. Seine erste Frau. Bevor ich –«

»Und die zweite?«

»Ja, das war … Nein. Das war meine Schuld. Carolyn. Ich mochte sie nicht einmal besonders. Sie entsprachen natürlich auch alle seinem Typ, nicht meinem.« Er lächelt mich an, diesmal ist es ein richtiges Lächeln.

»Edward.«

»Also, ja, äh … eine lange Zeit ging es mir bei Sex hauptsächlich um Rache, und deswegen versuche ich … es zu vermeiden.«

»Rache? Das ist schon ein starkes Stück, aus dem Nichts direkt zu den bizarrsten Intimitäten überzugehen, quasi auf einen Schlag.«

Ich puste Rauch in Richtung des Sonnenschirmrandes, wo das Lila sich von dem intensiven Blau des Himmels abgrenzt. Ich höre Möwen, die Wellen, irgendwo eine Schwarzdrossel und einen Traktor oder etwas Ähnliches in der Ferne. Ich ziehe noch einmal am Joint und reiche ihn dann an Edward zurück.

»Okay, weiter«, fordere ich ihn auf, »erzähl mir, warum du mit den Frauen deines Bruders geschlafen hast.«

»Rache. Hab ich doch gesagt.«

»Das ist aber doch … Ist das ein guter Grund? Du bist doch nicht Teil eines Theaterstücks. Wie heißt der Typ noch mal? Middleton. Ist es Middleton?« Eines der Dinge, die ich an Edward mag, ist, dass er immer die Antworten auf Fragen zu Büchern, Theaterstücken oder Gedichten weiß. Das ist praktisch, weil mein Gedächtnis schockierend schlecht ist.

»Thomas Middleton? Ja. *Die Tragödie der Rächer.* Und nein. Nein, es ist ein grässlicher Grund. Deswegen hasst er mich ja auch so, nur, falls du dich das mal gefragt hast.«

»Ich hab da schon mal was mitbekommen. Am Rande.«

»Ja, es war ein ziemlicher Skandal.«

»Kein Wunder.«

»Nein.«

»Und hast du … War das …«

»Ich habe es bewusst getan, falls das deine Frage ist. Es war keine dieser Geschichten, wo man erst etwas macht und sich im Nachhinein denkt: ›Oh, verflixt.‹« Er rutscht am Holz hinunter, bis er liegt, dann schiebt er sich das Kissen, an dem er gelehnt hat, unter den Kopf. Er starrt hinauf in den endlos blauen Himmel und zieht ein letztes Mal am Joint. Der Qualm hängt eine Weile vor uns in der Luft. »Er hat mir Carolyn nicht vor der Hochzeit vorgestellt. Vorsichtshalber.«

»Oh mein Gott.«

»Ja, aber ich hab's trotzdem bewerkstelligt.« Er setzt sich wieder auf und beugt sich vor, um den Joint an einem Stein auszudrücken, das Ende legt er säuberlich auf einen leeren Teller. »Allerdings muss man dazu sagen, dass sie sich nicht allzu viel aus ihm gemacht haben kann. Von meiner Seite aus war nicht gerade viel Mühe nötig.«

»Oh Gott. Also, wofür hast du dich gerächt? Ich bin ganz schön schockiert«, gestehe ich ihm.

»Deswegen hassen mich ja auch alle. Es war eine miese Nummer von mir, auch wenn mein Bruder ein Arschloch ist.«

»Ich glaube nicht, dass dich alle hassen, oder? Das klingt ein wenig melodramatisch. Und was zur Hölle hat er getan, was so schlimm war, dass du …?«

Er seufzt. Ich kann nicht sagen, ob es ihn erleichtert, darüber zu reden, oder ob er sich wünscht, diese Unterhaltung nie begonnen zu haben. Er fährt trotzdem fort: »Das waren eine ganze Reihe Dinge. Es hat sich angehäuft. Wir haben uns nie verstanden. Er ist ein … Er ist ein unangenehmer Mann, und er war ein unangenehmer Junge.« Er legt die Hand hinter seinen Kopf und starrt nach oben.

Ich denke an Charles Maltravers, charmant und elegant in seiner Reitkleidung, wie er mir Geld für Onkel Andrews Haus anbietet, mir die Hand schüttelt, mir in die Augen sieht, mich in sein Haus einlädt, mit mir Kaffee im Garten der Lodge trinkt, behutsam mit mir flirtet, mir die Pläne meines Hauses zeigt und mir Komplimente für mein Kleid macht. Er ist sicherlich nicht mein Typ, aber er wirkt nicht … *unangenehm*. Aber so sind Geschwisterbeziehungen einfach, nicht weniger komplex als jede andere Beziehung.

»Ich bin mir nicht sicher, ob wir *Freunde* werden könnten«, sage ich, »aber er kam mir nie besonders unausstehlich vor, höchstens übertrieben selbstbewusst, und, ähm, privilegiert.«

»Hm, übertrieben selbstbewusst ist eine gute Beschreibung. Er hatte immer schon etwas an sich, das ich nie hatte, und das hat mir lange zu schaffen gemacht.«

»›Etwas?‹ Was meinst du?« Ich starre ihn an.

»Ach, na ja. Charme, so was eben.«

Er trägt seine Sonnenbrille, daher könnte ich seine Augen nicht einmal sehen, wenn wir uns gegenübersitzen würden, doch ich lehne mich trotzdem in seine Richtung und versuche, seine Miene zu lesen. Aber ich schaffe es nicht.

»Der wird überbewertet«, erwidere ich. »Aber macht es dir jetzt noch etwas aus?«

»Seit ich seine Ehe zerstört habe? Nein.«

»Du lieber Gott. Was hat er denn getan, dass du ihn so hasst?«

Er seufzt. »Das ist lange her. Wahrscheinlich … Ich nehme an, eine normale Person oder jemand mit … Jemand, der ein besseres Selbstwertgefühl hat …« Er verstummt.

Ich betrachte ihn. Er seufzt erneut. »Okay. In meinen späten Jugendjahren – als ich meinen Schulabschluss gemacht habe, in Rorys Alter – kam mir alles ziemlich … Ich habe mich schlimm mit meinen Eltern gestritten. Es waren heftige, furchtbare Auseinandersetzungen mit meinem Dad, und dabei ging es nicht nur darum, dass ich im Bett liege und mich nicht rasiere.« Er schüttelt den Kopf bei dem Gedanken an sein jüngeres Ich. »Es ging um große Themen, das Erbe und Privilegien, Titel, die Last der Geschichte. Ja, ich war ein Schwachkopf, natürlich, aber ich denke trotzdem nicht, dass ich falschlag mit meinen Ansichten. Ich hätte mir vielleicht mehr Mühe geben können, zu verstehen, wie sehr es ihn belastet hat, aber das war nur ein Teil des Problems. Wie schon gesagt, ich hatte furchtbare Angst, dass es mir genauso ergehen würde wie ihm. Die Schule war … schwer zu beschreiben, ich habe keinen Vergleich. Andere Leute hat es schlechter getroffen. Ich habe den Kopf eingezogen und tatsächlich auch was gelernt. Aber die ganze Zeit hat die Wut in mir gebrodelt. Und Charles war schon immer so ein selbstgefälliger kleiner Scheißer.« Er lacht. »Er war unglaublich aufgeblasen und die schlimmste Art eines jungen Torys. Nach der Wahl 1987 haben wir uns in die Haare gekriegt. Es war eine richtige Prügelei.«

Das bringt mich zum Lachen. »Wirklich?«

»Ja. Schrecklich würdelos.«

Ich schnaube. »Hast du gewonnen?«

»Er war erst fünfzehn, natürlich habe ich gewonnen.«

Ich pruste noch einmal.

»Wie auch immer. Ich war in dieses Mädchen verliebt, die Cousine eines Freundes. Sie ist manchmal in den Ferien aus Edinburgh hierhergekommen. Ich kannte sie schon, seit wir vierzehn oder so waren. Einmal habe ich mich sehr betrunken und Charles und ihrem Cousin Alex von meinen Gefühlen erzählt. Das war nicht geplant, eigentlich wollte ich es geheim halten. Na ja, aber nachdem ich es ihm gesagt hatte, zog er mich ständig damit auf, wie kleine Brüder es eben tun. Dabei ist er nicht so viel jünger, nur ein Jahr. Und er konnte immer besser mit Mädchen umgehen als ich. Er sieht auch besser aus, stimmt's?«

Ich ziehe die Nase kraus, während ich überlege. Wahrscheinlich ist er attraktiver im herkömmlichen Sinne, aber ich finde Edward viel interessanter anzuschauen. Und fairerweise muss man sagen, dass sie beide ziemlich gut aussehen. Das spreche ich jedoch nicht aus. Stattdessen höre ich lieber nur zu. Er richtet sich wieder auf, zieht die Knie an und setzt die Sonnenbrille ab.

»Er meinte, ich solle ihr sagen, dass ich sie mag. Er hatte schon Freundinnen gehabt, ich aber nicht. Wahrscheinlich war ich ein Spätentwickler, ich habe nicht an Mädchen – echte Mädchen – gedacht, bis ich in der Oberstufe war. Ja, ich war in Popstars und Schauspielerinnen verknallt, aber … Egal, jedenfalls dachte ich, dass Charles wohl wirklich mehr darüber wusste als ich. Andererseits konnte ich mir nichts Schlimmeres vorstellen, als es ihr zu sagen. Oder nichts Wunderbareres, falls sie meine Gefühle erwiderte. Ich ging davon aus, dass sie das sicher nicht tat. Aber was, wenn doch? Sie war wunderschön, hatte goldenes Haar und Haut wie Vanilleeis, Sommersprossen wie Schokoladenstreusel. Gott, sie war bezaubernd.« Er lacht bei der Erinnerung. »Ehrlich. Es ist mir immer noch peinlich, darüber zu reden, selbst jetzt.«

Ich habe mich immer gefragt, wie es sich wohl anfühlt, schön zu sein. Es muss merkwürdig sein, objektiv gesehen attraktiv zu sein, anstatt jemandes persönlichem Geschmack zu entsprechen.

»Und dann sagte er, er würde für mich mit ihr sprechen. Ich bat ihn, es nicht zu tun, aber ich schätze, er hat es trotzdem getan. Sie haben jedenfalls zusammen etwas ausgeheckt, um mich gründlich zu demütigen.«

»Oh nein, was ist passiert?«

Er zuckt mit den Schultern und zieht eine Grimasse. »Ach, wahrscheinlich war es in Wirklichkeit gar nicht so schlimm. Aber ich war sensibel. Ich war verletzt und wütend. Auf beide, aber vor allem auf ihn, weil es offensichtlich seine Idee gewesen war und weil … sie es alle so urkomisch fanden.«

»Was haben sie getan?«

Er wirft mir einen kurzen Blick zu und sieht dann wieder weg. »Er erzählte mir, dass er es ihr gesagt hat und sie meine Gefühle erwidert. Und dass sie sich mit mir treffen will. Wir waren in der Stadt, in Edinburgh, es waren gerade Osterferien. Er meinte, er hätte alles arrangiert. Ich war – ach, du kannst es dir ja vorstellen. Aufgeregt und nervös und alles. Ich habe Blumen gekauft und mein Lieblingsbuch mitgenommen, um es ihr zu schenken.« Er schüttelt den Kopf. »Weil wunderhübsche Teenagermädchen metaphysische Dichtungen einfach lieben, stimmt's? Gerade die hübschen Teenagermädchen in den späten Achtzigern konnten einfach nicht genug davon kriegen.«

»Wessen Gedichte?«

»John Donnes natürlich.«

Ich lache. »Ich mag John Donne. Allerdings kannte ich ihn Achtundachtzig wahrscheinlich noch nicht.«

»Nein. Na ja, wie dem auch sei. Mein Bruder sagte, sie werde auf den Stufen vor der National Gallery auf mich warten. Das tat sie jedoch nicht. Ich wartete eine halbe Stunde, eine Stunde, zwei Stunden. Damals gab es keine Handys, keine Möglichkeiten, herauszufinden, was passiert war. Ich habe einfach gewartet. Und gewartet. Dann sind sie zusammen aufgetaucht, einen Haufen anderer Leute im Schlepptau, gemeinsame Freunde, Leute aus der Schule. Alle fanden es so lustig, dass ich gewartet hatte, und dann fielen sie und Charles plötzlich übereinander her. Sie haben sich geküsst und … Wie gesagt, es ist unangenehm, daran zu denken.« Er spielt an seiner Sonnenbrille herum und setzt sie dann wieder auf, bevor er sich mir zuwendet.

»Ich hätte sie alle am liebsten umgebracht und mich selbst auch, wenn ich es gekonnt hätte. Am schlimmsten war die Vorstellung, dass es so lächerlich und witzig war, wenn ich jemanden mochte. Es war schmerzhaft. Die Sache hat mich Mädchen gegenüber nicht gerade positiv gestimmt. Oder Frauen. Er hätte fast das gleiche Ergebnis erzielen können, ohne sie zu involvieren, aber sie schien es auch sehr amüsant zu finden. Das war das Schlimmste daran. Dass sie es witzig fand. Dass sie ihn lieber mochte. Dass sie sich lieber von ihm küssen ließ, bloß zum Spaß, als irgendetwas anzunehmen, das ich zu bieten hatte.«

»Ach je, Teenager sind so furchtbar«, sage ich mitfühlend. »Wie grausam. Und was ist dann passiert?«

Er zuckt mit den Schultern. »Seitdem habe ich nie mehr mit ihr und allen anderen, die da waren, geredet, und auch mit Charles kaum noch. Ich bin an die Uni gegangen, wo ich meistens unnahbar und sarkastisch war. Es hat mich überrascht und nicht besonders begeistert, als das … offenbar effektiver war, als aufrichtig zu sein.«

Ich empfinde großes Mitgefühl für den unbeholfenen jungen Edward. Es ist furchtbar, ausgelacht zu werden. Ich stelle ihn mir vor, wie er ernst mit dem Gedichtband und den Blumen in der Hand wartet und wartet. Das gehört wohl zu den Dingen, die einen mehr mitnehmen, als sie sollten.

»Hm. Warst du ein grüblerischer Typ?«

»Ja, schon ein bisschen.« Er lacht.

»Groß, finster und mysteriös.«

»Das war mein Ziel. Na ja, mysteriös war mein Ziel, ich bin von Natur aus groß und finster.« Wir grinsen uns an.

»In einem meiner Kurse war auch so ein Typ. James. Ich weiß nicht, wie es bei ihm dazu gekommen ist, aber er war auch furchtbar grüblerisch und finster.«

»Hat es funktioniert?«

»Nicht bei mir, dafür habe ich einen zu ausgeprägten Sinn für Humor. Außerdem«, erkläre ich ihm, »auch, wenn du dir das vielleicht schwer vorstellen kannst, war ich als Studentin selbst ziemlich cool.«

»Das kann ich mir sogar gut vorstellen. Wie hat sich deine Coolness denn geäußert?«

»Vor dem Studium habe ich ein Jahr Auszeit genommen, daher war ich älter, und ich hatte schon mal woanders als zu Hause gelebt. Ich bin acht Monate lang mit meiner Freundin Angela durch Europa gereist. Ich war in Berlin, kurz nachdem die Mauer gefallen ist, und habe sechs Wochen in Paris verbracht.« Bei der Erinnerung an mein früheres Ich stiehlt sich mir ein Lächeln aufs Gesicht. »So habe ich mir eine überzeugende Fassade der Kultiviertheit angeeignet. Ich wusste jedenfalls mehr über das ›Leben‹ als einige der Leute, die gerade erst von der Schule kamen. Und ich hatte fantastische Haare, was auch geholfen hat. Einen ungeheuer pfiffigen Louise-Brooks-Bob, rabenschwarz.« Ich lache.

»Also hat dich Mr Launisch-und-Mysteriös nicht beeindruckt?«

»Nein. Ich habe ihn immer Lord Byron genannt. Was ihm wahrscheinlich gefallen hat, obwohl man ehrlich fragen muss: Gab es je einen nervigeren Mann?«

Edward lacht. »Shelley ist viel besser.«

»Ja, aber auch noch ziemlich nervig. Arme Harriet Shelley. Aber wenigstens haben die meisten seiner Gedichte einen Sinn. Wobei ich vielleicht etwas unfair bin. *Childe Harold* ist noch so ein Werk, durch das ich es nie ganz durchgeschafft habe. Es nervt mich einfach, wenn ein Gedicht länger ist als eine Seite.«

Er lacht erneut. »Magst du nicht einmal *Das verlorene Paradies*?«

»Ach, na ja, ich wünschte einfach, es wäre kein Gedicht.«

»Kulturbanausin.«

»Ich weiß, es ist schlimm.«

Wir sind einen Moment still, dann greife ich das Gespräch wieder auf. »Jedenfalls – entschuldige, aber das ist alles so faszinierend – hast du dir anschließend also als Ziel gesetzt, mit allen Freundinnen deines Bruders zu schlafen?«

»Ja, irgendwie schon. Das erste Mal war eine Art Unfall, ehrlich. Und dann ... dann habe ich mich gefragt, ob ich es schaffen würde –«

»Eine Art Unfall?« Ich ziehe meine Sonnenbrille tiefer, damit ich ihn darüber hinweg ansehen kann.

»Ja. Ich ging zu einer Party, so wie wir alle, und Tasha war auch da. Sie war ... Sie war im Grunde seine erste richtige Freundin, aber sie hatten sich getrennt, als er zur Uni gegangen ist. Er war ziemlich traurig deswegen. Jedenfalls hatten wir uns immer ganz gut verstanden, und es war Silvester, wir waren betrunken, und du weißt ja, wie das ist. Er tat, als wäre es ihm egal, aber ich konnte sehen, dass es nicht stimmte. Ich genoss das Gefühl. Darauf bin ich mittlerweile nicht gerade stolz«, fügt er gepresst hinzu, »oder auf irgendwas davon. Seitdem war ich ... wie besessen. Wenn ich konnte, schlief ich mit den Mädchen, mit denen er sich traf. Und im Normalfall konnte ich. Wir verkehrten in ähnlichen Kreisen, auch wenn wir nicht wirklich miteinander sprachen. Es wäre besser für uns beide gewesen, wenn er woanders studiert hätte, aber so war es nun mal. Irgendwann schöpfte er Verdacht. Als ich dann auch mit Julia geschlafen hatte – nun, wie gesagt, sie waren da schon getrennt. Aber deshalb hat er mir Carolyn nicht vor der Hochzeit vorgestellt.«

»Damit du nicht mit ihr schläfst?«

Er nickt.

»Aber das hat dich nicht abgehalten.«

»Ha. Nein. Sie konnte nicht glauben, dass wir uns noch nie gesehen hatten. Seit drei Jahren waren sie da schon zusammen. ›Hat er dir gesagt, warum er nicht wollte, dass wir uns kennenlernen?‹, fragte ich sie, und sie reagierte überrascht. ›Gibt es denn einen Grund dafür?‹, fragte sie. Also habe ich es ihr erzählt: ›Ich schlafe gern mit den Freundinnen meines Bruders.‹ Sie war schockiert und erklärte: ›Ich fürchte, diese Sammlung wirst du nicht vervollständigen können‹, worauf ich erwiderte: ›Mal abwarten.‹ Das fand sie witzig, glaube ich. Und danach war sie anders zu mir … Er lud mich nie ein, aber manchmal sah ich sie trotzdem. Sie kam öfter in die Buchhandlung. Ich glaube, sie war fasziniert oder so. Warum auch immer. Ich bot meine beste ›Kaum-Interesse‹-Nummer dar, und am Ende …«

»Oh mein Gott.« Ich lache, aber tatsächlich bin ich ein wenig schockiert.

»Ich konnte sie nicht besonders gut leiden, wie gesagt. Aber wir haben es ziemlich oft getrieben. Schätze, wir hatten eine Affäre. Er hat uns irgendwann erwischt. Darauf war ich im Grunde ja auch aus.«

»Edward, das ist –«

»Es war unglaublich befriedigend. Das war jedoch auch der Moment, in dem mir bewusst wurde, dass ich mein eigenes Leben genauso versaut hatte wie seins. Ihres. Ich meine, ja, er war unglücklich und wütend und all das, aber ich hatte nie – oder kaum jemals – auch nur versucht, jemanden für mich selbst zu finden. Jemanden, der nicht … Teil des Spiels war, das ich spielte. Das ist der Grund, weshalb ich es vermeide. Zum Großteil.«

»Zum Großteil?«

»Ich habe schon ein paar Bekannte«, gesteht er. »Weibliche Bekannte.«

»Mit denen du schläfst?«

»Manchmal. Ja.«

»Aber du würdest sie nicht als feste Freundinnen bezeichnen?«

»Gott, nein.«

»Wie weltmännisch das alles ist. Da fühle ich mich ja richtig hinterwäldlerisch.« Ich stelle mein leeres Glas im Gras ab. Ich glaube, ich bin ein wenig sauer.

»Das Ganze missfällt dir.«

»Ich denke nicht, dass man sein eigenes Sexleben um seinen Bruder herum aufbauen sollte, aber abgesehen davon kannst du tun, was du willst.« Ich blinzle. »Immerhin bist du erwachsen. Ich habe kein Problem mit inoffiziellen Arrangements, die du vielleicht mit deinen Bekannten getroffen hast. Das erscheint mir vergleichsweise richtig gesund.«

»Ja, da ist was dran. Und was ist mit dir?«

»Mir? Was meinst du?«

»Was gedenkst du mit deinem Sexleben zu tun?«

»Ach, du liebe Güte. Ha. Nichts.«

»Jemals?«

»Es ist viel zu früh für mich, um über ein mögliches Sexleben nachzudenken. Es ist zwanzig Jahre her, dass ich mit jemand anderem als Chris geschlafen habe. Ich kann mir nicht vorstellen, mich mit jemandem zu treffen oder es auch nur zu wollen.« Ich schüttle den Kopf.

»Ist dein Herz zu gebrochen?« Es soll wohl ein Scherz von ihm sein, aber mir ist bei der Sache nicht wirklich nach Scherzen zumute.

»Das kann man wohl sagen.«

»Wirklich?«

»Ich fühle mich … völlig verloren.« Wieder spüre ich den vertrauten Schmerz in der Kehle.

»Verdammt«, sagt er. »Es tut mir leid. Ich wollte nicht –«

»Schon okay. Es wird sicher irgendwann in Ordnung sein. Oder ich werde mich daran gewöhnen oder so. Es bringt einen immerhin nicht um. Das weiß ich. Es ist bloß … Es ist sehr traurig und ermüdend.«

Ich stehe leicht schwankend auf und gehe hinein, um mir ein Glas Wasser zu holen. Als ich den Hahn aufdrehe, frage ich mich, was Chris gerade tut. Wahrscheinlich arbeitet er. Ich frage mich, wie er mit seiner neuen Quasi-Stiefvaterschaft zurechtkommt. Ob es ihm gefällt, Kinder im Haus zu haben? Susannas mittlerer Sohn ist nicht ganz einfach. Ob er sich das insgeheim immer gewünscht hat? Nicht das schwierige Kind. Bloß ein Kind, irgendein Kind.

Sie könnten eins zusammen bekommen, immerhin ist sie jünger

als ich, erst achtunddreißig oder so. Ich umklammere die Kante der Spüle. Es fühlt sich an, als wären sie Tausende Kilometer von mir entfernt, wie in einem anderen Leben. Als könnte ich gleich aufwachen und merken, dass all die Monate hier oben nur ein Traum waren. Als wäre es möglich, dass ich nach Hause fahre und er auf mich wartet, wir unser Leben wieder aufnehmen und so weitermachen wie gewohnt.

Oder vielleicht kommt er auch zu ihr nach Hause und denkt, die Jahre, die ich dort gelebt habe, seien der Traum, die Illusion gewesen, während der er nur auf den Moment gewartet hat, mich beiseitezuschieben. Ich frage mich, wessen Idee es war, wie es dazu gekommen ist. Ich habe sie nicht danach gefragt und werde wohl nie erfahren, wie es in ihrer Freundschaft zum ersten Kuss gekommen ist, wie sie zueinanderfanden, wie sie – ich mag es selbst in Gedanken kaum formulieren – sich ineinander verliebt haben.

Ich öffne den Schrank, nehme ein Glas heraus und beuge mich vor, um es mit Wasser zu füllen. Als ich mich wieder aufrichte, stoße ich mit dem Kopf gegen die geöffnete Schranktür, so fest, dass ich Sterne sehe.

»Au, verdammt! Scheiße!«, fluche ich sehr elegant. Ich drehe den Hahn zu, stelle das Glas ab und betaste vorsichtig die gestoßene Stelle an meinem Kopf. An meinen Fingern klebt Blut, als ich sie anschließend betrachte.

»Alles okay? Was ist passiert?«, ruft Edward von draußen.

»Hab mir den Schädel gespalten«, rufe ich zurück.

»Oh nein, wie hast du das denn geschafft?« Er tritt ins Haus, um nach mir zu sehen.

»Kopf gestoßen. Ich habe den Schrank nicht geschlossen. Total dumm. Aua.«

»Komm her«, sagt er. »Lass mich mal sehen, ob das genäht werden muss. Nicht, dass ich dich innerhalb der nächsten vier Stunden irgendwo hinfahren könnte«, fügt er hinzu. »Ich glaube, dafür habe ich zu viel getrunken.«

»Ich denke nicht, dass es so schlimm ist. Hoffe ich jedenfalls.« Ich stelle mich in die Tür, wo die späte Nachmittagssonne hell hereinscheint, damit er meinen verletzten Kopf inspizieren kann. »Hier ist es«, sage ich. »Autsch.«

Sanft schiebt er mein Haar zur Seite. »Oh, ja. Es ist nicht allzu schlimm. Aber es blutet. Einen Moment.«

Ich lehne mich an die Wand und warte.

Er kommt mit einem feuchten Tuch wieder und drückt es an meinen Kopf. Ich komme mir dumm vor, hier zu stehen, während er die Stelle abtupft.

»Tut es weh?«

»Erst schon, jetzt geht es.«

»Es gefällt mir, dass dein Haar von unten silbern ist«, sagt er. »Hast du das beim Friseur machen lassen?«

Das bringt mich herzlich zum Lachen. »Nein, das ist Grau, du Idiot. Oder ziehst du mich auf?«

»Nein, es ist … Aber am Ansatz hast du kaum graue Haare, das ist alles von unten. Und es ist auch nicht wirklich grau. Auf jeden Fall silbern.«

Er hebt jetzt Haarsträhnen an und betrachtet sie, fährt mit den Fingern meine Kopfhaut entlang. Mich hat so lange niemand berührt, dass es auf unangebrachte Weise überall in mir prickelt. Ich merke, dass meine Ohren brennen. Wahrscheinlich bin ich auch knallrot. Verlegen räuspere ich mich.

»So wächst es einfach«, erkläre ich. »Merkwürdig, nicht? Das geht schon eine Weile so, seit sieben oder acht Jahren.«

»Nicht merkwürdig«, erwidert er. »Es ist hübsch. Oder stylisch. Da hast du echt Glück. Meine grauen Haare sind viel dicker als die dunklen und stehen sonderbar ab.«

»Du hast kaum welche.«

»Nein, noch nicht. Mein Großvater ist erst grau geworden, als er fast siebzig war. Aber im Bart habe ich mehr.« Er fährt sich mit einer Hand über das Kinn, bevor er sich wieder meinen Haaren widmet.

Er scheint sehr fasziniert zu sein. Meine Haare sind sehr dünn, aber dafür zahlreich. Sie sind inzwischen beinahe schulterlang, Anfang des Jahres hatte ich einen Bob. Obwohl ich einerseits möchte, dass er aufhört, mich zu berühren, möchte ich es andererseits auch wieder nicht. Mir ist sehr bewusst, dass hier gerade noch andere Dinge zwischen uns vor sich gehen, und ich hoffe, es fällt ihm nicht auf, denn immerhin weht keine kühle Brise, die den Zustand meiner Brustwarzen erklären könnte. Oh Gott. Ich muss betrunkener sein, als mir bewusst war. Ich hebe eine Hand, um den Schnitt auf meinem Kopf zu berühren, und er scheint zu merken, dass es etwas sonderbar ist, wie er gerade mit den Fingern durch meine Haare fährt.

»Oh, entschuldige, ich habe vergessen, was ich … Na ja. Deine Haare sind schön.«

»Danke.«

»Hast du Hunger? Ich könnte mich ans Kochen machen«, schlägt er vor, und ich frage mich, ob er versucht, mich damit abzulenken.

12

Für das Abendessen hat Edward Steak gekauft. Mir kommt unwillkürlich der Gedanke, dass der heutige Tag ganz schön teuer für ihn war. Als ich jedoch versuche, das anzusprechen, reagiert er, als würde ich ihn beleidigen, und lässt keine Diskussion zu. Wir trinken noch mehr Wein, und dann ist auch diese Flasche leer. Nach dem Essen spülen wir ab, trinken eine Tasse Tee, rauchen noch einen Joint und gehen am Strand spazieren, wobei wir ein ausführliches und in Teilen unglaublich lustiges Gespräch über Bücher führen, die wir an der Universität gelesen haben, über unsere Kommilitonen, unsere Dozenten, über den Wechsel von Grunge zu Britpop, über die weltverändernde Kraft von elektronischer Tanzmusik. Wenn wir eine Internetverbindung und Strom hätten, würden wir einander unsere Lieblingslieder vorspielen. Wir haben viel Spaß zusammen, die Art Spaß, durch die sich Freundschaften entwickeln, durch die Bindung entsteht.

Als wir wieder an der Hütte ankommen, beobachten wir, wie die Sonne hinter dem Hügel auf der anderen Seite der Bucht untergeht. Ich habe aufgehört zu trinken, weil ich mich allmählich benebelt und ein wenig befangen fühlte … und weil es mir vernünftiger erscheint, mich nicht mit meinem Boss zu betrinken, zumindest nicht richtig. Als ich noch einen richtigen Job hatte, habe ich es auch vermieden, mit meinen Kollegen zu trinken. Teils, weil ich sie nicht betrunken erleben wollte, teils, weil ich mich nie entspannen konnte, und teils, weil ich Angst hatte, ich könnte jemandem meine wahren Gedanken anvertrauen.

Niemals, weil ich befürchtete, ich könnte jemanden küssen wollen, bei dem es unangemessen wäre. Ich behaupte nicht, dass ich während meiner Ehe nie an irgendjemand anderen gedacht hätte, aber es bestand nie die Chance, dass es zu irgendeiner Situation kommen würde, in der etwas passieren könnte.

Nicht, dass ich glaube, heute gäbe es diese Chance. Oder dass ich diese Chance überhaupt will. Ich denke nicht, dass ich mich wirklich zu Edward hingezogen fühle, aber heute verhält er sich vollkommen anders als sonst, er zeigt jetzt mehr von seinem wahren Ich. Mir gefällt zwar auch die mürrische, unhöfliche Version von ihm, weil ich sie unterhaltsam finde und ich seinen Missmut gern ignoriere, aber dieser entspanntere Edward ist wesentlich netter.

Ich habe durchaus Interesse an ihm, und das liegt zum Teil an seiner Vergangenheit. Ich meine nicht den Teil mit seinen Schwägerinnen – obwohl auch der interessant ist –, sondern den aristokratischen Kram. Wie so viele der Leute aus der unteren Mittelschicht habe ich eine komplexe Einstellung reichen Menschen gegenüber. Verblüffung und Abneigung. Entsetzen, aber auch Faszination. Man stelle sich vor, die Namen aller Familienmitglieder bis ins achtzehnte Jahrhundert zu kennen, zu wissen, dass die eigenen Vorfahren seit mindestens fünfhundert Jahren lesen und schreiben konnten.

Es ist jetzt kühler, aus Nordwesten weht eine frische Brise. Ich erschauere und hole mir meinen Pullover, dann kuschle ich mich in eine Decke ein. Es wäre vielleicht besser, hineinzugehen und sich aufs Sofa zu setzen, aber dann käme ich mir vor, als würde ich mir etwas entgehen lassen.

Edward sagt: »Ich überlege, die andere Weinflasche zu öffnen. Was meinst du?«

»Aber … können wir dann noch nach Hause fahren? Du hast vorhin gesagt, du hättest zu viel getrunken, um noch zu fahren.«

»Ich dachte, wir könnten vielleicht hier übernachten?« Er wirkt unsicher, und ich fühle leichte Sorge in mir aufsteigen. War das die ganze Zeit sein Plan? Sicher nicht, es erscheint mir kompliziert und unwahrscheinlich. Oder?

»Übernachten?«

»Ja. Du könntest im Schlafzimmer schlafen, wenn du möchtest. Oder auf dem Sofa, das ist viel bequemer.«

»Aber was ist mit dir?«

»Ich kann auf dem Boden schlafen. Oder draußen. Wie gesagt, das mache ich meistens. Ich habe hier eine Schlafmatte.«

»Ich hasse es, in meiner Kleidung zu schlafen.« Auch wenn es stimmt – sobald die Worte ausgesprochen sind, wünsche ich mir, sie nicht gesagt zu haben.

Glücklicherweise reagiert er jedoch nicht darauf und sagt nur: »Im Schlafzimmer sollten noch ein paar T-Shirts sein. Wahrscheinlich sind sie viel zu groß und reichen dir bis zum Knie. Sehr sittsam.«

»Du bist nur ein bisschen größer als ich«, wende ich ein, aus irgendeinem Grund empört.

»Ja, ja, Zwerg, was immer du meinst«, sagt er, und wir müssen beide laut darüber lachen.

»Wir haben wohl keine große Wahl. Ohne Netz können wir wohl kaum jemanden anrufen.«

»Wenn du nach Hause möchtest, könnten wir zum Campingplatz laufen und von dort aus telefonieren – Jenny würde dich bestimmt abholen kommen. Oder du nimmst ein Taxi.«

Ich starre ihn an. »Das würde bestimmt eine Million Pfund kosten.«

»Wahrscheinlich keine *Million*. Aber vielleicht vierzig Pfund. Ich würde natürlich bezahlen, da es meine Schuld ist, dass du hier gefangen bist.«

Ich denke eine Weile darüber nach. Eigentlich möchte ich nicht eine halbe Stunde laufen, um dann wie ein Teenager jemanden anzubetteln, mich abzuholen.

»Ach, komm, was soll's. Es wird mich schon nicht umbringen, mir ein Mal nicht die Zähne zu putzen.«

Er lacht, fragt aber erneut: »Sicher? Ich möchte nicht, dass du das Gefühl hast, ich hätte dich … gekidnappt oder so.«

»Pf. Ich habe weniger getrunken als du, wahrscheinlich könnte ich deinen Wagen fahren, später irgendwann. Vielleicht.«

»Ja? Möchtest du es versuchen?«

»Ist er schwer zu fahren?«

Er betrachtet mich, denkt offensichtlich darüber nach, ob ich diesem Kraftakt gewachsen wäre oder nicht. »Keine Servolenkung.«

»Ja, das habe ich mir schon gedacht.« Ich schaue eine Weile aufs Meer, dann blicke ich ihn wieder an. Ich gehe stark davon aus, dass das kein gerissener Plan ist, um mich zu kompromittieren. Haha, kompromittieren, ich glaube, darüber bin ich inzwischen hinaus. »Was stimmt mit dem Bett nicht?«, frage ich.

»Ach, du kannst es gern testen. Ich sollte wahrscheinlich eine neue Matratze dafür kaufen. Aber weil ich nie darin schlafe und selten jemand anderes über Nacht hierbleibt, denke ich eigentlich nur darüber nach, wenn ich hier bin.«

***

Ich gehe ins Schlafzimmer, und Edward folgt mir. Es ist dunkel darin.

»Warte mal«, sagt er. »Wir haben eine Taschenlampe … Hier ist sie. T-Shirts sind in der zweiten Schublade.« Er schaltet die Taschenlampe ein und reicht sie mir.

Ich öffne die Schublade, taste in dem ordentlichen Stoffstapel herum, ziehe ein T-Shirt heraus und schüttle es mit einer Hand aus, um es auseinanderzufalten.

»Okay.« Ich halte es vor meine Brust. »Das ist wirklich riesig.«

Er lacht. »Es ist selbst mir zu groß«, stimmt er zu. »Deswegen ist es in dem Schrank. Alle Klamotten hier sind ein wenig zusammengewürfelt.«

Ich drehe es um, damit ich sehen kann, was darauf abgebildet ist. Zwei Strichmännchen und in kindlicher Schrift der Name *Joana*.

»Wer ist Joana?«

»Niemand. Es ist eine Band. Die Band eines Freundes. Er hat auch die T-Shirts gedruckt.«

»Ist die Band gut?«

»Ich würde sie nicht direkt gut nennen. Sie waren okay.«

»Gut genug, um sich ein T-Shirt zu kaufen?«

»Haha, na ja, ich habe es nicht gekauft, er hat es mir geschenkt.«

»Nun, es passt mir bestimmt.« Ich wende mich dem Bett zu. »Und was ist jetzt das Problem damit?«

»Probier's selbst aus.« Ich reiche ihm die Taschenlampe, und er leuchtet auf das Kopfende.

Ich ziehe die Decke zurück und lege mich vorsichtig hin. Die Matratze gibt ein ungewöhnliches Quietschgeräusch von sich, und irgendetwas – vermutlich das, was das Geräusch erzeugt hat – bohrt sich in meine Nieren. Noch dazu fühlt es sich an, als lägen meine Füße höher als mein Kopf. Ich drehe mich auf die Seite, und das Geräusch ertönt erneut. Die Feder ersticht mich zwar nicht mehr, aber ich habe das leise Gefühl, dass sie mich gleich auf den Boden stoßen könnte.

»Okay«, sage ich, als ich mich wieder aufsetze. »Ja, du solltest eine neue Matratze kaufen.«

»Furchtbar, oder? Zum Glück ist das Sofa bequem. Nimm die Decke mit«, fügt er hinzu, als er den Schrank öffnet und darin herumkramt. Wir tragen Bettwäsche in den anderen Raum und stapeln sie auf dem Sofa. Er geht zurück, um seine Schlafmatte und Kissen zu holen. Mit einem großen Gähnen öffne ich eine Tüte teurer Chips und fülle sie in eine Schüssel um.

»Soll ich den Wein jetzt öffnen?«, frage ich ihn.

»Möchtest du welchen?«

»Nicht wirklich.«

»Ich kann ja nicht die ganze Flasche allein trinken.«

»Du kannst ihn aber wieder mit nach Hause nehmen, oder?« Ich nehme den Korkenzieher von dem Haken an der Schrankseite und öffne die Flasche. Dann schenke ich ihm ein Glas Wein und, nach kurzem Abwägen, mir selbst ein Glas Sprudelwasser ein. Ich lehne mich an die Spüle und beobachte ihn, während er umherläuft und Kerzen in den großen Sturmlaternen anzündet. Ich bin unheimlich müde, es fühlt sich an, als wäre der Tag ewig lang gewesen, aber auf eine gute Weise – ich hatte definitiv eine schöne Zeit. Es kommt mir vor, als wären seit dem Mittagessen Wochen vergangen. Dabei ist es gerade mal zehn Uhr. Ich gähne erneut und esse ein paar Chips.

»Wirst du wirklich draußen schlafen?«, frage ich ihn.

»Vielleicht. Zumindest erst mal. Der Mond ist noch eine ganze Weile hinter uns, aber irgendwann wird er über dem Meer stehen, und das ist ein besonderer Anblick. Und der Himmel ist klar.« Er läuft zur Tür und tritt auf die Wiese hinaus, dann sieht er zum Himmel hinauf. Ich stelle mich neben ihn. Einige Sterne funkeln bereits am Himmel, obwohl es noch nicht vollkommen dunkel ist.

»Du solltest auch draußen bleiben und die Sterne anschauen«, schlägt er vor. »Wenigstens eine Zeit lang. Aber wir können vorher dein Bett machen.«

In der Hütte werkelt er am großen Sofa herum. »Eigentlich kann man es ausklappen«, erklärt er, »aber ich schaffe es nie – ah, na also.« Er schlägt den Matratzenbezug in meine Richtung auf.

Ich betrachte das ausgeklappte Sofa. Es ist groß, wahrscheinlich sogar größer als ein Doppelbett. Jetzt, da er die Decke darauf ausgebreitet hat, muss ich sagen, dass es sehr verführerisch aussieht.

»Es ist wirklich sehr gemütlich.« Er legt sich hin und klopft auf den freien Platz neben sich. »Versuch's mal.«

»Äh –«

»Es ist groß genug, hier passen locker zwei Leute drauf.«

Verdammt. Mir wird plötzlich schwindelig, fast werde ich panisch. Vielleicht war das alles hier ein riesiger Fehler. Ich wünschte, ich wäre zu Hause. In Onkel Andrews Haus, meine ich.

»Ich denke nicht … Pass auf, wenn du gern das Sofa hättest, kann ich auch auf dem Boden schlafen«, sage ich. »Ich meine, es ist ja nicht ganz fair, oder? Wenn du allein hergekommen wärst –«

Eine Motte fliegt durch die Tür und flattert in eine der Kerzen hinein. Es zischt unangenehm, was uns beide ablenkt.

»Mist«, flucht er. »Ich hänge besser das Fliegennetz auf.« Er springt auf und holt ein Insektenschutznetz unter den Kissen des kleineren Sofas hervor, das er über den offenen Eingang spannt. Dann zündet er noch mehr Kerzen an. Das Sofa spricht er nicht noch einmal an, vielleicht habe ich es einfach falsch verstanden. Erleichterung durchströmt mich. Es war albern, panisch zu werden. Ich bin erwachsen, alles wird gut. Er wird nichts … versuchen. Er hätte es schon versucht, wenn das sein Plan gewesen wäre. Ich beruhige mich in Gedanken selbst. Es liegt nur daran, dass ich es nicht gewohnt bin … Ich weiß, wir sind oft zusammen, tatsächlich verbringe ich viel mehr Zeit mit Edward als mit irgendwem sonst, aber normalerweise sind wir nicht allein. Nicht *so* allein. Es ist aber okay. Ich hatte doch eine schöne Zeit, nicht? Ich brauche nicht darüber nachzudenken, wie es sich vorhin angefühlt hat, als seine Hände mich berührt haben, oder wie es wäre, wenn er … Ich muss dringend an etwas anderes denken, schnell.

»Ich ziehe mich eben um«, sage ich.

»Na klar«, erwidert Edward, der zum Glück nichts von meiner Verwirrung mitbekommt. Jetzt, da die Kerzen leuchten, wirkt es dunkler draußen. Ich gehe ins Bad, vergesse aber, ein Licht mitzunehmen, und muss noch einmal zurück.

»Draußen ist es mittlerweile ganz schön dunkel«, bemerke ich.

Er lacht. »Ja, nicht wahr? Es wird später wieder heller, wenn der Mond am Himmel steht. Hier, nimm eine Kerze mit. Am Spiegel ist eine Ablage.«

* * *

Viel später höre ich seine Stimme durch die Tür. »Komm und sieh dir den Mond an. Oder schläfst du?«

»Nein, ich bin wach.« Ich setze mich auf. Ich habe gedöst und dabei aufgrund meiner Angespanntheit und des Alkohols leicht unbehaglich geträumt. Ich befürchte nicht wirklich, dass er aufs Sofa kommen und versuchen wird, mich zu küssen oder etwas in der Art. Aber offenbar beschäftigt es mich dennoch so sehr, dass ich nicht recht zur Ruhe finde.

Ich stehe auf und taste nach einer Decke. Es ist nicht eiskalt draußen, aber auch nicht warm, daher wickle ich mich in die Decke ein und ducke mich unter dem Insektennetz hindurch, das er mir aufhält. Er hat einen Pullover angezogen, trägt aber immer noch seine Shorts. Ich sehe den Schlafsack auf dem Gras, von dort hat er vermutlich die Sterne beobachtet.

»Wow, ist der Himmel klar. Sieh dir das an.« Die verwischte Spur der Milchstraße erstaunt mich immer wieder. Der Dreiviertelmond steht über der Bucht, wo sich die Wellen nur sanft wogen, und zeichnet einen breiten silbrigen Pfad in unsere Richtung. »Unglaublich.«

»Ich weiß, es ist großartig, oder? Schade, dass heute kein Vollmond ist.«

»Es ist trotzdem beeindruckend. Kennst du die Sternbilder? Das ist Kassiopeia«, sage ich, »aber viel mehr kenne ich nicht.«

»Die Plejaden. Die ganz hellen da drüben. Die Sieben Schwestern. Sterope, Merope, Electra – die anderen weiß ich nicht mehr.«

»Ich habe nie darüber nachgedacht, dass sie einzeln auch Namen haben«, sage ich. »Wie idiotisch.«

Er lacht. »Und das ist der Schwan, Cygnus, wenn du meinem Fingerzeig folgst.«

Ich lehne mein Gesicht so nah an seine Schulter, wie es mir noch angemessen erscheint, und spähe an seinem Arm entlang nach oben.

»Er ist etwas diagonal und sieht ein bisschen aus wie ein winkendes Strichmännchen ohne Beine«, beschreibt er, damit ich es leichter finde.

»Ha, alles klar, Professor Brian Cox.«

Er schnaubt. »Schön wär's.« Ich gebe einen verständnisvollen, zustimmenden Laut von mir, der ihn zum Lachen bringt. Wir stehen auf dem Gras und betrachten die unermessliche Vielzahl der fernen Nadelköpfe. Abgesehen von dem sanften Rauschen der Wellen ist es sehr ruhig. Ich starre so lang zum Himmel hinauf, dass ich beinahe das Gleichgewicht verliere.

»Vorsicht. Im Liegen ist es angenehmer«, sagt er.

»Ich glaube, das ist mir dann doch zu viel. Ich gehe wieder ins Bett.«

»Oh, okay.« Er hält inne. »Ich versuche, dich nicht zu wecken, wenn ich in die Hütte komme.«

***

Am nächsten Tag sind wir gegen halb zwölf zurück im Ort, nachdem Edward schwimmen war und wir kalten Toast am Strand gegessen haben.

»Öffnen wir den Laden?«

»Ich dachte, wir könnten zuerst zu Mittag essen«, schlägt er vor. »Wir haben ja keine Eile, oder? Wir können ins Arms gehen. Hast du da schon mal gegessen?«

Ich schüttle den Kopf. Wir gehen manchmal nach der Arbeit auf einen Drink ins Railway Arms, aber zur Mittagszeit bin ich noch nie dort gewesen.

»Ich würde zwar nicht zum Abendessen hingehen, aber für mittags ist es okay. Komm, ich lad dich ein.«

Ich starre ihn überrascht an. »Du möchtest mir das Mittagessen ausgeben? Das brauchst du nicht. Du hast doch schon gestern für alles gezahlt.«

»Komm«, sagt er.

In dem altmodisch eingerichteten Pub ist es dunkel. Schottische Pubs sind größtenteils Hotelbars. Wir essen Pastete und Pommes frites. »Ich wünschte, mein Boss würde mich auch mal zum Essen einladen«, scherzt die Kellnerin.

»Das hier ist mein Mitarbeitergespräch«, erzähle ich ihr, »in dem er mir sagt, dass ich zwar gute Arbeit leiste, er aber meinen Lohn nicht erhöhen kann.« Das bringt sie zum Lachen.

Als wir später unseren Kaffee trinken, zieht er etwas aus der Tasche. »Ersatzschlüssel«, sagt er und legt sie auf den Tisch. Sie sind an einem Holzschlüsselanhänger in Postkartengröße befestigt, auf dem die Adresse der Buchhandlung geschrieben steht.

»Ersatzschlüssel? Wofür?« Es sind nicht die Ladenschlüssel, die habe ich bereits.

»Für die Hütte. Du kannst sie behalten, bis du nach Hause zurückkehrst. Dann kannst du auch allein hinfahren, wenn du magst. Der kleine ist für das Vorhängeschloss am Bootsschuppen. Der mit dem Tape öffnet die Glastür.«

»Oh, das ist … wirklich nett. Danke. Bist du sicher? Was ist, wenn du hinfahren willst?«

»Ich komme bestimmt damit zurecht, wenn du da bist. Immerhin haben wir gerade erst vierundzwanzig Stunden zusammen dort verbracht, nicht wahr?«

»Ja, aber wenn du allein sein willst? Oder jemanden mitbringst?«

Er zuckt mit den Schultern. »Dann finden wir sicher eine Lösung. Ich dachte, es wäre vielleicht schön für dich, hinfahren zu können, wann immer du möchtest.«

»Das ist wirklich nett. Danke.« Ich bin etwas überwältigt und blinzle Tränen fort. Ich hoffe, er bemerkt es nicht, das ist doch armselig. »Ich weiß nicht, warum alle dich für so schrecklich halten«, scherze ich, »zu mir warst du unglaublich freundlich.«

»Ja, oder? Vielleicht sollte ich das im Auge behalten.«

13

Eine weitere Woche ist ins Land gezogen. Es ist jetzt Anfang August, und das Wetter hat umgeschlagen. Es ist entweder unangenehm schwül oder kalt und grau. Heute war es bislang trocken, aber schon seit heute Morgen sieht es aus, als würde es gleich regnen. Edward ist nicht da. Eigentlich habe ich damit gerechnet, dass er an diesem Nachmittag wiederkommt, aber das ist er nicht. Allerdings ist das nicht ungewöhnlich, er ist oft fort, kauft Bücher und verkauft sie, geht seinem mysteriösen Sozialleben nach. Ich habe gerade den Kassensturz gemacht und das Verzeichnis aktualisiert und warte nun geduldig darauf, dass eine unserer Stammkundinnen, Mrs Drummond, aus der Ecke des Ladens kommt, in die sie verschwunden ist, damit ich abschließen kann. Einmal musste ich sie schon suchen gehen, da döste sie auf einem der Sofas, umgeben von Gedichtbänden. Heute kommt sie jedoch mit einem Paar grüner Penguin-Ausgaben von Agatha Christie wieder in den Hauptraum. Ich wickle den Verkauf ab, wünsche ihr einen schönen Abend und folge ihr mit dem Schlüssel zur Tür. Bevor ich jedoch abschließen kann, rauscht eine elegante blonde Frau heran und drückt sich hindurch. Ich trete etwas erschrocken einen Schritt zurück. Es ist ja nicht so, als könnte sie mich nicht sehen.

»Tut mir leid«, sage ich, »wir schließen gerade.« Ich habe das Gefühl, sie schon einmal gesehen zu haben, kann sie aber nicht zuordnen.

»Ach, das ist schon in Ordnung«, sagt sie herablassend. »Edward kommt sofort.«

Und tatsächlich, da kommt er und schließt die Tür hinter sich.

»’n Abend, Thea. Hattest du einen guten Tag?«

»Es war, äh, ja. Nicht schlecht. Dann bist du also zurück«, sage ich überflüssigerweise. »Ich dachte, du würdest heute nicht mehr wiederkommen.«

»Planänderung.«

Ich versuche, die Frau nicht anzustarren. Mittlerweile bin ich mir recht sicher, dass es Sophie ist, die ich auf Charles' Party kennengelernt habe. Aber ich würde es nicht zu einhundert Prozent beschwören wollen. Sie trägt eine hinreißende Kombination aus Kleid und Jacke – blassgelbe Rohseide, etwas, das ich vielleicht als Kleidung für eine Gartenparty in Betracht ziehen würde, falls ich jemals zu einer eingeladen werde, wobei ich mich letztendlich dagegen entscheiden würde, weil es einfach zu blass und mühelos aussieht. Sie wäre sehr hübsch, sogar wirklich schön, wenn sie nicht so gereizt aussähe.

»Hallo«, sage ich zu ihr. »Kennen wir uns?«

»Das glaube ich nicht.« Ihr Ton impliziert, dass sie das für *höchst* unwahrscheinlich hält.

»Sie kommen mir so bekannt vor. Haben wir uns vielleicht bei Charles kennengelernt?«

»Nein.« Sie sieht zwischen mir und Edward hin und her.

»Oh«, sagt er. »Entschuldigt. Das ist Thea, sie ist … Wir arbeiten zusammen. Und das ist Lara«, stellt er uns einander vor.

»Hi«, sagen wir beide gleich unbeeindruckt.

»Vielleicht hast du Laras Schwester kennengelernt? Sophie?«

»Ah, ja. Das stimmt. Sie sehen sich sehr ähnlich.« Jetzt wirkt sie sogar noch verärgerter, wenn das überhaupt möglich ist. »Ich wollte gerade gehen«, füge ich hinzu. »Ich lasse euch dann mal allein.«

Edward ignoriert das und fragt: »Was hast du heute Abend vor?«

»Ach, nicht viel.« Ich fühle mich unwohl, weil ich spüre, dass Lara mich fortwünscht, und zwar unverzüglich.

»Du kannst doch mit uns essen«, schlägt er vor. »Ich dachte, wir könnten zu Mario's gehen.«

Mario's ist nicht direkt ein Restaurant, es ist nur an drei Abenden pro Woche geöffnet und im Prinzip einfach ein Teil von Marios Haus. Es gibt nur fünf Tische. Das Essen ist gut, aber ich kann mir nichts vorstellen, wozu ich weniger Lust hätte. Ich werfe Lara einen Blick zu. Selten habe ich eine Person gesehen, die so zornig aussieht. Sie ist schnell dazu übergegangen, ihre Gereiztheit offen zu zeigen, und seufzt tief, als ich sage, dass ich ungern die Anstandsdame spiele – womit ich eine Andeutung mache, die er nicht korrigiert, also habe ich vermutlich recht –, und er versichert mir, dass das nicht der Fall wäre. Ich stecke meine Schlüssel in die Tasche und hole meinen Cardigan aus der Teeküche.

»Bist du sicher?« Er folgt mir und senkt die Stimme. »Ich könnte die Gesellschaft gebrauchen.«

»Warum hast du sie dann mit hierhergenommen?«, wispere ich.

»Lange Geschichte.«

»Dann ist es deine eigene Schuld. Ich möchte kein drittes Rad am Wagen sein.«

***

Es ist gut möglich, dass er schon vorher jede Menge Zeit mit Lara verbracht hat und sie einfach nur nie erwähnt hat. Nachdem ich sie kennengelernt habe, erwähnt er sie jedoch recht häufig, und ich bin mir sicher, dass er sie trifft, wann immer er in Edinburgh ist. Wahrscheinlich ist sie eine seiner »Bekannten«, mit denen er eine Art Vereinbarung hat. Er bringt sie aber nicht wieder mit in den Laden, und darüber bin ich erleichtert – ohne, dass ich über den Grund dafür nachdenken will.

***

Es ist ein Freitag im späten August. Edward ist heute Morgen zu einer Haushaltsauflösung gefahren, irgendwo in der Nähe von Gretna, glaube ich. Ich habe heute Nachmittag mit seiner Rückkehr gerechnet, doch wieder fehlt jede Spur von ihm. Ich habe schon abgeschlossen und nehme gerade zum Spaß und auch für den Instagram-Account der Buchhandlung Bilder von dem sanften Herbstlicht auf, das auf die schweren Ledereinbände fällt, als er anruft.

»Ich komme heute Abend doch nicht mehr nach Hause«, erklärt er. »Ich glaube, ich habe das Küchenfenster offen gelassen. Könntest du nachsehen? Und Holly Hunter füttern?«

»Okay, kein Problem. Soll ich sonst noch etwas tun?«

»Kannst du vielleicht alle Fenster überprüfen? Ich erinnere mich nicht, ob ich irgendeins geöffnet gelassen habe, und laut Wettervorhersage wird es windig. Ist es das?«

Ich spähe aus dem Fenster. »Hm. Es hat gerade angefangen zu regnen. Und es ist höllisch düster für halb sechs. Aber bisher sieht es nicht allzu windig aus.«

»Könntest du trotzdem nachsehen? Würde es dir was ausmachen?«

»Kein Problem.« Ich möchte ihn fragen, wo er ist, aber das geht mich nichts an. Ob er wohl mit Lara zusammen ist? Hör auf, Thea, selbst wenn! Er darf ja wohl –

»Danke. Soll ich dir was aus der großen Stadt mitbringen?«

Ah, dann kann ich als Antwort jetzt doch fragen: »Wo bist du denn?«

»Embra. Es ist ziemlich kalt hier, und eklig nass.«

»Hast du heute Morgen was gekauft?«

»Nicht viel. Ein paar Erstausgaben von Ballard, eine davon ist signiert.«

»Na, das ist doch gut. Hast du Malcolm geschrieben?« Malcolm sammelt passenderweise signierte Ballards.

»Noch nicht. Das könntest du auch machen. *Die Betoninsel* und *Der Block*. Das signierte ist *Weißes Feuer*.«

»Oh, wie ärgerlich.« Es ist neuer und nicht so viel wert wie die anderen.

»In der Not frisst der Teufel Fliegen. Wie dem auch sei, ich weiß noch nicht, wann ich wieder da bin. Wahrscheinlich Sonntag. Was soll ich dir mitbringen?«

Ich lache. »Etwas Schönes.« Das habe ich früher immer zu meinem Dad gesagt, wenn er zur Arbeit gegangen ist. »Viel Spaß.«

»Ich werde mein Möglichstes tun. Und ich bringe dir was Schönes mit.«

»Ha, brauchst du nicht, das war bloß ein Scherz. Bis dann.«

Als ich die Fotos auf Instagram hochgeladen habe, gehe ich zur Treppe. Ich gehe nicht oft hoch, und es fühlt sich immer ein wenig seltsam an. Er hat mich auch noch nie auf einen Tee oder etwas Ähnliches nach oben eingeladen. Ich bin mir nicht sicher, ob hier jemals irgendwer ist, abgesehen vielleicht von Lara und seinen anderen »Bekannten« – wobei ich glaube, dass er sie meistens besucht.

Es ist eine große Wohnung mit zwei Etagen, hier würde problemlos eine ganze Familie Platz finden. Und sie ist bezaubernd. Das Wohnzimmer hat hohe Decken und ist hell, und aus den nach Süden gerichteten Schiebefenstern blickt man auf den Platz vor dem Rathaus. Die Einrichtung besteht aus riesigen Sofas und einem Marmorkamin, Bildern und natürlich Büchern, überall. Mir ist schon aufgefallen, dass der Sonnenuntergang an Abenden, an denen das Licht stimmt, ein wunderschönes Lichtspiel aufs Parkett zaubert. Ich sehe Teppiche, einen edwardianischen Blumentisch und einen Messingtopf mit einer großen Schattenblume auf einem massiven Barley-Twist-Tisch aus Mahagoniholz. Hier zu wohnen stelle ich mir großartig vor. Ich habe sogar schon mal nachgeschaut, ob eine Wohnung in der Art mit Blick auf die Dächer frei ist, auch wenn es mir eigentlich gefällt, dass die Lodge keine Treppen hat. Mir gefällt es auch, einen Garten zu haben, und wenn ich in einer Wohnung leben würde, müsste ich auf den verzichten. Edward hat zwar einen Garten, aber das liegt daran, dass ihm das ganze Gebäude gehört. Einmal habe ich ihn gefragt, woher er das Geld dafür habe – Bücher zu verkaufen ist nun mal nicht wahnsinnig lukrativ –, und er reagierte leicht gequält, bevor er zugab, dass Charles und er beide einen »ansehnlichen« Betrag von ihrer Großmutter, der Mutter seiner Mutter, geerbt hatten. Offenbar war diese Art von Erbe vertretbar, weil sie nicht mit einem Titel oder Land einherging. Als ich nicht überzeugt wirkte, erinnerte er mich bloß in einem ziemlich scharfen Ton daran, dass er schließlich ein Heuchler sei. Und wahrscheinlich bin ich das auch, denn es ist ja nicht so, als hätte ich nie etwas geerbt.

Das Esszimmer ist beeindruckend mit seiner kunstvoll verputzten Decke und dem gewaltigen, runden Mahagoni-Esstisch mit riesigen Füßen. Mein Blick fällt auf ein dazu passendes Sideboard und dann auf einen massiven Spiegel über dem dunklen Steinkamin. Die Küche ist lang und schmal, an zwei Wänden befinden sich Fenster und hinten steht ein Tisch. In der Küchenzeile sind eine große Keramikspüle und eine Anrichte eingebaut. Die Wände leuchten dunkelgrün, die Schränke weiß, allesamt handgefertigt, und alles steht voller Kram, tonnenweise Pfannen und Teller, Krüge und andere Dinge. Es ist unordentlich, aber gemütlich. Er kocht gern, glaube ich, auch wenn er niemanden hat, den er bekochen kann. Ein ganzes Regal steht voller Kochbücher, und auf dem Tisch stapeln sich weitere.

Wie er vermutet hat, steht das Fenster offen, also schließe ich es. Ich sehe Holly Hunter nirgends, aber ihre Näpfe sind leer, daher fülle ich den einen mit trockenen Futterbrocken und den anderen mit exquisitem Nassfutter. Es sieht aus, als könnte man es auch selbst essen, zusammen mit einer Scheibe Toast. Es amüsiert mich, dass er so etwas kauft. Holly Hunter ist schon alt, mindestens zwanzig, er hat sie, seit er von der Universität zurückgekommen ist. Ich fülle ihre Wasserschale auf und gehe dann die anderen Fenster kontrollieren.

Die obere Treppe bin ich noch nie hochgegangen, da sie nur zum Bad und zu den Schlafzimmern führt. Mir wird bewusst, dass ich beinahe auf Zehenspitzen laufe. Die Treppe zum zweiten Stock ist nicht so breit und ausladend wie die andere, und statt von Regalbrettern mit Büchern ist sie von eingerahmten Drucken und Bildern gesäumt.

Es ist fast eine Schande, dass Edward hier ganz allein lebt. Vielleicht bittet er ja Lara, bei ihm einzuziehen, denke ich zynisch. Ich kann mir nicht vorstellen, dass es ihr hier gefallen würde, auch wenn ich mich vielleicht in ihr täusche. Aber offenbar mochte sie die Hütte am Strand nicht, als er sie letztes Jahr mit dorthin genommen hat. Sie hat sich fast die ganze Zeit beschwert. Kein Strom, kein heißes

Wasser, er müsse doch verrückt sein und so weiter. »Ich denke, sie ist ein bisschen zu glamourös für den Schuppen«, kommentierte ich, als er es mir erzählte.

Ich wollte ihn nach ihr fragen, danach, wie lange sie sich schon treffen, wie »offiziell« es mit ihr war, als sie sich kennenlernten, ob er auch mit ihrer Schwester geschlafen habe … Aber ich tat es nicht. Dafür fragte ich, ob sie sein »Typ« sei, worauf er erwiderte, dass er keinen Typ habe. Ich fragte: »Abgesehen von Frauen, mit denen dein Bruder sich trifft?«, und er meinte, ich solle die Klappe halten.

Am oberen Ende der Treppe bleibe ich stehen. Vor mir liegen zwei geschlossene Türen, zwei angelehnte und eine weit geöffnete – das Badezimmer mit alten, aber wunderschönen viktorianischen Sanitärobjekten, jeder Menge Pflanzen und einem Haufen weißer Handtücher, die auf dem Boden neben der Tür liegen gelassen wurden. Trotzdem ist es sauber, vor allem für ein Bad, das nur von einem Mann benutzt wird. Er hat keine Putzkraft, oder zumindest hat er mir gegenüber nie eine erwähnt. Also scheint er die Hausarbeit selbst zu erledigen. Ich kann ihn mir zwar nicht beim Staubwischen vorstellen, aber offenbar tut er es.

Ich nehme an, die geschlossenen Türen gehören zu den Gästezimmern – und dieser Verdacht bestätigt sich, als ich schnell den Kopf hineinstecke. Sauber gemachte Betten, ungewohnt wenig Krimskrams. Die anderen Räume müssen sein Schlafzimmer und sein Arbeitszimmer sein. Er schreibt auch selbst. Natürlich.

»Lausige Gedichte« war seine Antwort, als ich ihn fragte, was er denn zu Papier bringe. So schlimm können sie aber nicht sein, einige davon wurden schon veröffentlicht.

Sein Schlafzimmer liegt auf der Vorderseite des Hauses, über dem Wohnzimmer. Es ist überraschend weiß und überraschend ordentlich, nur die gestapelten Bücher neben der Tür sind keine Überraschung. Und das Fenster ist geöffnet, also war es immerhin sinnvoll, dass ich hochgekommen bin. Ich kämpfe mit dem Schieberahmen, der oben geöffnet ist. Sie sind nie leichtgängig, und ich frage mich, ob sie besser geglitten sind, als sie neu waren, aber ein neues Schiebefenster habe ich noch nie geöffnet, immer nur uralte mit ausgefransten Zugseilen und übermalten Schieberädchen. Schließlich schaffe ich es und fixiere die Verschlussschraube. Dann ziehe ich die Vorhänge zu, was bedeutet, dass ich den Rückweg am Bett vorbei im Dunkeln ertasten muss.

Es fühlt sich komisch an, in seinem Schlafzimmer zu sein, so einem privaten Raum. Sein Morgenmantel in dunklem Schottenmuster hängt auf der Türrückseite, und auf einer weiß gestrichenen Kommode, über der ein Spiegel angebracht ist und die offenbar als eine Art Ankleidetisch fungiert, liegt jede Menge Kleinkram, Karten und Fotografien. Ich zögere, dann schalte ich das Licht ein, damit ich mir die Bilder genauer ansehen kann. Eines zeigt seine Großmutter, wenn es überhaupt seine Großmutter ist, die Frau von dem Foto in der Hütte. Und vielleicht ist das hier seine Mutter? Von einem verblassten Polaroid aus den Siebzigern lacht mir eine wunderschöne Frau in einem hochtaillierten Laura-Ashley-Kleid entgegen. Er sagte, seine Eltern seien in den späten Sechzigern, vor seiner Geburt, extravagante Bohemiens gewesen. Ich sollte mal im Internet nach ihnen suchen, vielleicht finde ich dort weitere Bilder, und ich bin neugierig. Bisher hatte ich nicht den Eindruck, dass er seiner Mutter nahesteht, daher finde ich es erstaunlich, dass er hier ein Foto von ihr aufbewahrt. Wenn sie es denn ist.

In den Spiegelrahmen ist ein Foto von Edward gesteckt, jugendlich frisch und grinsend in einem Studentenzimmer mit zwei anderen jungen Männern, die alle rauchen. Der Beistelltisch steht voller Bierflaschen. Es ist witzig, die jüngere Version von jemandem zu sehen, den man nur als vierzigjährigen Mann kennt. Sie sehen alle aus wie meine ehemaligen Kommilitonen. Die zwei anderen Jungen haben langes Haar, während seines sehr dick ist, aber hinten kurz geschnitten ist und vorne toupiert, ganz im Jesus-and-Mary-Chain-Stil. Himmel. Enge schwarze Jeans, die Dr Martens auf dem Tisch abgelegt, in der Ecke über ihren Köpfen ein Poster, auf dem ich mit ziemlicher Sicherheit Béatrice Dalle aus *Betty Blue* identifiziere.

Auf der Kommode entdecke ich außerdem eine kleine Glasschüssel mit Manschettenknöpfen, eine Taschenuhr auf einem Ständer, eine antik aussehende Haarbürste, zerbeultes Silberbesteck mit den Initialen *RVTM*. Eine Karte mit einem Bild von Edward Hopper sticht mir ins Auge. Ich nehme sie in die Hand und lese sie – zwar habe ich Gewissenbisse, aber ich kann nicht anders.

Danke für das tolle Wochenende, Darling, ich freue mich schon auf das nächste. Deine Corinne x

Ach. Wer ist denn Corinne? Und weiß Lara von ihr?

An der Wand neben dem Spiegel hängen eine Zeichnung von House Hollinshaw, ein anderer, alter Druck von einer Burgruine, einem dieser typischen schottischen Turmhäuser, und ein Foto der Hütte, mit blauem Himmel über den schwarzen Holzwänden. Abgesehen von diesen Dingen und dem Kleiderschrank steht im Schlafzimmer allerdings nicht viel, es ist fast, als wäre so viel im Rest des Hauses verteilt, dass für sein Schlafzimmer nichts mehr übrig blieb.

Ich schalte das Licht aus und gehe zum letzten Raum: dem Arbeitszimmer. Aha, deswegen steht nicht so viel in seinem Schlafzimmer – es ist alles hier drin. Vollgestopfte Bücherregale, Postkarten mit Gemälden auf jedem freien Stück Wand, Staub, CDs, sogar ein Haufen Kassetten. Die uralte Stereoanlage besteht aus kleinsten silbernen Einzelteilen – um 1995 herum muss sie ein Vermögen gekostet haben. Schallplatten finde ich auch, in Kisten auf dem Boden. Ich bücke mich, um sie schnell durchzugehen. Im Buchladen hört er immer nur Klassik, aber nach unserem ausführlichen Gespräch über Musik bei unserem Strandspaziergang wundert es mich nicht, Alben von Nick Cave und The Smiths zu finden. Sie passen jedenfalls zu dem Jungen auf dem Foto. Black Sabbath, Can, Prince und David Bowie, The Clash, Nirvana – ich frage mich, wie oft er noch eine dieser Platten hört. Was steckt jetzt gerade im Plattenspieler? Vorsichtig hebe ich die Schutzhaube. Bauhaus. Meine Güte.

Der Schreibtisch, ein gelber Küchentisch mit Resopalplatte, steht vor dem vorhangfreien Fenster, das ebenfalls geöffnet ist. Ich beuge mich vor, um dem Fenster den Kampf anzusagen, aber es ist viel leichter zu schließen als das im Schlafzimmer, der Schieberahmen gleitet sanft hinab und landet mit einem dumpfen Geräusch. Ich drehe den Verschluss und wende mich wieder dem Schreibtisch zu. Darauf steht eine Schreibmaschine. Das bringt mich zum Schmunzeln, *natürlich* hat er eine Schreibmaschine, auch wenn er einen Laptop zum Schreiben benutzt, wie ich weiß. Die Schreibmaschine ist ans Tischende geschoben, wahrscheinlich eher so etwas wie ein Totem als etwas, das er wirklich benutzt. Es liegen auch Papiere in unterschiedlichen Größen auf der Tischplatte, wild verstreut, nichts davon maschinengetippt, sondern in seiner erstaunlich sauberen Handschrift beschrieben, zum Großteil mit Bleistift. Ein Glas mit Bleistiften in verschiedenen Längen steht auf der Fensterbank. Vorne auf dem Schreibtisch liegt ein ordentlicherer Papierstapel, beschwert mit einem glatten weißen Kieselstein.

Ich spähe auf das oberste Blatt. Ich weiß, dass es unanständig ist, und ich bin immer vorsichtig mit den Worten anderer Menschen, für den Fall, dass ich etwas Peinliches lese. Es könnte peinlich sein, weil es furchtbar ist – ein grässliches Gedicht vielleicht – oder weil es wahr ist. Die Wahrheit kann manchmal zu viel offenbaren, zu sehr entblößen. Einmal habe ich etwas gelesen, was eine Mitbewohnerin geschrieben und an die Wand über ihrem Schreibtisch gepinnt hat, etwas im Sinne von *So schleiche ich durchs Leben und meide die Minen der Liebe* oder so, ganz genau erinnere ich mich nicht daran. Aber ich weiß noch, es hat sich so nackt und wahr angefühlt, dass ich es danach schwierig fand, mich mit ihr zu unterhalten. Als hätte sie mir ein Geheimnis anvertraut. Wahrscheinlich war es auch ein Geheimnis, immerhin hat sie mich nicht in ihr Zimmer eingeladen. Ich habe mir damals immer heimlich die Zimmer meiner Mitbewohner angeschaut, wenn sie unterwegs waren. Aber ich habe nicht direkt herumgeschnüffelt, denn ich hätte nie eine Schublade geöffnet oder in einem Tagebuch gelesen.

Ich mochte es einfach, in ihren Zimmern zu stehen, mir ihre Poster und Bücher anzusehen und zu wissen, dass sie nie erfahren würden, dass ich dort war.

Werde nicht
Kann nicht
Sollte nicht
Darf nicht

Das hat Edward geschrieben. Ich komme mir schuldig und dumm vor, als ich den Ärmel meines Cardigans über meine Hand ziehe und den Stein hochhebe, wie aus Angst, Fingerabdrücke zu hinterlassen. Dann lege ich das obere Blatt zur Seite. Darunter liegt ein viel kleineres Stück Papier, auf das er geschrieben hat:

Silberne Strähnen
~~*Goldene Sonne*~~
~~*Goldener Sand*~~
Ist der Sand wirklich golden? GIB DIR MEHR MÜHE!

Und seitlich auf demselben Papier:

Ein Schneckenhaus, transparent

Ich drehe es um.

Zinnerne Sanftheit
Vom Regen gewaschen
Wolken und Flechte

Nur einzelne Brocken, Notizen, keine richtigen Gedichte. Ich bin ein klein wenig enttäuscht. Dann spähe ich auf das nächste Blatt, auf das er geschrieben hat:

»*GEWÖHNLICH*«

Nur das, mit wütenden Anführungszeichen, von denen eins durch das Papier gedrückt ist. Ich starre das Wort an und fühle, wie mir das Blut in die Wangen schießt. Es ist witzig, dass man sich auch schämen kann, wenn man allein ist. Hat er das aufgrund dessen geschrieben, was ich vor Wochen über mich nach der Party seines Bruders zu ihm gesagt habe? Oder ziehe ich Verbindungen, wo keine sind? Immerhin ist es bloß ein Wort.

Auf dem nächsten Zettel, liniert, dem Aussehen nach aus einem Übungsheft gerissen, hat er geschrieben:

Ein leerer Raum scheint leerer
Eine einsame Nacht länger
Das kalte Antlitz des Mondes
noch ferner

»Das hat Potenzial«, sage ich laut und erschrecke mich damit selbst. Das gehört sich nicht, oder? Ich sollte besser gehen. Ich lege die Zettel zurück und betrachte dabei noch einmal das Blatt, auf dem *GEWÖHNLICH* steht. Das Problem am Herumschnüffeln ist, dass man keine Fragen zu dem stellen kann, was man sich nicht hätte ansehen dürfen. Ich könnte ihm Fragen zu allen Dingen in diesem Raum stellen, nur zu seinem Geschriebenen nicht. Ich schiele auf einen Haufen Notizbücher neben der Schreibmaschine und frage mich, was wohl darin steht. Edward ist … Er ist schon irgendwie ein Mysterium. Ein leicht glamouröses Mysterium.

Seufzend verlasse ich den Raum, ohne noch etwas anzufassen, und mache mich auf den Weg nach unten.

* * *

Als er am Dienstag gegen Nachmittag nach Hause kommt, habe ich gerade eine Harry-Potter-Erstausgabe für vierhundertfünfzig Pfund verkauft und bin sehr zufrieden mit mir selbst.

»Hey«, sagt er, »wie läufts, Juniorbuchverkäuferin?«

»Bestens, ich verkaufe bereits Bücher wie ein Profi. Sieh mal. Kann sein, dass du mich befördern musst.« Ich drehe die Quittung um, damit er sie lesen kann.

Er ist eindeutig zufrieden. »Das erinnert mich an was. Hier.« Er zieht eine lange, schmale Schachtel aus der Jackentasche und reicht sie mir. »Etwas Schönes.«

Mir ist es unangenehm, ein Geschenk zu bekommen, um das ich praktisch gebeten habe. »Du hättest mir nichts mitbringen müssen, das war bloß ein Witz.«

»Ich weiß. Aber ich habe es gesehen und gedacht, es könnte dir gefallen.«

Ich öffne die Schachtel. Ein Löffel liegt darin. Ein großer viktorianischer Esslöffel aus Silber mit meinen Initialen, allen dreien, *ALH*, eingraviert im Stiel.

»Oh, wow.« Ich starre den Löffel an, dann Edward. »Das ist ja unglaublich! Meine Initialen!«

»Ich weiß, ich habe noch nie etwas mit einem sinnvollen Monogramm gefunden. Großartig, oder?«

»War der teuer?«, frage ich misstrauisch.

»Nein. Mit Gravur sind sie günstiger. Denn wer möchte schon etwas haben, das mit den Initialen einer anderen Person versehen ist?«

»Er ist aber immer noch aus Silber.« Ich streiche mit dem Finger über die Prägung. »Wie alt ist er?«

»Ich glaube, er wurde Mitte des neunzehnten Jahrhunderts hergestellt. Sieh es doch nach.«

»Nachsehen? Wie?«

»Hier.« Er setzt sich an den Schreibtisch und öffnet Google auf seinem Computer. Ich sehe zu, während er die Prägung recherchiert.

»Dann wollen wir mal sehen«, murmelt er. »Ich glaube, das bedeutet Glasgow. Jap, na bitte, das ist das Zeichen für Glasgow, der Kopf. Und das ›P‹ steht für das Jahr. 1860. Und das ist der Hersteller: Kerr and Phillips. Wahrscheinlich kannst du über sie auch mehr herausfinden, wenn du willst. Du kannst zum Beispiel nachsehen, wo sie ihr Geschäft hatten.«

»Wow.« Ich streiche über die Löffelschale, die einen wunderschönen, sanften Glanz hat. Ich löffle imaginäre Bratensoße auf einen Teller mit einem imaginären viktorianischen Sonntagsmahl. »Er ist wunderschön. Ich frage mich, wer ALH war. Danke, Edward.«

»Gern geschehen.«

»Er war bestimmt teuer, das hättest du nicht tun sollen. Es war wirklich bloß ein Scherz. Ich habe nur von etwas Schönem gesprochen, weil –«

»Ich weiß. Aber als ich ihn gesehen habe und mir eingefallen ist, dass dein Name mit einem A beginnt, erschien er mir einfach perfekt.«

»Ich bin überrascht, dass du den Anfangsbuchstaben meines zweiten Vornamens wusstest.« Ich runzle die Stirn.

»Ich hatte kurz Sorge, dass ich ihn mir falsch gemerkt habe, aber eigentlich war ich mir relativ sicher. Lucy, stimmt's? Althea Lucy.«

»Ja. Nun, ich werde ihn in Ehren halten«, sage ich. Meine Ohrenspitzen glühen, weil ich so verlegen bin. Er bemerkt es jedoch nicht, denn er hat sich wieder dem Bildschirm zugewandt.

»Hast du sonst noch was verkauft?«, fragt er, und wir befinden uns wieder auf sichererem Boden.

***

Als ich nach der Arbeit im Auto sitze, zapfe ich wieder das Internet des Rathauses an und googele viktorianische Esslöffel. Zwischen achtzig und dreihundert Pfund.

Ich weiß nicht, was ich denken soll. Vielleicht ist das für ihn nicht viel Geld? Selbst die niedrigste Einschätzung ist in meinen Augen ein erheblicher Betrag. Ich bin verwirrt. Es wäre albern, zu viel – oder tatsächlich überhaupt etwas – in diese Geste hineinzulesen. Oder? Er hat den Löffel gesehen und an mich gedacht, und er kann es sich leisten, ein Geschenk zu kaufen – ob es jetzt günstig oder richtig teuer ist –, ohne zu viel darüber nachzudenken. Das ist alles.

* * *

Gestern Abend rief Xanthe bei mir an und erzählte mir von einer Dinnerparty bei Chris und Susanna, bei der Angela offenbar ein wenig zu viel getrunken und nach mir gefragt hatte.

Xanthe geht zu diesen Treffen, um mich auf dem neuesten Stand zu halten. Es ist für mich in Ordnung, wenn sie mit ihnen befreundet bleiben möchte, sie kennt Chris schon lange, tatsächlich sogar länger als ich. Und ihre Beschreibungen von den Treffen mit dem neuen Paar sind immer witzig.

Als sie beim Dessert angelangt waren, fragte Angela also Chris, ob er in letzter Zeit von mir gehört habe und wie es mir gehe. (Vielleicht war das ein *bisschen* taktlos – sie hätte auch in einem günstigeren Moment Xanthe fragen oder sich daran erinnern können, was ich selbst ihr erst letzte Woche erzählt habe.)

Chris erwiderte wahrheitsgemäß, dass wir uns länger nicht unterhalten hätten, und Angela sagte, es sei traurig, dass ich das Gefühl hätte, sogar gleich fortziehen zu müssen. Daraufhin reagierte Chris gereizt. Er entgegnete, dass ich nicht weggezogen sei, sondern nur etwas Zeit woanders verbrächte.

»Sie wird aber bleiben«, sagte Angela. »Ich finde das unheimlich schade, sie fehlt mir.« Xanthe fiel sofort ein und sagte, ihr gehe es genauso, und Susanna brach in Tränen aus und verließ den Raum.

Die fünf anderen blieben alle sitzen und sahen sich an. Rob sagte: »Wahrscheinlich solltest du mal nach ihr sehen, Chris«, und Jeff, Angelas Mann, erklärte, es tue ihm leid, wenn sie Susanna verärgert hätten, woraufhin Angela einwandte: »Man kann nicht die Leben aller durcheinanderbringen, ohne dass Leute verärgert sind«, und insgesamt klang es alles … furchtbar, aber auch … Ich kann es gar nicht beschreiben.

Xanthe glaubt nicht, dass Susanna sich jemals Gedanken darüber gemacht hat, wie es allen anderen damit gehen würde, merkwürdigerweise einschließlich mir. Würde ich mit dem Ehemann einer anderen Frau schlafen, würde ich damit rechnen, dass diejenige wütend wird, wenn sie es herausfindet. Aber vielleicht erschwert so ein Gedanke es zu sehr, weiterzumachen? Wer weiß. Zu spekulieren ist immer leicht, aber wenn man nie in der Situation gewesen ist, kann man es einfach nicht wissen. Ich gebe zu, dass ich selten versuche, mich in Susanna hineinzuversetzen oder irgendeine Art von Mitgefühl für sie aufzubringen. In meinen Augen scheint die Sache für sie einen ganz netten Ausgang gehabt zu haben, immerhin wohnt sie jetzt mit meinem Ehemann in meinem Haus. Aber natürlich denke ich so. Ich bin diejenige, mit der die Leute mitfühlen, was mich freut, aber sie wahrscheinlich nur noch mehr aufregt. Ich bezweifle, dass sie sich für die Böse hält, das tut schließlich nie irgendjemand.

Ich frage mich, wie sie es vor sich selbst rechtfertigt. Sagt sie sich, dass wir Schwierigkeiten hatten, Chris und ich? Ich kann mir vorstellen, dass jemandem das als ein plausibler Grund erscheint, und vielleicht hat sie recht. Irgendetwas muss falsch gelaufen sein, selbst wenn ich keinen Schimmer davon hatte, selbst wenn ich mich noch so ärgere bei dem Gedanken, dass er mit mir über sein Problem hätte sprechen können, dass wir es vielleicht hätten klären können.

Aber das ist längst Schnee von gestern. Ich weiß nicht einmal, zu welchem Zeitpunkt wir damit hätten beginnen sollen, die Beziehung zu retten. Nichts schien anders als sonst, nicht in meinen Augen. Wenn ich etwas bemerkt hätte, würde ich mich vielleicht besser fühlen, aber ich scheine auf allen Ebenen versagt zu haben.

Es bringt jedoch nichts, sich schlecht deswegen zu fühlen. Inzwischen habe ich größtenteils damit aufgehört, immer und immer wieder darüber nachzugrübeln, wo ich das Klebeband hätte anbringen können. Die Antwort lautet nirgendwo. Trotzdem bedeutet keiner meiner vernünftigen Gedanken, dass ich jetzt Mitgefühl für Susanna empfinde, und das würde sicher auch niemand von mir erwarten.

Ich genieße es nicht, Geschichten wie die der Dinnerparty zu hören oder die, als Cora Thwaites Jüngste Susannas Tochter Ruby erklärt hat, ihre Mutter sei eine Einbrecherin, wegen etwas, was sie von ihren Eltern aufgeschnappt hatte. Einbrecherin, ist das nicht niedlich? Das Missverständnis einer jungen Schülerin, wahrscheinlich war das Wort »Ehebrecherin« gefallen. Diese Geschichten zu hören ist aber immer noch besser, als zufällig einem von ihnen zu begegnen, besser als die Horrorvorstellung, Susanna im Ort oder im Supermarkt über den Weg zu laufen. Oder vielleicht wäre das auch gut und würde mir helfen, eine dickere Haut zu bekommen und gleichgültiger zu werden.

14

Den Großteil der Woche war ich allein. Edward ist wieder in Edinburgh. Manchmal erzählt er mir, was er dort getan hat, aber nicht immer. Es ist halb sechs, ich habe schon abgeschlossen und fege den Boden. Woher kommt nur der ganze Dreck? Allein von den Schuhsohlen der Leute, schätze ich. Man muss fast jeden Tag fegen. Montagmorgens sauge ich immer, bevor wir öffnen.

Ich habe das Verzeichnis aktualisiert und schütte Milch weg, die nicht mehr genießbar ist. In den letzten Tagen war es warm und trocken, wir hatten beinahe eine ganze Woche dieser seltenen Septembertage mit wunderschönem, schwerem Licht, in dem der wilde Wein auf der Gebäuderückseite rot leuchtete. Da es so trocken war, muss ich gleich den Garten bewässern oder zumindest die Topfpflanzen auf der Terrasse. Ich halte mich gerne nach Ladenschluss im Geschäft auf, dann ist es so still und die Staubpartikel tanzen in unerwartet hereinfallenden Sonnenstrahlen.

Die Uhr tickt, und von den Regalen und Holzdielen ertönen mysteriöse knarzende Geräusche. Ich stelle mir gern vor, dass die Bücher sich schlafen legen, auch wenn das eine für meine Verhältnisse ungewöhnlich romantische Vorstellung ist. Ich treibe mich auf Twitter herum und plane Tweets fürs Wochenende, damit ich nicht mehr daran denken muss. Hoffentlich hat Edward ein paar Fotos gemacht, während er unterwegs war. Die Menschen mögen Fotos. Tweets über Bücher sind schön und gut, aber Fotos von Büchern kommen besser an. Er denkt allerdings nicht immer daran, obwohl ich ihm Erinnerungen per Textnachricht schicke. Wahrscheinlich liest er sie nicht einmal.

Ich habe den Computer heruntergefahren und gehe gerade in Richtung Garten, als ich den Schlüssel im Schloss höre und umkehre, um Edward zu begrüßen. Ich habe ihn nicht erwartet, aber er ist ja auch nicht verpflichtet, mich in seine Pläne einzuweihen.

Er drückt die Tür auf und sieht mich. »Oh, hey, Thea, du bist ja noch hier.« Er trägt einen Karton unterm Arm, den er auf der Ladentheke abstellt.

»Ich wollte gerade die Pflanzen gießen – oh. Hallo, Lara.«

»Ja, hi«, sagt sie. Liegt es an mir, oder hat sie das nervigste Gesicht, das man sich nur vorstellen kann? Ich habe selten eine Abneigung gegen Menschen, aber Lara kann ich definitiv nicht leiden. Woran das liegen könnte, frage ich mich garantiert nicht.

»Brauchst du Hilfe?«, fragt Edward.

»Nein, nein, keine Sorge. Macht ihr einfach weiter.« Ich verziehe mich in den Flur, bleibe jedoch an der Treppe noch einmal stehen. »Hattest du eine erfolgreiche Woche?«

»Ja, es war nicht schlecht. Im Auto sind noch mehr Kisten, die sollte ich bis morgen dort liegen lassen können. Und nächste Woche kommt noch mehr. Ich habe ein schönes George-Eliot-Set erstanden, in Leinen gebunden, aus den Sechzigern, dunkelgrün, wirklich schick. Und eine signierte Erstausgabe von Toni Morrison, sehr aufregend.«

»Ach, wirklich? Welches Buch? *Menschenkind?* Bitte sag Ja.«

Er lacht. »Ja.«

»Wie viel kostet es?«

»Bist du versucht?«

Lara ist die Treppe schon halb oben, dreht sich um und seufzt über die Unterbrechung ihrer Abendplanung.

»Es wäre gelogen, wenn ich das abstreiten würde.«

»Ich habe hundertneunzig bezahlt und kriege wahrscheinlich zweihundertfünfzig dafür.«

»Oh. Dann sehe ich es mir wohl nur an. Na ja, ich lass dich dann mal weiterziehen.«

Ich blicke zu Lara, die ihre Augen nicht verdreht, aber wahrscheinlich nur, weil das ordinär wäre.

Er sieht zu ihr hoch. »Geh schon mal vor, ich komme gleich nach.«

»Edward …«, jammert sie.

Vielleicht ist es kein Jammern, das liegt bestimmt nur an meiner

Wahrnehmung. Ich werfe ihm einen Blick zu, er wirkt leicht verärgert. Ich verstehe nur nicht, warum er sich dann mit ihr abgibt. Sie muss wohl eine Granate im Bett sein. Obwohl ich mir das nicht vorstellen kann, sie wirkt so … verkrampft. Bestimmt haben sie wütenden Sex. Vielleicht steht er darauf, da soll es ja Leute geben. Nicht, dass es mich kümmert – oder auch nur im Ansatz interessiert, welche Art von Sex ihm gefallen könnte. Verdammt, jetzt werde ich rot, und ich habe nichts von dem gehört, was er gerade zu mir gesagt hat.

»Thea?«

»Entschuldige, was hast du gesagt?«

»Ich sagte, ich habe ein paar Atlanten gekauft, große. Vielleicht sollten wir welche ausstellen, auf dem Kartentisch. Ein Verkaufsdisplay sozusagen. Du bist gut in diesen Dingen.«

Der Kartentisch ist eine Neuanschaffung. Ich habe die Anzeige auf Facebook gesehen und mich von dem Planschrank auf Hollinshaw inspirieren lassen. Ich liebe Planschränke und Kartentische, denn Schubladen sind fantastisch, und die Schubladen von Kartentischen sind riesengroß. Ich habe vorschlagen, ihn zu kaufen und darin die Karten unterzubringen, logischerweise. Jeder liebt Karten. Und wir haben einige großartige Atlanten. Edward war einverstanden, also haben wir – ich meine, also hat er jetzt einen Kartentisch.

»Das ist eine gute Idee«, stimme ich ihm zu. »Okay, ich mache mir darüber mal Gedanken. Aber jetzt mache ich besser weiter und lasse euch in Ruhe.«

»Ich helfe dir.«

»Nein, wirklich –«, setze ich an, aber er läuft schon mit mir durch die hinteren Zimmer zum Garten. »Sie ist bestimmt sauer«, merke ich an und werfe ihm einen kurzen Blick zu.

»Ach, na ja. Das ist sie meistens.«

Dazu kann ich nichts sagen, es geht mich nichts an. Allerdings heiße ich es nicht gut – entweder mag man jemanden oder eben nicht. Wenn man ihn mag, sollte man nett sein. Wenn nicht, warum trifft man sich dann überhaupt mit ihm?

Draußen füllt er eine der Gießkannen. Der Garten ist überraschend groß. Neben Bäumen sind hier Rabatten und eine Rasenfläche angelegt, es ist gemütlich und hübsch, weniger akkurat als der Garten der Lodge. Edward gärtnert ein wenig, und im Sommer kommt Jillys Nichte Wendy einmal pro Woche her, um den Rasen zu mähen und Ordnung zu schaffen. In den vielen Töpfen wachsen Schmucklilien, außerdem zieren ein paar kleine Ahornbäume den Garten. Hier und da stehen Bänke und am Haus ein Tisch mit Stühlen. Edward hat mir erzählt, dass er abends gern zum Lesen in den Garten geht, und manchmal essen wir auch mittags draußen, wenn es nicht regnet. Ich würde mich hier gern mehr einbringen, aber dafür fehlt mir die Zeit – mit dem Garten der Lodge habe ich schon genug zu tun, und ich glaube, dass sein Zustand Onkel Andrew immer noch bedrücken würde. Ich gebe mein Bestes, aber ich habe nun mal auch einen Job. Für den Gemüsegarten musste ich eine dieser Stoffmembranen zur Unkrautbekämpfung kaufen. Nächstes Jahr werde ich Gemüse anbauen.

Falls ich dann noch hier bin.

Ich gieße die Pflanzen in den Töpfen, während Edward die zweite Gießkanne auffüllt. Dann läuft er herum und sieht sich seine Pflanzen an. Es ist ein schöner, sehr stiller Abend, und der Himmel ist unheimlich blau. Ich könnte draußen zu Abend essen, falls es noch warm genug ist, wenn ich zu Hause bin. Als ich die Pflanzen gegossen habe, rolle ich den Schlauch auf. Ich fürchte, wenn dies mein Garten wäre, würde ich ihn unordentlich ausgerollt liegen lassen, damit er für die nächste Bewässerung bereitliegt.

»Na schön«, sagt Edward. »Dann gehe ich besser mal die Suppe auslöffeln.«

Ich habe schon die Hand auf dem Türgriff. »Darf ich dich was fragen?«

»Klar.«

»Etwas Persönliches?«

»Bitte.« Er wirkt amüsiert. »Wird wahrscheinlich wenig erbaulich sein.«

»Ich habe mich bloß gefragt – und das ist furchtbar neugierig –, warum du sie mitgebracht hast, wenn du keine Zeit mit ihr verbringen willst?« Wir sind jetzt im hinteren Zimmer, und ich schließe die Tür hinter uns ab. Es ist schön warm und leise hier bei den Büchern zur Regionalgeschichte. »Du musst auch nicht antworten, es geht mich ja eigentlich nichts an.«

»Das frage ich mich oft selbst«, erwidert er.

»Ich meine, wart ihr die ganze Woche zusammen?«

»Oh, nein. Nein, ich habe sie heute Morgen abgeholt. Normalerweise bringe ich sie nicht mit hierher, ihr gefällt es hier nicht.«

»Nicht?«

»Sie hasst Bücher, hasst die scheußliche Provinz. Und mich mag sie auch nicht sonderlich.«

Ich starre ihn an. »Aber warum –«

»Keine Ahnung.«

»O-kay …«

»Ich sagte, ich würde nach Hause fahren, sie sagte, sie würde mitkommen. Ich glaube, ihr Typ ist nicht zu Hause.«

»Ihr Typ? Ich dachte, du wärst –«

»Ach so, nein. Sie lebt mit jemandem zusammen.«

»Wirklich? Oh, okay. Okay.«

»Er weiß von mir, aber ihm scheint es egal zu sein.«

Ich starre ihn immer ungläubiger an. »Na ja, es geht mich nichts an, wie gesagt. Ich habe mich das bloß gefragt.« Wir laufen durch den Flur, an dem Zimmer mit Dramen und Gedichtbänden vorbei zur Treppe. »Sie wird sauer sein, dass du nicht direkt mit hochgegangen bist.«

»Ja, wahrscheinlich.« Er zuckt mit den Schultern.

»Wirst du … Werdet ihr euch streiten?«

»Vielleicht. Eigentlich lasse ich mich darauf nie ein. Das macht sie nur noch wütender.« Er grinst plötzlich. »Das ist ein wenig pervers, oder?«

»Ein wenig.« Ich bin enttäuscht, auch wenn ich nicht sagen kann, warum. Das Grinsen impliziert, dass es ihm gefällt, und vielleicht hatte ich recht, vielleicht geht es genau darum.

»Hab trotzdem einen schönen Abend.« Ich ziehe den Vorhang zur Seite, damit ich meinen Cardigan vom Haken neben der Spüle nehmen kann.

»Du auch, Thea. Hast du was vor?«

»Ach, nein. Nur das Übliche. Bis dann.«

»Schließt du hinter dir wieder ab?«

Ich nicke. Er geht die Treppe hoch, und ich sehe ihm einen Moment hinterher. Er dreht sich nicht um, hebt aber zum Abschied die Hand. Ich gehe in den Hauptraum und hole meine Tasche, die hinter der Ladentheke steht. Ich fühle mich grässlich, weiß aber nicht, weshalb. Manchmal kommt die Traurigkeit jedoch in Wellen hoch. Ich atme tief durch und versuche, nicht daran zu denken, wie die beiden zusammen oben sind und sich ankeifen.

Ich schließe die Ladentür hinter mir ab und beobachte die Schwalben, die über das Rathaus fliegen. Es wird Zeit, nach Hause zu fahren. Ich habe Salat da, und nach dem Essen sehe ich mir vielleicht einen Film an. Etwas Nettes, aber Unsentimentales.

Warum möchte man Zeit mit jemandem verbringen, den man nicht einmal besonders gerne mag? Das übersteigt mein Vorstellungsvermögen. Ich denke über den Mann nach, mit dem Lara zusammenlebt. Wie kann es ihm egal sein, was Lara und Edward tun? Vielleicht bin ich auch nicht aufgeschlossen genug. Ich hatte angenommen, sie wäre Single und würde etwas Ähnliches wie er wollen, was auch immer das genau ist. Ich verstehe, dass es praktisch sein könnte, Freunde zu haben, mit denen man … schlafen kann. Aber sie sind nicht einmal befreundet.

Der Sex muss also wirklich großartig sein, warum sonst sollten sie sich miteinander herumplagen?

* * *

Als ich am nächsten Morgen zur Arbeit komme, höre ich, wie sie sich anschreien. Wie Lara ihn anschreit, vielmehr. Ich stehe reglos im Flur, die Jacke halb ausgezogen. Sie scheinen mich nicht kommen gehört zu haben. Oder es ist ihnen egal – das ist wahrscheinlicher.

»… verdammte Aufmerksamkeit schenken!«, schreit sie.

Ich höre das Grollen seiner Stimme, verstehe aber nicht, was er sagt.

»Das ist mir scheißegal!«, brüllt Lara.

Ich bin unangenehm berührt. Soll ich mich hinter dem Vorhang verstecken? Was, wenn sie herunterkommen und sich immer noch streiten? Ich höre Schritte auf der Treppe, Lara stampft sie wütend herunter. Beinahe rennt sie mich um, aber es ist ihr eindeutig egal, sie faucht mir lediglich entgegen: »Ist die Tür offen?«

»Ja –«, sage ich, und dann ist sie an mir vorbeigestürmt. Nun höre ich seine Schritte auf der Treppe.

»Lara! Verflucht noch mal!«, ruft er. »Oh, hey Thea. Ich muss hinterher, sie kommt nicht nach Hause, wenn ich sie nicht zum Bahnhof fahre.«

Der Bahnhof befindet sich in Dumfries, das eine Stunde und zwanzig Minuten Autofahrt entfernt ist.

»Das wird ja eine erfreuliche Fahrt«, kommentiere ich.

»Wem sagst du das. Entschuldige, ich bin später wieder da.«

»Okay.« Ich beobachte, wie er hinter ihr herrennt. Meine Güte.

***

Zur Mittagszeit kommt er türenknallend in den Laden zurück, gerade, als ich meine Sandwiches verspeise. Ich musste mein Lieblingsschild aufhängen – *Bin in 5 Minuten wieder da!* –, damit ich zur Old Mill hinüberlaufen und mein Essen abholen konnte. Es wartete sogar eine Kundin an der Tür, als ich wiederkam, zum ersten Mal überhaupt. Und sie hat etwas gekauft – es geschehen noch Wunder!

»Hey«, begrüße ich ihn. »Ich habe dir was zu essen mitgebracht, auch wenn ich nicht sicher war, ob du etwas möchtest.«

»Danke. Ich komm sofort wieder, ich muss dringend pinkeln.«

»Oh, erzähl mir *bitte* mehr davon«, murmle ich, als er zum Bad eilt.

Dann ist er zurück. »Warum braucht das Wasser so lang, um warm zu werden?«

Ich zucke mit den Schultern. »Ich glaube, das liegt an deinen uralten Rohrleitungen.«

»Wie gemein von dir. Die sind nicht älter als ich.« Er lacht über meinen Gesichtsausdruck. »Entschuldige. Sind die für mich?«

Ich nicke.

»Danke. Ich bin am Verhungern, hatte kein Frühstück.«

»Wart ihr zu beschäftigt damit, euch anzubrüllen?«

»Hm. Ja.«

Er lässt sich in seinen grünen Sessel fallen und nimmt einen großen Bissen von seinem Sandwich. »Wärst du wohl ein Engel und machst mir einen Kaffee?«, bittet er mit vollem Mund.

»Du wolltest bestimmt eigentlich fragen: ›Thea, könntest du mir bitte einen Kaffee kochen?‹«

»Ich wäre dir schrecklich dankbar.«

»Das glaube ich dir. Mir wäre es aber lieber, wenn du mich nicht bitten würdest, ein Engel zu sein.«

»Ein Schatz?«

Jetzt erröte ich. »Das ist ja noch schlimmer.«

Er schnalzt durch sein Roastbeef mit der Zunge. Nachdem er geschluckt hat, fragt er: »Würdest du denn? Bitte? Ich hole dir später auch einen. Oder ich lad dich zum Abendessen ein oder so.«

Ich seufze und schiebe mich von der Theke weg. Im Halbdunkel der Küchenzeile koche ich zwei Tassen Kaffee und nehme sie mit zurück. Jetzt ist er am Telefon – seinem Handy, nicht dem altmodischen Ladentelefon mit Wählscheibe, das ich zu nutzen vermeide, weil es so widerhallt und einfach zu merkwürdig ist.

»Wenn du kurz aufhören würdest, mich anzuschreien«, sagt er, »könnte ich … Nein. Nein, das ist es nicht … Grundgütiger.«

Ich höre auf, ihn zu beobachten, und gehe stattdessen in den Flur. Ich bin fasziniert, aber ich kann schlecht dasitzen und ihn anstarren, während er ein persönliches Gespräch führt. Erst stelle ich mich auf einen Fuß, dann auf den anderen, und dabei tue ich so, als würde ich nicht zuhören. Allerdings höre ich ihn deutlich, denn er ist verärgert und dementsprechend laut.

»Okay. – Das ist mir egal. – Nein. – Wenn du meinst. – Nein … Es war nicht dazu gedacht, kompliziert zu sein, oder? Nein. Ist es aber … Sag du's mir … Nun, wie du meinst.«

Ich glaube, das war's. Oder? Ich spähe durch den Türbogen. Er legt das Handy weg und massiert sich die Schläfen. »*Verdammt* noch mal!«, flucht er.

Ich gehe wieder in den Hauptraum des Ladens und nehme meine Tasse Kaffee in die Hand. »Dein Glück, dass außer uns niemand hier ist. Sehr unprofessionell.«

»Pah.«

»Also. Wie war dein Vormittag?«

Er stöhnt. »Man verschone mich bitte mit egozentrischen, verwöhnten Luxusschlampen.«

»Ich mag sie nicht sonderlich«, sage ich, »aber bitte nenn sie nicht Schlampe.« Ich lehne mich über die Ladentheke und weiche seinem Blick aus.

»Warum nicht?«

»Geschlechtsspezifische Beleidigungen sind faul.«

»Dann ist sie eben ein Scheusal«, sagt er nach einiger Überlegung. »Und uneinsichtig. Oder das vielleicht nicht.«

»Worum ging es denn bei eurem Streit, wenn ich fragen darf?«

»Ach, das Übliche. Offenbar bin ich distanziert und desinteressiert.«

»Und bist du das?« Ich trinke einen Schluck Kaffee.

»Na ja, schon. Ich habe kein großes Interesse an ihr, warum sollte ich auch? Es ist eine Vereinbarung …«, er überlegt kurz, »beidseitiger Annehmlichkeit, keine … Liebesaffäre.«

Ich verziehe das Gesicht. Kein Wunder, dass sie wütend ist. »Und sieht sie das genauso?«

Er hat den Anstand, verlegen dreinzuschauen. »Ich glaube schon. Ich meine, wir sind am Anfang beide sehr ehrlich damit umgegangen. Hoffe ich.«

»Und – verzeih mir meine Neugier – wie läuft so was? Hast du gesagt: ›Ich hätte nichts dagegen, halbregelmäßigen Sex ohne Verpflichtungen zu haben‹? Klappt das? Ich wüsste es gern, falls ich jemals … etwas Ähnliches tun muss.«

Er lacht. »Das wirst du aber nicht müssen, oder? Ich meine, du wirst jemanden kennenlernen. Du musst nicht so eine unsinnige und nervige Vereinbarung treffen.«

Ich weiß nicht, ob ich das auch glaube. »Ist sie unsinnig und nervig?«

»Für etwas, bei dem es nur um Sex gehen soll, gibt es ganz schön viel Geschreie. Und nicht viel Sex.«

»Oh.«

»Ja, oh.«

»Wie habt ihr euch kennengelernt?«

Er isst sein Sandwich auf und fegt sich Krümel vom Schoß. »Über Sophie.«

»Ach ja, das habe ich ganz vergessen. Und woher kanntest du sie?«

Er wendet sich seinem Laptop zu und bewegt die Maus, um ihn hochzufahren. »Was denkst du wohl?«

»Ähm, dein Bruder hatte mal was mit ihr?«

»Bingo.«

»Also hast du –«

»Ich habe mit beiden geschlafen, ja. Das mit Sophie ist lange her, sie war an der Uni Charles' Freundin, beziehungsweise eine von ihnen.«

»Wirklich? Sie sieht viel jünger aus. Als Charles, meine ich.« Was ich eigentlich meine, ist *als ich*, aber ich sehe keinen Grund, meine Unsicherheiten preiszugeben.

»Nein, sie ist in deinem Alter. Sophie, meine ich. Lara ist achtunddreißig oder so. Sie haben noch eine mittlere Schwester – Rachel.«

»Und, hast du mit ihr auch geschlafen?«

Er sieht mich einen Moment lang an und lacht dann. »Nein.«

»Ach, nein! Wie kam das denn?«

»Gott, bist du fies. Ich habe es nie versucht.«

Ich denke darüber nach. »Ist sie außergewöhnlich hässlich?«

»Ha. Nein, sie ist glücklich verheiratet, schon seit Jahren. Das ist sehr ungewöhnlich.«

»Reiche Leute sind furchtbar«, sage ich.

»Wem sagst du das.«

Mich beschäftigt immer noch etwas, was er gestern erwähnt hat. »Also, Laras Partner –«

»Keine Ahnung. Interessiert mich nicht. Wenn ich in Edinburgh bin, rufe ich sie an, und wenn er weg ist, treffen wir uns. Selbst wenn nicht, treffen wir uns manchmal. Aber wenn er nicht zu Hause ist, gehe ich zu ihr. Das ist einfacher, als sicherzustellen, dass das Hotel, in dem ich übernachte, auch akzeptabel ist.« Er verdreht die Augen. »Ich weiß nicht, warum du so interessiert an dieser traurigen Geschichte bist. Du hast nicht vor, ein Buch zu schreiben, oder?«

Ich lache. »Die Geschichte hätte tatsächlich das Zeug, in einem Buch veröffentlicht zu werden. Ich würde es *Wie die andere Hälfte lebt* nennen. Aber nein. Ich bin einfach … Es ist so anders als das Leben, das ich kenne. Ich kann mir nicht vorstellen, wie jemand … es einfach hinnimmt, dass seine Frau mit einem anderen schläft.«

»Allerdings werde ich sie ja nie bitten, ihn für mich zu verlassen. Da ist sie bei mir vielleicht noch in sicheren Händen.«

Der letzte Satz weckt ein Bild vor meinem inneren Auge, das ein wenig verstörend ist, daher bemühe ich mich, nicht darüber nachzudenken. »Aber warum versuchst du nicht, jemanden zu finden, den du magst? Wäre das nicht schöner?«

Er wendet sich wieder dem Bildschirm zu. »Was wäre der Sinn dahinter? Es ist zu spät. Ich hab's einfach vergeigt.«

»Aber hast du das wirklich? Ich verstehe nicht, warum du das denkst. Du bist doch nett. Natürlich furchtbar griesgrämig, aber vielleicht würde sich deine Laune ja bessern«, ich sehe auf, als die Tür aufgeht, »wenn du regelmäßig flachgelegt werden würdest. Guten Tag«, fahre ich übergangslos fort. Ich ignoriere sein amüsiertes Schnauben, als ich die Touristen begrüße, die das Geschäft betreten haben. »Lassen Sie es uns einfach wissen, wenn wir Ihnen irgendwie behilflich sein können.« Ein Mann etwa in meinem Alter und seine Tochter im Teenageralter geben das typisch britische, verlegene Murmeln in Geschäften von sich: »Wir schauen nur.«

Ich beobachte sie dabei, wie sie sich umsehen. Das Mädchen hat unglaubliches Haar, einen perfekten, glänzenden, niedrigen Beehive, wie etwas, das Mandy Rice-Davies sich vielleicht für einen Tag vor Gericht gemacht hätte. Ich bin beeindruckt und ein wenig neidisch. Wir haben zwei Sorten Kunden: Leute, die wissen, was sie wollen, und direkt danach suchen oder fragen, und Stöbernde. Bei Stöbernden weiß man nie, ob sie etwas kaufen oder nicht, das hängt im Grunde davon ab, ob sie etwas sehen, das sie haben möchten. Deswegen sage ich ständig, dass wir die Regionalgeschichte in den vorderen Ladenteil verlegen sollten. Touristen kaufen gerne Dinge, die mit der Gegend zu tun haben. Edward ist nicht überzeugt, aber ich wette, es würde einen Unterschied machen.

***

Als wir an diesem Abend schließen, fragt er: »Also, gehen wir was essen?«

»Oh, ich dachte, das wär ein Scherz gewesen.«

»Nein, ich lade dich ein. Worauf hast du Lust? Fish and Chips? Wir könnten zum Hafen gehen.«

»Die Bude an der Ecke? Da war ich noch nie.«

»Dann komm. Du brauchst nicht fegen, das mache ich später.«

»Was ist mit den Pflanzen?«

»Die überstehen das.«

Ich hole meine Jacke und lege mir die Tasche um, und dann laufen wir über den Platz zur Hafenstraße. Ich finde es seltsam, dass es hier einen Hafen gibt, denn der Ort liegt gar nicht direkt an der Küste. Ein paar wenige Boote sind an den Stegen festgemacht, und es gibt einige Werftgebäude und Seilwinden und all das. Allerdings existieren weder ein Hafendamm noch Küstenschutzmaßnahmen, weil das Wasser hier eher einem Fluss als dem Meer gleicht, auch wenn es den Gezeiten unterworfen ist und sie es eine Bucht nennen. Ein Kiosk verkauft Eis, Tee und Krabbensandwiches, und dann ist da noch die Fish-and-Chips-Bude, traditionell mit Resopaltheke und keinen anderen Sitzgelegenheiten als der Fensterbank, um es sich während der Wartezeit bequem zu machen. Draußen stehen zwei Picknickbänke, und mit einem Schild werden die Gäste wütend darauf hingewiesen, die *Scheißmöwen* nicht zu füttern.

Edward holt uns Fish and Chips, und wir nehmen unsere Papiertüten mit, bis wir eine Mauer finden, auf der man gut sitzen kann und von der man eine schöne Aussicht auf das Wasser hat. Er kramt Tütchen mit Essig, Ketchup und Mayonnaise aus seiner Tasche, und wir essen vorsichtig mit fettigen Fingern die heißen Pommes frites.

»Wie soll ich denn den Fisch ohne Besteck essen?«, frage ich, und er holt eine Handvoll hölzerner Pommesgabeln und ein Schweizer Taschenmesser hervor.

»Bitte sehr, Prinzessin«, sagt er, und ich pruste vor Lachen.

»Ich weiß, ganz schön affektiert von mir, hm?«

»Und du behauptest, ich sei der Vornehme von uns.«

»Na klar, du hast während deiner Kindheit bestimmt alles mit den Fingern gegessen.« Ich zerdrücke ein Stück Backteig. »Oder mit Goldmessern und -gabeln.«

»Gold ist etwas unpraktisch für Besteck, zu weich.«

»Ach, natürlich. Silber? Wie mein Löffel?«

»Wir hatten Silberbesteck, aber das wurde nur an Feiertagen und zu besonderen Anlässen verwendet.« Er kämpft mit einem Ketchuptütchen. »Mist. Ah, geht doch.«

»Nicht jeden Tag?«

»Nein, den Rest der Zeit haben wir Sheffield's Finest benutzt. Das Hochzeitsbesteck meiner Großeltern, glaube ich.«

»Und ihr habt all eure Mahlzeiten von Geschirr von …«, ich suche in meinem Gedächtnis nach dem Namen eines teuren Porzellanherstellers, »ähm, Sèvres gegessen?«

»Wir hatten auch etwas von Sèvres, aber kein ganzes Set. Royal Doulton war die Marke für unseren täglichen Bedarf. Und ein bisschen was von Villeroy und Boch, das hat meine Mum Dad mal zum Jahrestag geschenkt, abscheuliches Achtzigerjahre-Porzellan. Könnte bald wieder in Mode kommen.«

»Vermisst du all das?«

Er wischt sich die Finger an einer Serviette ab und öffnet eine Dose Cola, die heftig sprudelt. »Verdammt.« Ich sehe ihm belustigt zu, wie er schnell daran schlürft. »Himmel, nein. Überhaupt nicht. Es ist absurd, in einem riesigen Haus zu leben, das man sich kaum zu heizen erlauben kann. Und zwanzig Schlafzimmer sind gar nichts, wenn sich alle hassen.«

Ich lecke mir Mayonnaise vom Daumen. »Habt ihr euch wirklich alle gehasst?«

»Na ja, vielleicht nicht, als ich noch sehr jung war. Bevor mein Großvater gestorben ist. Damals standen wir uns näher, oder zumindest wirkte es so. Ich weiß nicht, was passiert ist. Vielleicht ist die Liebe meiner Eltern erloschen. Und vielleicht dachten sie, ihre Söhne wären, na ja, netter und weniger frustrierend. Möglicherweise.«

»Aber mit Charles versteht sich deine Mutter einigermaßen?«

»Bloß, weil sie sich nur selten sehen.«

»Oh.«

Er blickt einen Moment auf die Bucht hinaus, bevor er mich wieder ansieht. »Meine Mutter war eine richtige Schönheit. Sie war mit all den richtigen Leuten befreundet, ging auf Feiern, verbrachte Urlaube auf Yachten, tanzte Nächte durch, trank Champagner, und so weiter. Vor meiner Geburt führten sie ein wildes Leben.« Er hält inne. »Hast du je *Like a Pendulum Do* gelesen?«

»Ja, aber das ist etliche Jahre her.«

»Tja, erinnerst du dich an die Frau, die an einer Überdosis stirbt? Lady Elspeth? Die basiert auf meiner Mutter.«

»Nein!« Ich lasse abgelenkt eine Pommes wieder in die Tüte fallen.

»Jap. Und Johnny Meltram ist Mick Jagger.«

»Das wusste ich. Ist denn irgendetwas davon wahr? Sie ist ja offensichtlich nicht an einer Überdosis gestorben.«

»Wäre sie aber fast.«

»Oh Gott, wirklich?« Ich starre ihn an.

»So heißt es. Sie selbst spricht nie darüber. Aber sie kann dir pikante Geschichten über alle möglichen Leute erzählen, wenn sie in der richtigen Stimmung ist. Simon Napier Bell, Dusty Springfield und Lord Lucan zum Beispiel.«

»Meine Güte. Also, was, Pillen?«

»Ich glaube schon. Aufputschmittel, Beruhigungstabletten, all dieses Sechzigerzeug. Ja, alles sehr … viel interessanter als die Familiengründung, nehme ich an. Meine Eltern waren schon ziemlich verbraucht, als ich auf die Welt kam. Anstrengende Sache, so ein extravagantes Leben.«

»Scheint so.« Ich lasse mir seine Worte durch den Kopf gehen. *Wie ein Pendel* war unheimlich beliebt, als ich in der Oberstufe war, wir haben es alle gelesen, und es gab sogar eine billige Fernsehadaption. Ich habe sie geliebt. Ich weiß noch, dass ich meine Mum fragte, wie man sich Katzenaugen schminkt – bis dahin kannte ich nur den Kajalstift, von flüssigem Eyeliner hatte ich noch nie gehört. Man bekam ihn auch nirgends. Ich musste ein trockenes, klumpiges Zeug kaufen, das man selbst mit Wasser mischte. Mein erstes Paar falsche

Wimpern kaufte ich in einer Drogerie am Bahnhof, inspiriert, wie es scheint, von niemand anderem als Edwards Mutter oder zumindest einem Scheinbild von ihr.

»Deine Mum hat mit Mick Jagger geschlafen.« Ich kann es kaum glauben.

Er lacht. »Vielleicht.«

»Nun. Im Buch schon.«

»Stimmt.« Er trinkt die Cola aus und stellt die leere Dose zwischen uns auf die Mauer.

»Wahnsinn.«

»Du würdest es nie glauben, wenn du sie treffen würdest«, sagt er. »Heutzutage ist sie alles andere als cool.«

»Wirklich? Nicht wie Joanna Lumley?«

Er lacht erneut. »Nein. Sie ist eher … Ich glaube, sie ist zu weit in die Gegenrichtung gegangen.«

»Meine Mutter würde ausflippen, wenn sie wüsste, dass ich jemanden kenne, dessen Mutter mit Mick Jagger geschlafen hat.« Eine Weile esse ich schweigend meinen Fisch, den ich mit dem Taschenmesser zerteile. »Ich persönlich bevorzuge Charlie Watts. Er ist mein Lieblings-Bandmitglied.«

»Nicht Keith?«

»Ich mag Keith, einfach, weil er nicht tot ist. Aber Charlie ist der Beste.«

Er lacht. »Warum?«

»Einmal finde ich ihn ziemlich gut aussehend. Er ist einer dieser Männer, deren Aussehen sich mit zunehmendem Alter bessert. Mit zwanzig nicht besonders attraktiv, mit sechzig umwerfend.«

»Okay.«

»Und mir gefällt seine Einstellung. Zum Beispiel hat er gesagt, dass er nicht bei den Rolling Stones Schlagzeug spielt, sondern für Mick und Keith. Und dass das hauptsächlich beinhalte, darauf zu warten, dass sie von irgendwoher aufkreuzen. Und ich finde es gut, dass er seit 1965 oder so mit derselben Frau verheiratet ist.«

»Ja, das ist ziemlich bewundernswert, oder? Vor allem für einen Rolling Stone.«

»Sehe ich auch so. Außerdem finde ich es sympathisch, dass er auf Fotos immer im Hintergrund steht und leicht genervt wirkt, dass dieses Foto jetzt aufgenommen werden muss.« Ich könnte noch ewig so belanglos weiterplaudern, aber ich habe von meinen Pommes frites aufgeblickt und festgestellt, dass Edward mich mit einem wirklich sonderbaren Gesichtsausdruck ansieht.

»Was?«

»Was, was?«

»Du starrst mich an. Habe ich überall Ketchup verschmiert?«

»Nein, entschuldige. Nein. Wollen wir was trinken gehen?« Er steht auf, knüllt seine Pommestüte zu einem Ball zusammen und sieht sich nach einem Mülleimer um.

»Was trinken?«

»Ja, lass uns in den Pub gehen.«

15

Im Pub ist überraschend viel los.

»Ich glaube, hier spielt später eine Band«, sagt Edward. Er reicht mir meinen Drink und quetscht sich mir gegenüber an den einzigen freien Tisch. »Das erklärt all die Gäste.«

»Ich habe schon gehört, dass sie manchmal Livemusik haben. Vielleicht sollte ich öfter ausgehen«, sage ich. »Jilly und Cerys sehen sich manchmal Bands an.«

»Willst du deinen Bekanntenkreis erweitern?«

»Wahrscheinlich sollte ich das tun, oder? Ich kann ja nicht immer zu Hause bleiben oder von Jenny und Alastair erwarten, dass sie mich einladen. Oder auf dich bauen.« Er sieht mich über sein Glas hinweg an. »Ich meine, ich weiß ja, dass du nicht sehr gesellig bist. Es ist nett von dir, dass du trotzdem manchmal mit mir rausgehst.«

»Ja, nicht?«

»Und ich frage mich allmählich, ob ich nicht irgendwann vielleicht doch wieder Interesse daran haben werde, Leute kennenzulernen, weißt du.« Ich drehe meinen Bierdeckel zweimal um und stelle dann mein Glas Gin Tonic darauf ab.

Er schnaubt. »Leute. Männer, meinst du wohl.«

Ich schiebe meinen Stuhl näher an die Wand, um meine Verlegenheit zu überspielen. »Na ja. Ich weiß nicht. Nicht wirklich. Ich bin mir nicht sicher, ob ich –«

»Ich glaube nicht, dass du hier viel Auswahl hast. Du müsstest ein größeres Netz auswerfen.«

»Ich habe gar kein Netz. Und ich denke nicht, dass ich in nächster Zeit eins brauche. Aber du weißt schon, falls ich … wenn … Falls ich länger hier oben bleiben wollen würde, sollte ich mir wahrscheinlich etwas mehr Mühe geben.«

»Hm.«

Unser vertrauliches Gespräch, sofern man es so bezeichnen kann, wird in diesem Moment von Jilly und Cerys unterbrochen, die uns von der Bar aus entdeckt haben.

»Bleibt ihr bis zum Auftritt der Band?«, fragt Cerys.

»Ich weiß nicht«, erwidere ich im selben Moment, in dem Edward sagt: »Nein.« Wir lachen alle.

»Wir setzen uns zu euch«, sagt Jilly, während sie mit dem Blick schon nach einem weiteren Stuhl Ausschau hält, »und dann übernehmen wir euren Tisch, wenn ihr geht.«

»Wie unverschämt«, kommentiert Edward, doch er rückt auf der Bank auf, um Cerys Platz zu machen.

»Wer spielt denn?«, frage ich.

»Ach, eine kleine lokale Band. Critheann nennen sie sich. Zwei Fiddle-Spieler. Die Sängerin ist großartig«, erzählt Jilly. »Wir sind immer hier, wenn sie auftreten. Einer von ihnen ist Caras Sohn. Cara von The Lemon Tree?«

»Ah, okay. Ich glaube, ich habe ihn schon mal gesehen. Hat er einen Bart?«

»Aye, das ist er, ganz genau.« Sie nickt. »Waren den ganzen Sommer in Irland und haben auf all den kleinen Folk-Festivals gespielt. Sie haben auch eine CD.«

»Ich habe noch nie erlebt, dass hier so viel los ist.«

»Du musst öfter rauskommen«, erwidert Cerys. »Deinem Sozialleben zuliebe solltest du nicht nur auf Mr Miesepeter setzen.«

Edward wirft ihr einen finsteren Blick zu, und wir lachen über ihn. Ich sehe mich um. »Bisher standen nie mehr als zwei Leute an der Bar, wenn ich hier war. So viele Menschen auf einmal habe ich nicht mehr gesehen, seit ich vorletzte Woche bei Tesco war.«

»Ha, die Freuden des Dorflebens.«

»Ach, sieh mal, da ist dieser Typ«, sage ich.

»Welcher Typ?«

»Der war doch vorhin im Laden. Mit seiner Tochter.« In einer vagen Geste deute ich auf meinen Kopf.

»Ah ja, das Mädchen mit den schönen Haaren«, sagt Edward. »Sie hat Postkarten gekauft. Und du hast dich ewig mit ihm unterhalten.«

»Na ja, nicht ewig. Er wollte eine Ausgabe von *Fünf falsche Fährten*, da haben wir uns über Dorothy Sayers unterhalten und natürlich über Gatehouse of Fleet und Kirkcudbright als Schauplätze. Ich finde, wir sollten dazu einen Flyer machen.«

»Wenn's nach dir ginge, würden wir einen Flyer zu allem machen.«

Jilly lacht. Sie findet uns urkomisch zusammen, wie ich weiß.

»Nein, das stimmt nicht. Nur zu manchen Dingen. Wir brauchen auf jeden Fall einen zu *The Wicker Man*.«

»Bei uns waren letzte Woche noch Leute, die sich die Drehorte von *The Wicker Man* anschauen wollten«, wirft Cerys hilfsbereit ein.

»Siehst du?«

»Hm. Nun, ich kann dich wohl nicht davon abhalten«, sagt Edward, was ich als Sieg deute.

Ich sehe wieder zu dem Mann von vorhin hinüber, der jetzt mit einem etwa Zwanzigjährigen spricht. Seinem Sohn? Wahrscheinlich. »Man trifft selten Männer, die Dorothy Sayers lesen, obwohl ich nicht verstehe, weshalb.«

Edward zuckt mit den Schultern. »Ich könnte mir vorstellen, dass Whimsey als Protagonist eher eine Anziehungskraft auf Frauen ausübt.«

»Meinst du?«, frage ich zweifelnd. Ich zweifle jedoch nicht an Lord Peter Whimseys Anziehungskraft – er ist schon mein literarischer Schwarm, seit ich etwa vierzehn bin. »Aber es sind schließlich richtig gute Bücher. Ich meine, es liegt nicht nur daran … *Du* magst sie doch auch.«

Er grinst mich an. »Ich bin sehr außergewöhnlich, Thea, das ist dir doch bestimmt schon aufgefallen.«

»Ha.«

In dem Moment dreht sich der Mann von vorhin um und erwischt mich dabei, wie ich ihn anstarre, was mir peinlich ist. Andererseits ist mir heutzutage doch nichts mehr peinlich, was würde das auch nützen? Also lächle ich ihn an, und er lächelt zurück. Seine Tochter sehe ich nirgendwo, und darüber bin ich ein wenig enttäuscht. Ich hätte ihr Haar gerne noch einmal bewundert und gesehen, was sie zu einem Anlass wie diesem anziehen würde. Im Laden trug sie ein fantastisches, hellorangefarbenes Minikleid mit lindgrüner Strumpfhose. Eines der wenigen Dinge, die ich an meiner Jugend vermisse, ist die Möglichkeit – und auch die Bereitschaft –, fabelhafte Outfits zu tragen. Die Postkarten, die sie gekauft haben, waren passenderweise aus Edwards Vintage-Sammlung. Ich habe ihr von den Ladenfronten in Castle Douglas mit ihren Sechzigerjahre-Schriftzügen erzählt.

Ich bin selbst überrascht, wie gerne ich mit den Kunden spreche. Wahrscheinlich liegt es daran, dass selten jemand weiß, was er in einem Antiquariat kaufen möchte, und niemand hat es je eilig. Zum Großteil sind die Kunden sehr umgänglich. Und es gefällt mir, mich als hilfreiche, freundliche Person zu sehen, sozusagen das Yin zu Edwards Yang. Bei dem Gedanken gluckse ich vor mich hin.

»Was ist?«

»Ach, nichts. Ich hatte bloß einen witzigen Gedanken. Na ja, möchtest du noch was trinken? Ich gehe schnell zur Bar, bevor es zu hektisch wird.«

»Willst du bleiben?«

»Ein Getränk gönne ich mir noch. Ich weiß aber noch nicht, ob ich für die Band bleibe.«

»Okay«, sagt er, »dann nehme ich noch ein Pint.«

Ich sehe zu Jilly und Cerys, und sie heben gleichzeitig ihre noch beinahe vollen Gläser. »Danke, wir haben noch«, sagt Jilly.

Ich hatte vergessen, wie es ist, an einer vollen Bar anzustehen, ich schmunzele über mich selbst, dass mich die Sache so überrascht. Ich quetsche mich zwischen zwei Männer in Laufkleidung und beuge mich eifrig vor, einen Zehner zwischen Daumen und Zeigefinger geklemmt. Meine Mission »die Aufmerksamkeit der Bardame erregen«

ist in vollem Gange. Ich achte ansonsten auf niemanden, und als der Mann neben mir spricht, bemerke ich erst gar nicht, dass er mich meint.

»Entschuldigen Sie«, sagt er. »Hallo?«

Ich drehe den Kopf. Es ist der Mann aus dem Buchladen. »Ach! Hallo. So sieht man sich wieder.« Ich fühle mich plötzlich merkwürdig gehemmt.

Er grinst mich an. »Ich bin Keith.«

Das finde ich nun ein wenig witzig, nachdem Edward und ich vorhin noch über Keith Richards gesprochen haben. Dieser Mann scheint jedoch ganz anders zu sein als Keith Richards, aber wer wäre das nicht?

»Ich bin Thea. Hallo.«

Wir lächeln uns an. Ich weiß, dass er freundlich ist, unsere Unterhaltung im Laden war sehr nett, aber ich bin immer noch ein wenig sprachlos. Er ist etwa so groß wie ich, sein Haar weist erste graue Strähnen auf, und er trägt eine modische Brille.

»Darf ich Sie auf einen Drink einladen?«, fragt er.

Ich kann mich nicht an das letzte Mal erinnern, dass ein Mann in einem Pub mich auf einen Drink einladen wollte. Überrascht starre ich ihn an. »Äh, na ja –«

»Wobei ich lieber erst sichergehe – sind Sie … Ist die Buchhandlung ein Familiengeschäft? Ich meine, ist das Ihr Mann, mit dem Sie hier sind?«

Ich blicke über meine Schulter zu meinen Freunden. »Ähm, nein – nein, er ist nur mein Boss.«

»Gut, ich dachte, ich sollte lieber nachfragen. Also, möchten Sie einen Drink?«

»Äh, ja. Klar, warum nicht, danke. Ich würde einfach eine Cola nehmen. Aber ich muss trotzdem noch ein Pint für Edward holen.« In dem Moment sieht mich die Bardame, und ich bestelle Edwards Pint.

»Nur eine Cola? Sicher, dass ich Ihnen nichts anderes bestellen soll?«

»Nein, ich muss noch fahren. Aber danke.«

»Dann wohnen Sie nicht hier?«

»Doch, irgendwie schon. Ich lebe etwa acht Kilometer von hier entfernt.« Bei unserem vorherigen Gespräch hatte ich noch keine Gelegenheit, die klassische Frage unterzubringen, die man seinen Kunden als Buchverkäuferin in einem einigermaßen touristischen Ort nun einmal stellte, daher frage ich ihn jetzt. »Und Sie machen hier Urlaub?«

»Ja, wir sind für vierzehn Tage hier, das ist unsere zweite Woche.« Er beugt sich an mir vorbei, um unsere Drinks zu bestellen.

»Ich bringe das eben rüber«, erkläre ich mit Edwards Pint in der Hand. »Dann komme ich wieder.«

Ich gehe zu unserem Tisch, immer noch ein wenig überfordert von der ungewohnten Situation.

Edward nimmt sein Pint entgegen. »Na, seid ihr jetzt beste Freunde?«

»Was?«, frage ich, obwohl ich genau weiß, worauf er anspielt.

»Na, der Mann aus dem Laden und du.«

»Ah, ja. Er heißt Keith.« Ich bin verunsichert und komme mir unbeholfen vor.

»Was wollte er?«

»Meinst du jetzt gerade?«

Er nickt und sieht mich unfreundlich an, wodurch ich mich noch unwohler fühle, auch wenn es mich gleichzeitig nervt.

»Er hat mich auf einen Drink eingeladen. Ich gehe also besser zurück«, sage ich mit einem Blick zur Bar. »Ich habe gesagt, dass ich –«

»Du hast dich von ihm auf einen Drink einladen lassen?«

Cerys hat unseren Austausch interessiert verfolgt. »Er kann doch Thea sicher einen Drink ausgeben, wenn er möchte, oder?«

»Es ist ewig her, dass irgendjemand mir einen ausgegeben hat«, gestehe ich, »jemand, den ich nicht kenne, meine ich. Ich bin gleich wieder da.«

Ich bahne mir einen Weg zurück zur Theke, wo Keith mit den Getränken wartet. Wir stellen uns an die Seite, so weit aus dem Weg wie möglich. Dann prosten wir einander zu und lächeln verlegen.

»Ich habe vorhin gedacht, dass es sich nicht so anhört, als wären Sie aus der Region«, sagt Keith. »Wie lange leben Sie denn schon hier?«

»Ach, eigentlich ... Ich bin nicht ... Ich habe ein Haus geerbt.« Ich erzähle ihm von Onkel Andrew. Dann berichtet er über seinen Urlaub. Er ist aus Southampton und geschieden. Die Kinder und er haben die Plakate für den Auftritt gesehen, als sie im Ort waren. Sein Sohn ist irgendwo im Pub, aber seine Tochter ist im Cottage geblieben, weil Menschenmengen sie nervös machen.

»Sind Sie für den Gig hergekommen oder ist das Ihre Stammkneipe?«

»Wir kommen tatsächlich öfter her. Es ist der Pub, der dem Laden am nächsten ist. Der andere ist ganze zwei Straßen weiter.« Ich lache. »Aber es war nur ein Zufall. Mir war nicht bewusst, dass heute etwas auf dem Programm steht. Normalerweise kommen wir nur für einen Drink her, da ich ja noch nach Hause fahren muss.«

»Werden Sie heute Abend bleiben?«

»Ach, ich weiß noch nicht ...«, sage ich, ein wenig abgelenkt. Ich habe gerade durch den Raum geschaut und Edwards Blick aufgefangen. Er sieht mich immer noch wütend an. Ich sehe zu Cerys, die den Kopf schüttelt und die Augen verdreht. »Vielleicht bleibe ich noch eine Weile«, sage ich. »Meine Freundinnen meinten, dass die Band gut ist, und ich habe vorhin erst gesagt, dass mir ein bisschen mehr Geselligkeit guttun würde.«

»Es ist Schwerstarbeit, wenn man neu irgendwo hinzieht, oder?«

»Oh ja. Vor allem als Single.« Ich frage mich, ob ich das vielleicht lieber nicht hätte erwähnen sollen.

Er nickt. »Alles ist auf Paare ausgelegt. Mir ist es sehr schwergefallen, mich nach der Scheidung wieder zurechtzufinden. Das geht aber bestimmt allen so.«

»Ja, es ist schon komisch. Darüber, dass ich jetzt auf niemanden mehr Rücksicht nehmen muss, kann ich mich wirklich nicht beklagen, aber ich kann mir auch nicht vorstellen, auf Dates zu gehen oder so. Ehrlich gesagt, glaube ich nicht, dass ich je ein Date hatte.« Ich lache. »Mein Ex-Mann und ich waren Freunde, und dann waren wir ein Paar – wir sind nie auf ein Date gegangen.«

»Ich habe meine Ex-Frau zum Essen ausgeführt«, erzählt er. »Dafür habe ich ewig gespart. Ich war erst neunzehn.« Er grinst mich an. »Und wir sind ins Kino gegangen. In *Der Feind in meinem Bett*, kein sehr romantischer Film.«

Ich lache. »Nein. Aber spannend – und das ist doch gut, so kann man aus Versehen Händchen halten.«

Das bringt ihn auch zum Lachen. »Ja, ich weiß noch, dass sie einmal plötzlich nach meinem Bein griff und ich richtig hochgesprungen bin. Danach schien es okay, den Arm um sie zu legen.« Wir lächeln uns an.

»Kommen Sie doch mit rüber, dann können Sie die anderen kennenlernen«, schlage ich vor. »Und kommt Ihr Sohn allein klar?« Ich sehe mich um, aber da ich gar nicht weiß, wie er aussieht, bringt das natürlich nichts.

»Vorhin hat er noch mit ein paar Mädchen gesprochen. Er ist viel besser in solchen Dingen, als ich es je war, er scheint nie auch nur nervös zu werden.«

»Der Mut der Jugend.«

»Vielleicht. Ich war aber nicht so in seinem Alter.«

Ich gehe voraus zu dem Tisch in der Ecke. »Oh«, sage ich mit Blick auf den leeren Platz. »Wo ist Edward?«

»Er ist gegangen.« Jilly schüttelt den Kopf.

»Oh. Hat er … Oh, okay.«

»Eifersüchtig«, erklärt Cerys.

»Ach ja?« Ich lache. »Worauf? Na ja, darf ich vorstellen, das ist Keith, er macht gerade Urlaub in der Gegend.« Nachdem ich sie miteinander bekannt gemacht habe, setzen wir uns. Dabei versuche ich angestrengt, nicht daran zu denken, dass Edward gegangen ist, ohne sich zu verabschieden. Immerhin ist er zu nichts verpflichtet. Wir sehen uns ja morgen. Und falls … Aber das ist Unsinn. Ich richte meine Aufmerksamkeit wieder auf die anderen, die jetzt über einige der Orte sprechen, die Keith und seine Kinder sich angesehen haben, und darüber, wo Sam angeln war und dass Clarissa keine lauten Orte mag.

Er wirkt sehr freundlich, ist ein angenehmer Gesprächspartner und hat einen guten Sinn für Humor. Als er zur Bar geht, um die nächste Runde Getränke zu holen, wendet Cerys sich mir zu. »Also. Er wäre dafür zu haben, glaube ich. Du auch?«

Ich erbleiche. »Oh Gott. Nein, ich denke nicht.«

»Mach dir keine Sorgen darüber, was Edward denken könnte«, wirft Jilly ein. »Das geht ihn schließlich nichts an.«

»Ja, das stimmt, und das mache ich auch nicht. Aber er kann nicht wirklich sauer auf mich sein, oder?«

»Ich hab's dir doch gesagt«, meint Cerys. »Er ist eifersüchtig.«

»Sei nicht albern.« Jetzt bin ich sogar noch verlegener. »Warum sollte er eifersüchtig sein?«

Sie sehen mich beide an.

»Ja, warum nur?«, kommentiert Jilly.

»Keinen Schimmer«, flötet Cerys. Dann lachen sie. Ich weiß nicht, was ich sagen soll. Das ist das Problem bei Leuten, die man nicht gut kennt. Ich mag Jilly und Cerys, aber es ist schwer einzuschätzen, wann sie mich aufziehen.

Als Keith von der Bar zurückkommt, bringt er seinen Sohn mit. Die Gäste am Billardtisch rücken mit ihren Stühlen etwas ab, dort stehen plötzlich Verstärker und Mikrofone.

»Vielleicht bleibe ich noch ein bisschen«, sage ich.

»Mach das, sie sind wirklich großartig«, verspricht Cerys.

Also bleibe ich, und Cerys hat recht. Ich habe einen unerwartet unterhaltsamen Abend, auch wenn es kaum noch möglich ist, miteinander zu reden, sobald die Band spielt. Einige Leute tanzen sogar, und ich komme mir vor wie in einer dieser kleinen Dokus über

Gemeinden, die für ihre eigene Unterhaltung sorgen. Ich spreche mit Menschen, mit denen ich zuvor noch nie gesprochen habe, auch wenn ich sie schon mal gesehen habe, im Co-op oder unten am Fluss bei Spaziergängen mit ihren Hunden. Um halb zehn lässt meine Energie jedoch nach.

»Ich mache mich mal auf den Heimweg«, sage ich zu Keith. »Es war sehr nett, Sie kennenzulernen.«

»Gleichfalls«, erwidert er. »Ich finde es immer schön, Menschen kennenzulernen, die in dem Ort leben, an dem ich Urlaub mache, dann fühle ich mich gleich einheimisch.«

»Dann müssen Sie aber noch an Ihrem Dialekt arbeiten«, wendet Jilly ein. »Selbst Thea sagt manchmal ›aye‹.«

»Nicht absichtlich«, merke ich an. »Ich habe dann immer Angst, dass ihr denkt, ich mache mich über euch lustig. Aber ich schnappe immer Wörter auf, wenn ich irgendwo eine Weile bleibe, das passiert automatisch.«

»Ach, keine Sorge, wir finden es niedlich.« Jilly schneidet eine alberne Grimasse.

Kurz frage ich mich, ob Keith mich wohl nach meiner Nummer fragen wird, aber er tut es nicht. Und ich glaube, ich bin erleichtert. Dann verabschiede ich mich von allen und nehme meine Tasche von der Fensterbank, wo ich sie hinter dem Vorhang versteckt habe.

Draußen ist es überraschend kalt – oder vielleicht wäre es zutreffender zu sagen, dass es drinnen wirklich sehr warm gewesen ist. In der Abenddämmerung laufe ich die Straße Richtung Rathaus hoch. Die Musik ist immer noch recht laut. Ob Edward sie auch hört?

Als ich kurz darauf am Buchladen vorbeifahre, schaue ich zu den Fenstern der Wohnung hoch, aber dort ist alles dunkel.

***

Ich versuche herauszufinden, wie ich mich fühle. Es ist ein merkwürdiges, kribbelig-aufgeregtes Gefühl von … irgendetwas. Es erinnert mich ein wenig an damals, als ich in meiner frühen Jugend auf Partys gegangen bin. Ein eigenartiges Gefühl von Potenzial. Nicht dass da heute Potenzial gewesen wäre, zumindest nicht wirklich. Schließlich hat Keith mich nicht nach einem zweiten Treffen gefragt. Ich verziehe in der Dunkelheit das Gesicht. Egal, wie ich über diese Angelegenheit nachdenke, alle meine Überlegungen klingen wie die einer Jugendlichen. Vermutlich liegt das daran, dass ich noch jugendlich war, als ich das letzte Mal von einem Fremden auf einen Drink eingeladen wurde und ein bisschen mit ihm geflirtet habe. Ich seufze, als ich an mein jüngeres Ich denke. Nicht, dass ich damals unglücklich oder besonders dumm gewesen wäre ... Es ist bloß lange her, und alles, was ich getan habe, war neu. Jetzt ist nichts mehr neu, dafür aber manches ungewohnt. Es fühlt sich an, als würde ich beinahe etwas Wichtiges erkennen, doch dann kann ich es doch nicht ganz greifen.

Zu Hause koche ich mir einen Tee und schaue eine Dokumentation über an Seen gelegene schottische Dörfer, die ich letzte Woche vom BBC iPlayer heruntergeladen habe. Ich gehe später ins Bett als gewöhnlich, aber die Uhrzeit würde immer noch niemand als »spät« bezeichnen. Trotzdem kann ich nicht einschlafen. Ich hatte ganz vergessen, wie es sich anfühlt, mit einem Mann zu sprechen, der einen mag. Wobei ... Das trifft es nicht ganz. Ich unterhalte mich oft mit Männern, die mich mögen. Ich meine eher diese Situation, wenn jemand dir einen Drink ausgibt, sich richtig Mühe gibt und vollkommen deutlich macht, dass er dich attraktiv findet, selbst wenn er danach nicht den Versuch unternimmt, dich besser kennenzulernen. Es ist eigentlich simpel, und doch machen wir diese Dinge zu etwas Kompliziertem.

Und – das ist ein leiser Gedanke, bei dem ich jedes Mal seufze, wenn er aufkommt, um ihn dann zu ignorieren – Edward ist nicht wirklich sauer, oder? Warum sollte er? Aber er wirkte sauer. Ich denke wieder daran, wie er mir durch den Pub finstere Blicke zugeworfen hat. Ich möchte nicht, dass er mir böse ist, vor allem, nachdem wir so eine schöne Zeit zusammen hatten, bevor wir in den Pub gegangen sind. Warum muss er ständig so grimmig sein? Es ist ja nicht so, als wenn zwischen uns etwas wäre …

***

Ich bin ein wenig nervös, als ich am nächsten Morgen zur Arbeit fahre. Es ärgert mich, dass ich mich so fühle. Ich trödle Ewigkeiten im Auto herum, befreie mein Portemonnaie von Kassenbons, stecke meine CDs wieder in die Hüllen. Aber ich kann es nicht für immer vor mir herschieben. Es ist bestimmt ohnehin wieder einer dieser Fälle, in denen ich mich umsonst gesorgt habe, sage ich mir, als ich durch die Ladentür trete.

Edward sitzt in seinem Sessel und liest am Laptop die Nachrichten. Er sieht auf, als ich zur Ladentheke laufe.

»Morgen«, sage ich. »Wie geht's?«

»Ich habe mich schon gefragt, ob du es heute zur Arbeit schaffst«, entgegnet er unvermittelt.

»Das hast du dich gefragt?« Ich starre ihn an. »Warum sollte ich es nicht schaffen?«

Er zuckt mit den Schultern. »War ja offenbar 'ne lange Nacht.«

»Also bitte, ich weiß, dass ich uralt bin«, ich beuge mich über den Tresen, um die Tasche darunter zu stellen, »aber ich schaffe es gerade noch, bis halb zehn unterwegs zu sein, ohne am nächsten Tag krankzufeiern.«

»Halb zehn? Sie haben doch um Mitternacht noch gespielt.«

»Ja? Ich war nicht bis Mitternacht da.«

»Oh.« Er hat sich in seinem Sessel gedreht, um mich anzusehen. »Bist du mit diesem Mann nach Hause gegangen?«

»Nein, bin ich nicht. Warum um alles in der Welt fragst du mich so was?«

»Oh. Ich dachte, das wärst du vielleicht. Er war an dir interessiert.«

Ich überlege einen Moment lang. »Ja, das glaube ich auch, aber nicht genug, um einen Versuch zu starten, mich zu … na ja, irgendwas. Jedenfalls bin ich noch nie mit einem Mann nach Hause gegangen, den ich gerade erst kennengelernt habe, das wäre völlig untypisch für mich.«

»Hm.«

»Selber hm.« Ich schüttle den Kopf.

»Ihr scheint euch gut verstanden zu haben. Ihr habt gelacht und –«

»Ja, er wirkte sehr nett. Wer weiß? Er lebt in Southampton, es ist also nicht so, als würde ich ihn noch wirklich kennenlernen.«

»Er hat nicht gefragt, ob ihr euch wiederseht?« Er klingt ungläubig, was wahrscheinlich ein Kompliment für mich ist. Irgendwie.

»Nein.«

»Oh.«

»Ja, oh.«

»Hättest du das gewollt?«

Das ist die große Frage, oder? »Nicht wirklich, nein.«

»Nicht wirklich? Heißt das ja?«

»Nein, nein, das tut es nicht … Ich … na ja, es wäre schon ein schönes Gefühl, von jemandem gewollt zu werden.«

»Ich glaube nicht, dass es ihm darum ging«, sagt er. »Reizt dich so etwas?«

Ich sehe ihn nur an.

»Ich meine, du weißt schon.« Zumindest sieht er leicht beschämt aus und senkt den Blick, als ich ihn böse anfunkele.

»Nicht jeder hat das Glück, mysteriös und adelig zu sein«, erkläre ich ihm. Kurz wirkt er verwirrt. »Ich sehe ja nicht gerade aus wie …«, ich überlege kurz, »Cameron Diaz, stimmt's?«

Er macht eine wegwerfende Handbewegung. »Wenn du dich fragst, ob unbekannte Männer dich vögeln wollen, kannst du davon ausgehen, dass die Antwort ja lautet«, sagt er.

Wir starren uns an. Zu meiner eigenen Überraschung merke ich, dass meine Augen anfangen zu brennen. »Das ist nicht sehr … Das meine ich gar nicht.« Sein Verhalten ist unverschämt, und ich verstehe nicht, warum er so unausstehlich sein muss. Ich habe schließlich nichts falsch gemacht, oder? Und was würde das überhaupt bedeuten, falsch? Das Ganze ärgert mich unheimlich. »Oder vielleicht doch. Wie auch immer, ich fange jetzt besser an.«

Ich laufe durch den Laden nach hinten. Gestern habe ich ein paar Bücher repariert, jetzt muss ich sie noch aus den Schraubzwingen befreien und Fotos machen, wenn sie okay aussehen und das Licht stimmt. Es ist ein recht grauer Morgen. Ich öffne die Hintertür, gehe durch den Garten und schließe die Werkstatt auf. Es ist unordentlich hier drin – der Boden ist mit Papierstücken übersät, auf der verkratzten Arbeitsfläche des Tischs liegen überall Leinen, Pappe und Lederstücke. In der Werkstatt gibt es ein Waschbecken, eine Kochplatte, auf der man den Kleber erhitzen kann, und Regale, in denen lauter nützliche Dinge stehen, wie Brotdosen voller Blattgold und Gläser mit Gips. Außerdem gehören zur Ausstattung noch ein Sofa, das einmal im Haus gestanden hat und dann degradiert wurde, und ein großer Hocker.

Ich stütze mich auf den Tisch und schließe die Augen. Ich verstehe einfach nicht, warum Edward das gesagt hat. Vielleicht hat er recht, aber vielleicht auch nicht. Eigentlich spielt es keine Rolle. Vor langer Zeit wären solche Überlegungen vielleicht bedenklich gewesen, aber jetzt? Allein die Vorstellung, dass jemand wollen würde … Das wäre immerhin schon ein Gewinn. Denn wenn man von dem Mann verlassen wird, mit dem man die letzten zwanzig Jahre geschlafen hat, ist zumindest eine der Schlussfolgerungen, dass er keinen Sex mehr mit einem haben will, oder? Und das ist ziemlich deprimierend. Ich war nie wirklich schön oder wahnsinnig sexy, und während meiner gesamten Schulzeit bin ich davon ausgegangen, dass niemand Interesse an mir hat – dass mir das fehlt, was man braucht, um begehrenswert zu sein. Ich war nicht in der Lage, meine Haare vernünftig zu frisieren, dafür aber ziemlich clever und nicht besonders sportlich – diese Dinge tauchen doch allesamt im Handbuch *Geringes Selbstwertgefühl für Mädchen* auf. Aber als ich einmal die Schule hinter mir hatte – und teilweise auch dank Mark Woodley und der Dinge, die wir in seinem

Zimmer angestellt haben –, bekam mein Selbstbewusstsein Auftrieb, und ich habe mich allmählich als junge Frau gesehen, die attraktiv sein könnte, vielleicht nicht für jeden, aber für genügend Leute. Als ich mit dem Studium anfing, glaubte ich schließlich, dass ich etwas an mir habe, irgendetwas Besonderes. Und deswegen erschien es mir als wahr.

Wenn man jemanden mag, erwidert derjenige diese Gefühle nicht immer auf dieselbe Weise, genau, wie es umgekehrt manchmal der Fall ist, aber ich wusste, dass es Jungs gab, sogar Männer, die mich ansahen und dachten: Ja, Thea hat irgendwas Verlockendes an sich. Das meiste davon ist mittlerweile vergangen, verschlissen und knittrig, da die Frische der Jugend sich verflüchtigt hat, aber als Erwachsene verleihen einem andere Dinge Selbstbewusstsein. Nur, dass diese Dinge verloren gehen oder zerbrechen können, wenn jemand einen plötzlich nicht mehr will. Ich habe mich mit dieser Art von Gedanken noch nicht richtig auseinandergesetzt. Aber es stimmt definitiv, dass es mir lieber wäre, jemand würde »nur« mit mir ins Bett wollen, so oberflächlich das auch wäre, als wenn mich nie wieder jemand voller Verlangen ansehen würde.

Nichts davon bedeutet jedoch, dass ich in nächster Zeit mit irgendwem schlafen werde. Und ich verstehe absolut nicht, was irgendetwas davon mit meinem Arbeitgeber zu tun haben sollte.

Ich betrachte meine Hände. Die Nägel sind vernünftig kurz geschnitten, und der Ehering meiner Großmutter, der für meinen Ringfinger zu groß ist, steckt auf dem mittleren Finger meiner linken Hand. Meine eigenen Ringe habe ich letzten Monat abgenommen, als ich auch meinen Ehenamen abgelegt habe. Es fühlt sich komisch an, und meine Hand kommt mir nackt vor ohne den schmalen Platinring und den nicht dazu passenden antiken Diamantverlobungsring, den wir vor einer Ewigkeit in Brighton gekauft haben. Ich habe sie beide weggepackt, und jetzt liegen sie in einer Dose für Manschettenknöpfe hinten in einer Schublade vergraben. Vielleicht verkaufe ich sie und kaufe mir etwas Neues von dem Geld. Ich versuche, mir meine Hände auf jemand anderem vorzustellen. Vielleicht jemandem, den ich noch nicht kenne? Vielleicht auch niemandem, jemals.

Ich löse die Klammer von den Büchern und nehme die Polster herunter, die die Buchdeckel vor den Druckstellen der Schraubzwingen schützen. Sie sehen wesentlich besser aus als gestern, als der Einband noch aus Einzelteilen bestand, die Gefahr liefen, für immer verloren zu gehen. Ein schönes Exemplar von *Alice im Wunderland* von 1950, das jemand als Schulpreis gewonnen hatte, mit einem hellen und fröhlichen Cover, und eine recht ramponierte, aber hübsche Ausgabe von *Every Girl's Annual* von 1896. Edward fand, dass sie es nicht wert sei, gerettet zu werden – sie steckte in einem Karton, den wir nach einer Hausentrümpelung bekommen hatten –, aber ich war fest entschlossen.

Ich stelle die reparierten Bücher in eine Kiste auf dem Sofa und schaue mir den »To-do«-Haufen an. Es klopft an der Tür, und dort steht der Mann höchstpersönlich, Mr Maltravers, und streckt mir ein wenig unbeholfen meine Handtasche entgegen. Es ist eine etwas alberne Korbtasche, die mit üppigen falschen Blumen dekoriert ist, und in seiner Hand sieht sie besonders witzig aus.

»Dein Handy hat geklingelt«, sagt er. »Und dann hast du eine Nachricht bekommen. Deshalb habe ich dir deine Tasche gebracht.«

»Steht dir. Du solltest dir auch so eine holen.«

»Ha, ha.«

Ich nehme sie ihm ab und hole das Handy aus der Innentasche.

»Ich dachte, es könnte dieser Typ sein, und ich wollte nicht, dass du das verpasst. Ich war vorhin ein Arsch, und das tut mir leid.« Er seufzt.

»Tja, wenn Jilly oder Cerys ihm meine Nummer nicht gegeben haben – was ich für extrem unwahrscheinlich halte –, dann kann er es nicht gewesen sein.« Ich verdrehe die Augen, entsperre mein Handy und rufe die Nachricht auf. Dann lache ich.

»Wie vermutet.« Ich halte das Handy hoch. »Es war die Bank.«

»Oh.« Edward wirkt verlegen. »Na ja.«

»Hast du abgeschlossen?«, frage ich ihn. Er kann den Laden natürlich nicht einfach unbeaufsichtigt lassen.

»Nein, ich habe Plan B angewendet.«

Plan B bedeutet, dass man die Kasse und den Laptop in den Safe steckt und die Notfall-Notiz herausholt, die in einem großen, geschwungenen Fotorahmen steckt und auf der steht: *Auch wenn derzeit niemand zu sehen ist, befindet sich Personal im Laden. Bitte läuten Sie die Glocke oder schreiben Sie eine Nachricht an diese Nummer, dann ist in Kürze jemand bei Ihnen. Und denken Sie daran: Immer freundlich lächeln, die Überwachsungskamera läuft.*

Wir nutzen es manchmal, wenn nur einer von uns da ist und zur Toilette muss oder etwas in der Art. Der Verweis auf die Kamera soll die Leute hauptsächlich vom Stehlen abhalten. Edward sagt, auch nette Menschen seien oft versucht, sich Dinge einzustecken, tun es aber meistens nicht, wenn sie wissen (oder glauben), dass sie gefilmt werden. Es scheint zu funktionieren.

»Dann solltest du besser zurückgehen«, sage ich. »Hast du dir etwas zum Mittagessen vorbereitet?«

»Nein. Ich hole Sandwiches von der Old Mill.«

»Sehr schön. Garnelensandwiches für mich, bitte, wenn sie welche dahaben.«

Edward zupft an seiner Unterlippe. »Okay.« Kurz wirkt es, als wollte er noch etwas sagen, aber dann scheint er seine Meinung zu ändern und lässt mich allein in der Werkstatt zurück.

* * *

Später am Nachmittag, nachdem ich meine Garnelensandwiches an der Ladentheke gegessen habe, bin ich wieder in der Werkstatt und klebe noch mehr kaputte Bücher. Ich habe grässliches Kopfweh und noch dazu Unterleibskrämpfe. Ich nehme eine Schmerztablette und mache tapfer weiter, fühle mich aber scheußlich. Ich weiß nicht, ob die Kopfschmerzen eine Folge meiner Verärgerung über diese dumme Unterhaltung mit Edward sind oder ob sie mit den Krämpfen zusammenhängen. Mein Zyklus spielt seit Januar völlig verrückt. Ich müsste mal zum Arzt gehen, da ich nicht weiß, ob das der Stress nach der Trennung von Chris verursacht oder die Wechseljahre oder ob noch etwas anderes dahintersteckt.

»Blöder Unterleib«, murmle ich und strecke mich. Mein Rücken schmerzt, und ich bin völlig erledigt. In den letzten vierundzwanzig Stunden habe ich mehr Aufregung erlebt, als ich gewohnt bin. Vielleicht sollte ich mir eine Tasse Tee kochen. Oder ich setze mich einfach nur einen kurzen Moment aufs Sofa.

***

»Thea. Thea, wach auf.«

»Ich schlafe nicht«, murmele ich. »Ruhe nur kurz die Augen aus.«

»Natürlich, Prinzessin. Jetzt komm, wach auf, ich habe dir eine schöne Tasse Tee gemacht.«

»Wirklich?« Ich öffne die Augen und versuche, den Kopf zu heben. Ich bin auf die Armlehne des Sofas gesunken, mein Nacken ist unglaublich steif und schmerzt.

»Alles okay?« Edward hockt sich auf den Boden neben dem Sofa, eine Tasse Tee in der Hand.

»Hmpf.«

»Ja, so sieht es auch aus. Jetzt setz dich hin und trink deinen Tee.«

Ich lächle ihn an. »Danke. Ich wollte mir eigentlich auch schon welchen machen.«

»Ich habe mich gefragt, wo du bleibst. Um halb vier dachte ich, du wärst vielleicht gestorben oder so.«

»Ich habe nur für einen Moment die Augen zugemacht. Ist es wirklich schon nach halb vier?« Ich nehme die Tasse entgegen. »Oh Gott.« Genüsslich schließe ich die Augen wieder. »Danke, das tut gut.«

»Ist alles okay?«

»Ja, ich bin bloß … müde, und ich habe ein bisschen Kerz«, erkläre ich. »Kerz« ist Buchladencode, es bedeutet Kopfschmerz. Ich nehme an, jedes sehr kleine Team hat eine eigene Sprache, wir entwickeln unsere gerade erst. Wenn wir weiter zusammenarbeiten, werden wir für Außenstehende irgendwann nicht mehr zu verstehen sein.

»Hast du was dagegen genommen?«

Ich nicke.

»Soll ich dich nach Hause bringen?«

»Sei nicht albern.«

»Es ist nach vier. Ich bring dich nach Hause und hole dich dann morgen früh wieder ab.«

»Das ist doch Quatsch.«

»Nein, ist es nicht, du siehst furchtbar aus.«

»Na, danke.«

Er lacht. »Trink den Tee. Ich mache eben den Kassensturz.«

Ich protestiere schwach, aber er ist schon weg. Also lehne ich mich gegen die Kissen und schließe erneut die Augen. Die Vorstellung, nach Hause gefahren zu werden, klingt unheimlich verlockend. Natürlich wäre ich in der Lage zu fahren, aber es wäre schön, es nicht tun zu müssen. Ich seufze und trinke meinen Tee. Dann räume ich auf, stelle sicher, dass die Kochplatte aus ist, lege die Schürze ab, nehme meine Tasche und schließe die Werkstatt hinter mir ab.

»Bist du so weit?«, fragt Edward, als ich zu ihm in den Laden komme.

»Ja. Bist du sicher, dass es dir nichts ausmacht? Ich kann ohne Probleme selbst fahren. Und du müsstest mich dann ja auch morgen früh abholen. Das ist eigentlich viel zu viel Aufwand.«

»Das ist kein Problem. Na, komm.« Er hält mir die Tür auf. »Du bist sehr blass, bist du sicher, dass du nicht krank wirst?«

»Nein, nein, es ist nur … du weißt schon.«

»Nein, was denn?«

»Jetzt darfst du dir aus der bunten Vielfalt an Euphemismen einen aussuchen«, sage ich gähnend.

»Was?«

»Für den Vorgang, bei dem die Gebärmutter ihr Gewebe abstößt«, erkläre ich.

»Oh.«

»Ja, ist es nicht entsetzlich, da menstruiere ich tatsächlich in deinem Laden. Ich weiß ja, wie sehr du das hasst.« Ich lache.

Er schnalzt mit der Zunge. »Ist es sehr schlimm?«

»Heute aus irgendeinem Grund schon. Im Moment ist es ein bisschen beliebig. Zu viele Informationen, ich entschuldige mich vielmals.«

Er hält die Autotür für mich auf, und sobald ich sitze und angeschnallt bin, schließe ich die Augen.

»Sehr nett von dir«, murmele ich, aber er ignoriert mich.

* * *

Ich muss im Auto eingenickt sein, und als wir auf dem Kies zum Stehen kommen, schrecke ich hoch. Dann blinzle ich erleichtert die Haustür der Lodge an. Es ist schön, zu Hause zu sein.

»Schlüssel«, sagt Edward.

»Hm?«

»Gib mir mal deine Schlüssel, damit ich die Tür öffnen kann.«

»Ach, nein, das kann ich doch –«

Er streckt seufzend die Hand aus.

Ich durchsuche schwach den Inhalt meiner Handtasche, hole die Schlüssel heraus und reiche sie ihm. Er steigt aus und öffnet mir die Beifahrertür, nicht wegen meiner Kraftlosigkeit, sondern weil mit dem Schloss etwas nicht stimmt. Umständlich klettere ich vom Autositz und folge ihm, als er die Haustür aufschließt.

»Danke fürs Heimbringen«, sage ich.

Er winkt grimmig ab und legt die Schlüssel auf die Garderobe. »Ist alles okay? Hast du Tabletten und all so was? Was isst du zu Abend?«

»Weiß ich noch nicht. Möchtest du einen Tee?« Ich fühle mich verpflichtet, ihn zu fragen, obwohl ich mich lieber eine Weile aufs

Sofa legen und mir keine Gedanken um meine Gastgeberpflichten machen würde.

Er sieht mich nachdenklich an. »Ich setze ihn auf. Es ist alles logisch eingeräumt, oder? In der Küche?«

»Logisch?« Ich überlege, ob das der Fall ist. »Ich glaube schon, ja.«

»Dann setz dich schon mal hin.« Er legt einen Finger auf meine Schulter und schiebt mich Richtung Wohnzimmer. Ich weiß nicht, warum, aber das bringt mich zum Lachen.

»Schon gut«, sage ich, »kein Grund, mich in meinem eigenen Zuhause zu schikanieren.«

»Tu einfach ein Mal, was dir gesagt wird.«

Ich setze meine Tasche auf dem Boden ab, lehne mich gegen die Wand und ziehe mir die Schuhe aus. Die späte Nachmittagssonne malt Flecken auf den moosgrünen Teppich. Schließlich sinke ich erschöpft aufs Sofa. Ich höre es in meiner Küche klappern, während er nach Teelöffeln und Tassen sucht. Für einen kurzen Moment schließe ich die Augen.

»Hier, bitte sehr«, sagt er schließlich.

»Danke. Damit hast du mir heute schon zwei Tassen Tee serviert, ich könnte mich glatt daran gewöhnen.«

»Ich koche dir ständig Tee«, widerspricht er mit gerunzelter Stirn. »Wirklich.«

Ich senke den Kopf über meine Tasse, um mein Lächeln zu verbergen. »Ich weiß. Danke.«

Er setzt sich nicht, stattdessen läuft er herum, sieht sich die Dinge an, die ich auf den Bücherregalen aufgestellt habe, und tippt an einen Haufen DVDs und Videos. Dann bleibt er vor dem Esstisch stehen.

»Was ist das alles? Schreibst du ein Buch?«, fragt er.

»Oh Gott, nein. Nein, das ist alles von Andrew. Seine Memoiren oder wie auch immer man es nennen will. Wusstest du, dass er so viel aufgeschrieben hat?«

»Worüber?«

»Über sein Leben.« Ich mache eine vage Geste. »Geschichten

über seine Eltern – meine Urgroßeltern. Und deren Eltern. Du weißt schon, so was eben.«

»Ach, stimmt. Er hat mal etwas davon erzählt. Meinte, er hätte jede Menge Tagebücher und Notizen.«

»Ja, davon gibt es massenweise. Meine Urgroßmutter hat auch Tagebuch geschrieben, das ist schon ein bisschen merkwürdig.«

»Warum merkwürdig?«

»Ach, keine Ahnung. Ich denke – ich nehme an, sie gehörten zur Mittelschicht, oder? Vielleicht fühlte sie sich ein bisschen wie was Besseres. Jedenfalls geht es die ganze Zeit um formelle Besuche, Blumenarrangements und den Burenkrieg und so. Einiges davon erinnerte mich an – hast du je was von Molly Keane gelesen?«

»*Eine böse Geschichte*. Und«, ich sehe, wie er sein Gehirn durchforstet, »*Die Damen aus London* –«

»Das habe ich mit sechzehn gelesen«, erzähle ich ihm, »und ich fand es abstoßend und entsetzlich.«

Er lacht. »Ja, so sind sie, ihre Charaktere. Klobig. Betreiben emotionalen Missbrauch –«

»Ja, alle sind auf groteske Art furchtbar und armselig. Ich mag sie trotzdem, also, die Bücher. Jedenfalls hat mich manches daran erinnert, auch wenn sie natürlich nicht ganz so …« Ich wedele mit der Hand.

»Vornehmer Herkunft waren?« Er sieht mich mit einem unterdrückten Grinsen an.

»Ja, danke. Sie waren nicht so vornehmer Herkunft wie die Leute in Molly Keanes Büchern. Damals war es wohl größtenteils ziemlich schrecklich, eine Frau zu sein.«

»Ja.« Er zieht einen der Essstühle hervor und setzt sich. »Und wie ist es jetzt gerade, eine Frau zu sein?«

»Fragst du mich nach der vierten Welle des Feminismus oder nach meiner persönlichen Unterleibserfahrung?«

Er prustet vor Lachen. »Ich wollte wissen, wie du dich fühlst.«

»Nicht allzu schlecht.«

Er lacht immer noch und schüttelt den Kopf. Dann trinkt er einen Schluck Tee, sieht sich wieder die Papiere auf dem Tisch an und schiebt Fotos im Deckel des Schuhkartons herum, in dem ich sie sammle.

»Oh, ist das Fiona?«, fragt er.

»Zeig mal.«

Er hält das Foto hoch.

»Ja.«

»Ich kenne bisher nur das.« Er deutet mit dem Kinn auf ein eingerahmtes Foto auf dem runden Beistelltisch unter dem Fenster, darauf ist Fiona im Alter von etwa neun Jahren zu sehen, mit gelockten Haaren. Das Foto, das er in der Hand hält, ist ein Schulfoto, darauf trägt sie einen Blazer und wirkt unaufmerksam.

»Ja. Das ist sie.« Ich massiere mir die Schläfen. »Hat er je mit dir über sie gesprochen? Ich wollte schon vor Ewigkeiten Jillys Mum danach fragen, offenbar kannte sie sie. Aber ich habe es vergessen. Ich weiß nicht einmal genau, was passiert ist. Du?«

»Ja, er hat manchmal über sie gesprochen. Sie ist gerne Fahrrad gefahren. Früher sind sie überall herumgeradelt, sie und ihre Freunde. Dazu dürfte Kates Schwester gezählt haben, denke ich. Jedenfalls waren sie zu zweit, als der Unfall passiert ist, sofern man es so nennen kann. Ähm, nein, an den Namen des anderen Mädchens erinnere ich mich nicht.«

Ich warte, während er über die Geschichte nachdenkt.

»Ein paar Jungs – Freunde von ihr – haben irgendwo auf einem Boot gearbeitet. Hinter Kirkcudbright, glaube ich. Fiona und Kates Schwester – wenn es Kates Schwester war – sind dorthin gefahren, um zu schauen, wie sie vorankommen. Es gab da einen Steg, möglicherweise aus Holz. Mittlerweile ist der nicht mehr da, glaube ich. Jedenfalls muss er verrottet gewesen sein, oder vielleicht ist sie auch nur ausgerutscht, ich weiß es nicht. Aber sie sind beide ins Wasser gefallen, und Fiona hat sich den Kopf gestoßen. Das andere Mädchen konnte nicht schwimmen. Die Jungs sind hinterhergesprungen und haben sie rausgeholt, aber da war es für Fiona zu spät. Sie hatten nicht die Möglichkeit, irgendwo anzurufen, daher musste einer der Jungs mit dem Fahrrad einen Arzt holen. Es hat alles zu lange gedauert, und so ist sie gestorben.«

»Ich konnte mich nur daran erinnern, dass sie ertrunken ist. Wie furchtbar.« Ich sehe hinüber in das lächelnde Gesicht meiner längst verstorbenen Großcousine. Wie ungerecht und willkürlich das Leben sein kann. Sie hätte jetzt vielleicht schon Enkel, wenn sie noch leben würde. Vielleicht würde dann einer von ihnen hier sitzen, sich möglicherweise sogar mit Edward unterhalten. Ich erschaudere.

»Es war wirklich schlimm«, stimmt er zu. »Sie ist hier im Ort auf dem Friedhof begraben.«

»Wirklich? Weißt du, wo?«

»Wenn du durch die Pforte reingehst, auf der Seite des Co-op, ist ihr Grab gleich links. Du erkennst es an den Daten, die ganzen Neueren sind auf der Seite.«

»Ich habe mich noch überhaupt nicht gefragt, wo sie beerdigt wurde. Wo irgendwer von ihnen beerdigt wurde.« Ich bin ein wenig entsetzt darüber.

»Sie sind alle dort. Als Fiona beerdigt wurde, haben ihre Eltern Platz auf ihrem Grabstein für ihre eigenen Namen gelassen.«

Wir sehen einander einen Moment lang an. »Meine Güte.«

»Ich weiß. Ich würde ja sagen, sie sind jetzt alle vereint, wenn ich so jemand wäre. Und physisch stimmt es ja auch.« Er zuckt mit den Schultern.

Ich seufze. »Ja.«

»Sie sind früher immer in die Kirche gegangen.« Er trinkt seine Tasse leer. »Mary und Andrew. Nach ihrem Tod eher nicht mehr.«

»Das kann ich mir vorstellen. Nach einem solchen Schicksalsschlag kann man sich für beide Wege entscheiden, nicht wahr?«

»Ja, in der Tat.«

Mir kommt ein anderer Gedanke. »Wo liegt dein Dad begraben?«

»Ach.« Er grinst mich an. »Wir haben eine Gruft. In der Kirche.«

Natürlich haben sie das. »Sag bloß.«

»Ja, ziemlich schick. Viel Messing und dergleichen. Allerdings nur die letzten drei Generationen, du weißt ja, der glorreiche Kriegstod. Davor wurden alle in die Grabstätte am Haus geworfen.«

»Geworfen.«

Er lacht. »Na gut, es war wahrscheinlich alles ein bisschen feierlicher als das. Es gibt dort eine Kapelle.«

»Wirklich? Wo denn? Ist mir noch nie aufgefallen.«

»Sie ist winzig, hinter den Ställen. Das war eine sportliche Übung für sie, an einem Sonntagmorgen knapp dreihundert Meter zu laufen. Wie dem auch sei, ich sollte jetzt mal fahren und dich in Ruhe lassen, du wirkst immer noch –«

»Wie?«

»Vielleicht … zerbrechlich?«

»Ich wurde in meinem ganzen Leben noch nie als zerbrechlich bezeichnet«, erwidere ich trocken.

Er schüttelt den Kopf. »Aber es stimmt. Du solltest früh ins Bett gehen. Und iss vorher unbedingt noch etwas.«

Ich verdrehe die Augen. »Danke, Dad.«

Er ignoriert mich und steht auf. »Ich nehme deine Tasse mit, wenn du fertig bist. Und morgen früh komme ich dich abholen. Gegen neun?«

»Danke. Das ist sehr nett von dir.«

»Ja, ja«, sagt er, als er mir die Tasse abnimmt und damit in die Küche geht.

16

Zwei Wochen später sitze ich in der Old Mill. Ich trinke Kaffee und lese die Zeitung, und zwischendurch schreibe ich unterschiedlichen Menschen E-Mails und treibe mich auf Twitter herum. Cerys kommt herüber und fragt: »Kann ich mich einen Moment zu dir setzen? Ich habe gerade Pause.«

»Na klar.«

»Wie geht's dir?«

»Gut. Ich mache gerade ein bisschen was auf Twitter für die Buchhandlung.«

»Jilly hat deine Fotos auf Instagram schon öfter bewundert.«

»Ja, ich bin ziemlich zufrieden damit, wie das läuft.«

Sie rührt in ihrem Kaffee. »Ed kriegt man nie dazu, was dafür zu machen.«

Sie ist die einzige Person, die ihn Ed nennt. Es scheint ihn nicht zu stören, aber ich kann mir nicht vorstellen, ihn selbst so zu nennen. Sie verstehen sich ganz gut, Edward und Cerys, tatsächlich würde ich sogar so weit gehen, zu behaupten, dass sie seine engste Freundin hier ist. Manchmal gehen sie zusammen ins Kino in Dumfries. Ich war überrascht, als ich das herausgefunden habe, aber Cerys hat Filmwissenschaften studiert, und sie schauen sich Kunstfilme an, für die sich Jilly nicht interessiert.

»Für Social Media? Nein, das stimmt. Ich habe ihm gesagt, er soll es mit in die Stellenanforderungen für sein nächstes Opfer aufnehmen.«

»Heißt das, du reist ab?« Sie beobachtet mich aufmerksam, wie ein Vogel.

»Oh, nein. Im Moment nicht. Ich bin mir noch nicht sicher, was ich tue. Einerseits würde ich gerne ganz bleiben«, erzähle ich ihr, »aber ich frage mich, ob das … feige wäre.«

»Feige?«

»Ja. Wenn ich daran denke, wie mein Leben auseinandergebrochen ist.« Ich trommle mit den Fingern auf den Tisch. »Ich hatte nicht die Absicht, einen Neuanfang zu machen, als ich hergekommen bin. Ich habe nie in Betracht gezogen, woanders hinzuziehen. Aber jetzt, da ich hier bin …«

»Ja, ich verstehe, was du meinst. Ich hatte auch nicht vor, zu bleiben. Ursprünglich habe ich hier Urlaub gemacht. Ich bin zwar noch mal nach Hause zurückgefahren, aber nur, um meine Sachen zu holen.«

»Wirklich?« Ich bin überrascht. Ich habe nie darüber nachgedacht, woher Cerys kommt, auch wenn sie eindeutig keine Schottin ist.

»Mhm. Das war, bevor ich Jilly kennengelernt habe. Ich war mal verheiratet, wusstest du das?«

»Wie, mit einem Mann?«

Sie lacht. »Ja, ich weiß, man stelle sich das vor.«

»Grundgütiger.«

»Ja, ich war fast zehn Jahre lang verheiratet. Es war okay. Auch wenn ich ein paar … Schwierigkeiten hatte, wie du dir sicher vorstellen kannst. Ich bin aus einer Laune heraus hergekommen, nur, weil ich auf einer Urlaubsseite ein Last-Minute-Angebot für ein Cottage gefunden habe. Ich brauchte etwas Zeit für mich. Und als ich hier war, gefiel es mir sehr gut. Ich nehme an, ich hatte mich im Grunde schon entschieden, Ryan zu verlassen. Also dachte ich, hey, warum läufst du nicht einfach weg? Obwohl ich es lieber als ein Zu-etwas-Hinlaufen betrachte.« Sie lacht erneut.

»Was war mit all deinen Freunden? Und deiner Familie?« Insgeheim bin ich beeindruckt von ihrem unbekümmerten Abenteuersinn.

»Ich habe keine Familie mehr. Und meine Freunde kommen mich hier besuchen. Außerdem habe ich hier auch Leute kennengelernt – Ed, Jenny und Alastair. Und dann habe ich Jilly getroffen. Und jetzt sind wir hier.«

»Wow. Irgendwie bin ich davon ausgegangen, dass du und Jilly schon immer zusammen wart.«

»Ne.«

»Bist du – entschuldige, das ist ziemlich neugierig, sag ruhig, wenn es mich nichts angeht –, bist du mit anderen Frauen ausgegangen, bevor du geheiratet hast?«

»Ja, manchmal. Nichts Ernstes. Ich dachte immer, ich wäre überwiegend hetero. Aber in Wirklichkeit bin ich es überwiegend nicht.« Sie lacht herzhaft. »Ach. Ich kann nicht sagen, dass es vergeudete Zeit war, denn das war es nicht, nicht wirklich. Ich habe Ryan ehrlich geliebt, und ich glaube, ich wäre noch gar nicht bereit für Jilly gewesen. Wenn ich sie mit zwanzig kennengelernt hätte, hätte es mit uns nicht funktioniert.«

»Das Leben ist schon seltsam, nicht wahr?«

»Ja, schon. Hör zu, ich wollte noch mit dir reden«, sagt sie. »Über Charles.«

»Charles?« Ich sehe sie verständnislos an.

»Eds Bruder?«

»Ja, ich weiß, wer er ist, aber weshalb?«

»Er hat mich nach dir gefragt.«

»Was denn gefragt? Er kennt mich doch. Ich war schon mal bei ihm zu Besuch und er bei mir.«

»Er hat mich nicht gefragt, wer du bist, du Idiotin.«

»Ach so.« Wir lachen beide. »Was denn dann?«

»Er hat nach deinem Mann gefragt. Und nach dir und Ed.«

Ich hebe die Augenbrauen. »Wirklich?«

»Ja. Er wollte wissen, ob du dich scheiden lässt. Und ob ich denke, ihr zwei wärt … du weißt schon.«

»Das sind wir auf gar keinen Fall.« Zu meiner Verärgerung spüre ich, wie meine Wangen glühen.

»Sag bloß. Wenn man mal überlegt, wie er auf diesen Typen da reagiert hat …«

»Was meinst du?«

»Deinen Beau im Arms letztens.«

»Ach so, Keith. Ja, das war merkwürdig. Edward war echt komisch danach.« Ich weiß immer noch nicht, was ich davon halten soll.

Sie schnaubt. »War er das? Na ja. Jedenfalls hat Charles gefragt, ob du geschieden bist, und ich hab geantwortet, noch nicht ganz, aber quasi. Und ob ich denke, du und Ed würdet miteinander schlafen, da habe ich Nein gesagt. Daraufhin hat er gefragt: ›Aber glaubst du, dass er sie mag?‹ Und ich meinte: ›Alle mögen Thea‹ –«

»Oh, wie schön, das ist ja lieb von dir – ach, schau mal, jetzt kommen mir doch ernsthaft die Tränen.« Ich tupfe mir die Augen ab. »Wie idiotisch. Von mir, meine ich.« Ich schüttle den Kopf. Es ist absurd, dass mir so schnell die Tränen kommen bei dem Gedanken, dass irgendjemand etwas Nettes über mich sagt. Tragisch.

»Hm, na ja, es ist ja so. Also, dann sagte ich, dass ihr euch anscheinend gut versteht und dass eure Freundschaft Ed guttut. Das gefiel Charles natürlich nicht so sehr, ich wette, ihm wäre es lieber, Ed würde einen einsamen Tod sterben, aber wie dem auch sei. Er fragte dann, ob Ed sich mit jemandem trifft, und ich habe ihm geantwortet, dass ich glaube, dass Lara noch auf der Bildfläche ist. Ist sie das?«

Ich verziehe innerlich das Gesicht und versuche, nicht an Lara zu denken. »Aus irgendeinem Grund schon. Hast du sie mal kennengelernt?«

»Ich habe sie einmal getroffen.«

»Und was hältst du von ihr?«

»Ach.« Sie zuckt mit den Schultern. »Sie sind alle gleich, oder? Vornehme Püppchen. Magst du sie?«

»Nein. Na ja, ich kenne sie nicht. Aber –«

»Aber du magst sie nicht.«

Ich kann es nicht abstreiten. »Nein. Und ich glaube, er auch nicht … Das verstehe ich einfach nicht.«

»Es ist praktisch, nehme ich an.«

»So praktisch auch wieder nicht. Ich meine, sie lebt drei Stunden Autofahrt von hier entfernt.«

»Ja, da hast du recht. Aber es ist nichts Ernstes, stimmt's? Das meinte ich eher.«

»Hm«, erwidere ich. »Aber worauf wollte Charles hinaus?«

»Ich weiß es nicht. Aber falls er dich zum Essen einlädt oder so –«

Ich starre sie an. »Warum sollte er das denn tun?«

Sie blinzelt. »Er mag dich.«

»Aber doch sicher nicht auf die Art, oder? Ich wette, seine Frauen waren alle furchtbar elegant und glamourös. Auf eine klassische Art und Weise. So bin ich nicht.«

Cerys wirkt nachdenklich.

»Das klingt jetzt vielleicht fies«, sagt sie, »also versteh mich bitte nicht falsch, aber ich glaube, du hast recht. Wahrscheinlich bist du nicht … adelig genug. Und vielleicht zu alt, du weißt ja, wie Männer sind. Aber wenn Charles glaubt, er könnte Edward irgendwie durch dich verletzen, dann halte ich es für möglich, dass er es versucht.«

»Aber warum sollte er glauben, dass es Edward verletzt, wenn er mit mir schläft?« Ich runzle die Stirn.

»Thea, du bist doch nicht blöd, komm schon. Alle denken, ihr schlaft miteinander, und wenn nicht, dass es nur eine Frage der Zeit ist.«

»Oh mein Gott, wirklich? Das glaube ich nicht.« Ich starre sie an und komme mir dumm vor, weil ich davon ausgegangen bin, niemand würde sich für uns interessieren.

»Ja. Tut mir leid, es ist ein kleiner Ort, alle sind neugierig. Du weißt ja, dass er sonst nie Frauen einstellt. Ihr verbringt viel Zeit miteinander, er ist nie unverschämt zu dir und so weiter und so fort.«

»Er ist permanent unverschämt zu mir, wovon sprichst du?«

»Ähm, nein. Ist er nicht.«

Ich schnaube. »Einer der Gründe, warum es mir hier so gefallen hat, war, dass zu Hause alle über mich getratscht haben. Ich habe die Anonymität in Baldochrie genossen.«

»Tja, Anonymität kannst du hier vergessen. Die Leute sind neugierig, und sie mögen Liebesgeschichten und Intrigen. Du bist neu hier, und jetzt, da alle wissen, dass du Single bist, fragen sie sich, mit wem du zusammenkommen wirst.«

»Pfui.«

Sie lacht. »Und Charles mag dich. Aber er könnte noch ein anderes Motiv haben als nur ein ›Es wäre doch nett, mit Thea zu Abend zu essen‹. Und ich mag dich auch, daher dachte ich, ich sollte es dir sagen.«

»Meine Güte.«

»Ich meine, bitte, wenn du willst, steig mit ihm in die Kiste, das ist mir egal.«

»Nee, danke, lass mal. Er ist … zu charmant. Ich mag charmante Leute nicht.«

»Du ziehst Ed vor.« Sie lacht. »Den Nichtcharmanten.«

»Natürlich, ich habe ihn gern. Aber ich … Ich werde auch mit ihm nicht schlafen.« Ich lache. »Das ist ja wie auf dem College hier.«

* * *

Ich bin im Buchladen. Es ist noch keine vierundzwanzig Stunden her, dass Cerys mir all diese merkwürdigen Dinge erzählt hat, und ich weiß nicht, was ich von all dem halten soll.

Mein Handy klingelt. Es ist eine Nummer, die ich nicht kenne.

»Hallo?«

»Thea. Hier ist Charles.«

Beinahe fällt mir das Handy aus der Hand. Das muss ein Scherz sein. Ein Anflug von Hysterie überkommt mich, und ich muss mir auf die Wange beißen.

»Können Sie gerade sprechen?«, fragt er.

»Ich … ja, hi, einen Moment, ich –« Ich schiebe mich von der Ladentheke hinunter und laufe ans andere Ende des Raums.

»Ich sollte nicht anrufen, während Sie bei der Arbeit sind«, sagt er, »aber ich habe später zu tun und wollte Sie vorher erwischen.«

»Tja, hier bin ich. Hallo. Wie kann ich Ihnen helfen?«

»Ich habe mich gefragt, ob Sie Lust hätten, mal mit mir zu Abend zu essen.«

Ich muss beinahe lachen, halte mich aber mit Mühe zurück. »Abendessen? Wow, es scheint plötzlich in Mode zu sein, mir Drinks auszugeben oder mich zum Abendessen einzuladen. Wie aufregend.«

»Wieso, wer hat Ihnen denn Drinks ausgegeben?«

»Ach, so ein Typ.« Ich lache über mich selbst. »Ich habe ihn letztens im Arms kennengelernt.«

»Oh. Hat er … Sie um ein Rendezvous gebeten?«

»Nein. Zum Glück, denn ich bin noch gar nicht bereit für romantische Verabredungen.«

»Oh«, erwidert Charles.

»Aber Sie bitten mich ja sicher nicht um ein Rendezvous. Oder?« Ich weiß gar nicht, seit wann es mir so viel Spaß macht, Leute dazu zu bringen, sich leicht unwohl zu fühlen. Vielleicht seit heute.

»Na ja«, antwortet er. »Es wäre vielleicht doch ein Rendezvous.«

»Aber Sie möchten doch sicher gar nicht wirklich ein Rendezvous mit mir, oder? Was ist mit Miranda?« Es folgt eine etwas unangenehme Stille. »Ist sie gerade nicht da, oder warum fragen Sie?«

»Miranda und ich sind nicht … Wir sind kein Paar.«

»Nicht? Das habe ich irgendwie angenommen.«

»Mm, nein, nicht … Nein.«

»Die Maltraversmänner und ihre unkonventionellen Beziehungen.« Ich laufe wieder durch den Laden Richtung Eingangstür. »Wie auch immer, woran haben Sie denn gedacht?«

Er räuspert sich. »In Knockandry gibt es ein recht gutes Restaurant.«

»Das Hotel? Hotelrestaurants sind aber nicht so das Wahre, oder? Entschuldigen Sie, das klingt wählerisch.«

»Es ist gut, sie haben einen Michelin-Stern. Falls das hilft.«

»Es hilft ein bisschen.« Ich lache. »Wahrscheinlich bereuen Sie es schon, oder?«

»Gar nicht«, erwidert er höflich.

»Und an wann dachten Sie?«

»Ich dachte, vielleicht am Donnerstag?«

»Sie meinen, diesen Donnerstag?« Ich stütze mich auf der Ladentheke ab.

»Ja, wenn Sie Zeit haben.«

»Die habe ich meistens. Mein Sozialleben ist sehr begrenzt. Okay, danke. Treffen wir uns dort?«

»Ich hole Sie gern ab. Passt es Ihnen um halb sieben?«

»Klingt gut«, stimme ich zu. »Danke.«

Ich stecke das Handy in meine hintere Jeanstasche und lache herzhaft. Edward verkauft gerade eine Sammlung von Thelwell-Cartoons aus den Siebzigern an einen Mann in einem Tweed-Sakko. Als er ihm das Wechselgeld gegeben und die Bücher in eine Tüte gepackt hat, fragt er mich: »Was ist so witzig?«

»Die Frage ist viel eher, was ist *nicht* witzig? Das war dein Bruder am Telefon«, erzähle ich ihm. »Rate mal, was er wollte.«

»Mein Bruder? Warum ruft der dich denn an?«

»Sehr gute Frage. Er will mit mir ausgehen. Hat mich zum Abendessen eingeladen.«

»Du gehst mit meinem Bruder essen?« Finster runzelt er die Stirn.

»Scheint ganz so.«

»Warum zur Hölle tust du das?«

»Aus zwei Gründen, um ehrlich zu sein«, sage ich. »Der eine ist, dass ich noch nie mit einem Lord zu Abend gegessen habe.« Ich schnaube. »Und ich wette, es wird ziemlich schick, und ich genieße gern gutes Essen. Der andere Grund ist, dass ich mich frage, warum um alles in der Welt er mich wohl zum Abendessen einladen möchte. Meinst du, er will mich abfüllen, um mich dazu zu kriegen, ihm das Haus auf der Stelle zu überschreiben oder so?«

»Wenn er dich abfüllt, dann ist es nicht das Haus, was er will«, erwidert Edward missbilligend.

»Pfft, ja, klar. Aber mal im Ernst, es ist schräg, oder?«

»Ich weiß nicht, ob ›schräg‹ das richtige Wort ist.«

»Ach, komm schon, natürlich. Ich habe ihn gefragt, ob es ein Rendezvous ist. Er meinte, es wäre vielleicht eines.« Ich kichere. »Das hätte auch von dir kommen können.«

»Wenn ich jemanden zum Essen einladen würde, wäre es mit Sicherheit ein verdammtes Rendezvous.«

Ich schüttle den Kopf. »Du hast mich letztens zum Abendessen eingeladen, und das war kein Rendezvous, oder? Wie auch immer, dein Bruder hat kein romantisches Interesse an mir. Da bin ich mir sicher.«

»Ja? Wie kommst du darauf?«

»Na ja, bin ich nicht vielleicht ein bisschen zu ungehobelt?«

Er schließt kurz die Augen. »Gott.«

»Nein, ich bin nicht auf ein Kompliment aus.« Ich schwinge mich auf die Theke und klopfe mit den Absätzen dagegen. »Ich meine es ernst. Cerys hat gestern etwas dazu gesagt. Das ergibt in meinen Augen keinen Sinn. Was ist mit all diesen glamourösen Frauen? Das Haus war voll von ihnen, als ich auf dieser schrecklichen Party war. So bin ich nicht.«

»Vielleicht ist ihm nach einer Veränderung zumute«, sagt Edward. Ich kann seine Miene nicht deuten, was ungewöhnlich ist.

»Bezweifle ich.«

»Was hat Cerys dazu gesagt?«

»Sie sagte, er hätte, ähm …« Zu meiner eigenen Überraschung bin ich ein wenig verlegen. »… nach uns gefragt. Dir und mir.«

»Aha, na dann, da hast du's.«

»Also, das ist ja schmeichelhaft, nicht wahr? Wenn er mich zum Abendessen einlädt, weil er aus irgendeinem Grund meint, dass dich das ärgern würde.«

»Wahrscheinlich steckt ein kleines bisschen mehr dahinter als das.«

»Meinst du? Na ja, ich werde es ja herausfinden. Ich frage ihn danach.«

Edward betrachtet mich mit verschränkten Armen. »Was fragst du ihn?«

Ich lege den Kopf schief. »Hey, Charlieboy, willst du es mit mir treiben oder willst du bloß deinen Bruder in den Wahnsinn treiben?«

Die Sorgenfalten auf seiner Stirn verschwinden, als er laut auflacht. »Du bist unglaublich.«

»Ich weiß.«

»Das würdest du doch nicht wirklich sagen?«

»Warum nicht?«

»Keine Ahnung.« Er schüttelt den Kopf.

»Na, ich würde es doch nicht erst im Nachhinein herausfinden wollen«, sage ich. »Stell dir vor, welch De-e-mütigung.«

»Ich sehe schon, es macht dir richtig gute Laune.«

»Nur, weil es so lustig ist. Ich meine, es ist eine lustige Art, dir eins auswischen zu wollen, wenn das sein Plan ist. Ich weiß, du magst ihn nicht, aber sicher wäre es dir relativ egal, wenn –«

»Ich fände es nicht so wahnsinnig amüsant, wenn du mit meinem Bruder schlafen würdest.«

Wir sehen uns an.

»Nein, aber … Als Racheakt taugt es nicht viel, oder? ›Oh, ja, Edward hat mit meiner Frau gevögelt, also dachte ich, ich scharmutziere mit seinem Personal.‹«

Einen kurzen Moment ist das Stirnrunzeln wieder da, aber dann lacht er erneut. »Scharmutzieren, woher hast du das denn?«

»Eine meiner Mitbewohnerinnen zu Studienzeiten hat es immer gesagt. Wir sind auf die Pirsch gegangen in der Hoffnung, mit jemandem zu scharmutzieren. Ich glaube nicht, dass es tatsächlich ›Sex mit jemandem haben‹ bedeutet, sondern einfach nur, mit jemandem anzubändeln.«

»Bändle nicht mit meinem Bruder an.«

»Ha, ha, keine Sorge. Ob er wirklich romantisches Interesse an mir hat oder nicht, ist irrelevant. Ich habe definitiv kein Interesse an ihm.«

»Das hat noch nie jemanden abgehalten«, sagt er trocken.

»Dich vielleicht nicht. Mich würde es aber abhalten. Vor allem, da zu viel gegen deinen Bruder spricht.«

»Warum gehst du dann überhaupt?«

»Habe ich doch gesagt. Aus Neugier.«

Er schüttelt den Kopf. »Deswegen bist du schon zur Party gegangen. Das hast du aber bereut, stimmt's?«

»Ja, ein bisschen schon, aber es *war* interessant. Und wenn dein Bruder es schafft, mir auf einem Vielleicht-Rendezvous das Gefühl zu vermitteln, gewöhnlich zu sein, nun ja.« Ich lache. »Das wäre eine traurige Leistung. Es sei denn, er möchte eine Art My-Fair-Lady-Nummer abziehen. Oder, hier, dieser König Irgendwas. Cophetua. Ist das richtig?«

»König Cophetua und das Bettlermädchen?«

»Genau den meine ich. Von wem ist das? Shakespeare? Ich kenne es nur, weil Harriet Vane davon spricht, als Lord Peter ihr einen Heiratsantrag macht.«

»Heirate meinen Bruder nicht.«

Das bringt mich noch mehr zum Lachen. »Oh mein Gott, kannst du dir das vorstellen? Ich würde nach Hause stolzieren und von allen verlangen, mich ›My Lady‹ zu nennen.« Ich schnaube. »Ich wäre tatsächlich versucht, allein schon, um alle auf die Palme zu bringen.«

Er sieht mich an.

»Nicht wirklich«, sage ich. »Das war nur ein Scherz.« Ich kichere vor mich hin. »Oh Gott, aber die Vorstellung.«

»Thea.«

»Ja?«

»Ich weiß, dass sich das vielleicht gemein anhören könnte. Und ich will damit nicht sagen, dass mein Bruder auf jeden Fall Hintergedanken hat. Du bist eine attraktive Frau –«

Ich schnaube noch lauter.

»Aber weißt du, ich glaube, das könnte vielleicht … er könnte vielleicht … Ich glaube, du solltest vorsichtig sein.«

»Vorsichtig? Was denn, glaubst du, er könnte versuchen, mir K. O.-Tropfen zu verabreichen? Mich zu rohypnoltisieren, sozusagen? Wäre das nicht auch ein guter Ausdruck dafür? Was meinst du? … Zu dem Wort, wohlgemerkt«, füge ich hinzu, »nicht zu der Wahrscheinlichkeit, dass er mir Drogen verabreicht.« Ich lache erneut.

»Gott im Himmel.« Er presst sich die Hände vor die Augen.

»Was?«

»Ich meine es ernst.«

»Pass auf. Charles ist mir egal. Deshalb ist es belanglos, ob er Hintergedanken hat. Es ist nicht so, als würde mich das treffen. Ich würde nicht dasitzen und sagen: ›Oh, aber ich dachte, du magst mich, mimimi.‹« Dann füge ich sarkastisch hinzu: »Da habe ich gerade noch über die Brautausstattung nachgedacht, und dann stellt sich womöglich heraus, dass er mich nur eingeladen hat, um dich zu verärgern.« Ich halte kurz inne und lächele ihn an. »Keine Sorge, das ist fernab aller Realität. Und wie gesagt, es wäre eine ziemlich grottige Rache, oder? Es wäre effektiver, wenn er warten würde, bis du jemanden kennengelernt hast, an dem du Interesse hast. Du bist ja erst siebenundvierzig oder so, das kann immer noch passieren.«

Er dreht sich weg. »Unwahrscheinlich.«

»Ja, vielleicht … Oder er könnte alle gebrauchten Bücher in Schottland kaufen oder Laras Freund sagen, dass ihr durchbrennen wollt. Euer kleines Arrangement zerstören.«

»Das wäre mir egal. Und er könnte wahrscheinlich gar nicht alle gebrauchten Bücher in Schottland kaufen.«

»Was würdest du tun, wenn du er wärst? Da du ja Mr Vergeltung bist.«

Er dreht sich kurz wieder zu mir um. »Ja, mir würde wahrscheinlich etwas einfallen.«

»Na dann, weih mich ein.«

»Ich lass es dich wissen, wenn er es jemals durchzieht.«

»Ach, buh!«

»Genug jetzt davon. Musst du nicht arbeiten?«

* * *

Am nächsten Abend bin ich mit Jenny, Cerys und Edward im Pub. Edward liest allerdings etwas auf seinem Handy, daher würde ich ihn nicht direkt als anwesend zählen. Wir Frauen sprechen über meine morgige Verabredung.

»Und ich habe einfach keine Ahnung, was ich anziehen soll. Einladungen von Charles haben auf mich irgendwie den Effekt, dass ich mich wie die Sängerinnen von The Human League stylen möchte«, sage ich.

Jenny lacht gackernd. »Wie kommst du denn auf die?«

»Ich meine, eindeutig frühe Achtziger, aber niveauvoll. Wisst ihr, ähm, ein kleiner Hut mit einem Gesichtsschleier. Schulterpolster. Möglicherweise auch ein Schößchen?« Inzwischen sind wir unserem hysterischen Lachanfall hilflos ausgeliefert.

»Oh mein Gott. Ein Schößchen?« Cerys wischt sich die Tränen aus den Augen.

»Ja, und vielleicht noch gemusterte Strumpfhosen. Mit Pünktchen?«

Jilly fasst mich am Arm. »Oh, oh, oder einer Schleife am Knöchel.«

»Oh mein Gott.«

»Eine Clutch?«, schlägt Cerys vor.

»Ja, farblich passend zum Hut. Ich habe früher immer Bilder aus den Katalogen meiner Mum ausgeschnitten, von Outfits, die ich besonders elegant fand«, erzähle ich. »Dieser kleine Hut mit Birdcage-Schleier ist immer verlockend.«

Jenny nickt. »Wie Joan Collins.«

»Ja, ganz genau! Joan Collins in *Lady Diamond*, wahrscheinlich.«

»Oh, du solltest das wirklich tun. Wahrscheinlich bekommst du das alles im Secondhand-Laden.«

»Wie hieß noch mal diese Frau aus der Polo-Werbung?«

»Für Polo-Hemden?«

»Nein, nein, für den VW Polo. Oder Golf? Wo sie aus dieser schicken Wohnung herausmarschiert, ihren Pelzmantel wegwirft und erst auch die Autoschlüssel in den Gulli schmeißen will, aber dann doch ihre Meinung ändert?«

Jetzt weiß ich, wen sie meint. »Ah, ja. Paula irgendwas. Paula Wilcox.«

»Nein«, mischt sich Edward ein. »Paula Hamilton. Sie war ein Model.«

»Ja, stimmt. Das sollte ich mir merken, zur Inspiration.« Ich mache eine übertriebene Geste, als würde ich es mir besonders gut einprägen, und Cerys schnaubt laut.

»Aber warum denkst du das eigentlich?«

»Es kommt mir einfach angemessen vor.«

»Du bist ganz schön albern«, sagt Edward.

»Ach, du bist doch bloß neidisch«, erwidere ich lachend.

»Ich bin verdammt noch mal nicht neidisch.« Er knallt sein Glas auf den Tisch, steht auf und stürmt durch den Pub zum Ausgang, bevor irgendeine von uns etwas sagen kann. Wir starren alle auf die Tür, die hinter ihm zuschwingt.

»Meine Güte«, sagt Jenny.

»Lauf ihm nicht nach«, weist Cerys mich an, aber es ist bereits zu spät, ich bin schon auf dem Weg nach draußen und sehe mich kurz darauf vor dem Pub nach ihm um. Da ist er, er stampft auf den Buchladen zu.

»Edward!«

Er ignoriert mich, und ich renne hinter ihm her. Cerys hat recht. Ich sollte ihn schmollen lassen. Aber ich hasse es, falsch verstanden zu werden.

»Hey!« Ich ziehe an seinem Arm, und er schüttelt mich ab. Also stelle ich mich vor ihn und breite die Arme aus, um ihn am Weitergehen zu hindern. »Hey. Was ist dein Problem?«

»Ich habe kein Problem.« Seine Miene ist praktisch von Gewitterwolken durchzogen, sodass ich mich schon wundere, dass er damit noch keinen echten Regen heraufbeschworen hat.

»Genau. Du hast dich also einfach plötzlich entschieden, dass du nach Hause gehen musst? Nachdem du mich so angeschnauzt hast?« Er geht einen Schritt vor, und ich trete zurück. Dann wiederholen wir das Ganze noch einmal. Ich werfe einen schnellen Blick über die Schulter, um sicherzugehen, dass ich nicht gleich vom Bordstein falle. Wir sind schon fast am Laden.

»Ich habe dich nicht angeschnauzt.« Er wirkt jetzt eher verlegen als wütend.

»Doch, hast du. Du meintest –«

»Ich weiß, was ich gesagt habe. Und es stimmt. Ich bin nicht neidisch.«

»Mein Gott. Hör dir doch mal zu. Neidisch, weil ich *albern* war, meinte ich, nicht neidisch auf Charles. Weil du nicht albern sein kannst. Weil du ein«, ich wedele mit den Armen, »unglaublicher Vollidiot bist.«

Wir starren uns böse an.

»Ich hätte dich einfach davonrauschen lassen, wenn ich gedacht hätte, dass du mich richtig verstanden hättest. Ich wusste aber, dass das nicht der Fall war, weil du so ein unglaublicher … Mistkerl bist. Und ich hasse es, falsch verstanden zu werden. Also«, ich drücke ihm bei jedem Wort den Finger gegen die Brust, »wag. Es. Nicht. Mich. Falsch. Zu. Verstehen.«

Er tritt vor, und ich trete wieder zurück. »Du bist ein –«, fahre ich fort.

»Was bin ich?«

»Ein riesiges –«

»Das ist jetzt aber ganz schön gemein«, sagt er. Er versucht nun eindeutig, sich das Lachen zu verkneifen, und ich muss mir auch auf die Lippe beißen. Trotzdem bin ich noch sauer auf ihn, dafür, dass er so eine Szene gemacht hat und ich ihm hinterherrennen musste, als wäre er ein Teenager oder mein –

»Was ist bloß dein Problem?«, frage ich.

»Ich glaube, du hast es schon ganz richtig erkannt«, erwidert er. »Ich bin ein gewaltiges Arschloch.«

»Bild dir bloß nichts ein. Dafür mangelt es dir sowohl an Tiefe als auch an Wärme«, sage ich, und das bringt ihn richtig zum Lachen. »Und an Charme.«

»Oh Gott, Thea Hamilton«, stößt er hervor. »Was du für Dinge sagst. Du bist unglaublich«, er stolpert leicht über seine Worte, »unglaublich albern.«

»Das ist ja wohl nicht albern. Sondern einfach geradeheraus.«

»So sprichst du also mit deinem Boss, ja? Schockierend.«

Wir lachen, aber es fühlt sich sonderbar ernst an, vielleicht sogar bedeutsam. Ich lehne jetzt an der Ladentür, und er beugt seinen Kopf zu mir herunter. Den Bruchteil einer Sekunde lang denke ich, dass er mich küssen will. Das tut er jedoch nicht. Seine Lippen sind so nah an meinem Ohr, dass ich seinen Atem an meiner Wange spüre, als er sagt: »Ich glaube, das könnte Disziplinarmaßnahmen nach sich ziehen.«

»Oh mein Gott.« Ich lache noch heftiger. »Wirst du es an die Personalabteilung herantragen? Dieser Mr Maltravers ist ein Tyrann.«

Ich kann nicht leugnen, dass ich die Situation unheimlich aufregend finde, und wenn er mich doch küssen würde, würde ich … nun ja.

Er tritt zurück und verschränkt die Arme vor der Brust. »Ist das so? Ich werde ihn bitten, nicht zu streng mit dir zu sein, keine Sorge.«

»Ich zittere vor Angst.«

»So siehst du auch aus. Und jetzt, wenn du so nett wärst und aus dem Weg gehen würdest –«

»Dann gehst du nach Hause?«

»Cerys hat schon zahlreiche Male erlebt, wie ich mich zum Idioten mache«, erzählt er, »aber ich werde ihr nicht die Gelegenheit geben, mir ins Gesicht zu lachen.«

»Oh. Na gut.« Ich drücke mich an ihm vorbei, sodass ich wieder auf der Straße stehe. »Ehrlich, ich kann nicht glauben, dass ich dir hinterherrennen musste.«

»Ich bin erstaunt, dass du es getan hast«, erwidert er. Wir sehen uns einen Moment lang an. »Ich bin der Mühe nicht wert, weißt du.«

»Mach nur so weiter, dann wirst du mich irgendwann davon überzeugen. Wir sehen uns morgen.«

***

Im Pub wirkt Cerys überrascht, mich zu sehen. »Oh,« sagt sie, »ich dachte nicht, dass du wiederkommen würdest.«

»Meine Tasche ist hier«, antworte ich, »meine Schlüssel auch. Ich könnte sonst ja gar nicht nach Hause.«

Die beiden wechseln einen Blick.

»Du schuldest mir einen Fünfer«, sagt Jenny, und verdutzt beobachte ich, wie Cerys seufzend ihr Portemonnaie herausholt und ihr einen Fünf-Pfund-Schein reicht.

»Wofür ist der?«

»Wir haben gewettet«, erklärt Jenny.

Ich nehme meine Handtasche und betrachte die beiden misstrauisch. »Worum ging's?«

»Mach dir darüber keine Gedanken. Am Ende werde ich gewinnen«, sagt Cerys. »Gehst du jetzt?«

»Ja.«

»Hast du ihn noch erwischt?«

»Ach so, ja. Was stimmt bloß nicht mit ihm? Es ist, als wäre man mit einem Teenager befreundet. Einem dummen Teenager.«

Jenny lacht, Cerys jedoch wirkt ernst. »Er weiß einfach nicht, wie man mit diesen Dingen umgeht.«

»War er zu dir auch so, als ihr anfangs befreundet wart?«

Das bringt sie zum Grinsen. »Nein. Auch wenn ich fairerweise sagen muss, dass er hin und wieder schon unwirsch war.«

»Normalerweise kann ich ihn aus diesen Launen herausholen«, erkläre ich. »Aber das ist anstrengend.«

17

Ich stehe im Flur der Lodge und warte darauf, dass Charles mich abholt. Nervös bin ich nicht, da ich mir aus dieser Essensverabredung nicht viel mache, aber ich bin gespannt, was er auf all die Fragen antworten wird, die ich ihm stellen möchte.

Als ich vorhin Feierabend gemacht habe, meinte Edward: »Auch wenn ich nicht wie ein Mistkerl klingen will – bitte schlaf nicht mit meinem Bruder.« Dabei hat er nicht mich, sondern seinen Bildschirm angesehen.

»Ha, ha. Und was würdest du machen, wenn ich es täte?«

»Keine Ahnung, lass es uns besser nicht herausfinden, ja?«

Mit einem übertrieben lauten und kindischen Geräusch habe ich daraufhin mein Missfallen kundgetan und bin dann nach Hause gegangen, um mich fertig zu machen.

Und jetzt stecke ich in meinen feinsten Klamotten und warte. Leider keine Schulterpolster und kein kleiner Hut mit Netzschleier, stattdessen musste ich mich mit einem zweckmäßigen schwarzen Etuikleid und einer Jacke aus roter chinesischer Seide zufriedengeben. Dazu trage ich Riemchensandalen, und ich habe halterlose Strümpfe in der Drogerie gekauft. Von ihrer Qualität bin ich nicht besonders überzeugt, hoffentlich lassen sie mich nicht auf peinliche Weise im Stich. Ich tanze im Flur, weil ich so gute Laune habe, auch wenn ich nicht genau weiß, warum. *Abendessen mit Charles* ist nicht gerade ein Punkt auf meiner Bucketlist. Ich frage mich, ob das Hotelpersonal ihn wohl Lord Hollinshaw nennen wird. Falls ja, kann es sein, dass ich lachen muss.

Als es an der Tür klingelt, versuche ich, mich etwas zu beruhigen. Ich nehme einen tiefen Atemzug, und dann öffne ich einem elegant gekleideten Charles die Tür. Es ist ein schöner Abend, und die letzten rosagoldenen Sonnenstrahlen klingen noch am Himmel nach.

»Hallo«, sage ich. Da ich das Gefühl habe, dass ein Händeschütteln an diesem Abend weniger passend ist, lehne ich mich vor, damit er meine Wange küssen kann.

Wir betreiben höflichen Small Talk, während ich die Haustür hinter mir abschließe und ihm zu seinem Auto folge. Ich glaube, er besitzt mehr als einen Wagen, das Modell von heute Abend ist irgendetwas Deutsches in Dunkelblau mit hellen Lederpolstern. Ein Mercedes. Ich interessiere mich nicht sonderlich für Autos, aber dieses ist auf jeden Fall bequem. Mir wird bewusst, dass die Innenauskleidung der meisten Wagen dunkel gehalten ist, inklusive schwarzer Fußmatten, sodass man nicht in den Fußraum sehen kann. Wenn alles hell gestaltet ist, sieht man bis in den kleinsten Winkel, das ist etwas seltsam. Ganz anders als in Edwards mitgenommenem altem Defender.

»Waren Sie schon mal in Knockandry?«, fragt Charles mich.

»Nein, da gibt es nicht viel zu sehen, oder? Abgesehen von dem Hotel?«

»Das stimmt, zugegebenermaßen. Aber es gibt dort einen Strand und einen Golfplatz.«

Ich überlege, ihn zu fragen, ob er Golf spielt, aber was, wenn ja? Ich möchte nicht über Golf sprechen. Stattdessen frage ich, wie es mit dem Umbau des Stalls vorangeht, und wir reden über das neue Bad, das ich in der Lodge habe einbauen lassen. Ich hatte noch nie ein brandneues Badezimmer, das ist sehr aufregend. Oft schaue ich es mir einfach nur an, bewundere den Schieferboden, die frei stehende Badewanne und die fabelhafte Dusche. Wahrscheinlich hätte ich weniger dafür ausgegeben sollen, aber es ist schön geworden, und ich bin sehr glücklich darüber. Jetzt, da es fertig ist, sind die Unannehmlichkeiten in Form von überall herumfliegendem Staub und einer ganzen Woche ohne eine Toilette leicht vergessen.

Das Gespräch über Bau- und Klempnerarbeiten bringt uns durch die halbstündige Fahrt zum Hotel. Es ist ein sehr prachtvolles viktorianisches Gebäude im extravaganten schottischen Baroniestil.

»Meine Großeltern sind vor dem Krieg immer zu Tanzveranstaltungen hergekommen«, erzählt er mir. »Und meine Urgroßeltern zum Abendessen, bevor es ein Hotel war.«

»Hm«, erwidere ich unbeeindruckt. Dann fällt mir ein, dass diese Leute auch Edwards Vorfahren waren. Ich sage mir, dass sie dadurch nicht interessanter werden, aber tatsächlich werden sie das irgendwie doch. Ich stehe neben dem Auto und sehe zu den Mauertürmen und Zinnen empor. Es ist riesig, kein Wunder, dass es seit achtzig Jahren ein Hotel ist. Wie könnte es sich sonst irgendjemand leisten, das Gebäude instand zu halten?

»Damals hatte aber natürlich jeder auch noch ein Haus in London und eins in den Highlands für die Jagd.«

Um Gottes willen. Das ist doch nicht richtig, oder? Ja, ich finde es faszinierend, aber richtig ist es trotzdem nicht.

Wir laufen über den knirschenden Kies um das Gebäude herum. Vor uns taucht eine breite Einfahrt auf, ein Springbrunnen, gepflegte Gärten, die zur Küste hin abfallen, und die Dunkelheit des Ozeans.

»Da es langsam dunkel wird, haben wir leider nicht viel von der Aussicht«, sagt er. »Das ist schade, sie ist spektakulär.«

Ein elegant gekleideter Portier öffnet uns die Tür, und wir betreten eine gewaltige Eingangshalle mit Marmorboden. Im Zentrum der Halle steht ein riesiges Schnittblumen-Arrangement in einer Vase auf einem glänzenden Tisch. Dutzende Geweihe an der Wand demonstrieren die Hirschtötungsexpertise der einstigen Eigentümer. Die Vorhänge im Raum sind aus Tweed in einem subtilen Schottenmuster, und große, bequem wirkende Ledersofas stehen vor einem wuchtigen Kamin. Die Rezeption ist so diskret, dass man sie leicht übersehen kann. Ich habe jedoch nicht viel Zeit, mich umzuschauen, da wir rasch in Richtung Treppe geführt werden. Der Speisesaal liegt direkt über der Eingangshalle im ersten Stock, sodass man von hier die beste Aussicht auf den Garten und das Meer genießen kann.

»Ich sitze immer am Fenster«, sagt Charles, der zwischen den Tischen mit den weißen Decken hindurch vorangeht. Es sind bereits einige Paare hier, und am anderen Ende des Saals findet eine Familienfeier statt. Die runden Tische stehen auf einem Teppichboden, alles ist gedämpft und elegant. Ich bin gespannt auf die Speisekarte. Ein Kellner nimmt mir die Jacke ab, und ein anderer zieht den Stuhl für mich hervor, faltet die Serviette auseinander und legt sie mir auf den Schoß, als ich sitze. Sie bringen die Wein- und die Speisekarte, und ich sehe mich interessiert um.

»Dann essen Sie oft hier?«

»Einigermaßen regelmäßig. Es ist das beste Restaurant auf dieser Seite von Dumfries. Meiner Meinung nach.«

Ich nicke und wende mich der Speisekarte zu. Ich war seit Ewigkeiten nicht richtig essen. Das letzte Mal mit Chris – war es unser Jahrestag? Falls ja, war es letzten September, wir sind nach London gefahren und haben im Murano gegessen. Es ist ein Jahr her, kommt mir aber vor wie fünfzig Jahre. Chris hat mir damals eine Halskette gekauft, die ich im Haus zurückgelassen habe, als ich meine Sachen abholte. Ich hatte sie zuvor noch getragen, aber es erschien mir – nun. Ich habe sie zurückgelassen, so oder so.

Wir sprechen eine Weile über Essen und andere Restaurants, in denen wir schon waren. Ich bin mir nicht sicher, ob ihm das Essen wichtig ist oder ob es ihm nur darum geht, in Lokale mit einem guten Ruf zu gehen. Ich finde Charles viel schwerer zu lesen als Edward, aber das könnte auch daran liegen, dass ich mir bei ihm nicht so viel Mühe gebe.

Als unsere Vorspeisen kommen, sage ich: »Ich habe mich gefragt, warum du wohl mit mir zu Abend essen wolltest.«

Er blickt mich überrascht an. »Ich dachte … Ich dachte, es wäre schön, einen Abend zusammen zu verbringen und einander besser kennenzulernen.«

»Wirklich?«

»Du klingst skeptisch.«

»Ich bin es auch ein wenig.«

Er runzelt die Stirn und sieht seinem Bruder jetzt viel ähnlicher als sonst. Das finde ich amüsant.

»Aber warum?«

»Ich kann mir nicht vorstellen, dass ich die Art Frau bin, mit der du dich normalerweise zu Treffen verabredest. Die ›nicht kein Rendezvous‹ sind«, füge ich scherzhaft hinzu, während ich meine geräucherte Forelle zerteile.

»Wie kommst du darauf? Ich bitte nicht jede um eine Verabredung zum Essen.«

»Ja, das glaube ich, und es ist zauberhaft hier«, ich zeige mit meinem Messer auf den Speisesaal, »aber es ist trotzdem wahr.«

»Thea –«

»Ich sage es jetzt einfach mal ganz frei heraus, ich hoffe, das ist in Ordnung. Aber siehst du, ich kann mir nicht vorstellen, dass ich eine geeignete Kandidatin für die nächste Lady Hollinshaw bin. Und wenn du etwas weniger Ernstes anfangen willst, dann erscheint mir ein Michelin-Stern etwas überambitioniert.« Ich grinse ihn an. »Verstehst du, was ich meine?«

»Das ist … Ich –«

»Also siehst du vielleicht, warum ich skeptisch sein könnte. Ich vermute Hintergedanken bei dir.«

Er trinkt einen Schluck Wasser. »Hintergedanken.«

»Ja. Ich bin nicht wütend oder so«, beteuere ich. »Nur möchte ich sicherstellen, dass du ehrlich zu mir bist. Bis Januar dieses Jahres habe ich mit jemandem zusammengelebt, der mir lange Zeit – möglicherweise mehrere Jahre – eine riesige und elementare Lüge aufgetischt hat. Ich habe kein Interesse daran, dass sich das auf irgendeiner Ebene wiederholt.«

»Dein Mann. Ich mochte nicht nachfragen, was passiert ist«, sagt er. »Also hat er dich angelogen?«

»Ja. Er hatte eine Affäre mit einer Freundin von mir. Über einen nicht näher definierten Zeitraum. Ich weiß, dass du schon einmal in einer ähnlichen Situation warst. Und das ist nicht sehr schön. Deswegen mache ich mir diese Gedanken über Miranda und dich, mich und … so weiter.«

»Ich sagte ja schon, Miranda und ich –«

»Ja, und offen gestanden sorge ich mich nicht allzu sehr um Miranda. Aber was würde sie dazu sagen, wenn sie wüsste, dass wir zusammen zu Abend essen?«

Es folgt eine recht lange Pause, die ich nutze, um meine Vorspeise aufzuessen. Der Wein, den ich bestellt habe, ist gut, wahrscheinlich ist es aber auch besser, dass ich nicht allzu viel davon trinke. Ich frage mich, wie anders ich mich in diesem Moment fühlen würde, wenn ich mir etwas aus der ganzen Sache machen würde. Aber das tue ich nicht, und das ist ein unheimlich befreiendes Gefühl. Ich sehe mich erneut im Saal um. Es ist jetzt fast vollständig dunkel draußen, und der Raum hinter mir wird im dunklen Glas der Fenster gespiegelt. Inzwischen sind noch mehr Menschen eingetroffen, alle elegant gekleidet. Wie viele der Paare mögen hier wohl im Hotel zu Gast sein? Zu Hause werde ich auf der Website nachschauen, wie die Zimmer aussehen. Ich nehme die letzte Scheibe Brot von dem glänzenden Teller und lächle meinen Begleiter an.

»Und irgendwie frage ich mich auch«, sage ich, als mir der Gedanke gerade in den Sinn kommt, »warum du nicht auf normale Art und Weise mit Miranda ausgehst. Sie scheint mir eine geeignete Partie zu sein.«

»Geeignet«, wiederholt Charles. Ich kann nicht einschätzen, ob er verärgert über mich ist oder einfach nur peinlich berührt.

»Ja, du weißt schon. Sie ist eher wie du. Mehr als ich jedenfalls.«

»Gerade weil du nicht wie Miranda bist, wollte ich dich zum Essen einladen.«

»Oh, okay, tatsächlich?« Dann hatte ich recht damit, dass ich etwas zu unfein bin. Ich frage mich, ob es eine Möglichkeit gibt, das auszudrücken, ohne es direkt zu sagen. »Willst wohl mal das einfache Leben testen, ja?«

»Thea.« Er wirkt gequält. »Ich bin mir nicht sicher, warum du meinst –«

»Ach, komm schon. Hör mal, Charles, ich bin unter anderem deswegen argwöhnisch, weil ich mit deinem Bruder befreundet bin und weiß, dass du ihn hasst.« Er will etwas einwerfen, aber ich hebe die Hand. »Ich habe eigentlich kein Interesse an den Details oder dem Warum und Wozu. Ich weiß, dass Edward sich in der Vergangenheit schlecht benommen hat, aber ich glaube, das Gleiche gilt auch für dich. Ich denke eigentlich, dass du und ich uns gut verstehen, und ich fände es schade, wenn du glauben würdest«, ich warte, während der Kellner den Tisch abräumt, »wenn du glauben würdest, ihn verärgern zu können, indem du mir näherkommst. Und damit behaupte ich nicht, dass es ihn wirklich verärgern würde. Aber weißt du, ich bin keine Komparsin oder Schachfigur.«

»Thea, wirklich, ich …«

Ich lächle aufmunternd.

»So etwas würde ich mit Sicherheit niemals tun«, sagt er.

»Wunderbar. Das freut mich zu hören.« Ich stütze beide Ellbogen auf dem Tisch ab. »Denn das fände ich gar nicht schön.«

Unsere Hauptgänge kommen, und einen Moment sind wir abgelenkt. Ich frage mich jedoch, was Edward tun würde, wenn ich mit Charles schliefe?

Natürlich würde ich das nie ernsthaft in Erwägung ziehen.

Aber wenn?

Ich nehme an, er wäre wütend, aber nur, weil es sich um Charles handeln würde. Andererseits hat er schon sonderbar auf die Sache mit Keith reagiert.

Ich fürchte, ich bin verwirrt, was Edward angeht. Na ja, eigentlich weiß ich es. Ich versuche angestrengt, nicht darüber nachzudenken. Dennoch glaube ich, dass meine Gefühle Edward gegenüber – und ich weigere mich weiterhin, zu ergründen, was genau ich fühle – irgendwie unwirklich sind, verursacht von meiner aktuellen Situation, von den Leerstellen in meinem Leben und der vielen Zeit, die wir miteinander verbringen. Er bringt mich zum Lachen, er sieht gut aus, und ich bin eine Idiotin. Selbst wenn er auch verwirrt zu sein scheint, was mich angeht, ist das alles bedeutungslos und dumm.

Aber eigentlich sollte ich gerade Charles zuhören.

»Es stimmt schon, ich finde es etwas schwierig, dass du mit meinem Bruder befreundet bist«, gesteht er. »Das bedeutet, dass ich mich mit Äußerungen über ihn zurückhalten muss, und normalerweise gebe ich mir diesbezüglich keine Mühe.«

»Du kannst sagen, was du möchtest.« Ich zucke mit den Schultern. »Ich meine, ich würde es immer mit Vorsicht genießen.«

»Aber du magst ihn.«

»Ja, ich mag ihn. Ich finde ihn unterhaltsam, und er war immer nett zu mir, oder jedenfalls meistens.« Ich lächle bei der Vorstellung, wie Edward darauf reagieren würde, dass ich ihn als »nett« beschrieben habe.

»Dann wäre es unhöflich von mir, dir gegenüber etwas Schlechtes über ihn zu sagen. Und er ist ja auch dein Arbeitgeber.«

»Oh, ja, und ich bin schrecklich loyal. Also, Charles, warum sind wir hier?«

»Ich, na ja, ich dachte …«

Ich esse jetzt Ente, und sie schmeckt hervorragend. Gegen das Essen hier kann man wirklich nichts sagen, es ist großartig. Vielleicht nicht besonders aufregend, aber gut zusammengestellt und zubereitet. Sie scheinen ihre Gäste gut zu kennen. Es ist kein Ort, an dem man wahnsinnig innovativ sein sollte.

»Ja?«

Er seufzt. »Alles, was du sagst, ist völlig nachvollziehbar. Vielleicht sollte ich versuchen, jemanden kennenzulernen, den ich … Es ist aber nicht besonders romantisch, oder? Ich könnte genauso gut eine Annonce in der Zeitung aufgeben: ›Ehefrau gesucht‹. Ich habe es vor mir hergeschoben. Es ist in der Vergangenheit nie gutgegangen. Und du bist … Ich finde dich …« Er seufzt erneut. »Vielleicht hast du recht damit, meine Motive zu hinterfragen.«

»Ich bin nur ein bisschen … misstrauisch. Traurigerweise bietet die Welt Frauen in meinem Alter für gewöhnlich nicht solche Gelegenheiten, es sei denn, die Männer, um die es geht, sind wesentlich älter. Aber du bist nur zwei Jahre älter als ich, stimmt's? Und ich bin nicht umwerfend schön oder reich, aber rein zufällig gehört mir Land, das an den Park von Hollinshaw angrenzt, und auch wenn ich weiß, dass du die Lodge willst, musst du mich nicht vögeln, um sie zu kriegen.«

Er verschluckt sich an seinem Rinderbraten. Ich beobachte amüsiert, wie er mit hochrotem Gesicht hustet und Wasser trinkt. Als seine Augen aufgehört haben zu tränen, sage ich: »Entschuldigung, das war meine Schuld.«

»Nein, nein. Obwohl.« Er lächelt, vielleicht das erste aufrichtige, überzeugende Lächeln, das ich bei ihm sehe. »Es war deine Schuld, aber es macht nichts. Darum geht es mir nicht.«

»Gut.«

»Ich meine, ich ... Das ist kein Versuch von mir, die Lodge zu bekommen. Ich will sie, ja, aber ... das ist nicht der Grund dafür, dass ich dich zum Essen eingeladen habe.«

»Du verstehst aber sicher, warum ich diesen Verdacht hatte.«

»Ja.«

»Und wenn ich mit dir essen gehen würde, weil ich glaubte, du hättest Interesse an mir, wäre ich vielleicht besorgt, weil du alle möglichen Motive hast, die nicht wirklich mit mir zu tun haben.«

»Ja. Aber –«

»Aber zu deinem großen Glück macht es mir nichts«, sage ich. »Denn auch wenn du wirklich freundlich bist und deine Gesellschaft angenehm ist, habe ich keinen Bedarf an einer Beziehung oder Männerbekanntschaften und nicht mal einfach nur an ... Sex.«

»Hast du nicht?«

Ich lache. »Nein.«

»Das ist ... ähm.«

»Was?«

»Es ist enttäuschend.«

»Ja? Nach allem, was ich gerade gesagt habe?«

»Na ja«, sagt er, plötzlich weniger unbeholfen. »Mir wäre es lieber, du würdest nicht so denken. Aber ich finde dich immer noch sehr …« Er denkt bedächtig über seine Wortwahl nach. »Anziehend.«

»Anziehend. Das ist nett.«

»Ich bin zweifach geschieden«, sagt er. »Ich glaube … meine zweite Ehe war ein Fehler. Nicht nur wegen dem, was geschehen ist. Ich habe versucht, es zu verhindern, aber ich bin gescheitert. Früher dachte ich immer, es wäre Carolyns Schuld gewesen oder die meines Bruders – aber in Wirklichkeit war es wohl meine, nehme ich an.«

»Ich bin keine Expertin, aber wahrscheinlich waren alle daran schuld.«

»Du weißt von all dem?«

»Teilweise«, gebe ich vorsichtig zu.

»Und der Rest? Weißt du, dass er … mich verfolgt hat, jahrelang, und mit meinen Freundinnen geschlafen hat?«

»Zum Großteil Ex-Freundinnen, oder?«

»Das war beinahe genauso schlimm, wenn ich ehrlich bin.« Er senkt den Blick auf die Tischdecke. »Die Leute schienen es lustig zu finden. Und manchmal … nun. Es ist nicht schön, wenn man verglichen wird, selbst wenn es als Scherz gemeint ist.«

Ich zucke mit den Schultern. »Das kann ich mir vorstellen. Aber du verstehst schon, warum ich meine Zweifel hatte, was dieses Essen angeht, oder?«

»Du glaubst, ich möchte es ihm mit gleicher Münze heimzahlen. Aber du sagtest, du … du hättest nicht … mit Edward?«

»Nein. Aber ich war trotzdem … vorsichtig.«

Die Kellner räumen die Teller ab und fragen, ob wir die Dessertkarte sehen wollten. Natürlich möchte ich das, auch wenn ich normalerweise fast nie ein Dessert bestelle.

»Ich habe das Gefühl, den Abend verdorben zu haben«, sagt er bedrückt.

»Ach, nein, gar nicht. Ich amüsiere mich.« Ich lächle freundlich. »Und es ist doch das Beste, alles offen anzusprechen, oder?«

18

Wegen eines Zahnarzttermins komme ich heute spät zur Arbeit. Ich bin stolz auf mich, weil ich proaktiv einen Termin für eine Kontrolle vereinbart habe, obwohl ich nicht einmal hier lebe. Da es kein sonderlich großer Ort ist, bin ich der Zahnärztin Louise und ihrer Assistentin Bonnie schon zuvor begegnet, einmal bei einer Abendveranstaltung in der Old Mill und einmal bei Jenny und Alastair. Meine vorherige Zahnärztin kannte ich nicht privat, es ist schon ein wenig eigenartig. Und dann fragen sie einen ja immer noch ständig etwas, wenn man gerade den Mund geöffnet hat und gar nicht antworten kann. Zum Glück ist alles in Ordnung. Sie hat mich dazu gedrängt, einen Termin bei einem Dentalhygieniker zu machen, und mich dann wieder in die Welt entlassen. Ich eile über die High Street, weil ich den Laden gerne vor zehn Uhr erreichen möchte. Es ist etwa zwanzig vor, daher erwarte ich, dass die Buchhandlung geöffnet ist, das ist sie jedoch nicht. Ich fische in meiner Tasche nach dem Schlüssel und schließe auf. Dann ziehe ich die Vorhänge zurück und sehe mich um. Die Lampen und der Laptop sind ausgeschaltet.

»Edward?«, rufe ich zaghaft. Keine Antwort. Er muss verschlafen haben. Es gibt immer ein erstes Mal. Ich weiß, dass er zu Hause ist, sein Auto steht draußen. Ich stelle meine Tasche ab und fahre den Laptop hoch, dann gehe ich durch den Laden und schalte die Lichter ein. Ich setze den Kessel auf, stelle mich einen Moment lang an den Fuß der Treppe und lausche. Ich höre ihn oben herumlaufen, also ist er immerhin nicht tot.

»Hallo?«

»Thea?«

»Nein, ich bin eine Einbrecherin. Ich bin gerade dabei, alles zu stehlen.«

»Oh, okay, dann lass dich nicht stören«, sagt er, während er die

Treppe herunterkommt. Er isst etwas aus einer Schüssel, und sein Haar ist feucht. »Entschuldige. Hab verschlafen.« Er hat tiefe Schatten unter den Augen und wirkt auch sonst erschöpft.

»Alles okay?«

»Ja. Nur ein wenig verkatert.«

»Oh, du Armer. Ist es sehr schlimm? Hast du was dagegen genommen? Ich habe gerade den Kessel aufgesetzt, möchtest du eine Tasse Tee?«

»Kannst du vielleicht einen richtigen Kaffee holen gehen? Nimm dir dafür Geld aus der Kasse«, sagt er. »Und kauf dir auch einen.«

»Alles klar. Sonst noch was?«

Er seufzt. »Wenn es zufällig noch ein Schinken-Sandwich gäbe …«

»Ich schaue mal. Es ist ein bisschen spät für Schinken in der Old Mill.«

»Bitte Cerys um einen Gefallen.«

Ich lache. »Okay. Wenn sie keine mehr haben, könnte ich dir was vom Metzger holen.«

»Du bist ein Engel.«

Ich verdrehe die Augen. »Ja, ja.«

***

»Operation Schinken-Sandwich war erfolgreich.« Ich stelle die fettige Tüte auf die Ladentheke. »Und hier ist der Kaffee.«

»Oh Gott, danke.«

»Schon gut. Hast du einen Kater?«

»Nein.« Er nimmt das Sandwich und wendet sich ab.

Ich setze mich auf die Ladentheke und nehme den Deckel von meinem To-go-Becher. Wir holen nicht oft Kaffee aus dem Café – es wäre verschwenderisch, wenn wir doch einen funktionstüchtigen Kessel hierhaben, und es ist auch nicht so, als würde Edward schlechten Kaffee kaufen. Wir haben den besten Instantkaffee, den man für Geld bekommen kann, und zusätzlich eine Stempelkanne für den Fall, dass

Edward selbst damit nicht zufrieden ist. Es ist aber eine schöne Abwechslung, den Kaffee aus der Old Mill zu trinken, es erinnert mich an meinen alten Job, bei dem ich mir auf dem Hinweg jeden Tag einen großen Latte Macchiato gekauft habe.

Es ist witzig, wie selten ich an mein altes Arbeitsleben denke. Manchmal denke ich an meine Kollegen, von denen ich manche gerne mochte, aber ansonsten vermisse ich gar nichts daran. Weder die Fahrt, die immer umständlich war und durch den anstrengendsten Teil des Einbahnstraßensystems führte, noch die schlecht konstruierten und hässlichen Büros, die auf einer windgepeitschten Geschäftsfläche im Außenbezirk der Stadt gebaut wurden, mit frustrierend austauschbarer Bepflanzung auf dem Parkplatz, vier Aufzügen, von denen immer mindestens einer kaputt war, und einem unpraktischen Sicherheitssystem, aufgrund dessen man in der Kantine nicht mit Bargeld zahlen konnte, sondern mithilfe eines der beiden Automaten im Keller, von denen ebenfalls einer immer kaputt war, Geld auf seine Mitarbeiterkarte laden musste. Und ich vermisse auch die sinnlosen Meetings kein bisschen, bei denen die Leute Dinge auf Whiteboards schrieben, aber niemand Protokolle verfasste und nie irgendetwas erreicht wurde. Rückblickend denke ich, als die Firma, die die Büropflanzen geliefert hatte, zurückkehrte und sie alle wieder mitnahm, weil niemand die Gebühr für deren Bewässerung gezahlt hatte, war es wahrscheinlich ein klares Zeichen dafür, dass es bei Data Tech Solutions nicht sonderlich gut lief.

Ich nippe an meinem Kaffee und denke über meinen heutigen Tagesplan nach. Ich muss noch über die Bücher twittern, die Edward letzte Woche gekauft hat, und frage mich, wo sie sind.

»Du hast die neuen Sachen noch nicht eingeräumt, oder?«

»Nein, die sind alle noch in den Kartons. Ich habe sie in den Raum mit den Gedichtbänden gestellt. Einige sind schwer, ich kann sie für dich umräumen.«

»Okay. Hattest du ein schönes Wochenende?«

»Nicht wirklich«, sagt er, aber er scheint nicht darüber sprechen zu wollen. Ich denke über seine Antwort nach. Er hat Freitag und Samstag nicht gearbeitet, ich glaube, er war unterwegs.

Er isst sein Sandwich auf und wischt sich die Finger an einer Papierserviette ab. »Und du? Wie war dein ›nicht kein Rendezvous‹ mit meinem Bruder? Seid ihr verlobt?«

Ich lache. »Du Idiot. Nein, es war okay. Das Essen war gut.«

»Das ist alles?« Er hebt die Augenbrauen. »Das war aber keine Glanzleistung von Charles, wenn das alles ist, was du darüber zu berichten hast.«

Ich zucke mit den Schultern. »Ich habe dir doch gesagt, dass es kein bedeutsames Ereignis sein würde.«

»Autsch. Hat er dich noch auf einen Drink zu sich nach Hause eingeladen?«

Ich lache erneut. »Nein. Ich habe ihm erklärt, dass ich nicht interessiert bin und auch nicht glaube, dass er wirklich interessiert ist, und ihn gebeten, dass wir keine komplizierte … Sache draus machen, weil mir das zu anstrengend ist.«

»Das hast du alles einfach so gesagt?« Er schüttelt den Kopf über mich.

»Na ja, ich paraphrasiere gerade. Aber im Grunde schon.«

»Was hat er geantwortet?«

»Ach, es hat ihn ein bisschen in Verlegenheit gebracht, aber am Ende war es in Ordnung.« Ich grinse ihn an. »Ich glaube, er ist es nicht gewöhnt, dass die Leute so unverblümt mit ihm sprechen.«

»Wahrscheinlich nicht. Er ist umgeben von Speichelleckern.«

»Pff. Das war fies. Und du, warst du in Edinburgh?«

»Ja.«

Ich warte, ob er noch etwas dazu sagt, aber das tut er nicht. Also nehme ich die Schere aus der Ladentheke und gehe nach hinten, um die Kartons zu öffnen. Es ist an diesem Morgen sehr ruhig, wir hatten noch keinen einzigen Kunden. Ich öffne den ersten Karton und fange an, die Bücher auszupacken. Ein paar Minuten später kommt er zu mir. Statt jedoch die Kartons umzuräumen, setzt er sich aufs Sofa und schließt die Augen. Ich betrachte ihn mitfühlend. Ich habe ihn noch nie so erledigt erlebt, fast schon zerbrechlich.

»Vielleicht hättest du im Bett bleiben sollen«, merke ich an.

»Nein, geht gleich wieder.«

»Sicher? Sieht nicht so aus.«

»Es ist spät geworden gestern. Ich war erst gegen halb fünf oder so wieder zu Hause.«

»Also ich an deiner Stelle wäre tot.«

»Tja, äh.« Er gähnt.

»Warst du, ähm …« Ich halte inne und denke darüber nach, was ich fragen möchte. Ich will nicht neugierig sein. Oder zumindest will ich nicht neugierig *wirken.* »Wie kommt's, dass du so spät zu Hause warst?«

»Heftiger, monumentaler Streit.« Er seufzt erneut. »Ich hätte viel früher fahren sollen, aber du weißt ja, wie das ist.«

»Oh. Gab es wieder Geschrei?«

»Jede Menge.«

»Von euch beiden?«

»Zum Großteil von ihr.« Er grinst mich an. »Es ist mir nicht wichtig genug, um zu schreien.«

Ich zucke innerlich zusammen und frage mich, ob das der Grund dafür ist, dass sie ihn anschreit.

»Es ist alles schrecklich langweilig«, sagt er. »Manchmal frage ich mich … Aber das ist uninteressant, entschuldige.«

»Manchmal fragst du dich was?«

Er setzt sich auf, und wir sehen uns an. »Ach, nichts. Ist egal, es ist nicht wichtig.«

»Worüber habt ihr euch denn gestritten?«

»Das ist ebenfalls uninteressant. Derselbe alte Mist.«

Ich wende mich dem zweiten Karton zu und schneide das Klebeband auf. »Aber genießt ihr eure gemeinsame Zeit auch? Du und Lara?«

»Genießen?«

»Ja, ich meine«, ich tue so, als würde ich mich darauf konzentrieren, die Bücher aus dem Karton zu räumen, »bringt sie dich zum Lachen? Oder bringst du sie zum Lachen?«

»Ich habe mich mal richtig auf die Schnauze gelegt, in der George Street, im Schnee. Ich dachte, ich hätte mir das Steißbein gebrochen. Sie fand das zum Brüllen komisch.«

»Das ist nicht ganz, was ich meinte. Ich meine Spaß. Habt ihr Spaß zusammen?«

»Spaß? Hm. Die kurze Antwort lautet: nein, nicht wirklich.«

»Und die lange Antwort?«

»Auch nein.«

»Ach, Edward«, sage ich. »Das ist … na ja. Das ist schade.«

Er zuckt mit den Schultern. »Es ist unwichtig. Soll ich dann den letzten Karton mitnehmen?«

***

Nach dem Mittagessen sagt er: »Ach, das hätte ich fast vergessen. Ich hab dir das hier mitgebracht. Dafür, dass du letzte Woche die ganzen Geschichtsbücher verkauft hast.«

Ich sehe ihn an, aber seine Miene ist undurchdringlich. »Es ist doch mein Job, Bücher zu verkaufen. Du musst mir dafür nichts schenken.«

»Ich weiß, aber ich zahle dir keinen besonders hohen Lohn … Also sieh es als symbolische Geste an.« Er stellt ein kleines braunes Päckchen auf die Theke.

Ich betrachte es. »Ich finde nicht, dass du mir Dinge kaufen solltest, außer vielleicht an meinem Geburtstag.«

»Wann hast du denn Geburtstag?«

»Im Juni.«

»Tja, dann habe ich ihn ja verpasst, oder? Warst du hier? Ich meine, hast du gearbeitet?«

Ich nicke. »Ja, es war ein Dienstag.«

»Du hättest was sagen sollen.« Er runzelt die Stirn. »Warum hast du nichts gesagt?«

Ich zucke mit den Schultern. »Das war schon okay. Wir hatten sogar Gebäck, ich habe dir ein belgisches Hefebrötchen ausgegeben.«

»An deinem nächsten Geburtstag müssen wir das aber besser machen.« Er runzelt immer noch die Stirn. »Meinst du, du bist dann noch hier?«

»Wer weiß? Vielleicht.«

»Mach es auf.« Er zeigt mit dem Kinn auf das Päckchen. Ich nehme es in die Hand, es wiegt kaum etwas. Dann reiße ich das Papier auf und wickle das dunkelblaue Seidenpapier darunter auseinander. Ein kleiner Silberlöffel, kaum so groß wie mein kleiner Finger. Es ist kein Platz für drei Initialen auf dem Stiel, aber es ist ein elegant geschwungenes *A* eingraviert.

»Oh, der ist ja schön.« Ich sehe zu Edward. »Was ist es? Ein Kokainlöffel?«

Er schnaubt. »Nein, es ist kein Kokainlöffel. Gott. Es ist ein Salzlöffel, glaube ich, oder ein Senflöffel.«

»Er ist hübsch. Danke.«

Er hat sich abgewandt und bückt sich, um in den Schreibtischschubladen nach etwas zu suchen. »Gern geschehen.«

»Aber bitte kauf mir nichts mehr, ich fühle mich sonst schlecht.«

»Brauchst du nicht. Ich habe nicht nach einem Geschenk gesucht, es ist mir einfach ins Auge gefallen. Ich habe viel Zeit an Orten verbracht, an denen man diese Art von Dingen findet. Und er hat nicht viel gekostet.«

»Das hast du beim letzten Mal auch behauptet.«

»Ha, na ja, der hier war sogar noch günstiger. Und älter. Er ist georgianisch, von 1801.«

»Wie günstig? Weniger als zwanzig Pfund?«

Er nickt. »Zwölf.«

»Oh, okay. Das erscheint mir noch vernünftig. Okay. Danke. Er ist wirklich schön. Vielleicht fange ich an, Löffel zu sammeln.«

»Also nimmst du das Geschenk an, ja?«

»Ja. Ich habe dir wahrscheinlich insgesamt schon Gebäck im Wert von zwölf Pfund gekauft, also ja.«

»Gut.«

»Aber im Ernst, bitte kauf mir nichts, außer an Weihnachten oder –«

»Warum nicht?«

»Das ist nicht schicklich«, sage ich steif.

Er lacht. »Ich hasse es, unschicklich zu sein.«

»Aber stimmt doch, oder? Ich fühle mich dann …«

Jetzt betrachtet er mich intensiv. »Wie fühlst du dich dann?«

»Schwer zu sagen.« Ich bin verlegen und bücke mich, um den Löffel in das vordere Fach meiner Tasche zu stecken.

»Ich dachte, jeder mag Geschenke.«

»Ja, aber … Darum geht es nicht.«

* * *

Ich überlege, nach Hause zu fahren. Nicht dauerhaft – zumindest noch nicht –, aber für ein Treffen mit Chris. Ich glaube, ich bin so weit »aus den Augen, aus dem Sinn«, dass er vergessen hat, dass er das Haus noch abbezahlen muss. Immerhin zahle ich immer noch meinen Anteil, genau wie die Miete für meine leere Wohnung und die Gebühr für den Lagerraum. Ich möchte nicht weiter dafür aufkommen, dass Susanna in meinem Haus leben kann, das ist … unfair, so kindisch das auch klingt. Ich habe mir schon länger Gedanken darüber gemacht, und auch wenn er mir gestern noch in einer Mail versichert hat, dass er dabei sei, die Dinge zu regeln, hat er das schon einmal behauptet, und ich habe meine hundertfünfzigtausend Pfund immer noch nicht. Ich muss langsam mal Pläne machen. Xanthe hat mir einen Link zu einem Bauunternehmen geschickt, das zu Hause in Brackwell an der Küstenstraße baut. Die Wohnungen sehen gut aus, und ich könnte in einer wohnen oder sie vermieten, je nachdem, wofür ich mich entscheide. Es wäre gut, ein Einkommen zu haben, selbst wenn es wahrscheinlich ermüdend ist, sich mit Vermietungsagenturen herumzuschlagen. Das Haus ist der nächste Schritt in diesem Prozess. Sobald das geregelt ist, müssen wir uns lediglich scheiden lassen, und schon bald ist es nur noch ein Jahr, bis das passieren kann, ohne dass wir vor Gericht müssen.

Edward hat heute Morgen ungewöhnlich gute Laune, er hat sogar beim Kaffeekochen gepfiffen. Zugegebenermaßen war es nur *Famous Blue Raincoat* und nicht *Sunshine, Lollipops and Rainbows*, aber trotzdem. Sein Streit mit Lara ist jetzt etwa eine Woche her. Er hat ihn nicht wieder erwähnt, aber andererseits, warum sollte er auch?

»Du bist aber aufgedreht heute.« Ich halte ihm meine Tasse hin, damit er Milch hineingibt.

»Ich bezweifle, dass ich jemals schon mal aufgedreht war.«

Ich lache. Es scheint tatsächlich etwas unwahrscheinlich. »Dann eben außergewöhnlich munter.«

»Ja, ich habe gute Laune.« Er grinst mich an.

»Gibt es einen besonderen Grund dafür?«

»Ja, tatsächlich schon. Ich habe eine große Veränderung vorgenommen. Ich denke, du wirst sie gutheißen.«

Ich nehme meinen Kaffee mit in den Hauptraum des Ladens. »Ja?«

»M-hm. Ich habe die Sache mit Lara beendet.«

»Oh mein Gott, wirklich?« Ich drehe mich zu ihm um. »Wie kam es denn dazu?«

»Ich habe über das nachgedacht, was du gesagt hast. Und darüber, dass ich seit … na ja, vielleicht noch nie Spaß mit ihr hatte. Ich kann mich nicht erinnern, dass es je etwas anderes war als elende Plackerei.«

»Wow. Das heiße ich tatsächlich gut. Nicht, dass es mich etwas angehen würde. Aber es schien wirklich etwas sinnlos. Was ist denn passiert?«

»Ich bin gestern nach der Arbeit hingefahren und habe ihr gesagt, dass ich keinen Bock mehr darauf habe.«

Ich schließe kurz die Augen. »Himmel. Ich mag die Frau nicht, aber hättest du nicht zumindest ein klein wenig taktvoll sein können?«

Er schnaubt. »Ja, okay, genau so habe ich es nicht gesagt. Ich sagte, es scheint nur noch kompliziert und anstrengend zu sein, und ich wüsste, dass es auch nicht so ist, wie sie es sich wünscht, und blabla.«

»Was für ein Gentleman. Und?«

»Und sie hat es ziemlich gut aufgenommen.«

»Kein Geschrei?«

»Nein, bemerkenswerterweise nicht.«

»Hattet ihr Sex?«

»Thea, weißt du, manchmal überraschst du mich«, erwidert er gequält.

»Was denn?« Ich trinke einen Schluck Kaffee. »Interessiert mich nur. Ich meine, die Leute tun so was doch, oder? Nur noch einmal, um der alten Zeiten willen und all das.« Ich grinse ihn an. »Das habe selbst ich schon mal getan.«

»Nein, ich hatte keinen Sex mit ihr.«

»Wolltest du?«

»Nein.« Er seufzt. »Weißt du, das war Teil des Problems.«

»Was, dass du nicht –«

»Die Dinge waren diesbezüglich schon länger … unbefriedigend. Für uns beide.«

Ich bin ein wenig erfreut, auch wenn es mich überhaupt nichts angeht. Ich werde nicht mal im Ansatz über meine Reaktion nachdenken. »Wahrscheinlich hat es wirklich keinen Sinn, wenn man sich gegenseitig nicht leiden kann und daraus gar nichts mehr zieht.«

»Ganz recht.«

***

Ich bin heute allein im Laden, wie schon die ganze Woche. Den größten Teil des Morgens habe ich mit Kürbissen gekämpft, um die Fensterauslagen für Halloween vorzubereiten. Dazu kommen ein paar

Blätter des wilden Weins, einige batteriebetriebene Teelichter in einer Steckrüben-Laterne, die ich am Vortag stundenlang zurechtgeschnitzt habe. Ich habe mir dabei sogar eine Blase an der Hand zugezogen, Steckrüben sind viel schwieriger auszuhöhlen als Kürbisse, aber dafür traditioneller. Die Kürbisse arrangiere ich einfach zu einem herbstlichen Haufen. Wir wollen einen Besen an die Wand lehnen, es soll alles eher subtil werden. Becky, die Postbotin, kommt mit einem Päckchen herein und bringt die Türglocke zum Klingeln.

»Ich bräuchte dafür eine Unterschrift«, sagt sie.

Es ist recht klein, etwa so groß wie ein Eierkarton, und an mich adressiert, was ungewöhnlich ist. Ich kritzle meinen Namen unleserlich auf ihr Gerät und betrachte das Päckchen. Ich habe gar nichts bestellt und nicht die leiseste Ahnung, was es sein könnte. Als ich das Päckchen aufreiße, kommt tatsächlich ein Eierkarton zum Vorschein. Auf dem Deckel klebt eine Notiz.

Ich schicke es Dir, damit Du es nicht öffnen musst, während ich da bin. Sieh es als verspätetes Geburtstagsgeschenk an. Und komm mir bloß nicht mit Deinem Gejammere, dass ich Dir nichts kaufen soll. Das interessiert mich nicht. E.

Ich schnalze mit der Zunge. Gleichzeitig bin ich neugierig, und natürlich freue ich mich auch. Er hat recht, wer bekommt nicht gerne Geschenke? Dennoch fühle ich mich immer noch ein wenig unwohl dabei, Geschenke von meinem Vorgesetzten anzunehmen. Sind es wohl noch mehr Löffel?

Ich schneide das Klebeband an dem Eierkarton auf und öffne ihn. In jedem der sechs Eierbehälter steckt etwas Eingewickeltes. Ich schürze die Lippen und wickle eins aus.

Serviettenringe. Aus Silber und, natürlich, mit einer Gravur meiner Initialen versehen. Sie sind wunderschön, sehr schlicht und stilvoll. Die Prägung ist nicht auf der Innenseite, sondern hinten. Ich setze mich an den Laptop und recherchiere. Sie sind auch aus

Glasgow, genau wie mein Esslöffel. 1857. Auch wenn sie nicht als zusammengehöriges Set verpackt sind, sieht es aus, als wären sie alle gleich. Ich packe noch zwei weitere aus, und mein Verdacht bestätigt sich. Dann haben sie ihn wahrscheinlich knapp dreihundert Pfund gekostet.

»Ich glaube nicht, dass ich die annehmen kann«, sage ich laut. Es erscheint mir nicht richtig. Selbst wenn er sie mir zum Geburtstag geschenkt hätte. Wenn man bedenkt, dass ich ihn zu dem Zeitpunkt gerade einmal etwa sechs Wochen kannte, wäre es sehr merkwürdig gewesen, wenn er mir so wertvolle antike Serviettenringe geschenkt hätte. Aber sagen wir mal, mein Geburtstag wäre heute – selbst dann erscheint es mir falsch. Genau wie bei den Löffeln gehe ich davon aus, dass er es sich leisten kann und nicht groß darüber nachdenkt, wenn er dreihundert Pfund für ein Geschenk ausgibt. Aber deswegen ist es trotzdem nicht okay. Nein. Ich sehe ein, dass sie ihm nicht viel bringen und sich auch nicht zum Weiterverschenken an jemand anderen eignen, aber er kann sie bestimmt auf Ebay verkaufen, oder vielleicht kann er sie auch zurückgeben. Ich krame in meiner Tasche nach meinem Handy und schicke ihm eine Nachricht.

Hey. Danke für die Serviettenringe. Sie sind sehr hübsch. Ich kann sie aber leider nicht annehmen. Tut mir leid, wenn ich nerve, aber ich fühle mich unwohl damit, dass Du so viel Geld für mich ausgibst. Ich müsste Dir eine ganze Menge Hefebrötchen kaufen, um das auszugleichen. Ich lege sie in den Safe. Aber ich weiß die Geste sehr zu schätzen, bitte denk nicht, ich wäre undankbar. T.

Ich lege das Handy weg und verkaufe Bücher an ein junges Paar, das hier die Flitterwochen verbringt. Die beiden strahlen vor Glück, und plötzlich fühle ich mich den Tränen nah. Sie kaufen dem anderen jeweils eins ihrer Lieblingsbücher, was ich sehr niedlich finde. Ich packe ihnen die Bücher ein. Das ist ein neuer Service. Ich habe eine breite Rolle mit schönem braunen Papier hinter der Ladentheke aufgehängt und Bänder in den verschiedensten Farben gekauft. Wenn nicht viel los ist – und es ist nie so viel los –, verpacke ich die Bücher zu wunderschönen braunen Päckchen mit bunten Bändern, die immer sehr gut ankommen. Die Frau ist entzückt und hat schon beinahe ein Foto für Instagram gemacht, bevor ich fertig bin.

»Markieren Sie den Laden«, sage ich, und dann unterhalten wir uns zehn Minuten lang über Instagram, und ich habe insgesamt das Gefühl, dass es eine unheimlich erfolgreiche Interaktion mit den Kunden ist, eine, die Edward nie haben würde. Ich bin eine Bereicherung für den Laden, das stimmt schon, aber keine Dreihundert-Pfund-Bereicherung.

Dann kommt ein älteres Paar, das einige *Noddy*-Bände kauft, und danach einer unserer Stammkunden, der hier neue Bücher kauft und nach dem aktuellen Roman von Ian Rankin fragt. Wir haben keine große Auswahl an neuen Büchern, aber Edward bestellt immer Bücher von schottischen Autoren, sodass wir zwei Regale voll moderner schottischer Kriminalromane haben.

Ich habe meine Nachricht an Edward schon wieder vergessen und sehe erst beim Mittagessen das nächste Mal aufs Handy.

Nerv mich nicht. Mehr hat er nicht geantwortet, und ich muss lachen.

Nein, ernsthaft, schreibe ich zurück.

Interessiert mich nicht.

Edward.

Thea.

Bitte streite nicht mit mir darüber.

Mein Handy klingelt. »Ich streite nicht mit dir«, sagt er am anderen Ende der Leitung. »Hallo.«

»Ja, hi. Sieh mal –«

»Nein, sieh du mal. Es ist meine Sache, was ich mit meinem Geld mache. Ich kann dir alles kaufen, was ich will.«

Ich lache. »Nein, kannst du nicht.«

»Doch.«

»Nein. Es gibt jede Menge Dinge, die du mir nicht kaufen kannst.« Ich schiebe mir die Reste aus einer Chipstüte in den Mund.

»Zum Beispiel?«

»Liebe«, sage ich undeutlich mit vollem Mund. »Entschuldigung. Ähm, und Glück. Wie jeder weiß, kann diese beiden Dinge niemand kaufen. Und andere Sachen, die weniger«, ich wedele mit der Hand, auch wenn er mich nicht sieht, »na ja, esoterisch sind. Außerdem fände ich es komisch und unangemessen, wenn du mir Unterwäsche kaufen würdest oder andere Kleidung. Ein Schal oder so wäre aber wahrscheinlich okay.«

Ich glaube, das hat ihm die Sprache verschlagen. Keine Antwort.

»Ähm, Sexspielzeuge – das wäre falsch. Diätbücher. Jede Art von Ratgeber. Pornografie. Es wäre auch merkwürdig, wenn du mir Parfüm kaufen würdest, Badesalz, illegale Drogen oder Bettwäsche.«

»Du bist die seltsamste Frau, die ich je kennengelernt habe«, erwidert er. Ich bin froh, dass er nicht hier ist, da mein Gesicht jetzt vor Verlegenheit glüht.

»Nein, bin ich nicht. Das war nicht sehr nett von dir.«

»Ist doch so. Ich glaube kaum, dass geschenkte Serviettenringe mit Heroin vergleichbar sind. Oder Pornografie oder einem Vibrator.«

»Nein, aber es ist unangebracht, das ist mein Punkt. Nicht das Geschenkte, in diesem Fall, aber die Kosten. Verstehst du das nicht?«

»Jetzt langweilst du mich.«

Ich lache, aber ändere meine Meinung nicht. »Jedenfalls habe ich sie in den Safe gelegt. Und wann kommst du zurück?«

»In etwa einer halben Stunde.«

»Wirklich? Du fährst aber gerade nicht Auto, oder?«

»Nein, ich bin im Hofladen. Soll ich dir was mitbringen? Ich gehe davon aus, einen Kohl oder ein Brot würdest du schon annehmen, oder?«

»Oh, ja. Wenn sie Sauerteigbrot haben, kannst du mir eins mitbringen? Ich geb dir das Geld wieder.«

Ich höre ihn schwer seufzen. »Bis gleich.«

19

Es ist ein ganz normaler Mittwoch – oder zumindest ein ganz normaler Mittwoch in meinem neuen ganz normalen Leben. Ich bin seit etwa zwei Stunden bei der Arbeit, wir hatten schon unseren ersten Kaffee, Edward hat mir ein paar Bücher im Internet gezeigt, die später im Monat reduziert angeboten werden, und wir haben erneut darüber diskutiert, ob wir die Regionalgeschichte in den vorderen Raum verlegen, wofür ich schon plädiere, seit ich hier arbeite. Als mein Handy piept, habe ich keinerlei dunkle Vorahnung. Ich ziehe es aus der Hosentasche und schaue darauf. Es ist eine Nachricht von Xanthe.

Ich öffne sie. *Susanna ist schwanger.*

Plötzlich habe ich ein ganz seltsames Gefühl im Bauch, es scheint geradewegs aus meinem innersten Kern zu kommen. Als ob mein Bauch die gesamte Atemluft und jede Menge Schmerz aus mir herausdrückt – ein bisschen, als würde ich mich übergeben, nur dass ich es nicht tue. Ich höre ein sonderbares Geräusch, wie ein lautes, trockenes Schluchzen, und begreife zuerst nicht, dass es von mir kommt.

»Alles okay? Thea?«

Das Handy piept erneut.

Tut mir leid. Ich wusste nicht, wie ich es dir sagen soll. Ruf mich an, schreibt Xanthe. Ich lege das Handy vorsichtig auf die Ladentheke.

»Entschuldige mich«, sage ich. Dann versuche ich, nicht zu eilig zu dem Vorhang zu gehen, der die Küchenzeile und das kleine WC vom Rest der Buchhandlung trennt. Ein Kunde steht jedoch gleich daneben und sieht sich die Kinderliteratur *(Sammlerstücke, 1890–1950)* an.

»Entschuldigung«, bringe ich heraus, »ich müsste mal kurz …«

Das Bad befindet sich am Ende eines kleinen Flurs, hinter der Spüle. Es ist ein schmaler, fensterloser Raum, beleuchtet mit einer grässlichen Energiesparbirne. Im Inneren stehen ein uraltes Waschbecken und eine altmodische Toilette mit einem hochhängenden Spülkasten. Ich schaffe es gerade noch, die Tür zu schließen und den Toilettendeckel zu heben, bevor ich mich übergeben muss.

Einerseits bin ich etwas überrascht von meiner eigenen Reaktion. Ich kann mich nicht daran erinnern, jemals schon einmal so körperlich auf etwas reagiert zu haben. Und mir ist dieser Gedanke ja sogar schon mal gekommen. An jenem Tag in der Hütte habe ich mich gefragt, ob genau das passieren würde. Andererseits habe ich mich damit eher selbst einer Art Test unterzogen. Ich dachte nicht, dass es wirklich passieren würde. Chris wollte nie Kinder. Oder? Anscheinend habe ich keine Ahnung, und die Tatsache, dass ich es nicht weiß, dass ich es nicht wissen kann, dass er mir so fremd ist wie jede andere Person, obwohl er einmal der Mensch war, den ich am besten von allen kannte, bringt mich zum Weinen. Ich spüle, wasche mir die Hände und das Gesicht, dann trinke ich etwas Wasser aus dem Hahn, aber ich höre nicht auf zu weinen. Ich starre mich in dem gesprungenen Spiegel an.

»Sieh dich nur an«, murmele ich. »Kein Wunder. Kein Wunder. Gott.«

»Thea? Alles okay? Was ist los?« Edwards Stimme dringt gedämpft durch die Tür. Oh, Mist. Nichts bleibt je privat, oder? Nie hat man seine Ruhe. Immer ist man anderen Menschen ausgesetzt, gezwungen, sich zu erklären.

»Nichts, es ist alles gut.« Ich spritze mir noch einmal Wasser ins Gesicht.

»Sicher?«

Ich weiß nicht, was ich sagen soll, deswegen ignoriere ich ihn und weine weiter, wobei ich versuche, nicht zu laut zu sein. Ich putze mir die Nase und wasche mir wieder das Gesicht.

Vielleicht werde ich dieses Mal nicht mehr aufhören können zu weinen.

Ich wusste, dass es vorbei ist. Das weiß ich seit Januar. Ich habe nie erwartet, dass er seine Meinung ändert. Und ich dachte auch nicht, dass eines Tages einfach plötzlich alles in Ordnung sein würde, zumindest nicht innerhalb der nächsten Monate. Aber es … Es wurde doch besser, oder? Ich war doch dabei, darüber hinwegzukommen. Oder nicht? Ich kann es nicht glauben. Chris ist siebenundvierzig. Wenn sein Kind studiert, wird er beinahe siebzig sein. Es wird das jüngste von vier Kindern, und seine Geschwister werden es sicher hassen.

Aber das ist nicht meine Sache. Ich muss mir keine Gedanken darum machen, muss mich nicht um das arme Kind sorgen. Es hat nichts mit mir zu tun. Ich werde einfach nur »Dads erste Ehefrau« sein, wenn sie dem Kind denn überhaupt von mir erzählen. Ich weiß nicht, warum, aber das bringt mich noch stärker zum Weinen.

»Thea? Komm bitte raus.«

»Ich will nicht.« Ich kneife die Augen fest zusammen, als würde das die Tränen vielleicht aufhalten.

»Hier ist niemand, oder fast niemand. Ich mach den Laden zu.«

»Sei nicht albern. Mir geht's gut«, erkläre ich durch die Tür.

»Thea, bitte.«

Unwillig entriegle ich die Tür und schalte das Licht aus. Das kleine Stück Flur zeichnet sich schattig vor dem Vorhang ab.

»Entschuldigung«, sage ich. »Ich muss wohl, ähm …«

»Alles okay bei dir?« Er mustert mich in der Dunkelheit.

»Ich musste mich übergeben. Entschuldigung.«

»Verflucht, echt? Du solltest dich besser hinlegen.«

»Nein, ist schon gut.«

»Unsinn. Geh nach oben und leg dich aufs Sofa. Ich schließ ab.«

»Du musst den Laden nicht zumachen, ehrlich nicht. Es geht gleich wieder. Ich … hatte einen kleinen Schock.«

»Nach oben«, sagt er. »Jetzt.«

Wir starren uns kurz an. Ich überlege, dagegenzuhalten. Aber dann denke ich, dass ich mich eigentlich wirklich gern hinlegen würde.

»Okay. Entschuldigung.«

»Um Himmels willen, hör auf, dich zu entschuldigen. Geh einfach hoch.«

***

Ich gehe die breite und elegante Treppe hinauf und öffne das goldene, kindersichere Treppengitter mit dem Schild, auf dem steht: *Privat, kein Zugang*. Jeder, der hier hochkommt, um sich den Bereich *Maschinenbau/Marinegeschichte* anzuschauen, kann praktisch ein kleines Stück von Edwards Zuhause sehen, auf der linken Seite bis ins Wohnzimmer, auf der rechten in die Küche und außerdem ein Stück weiter die Treppe hinauf. Ich bin bislang immer nur allein oben gewesen, um Holly Hunter zu füttern, wenn Edward weg war. Ich gehe ins Wohnzimmer, das hell und sonnig ist und überhaupt nicht zu meiner Stimmung passt. Dann setze ich mich in die Ecke des Sofas und gestatte mir, noch ein bisschen zu weinen. Warum auch nicht? Aber Himmel, ermüdet mich das alles. Ich bin es so leid. Ich möchte mich nicht so fühlen. Ich möchte überhaupt nichts fühlen.

Ich frage mich, wann Chris mir von dieser neuen Entwicklung erzählen wird. Vermutlich werden sie dann jetzt heiraten wollen. Dafür müssen wir uns scheiden lassen, was wahrscheinlich bedeutet, dass wir vor Gericht müssen. Ich habe mich noch nicht gut informiert, wegen unserer Vereinbarung, die zwei Jahre Trennung abzuwarten und die sogenannte einvernehmliche Scheidung zu wählen, da ich kein Verlangen hatte, mich vor Gericht hinzustellen und ihn der Dinge zu beschuldigen, die er getan hat. Das wäre doch kindisch. Und es erscheint mir alles so altmodisch, wenn ich mir vorstelle, wie ich über den Ehebruch klage.

»Hey«, sagt Edward, als er ein paar Minuten später heraufkommt. Er reicht mir ein Glas Wasser, das ich dankbar austrinke. Dann stellt er das leere Glas auf den Beistelltisch und setzt sich neben mich, während ich erfolglos versuche, mit dem Schluchzen aufzuhören. »Ich habe dein Handy mitgebracht. Du hast noch mehr Nachrichten bekommen.«

Ich nehme es ihm ab, sehe aber nicht darauf. Wahrscheinlich sind es weitere Nachrichten von Xanthe, die mich fragt, ob es mir gut geht, und will, dass ich sie anrufe.

»Ist … Bist du …«

»Mir geht's gut.«

»Ähm. Es geht mich zwar nichts an, aber dir geht es ganz eindeutig nicht gut.«

Ich schniefe. Es ist lächerlich, dass ich deswegen so weine. Ich komme mir dumm vor.

»Sie bekommen ein Baby«, erkläre ich ihm. »Chris und Susanna.«

Er sagt nichts. Es gibt nichts, was er sagen könnte, oder? Wir sitzen auf dem Sofa, und ich versuche, mich zusammenzureißen, aber ich kann die schrecklichen Geräusche nicht unterdrücken, die aus mir herausbrechen. Ich weine völlig unkontrolliert und unschön.

»Hey«, sagt er schließlich. Er kommt näher und wendet sich mir zu. »Hör auf – so schadest du dir nur selbst.«

Ich fühle mich tatsächlich, als wäre ich am Rande der Hysterie.

»Thea.«

Ich schnäuze mir zum fünfzigsten Mal die Nase.

»Hey. Komm her.« Er nimmt mich in den Arm. Ich habe keine Umarmung erwartet, er ist nicht der Typ für Umarmungen, dachte ich jedenfalls. Aber er umarmt mich, und das, obwohl ich voller Tränen und Schnodder bin. Er streichelt mir den Rücken und macht beruhigende Geräusche. Ich weine an seiner Schulter.

»Es tut mir leid«, sagt er. »Das ist echt scheiße.«

»Ja.« Ich versuche, mit dem Ärmel über mein Gesicht zu streichen, komme aber nicht daran. So sitzen wir eine lange Zeit, während Edward mir den Rücken streichelt und ich nach und nach aufhöre zu weinen. Ich schließe die Augen und merke, wie ich mich allmählich entspanne. Schließlich rücke ich ab, damit ich mir die Nase putzen kann.

»Es tut mir leid. Du hättest den Laden nicht schließen müssen.«

»Red keinen Unsinn. Natürlich musste ich das. Guck doch mal, in was für einem Zustand du bist.«

Ich senke den Kopf. »Ja, ich weiß, tut mir leid.«

»Thea. Hör auf, dich zu entschuldigen. Wofür entschuldigst du dich? Du hast nichts falsch gemacht.«

Er legt seine Hand auf meine und reibt mit dem Daumen über meine Knöchel. Ich finde das zutiefst verwirrend, sage aber nichts und bewege auch meine Hand nicht.

»Ich komme mir dumm vor. Und …« Aber ich werde nicht mit ihm darüber sprechen, das wäre –

»Warum habt ihr keine Kinder?«

Ich starre ihn an. Normalerweise fragen die Leute nicht einfach danach. Oder zumindest hat mich persönlich noch nie jemand so direkt danach gefragt.

»Ich …«

»Wolltest du? Oder nicht?«

»Ich … okay«, sage ich. »Ähm. Ich funktioniere nicht richtig, im Inneren. Die Babys bleiben nicht.«

Er sieht mich an, und ich lache verlegen. »Ich hatte eine Fehlgeburt, da waren wir noch nicht lange verheiratet. Wir hatten nicht versucht, Kinder zu bekommen. Es war nicht allzu dramatisch. Ich war erst in der sechsten Woche und siebenundzwanzig Jahre alt. Es schien nicht … Es war okay. Ich hatte vorher sowieso etwas Angst wegen der Schwangerschaft. Ich hatte mich noch gar nicht bereit gefühlt. Und es passieren ständig … F-Fehlgeburten, manchmal ist es den Frauen nicht einmal bewusst.«

Er betrachtet mich aufmerksam. Ich fühle mich sehr … entblößt. Zittrig atme ich ein.

»Und dann hatte ich noch eine, später. Da haben wir immer noch nicht versucht, ein Kind zu bekommen. Aber wir versuchten auch nicht wirklich, keins zu bekommen.«

Ich erinnere mich an den Wintermorgen, das Badezimmerlicht und wie kalt es auf mich wirkte. Es fühlt sich so lang her an, ein ganzes Leben. Ich war damals ein anderer Mensch. Es ist schwer, daran zu denken. Ich habe die Erinnerung immer verdrängt.

»Die war schlimmer. Und sie sagten, wenn wir … falls wir wollten … würde es wahrscheinlich gehen. Aber ich wollte nicht, dass es zu einer Besessenheit wird. Und er … Er sagte immer, er würde gar nicht wollen. Das meinte er. Dass er nie wirklich Kinder will. Und ich glaube … Ich war nie daran interessiert. Daran, Kinder zu bekommen. Ich meine, sie sind schon in Ordnung.« Ich lache unter Tränen. »Aber ich könnte mir nie vorstellen … selbst welche zu haben. Also haben wir es nicht versucht.«

Ich verflechte meine Finger und betrachte die Venen auf meinen Handrücken. Ich weiß gar nicht, seit wann sie so deutlich durchscheinen. Ein weiteres Anzeichen der Alterung, nehme ich an. »Aber vielleicht hat er die ganze Zeit gelogen. Vielleicht hat er das nur gesagt, weil er dachte, dass ich … und … aber ich hätte es getan. Wenn er was gesagt hätte. Wenn er es mir erzählt hätte. Es war nur … Ich hätte alles getan.« Ich lache erneut. »Das klingt, als wäre es ungewöhnlich, eine Familie zu gründen, obwohl es eigentlich ja ganz normal ist. Aber ich … ähm. Es bestürzt mich«, sage ich – eine massive Untertreibung –, »wenn ich mir vorstelle, dass er sich das gewünscht hat, ich es aber nicht wusste, und jetzt …«

»Verdammt«, sagt Edward. Er legt seine Hand an meine Wange und streicht mit den Fingern die Tränen fort.

»Entschuldige. Du willst das alles ja wahrscheinlich gar nicht hören.«

»Thea.«

»Es ist langweilig, stimmt's? Es ist nur … Ich möchte nicht das Gefühl haben, alles kaputtgemacht zu haben.«

»Das hast du auch nicht. Das war Chris. Er hat mit deiner Freundin geschlafen.«

»Ich … ja.«

»Und selbst wenn … Er hätte dann mit dir darüber sprechen sollen – wenn er eine Familie gründen wollte. Du bist seine Frau.«

»Ja.«

»Ich glaube nicht, dass er es mit voller Absicht getan hat«, sagt er. »Oder wenn, dann wette ich, dass er es nicht so geplant hat, als es anfing.«

»Als es anfing?«

»Dass er mit deiner Freundin geschlafen hat.«

»Oh. Nein. Wahrscheinlich nicht.«

»War sie von ihm? Die Nachricht?«

»Nein. Nein, von Xanthe. Wer weiß, woher sie es hat. Vielleicht erzählen sie es bereits allen.« Das löst ein solches Gefühl der Trostlosigkeit in mir aus, dass ich aufjaulen könnte. »Ich denke einfach … Ich habe mich besser gefühlt. Ich meine, immer noch schlecht. Vielleicht habe ich es hier oben auch alles zu sehr verdrängt, aber es fühlte sich an, als … könnte ich an einen Punkt gelangen … na ja. Und jetzt denke ich einfach nur noch, dass es meine Schuld gewesen sein muss. Das war schon anfangs mein Gefühl, aber dann dachte ich, nein, ich habe nichts falsch gemacht, solche Dinge passieren einfach, es ist nicht … aber jetzt …«

»Es ist ziemlich schlimm, ja. Aber es ist nicht deine Schuld. Und du wirst darüber hinwegkommen, es wird dir wieder gut gehen.«

»Ja? Ich weiß nicht, ob das stimmt. Ich weiß nicht, ob … Er denkt bestimmt, dass er all die Zeit verschwendet hat. All die Zeit, in der wir zusammen waren, hätte er mit jemand anderem zusammen sein können und … Babys bekommen können und …«

»Hey. Nicht weinen. Na, komm.« Er zieht mich wieder näher zu sich, aber dieses Mal umarmt er mich nicht, sondern küsst meine Tränen weg.

Und dann küssen wir uns.

Der Kuss dauert eine Ewigkeit. Irgendwann höre ich auf zu denken und spüre einfach nur noch seine Lippen, seine Zunge, seine Hände auf meinem Gesicht. Es ist … außergewöhnlich schön. Ich habe den Kuss nicht erwartet, und wahrscheinlich würde mir jeder zustimmen, dass es nicht der beste Zeitpunkt für einen Kuss ist. Ich bin gerade an einem ziemlichen Tiefpunkt und sehr verletzlich. Aber ich will nicht, dass er aufhört, weil – nun, aus allen möglichen Gründen.

Als wir uns dann irgendwann doch voneinander lösen und uns ansehen, weiß ich sofort, dass es ein Versehen war und er es bereut.

»Verdammt«, sagt er. »Oh Gott. Es tut mir leid.«

»Schon okay.« Ich kann ihn nicht mehr ansehen, sonst fange ich wieder an zu weinen.

»Ich wollte nicht –«

»Ich weiß. Ist schon okay, mach dir bitte keine Gedanken.« Ich reiße mich zusammen. All das Geschluchze, dass ich mich übergeben habe, die Enthüllung meiner Geheimnisse – das war alles ein Fehler, nicht?

Er hat sich innerlich verschlossen, lässt meine Hand los und steht auf. »Tee«, sagt er. »Ich mache Tee.« Dann ist er fort, und ich umarme meine Beine und lege die Stirn auf den Knien ab. Ich würde ja weiter weinen, aber ich glaube, ich habe tatsächlich bereits alle Tränen vergossen. Ich schließe die Augen und denke an Alison Moyet. Wie alt war ich, als sie ihr Lied darüber gesungen hat? Sehr jung, vielleicht zwölf. Mit Sicherheit zu jung, um dieses Gefühl der Leere und Erschöpfung zu verstehen.

Was passiert, wenn dein Boss dich küsst und dann entscheidet, dass es ein Fehler war? Das wird unangenehm, nicht wahr? Zumindest können wir behaupten, es hätte am Gefühlschaos gelegen. Ich meine, er wird doch nicht … Meine Handlungen liegen sicher darin begründet, dass ich so aufgewühlt war, also muss ich mich nicht schämen oder Sorge haben, dass er denken könnte, ich hätte es so gemeint.

Auch wenn ich es eigentlich schon so gemeint habe.

Ich wünschte, ich wäre wieder zwölf. Oder fünfundzwanzig oder vierzig. Oder tot.

Er kommt mit zwei Tassen Tee wieder und stellt meine auf den Beistelltisch. Dann setzt er sich, dieses Mal aber nicht neben mich, sondern in den Sessel an der Tür.

»Kannst du so überhaupt fahren? Sonst kann ich dich nach Hause bringen.«

»Ich muss nicht nach Hause. Es ist nicht mal Mittag. Ich trinke den hier, und dann können wir wieder runtergehen und den Laden öffnen.«

Er hebt die Augenbrauen. »Sicher?«

»Ja, ganz sicher. Ehrlich, ich … Es war bloß ein Schock. Ich werde ihn schon verdauen, und dafür wäre es das Beste, wenn ich mich ablenke – du weißt schon, auf andere Gedanken komme, wie meine Mutter jetzt sagen würde.« Ich trinke einen Schluck Tee. »Sagt deine Mutter auch solche Sachen?«

Seine Miene verfinstert sich. »Meine Mutter sagt Dinge wie: ›Oh, Darling, wirklich? Eine Buchhandlung?‹ oder ›Ich habe letzte Woche ein bezauberndes Mädchen auf einer Dinnerparty kennengelernt, sie würde dir gefallen‹.«

Ich lache, erleichtert, über etwas anderes nachdenken zu können. »Wirklich?«

»Solche Sachen, ja. Ich bin eine Enttäuschung für sie, das kannst du dir ja wahrscheinlich vorstellen.«

»Ihr ist es aber doch am liebsten, wenn du … glücklich bist, oder?«

Er sieht mich an. »Ihr wäre es am liebsten, wenn ich die Regeln befolgen und keine Schwierigkeiten machen würde.«

»Oh.«

»Ich bin nicht beliebt bei meiner Familie. Oder überhaupt.«

Ich bin unsicher, was ich darauf erwidern soll. Also trinke ich meinen Tee, und wir sitzen schweigend zusammen.

***

Um halb sechs, als er den Kassensturz macht und ich meine Sachen zusammensuche, fragt er: »Wie fühlst du dich?«

»Besser als vorher.« Ich nehme meine Tasche. »Danke noch mal, ähm«, ich suche nach der richtigen Formulierung, »dass du vorhin so nett zu mir warst. Ich weiß das wirklich zu schätzen.«

Er wirft mir einen bösen Blick zu. »Ich bin nie nett.« Verlegen verlagert er sein Gewicht. »Ich würde mich gern noch einmal entschuldigen. Für mein … unangemessenes Verhalten.«

Ich nehme den Autoschlüssel aus der Tasche und spiele daran herum. »Vergiss das bitte einfach wieder. Es ist unwichtig. Ich weiß, dass du es nicht … Es spielt keine Rolle.«

»Ich bin morgen nicht da«, sagt er abrupt. »Freitag wahrscheinlich auch nicht.«

»Oh, okay. Fährst du nach Fort William?«

Er nickt. »Vielleicht auch noch nach Inverness. Ich ruf dich an, wenn – wenn etwas ist.«

»In Ordnung. Danke noch mal.« Ich lasse ihn in dem abgedunkelten Geschäft zurück und trete in die Dämmerung hinaus.

Ich bin seit sechs Monaten hier, der Sommer ist längst vorüber. Es ist Mitte Oktober. Ich sollte darüber nachdenken, nach Hause zurückzukehren, aber ich möchte nicht. Ich weiß, dass es feige ist. Es liegt nicht direkt daran, dass ich hierbleiben möchte – oder zumindest nicht nur. Ich möchte einfach nicht zurückgehen, jetzt noch weniger als vorher. Ich möchte sie nicht alle sehen, erst recht nicht jetzt, da sie noch mehr Mitleid mit mir haben als vorher. Und ich erschaudere bei dem Gedanken, wie die Leute darüber reden werden – über das Baby, meine ich, und sie werden darüber reden, wer kann es ihnen verübeln? Es wäre viel einfacher, nie zurückzukehren, außer, um meine Sachen zu holen. Aber möchte ich hierbleiben? Ich schaue mich um, betrachte die hübschen Steinhäuser, in denen das Licht schon eingeschaltet ist und die in der einsetzenden Dunkelheit gemütlich wirken. Ich sehe Licht in Alastairs Büro, Jugendliche, die in der Bushaltestelle am Co-op rauchen, und das eindrucksvolle viktorianische Rathaus. Es ist ein schöner Ort, und ich habe hier schon ein neues Leben angefangen. Ich könnte problemlos bleiben.

Und wo sollte ich sonst hin? Egal wohin, nehme ich an. Irgendwohin.

* * *

Edward ist den Rest der Woche fort. Er ruft jeden Morgen an, um geschäftsbezogene Fragen zu stellen. Abgesehen davon ist er am besten als distanziert zu beschreiben. Ich füttere Holly Hunter, gehe aber in keinen anderen Raum seiner Wohnung außer der Küche.

Ich vermisse ihn. Es ist öde, wenn er nicht da ist. Selbst ein schlecht gelaunter Edward bedeutet immerhin Gesellschaft.

Ich denke nicht an den Kuss, oder zumindest nicht viel. Das hat keinen Zweck, oder? Am besten ignoriere und vergesse ich ihn.

***

Am Montagmorgen bin ich spät dran. Ich habe unruhig geschlafen und meinen Wecker überhört. Daher beeile ich mich und frühstücke Kaffee und Toast, während ich mir gleichzeitig die Haare mache. Ich habe unter Tante Marys Kleidung ein zauberhaftes Twinset aus Kaschmir gefunden, das mir gerade so passt, denn anscheinend habe ich etwas abgenommen – was überraschend, aber praktisch ist –, und ich entscheide mich, es zusammen mit einem schicken Bleistiftrock zu tragen, den ich im Secondhandladen gekauft habe. Normalerweise putze ich mich für die Arbeit nicht so heraus, weil es unnötig ist, aber heute habe ich das Bedürfnis, respektabel und gefasst auszusehen. Ich bin nicht die Frau, die in hysterisches Schluchzen ausgebrochen ist oder jemanden geküsst hat, den sie nicht hätte küssen sollen.

Als ich die Haustür öffne, bemerke ich einen Umschlag auf der Matte. Die Post war noch nicht da, also muss er persönlich ausgeliefert worden sein.

Auf dem Umschlag steht *Ms T. Hamilton*, aber keine Adresse. Ich öffne ihn auf dem Weg zum Auto.

Thea,
ich bedauere es, dir mitteilen zu müssen, dass ich nach reiflicher Überlegung zu dem Schluss gekommen bin, dein Arbeitsverhältnis

bei Fortescue's Books zu beenden. Bitte betrachte diesen Brief als Kündigungsschreiben. Anbei findest du einen Scheck mit deinem Monatsgehalt.
Ich wäre dankbar, wenn du die Schlüssel zum nächstmöglichen Zeitpunkt abgeben könntest.
Außerdem würde ich die Gelegenheit gerne nutzen, um dir für die Arbeit zu danken, die du in den letzten sechs Monaten geleistet hast. Ich wünsche dir alles Gute für die Zukunft.
Mit freundlichen Grüßen
Edward Maltravers

Ich starre das Papier an. Erneut fühle ich, wie sich mein Bauch vor Schmerz zusammenkrampft. Diese Woche wird definitiv nicht als eine meiner besseren in die Geschichte eingehen.

Das passiert gerade nur, weil er mich geküsst hat, oder? Der Schmerz wird beinahe sofort von Ärger abgelöst. Ich bin furchtbar zornig. Meine Hände zittern vor Wut. Als ich ins Auto steige und meine Tasche auf den Beifahrersitz schleudere, fällt mir kein Zeitpunkt ein, zu dem ich jemals wütender war, als ich es jetzt bin.

***

Ich stoße die Ladentür so fest auf, dass sie gegen einen Regalrücken schlägt. Die Glocke klingelt laut und wild. Ich stürme ins Geschäft – das habe ich noch nie getan – und wende mich direkt zur Ladentheke. Dort sitzt er, tippt auf dem Laptop herum, als wäre alles wie immer. Er sieht verwundert hoch und steht langsam auf, als ich loslege.

»Was zur Hölle ist das hier?«, rufe ich und fuchtle wild mit dem Brief herum. »Was soll dieser Scheiß?«

Er sammelt sich, sein Stirnrunzeln sitzt bereits an Ort und Stelle. »Ich denke, das geht deutlich aus dem Schreiben hervor.«

»Ja, das tut es. Es ist verdammt deutlich. Ist es wegen Mittwoch? Du verdammtes Arschloch.«

Mir wird bewusst, dass sich zwei Kunden im Laden befinden, beide starren mich peinlich berührt an. Mir ist es aber egal.

»Thea –«

»Ich dachte, wir wären Freunde.« Meine Stimme bricht, und ich huste, beschämt darüber, dass ich mich so getroffen anhöre.

Es folgt eine Pause, dann sagt er: »Wir sind keine Freunde.«

Schockiert trete ich einen Schritt zurück.

»Gewisse Geschehnisse haben … mich an meine Personalrichtlinie erinnert.« Er dreht sich um und öffnet die Schreibtischschublade, dann holt er das einlaminierte Schild hervor, das er mir an einem längst vergangenen Morgen gezeigt hat, als ich mich nach der Stelle erkundigt hatte: *VERGISS NICHT, KEINE MÄDCHEN.*

»Keine Mädchen, ja?« Ich trete wieder einen Schritt auf ihn zu und stütze mich auf der Ladentheke ab. »Weil sie sich in dich verlieben? Tja, ich bin nicht in dich verliebt«, zische ich, auch wenn ich nicht sagen könnte, ob das der Wahrheit entspricht. »Und du kannst nicht ernsthaft von mir erwarten, dass ich glaube, du wärst in mich verliebt.«

Er starrt mich böse an. »Es ist mir egal, was du glaubst oder nicht.«

»Ach ja?«

»Das ist mir vollkommen gleichgültig«, erklärt er kalt.

»Ach, komm schon. Du willst damit ja wohl nicht andeuten, dass du mit mir ins Bett willst, oder?«

Es folgt eine sehr lange Pause.

»Vielleicht vor zehn Jahren«, erwidert er. »Aber nein. Das will ich nicht.«

Auch wenn ich etwas in der Art erwartet habe, bin ich trotzdem entsetzt, dass er es wirklich sagt. Er hätte einfach Nein sagen können, ich wäre ja nicht überrascht gewesen. Er hätte keinen Grund nennen müssen, oder?

»Na, so ein Glück. Denn ich würde nicht mal mit dir ins Bett gehen, wenn du mich anflehen würdest.« Ich zerreiße den Brief und den Scheck, wenn auch mehr schlecht als recht, und werfe ihm die noch recht großen Schnipsel ins Gesicht.

»Du kannst mich mal«, sage ich. »Genieß den Rest deines elenden Lebens.«

Ich ziehe die Ladenschlüssel aus der Tasche und schmeiße sie auf den Boden, gefolgt von den Schlüsseln für die Strandhütte. Dann stolziere ich hinaus und knalle die Tür hinter mir zu. Ich stehe schwer atmend auf dem Bürgersteig. Und in dem Moment, in dem mir bewusst wird, dass ich weine, bemerke ich auch, dass es zu regnen angefangen hat. Ich wende mich wahllos in eine Richtung und laufe los.

Wir sind keine Freunde.

Ich glaube, das ist das Grausamste und Verletzendste, was je irgendjemand zu mir gesagt hat, zumindest, seit ich die Schule verlassen habe. Als Chris sich von mir getrennt hat, war es nicht grausam. Es war tragisch und furchtbar, aber nicht grausam. Er hat sich sehr viel Mühe gegeben, keine verletzenden Worte zu verwenden und das Ganze so zivilisiert wie möglich über die Bühne zu bringen. Ich wische mir mit dem Ärmel übers Gesicht und laufe schneller. Dann renne ich los, wild und nicht sehr sicher auf meinen schicken Schuhen. Ohne groß nachzudenken biege ich in Seitengassen ein und weiß irgendwann nicht mehr, wo ich bin. Mittlerweile regnet es richtig, und als ich an einer Bushaltestelle vorbeikomme, stelle ich mich schluchzend unter. Es fühlt sich an, als hätte ich in den letzten neun Monaten nichts anderes getan als zu weinen, und was ist schlimmer als der Anblick einer vierundvierzigjährigen Frau, die in der Öffentlichkeit weint? Es ist demütigend, oder das wäre es zumindest, wenn es mir wichtig wäre, was andere Leute denken.

Es ist ein ziemlicher Schlag ins Gesicht, wenn man glaubt, man wäre mit jemandem befreundet, und dann herausfindet, dass derjenige es anders sieht. Ich denke an all unsere Unterhaltungen, die Zeit am Strand, all die Mittagessen und Drinks nach der Arbeit und die Male, die wir so gelacht haben, dass uns die Tränen kamen. Er hat mir einen Löffel mitgebracht. Zwei sogar. Ich war sicher, wir wären befreundet. Aber das waren wir nicht. Das sind wir nicht. Es ist niederschmetternd.

Ich stehe zwanzig Minuten lang einfach nur da, und ich weine so heftig, dass nicht nur ein, sondern gleich zwei jugendliche Mädchen, schlanke Kreaturen in Sportkleidung mit perfekt geschminkten Augenbrauen, mich fragen, ob alles in Ordnung ist. Eine bietet mir eine Zigarette an, und die andere sagt: »Aye, sie sind alle Schweine, Schätzchen.« Ich weiß nicht, ob sie mich kennen, sie sehen nicht nach Stammkundinnen aus, aber andererseits ist es ein kleiner Ort. Doch mir ist es egal. Mir ist es vollkommen egal.

20

Als ein Bus hält, steige ich ein. Ich frage den Fahrer, wohin er fährt, und bin in meinem Elend angenehm überrascht, dass er Richtung Castle Douglas unterwegs ist und an der Straße vorbeikommt, von der die Einfahrtsstraße zur Lodge abgeht. Daher kaufe ich ein Ticket.

Als ich aussteige, muss ich feststellen, dass die Haltestelle doch wesentlich weiter von meinem Haus entfernt ist, als ich dachte. Wenn man sonst nur mit dem Auto unterwegs ist, kann man das schwer einschätzen. In dem Moment wird mir auch bewusst, dass ich tatsächlich vergessen habe, dass ich an diesem Morgen mit dem Auto in den Ort gefahren bin und es noch an der Kirche steht – wo es niemandem etwas nützt.

Ich muss die Straße sogar ein Stück zurücklaufen, weil der Bus weiter hinten hält, als ich in Erinnerung hatte. Dann biege ich auf die Straße ein, die zur Lodge führt. Es regnet noch stärker, und ich ärgere mich über mich selbst, weil ich mein verdammtes Auto vergessen habe. Meine Schuhe drücken, und ich bin völlig durchnässt. Als mein Absatz in einem Schlagloch stecken bleibt und abbricht, denke ich ernsthaft darüber nach, mich einfach in den Graben zu setzen und darauf zu warten, dass ich sterbe.

Stattdessen ziehe ich die Schuhe aus und humple in meiner Strumpfhose weiter. Ich habe mich schon oft gefragt, woher diese einzelnen Schuhe am Straßenrand kommen. Jetzt kann ich es mir denken. Es ist verlockend, sie einfach wegzuwerfen, aber vielleicht kann das repariert werden, daher trage ich sie. Ich bin nass, dreckig, erschöpft vom Weinen und halte ein Paar kaputte Schuhe in der Hand. Bitte lass mich das durchhalten.

Dann höre ich ein Auto hinter mir und weiche auf den Straßenrand aus, der matschig, aber kühl und eine Wohltat für meine Füße ist. Ich muss einen tragischen Anblick abgeben. Das Auto, rot und glänzend, fährt vorbei und hält dann beinahe sofort an. Ich blicke auf und sehe Charles recht unbeholfen aussteigen – es ist ein tief liegender Sportwagen.

»Thea? Oh mein Gott. Ich dachte doch, dass du es bist. Ist alles in Ordnung? Du bist ja pitschnass.«

»Oh, hallo, Charles. Ja, ich bin mit dem Bus gefahren und –«

»Wo ist dein Wagen? Komm, ich bring dich nach Hause.« Er öffnet mir die Beifahrertür und schiebt mich hinein.

Ich sitze triefnass im Auto. Es ist ein Porsche oder so, und normalerweise fände ich es interessant, in einem Auto wie diesem zu sitzen. In meiner jetzigen Situation zittere ich jedoch nur und bin mir unangenehm bewusst, dass ich auf die Polster tropfe.

»Was um Himmels willen hast du denn im Bus gemacht? Ist etwas mit deinem Auto nicht in Ordnung?«

Ich nehme an, Charles ist noch nie mit dem Bus gefahren. Ich kann ihn mir jedenfalls nicht in einem vorstellen. Vielleicht als Student. Meine Gedanken schweifen ab, und nur mit Mühe schaffe ich es, wieder in die Gegenwart zu kommen.

»Ich habe vergessen, dass ich damit gefahren bin.«

Er sieht mich erstaunt an. »Du hast es vergessen?«

Ich bin unsicher, was ich ihm sagen soll. Auf jeden Fall möchte ich nicht mit ihm über Edward sprechen. »Ja, ich … Es war … Ich hatte keinen sehr guten Morgen.«

»Bei der Arbeit?«

Ich zögere. »Ja.«

»Was ist passiert?«

Wir sind jetzt an der Lodge.

»Ich habe mich mit meinem Boss gestritten. Danke, dass du mich mitgenommen hast, das war …« Aber er ist schon ausgestiegen und läuft um das Auto herum, um mir die Tür zu öffnen. »Danke.«

»Du musst dir trockene Kleidung anziehen«, sagt er. »Ich setze dir Tee auf.«

Ich überlege, wie ich ihn loswerde, ohne unhöflich zu sein. Immerhin hat er mich mitgenommen, und jetzt ist sein Beifahrersitz nass und auf den teuren Fußmatten sind matschige Fußabdrücke. Ich schließe auf und lasse ihn hinein.

»Was ist mit deinen Schuhen passiert? Meine Güte, Thea, du blutest ja.«

Wir betrachten beide die schlammigen Blutflecken auf dem Steinboden.

»Oh. Das tut mir leid, wahrscheinlich habe ich dann auch ins Auto geblutet. Ich habe mir bestimmt auf der Straße einen Schnitt zugezogen oder so. Mein Schuh ist kaputt gegangen.« Ich halte ihn hoch und zeige ihn ihm. »Ich habe heute keinen besonders guten Tag.« Mir sind meine furchtbar mitgenommene Strumpfhose und die Schlammspritzer an meinen Beinen nur allzu bewusst.

Er wirkt entsetzt. »Du musst dir die Füße waschen. Tut es weh?«

Ich stehe auf einem Fuß und versuche, mir die Sohle des anderen anzusehen. »Nicht wirklich, nur ein bisschen. Aber meine Füße sind eiskalt, ich kann nicht viel fühlen. Du hast recht, ich sollte mich wahrscheinlich waschen.«

»Tu das, ich setze den Kessel auf.«

»Das brauchst du nicht, das kann ich doch selbst –«

»Keine Widerworte«, sagt er streng. Herrje, vielleicht sind Edward und er sich ähnlicher, als ihnen bewusst ist. Das ist wohl diese Annahme der Adeligen, dass die Leute schon tun werden, was sie sagen. Als Edward mich am Mittwoch nach oben kommandiert hat, war es in Ordnung. Wahrscheinlich würde ich alle möglichen Dinge machen, wenn er es mir streng genug befehlen würde. Von Charles herumkommandiert zu werden, widerstrebt mir wesentlich mehr.

Allerdings hat er recht, ich sollte mich umziehen. Mir ist schrecklich kalt.

* * *

Nachdem ich mir die Füße gewaschen, die Schnittwunde mit einem Pflaster versehen und mich umgezogen habe, gehe ich zurück. Charles sitzt im Wohnzimmer, wo er den Kamin angezündet hat, und zwei Tassen Tee stehen auf dem Beistelltisch.

»Ah, gleich besser«, sage ich, als ich mich vor den Kamin stelle und meine Hände ausstrecke. Ich bin überrascht, dass er ein Feuer machen kann. »Was für ein furchtbarer Tag. Danke.«

»Sehr gerne. Und das nächste Mal, wenn du dein Auto irgendwo stehen lässt, ruf mich doch einfach an.«

Ich lache. »Und dann kommst du und holst mich ab? Das scheint mir ein ziemlicher Aufwand für dich zu sein. Aber ich plane ohnehin nicht, das noch einmal zu tun. Ich kann ja kaum glauben, dass es mir heute passiert ist. Wer vergisst schon, dass er mit dem Auto gefahren ist? Ich bin eine Idiotin.«

Ich nehme meinen Tee und setze mich in den Sessel. Meine Hände sind immer noch kalt, und ich bin matt und kraftlos.

Er räuspert sich. »Worüber hast du dich denn mit Edward gestritten?«

»Ach … Ich würde lieber nicht darüber sprechen, wenn das okay ist. Es ist unwichtig.«

Er überschlägt die Beine und löst sie dann wieder. Er scheint sich unwohl zu fühlen. Das ist ungewöhnlich, denn eigentlich ist er einer dieser Menschen, die in jeder Umgebung den Eindruck machen, als würden sie sich wie zu Hause fühlen. Wahrscheinlich wird einem das an teuren Schulen beigebracht.

Er setzt seine Tasse auf dem Tisch ab. »Seid du und er … Ich weiß, du sagtest schon mal, dass es nicht so ist, ähm, aber …«

Aha, okay, er hat eine persönliche Frage. »Sind wir was?« Wenn er es wissen will, soll er mich auch fragen. Ich werde ihm die Arbeit nicht abnehmen. Außerdem verstehe ich immer noch nicht wirklich, warum es ihn interessiert.

Er verlagert noch einmal das Gewicht und lehnt sich an die Kissen. »Ähm. Die Leute scheinen zu glauben, dass –«

»Die Leute?«

»Es ist ein kleiner Ort, Thea. Die Leute reden.«

»Und die Leute reden immer noch über mich und Edward? Man sollte meinen, sie hätten etwas Besseres zu tun.«

»Es geht mich nichts an.« Er nimmt seinen Tee wieder in die Hand. »Aber mein Bruder ist ein Mistkerl.«

»Hm. Ich verstehe, warum du das so siehst«, sage ich. »Aber das Gleiche habe ich über dich gehört.«

»Von ihm? Tja.« Er räuspert sich erneut und fährt dann fort. »Es ist nur … Ich finde den Gedanken furchtbar, dass du vielleicht mit jemandem involviert bist, der –«

»Ich schlafe nicht mit deinem Bruder.« Ich bin mir nicht sicher, ob er mir glaubt.

»Es ist doch klar, dass die Leute reden, oder? Er ist nicht gerade für«, er verzieht die Mundwinkel, »sein angemessenes Verhalten bekannt. Und wenn man mit jemandem zusammenarbeitet, nur zu zweit, und –«

»Du musst dir keine Gedanken machen. Unsere Beziehung ist – oder war – rein platonisch.«

»Worum ging es dann bei eurem Streit?«

Ich überlege. Wahrscheinlich werden es sowieso bald alle wissen. Im Laden waren immerhin Kunden, und wenn ich nicht mehr dort bin, werden sich die Leute fragen, wo ich stecke.

»Er hat mich entlassen.« Ruhig trinke ich einen Schluck Tee.

»Er hat dich *entlassen*?«

»Hm.«

»Aber – warum denn das?« Er starrt mich erstaunt an.

»Ich bin mir nicht ganz sicher«, schwindle ich. »Er hat mir schon vor Monaten gesagt, dass er eigentlich keine Frauen einstellt. Wahrscheinlich war es das. Ich war ziemlich wütend, also haben wir uns gestritten.«

»Und – bist du immer noch entlassen?«

Ich nicke.

»Was für ein Spinner. Also … Was willst du dann tun? Bitte entschuldige, dass ich das frage, aber … Wird das schwierig für dich? Ich meine, finanziell?«

Ich lache. »Er hat mir nicht gerade ein Vermögen gezahlt. Ich denke eher, dass ich mich dadurch wieder mehr fokussieren werde. Es ist an der Zeit, mich zu entscheiden, ob ich hier oben bleibe oder nach Sussex zurückkehre. Wahrscheinlich sollte ich nach Hause fahren. Keine Sorge«, füge ich hinzu, »sollte ich mich entschließen, die Lodge zu verkaufen, lasse ich es dich wissen.«

»Oh, na ja. Danke. Aber du könntest doch auch bleiben, oder? Du findest sicher noch woanders Arbeit. Es gibt auch noch andere Buchhandlungen. In Wigtown sind jede Menge, falls du wieder in einer arbeiten möchtest. Auch wenn du dafür doch sicher überqualifiziert bist.«

Ist das ein Kompliment? Vermutlich. Ich trinke meinen Tee aus. »Ich habe mich noch nicht entschieden, was ich tue. Ich hatte nie vor, zu bleiben. Also, schauen wir mal. Mir gefällt es auf jeden Fall hier, vielleicht behalte ich das Haus auch und vermiete es.« Ich sehe ihn an. »Ich weiß, dass das nicht ganz das ist, was du hören möchtest.«

Er macht eine ungeduldige Geste. »Du musst das tun, was du selbst möchtest. Du bist ja nicht zum Verkauf verpflichtet.«

»Nein, das stimmt.« Ich seufze. »Wie dem auch sei, ich weiß es nicht. Wir werden sehen.« Ich stehe auf, da ich möchte, dass er geht, und er seinen Tee ausgetrunken hat. Ich hoffe darauf, dass seine Manieren ihn zum Gehen bewegen. Und das tun sie.

»Dann lasse ich dich mal in Ruhe«, sagt er. »Wärm dich gut auf. Und wenn du jemanden brauchst, der dich in den Ort fährt, damit du den Wagen holen kannst, ruf einfach eben durch. Ich helfe gern.«

»Oh, das ist sehr nett. Danke. Und danke fürs Bringen und für den Tee und alles«, sage ich auf dem Weg in den Flur. Ich öffne die Haustür und erschauere. Es weht ein kalter Wind, und der Regen peitscht gegen das Haus.

»Ach, sehr gerne, keine Ursache. Na dann.«

Ich glaube, er will schon meine Wange küssen, aber ich strecke schnell meine Hand aus, und so schüttelt er sie.

»Wiedersehen.« Ich schließe die Tür, als er zum Auto geht. Kurz darauf höre ich den Motor aufheulen und gehe wieder ins Wohnzimmer, in dem es jetzt wohlig warm ist.

21

Als Charles weg ist, weiß ich nicht, was ich tun soll. Ich sitze da und starre ins Feuer. Es ist ein elendig grauer Tag, und selbst in meinem Wohnzimmer, bei Sonnenschein ein wunderschöner heller Raum, ist es heute düster.

Wie konnte ich nur ernsthaft zulassen, dass ich schon wieder in eine Lage gerate, in der mich jemand so verletzen kann? Was um Himmels willen habe ich mir dabei gedacht? Habe ich mir wirklich eingeredet, mir hier ein Zuhause aufzubauen, einen Ort, an dem ich glücklich sein kann? Wie dumm. Habe ich gedacht, ich hätte Freunde gefunden? Natürlich sind die Leute neugierig, wenn eine neue Bewohnerin in einen kleinen Ort zieht, aber das heißt noch lange nicht, dass sie mit ihr befreundet sein wollen. Wahrscheinlich ist keiner von ihnen mit mir befreundet. Und warum sollten sie auch? Wenn mich schon nicht einmal die Person mag, mit der ich die meiste Zeit verbracht habe. Aber man kann es ihm nicht vorwerfen, oder? Ich bin keine interessante oder lohnende Gesellschaft. Ich bin einfach nur eine dumme Frau mittleren Alters, deren Mann sie für eine andere verlassen hat, und wahrscheinlich ist auch das nicht überraschend.

Trotzdem verstehe ich nicht ganz, warum man jemanden küsst, den man nicht mag. Vielleicht machen ihn weinende Frauen ja an, auch wenn mir das unwahrscheinlich vorkommt. Andererseits hatte er gerade, wer weiß wie lange, eine Affäre mit einer Frau, die er nicht einmal leiden konnte, also wer kann das schon sagen?

Als Erwachsene muss ich davon ausgehen, dass er meint, was er gesagt hat – dass wir keine Freunde sind –, denn warum sollte er es sagen, wenn es nicht stimmt?

Mein Bauch zieht sich zusammen, und mein Kopf schmerzt von all den Gedanken.

Ich glaube, ich habe in allem versagt. Was soll ich jetzt machen? Vorhin war ich wütend, und das war immerhin auf irgendeine Weise ein positives Gefühl, aber jetzt fühle ich mich wie ausgesaugt, leer und kalt. Wahrscheinlich sollte ich gehen, oder? Ich möchte nicht mehr hier sein. Ich sollte wieder davonlaufen. Eigentlich könnte ich das einfach mein Leben lang machen, mir immer den nächsten beliebigen kleinen Ort aussuchen – wobei eine Stadt vielleicht besser wäre, da ist es einfacher, Leuten aus dem Weg zu gehen. Ich könnte nach Inverness oder Sheffield ziehen und in einem Supermarkt oder etwas Ähnlichem arbeiten. Und dann würde ich nie wieder mit irgendwem sprechen, außer für die Arbeit.

Das Klingeln des Telefons schreckt mich auf. Unwillig hebe ich ab. Es ist Jenny.

»Alles okay bei dir? Cerys hat gerade angerufen und meinte, sie hätte gehört, dass du heute Morgen einen Riesenstreit mit Edward hattest.«

Ich schließe die Augen. Können die Leute sich nicht um ihren eigenen Kram kümmern? »Ja, den hatten wir.«

»Was war denn los? Geht es dir gut? Ich habe schon versucht, dich auf dem Handy zu erreichen.«

»Ich habe hier miserablen Empfang.«

»Ich weiß, deswegen dachte ich, dass du bestimmt zu Hause bist.«

»Ja.« Ich weiß, dass ich mehr als das sagen, zumindest einen ganzen Satz herausbringen sollte, aber ich will nicht.

»Was ist passiert?«

Ich weiß nicht, was ich antworten soll. Ich möchte es ihr nicht erzählen. Es ist armselig. Ich werde ihr einfach nur die ungeschminkte Wahrheit sagen. »Ich bin gefeuert.«

»Ach du Scheiße. Dann ist es wahr? Das meinte Cerys schon, aber ich habe es ihr nicht geglaubt. Ich dachte, sie muss es irgendwie falsch verstanden haben. Sie meinte, Micky Doolin wär im Laden gewesen.«

»Ja, das kann schon sein. Ich weiß es nicht. Es waren Kunden da. Jedenfalls ist es wahr.«

»Was in aller Welt ist denn passiert?«

Ich kann mir Jennys Miene vorstellen, meinetwegen aufgebracht, wütend, mit zusammengepressten Lippen. Vielleicht ist sie doch meine Freundin. Womöglich war ich vorhin bloß pessimistisch. Ich seufze. Wahrscheinlich werde ich das einer Million Leute erklären müssen, und dazu habe ich wirklich keine Lust. »Ich weiß nicht. Frag einfach Edward.«

»Ich war schon da, er will nicht mit mir sprechen.«

»Wie erwachsen.«

Sie lacht. »Ja, oder? Aber meine Güte, hat der schlechte Laune. Er meinte nur, ich solle mich verpissen, und das war's.«

»Tja, nun, ich hoffe doch, dass es ihm schlecht geht.«

»Ach, scheiß auf ihn. Der Typ ist ein Idiot, aye. Ich habe dir ja gesagt, dass du nicht für ihn arbeiten sollst.«

»Ja. Ich hätte auf dich hören sollen.«

Es folgt eine Pause.

»Falls du heute Abend vorbeikommen willst …«, beginnt sie.

»Oh, ich kann nicht. Na ja, ich könnte wahrscheinlich schon. Ich meine, ich habe mein Auto vergessen … Jedenfalls, danke, aber mir ist nicht so nach Gesellschaft.«

»Wie du meinst. Aber falls du mit jemandem reden willst oder so, melde dich. Ich kann nicht glauben, dass er dich entlassen hat.«

»Nein, ich auch nicht. Obwohl, eigentlich schon. Wenn ich so darüber nachdenke, war es im Grunde unvermeidlich.« Ich denke an den Buchladen, die gemütliche Einrichtung, den sanften Geruch der Bücher, das Sonnenlicht auf den Steinen. Meine Kehle brennt. Ich mag den Laden genauso gern, wie ich Edward mag. Wobei ich ihn ja eigentlich überhaupt nicht mag, oder?

»Jedenfalls, mach dir keine Sorgen, mir geht's gut. Wahrscheinlich ist es das Beste so, und was man sonst noch an klischeehaften Dingen sagt in so einer Situation.«

»Hm. Okay, wenn du wirklich sicher bist … Ruf mich an, wann immer dir danach ist.«

»Danke.«

***

Ich hole eine Decke und mein Buch aus dem Schlafzimmer und koche mir einen Tee. Kurz denke ich darüber nach, stattdessen etwas Stärkeres zu trinken, im Schrank steht noch eine halbe Flasche Gordon's, aber ich habe keine Zitronen und, noch schlimmer, kein Tonic Water. Ich kann doch in meinem Alter Gin nicht pur trinken, ich glaube, das ist ein Zitat von irgendwoher. Ich habe eine ganze Liste von Dingen im Kopf, an die ich versuche, nicht zu denken. Das ist aber schwer, wenn man allein ist. Ich sollte mir besser einen Film anschauen oder so.

Ich will nicht darüber nachdenken, dass mein Ehemann ein Baby bekommt oder dass ich gerade meine Stelle verloren habe – zum zweiten Mal in diesem Jahr – oder dass ich vielleicht umziehen sollte. Dass ich es geschafft habe, einen Freund zu verlieren oder dass ich offenbar gar keinen Freund hatte, den ich hätte verlieren können. Ich komme mir so unerträglich dumm vor. Meine Scham tut schon beinahe weh.

Gott, ist das deprimierend. Ich öffne den Schrank und suche nach etwas, das mich aufmuntern kann. Ich finde eine Packung Tunnock's Karamellwaffeln, aber die erinnern mich bloß an ihn.

Das ist doch Mist. Warum macht mich diese Sache so fertig? Man sollte doch meinen, nach allem, was in diesem Jahr passiert ist, hätte ich gar keine Kapazitäten mehr dafür.

Gut, dass ich mir nicht gestattet habe, darüber nachzudenken, wie sich unser Kuss angefühlt hat.

Ich habe alles so dermaßen in den Sand gesetzt.

Jetzt weine ich schon wieder. Ich kann mich gerade selbst nicht ausstehen.

***

Als ich am nächsten Morgen aufwache, habe ich für den Bruchteil einer Sekunde alles vergessen und überlege, was ich bei der Arbeit zu tun habe. Es steht noch ein Stapel Bücher in der Werkstatt und – oh, ach ja.

Verdammt.

Trotz all der Übung, die mir Anfang des Jahres zuteilwurde, habe ich immer noch keine zuverlässige Methode entwickelt, um mit Gefühlen wie diesen umzugehen. Ich liege im Bett und starre die Decke an. Es ist recht dunkel, laut Radiowecker ist es erst halb sieben – viel zu früh zum Aufstehen, wenn man arbeitslos ist.

Ich höre den Regen in den Abflussrinnen gurgeln. Abgesehen davon ist es sehr still, die Heizung geht nicht vor sieben Uhr an. Vielleicht sollte ich mir diese Wohnungen noch einmal ansehen. Falls ich zurückziehe … Andererseits, was hätte das für einen Sinn? Was hat überhaupt irgendetwas für einen Sinn? Wenn ich irgendwo im Land leben könnte, welchen Ort würde ich auswählen? Das ist meine Gelegenheit, nach Brighton oder Cornwall oder auf die Äußeren Hebriden zu ziehen.

Ich hätte Charles die Lodge sofort verkaufen sollen, als er mich danach gefragt hat, das hätte jede Menge Probleme verhindert. Dann wäre ich jetzt auf dem Weg in ein neues Leben irgendwo anders oder ich wäre in Brackwell dabei, mein Leben wieder in den Griff zu kriegen.

Ich stecke eine Weile den Kopf unter die Decke, aber es nützt nichts, ich kann nicht wieder einschlafen. Ich muss aufstehen, aber es ist kalt und es gibt nichts, wofür es sich überhaupt lohnt aufzustehen.

Ich sollte etwas von den Dingen erledigen, die ich schon seit Monaten angehen will, wie zum Beispiel Tante Marys Kleider für Ebay zu fotografieren. Andererseits ist es kein idealer Tag zum Fotografieren. Vielleicht sollte ich dann lieber anfangen, die Bücher aus der Bibliothek in Kartons zu packen. Wenigstens kenne ich inzwischen auch noch andere Buchhändler. Ich kann meine Bücher trotzdem verkaufen, dafür brauche ich Edward nicht. Vielleicht sollte ich einfach meinen eigenen Buchladen eröffnen. Das wäre doch lustig, oder?

Ich hatte überlegt, ihm den Roman von Orwell zum Geburtstag zu schenken. Ich hatte mich zwar noch nicht endgültig entschieden, weil er eine Menge Geld wert ist, aber ich habe darüber nachgedacht. Jemandem etwas zu schenken, das man schon besitzt, ist zwar nicht dasselbe, wie ein Geschenk zu kaufen, aber natürlich würde ich niemandem ein Geschenk für mehrere Tausend Pfund kaufen, das wäre nicht machbar. Ich komme mir dumm vor, überhaupt darüber nachgedacht zu haben. Zum Glück kam die Wahrheit noch vor seinem Geburtstag ans Licht, sonst hätte ich mich vollständig zum Affen gemacht. Ich erschaudere bei dem Gedanken.

Warum musste er mich nur küssen? Es ist gleich doppeltes Pech, weil es ihn dazu gebracht hat, mich zu hassen, und mich dazu gebracht hat … über Dinge nachzudenken, über die ich nicht nachdenken sollte.

Vielleicht sollte ich eher wütend darüber sein. Wie konnte er es wagen, mich zu küssen? Ja, das ist schon besser. Wie konnte er es wagen und dann entscheiden, dass es alles ein Fehler war, ein so schlimmer Fehler, dass er mich feuern musste! Ich hätte kündigen sollen. Wegen sexueller Belästigung oder so. Ich meine, ich habe ihn nicht darum gebeten, mich zu küssen, ich habe es auch nicht erwartet. Ich hätte ihn wegschubsen sollen, ihm sagen sollen, dass er mich gefälligst in Ruhe lassen soll, statt armselig dahinzuschmelzen wie ein dummes Mädchen in einem Liebesroman.

Er kann allerdings wirklich gut küssen.

Schluss damit! Wie alt bin ich bitte, fünfzehn?

Oh Gott, ich fühle mich so elendig.

Ich stehe auf und wickle mich in meinen Morgenmantel. Zeit für einen Kaffee und ein Feuer im Kamin.

***

Es regnet den ganzen Tag. Wenn es aufhören würde, könnte ich vielleicht das Auto holen, aber es regnet weiter. Also sitze ich nur da und

starre aus dem Küchenfenster. Von den Pflanzen tropft das Wasser, und Blätter fallen herab. Alles kommt mir äußerst symbolisch vor. Ich habe heute gar nichts getan. Ich war baden und habe mir dann Wollsocken und einen sauberen Schlafanzug angezogen – noch einen von Onkel Andrews alten Pyjamas. Sie sind wahrscheinlich dreißig Jahre alt. Blau-weiß gestreifte Altherrenschlafanzüge aus Flanell. Ich liebe sie. Sechs Stück liegen im Schrank, und ich habe nicht vor, jemals wieder etwas anderes zum Schlafen zu tragen.
Danach habe ich mich aufs Sofa gelegt und Videos angesehen. Onkel Andrew hatte eine beträchtliche Sammlung von Kriegsfilmen und Musicals. Ich habe mir *Der längste Tag*, *Eiskalt in Alexandrien – Feuersturm über Afrika*, *Schwere Colts in zarter Hand* und *Heimweh nach St. Louis* angeschaut. Zum Frühstück gab es Toast, zum Mittagessen ebenfalls. Ich denke darüber nach, Xanthe anzurufen, entscheide mich dann aber dagegen. Ich schreibe ihr morgen eine E-Mail. Ob es wohl jemals so lange aufhört zu regnen, dass ich mit dem Bus in den Ort fahren kann? Charles meinte zwar, er würde mich fahren, aber ich möchte ihn nicht darum bitten.

***

Gegen Nachmittag schaue ich aufs Handy und habe zwei entgangene Anrufe aus dem Buchladen.

Lange starre ich die Nummer an. Ich frage mich, warum er angerufen hat. Er hat keine Nachricht hinterlassen, und ich werde sicher nicht zurückrufen. Wenn es wichtig ist, wird er sich noch einmal melden. Ich habe kein Interesse daran, mit ihm über Entlassungsformulare oder Ähnliches zu sprechen.

Den Rest des Abends bin ich entschlossen, nicht anzurufen, und gleichzeitig unheimlich wütend auf mich selbst, weil ich es so gerne würde.

***

Am Mittwoch regnet es immer noch. Ich frage mich, was passieren würde, wenn ich das Auto einfach nie abhole. Irgendwann würde ich wohl verhungern. Der Gedanke bringt mich zum Lachen, da ich mir nicht vorstellen kann, dass ich stur genug bin, um mich selbst verhungern zu lassen. Na schön, ich werde mich anziehen und das Auto abholen.

In vernünftigen Stiefeln läuft es sich viel schneller zur Bushaltestelle als in hochhackigen Schuhen. Eigentlich hatte ich schon überlegt, nach Hause zu fahren, um meine Winterkleidung zu holen – zusammen mit allem anderen –, aber jetzt bin ich mir nicht mehr so sicher. Zum Glück hat Jenny mir diese Gummistiefel gegeben, die überraschend bequem sind, solange man sie mit zwei Paar Socken trägt. Außerdem habe ich Onkel Andrews Fischerjacke übergezogen, die genau die richtige Größe hat, vollkommen wasserfest ist und über jede Menge Taschen verfügt. Es nieselt nur, und ich fühle mich okay, während ich die Straße entlanglaufe und durch die Pfützen stapfe. Es ist kalt und grau, aber was soll's?

Ich habe vergessen, die Fahrzeiten nachzuschauen, deswegen muss ich beinahe eine halbe Stunde an der Bushaltestelle sitzen. Dafür hat man hier oben sogar manchmal Netz, also scrolle ich in der Zeit durch Facebook und bringe mich auf den neuesten Stand, was die anderen alle so treiben.

Im Ort gehe ich bewusst den versteckten Weg, sodass ich bei dem Co-op herauskomme und nicht am Buchladen vorbeilaufen muss. Ich blicke auch nicht in die Richtung des Ladens, stattdessen stelle ich mir einen Teil des Platzes wie herausgeschnitten vor und tue so, als wäre dort gar nichts, was man überhaupt anblicken könnte. Ich spiele mit dem Gedanken, in die Old Mill zu gehen, aber ich bin noch nicht bereit für Neugier oder Mitgefühl. Ich tue zwar so, als würde es mir gut gehen, aber wenn Cerys mich irgendetwas fragen würde, würde ich mich nur wieder aufregen, und darauf hat doch wirklich niemand Lust. Stattdessen gehe ich zum Bäcker, kaufe mir zwei Cremeschnitten und ein Brot, bevor ich mein Auto hole und losfahre, wobei ich es wieder sorgfältig vermeide, zum Buchladen zu schauen.

Ich hoffe, ihm geht es genauso miserabel wie mir.

Es kommt mir allerdings unwahrscheinlich vor.

Zu Hause lese ich Sherlock Holmes in der Badewanne, bis das Wasser kalt wird, dann ziehe ich meinen Schlafanzug wieder an und mache mir zum Mittagessen ein Schinkensandwich. Anschließend setze ich mich in eine Ecke meines Schlafzimmers, den einzigen Ort, an dem ich Empfang habe, und schreibe Xanthe eine E-Mail.

* * *

Dienstag fahre ich an den Strand, auch wenn es immer noch regnet. Es ist übertrieben nass, aber mir ist es egal. Als ich wieder nach Hause komme, bin ich allerdings ziemlich durchgefroren, also steht wieder einmal ein Bad für mich an.

* * *

Um halb drei klingelt es überraschend an der Tür. Normalerweise klingelt es nur unerwartet, wenn etwas geliefert wird. Ich habe kein Auto gehört, aber ich habe auch nicht darauf geachtet. Gerade sehe ich mir *Acorn Antiques* an, weil mir plötzlich eingefallen ist, dass so etwas wie Comedy existiert und vielleicht hilfreich wäre. Die DVD habe ich schon vor Monaten für fünfzig Pence im Secondhandladen gekauft, und ich bin der damaligen Thea dankbar für ihren Weitblick.

Ich drücke am Laptop auf Pause und gehe die Tür öffnen.

Zu meiner Verwunderung ist es Charles.

»Ich dachte, ich schaue mal vorbei, um zu sehen, wie es dir geht«, sagt er.

»Oh. Hallo. Tut mir leid, ich bin gar nicht angezogen, ist das nicht schockierend? Wolltest du reinkommen?« Dann habe ich das Gefühl, unhöflich zu sein. »Ich meine, komm doch herein. Soll ich Tee aufsetzen?«

»Danke. Ich habe dir die hier mitgebracht.« Er überreicht mir eine eingepackte flache Schachtel – ich gehe davon aus, dass es Pralinen sind.

»Ach, wie nett, danke. Komm doch mit durch in die Küche.« Ich bin froh, dass ich mir heute Morgen die Mühe gemacht habe, zu spülen, obwohl ich keine Lust hatte. Die Küche ist angemessen ordentlich und gibt keinen Hinweis darauf, dass sie jemandem gehört, dessen Leben mal wieder durcheinandergeraten ist. Ich setze den Kessel auf und öffne das Geschenk. Meine Vermutung mit den Pralinen bestätigt sich. Lokal hergestellt, ich bin sogar schon mal an der kleinen Fabrik außerhalb von Dumfries vorbeigefahren. Sie verkaufen die Schokolade im Hofladen bei Wigtown.

»Ich habe Alexa heute Morgen zu ihrer Mutter gebracht«, erklärt Charles. »Da bin ich am Laden vorbeigekommen.«

Alexa ist seine Tochter. Ich habe sie schon mal aus der Ferne gesehen, aber noch nicht kennengelernt. Sein anderes Kind, Duncan, habe ich noch nie gesehen.

»Das ist sehr nett von dir.« Ich öffne die Schachtel. »Oh. Sie sehen hervorragend aus.«

Wir setzen uns, trinken Tee und essen jeder zwei Pralinen. Charles fragt mich, wie es mir geht, und ich behaupte, dass es mir gut gehe.

»Dein Auto hast du also wieder?«

»Ja, ich habe es gestern geholt.«

»Du hättest mich anrufen sollen, dann hätte ich dich gebracht.«

Ich zucke mit den Schultern. »Ich bin kaum nass geworden, das war kein Problem.«

Eine leicht unangenehme Stille breitet sich aus, bevor er schließlich fragt: »Hast du schon überlegt, was du tun willst? Wegen der Arbeit?«

»Nein. Nein, keine Ahnung. Ich muss mal schauen, ob ich etwas anderes finde, oder vielleicht sollte ich doch einfach nach Hause fahren.«

»Dann meintest du es also ernst? Zurück nach Sussex?«

»Vielleicht.«

»Ach, überstürz lieber nichts. Du würdest sicher noch etwas anderes finden.«

»Ja, na ja. Mal sehen.« Ich räuspere mich. Ich weiß nicht, was ich zu ihm sagen soll, immerhin haben wir uns diese Woche ja schon einmal gesehen. Ich weiß, dass er nach Montag fragen will, aber ich werde ihm nichts erzählen.

»Weißt du, er ist es nicht wert, dass du seinetwegen traurig bist«, sagt er. »Ich weiß nicht, was passiert ist, aber –«

»Hör zu, ich möchte nicht darüber sprechen. Danke. Es ist unwichtig, mir geht's gut, ich muss einfach nur einen Plan ausarbeiten. Natürlich wäre es mir lieber, ich wäre nicht entlassen worden, aber letztlich spielt das keine Rolle. Ich weiß, es sieht schlimm aus, dass ich hier im Schlafanzug sitze, aber ich war heute schon draußen und alles. Ich habe bloß gerade Filme geschaut. Es ist wie Urlaub«, lüge ich, »also dachte ich, ich mache das Beste daraus.«

»Ich habe Jilly im Hofladen gesehen, sie meinte –«

»Ich kann mir vorstellen, dass alle sehr fasziniert sind«, sage ich. »Eine Schande, dass Kunden im Laden waren.«

Er runzelt die Stirn. »Ist letzte Woche etwas passiert? Zwischen dir und Edward? Hat er dich deswegen entlassen?«

Ich seufze. »Charles, ich will nicht unhöflich sein, du warst wirklich nett zu mir, und dafür bin ich dir sehr dankbar, ehrlich. Aber ich möchte mit niemandem darüber sprechen, und schon gar nicht mit dir.«

»Es ist nur, er –«

»Charles.«

Er öffnet den Mund und schließt ihn dann wieder.

»Gut.«

»In Ordnung«, sagt er. »Okay. Wenn ich irgendetwas für dich tun kann, egal was …«

Ich trinke meinen Tee aus. »Danke. Wenn mir etwas einfällt,

melde ich mich.« Ich lächle ihn an. »Wenn du das mit dem Wetter wieder hinkriegen könntest, das wäre großartig.«

»Da kann ich leider nicht viel machen.« Er setzt die Tasse ab. »Dann gehe ich besser mal. Ich bekomme Besuch zum Abendessen.«

»Kochst du?« Ich kann ihn mir nicht am Herd vorstellen.

»Nein, darum kümmert sich Lynda.«

»Ach, natürlich. Ich vergesse Lynda immer.«

»Ich wäre völlig aufgeschmissen ohne sie.« Er steht auf. »Ich hoffe, es geht dir besser.«

»Ach, mir geht's gut. Danke für die Pralinen.«

Im Flur zögert er noch einmal. »Hör mal. Bitte lass dich von ihm nicht herunterziehen.«

»Charles.«

Stirnrunzelnd sagt er: »Er hat keine Ahnung von Frauen, hatte er noch nie.«

»Es geht dich wirklich nichts an. Ich habe dir gesagt, dass ich nicht unhöflich sein möchte, aber ich habe dir auch gesagt, dass ich nicht darüber reden möchte.«

»Ich wünschte bloß, du würdest es tun.«

Es folgt eine lange Pause.

»Du solltest besser gehen, sonst kommst du zu spät zu deinem Essen.« Ich öffne die Tür. »Es regnet immer noch«, füge ich hinzu, nachdem ich in die einsetzende Dunkelheit gespäht habe.

»Ja. In Ordnung. Bitte sei nicht traurig, ich kann es gar nicht leiden, dich so niedergeschlagen zu sehen.«

»Ich komme schon klar. Ich bin erwachsen«, erwidere ich, aber es ist schon irgendwie niedlich von ihm, daher lasse ich ihn meine Wange küssen, während das Wasser an uns vorbeitropft.

»Einen schönen Abend«, sage ich und winke, während er zu seinem glänzenden roten Wagen eilt.

Ich habe mich kaum gesetzt, da hämmert es an der Tür. Überrascht fahre ich hoch, ich lebe doch praktisch mitten im Nirgendwo, es ist nicht so, als würden Leute einfach vorbeischauen, und jetzt habe ich gleich den zweiten Besucher an einem Tag. Oder vielleicht hat Charles etwas vergessen? Ich eile wieder in den Flur, binde den Gürtel meines Morgenmantels noch einmal neu und öffne die Tür.

Vor mir steht ein wutentbrannter Edward mit seiner finstersten Gewittermiene.

22

»Was zum Teufel hatte der denn hier zu suchen?«, zischt er. Ich trete einen Schritt zurück, und er ragt über mir empor. Regentropfen fallen von ihm auf den Steinboden. Er wirft einen Blick auf meinen Morgenmantel. »Und warum bist du nicht angezogen?«

»Meine Güte, krieg dich wieder ein. Was kümmert es dich überhaupt?« Ich trete noch einen Schritt zurück. »Und für wen hältst du dich, dass du mich in meinem eigenen Zuhause anbrüllst? Du hast vielleicht Nerven.«

»Warum war er hier? Schläfst du mit ihm?«

»Oh mein Gott, wirklich.« Ich fasse mir mit beiden Händen an den Kopf. »Wahrscheinlich würde mich das in deinen Augen attraktiver machen, stimmt's?«

Damit überrasche ich mich selbst. Anscheinend bin ich immer noch sauer auf ihn. Ich komme gerade richtig in Fahrt. Er gibt so etwas wie ein Knurren von sich, und ich weiche noch weiter zurück.

»Er wollte mehr oder weniger auch wissen, ob ich mit dir schlafe«, füge ich hinzu. »Wie wär's damit, dass ich mit keinem von euch beiden schlafe und auch nicht den geringsten Wunsch danach verspüre? Er ist nur vorbeigekommen, um zu sehen, ob es mir gut geht.«

»Warum sollte es dir nicht gut gehen?«

»Komm schon. Ich hatte Montag einen ziemlich scheußlichen Tag, oder?«

Er kommt einen Schritt näher. Ich habe zwar keine Angst vor ihm, trete aber dennoch wieder zurück. Er ist ganz schön nass.

»Woher weiß er das? Hast du ihn angerufen?«

»Ich glaube nicht, dass ich ihn schon jemals angerufen habe. Er hat mich von der Bushaltestelle aus mitgenommen.«

»Der Bushaltestelle? Was?«

»Hör auf, mir Fragen zu stellen!« Ich werfe ihm einen bösen Blick zu. »Ich … habe mein Auto im Ort stehen lassen.« Ich blinzle mehrmals und presse die Lippen aufeinander. Ich bin das Weinen leid. Ich werde nicht weinen. Gestern habe ich schon stundenlang geweint, und heute läuft es so gut, bisher habe ich kaum Tränen vergossen. Nein.

»Du hast es im Ort gelassen?«, fragt er ungläubig. »Erwartest du ernsthaft, dass ich dir das abnehme? Und wie kommt es überhaupt, dass du noch deinen Morgenmantel trägst?« Er fuchtelt mit dem Finger herum.

»Wenn man arbeitslos ist, muss man sich nicht anziehen. Wofür auch? Und es ist mir egal, ob du mir glaubst oder nicht. Es ändert nichts. Ich bin am Montag mit dem Bus nach Hause gefahren, und auf dem Weg von der Bushaltestelle hierher bin ich sehr nass geworden, da ist Charles vorbeigefahren und hat mich mitgenommen.«

»Warum in aller Welt bist du denn mit dem Bus gefahren?« Er sieht fast genauso erstaunt aus, wie Charles es war. Es muss nett sein, ein Leben zu führen, in dem Busse so wie Bäume oder Tauben sind. Sie existieren, man sieht sie, aber sie sind einfach Teil der Landschaft.

»Ich war ein klein wenig aufgewühlt«, erwidere ich sarkastisch. »Ich wurde gefeuert, und irgendjemand war wirklich verdammt fies zu mir. Also bin ich losgelaufen –« ich ahme eine armselige Rennbewegung nach – »und habe an einer Bushaltestelle geheult. Dann habe ich vergessen, dass ich ein Auto habe, also bin ich in einen Bus gestiegen und nach Hause gefahren. Aber ich musste bestimmt einen halben Kilometer ohne Schuhe laufen, und netterweise hat dein Bruder angehalten und mich eingesammelt, wenn du es unbedingt wissen musst.«

»Ohne Schuhe?«

»Mir ist der Absatz abgebrochen.« Ich runzele finster die Stirn. »Komischerweise war ich nicht passend für eine Wanderung gekleidet.«

Er hat sich ein wenig beruhigt. Jetzt starrt er mich nur noch an.

»Also, was hast du hier verloren? Lungerst du im Gebüsch herum, um zu sehen, wer zum Haus kommt? Du bist völlig durchnässt.«

»Nein, ich … Nein.«

»Toll, sehr aufschlussreich. Diese Redegewandtheit.«

»Nein, ich … Hör zu, Thea –«

»›Hör zu, Thea‹«, äffe ich ihn nach. »Ich will nicht zuhören. Ich weiß nicht, warum du hier bist. Ich will nicht mit dir sprechen.« Dann fällt mir etwas anderes ein. »Wer kümmert sich gerade um den Laden?«

»Ich habe früh geschlossen. Ich wollte dich sehen«, sagt er verärgert. »Du bist nicht ans Handy gegangen, ich habe mir Sorgen gemacht –«

»Wie merkwürdig, dass ich nicht mit dir sprechen wollte. Und überhaupt, was interessiert dich das? Ich dachte, ich bin gefeuert. Also geht es dich nichts an, oder?«

»Thea –«

»Was? Hör auf, ständig ›Thea‹ zu sagen.«

»Oh, bitte.« Er fährt sich mit der Hand durchs Haar. »Das läuft alles völlig falsch. Hör mal, es tut mir leid. Ich bin hergekommen, um mich zu entschuldigen.«

Beinahe lache ich. »Um dich zu entschuldigen? Du brüllst mich in einer Tour an, seit ich die Tür geöffnet habe.«

Er legt kurz die Hände ans Gesicht und sieht dann zur Decke hoch. »Ich weiß. Ich bin so ein … Es tut mir leid. Können wir noch einmal von vorn anfangen?«

»Du liebe Zeit, du bist wirklich bescheuert. Geh und setz dich.« Ich zeige auf die Küche. »Und zieh den Mantel aus, du tropfst den ganzen Boden voll.«

Ich sehe mit verschränkten Armen zu, wie er den Mantel aufhängt, und folge ihm dann durch den Flur.

Er setzt sich an den Küchentisch mit den schrägen Beinen. Es kommt mir lange her vor, dass er das letzte Mal hier war. Das war, als er mich nach Hause gefahren hat. An dem Tag saßen wir im Wohnzimmer, und es ist etwas komisch, ihn hier in der ordentlichen Küche mit den eisblauen Küchenschränken mit gesprenkelten Arbeitsflächen und dem gelben Tisch mit den fröhlichen roten Vinyl-Stühlen zu sehen.

Das Streiten hat mich aufgewärmt, daher ziehe ich den Morgenmantel aus und hänge ihn über einen Stuhlrücken.

Ich kremple die Ärmel meines Altherrenschlafanzugs auf und setze den Kessel auf. Edward sieht mir finster zu. Ich hole mir ein Glas Wasser, koche eine Kanne Tee und nehme die Milch aus dem Kühlschrank. Nach kurzer Überlegung hole ich auch die Karamellwaffeln aus dem Schrank. Ich bin mir allerdings nicht sicher, warum ich glaube, dass er die verdient hat. Ich schütte die übrigen fünf Waffeln auf einen Teller – Kekse auf einem Teller erinnern mich an meine Jugend, und ich möchte diese Tradition zu Ehren meiner Tanten und anderer längst verstorbener alter Damen weiterführen.

Ich stelle den Teller vor ihm ab und setze mich ihm gegenüber. »Nimm dir einen Keks.«

Er zögert, wahrscheinlich findet er es nach dem Gebrüll falsch, ist aber dennoch versucht.

»Na los«, sage ich, »ich weiß, dass du einen willst.« Endlich, ein Lächeln. Ich schüttle den Kopf über ihn. »Okay, also, du wolltest dich entschuldigen. Wegen etwas Bestimmtem oder einfach allgemein?«

»Herrje. Ich nehme an, es sollte eine allgemeine Entschuldigung sein, oder? Ich meine, für alles.«

Ich zucke mit den Schultern. »Dann los.« Kurz schließe ich die Augen. »Ich kann nicht glauben, dass du mich beschuldigt hast, mit deinem Bruder zu schlafen.«

Er stöhnt und stützt den Kopf in die Hände. »Es tut mir leid.«

»Ich *mag* deinen Bruder nicht einmal. Wie ich dir auch ständig erkläre. Wobei das vielleicht etwas hart ist. Ich hasse ihn nicht oder so. Er war am Montag sehr nett zu mir. Und guck mal, er hat mir heute Pralinen vorbeigebracht. Sie sind ziemlich edel.«

Er sieht zur Schachtel, sagt aber nichts dazu. »Ich weiß. Ich … Es tut mir leid.«

»Ich bin nicht wie du. Ich habe nicht aus irgendwelchen seltsamen, komplizierten Gründen Sex mit Leuten.« Ich nehme mir selbst einen Keks und kaue nachdenklich. Ich habe keine Ahnung, wie es weitergehen wird. Es ist ... faszinierend. Ich bin überrascht, dass er hier ist, und ich kann mir nicht vorstellen, was er als Nächstes sagen wird. Ich habe Schmetterlinge im Bauch, bin aber nicht direkt nervös.

»Ich weiß. Es ist nur ... Ich war durcheinander, und es ist leicht, dumme, furchtbare Dinge zu sagen. Leichter, als irgendetwas von Bedeutung oder etwas Wahres zu sagen.«

»Ja? Ich weiß nicht, Edward, mir scheint es am leichtesten zu sein, entweder die Wahrheit oder gar nichts zu sagen. Ich verstehe nicht ganz, warum du Menschen verletzen willst, die dich mögen.« Ich spüre wieder das Brennen in meinen Augen und blinzle die Tränen schnell fort.

»Magst du mich?«

»Na ja, ich *mochte* dich«, sage ich und lache dann. »Was meinst du denn, warum mich das so mitgenommen hat? Mal ehrlich, als du meintest, wir wären keine ... Freunde –« Meine Stimme bricht schon wieder, und ich trinke schnell einen Schluck Wasser und räuspere mich. »Ich dachte, das wären wir. Nach deinen Worten kam ich mir dumm vor.« Ich werfe ihm einen Blick zu, dann sehe ich wieder weg. »Ich kam mir die ganzen letzten Tage ganz schön dumm vor.«

»Tut mir leid. Das wollte ich nicht ... Ich ... Ich mache diese Dinge einfach immer falsch. Ich schaffe es nie, das Richtige zu tun, das Vernünftige. Ich verstehe Dinge immer falsch oder versaue alles.« Er wirkt sehr unglücklich und hält inne, um seine Karamellwaffel auszupacken. Er faltet das Papier einmal längs, dann noch zweimal und streicht die Kanten dabei jedes Mal mit dem Finger glatt.

Ich warte.

»Wenn wir keine Freunde sind, dann ist es meine Schuld«, sagt er.

»Nun, ja, das stimmt.«

»Denn ich mag dich.«

»Das ist nett. Normalerweise entwickelt sich eine Freundschaft von dem Punkt an auf eine ziemlich geradlinige Weise«, erkläre ich ihm, »vor allem, wenn beide erwachsen sind.«

»Ja.«

»Aber?«

»Aber es gibt da ein Problem.«

»Dass du ein Arsch bist?«

Kurz blitzt ein Grinsen in seinem Gesicht auf. »Nein, das ist es nicht. Auch wenn es nicht gerade hilft.«

»Okay, dann sag's mir. Ich bin gerüstet.«

»Ich habe schon versucht, es dir zu sagen. Aber ich denke, du hast mir nicht geglaubt oder wolltest nicht verstehen, was ich sage.«

Ich hebe ratlos die Augenbrauen.

»Wir können nicht befreundet sein, weil ich mich in dich verliebt habe.«

Ich starre ihn einen Moment lang an, dann breche ich in Gelächter aus. Irgendwann muss ich den Kopf auf den Tisch legen, weil mein Nacken immer ganz schlaff wird, wenn ich heftig lache. Es passiert nicht oft, aber in der Schule habe ich viel Zeit mit dem Kopf auf dem Tisch verbracht, geschwächt von Lachanfällen.

Nach einer gefühlten Ewigkeit beruhige ich mich langsam und wische mir über die Augen. »Du Idiot. Das ist so etwas, was du dir selbst antust, richtig? Ich glaube, du redest dir einfach nur überzeugend Dinge ein. Du verbringst viel Zeit mit einer Person und verstehst dich mit ihr, und weil du es geschafft hast, in deinem Kopf völlig durcheinanderzuwirbeln, wie Beziehungen funktionieren, überzeugst du dich selbst, dass es etwas bedeutet – was es nicht tut. Ich verstehe, dass das problematisch ist, wenn man mit einem … Teenager zu tun hat. Aber du musst dir doch meinetwegen keine Sorgen machen, oder? Deswegen hast du mich entlassen? Wenn wir genug Zeit miteinander verbringen, wird es doch von allein wieder weggehen, nicht wahr? Ich meine …« Ich merke, wie ich wieder emotionaler werde. »Ich meine, es geht doch sogar vorbei, wenn man wirklich in jemanden verliebt ist. Am Ende schläft einer von beiden mit jemand anderem, selbst wenn man denkt, es wird ewig halten. Aber mal ehrlich, wie kommst du allen Ernstes zu dieser Überzeugung?«

»Es spielt keine Rolle.« Er steht auf.

»Doch, tut es. Ich habe dich nicht ausgelacht«, füge ich hinzu, »ich habe nur über die Vorstellung gelacht.«

»Warum ist sie so lustig?«

»Weil sie einfach lächerlich ist. Es ist unwahrscheinlich, dass sich jemals wieder jemand in mich verliebt. Und du schon gar nicht. Ich meine, warum solltest du? Du kannst dich in Frauen wie Lara verlieben. Vielleicht ist sie nicht das beste Beispiel. Aber du weißt schon, was ich meine.« Ich wische mir noch einmal über die Augen. »Entschuldige, es war wahrscheinlich gemein, so zu lachen. Das meinte ich nicht so. Setz dich und trink deinen Tee aus.«

»Thea. Gerade weil ich ständig dumme Schwärmereien hege, weiß ich, dass das hier echt ist.«

Ich schüttle den Kopf. »Oh, ja, klar. Wie soll die Argumentation funktionieren?«

»Weil es sich ganz anders anfühlt.«

Unsere Blicke treffen sich.

»Wie meinst du das?«

»Ich meine, wenn ich … wenn ich eine Frau hübsch finde, dann frage ich mich womöglich, wie es wohl wäre, sie zu küssen –«

»Pfft.«

»Und ja, wie es wäre, mit ihr ins Bett zu gehen, ich gebe zu, dass ich darüber auch nachdenke. Aber ich habe noch nie überlegt, wie es wäre, wenn sie die ganze Zeit bei mir wäre und … mich gefragt, was sie von allen meinen Lieblingsorten hält. Oder Dinge gelesen und gedacht, oh, darüber muss ich mit ihr sprechen, oder mich gefragt, ob sie es auch gelesen hat. Oder bin unruhig gewesen … habe mir Sorgen gemacht, weil sie … traurig ist und ich möchte, dass sie glücklich ist. Mir gewünscht, dass sie mitkommen würde, wenn ich wegfahren muss.«

»Vieles davon gehört auch zu einer Freundschaft, Edward. Eigentlich alles. Es ist nicht –«

»Und wollte sie jedes Mal küssen, wenn ich sie sehe. In den ganzen letzten zehn Jahren hatte ich noch nicht mal eine Frau im Laden – ich meine, als Angestellte.«

»Keine Mädchen?«

»Nein, das habe ich dir doch gesagt.«

»Na ja, also –«

»Aber genau das alles fühle ich bei dir.«

Wir sehen uns lange in die Augen. Ich spüre den Puls in meiner Kehle.

»Aber –«

»Und es tut mir leid, dass ich all diese scheußlichen Dinge gesagt habe. Es ist Furcht einflößend, mich so zu fühlen. Und ich weiß, dass du meine Gefühle nicht erwiderst, also hätte ich das alles wahrscheinlich für mich behalten sollen. Aber ich … ich wollte nicht, dass du denkst, wir wären keine Freunde, weil ich dich nicht mag. Ich mag dich nämlich wirklich sehr.«

Diese Worte kommen so eindeutig von Herzen, dass mir schon wieder Tränen in die Augen steigen. Ich bin unsicher, wohin ich blicken oder was ich sagen soll. Er schließt die Augen und fährt fort. »Ich weiß es, seit wir zur Strandhütte gefahren sind. Nicht, dass ich es damals schon zugegeben hätte, nicht einmal mir selbst gegenüber. Aber es war großartig dort mit dir. Das hatte ich mir schon gedacht, deswegen habe ich dich gefragt. Ich fand deine Gesellschaft von Anfang an sehr … entspannend. Fast wie allein zu sein, nur besser. Ich mag es, dass du dich selbst beschäftigen kannst. Und dass du nie gelangweilt bist.«

»Stimmt, ich langweile mich wirklich fast nie«, gebe ich zu. »Und wie könnte ich mich bei der Strandhütte langweilen? Es ist toll dort.«

Er lächelt mich an. »Ja. Das sehe ich auch so. Aber ich dachte, du wärst verheiratet. Auch wenn ich mich schon gefragt habe, ob irgendetwas in deiner Ehe nicht stimmt … Aber als du mir von Chris erzählt hast – ich konnte sehen, wie fertig du deswegen warst. Und du hattest nie irgendetwas getan, was mich darauf hätte hinweisen können, dass du vielleicht … interessiert an mir sein könntest. Und als du dir den Kopf gestoßen hast …«

Ich fühle mich befangen bei der Erinnerung daran, an seine Finger in meinem Haar.

»Ich habe vergessen, wo ich war, als ich mir dein Haar ansah, oder wer ich war, oder … einfach alles.«

»Ja, das war etwas eigenartig. Mich hatte seit Ewigkeiten keiner berührt«, sage ich. »Es war ziemlich … intensiv.«

»Ja.«

Ich räuspere mich verlegen.

»Deswegen war ich … Ich hatte Sorge, du würdest glauben, dass ich die Situation manipuliere. Indem ich zu viel trinke und du deswegen dort festsitzt. Und ich habe überlegt … Wenn es mir nicht so wichtig gewesen wäre, hätte ich wahrscheinlich einen Annäherungsversuch unternommen. Aber ich wusste, dass es wichtiger war als das. Ich hatte so eine schöne Zeit.«

»Ich auch. Es war zauberhaft. Auch wenn ich ein bisschen ängstlich war.« Dann sehe ich sein Gesicht und schiebe schnell hinterher: »Ähm, nur weil ich dachte, es könnte vielleicht komisch sein. So, wie nach unserem Kuss am Mittwoch. Ich wusste, dass du mich gar nicht wirklich küssen wolltest, und es hat mich geärgert, dass du –«

»Na ja, es war nicht so, dass ich nicht *wollte*. Es war einfach der völlig falsche Moment, um dich zu küssen. Nicht, dass es einen richtigen Moment gibt. Aber ich wollte es nicht ausnutzen, dass du so durch den Wind warst.«

»Ich weiß.«

»Ich wollte nur, dass du dich besser fühlst.« Er runzelt die Stirn. »Und ich wollte dich küssen.«

»Ähm.«

»Also – es tut mir leid. Ich weiß, dass … Ich weiß, dass es dir nichts bedeutet hat.« Er wirkt beinahe ängstlich, als er das sagt, und nicht zum ersten Mal denke ich, wie komisch es ist, dass wir die wahren Gedanken eines anderen nie wirklich kennen können.

»Warum glaubst du das?«, frage ich. »Ich meine, ich bin nicht völlig gefühlskalt.«

Es folgt eine Pause.

»Weißt du, die Sache ist die –«, fange ich an, während er im selben Moment sagt: »Ich war mir nicht sicher, ob –«

»Sprich du.«

»Nein, du zuerst.«

Ich sammle mich. »Die Sache ist die … Ich habe schon darüber nachgedacht. Seit Längerem. Über dich. Und ich denke … Ich glaube, wenn man jemanden mag, ist es viel schwerer zu erkennen, ob derjenige einen auch mag. Schwerer, als wenn es einem egal ist.«

Ich glaube nicht, dass er mir hier weiterhelfen wird, er starrt mich bloß an. Also spreche ich tapfer weiter.

»Wahrscheinlich bin ich gerade gefühlstechnisch in keinem guten Zustand. Jedenfalls werde ich sicher nie vergessen, wie furchtbar alles Anfang des Jahres war. Aber ich hatte das Gefühl, ganz gut zurechtzukommen, Fortschritte zu machen. Denn … dadurch, dass ich hierhergekommen bin, war es einfacher zu vergessen, dass das alles tatsächlich geschehen ist. Ich hatte mich an das Gefühl gewöhnt, dass es irgendwie meine Schuld sein muss, dass er mich verlassen hat. Auch wenn ich auf logischer Ebene weiß, dass es nicht stimmt. Ich weiß jetzt, dass ich mich schon ans Alleinsein gewöhnen und einfach weitermachen werde wie alle anderen geschiedenen Leute, und es wird okay sein. Denn ich war nicht so einsam, wie ich erwartet hatte, und das liegt zum Teil an dir.« Ich halte inne, suche nach den richtigen Worten. Für jemanden, der viel redet, finde ich es erstaunlich schwer, die richtigen Worte zu finden, wenn es darauf ankommt. »Denn auch wenn du ganz schön ruppig und manchmal unausstehlich und nicht einmal immer da bist – die Arbeit im Laden zu haben und jemanden, mit dem ich über alle möglichen Dinge sprechen konnte, die … die nichts mit Chris oder dem Haus oder meinem gescheiterten Leben zu tun hatten … Das hat mir in gewisser Weise das Gefühl gegeben, beinahe wieder ich selbst zu sein. Das echte Ich, Thea Hamilton. Nicht

Thea Mottram. Wenn ich nach Hause zurückkehren würde, wäre es wahrscheinlich wieder schlimm, weil ich Leute und Orte und all die alltäglichen Dinge sehen müsste, die nie wieder so sein werden wie vorher. Also vielleicht war das alles falsch, diese Vorstellung, ich sei eine neue Version meiner selbst. Aber wie dem auch sei.« Ich zögere, unsicher, wie ich meinen Monolog beenden soll. »Entschuldige, ich rede schon seit Ewigkeiten.«

»Du kannst so viel reden, wie du willst«, sagt er. »Das ist kein Problem.«

»Aber du wolltest auch etwas sagen. Vorhin, bevor ich –«

»Wenn du sagst, dass es dir nicht völlig gleichgültig war –«, beginnt er, doch dann hält er noch einmal inne. »Wolltest du das damit sagen? Am Anfang? Ich habe auch bei dem Rest zugehört, aber daran bin ich irgendwie hängen geblieben.«

»Ich wollte, dass du mich küsst, ja. Falls das deine Frage ist.« Ich verdrehe die Augen. »Oder sagen wir so: Es war eine Überraschung, aber keine … keine unangenehme. Und vielleicht war es nicht der beste Zeitpunkt. Aber ich habe schon einmal vorher gedacht, dass du mich vielleicht küsst, weißt du? Als ich dir hinterherlaufen musste, weil du dich so idiotisch verhalten hast.«

Er wirkt etwas peinlich berührt. »An der Eingangstür? Ja, ich –«

»Das war das erste Mal, als mir der Gedanke kam … Aber dann hast du mich nicht geküsst, und ich dachte, ich muss es mir eingebildet haben. Aber wie auch immer. Es ist nicht so, als hätte es mir etwas ausgemacht, als du mich geküsst hast. Wirklich nicht. Aber das weißt du, oder?«

»Ich …«

»Oder?«

»Ich … Ich war mir nicht sicher. Ich dachte … Ich hätte dich fragen sollen, ob es okay wäre. Ich hatte ein schlechtes Gewissen. Aber du wolltest, dass ich dich küsse?« Er wirkt schmerzhaft verunsichert, und wahrscheinlich ist es ganz gut, dass ich zu weit von ihm entfernt sitze, um ihn zu berühren. Ich will ihm ein gutes Gefühl geben, ihn beruhigen und trösten. Ich bin nur nicht sicher, ob das eine gute Idee ist.

»Das hast du doch sicher gemerkt, oder? Nenn mich sentimental oder dumm oder … naiv, aber es kam mir alles ziemlich berauschend vor und …« Ich denke an den Moment auf dem Sofa, meine Hand auf seiner Brust, seine Finger an meiner Wange, den hungrigen Kuss mit ineinander verschlungenen Zungen. »Du weißt schon.« Ich zucke wieder mit den Schultern. »Sexy.«

»Oh Gott«, stößt er aus. »Das war es wirklich … Ich glaube nicht, dass ich …«

Ich schiebe meinen Stuhl etwas näher und beuge mich über den Tisch, und er legt seine Hand in meine.

»Es ist schwierig, darüber zu sprechen«, sage ich. »Peinlich und komisch. Aber es war nett von dir, mich zu umarmen, und der Kuss war ein Bonus.«

»Okay.«

»Also hör bitte auf, dir deswegen Gedanken zu machen.«

Er lacht. »Ich werde es versuchen.«

»Es ist nichts falsch daran, jemanden attraktiv zu finden. Es überrascht mich zwar, aber gut. Und jetzt, da das alles raus ist, können wir wieder Freunde sein?«

Er verstärkt seinen Griff um meine Hand. »Können wir das wirklich? Denn ich glaube nicht, dass ich aufhören werde, so zu fühlen.«

Ich kann ihm nicht recht in die Augen schauen. Es ist eigenartig, ihn solche Dinge sagen zu hören. Seine Hände sind warm, wärmer als meine. Es fühlt sich schön an, Händchen zu halten, selbst wenn meine Arme unbequem weit ausgestreckt sind.

»Ja, aber … Ich glaube, du verstehst meinen Punkt nicht«, erkläre ich ihm. »Es funktioniert viel besser, wenn man nur befreundet ist. Vielleicht ist es komplizierter, aber wenn man nicht befreundet ist, kann man nicht … dann gibt es nichts, worauf man aufbauen kann. Zugegebenermaßen ist es im Nachhinein schwierig, befreundet zu bleiben, wenn man sich wirklich voll und ganz darauf eingelassen hat.

Ich denke, wir müssten uns entscheiden, was wichtiger wäre. Mir ist es wichtig, einen … Freund zu haben. Und ich weiß nicht, wie gut ich im Moment damit zurechtkomme, wenn jemand in mich verliebt ist.« Ich runzle die Stirn, weil ich immer noch nicht überzeugt bin, dass es auch wirklich so ist, auch wenn das vielleicht gemein ist. Aber ich verstehe nicht, warum er in mich verliebt sein sollte. Lara war kein gutes Beispiel, aber es stimmt doch, dass es eine Million Frauen aus gutem Hause gibt, die nicht mit seinem Bruder geschlafen haben und viel … passender wären. »Sobald man mit jemandem geschlafen hat, ist alles anders, selbst wenn man sich Mühe gibt, dass alles so ist wie vorher.«

»Ich habe noch nie versucht, mit jemandem befreundet zu sein, mit dem ich geschlafen habe.«

Ich lache. »Nein, das glaube ich dir.« Auf einmal kommt mir das alles fast schon etwas unpersönlich vor. Ich habe keine Ahnung, was ich jetzt sagen soll. Ich hocke immer noch über den Tisch gebeugt auf meinem Stuhl, mein Kinn schwebt gerade so über der Tischplatte. Ich bin schrecklich müde. Erschöpft lege ich die Stirn auf dem Holz ab und schließe die Augen.

»Thea, alles okay?«

»Ich bin bloß sehr müde.«

»Soll ich gehen?«

»Wir könnten uns irgendwo hinsetzen, wo es gemütlicher ist.« Ich sehe auf, und er nickt. Ich lasse seine Hände los und führe ihn in den Flur. Eigentlich hatte ich vor, ins Wohnzimmer zu gehen, aber dann kommt mir eine bessere Idee. Oder eine dümmere Idee. Ich bin verwirrt.

Ins Bett zu gehen wäre wahnsinnig, oder? Kann ich ihn fragen, ob er möchte? Ich weiß es nicht. Ich weiß auch nicht, was dann passieren würde. Ich bin nicht sicher, ob ich irgendwas von den Dingen tun könnte, die man im Bett tut. Und jemanden mit ins Bett zu nehmen und dann zu merken, dass man keinen Sex mit ihm haben kann, das schreit ja geradezu nach Ärger. Ich glaube, das wäre nicht gut. Nur, jetzt, da ich einmal darüber nachgedacht habe …

Mir ist klar, dass es keine gute Idee ist, mit jemandem zu schlafen, der in einen verliebt ist, wenn man nicht auch in ihn verliebt ist. So viel weiß ich noch aus meiner Jugend. Allerdings glaube ich immer noch nicht, dass er wirklich in mich verliebt ist. Es erscheint mir so unrealistisch.

Und es ist auch nicht so, als wäre ich kein bisschen in ihn verliebt. Da sind durchaus ein paar … Grauzonen.

Ich halte kurz inne, und vielleicht bemerkt Edward mein Zögern, denn er sagt meinen Namen. Ich wende mich zu ihm um, und er zieht mich näher an sich heran. »Darf ich dich küssen?«, fragt er, und ich lache.

»Wenn du möchtest.«

»Sicher?«

»Ich fände es schön.«

Ich bin froh, dass es hier im kalten Flur an diesem nassen Oktobernachmittag recht dunkel ist, denn ich weiß, dass mein Gesicht rot ist, und mein Haar ist zu einer seltsamen Frisur getrocknet, und zu allem Überfluss trage ich einen Altherrenschlafanzug, der bestimmt genauso alt ist wie ich selbst. Edward schlingt einen Arm um meine Taille und legt die andere Hand an mein Gesicht. Ich schließe die Augen, und wir küssen uns ganz langsam. Ich zittere. Ich spüre nur noch unsere Lippen, meine Brüste an seiner Brust, meine Hände in seinen Locken. Als er sich von mir löst, bin ich atemlos. Er küsst mich auf die Stirn und drückt mich so fest, dass ich keuche. Dann sehen wir uns lange in die Augen. Schließlich frage ich: »Wollen wir uns aufs Sofa setzen?«, und er lacht. Wir gehen ins Wohnzimmer.

Mir kommt in den Sinn, wie lange es her ist, dass ich Sex auf einem Sofa hatte, und dieser Gedanke lässt mich erröten. Ich setze mich eilig hin. Das werden wir auf keinen Fall tun. Es ist nicht nötig, oder? Ich habe ein vollkommen funktionstüchtiges Bett, das sich ganz in unserer Nähe befindet. Nicht, dass wir Sex haben werden. Zumindest noch nicht, oder?

Wir sehen uns an. Ich habe keine Ahnung, was ich machen soll.

»Komm her«, sagt er, und ich rücke näher zu ihm. Aus irgendeinem Grund bin ich verlegen. Edward ist mir vollkommen vertraut, ich habe ihn seit Mai mindestens an drei oder vier Tagen pro Woche gesehen. In der Strandhütte haben wir vierundzwanzig Stunden zusammen verbracht. Ich habe sein Gesicht öfter betrachtet als das jedes anderen, seit ich hier bin, und trotzdem sieht er jetzt ganz anders aus, weil wir uns zweimal geküsst haben und weil er mir gesagt hat, dass er in mich … Mein Gehirn scheut vor der Formulierung zurück, wie albern. Komm schon, Thea. Er hat mir gesagt, dass er in mich verliebt ist. Diese Dinge haben ihn unwiederbringlich verändert. Ich kann ihn berühren, wenn ich will, eine Locke geradestreichen, ihm über die Augenbrauen fahren oder meinen Finger auf die Falten zwischen seinen Brauen legen.

»Du starrst ganz schön.« Er beugt sich näher zu mir, bis seine Nase meine Wange berührt. Ich schließe die Augen und lege den Kopf leicht schräg, dann spüre ich seine Lippen auf meiner Wange, meiner Kehle.

Himmel.

Es ist alles Furcht einflößend. Er hat schon einmal dafür gesorgt, dass ich mich unglaublich elendig gefühlt habe. Selbst wenn das alles ein Fehler war, ein Missverständnis, war ich doch aufgebrachter, als ich es tolerieren kann. Was zur Hölle mache ich hier?

»Oh Gott«, stoße ich aus. »Ist das hier richtig dumm?«

Er zieht sich zurück, und wir sehen uns an.

»Wahrscheinlich«, erwidert er. »Ich würde mich selbst niemandem empfehlen.«

»Ach, nicht deinetwegen«, sage ich, um ihn zu beruhigen. »Egal, um wen es ginge, wäre es dumm? Ich glaube, ich bin gebrochen, und ich möchte nicht –«

»Das verstehe ich«, sagt er. »Und ich weiß, dass es ein Risiko ist, sich auf mich einzulassen. Ich hätte nicht kommen sollen.«

Er will aufstehen, und ich lege meine Hand auf seinen Oberschenkel. »Nein, sag das nicht. Daran liegt es nicht. Ich bin froh, dass du gekommen bist. Aber ich … Ich war diese Woche sehr unglücklich.«

»Ja, ich auch«, sagt er und lacht. »Ich bin mir nicht sicher, ob ich mich schon jemals so miserabel gefühlt habe.«

»Also ich mich definitiv schon, aber es war überraschend nah dran.«

»Es tut mir leid, dass ich dich verletzt habe. Das ist das Letzte, was ich wollte. Es tut mir leid, dass ich dir meine Gefühle nicht mitteilen konnte. Ich hatte Angst.«

»Oh Gott.« Ich lache.

»Was?«

»Na ja, du bist einfach verdammt hinreißend.« Und dann küssen wir uns wieder und es ist ziemlich … intensiv. Alles pulsiert und pocht auf eine Art und Weise, die mich an andere Fummeleien in anderen Wohnzimmern vor langer Zeit erinnert.

Irgendwann sage ich: »Okay. Gehen wir ins Bett?«

Im Halbdunkel sieht er sehr ernst aus. »Wie, jetzt? Möchtest du?«

»Ja, wahrscheinlich schon«, antworte ich ein wenig abgelenkt, weil ich mich frage, ob mein Schlafzimmer unordentlich ist. Ich bin mir relativ sicher, dass ich das Bett gemacht habe, das mache ich eigentlich immer. Und die Bettwäsche ist immerhin frisch, die habe ich erst Samstag gewechselt. Nicht, dass es wichtig wäre, es würde mich wundern, wenn er groß an dem Zustand des Zimmers oder der Bettwäsche interessiert wäre.

»Wahrscheinlich?«

Ich lache über seine Miene. »Erwarte nie, dass ich das Richtige sage. Das tue ich in den seltensten Fällen. Was ich meinte, ist –«, ich stehe auf und ziehe ihn hoch, »ich würde gerne mit dir ins Bett gehen, doch ich weiß nicht, ob es eine gute Idee ist, ob wir das wirklich tun sollten. Aber ich möchte, deswegen ignoriere ich das alles.«

Im Flur schiebe ich die Schlafzimmertür auf. Es ist fast dunkel, denn das Licht, das durchs Fenster fällt, ist grau und schwach. Draußen regnet es immer noch.

Nun, da wir hier drin sind, habe ich Angst, einen Fehler gemacht zu haben. Befangenheit ist gar kein Ausdruck dafür, wie unwohl ich mich fühle. Ich erhasche einen Blick auf mein Spiegelbild am Ankleidetisch und verziehe das Gesicht.

»Was ist?«

Ich zeige auf den Spiegel. »Ich habe gerade mein Spiegelbild gesehen. Es hat mich daran erinnert, dass ich, auch wenn ich mich genauso fühle wie mit neunzehn oder fünfundzwanzig, traurigerweise nicht mehr so aussehe wie damals.«

»In meinen Augen siehst du ziemlich gut aus«, sagt er. »Dieser Schlafanzug ist –«

»Er gehörte Andrew«, erkläre ich. Ich sehe an mir hinab, dann grinse ich ihn an. »Na, hat das den Moment zerstört?«

»Oh nein. Mir ist egal, wer ihn gekauft hat oder wann, mich interessiert eher das, was darunter ist.«

Es ist schön, solche Dinge zu hören, egal wie schwer es ist, sie zu glauben.

»Hast du deine Meinung geändert?« Er hat die Hände in die Hosentaschen geschoben und betrachtet mich über das Bett hinweg.

»Ich denke nicht.« Ich weiß nicht, wohin mit meinen Händen und was ich überhaupt tun soll. »Ich habe vergessen, wie das hier funktioniert.« Ich habe das Gefühl, dass die Beleuchtung ganz falsch ist, also ziehe ich die Vorhänge zu, und dann ist es dunkel. Zu dunkel? Der Spiegel reflektiert ein bisschen Licht aus dem Flur. Edward ist eine dunkle Gestalt, groß und schattig. Mein Gott, ist das schwierig.

»Kerzen«, sage ich. »Das ist es … Warte.« Ich wühle in der Nachttischschublade. Ich bin mir sicher, darin sind irgendwo – ja. Teelichter. Und Streichhölzer. Mit zittriger Hand zünde ich eins an. In dem sanfteren Licht fühle ich mich gleich wohler.

Edward zieht seinen Pullover aus und legt ihn über den Stuhl. Wir stehen da und sehen uns an. Es ist immer schwer, sich zum ersten Mal vor jemand anderem auszuziehen. Der Gedanke, dass er gleich nackt sein wird, in meinem Bett … Ich kann es mir kaum vorstellen. Verdammt. Es ist aufregend, aber auch beängstigend.

Ich klettere ins Bett, immer noch im Schlafanzug, in dem ich mich irgendwie geschützt fühle. Die Socken habe ich auch noch an, er wird sich Mühe geben müssen.

»Kerzen sind gut«, sagt er. Dann knöpft er sein Hemd auf, und ich ziehe die Decke bis zur Nase, damit er mein Grinsen nicht sieht.

»Vorteilhaft«, stimme ich zu. »Das ist ein Bonus. Ähm. Das ist irgendwie komisch. Ist es komisch? Und noch schlimmer als komisch, ist es … Ist es furchtbar vorhersehbar?«

Er lacht. »Manche werden es so sehen.«

»Ich hasse es, vorhersehbar zu sein.«

Er schiebt sich ins Bett und beugt sich zu mir, um mich zu küssen. Ich glaube, ich werde nie genug davon bekommen, ihn zu küssen. Ich habe ganz vergessen, wie es ist, jemanden zu küssen, wenn alles noch neu und aufregend ist.

Irgendwann löst er sich von mir, und wir starren uns an. Es ist anders, wenn man weiß, dass man jemanden so lange ansehen kann, wie man möchte, ohne die vorsichtige Höflichkeit, die man in der Außenwelt an den Tag legen muss. Es ist auch anders, weil man sich so nahe ist. Man sieht die Haut des anderen, die Fältchen im Gesicht und die Bartstoppeln. Er rasiert sich nicht jeden Tag, und sein Bart ist viel grauer als sein Haar. Die Haut über den Stoppeln ist weich, und er ist immer noch vom Sommer gebräunt. Er sieht stets ein wenig zerzaust aus, bis zu einem gewissen Grad uninteressiert an seinem Äußeren. Trotzdem wirkt er nie ungepflegt. Und diese Augenbrauen. Ich lege den Finger auf eine von ihnen und streiche daran entlang, berühre die Falten dazwischen, die Falten von seinem Stirnrunzeln.

»Auf Hollinshaw hatten jede Menge der Männer in den Gemälden solche«, sage ich.

»Ah, ja, die Maltravers-Brauen.«

»Manche deiner Vorfahren sahen dir ganz schön ähnlich.«

»Arme Schweine.«

Ich schnaube. »Ja, genau. Erstens spielt es für reiche Menschen keine Rolle, wenn sie hässlich sind, und zweitens bist du nicht hässlich.«

»Ich finde immer, ich habe ein etwas finsteres Gesicht.«

»Nein, du bist bloß eine etwas finstere Person.«

»Bin ich nicht.«

»Na ja, dann eben grimmig.« Ich grinse ihn an. »Weißt du noch, was du vorhin über unseren Ausflug zur Strandhütte gesagt hast? Ich habe damals gedacht, dass du so vielleicht wirklich bist, so, wie du an dem Tag warst. Dein wahres Ich. Nicht so mürrisch.«

»Ich bin nicht mürrisch.« Er schiebt die Hand unter die Decke, und ich spüre sie warm auf meiner Hüfte.

»Im Moment bist du nicht mürrisch«, stimme ich zu. »Das ist eine nette Abwechslung. Aber du warst furchtbar mürrisch, als du hergekommen bist. Und ich nehme an, schon seit letzter Woche.«

Er sieht weg. »Ja, das stimmt. Ich habe mich da wohl ein wenig hineingesteigert.«

»Du hättest einfach mit mir darüber reden können. Warum hast du das nicht getan?«

»Ich dachte nicht, dass ich es könnte. Ich dachte nicht … Ach, verdammt. Ich hätte nie geglaubt, dass ich jemals hier landen würde, in deinem Bett.«

»Nein, das ist recht unerwartet.«

»Ich freue mich aber«, sagt er. »Es ist viel besser, als wütend und allein zu sein.«

»Das will niemand.«

»Nein. Also. Was willst du?«

»Ich weiß es nicht.«

Ich glaube, ich habe Angst. Nicht vor ihm, nein – vor dem hier, vor dem Potenzial dieses Augenblicks. Ich weiß nicht, was mein Gesicht verrät, aber er zieht erneut die Augenbrauen zusammen und streicht leicht mit einem Finger über meine Wange.

»Wenn du deine Meinung geändert hast –«

»Nein, nein, ich … Es ist nur merkwürdig.«

»Warum merkwürdig?«

»Vor allem, weil ich mir nie ernsthaft vorgestellt habe, je mit jemand anderem ins Bett zu steigen. Und dann habe ich mir nie vorgestellt, mit dir ins Bett zu steigen.« Ich lache. »Ach. Das ist eine riesige Lüge.«

»Was?«

»Dass ich mir das hier nie vorgestellt habe. Ich habe versucht, es nicht zu tun. Ich habe es so sehr versucht.«

»Oh, ja.« Er nickt. »Ich erinnere mich – weil du nicht mal mit mir ins Bett gehen würdest, wenn ich dich anflehen würde?«

Das bringt mich erneut zum Lachen. »Ha, herrje. Na ja, vielleicht würde ich doch. Wenn du richtig flehen würdest. Ja, okay, das war gemein, aber das, was du gesagt hast, war viel schlimmer.«

»Das stimmt. Es tut mir leid. Das war furchtbar von mir. Ich wollte bloß etwas richtig Fieses sagen. Ich wollte nicht, dass du mir verzeihst, also habe ich das Schlimmste gesagt, das mir eingefallen ist.« Er nimmt meine Hand und küsst sie. »Weil ich ein Arschloch bin, du erinnerst dich.«

»Oh, ja.« Ich denke kurz nach und lege meine Hand auf seine Brust. »Ich habe gerade an etwas gedacht.«

»Stets am Nachdenken.«

»Ja, das stimmt.«

»Und?«

»Tja, wir können keinen Sex haben.«

Er runzelt die Stirn, dann werden seine Augen groß. »Nicht? Das ist enttäuschend.«

»Ja, oder? Ich habe die Logistik nicht bedacht.«

Er lacht. »Die Logistik? Was für ein romantisches Wort. Was um Himmels willen meinst du?«

»Ich meine, dass ich nicht … Ich habe nicht erwartet, jemals wieder Sex zu haben. Und ganz sicher nicht, während ich hier oben bin. Also bin ich nicht … vorbereitet.«

»Vorbereitet? Mental?«

Ich glaube, er zieht mich auf.

»Keine Kondome, Kappe, Pille. Keine Verhütung.«

»Ah, ja, das sehe ich ein. Ich bin auch nicht vorbereitet. Wenn wir bei mir wären, hätte ich etwas da, aber ich habe nicht – wirklich nicht – erwartet, dass das hier passieren würde.«

»Also hast du kein nützliches Portemonnaie voller Kondome?«

»Leider nicht. Da werden wir wohl improvisieren müssen. Aber das könnte bedeuten, dass wir aufhören müssen, zu reden. Ist das okay?«

»Ich denke schon«, sage ich, und dann küssen wir uns wieder.

* * *

Etwas später sagt Edward: »Ich habe eine Idee.«

»Ja?«

»Wir könnten zu mir fahren. In die Wohnung, da habe ich Kondome.«

»Oh, ja. Das hast du vorhin erwähnt.«

»Und auch wenn ich denke, dass es ohne ebenfalls okay war –«

»Ja, das war schon in Ordnung, nicht?«

Wir grinsen uns an.

»Ja, wirklich nicht schlecht. Aber weißt du, wir könnten –«

»Es richtig tun.«

Er lacht erneut. »Ja.«

»Ich gebe zu, dass das verlockend klingt. Aber es ist warm hier, ich weiß nicht, ob ich aufstehen möchte.«

»Du musst ja nicht sofort aufstehen. Es ist erst – wie spät ist es?«

Ich drehe mich zum Wecker um. »Kurz vor sechs.«

»Hm. Dann könnten wir noch ein bisschen länger hierbleiben – und dann zu mir gehen, wenn du möchtest.«

Ich überlege kurz. »Kann ich meinen Job wiederhaben?«

»Darum geht es dir also?« Er schüttelt den Kopf. »Immer nur auf den Profit aus.«

Ich lache. »Ja, natürlich. Pass mal auf, wie ich die Leiter meiner sogenannten Karriere erklimme, indem ich mit meinem Boss schlafe. Bald übernehme ich die Firma. Es ist äußerst aufregend. Also?«

Er sieht mich so lange an, dass ich schon denke, er könnte vielleicht Nein sagen. Dann grinst er. »Na schön. Wenn du dich benimmst …«

»Ich werde extrem professionell sein, keine Sorge.«

»Nicht zu professionell, hoffe ich. Ich werde so ziemlich die gesamte Zeit mit dir flirten.«

»Pff. Ich bin mir nicht sicher, ob ich in der Lage sein werde, das zu erkennen. Würde das beinhalten, dass du mich nicht anbrüllst?«

23

Wir ziehen uns an und fahren in den Ort – mit beiden Wagen, weil ich nicht ohne Fluchtmöglichkeit feststecken möchte. Er sieht mich ernst an, als ich das sage, daher erkläre ich ihm, dass ich nicht glaube, flüchten zu müssen, aber dass ich gerade erst zwei Tage ohne mein Auto verbracht habe und es sehr lästig war. Ich wäre lieber mit ihm zusammen gefahren, doch ich versuche, vernünftig zu sein. Auch wenn ich mich nicht sehr vernünftig fühle. Ich kann mich kaum aufs Fahren konzentrieren, weil ich daran denken muss, wie es gerade im Bett mit ihm war.

Ich parke am Rathaus, in einiger Distanz zum Laden. Ich kann nicht genau erklären, warum. Allerdings werde ich dadurch auf dem Weg über den Platz nass. Zum Glück hat er schon aufgeschlossen und wartet auf mich. Wir stehen in der Dunkelheit, umgeben von den Büchern. Mir wird bewusst, dass ich wirklich überzeugt war, den Laden nie wieder zu betreten, und ich bin unglaublich froh, zurück zu sein.

Er schließt die Tür hinter mir ab und zieht den Vorhang zu. Normalerweise stehe ich draußen, wenn wir den Laden schließen. Heute liegen die Dinge jedoch anders. Ich werde später nicht nach Hause fahren – ich bleibe hier. Wie aufregend!

»Weißt du was?«, fragt er.

»Nein, was denn?«

»Ich bin unglaublich, irrsinnig, lächerlich glücklich.« Er packt mich und wirbelt mit mir in einer Art atemlosem, übermütigem Tanz durch den Raum. Irgendwann werfen wir eine Trittleiter um und müssen aufhören, weil wir so heftig lachen. Dann küsst er mich.

»Ich war noch nie so glücklich. Ich kann es gar nicht glauben.«

Meine Augen füllen sich mit Tränen, und ich bin froh, dass er sie in der Dunkelheit unmöglich sehen kann. »Oh, wie schön. Wenn auch komisch.«

»Komm, lass uns hochgehen. Hast du Hunger?«

Ich folge ihm in den Flur, darauf bedacht, nicht gegen die Regale neben der Tür zu stoßen. »Schon ein bisschen. Aus irgendeinem Grund habe ich noch nichts zu Abend gegessen …«

Im Halbdunkel die Treppen hochzulaufen ist ein komisches Gefühl. Ich frage mich, ob er das oft tut. Vielleicht werde ich es öfter tun. Oder nicht. Es ist alles ein Mysterium, nicht wahr? Man kann nie wissen, was passieren wird. Vor einem erstreckt sich die Zukunft beinahe vollkommen verdeckt, verhüllt durch eine einzige Reihe Schleier, von denen einige dichter sind als andere.

Ich bin unsicher, wie ich zu all dem hier stehe und zu dem, was vorhin passiert ist, aber ich erkenne das lustvolle, hungrige Gefühl in meinem Bauch. Ich bin froh, dass wir es wieder tun, und dann noch so bald. Ich bin froh, dass ich nicht bis nächste Woche oder morgen warten muss, um herauszufinden, dass es gut war und auch er mehr davon möchte.

»Nein, ich habe auch nichts gegessen«, sagt er. »Warst du abgelenkt? Ich jedenfalls schon.« Er wirft einen Blick über die Schulter zurück. »Hey, ich kann für dich kochen. Darauf freue ich mich.«

Auch wenn es vielleicht etwas traurig ist, löst das ein warmes Gefühl in mir aus, fast so, als hätte er mich umarmt. »Ja?«

Er nickt. »Ich habe selten die Gelegenheit, für jemanden zu kochen.«

»Du brauchst mehr Freunde.«

Er zuckt mit den Schultern. »Na ja. Jedenfalls bleibt heute Abend keine Zeit, um etwas allzu Aufregendes zuzubereiten.« Wir sind jetzt in der Küche. Er schaltet das Licht ein und begutachtet den Inhalt des Kühlschranks. Ich lehne mich gegen die Wand. Das ist erst das zweite Mal, dass ich gemeinsam mit ihm in seiner Wohnung bin. Es fühlt sich alles so seltsam an.

»Okay, ich habe Käse, Schinken und Eier. Ich könnte dir ein Croque Monsieur machen. Oder ein Omelett. Oder ein Croque Madame.«

»Oh, ich hätte gern ein Croque Madame. Bitte. Ich bin tatsächlich am Verhungern.«

Er grinst mich an. »Ich auch. Wir müssen ja bei Kräften bleiben.«

»Kann ich dir irgendwie helfen?«

»Könntest du den Kessel aufsetzen? Oder du öffnest eine Flasche Wein. Im Kühlschrank ist noch welcher, falls du weißen möchtest, der rote ist im Esszimmer.«

Möchte ich ein Glas Wein? Vielleicht schon. Verflixt. Jetzt bin ich wieder nervös.

Auf der Suche nach Gläsern öffne ich die Schränke. »Du hast ganz schön viel Küchenkram für jemanden, der allein lebt.«

»Ich weiß, ich neige zum Horten.« Er sucht die Zutaten für unser Abendessen zusammen.

Währenddessen betrachte ich die fünf Sets Weingläser. »Sind die alle für unterschiedliche Weine? Ich fürchte, mit so etwas kenne ich mich nicht aus.«

»Es spielt keine Rolle, such dir welche aus, die dir gefallen.«

»Wirst du mich bemitleiden, wenn ich Weißwein aus einem Rotweinglas trinke?«

Er schnaubt. »Wohl kaum.«

»Gut, ich möchte nämlich nicht bemitleidet werden.«

»Nein, ich bemitleide dich nicht. Oh«, fügt er hinzu, während er näher auf mich zukommt, »außer für das, was dich später noch erwartet.«

Ich verstehe nicht, was er meint, und runzle die Stirn. »Wieso, was –?«

Er verdreht die Augen. »Du weißt schon. Wenn du mit mir ins Bett musst. Schon wieder.«

»Oh, das. Ja. Zum Glück bin ich extrem tapfer«, erkläre ich, während ich mich auf die Suche nach einem Korkenzieher begebe.

»Ja, das bist du. Soll ich das übernehmen?«

»Ich bin durchaus in der Lage, eine Flasche Wein zu öffnen.«

»Ich weiß. Ich wollte es nur anbieten. Um nett zu sein, weißt du.«

»Diese Version von dir erkenne ich ja kaum wieder.« Wir grinsen uns an. Aber dann werde ich wieder ernst. Ich räuspere mich. »Es bereitet mir ein wenig Sorgen, dass ich mit einem Mal alles auf ein Pferd setze. Vor allem, wenn ich überlege, dass ich vor vierundzwanzig Stunden noch nicht einmal ein Pferd hatte, auf das ich hätte setzen können.«

»Du meinst, wenn das hier in die Hose geht?«

»Damit will ich aber nicht sagen, dass das passieren wird.«

»Ich werde dich nicht feuern.«

»Ja, genau.« Ich schnaube verächtlich. »Natürlich wirst du das. Du hast mich schon einmal gefeuert, weißt du noch?« Ich lehne mich an die Arbeitsplatte und sehe ihn an. »Du würdest mich wie eine heiße Kartoffel fallen lassen, sobald du das Gefühl hättest, dass es unangenehm wird.«

»Nein, ich –«

»Ach, komm schon. Aber vielleicht wäre es auch richtig so. Wenn das hier den Bach runtergeht, würde ich wahrscheinlich gar nicht mehr hier arbeiten wollen. Also, wenn sich herausstellen sollte, dass du ein mieses Arschloch bist.«

»Das ist unfair, du weißt doch schon, dass ich ein mieses Arschloch bin.«

Ich rümpfe die Nase. »Nur zum Teil. Du gibst vor, schlimmer zu sein, als du bist.«

»Eigentlich tue ich so, als wäre ich besser, nicht schlimmer. Ich fürchte, in mir verbirgt sich ein bodenloser Abgrund der Scheußlichkeit.«

Vorher haben wir gescherzt, aber jetzt habe ich das Gefühl, dass er es ernst meint. Er glaubt, was er sagt. Ich nehme an, er wäre unausstehlich, wenn er mehr Selbstbewusstsein hätte oder was auch immer es ist, das ihm fehlt. Aber es wäre traurig, wenn er sich wirklich selbst für so schrecklich hält.

»Das muss ich dann wohl herausfinden«, sage ich, »und mir meine eigene Meinung bilden.« Dann lache ich. »Vergiss nicht, in wessen

Fußstapfen du trittst … in die eines Mannes, der sich vor all seine Freunde und die ganze Familie gestellt und jede Menge Versprechen gegeben hat, die er nicht gehalten hat.«

»Ich werde wohl nie vergessen, in wessen Fußstapfen ich trete«, erwidert er immer noch ernst. »In die des Mannes, mit dem du zwanzig Jahre lang zusammen warst und den du geliebt hast.«

»Oh, na ja. Ich … So solltest du darüber nicht denken. Wirklich.«

»Hm. Ist aber schwer. Weil du ihn liebst, nicht wahr? Immer noch. Du vermisst ihn.«

»Ganz so eindeutig ist das nicht.« Ich runzle die Stirn. »Ich fürchte, es ist komplizierter, als ich es selbst gerne hätte. Ich möchte nicht … Ich möchte dir nichts vormachen oder dir weniger anbieten, als du verdient hast.«

»Ich glaube nicht, dass das möglich ist.«

Es versetzt meinem Herzen einen Stich, wenn er solche Dinge sagt, und ich weiß nicht, was ich darauf antworten soll. Schnell stelle ich mein Glas ab und gehe auf ihn zu. Ich lege die Arme um seinen Nacken und balanciere auf den Zehenspitzen, um ihm einen Kuss auf die Wange zu drücken.

»Sag das nicht. Du hast was Schönes verdient. Du hast jemanden verdient, der dir all die Dinge gibt, die du nie hattest.«

»Ja? Ich bin mir da nicht so sicher.«

»Hey.«

Er drückt mich fest und schmiegt sein Gesicht in meine Haare. »Hmm. Du riechst immer so gut. Das habe ich schon öfter gedacht.«

Wir umarmen uns lange, stehen stumm in der hell beleuchteten Küche. Schließlich seufzt er.

»Du meintest, du wärst hungrig.«

»Ja. Bin ich auch.«

»Dann mache ich dir mal besser was zu essen.«

***

Es ist schwierig, Aufregung und Angst voneinander zu unterscheiden, aber ich versuche, nicht ängstlich zu sein. Das wäre albern. Schließlich haben wir den schwierigen Teil schon hinter uns, das Nacktsein. Es ist lange her, dass irgendjemand anderes als Chris mich vollkommen unbekleidet gesehen hat, aber immerhin ist Edward nicht schreiend davongerannt. Genauso wenig wie ich, und das ist doch schon mal etwas.

Ist es schwieriger, richtigen, penetrativen Sex mit jemandem zu haben, als all die anderen Dinge miteinander zu tun? Sicherlich doch nur, wenn man noch jung ist. Mir kommen plötzlich alle möglichen Erinnerungen an Szenen aus meinem Leben in den Sinn. Das erste Mal, dass ich mit jemandem geschlafen habe, das erste Mal, dass ich mit einem Jungen in sein Zimmer gegangen bin, in der Absicht ... Ich denke an feuchte und verschwitzte Nachmittage mitten in den Weihnachtsferien meines letzten Schuljahres, als ich noch nicht ganz sechzehn war und gewisse Dinge mit Andy Bracewell getan habe. Eine gute Wahl, fand ich damals, er war nett, und auch wenn er schon mit Rachel Palmer ausgegangen war, schien es nicht, als wären sie weit gekommen, daher war es für ihn etwa genauso neu wie für mich. Wir hatten nie Sex, dafür waren wir viel zu jung und nervös. Aber wir haben viele andere Dinge miteinander getan. Einige davon haben Edward und ich heute Nachmittag wiederholt. Ich denke daran, wie ich mich damals gefühlt habe und wie ich mich jetzt fühle. Im Grunde besteht da kein allzu großer Unterschied.

Wir essen unsere Croques Madames bei Kerzenlicht in der Küche. Holly Hunter ist hereingekommen, nass vom Regen, und knuspert ihr Trockenfutter.

»Als wir uns das erste Mal gesehen haben, bist du mir sofort aufgefallen«, sagt Edward. »Und ich weiß, dass sich das anhört, als würde ich das nur rückblickend sagen, aber das ist nicht wahr. Ich habe dich gleich bemerkt, als du das erste Mal in den Laden gekommen bist.«

»Ist es nicht dein Job, Kunden zu bemerken?«

»Aber normalerweise tue ich es nicht. Eigentlich ignoriere ich sie.«

»Mich hast du auch ignoriert, soweit ich mich erinnere.«

»Hab nur so getan«, sagt er, und ich lache. »Es gefiel mir, dass du dich über die Theke gelehnt hast, als du mit mir gesprochen hast. Du schienst offensichtlich amüsiert zu sein. Und als du sagtest, wer du bist, war ich erstaunt. Und jetzt fühlt es sich so an, als ob …«

»Als ob was?«

»Das klingt bescheuert«, sagt er.

Ich grinse ihn ermunternd an. »Ich höre?«

Er seufzt. »Na ja, als ob Andrew dich geschickt hätte.«

Ich blinzle. »Das … Das kommt mir gar nicht vor wie etwas, was du denken würdest.«

»Ist es auch eigentlich nicht. Ich weiß, dass es albern klingt. Aber wir waren ziemlich gut befreundet. Viele Menschen mögen mich nicht, aber er tat es. Er war dir sehr ähnlich, finde ich. Oder du bist ihm ähnlich. Ich glaube, er hätte erwartet, dass wir uns verstehen. Es hätte ihn gefreut.«

»Er kannte mich doch gar nicht«, wende ich ein.

»Ich weiß. Es ist albern.«

»Aber sehr liebenswert«, sage ich, immer noch leicht zweifelnd.

»Du hältst mich für einen Idioten.«

Ich lächle ihn an. »Vielleicht. Aber auf eine gute Art.«

Er schnaubt. »Kein Grund, so gönnerhaft zu sein.«

»Wie du meinst, Boss.«

* * *

Schließlich gehen wir ins Schlafzimmer. Inzwischen ist es fast Mitternacht geworden. Wir machen uns nicht die Mühe, abzuwaschen. Edward schiebt seinen Stuhl zurück und sagt: »Ich kann nicht mehr länger warten, komm.«

Mir wird ein wenig schwindelig. Ich bin unsicher, was ich sagen soll, also stehe ich schweigend auf. Er hält mir die Hand hin, ich lege meine hinein und dann führt er mich zur Treppe.

»Es ist oben.«

»Ich weiß. Ich war schon mal dort«, erinnere ich ihn.

»Ja? Wann?« Überrascht dreht er sich zu mir um.

»Du hast mich gebeten, deine Fenster zu schließen. Ich habe nicht herumgeschnüffelt«, füge ich hinzu, auch wenn ich dadurch wahrscheinlich schuldbewusst klinge.

Ich folge ihm die Treppe hinauf in das obere Stockwerk und überlege, was er wohl gerade denkt. Ich frage mich, ob es sonderbar ist, wie ich mich fühle. Ich frage mich, ob ich überhaupt weiß, wie ich mich fühle. Mein Herz rast, und ich komme mir vor wie losgelöst von meinem normalen Selbst.

Er öffnet die Schlafzimmertür und dreht sich wieder zu mir um. »Ich habe das Gefühl, als wäre da … ganz schön viel Druck, was diese Situation angeht. Ist das so? Obwohl wir vorhin schon mal zusammen im Bett waren?«

»Es fühlt sich irgendwie gewichtig an«, stimme ich zu. Dann lehne ich mich an den Türrahmen und beobachte, wie er das Licht einschaltet und die Vorhänge schließt. Plötzlich kommt mir ein Gedanke. »Wer ist eigentlich Corinne?«

Er dreht sich wieder zu mir um. »Corinne?«

»Du hattest eine Karte von ihr. Edward Hopper.«

»Ah, ja, das kann gut sein. Sie ist eine Bekannte. Lebt in St Andrews.«

»Eine Bekannte? So wie Lara?«

Er lacht. »Besser als Lara. Aber ich denke schon, ja.«

»Triffst du dich noch mit ihr?«

»Ich glaube nicht, dass es als Treffen zählt, was Corinne und ich machen.«

»Nicht? Was macht ihr denn?«

Er öffnet die oberste Schublade des Nachttischs. »Willst du Kerzen?«

»Wenn du welche hast … Ich möchte jedenfalls sicher kein Flutlicht«, erwidere ich, und er lacht.

Dann hält er eine Dose hoch. »Vanille, glaube ich.«

»Perfekt. Also, Corinne?«

Er zündet die Kerze an und stellt sie auf die Kommode. »Ist es hier okay?«

»Ja, sicher. Weichst du meiner Frage aus?«

»Mach das Licht aus.«

Ich schalte das Licht aus und warte darauf, dass meine Augen sich umgewöhnen. »Edward?«

»Nein. Aber ich sehe sie selten. Vielleicht einmal im Jahr oder einmal alle achtzehn Monate. Normalerweise landen wir im Bett, ja. Aber ich bin sicher, es wird ihr nicht das Herz brechen, dass das jetzt nicht mehr passieren wird.«

»Wird es nicht mehr passieren?«

Er sieht mich ernst an. »Ich gehöre jetzt ganz dir. Oder nicht?«

»Keine Ahnung. Tust du das?«

»Thea, ich weiß nicht, ob dir hier etwas entgangen ist, aber ich bin vollkommen verrückt nach dir.«

Ich grinse ihn in dem gedämmten Licht an. »Ja? Das ist schön. Es kommt mir so unwahrscheinlich vor, aber ich denke, ich glaube dir.«

»Das solltest du auch.«

»Wie lange wird es dauern, bis du wieder grantig zu mir bist?«

»Hm. Vielleicht eine Woche?«

Das bringt mich zum Lachen. »Ach, doch so lange?«

»Wenn du Glück hast. Kommst du jetzt rein, oder willst du in der Tür stehen bleiben?«

»Das ist der schwierigste Teil.«

»Lass ihn nicht schwierig sein. Komm mit ins Bett.«

Ich schließe die Augen. »Bitte sag das noch mal.«

»Thea, komm mit ins Bett.« Er tritt näher, legt die Hand an meine Wange, und ich lasse die Augen geschlossen. Ich bebe am ganzen Körper. Er küsst mich, und ich habe das Gefühl, als würde ich einfach dahinschmelzen. Die Arme hat er fest um mich geschlungen, und unsere Körper pressen sich sehnsüchtig aneinander.

»Oh Gott«, sagt er. »Ich … Ich hab dich wirklich gern.«

»Ich weiß. Ich hab dich auch wirklich gern. Es ist okay.« Ich tätschle ihm sanft die Schulter. »Mach dir keine Sorgen.«

»Das tue ich aber. Ich sorge mich, dass –«

»Wir können uns später immer noch Sorgen machen, geben wir der Sache doch ein paar Tage, okay?« Ich schiebe die Finger zwischen seine Hemdknöpfe und spüre seine warme Haut.

»Ja.« Er küsst mich noch einmal. »Normalerweise mache ich mir über solche Dinge gar keine Gedanken.«

»Du überraschst mich. Aber wie auch immer, dann versuch doch, wieder zu diesem sorglosen Freiheitsgefühl zu finden. Es bringt ja nichts, wenn wir beide angespannt sind.«

»Bist du angespannt?«

Ich brauche einen Moment, um darauf zu antworten. »Jetzt schon weniger«, sage ich schließlich. »Hm. Meine Güte, du kannst unglaublich gut küssen.«

Er lehnt seine Stirn an meine. »Du sagst immer so nette Sachen.«

»Und ich finde, dass du ziemlich gut aussiehst. Und du bringst mich zum Lachen.«

»Das höre ich alles gerne.«

»Ach?«

Ich knöpfe sein Hemd auf, küsse sein Schlüsselbein, seine Brust. Als ich mein Ohr an sein Herz lege, höre ich es klopfen. Ich fahre mit einem Finger über seinen Nippel, dann mit meiner Zunge. Er stöhnt, und ich streiche über seinen Bauch und seine Seiten, schiebe zwei Finger unter den Bund seiner Jeans.

»Ich glaube, du solltest dir deine Klamotten ausziehen«, sage ich, und er kommt meiner Aufforderung eilig nach. Dann legt er sich aufs Bett.

»Jetzt bist du dran«, verlangt er, also ziehe ich den Reißverschluss meines Kleides auf und lasse es auf den Boden fallen. Ich öffne die Haare, ziehe mir den BH und den Slip aus und lege mich zu ihm, Haut an Haut.

»Oh Gott«, stößt er aus, und ich lächle. Seine Haut schimmert im Kerzenlicht. Ich fühle mich mächtig, sogar verführerisch, voller sexueller Energie, selbstbewusst, was meine Fähigkeiten angeht, jemanden zufriedenzustellen und zu erregen. So fühle ich mich nicht immer, und ich behaupte nicht, dass es so bleibt, aber jetzt gerade bin ich erfüllt von Verlangen. Es ist lange her, dass ich zum letzten Mal so etwas gespürt habe, ich hatte schon fast vergessen, wie das ist.

»Du bist wunderschön«, sagt er.

»Vor allem ohne Socken, hm?«, erwidere ich. Das bringt ihn zum Lachen.

* * *

Später fragt er: »Hast du eigentlich mit ihm geredet? Chris, meine ich?«

»Schon länger nicht mehr.«

»Wie oft sprecht ihr euch denn?«

»Ach, so gut wie gar nicht. Wir schreiben uns Mails, nicht oft, aber hin und wieder. Ich habe ihm eine Geburtstagskarte geschickt. Das ist mehr, als er umgekehrt geschafft hat. Da haben wir übrigens das letzte Mal miteinander geredet, an meinem Geburtstag.«

»Im Juni? Das ist ja ewig her. Was hält er davon, dass du hier oben geblieben bist?«

»Ich weiß es nicht. Wahrscheinlich ist er erleichtert, mich aus dem Weg zu haben. Das macht es ihnen leichter, als Paar etwas mit all unseren Freunden zu unternehmen. Ich hoffe, das klingt nicht verbittert – das soll es nicht.«

»Aber du hast nicht von ihm gehört seit … letzter Woche?«

»Du meinst, ob er es mir schon selbst gesagt hat? Dass er Vater wird? Nein. Ich weiß auch nicht, ob er das tun wird oder ob er einfach davon ausgeht, dass ich es weiß.« Ich zucke mit den Schultern.

»Und wie geht es dir damit jetzt?«

»Ach, na ja. Ich denke, er ist nicht begeistert«, sage ich. »Überleg mal, wie alt er sein wird, wenn das Kind zwanzig ist. Es kann nicht seine Idee gewesen sein. Ich weiß, letzte Woche habe ich mir genau deswegen Sorgen gemacht. Aber ich habe darüber nachgedacht, und ich glaube nicht, dass er … Ich glaube, du hattest recht. Wenn er es gewollt hätte, hätte er es mir gesagt.« Ich runzle die Stirn. »Wolltest du je Kinder?«

»Gott, nein. Das ist eine komplizierte Sache, oder? Ich habe nie jemand Passenden kennengelernt, und selbst wenn – das ist doch alles verkorkst, dieser ganze Erbschwachsinn. Ich fände es schrecklich, wenn meine Urenkel nachher meinen: ›Wir hätten einen Titel haben können. Dieser Mistkerl.‹« Er lacht.

* * *

Als wir am nächsten Morgen in der Küche frühstücken, sagt er plötzlich: »Du solltest hier einziehen.«

Ich verschlucke mich an meinem Toast. »Wie bitte?«

Er schenkt uns Kaffee nach. »Einziehen. Hier. Mit mir zusammenwohnen.«

»Du hast offenbar den Verstand verloren. Oh mein Gott.«

»Warum?«

»Wie, warum? Man hat doch nicht einmal Sex mit jemandem«, ich hebe die Hand, »okay, oder zweimal, wie auch immer, und zieht dann zusammen.«

»Warum nicht?«

»Weil das verrückt wäre. Außerdem hast du das noch nie getan. Jemanden gebeten, bei dir einzuziehen.«

»Nein, aber das ist ja kein Grund, es nicht zu tun, oder? Es wäre schön, wenn du hier leben würdest. Tatsächlich finde ich, wir sollten heiraten.« Er grinst mich an.

»Bitte was?«

Er lacht. »Ich erwarte nicht, dass du mir da zustimmst.«

»Nein. Tja, ich könnte aber auch sowieso nicht. Selbst wenn ich es für eine gute Idee halten und nicht denken würde, dass du … nicht ganz bei Sinnen bist. Ich bin schon verheiratet.«

»Ja, aber du lässt dich bald scheiden, richtig? Du könntest also schon mal einziehen, und dann heiraten wir später.«

Ich schüttle den Kopf über ihn.

»Warum nicht? Es ist einfacher so, oder? Es hat doch keinen Sinn, immer hin- und herzufahren. Mir würde es gefallen, wenn du hier wohnen würdest.«

»Du kennst mich kaum.« Ich runzle die Stirn. Seine Idee ist verlockender, als ich zugeben werde.

»Das stimmt nicht ganz – immerhin arbeiten wir seit sechs Monaten zusammen. Ich habe noch nie eine Person kennengelernt, die ich auch nur halb so gerne mag wie dich. Und ich weiß, dass wir erst zweimal miteinander geschlafen haben, aber ich sehe das als etwas Langfristiges an.«

»Ja?«

»Du nicht?«

Ich weiche seinem Blick aus. »Na ja, doch, ich sehe es nicht als etwas Kurzfristiges«, gebe ich widerwillig zu.

* * *

Wir öffnen den Laden. Es ist etwas komisch, wieder hier zu sein und dem normalen Arbeitsalltag nachzugehen. Vermutlich wissen alle, dass er mir gekündigt hat, also wird es viele Fragen geben, wenn die Leute mich hier sehen. Wahrscheinlich muss ich es einfach über mich ergehen lassen. Komischerweise finde ich die Vorstellung weniger schlimm als die, den Leuten erklären zu müssen, warum ich nicht mehr da war.

Am Vormittag, während ich auf einer Leiter stehe und Regale abstaube, kommt Jenny herein und knallt ihre Hand auf die Klingel an der Ladentheke. Edward sieht auf.

»Hallo«, sagt er. »Wie kann ich dir helfen?«

»Wie ich schon gestern und vorgestern gesagt habe, kannst du dich verdammt noch mal bei Thea entschuldigen und ihr ihre Stelle wiedergeben.«

»Oh. Na ja …« Er sieht durch den Raum zu der Leiter, auf deren höchster Stufe ich stehe, sodass ich mit dem Kopf die Decke streife. »Ich weiß nicht, ob ich das tun kann.«

»Warum nicht? Ich werde hier jeden Tag reinkommen und dich anschnauzen, bis du es tust«, sagt sie. »Diese Frau ist das Beste, was dem Laden je passiert ist.« Ich erröte. Ich sollte lieber rübergehen, bevor sie etwas noch Peinlicheres sagt.

»Das ist sie, ja«, stimmt Edward zu, während ich die Leiter hinuntersteige und auf sie zueile.

»Wie? Warum hast du sie dann entlassen?«

»Ist schon okay«, merke ich an. »Ich konnte ihn dazu bewegen, seine Meinung zu ändern.«

Sie wirbelt herum und grinst mich dann erleichtert an. »Ah, Gott sei Dank«, sagt sie. »Du bist ein Idiot«, fährt sie dann an Edward gewandt fort.

»Ja.« Er nickt. »Mag sein.«

»Trotzdem sind das gute Neuigkeiten«, sagt sie zu mir. »Wie hast du es hingekriegt, dass er seine Meinung ändert? Normalerweise ist er doch so furchtbar stur.«

»Ja, ich war wohl überzeugend.« Ich vermeide es, zu Edward zu sehen. Er lacht.

»Das war sie. Sehr überzeugend.«

»Hm. Tja, schön. Und dir geht's gut?«, fragt Jenny mich.

»Jetzt schon, ja.«

Sie runzelt skeptisch die Stirn. »Sicher?«

Ich nicke.

»Was war denn los?«

»Ein Missverständnis. Aber das haben wir ausgeräumt.« Ich räuspere mich. »Hoffe ich.«

»Ich auch.« Sie schüttelt den Kopf. »Im Ernst, Edward.«

»Ich weiß«, sagt er, »ich habe sie nicht verdient.«

Jenny verengt die Augen und sieht von ihm zu mir und wieder zurück. Ich bin mir ziemlich sicher, ihre Gedanken zu erraten. Allerdings möchte ich vielleicht gar nicht, dass überhaupt jemand irgendetwas über uns denkt, zumindest im Moment. Ich hätte gerne etwas mehr Zeit.

»Danke, dass du gekommen bist, um ihn dir vorzuknöpfen. Ich bin gerührt.«

»Sie war jeden Tag hier«, wirft Edward ein.

»Aye, ich weiß, dass er manchmal ein Idiot sein kann«, sagt Jenny.

»Ich glaube nicht, dass er das mit Absicht ist«, erwidere ich und werfe Edward einen Blick zu. Er lächelt mich an. Mein Herz bleibt stehen. Oh mein Gott. Lächelt er mich immer so an? Kann sie es sehen? Verflixt.

»Hm«, brummt Jenny. »Okay, gut. Mach das nicht noch mal, Maltravers.« Sie sieht auf ihr Handy. »Ich gehe jetzt besser, ich habe gleich noch einen Patienten. Ich wollte nur schnell rüberkommen.«

»Danke«, entgegnet Edward. »Das weiß ich zu schätzen.«

Misstrauisch betrachtet sie ihn. »Du klingst fast, als würdest du es ernst meinen.«

»Tue ich auch.«

»Hm. Na ja, ich muss los. Lass ihn keinen Unsinn anstellen«, sagt sie zu mir, und ich bin stolz, dass es mir gelingt, mit ernster Miene zu entgegnen, dass ich das nicht tun werde.

Die Türglocke klingelt hinter ihr.

»Du meine Güte«, sagt er. »Du weißt ja bestimmt, dass die Hälfte der Ortsbewohner in den letzten Tagen hier war, um mir zu sagen, wie brillant du bist.«

»Pfft. Das glaube ich nicht.«

»Doch. Ein konstanter Strom an Beleidigungen ist auf mich eingeprasselt, und jeder hat seinen besten Wir-sind-sehr-enttäuscht-vondir-Blick aufgesetzt. Und sie haben ja recht. Du bist brillant. Und ich habe vor, ziemlich viel Unsinn mit dir anzustellen.«

Ich runzle die Stirn. Da ist es schon wieder. Was ist das für ein Gefühl? Es ist wie … Oh mein Gott. Wir starren einander an, dann räuspere ich mich und sehe fort.

24

Es ist so viel Zeit vergangen, seit ich das letzte Mal eine Beziehung angefangen habe, dass es Dinge gibt, die ich vergessen habe. Ich erinnere mich nicht an die Regeln. Und es ist anders, wenn man mittleren Alters ist. Oder es kommt mir anders vor – ich kann ja nicht einfach all meine Freunde anrufen und aufgeregt loskreischen. Auch wenn das mehr oder weniger das ist, was ich tun möchte. Ich bin unsicher, was ich machen, wem ich es erzählen soll.

Ich habe Xanthe angerufen, als ich nach Hause kam, am Tag, nachdem ich das erste Mal bei Edward übernachtet hatte. Er wollte, dass ich auch die nächste Nacht bei ihm verbringe, aber ich hatte das Gefühl, ich sollte lieber vorsichtig sein – wenn vorsichtig überhaupt das richtige Wort ist. Ich wollte nicht einfach mein eigenes Zuhause aufgeben. Egal, wie gern ich bei ihm sein will.

Xanthe klang amüsiert über die Geschichte, aber ich glaube, sie freut sich für mich.

»Aha, damit habe ich fast gerechnet. Ich hatte schon den Eindruck, dass er dich mag. Als er dich ausgeführt hat. Zu seinem Strandhaus. Ich war überrascht, dass damals nichts zwischen euch passiert ist.«

»Strandhaus? Das klingt viel glamouröser, als es ist«, wandte ich ein. »Es ist nur eine Hütte. Und ich glaube auch nicht, dass man sagen könnte, er hätte mich ausgeführt.«

»Ich glaube, genau das kann man sagen. Und jetzt trefft ihr euch?«

»Nun, ja –«

»Na, bitte.«

Es gab leider nicht viel, was ich dazu noch sagen konnte.

***

»Hey. Also, unglücklicherweise muss ich nächste Woche nach London«, sagt Edward, der sich auf einen Ellbogen gestützt hat, um mich anzusehen.

»London?«, frage ich erstaunt.

»Ja, du weißt schon, die große Stadt im Süden?«

»Ha, ha. Aber warum? Für einen Verkauf?« Seit ich ihn kenne, war er noch nie südlicher als Newcastle unterwegs.

»Ja, da findet so eine Veranstaltung bei Sotheby's statt.«

»Ach, sieh mal einer an«, sage ich, insgeheim beeindruckt. »Sotheby's.«

»Ich habe überlegt, abzusagen, aber das scheint mir –«

»Abzusagen? Warum?«

Er zuckt mit den Schultern und weicht meinem Blick aus. »Ach, du weißt schon ... veränderte Umstände ...«

»Wie, du wolltest absagen, weil ...«, stammle ich verlegen. »Wegen mir?«

Er nickt. »Aber, ähm –«

»Nein, das wäre albern. Ich bin ja noch hier, wenn du zurückkommst.« Wir sehen uns so lange an, dass mein Herz anfängt, schneller zu schlagen. Ich räuspere mich und wende den Blick ab. »Wie lange bist du weg?«

»Normalerweise fahre ich dort für eine Woche hin oder so.«

»Eine Woche? Wirklich«? Ich bin fassungslos, und er scheint es mir anzusehen.

»Ich kenne durchaus ein paar Menschen in England«, sagt er amüsiert. »Menschen, die ich nicht oft treffen kann.«

»Freunde? Bekannte?«

»Ja, so würde man sie wohl bezeichnen.«

»Äh, Bekannte wie ... Corinne?« Ich will nicht, dass er denkt, ich würde mir Gedanken wegen Corinne machen – das tue ich wirklich nicht –, aber er hat diese Frauen nun mal schon öfter als »Bekannte« bezeichnet.

»Nicht ganz. Ich kenne Corinne schon lange, aber die meisten meiner Londoner Freunde kenne ich länger. Und es sind hauptsächlich Männer, wenn es dir darum geht.«

»Hauptsächlich?« Ich kann gar nicht glauben, dass ich das gerade wirklich sage, ich klinge ja fast eifersüchtig. Das bin ich aber nicht – zumindest glaube ich das. Oder bin ich es doch? Ich war eigentlich nie eifersüchtig. Und ich denke – ich *denke* –, ich würde darauf vertrauen, dass Edward nicht mit jemand anderem schläft, selbst wenn er bei einer Frau übernachtet, mit der er schon mal geschlafen hat. Oder?

»Normalerweise komme ich bei Alan und seiner Frau unter. Oder bei Davey. Davey hast du schon mal auf einem Foto gesehen«, sagt er. »Er ist der mit dem Joint auf dem Bild, das auf der Kommode steht.«

»Ach.« Der Gedanke an Edwards Freunde von der Uni lenkt mich ab. »Wo wohnen sie denn?«

»Alan und Trix wohnen in Putney. Davey in Wandsworth. Wenn ich bei einem von ihnen übernachte, treffe ich mich auch mit den anderen. Und normalerweise noch mit ein paar weiteren Leuten.«

»Leuten vom College?«

»Und ein paar aus der Schule.«

»Ich dachte, du hättest keine Freunde aus der Schulzeit ...«

»Ein paar habe ich schon.«

»Du sprichst nie von ihnen.«

Er zuckt mit den Schultern. »Da wäre einmal Henry. Er ist als Berater bei Royal London tätig und oft zu beschäftigt für ein Treffen. Und Kirsty, sie arbeitet für die BBC und ist mit Raj verheiratet, die beiden wohnen in Peckham. Ihr Haus ist toll, sie haben es gekauft, als Häuser dort sehr günstig waren. Jetzt tun sie so, als wäre es in Camberwell, dadurch erhöht sich der Wert um dreihunderttausend Pfund.«

»Meine Güte.«

»Ja. Also, willst du mich begleiten?«

Ich bin überrascht von seiner Einladung. »Nach London?«

»Dahin soll die Reise gehen, ja.«

»Aber was ist mit dem Laden?«

»Zugegeben, manchmal ist es unpraktisch, dass du hier arbeitest. Womit ich nur sagen will, dass du problemlos mitkommen könntest, wenn du woanders arbeiten würdest.«

»Es wäre trotzdem ein bisschen kurzfristig«, erwidere ich.

»Davon mal abgesehen.«

»Na ja, ich …«

»Eine Woche in verschiedenen Gästezimmern zu verbringen und einen Haufen Fremder zu treffen, obwohl wir erst seit zehn Minuten zusammen sind, wäre vielleicht ein bisschen –«

»Stressig?«, ergänze ich.

»Langweilig, wollte ich sagen.« Er lächelt mich an.

»Ach, es klingt nicht langweilig. Stressig aber schon. Ich, äh, würde mir vielleicht komisch vorkommen, deine Freunde kennenzulernen, da hast du schon recht. Nach gerade mal zehn Minuten.«

Er beugt sich zu mir und legt die Hand an mein Gesicht. »Ich möchte allerdings keine Woche ohne dich verbringen.«

Ich lache. »Das schaffst du schon.«

»Wahrscheinlich, aber ungern. Ich kann nur leider nicht mehr absagen, fürchte ich.«

»Das solltest du auch nicht, selbst wenn du könntest. Ich möchte nicht … Ich sollte nicht der Grund dafür sein, dass du deine Pläne änderst.«

Er sieht mich lange an. »Wenn irgendjemand der Grund dafür sein kann, dann du.«

Wieder gerate ich ein wenig aus der Fassung. »Ja, aber …«

»Aber ich sollte wahrscheinlich fahren.«

* * *

Er hat einen Wagen gemietet, weil der Land Rover alt und laut und nicht ideal für sieben Stunden Fahrt ist, schon gar nicht auf der Autobahn. Es ist halb sieben am Freitagmorgen, und wir stehen draußen auf dem Bürgersteig vor dem Buchladen. Edward sieht Charles heute merkwürdig ähnlich, ich glaube, das liegt am Auto, einem unnötig großen, sauberen grauen Volvo, und daran, dass er schicker gekleidet ist als sonst. Er wird auf der Auktion auch etwas verkaufen, daher steht im Kofferraum neben seinem Koffer eine große Kiste mit sorgsam eingepackten Büchern.

Es ist kalt, und die Sonne wird erst in einer Stunde aufgehen. Obwohl ich selbst nicht verreise, habe ich schlecht geschlafen und bin unruhig.

»Okay«, sagt er, »dann fahre ich mal besser. Ich ruf dich an, wenn ich da bin.« Er zögert. »Bleibst du hier? In der Wohnung?«

»Heute, meinst du? Ich habe noch gar nicht wirklich darüber nachgedacht. Ich denke schon, ja.«

»Okay. Wir hören später voneinander.«

Wir umarmen uns etwas unbeholfen und küssen uns. Dabei hoffen wir (oder ich zumindest), dass keiner der Nachbarn unerwartet aus dem Fenster schaut. Es weiß noch niemand von uns. Nicht, dass es ein Geheimnis wäre. Aber ich möchte diskret sein, bis ich mich selbst an die Vorstellung gewöhnt habe.

»Ich liebe dich, Thea«, sagt er ernst. »Bitte pass auf dich auf.«

»Oh ja, du auch auf dich. Fahr vorsichtig, okay? Versuch nicht, ohne Pause das ganze Land zu durchqueren oder so. Und pass auf die anderen Fahrer auf, denen kann man absolut nicht trauen.«

Er lacht. »Ich verspreche, vorsichtig zu sein.« Wir küssen uns noch einmal.

»Dann los«, sage ich. »Es ist eiskalt hier draußen.« Ich tippe mit dem Finger auf seine Nase. »Bis bald.«

Und dann klettert er in den Wagen und fährt los. Er dreht sich noch einmal um und winkt. Ich winke energisch zurück, bis er um die Ecke gefahren und verschwunden ist.

Ich fühle mich sehr sonderbar, als ich in den Laden zurückgehe und hinter mir abschließe. Natürlich bin ich es gewohnt, allein hier zu arbeiten – er ist oft unterwegs. Daran liegt es nicht. Ich habe selbst keine Ahnung, was mit mir los ist. Mein Tagesablauf ist nun durcheinandergebracht, weil ich so früh aufgestanden bin und bereits gefrühstückt habe. Es ist kalt und dunkel hier unten zwischen den Büchern, und ich weiß nicht so recht, was ich mit mir anfangen soll.

***

Im Laden bleibt es sehr ruhig. Das Wetter ist trist – Eisregen –, und über den Tag verteilt kommen nur drei Kundinnen herein. Aber es müssen noch Pakete für Onlinekäufe verschickt werden, also gehe ich in der Mittagszeit zur Post. Es geht das Gerücht um, dass die Post geschlossen werden soll, was sehr unpraktisch wäre. Wenn ich jedes Mal nach Newton Stewart fahren müsste, wäre das mühsam. Ich schaue bei Jilly und Cerys vorbei und laufe dann zurück zum Buchladen.

Ich setze mich in Edwards grünen Sessel (welch Luxus!) und lese mein Buch, während der Regen gegen die Fenster prasselt. Zwischendurch überlege ich, was ich heute Abend essen möchte, und frage mich, warum ich mich so komisch fühle. Edward ist noch nicht einmal zwölf Stunden fort, daran kann es nicht liegen. Daran sollte es nicht liegen, es ist gefährlich, sich so eng an jemanden zu binden. Ich denke an Paul McCartney. Linda und er haben während ihrer Ehe nicht eine Nacht voneinander getrennt verbracht. Hat es das leichter gemacht, als sie gestorben ist, oder sehr viel schwerer? Das kann niemand sagen, oder? Ich denke, es muss schlimmer gewesen sein. Ich erschaudere und sehe auf die Uhr. Um zwei habe ich eine Nachricht von Edward erhalten, dass er heil angekommen ist, also kann ich immerhin aufhören, mir Autounfälle vorzustellen. Jetzt ist es fast sechs, da kann ich genauso gut den Laden schließen und nach oben gehen.

***

»Hey«, sagt Edward.

»Hallo.«

»Wie war dein Tag?«

»Ach, sehr ruhig. Und wie war die Fahrt?«

»Überraschenderweise ganz okay, zumindest, bis ich bei Luton war. Von da an war viel Verkehr, aber eigentlich kann ich mich nicht beschweren.«

»Wie geht es deinen Freunden?«

»Gut. Toby, ihr Sohn, ist richtig groß geworden, ich habe ihn ewig nicht gesehen. Fast eins neunzig.«

»Wie alt ist er?«

»Vierzehn.«

»Nicht so groß wie du.«

»Ha, nein, ich glaube, das hat ihn gestört. Immerhin ist er größer als sein Dad.«

Ich lache. »Und was machst du morgen?«

»Ich treffe mich mit Geoff Whitley, mal sehen, ob ich ihm den Ovid verkaufen kann.«

»Oh, stimmt, das hast du erwähnt. Bist du zuversichtlich?«

»Jap.«

Ich lache erneut. »Gut.«

»Hatte Holly Hunter schon ihr Abendessen?«

»Ja. Sie sitzt am anderen Ende des Sofas.« Ich werfe ihr einen Blick zu.

»Lässt sie sich nicht dazu herab, auf deinem Schoß zu sitzen?«

»Noch nicht.«

Wir sprechen kurz über das Wetter, darüber, was ich zu Abend gegessen habe, und über andere faszinierende Themen. Ich glaube, es ist das erste Mal, dass wir ein dahindümpelndes, witzloses Gespräch am Telefon führen. Mehrere Male werde ich fast panisch, während ich überlege, was ich als Nächstes erzählen kann. Natürlich ist es aber okay. Schließlich sagt er: »Ich muss los, wir gehen zum Essen aus.«

»Feiert ihr deine Ankunft?«

»Ha, nein, ich denke nicht, dass es darum geht. Es liegt eher daran, dass Trix den ganzen Tag arbeiten war. Wie auch immer, ich ruf dich morgen an. Bleibst du in meiner Wohnung?«

»Ich weiß noch nicht. Ich schaue mal, wie es heute Nacht wird.«
»Okay. Dann gute Nacht. Ich schreibe dir, wenn wir zurück sind.«
»Kann sein, dass ich dann schon schlafe«, warne ich ihn.
»Kein Problem.«

***

Es ist ein komisches Gefühl, allein in Edwards Bett zu liegen. Ohne ihn kommt es mir so groß vor. Gut, es ist bequem und ich habe den Timer des elektrischen Heizkörpers angestellt, also ist es immerhin so gemütlich, dass Holly Hunter sich hereingewagt und sich am anderen Ende des Betts zusammengerollt hat. Aber es fühlt sich beinahe an, als wäre ich unerlaubterweise hier. Ich lese mein Buch, schweife aber ständig gedanklich ab und muss mehrfach zurückblättern oder denselben Absatz noch einmal lesen. Es dauert lange, bis ich müde genug bin, um das Licht auszuschalten, und der Wind und der Regen halten mich noch eine Weile wach.

***

Ich bin mir nicht sicher, wie lange ich schon geschlafen habe oder was mich weckt, aber die roten Ziffern auf dem Wecker verraten mir, dass es halb drei ist. Im Gegensatz zu meinem Schlafzimmer in der Lodge ist es hier nie richtig dunkel, die Vorhänge sind dünn und eine Straßenlaterne in der Nähe wirft einen schmalen Silberstreifen an die Wand gegenüber. Außerdem ist es lauter hier im Ort, auch wenn man Baldochrie wohl kaum als lebhafte Metropole bezeichnen kann. Vorhin habe ich Musik aus dem Pub gehört und Leute, die sich auf dem Nachhauseweg unterhalten haben, sowie hin und wieder ein Auto. In der Lodge hört man nichts als das Wetter, den Wind in den Bäumen, manchmal eine Eule oder den furchterregenden Schrei eines Fuchses. Vielleicht muss ich ein Verdunkelungsrollo anbringen. Andererseits hatte ich bisher noch keine Schwierigkeiten, hier einzuschlafen, also liegt es vielleicht gar nicht an den Geräuschen und dem Licht. Mir wird bewusst, dass ich angestrengt lausche, ohne zu wissen, worauf. Auf jeden Fall fühle ich mich unwohl, und den Rest der Nacht schlafe ich unruhig und habe seltsame Träume.

***

Edward hat sich daran erinnert, dass es FaceTime gibt. Zum Glück habe ich inzwischen Internet in der Lodge.

»Wo bist du?« Er runzelt die Stirn.

»Ach, ich bin zu Hause. Ich habe letzte Nacht nicht gut geschlafen, da dachte ich, ich sollte vielleicht –«

»War dir zu kalt?«

»Nein, nein. Ich … habe mich bloß etwas sonderbar gefühlt.«

»Sonderbar? Inwiefern?«

»Ich weiß es nicht. Ich glaube – es war komisch ohne dich.«

»Ich habe auch nicht gut geschlafen. Ich vermisse dich.«

»Aber du hast ja viel zu tun«, winke ich unbehaglich ab.

»Ja, aber ich wünschte, du wärst auch hier. Du würdest Geoff mögen. Und die anderen.«

»Hast du ihnen von mir erzählt?« Bei dem Gedanken werde ich seltsam panisch. Was ist nur los mit mir?

»Na ja, nicht Geoff, ich glaube, ihm wäre es egal. Aber Trix und Alan habe ich es erzählt. Wie du dir vorstellen kannst, waren sie begeistert.«

»Oh, tja …«

»Und schockiert und erstaunt.«

Ich versuche, nicht auf das sehr unvorteilhafte Bild von mir selbst in der Ecke des Bildschirms zu blicken. Edward sieht auch ungewöhnlich aus in diesem Winkel, in dem ich vor allem sein Kinn sehe. »Schockiert?«

»Na ja, sie hatten sich langsam mit der Vorstellung abgefunden, dass ich einen einsamen Tod sterben werde.«

»Ach, komm schon.«

»Was denn?« Er grinst mich an. »Du weißt, dass es wahr ist. Ich glaube, ich habe mindestens eine Stunde lang deine Vorzüge dargelegt.«

»Das muss ja unheimlich spannend für sie gewesen sein.«

»Sie schienen sehr interessiert zu sein, zumindest haben sie eine Million Fragen gestellt.« Er gähnt. »Oh, entschuldige. Ich bin todmüde.«

»Hoffentlich schläfst du heute Nacht besser. Geht ihr wieder aus?«

»Nein, wir machen Pizza.«

* * *

In der nächsten Nacht schlafe ich tatsächlich besser, aber ich wache trotzdem sehr früh auf. Irgendetwas nagt an mir, ich bin nur nicht sicher, was. Ich bin angespannt und habe einen Knoten im Bauch. In etwa so wie vor einer Prüfung. Ich liege im Bett und denke darüber nach, wie praktisch es manchmal wäre, wenn man sein Gehirn abschalten könnte. Ich muss nicht über alles nachdenken, was mir im Kopf herumschwirrt. Wann soll ich nach Hause fahren, um meine Sachen zu holen? Soll ich das überhaupt tun? Soll ich mir eine Wohnung hier unten kaufen? Was mache ich mit meinen Sachen, sobald sie hier sind – falls ich sie hole? Soll ich die Lodge vermieten oder weiter hier wohnen, selbst wenn ich mich entscheide, mehr Zeit bei Edward zu verbringen? Er möchte, dass ich bei ihm lebe – oder zumindest meinte er das letzte Woche. Er hat es schon mehrfach gesagt, aber vielleicht ändert er seine Meinung noch. Außerdem habe ich mich daran gewöhnt, allein zu wohnen. Mir gefällt es, in der Lodge zu leben. Ich mag den Garten mit den Vögeln, der Möglichkeit, Gemüse anzupflanzen, und dem Obstkäfig.

Dann fällt mir auf, dass ich selbst dann Gemüse hier anbauen könnte, wenn ich woanders wohnen würde. Oder ich könnte bei Edward Gemüse anpflanzen. Sein Garten ist groß genug. Ich versuche, mir meine Besitztümer in seinem Haus vorzustellen, aber es gelingt mir nicht recht. Seine Wohnung erscheint mir perfekt ausgestattet. Ihm fehlt nichts, das ich mitbringen könnte, obwohl ich glaube, dass meine Bilder, meine Töpfe und Schüsseln und mein Vintage-Kram gut hineinpassen würden. Und meine Bücher, ha, ha. Vielleicht wäre sogar noch irgendwo Platz dafür. Meine Küchensachen könnten in der Lodge unterkommen, oder? Ich hänge nicht besonders daran. Vielleicht könnte ich eines der Gästezimmer in Edwards Wohnung für meine Nähsachen nutzen. Ich bin mir nur nicht sicher, ob ich mir ein Leben dort vorstellen kann. Eigentlich kann ich es schon – natürlich –, ich mag die Wohnung sehr gerne, die Größe der Zimmer, die Eleganz, und Edward besitzt nichts, was ich aussortieren würde, wenn es nach mir ginge. Er hat einen guten Geschmack und hatte immer das Geld, um sich schöne Dinge zu kaufen.

***

Ich spreche mit Xanthe. Sie möchte wissen, wie es mir geht, und ich erzähle ihr, dass er unterwegs ist und ich mich komisch fühle.

»Komisch inwiefern?«

»Schwer zu sagen. Ich bin irgendwie besorgt.«

»Besorgt? Was glaubst du denn, was passiert?«

»Nichts. Ich bin mir nicht sicher. Ich …«

»Ja?«

»Ich glaube, ich bin einfach … Keine Ahnung.«

»Na ja, damit kommen wir nicht weiter, oder? Und ich kenne ihn nicht, deswegen kann ich dir leider nicht wirklich helfen. Ihr seid ja noch ganz am Anfang, und es war unerwartet. Und du hattest in den letzten zwanzig Jahren nur einen Partner. Edward ist doch wahrscheinlich ganz anders als Chris.«

»Schon. Ja, das ist er. Aber ich denke nicht … Ich meine, Chris ist nicht der einzige Partner, den ich je hatte. Ich glaube nicht, dass es das ist. Vielleicht …«

»Was?«

»Ich glaube, es gibt einfach ein paar Dinge, über die ich mit ihm reden muss. Und wenn er hier wäre, könnte ich das tun, aber das ist er nicht, und jetzt lässt mir mein dummes Gehirn keine Ruhe. Und dann ist da noch die ganze Sache mit seinem Bruder. Ich meine, ich verstehe, warum sie sich zerstritten haben – das war ja kaum zu vermeiden. Ich verstehe, warum sie sich hassen. Aber wie soll das funktionieren? Charles war immer vollkommen freundlich zu mir, ich werde doch nicht plötzlich aufhören, mit ihm zu reden. Aber das könnte wirklich unangenehm werden.«

Es folgt eine lange Pause, während sie nachdenkt. »Das ist gut möglich. Kannst du sie nicht dazu bringen, das aus der Welt zu schaffen?«

»Ich weiß nicht. Und geht es mich überhaupt was an?«

Wieder denkt sie schweigend nach. »Irgendwie schon.«

»Ja, aber reicht das? Ich möchte mich nicht ... einmischen.«

»Kann es nicht sein, dass du dir Gedanken über Dinge machst, die vielleicht gar nicht zum Problem werden?«

Darüber muss ich lachen. »Das wäre ja mal ganz etwas Neues.«

Sie lacht auch. »Nicht wahr? Aber noch mal zu den Sorgen, die du dir wegen Edward machst ...«

Ich möchte ungern mit jemand anderem als Edward darüber sprechen, das erscheint mir unfair. Deswegen wechsle ich das Thema. Aber als das Gespräch beendet ist, denke ich wieder darüber nach. Ich überlege, wie sehr sich meine und Edwards Sicht auf Beziehungen unterscheiden. Er hat keine Beziehungserfahrung, und er hat eine Reihe von ... Arrangements getroffen, die ich nicht einmal in Erwägung ziehen würde. Er meinte zwar, die Sache mit uns sei langfristig und monogam, aber woher will er das wissen? Seine letzte Geliebte war eine verheiratete Frau, und sofern ich das einschätzen kann, war ihm dieser Umstand vollkommen egal. Er meinte auch, dass es Laras Partner egal sei, und ich glaube ihm, denn warum sollte er lügen? Aber das ist doch nicht normal. Oder doch? Wenn ich etwas über reiche

Leute und ihre Moral oder vielmehr ihre fehlende Moral angemerkt habe, hat er mir nie widersprochen. Tatsächlich weiß ich sogar, dass er gewissermaßen denkt, Leute verfügten nur über Moralvorstellungen, wenn es um das Verhalten anderer Leute gehe, und dass sie diese jederzeit anpassten, wenn es um ihr eigenes Verhalten gehe. Ich sehe das anders. Oder zumindest ist es bei mir nicht so. Ich habe noch nie jemanden betrogen und würde das auch nie tun, und damit meine ich auch, mit jemandem zu schlafen, der verheiratet ist, selbst wenn ich Single wäre.

Ich grübele ewig lange darüber nach, und dann fällt mir ein, dass während meiner Zeit an der Uni mein fester Freund Pete aus Schulzeiten mit einem Mädchen aus seinem Kurs geschlafen hat. Und auch wenn ich ihm verzieh – oder es zumindest behauptete –, hatte ich das Gefühl, dass es irgendwie die Vereinbarung zwischen uns gelockert hatte. Am darauffolgenden Weihnachtsfest fing ich etwas mit dem Mitbewohner einer meiner Freundinnen an. Wir hatten zwar nicht ansatzweise Sex, aber ich dachte auf jeden Fall darüber nach. Also sind meine Moralvorstellungen auch nicht gerade perfekt. Okay, da war die Beziehung schon so ziemlich zu Ende – Pete und ich hätten mutig genug sein sollen, uns zu trennen, bevor wir an Universitäten an entgegengesetzten Enden des Landes gingen, denn, wie ich Rory vor einigen Monaten gesagt habe, war es vollkommen vorhersehbar, dass wir uns vor unserem dritten Valentinstag trennen würden. Man kann nicht viel anderes erwarten, wenn Jugendliche mit all den neuen Möglichkeiten an der Uni konfrontiert werden. Und ich war an der Uni eine richtige Göttin (ich lache über mich selbst bei dem Gedanken), also hatte ich jede Menge … Optionen.

Nichts von all dem macht es besser.

***

Die ganze Woche fühle ich mich wie aus dem Lot geraten. Im Laden ist es weiterhin sehr ruhig, und das einzig Interessante in dieser Woche passiert, als Leute von der Handelskammer vorbeikommen und mit mir – na ja, eigentlich wollten sie es mit Edward klären, aber er ist ja nicht da – über das allweihnachtliche Viktorianische Verkaufsfest sprechen. Wie nicht anders zu erwarten, hat Mr Maltravers sich nie an dieser besonderen regionalen Marketingaktion beteiligt. Das Fest soll in der Woche vor Jennys und Alastairs Hochzeit stattfinden, und ich habe richtig Lust darauf und sage sofort zu. Voller Vorfreude plane ich unsere weihnachtliche Schaufensterauslage passend zu dem Event. Dafür scrolle ich durch Hunderte Zylinder auf Ebay, bevor mir der Gedanke kommt, dass Edward vielleicht – ganz vielleicht – einen besitzt. Offen gestanden scheint er mir der Typ dafür zu sein. Er war doch sicher auf einigen Hochzeiten, auf denen er einen Zylinder tragen musste. Ich werde mir keinen Reifrock antun, stattdessen werde ich das Geschlecht wechseln. Mir schweben sofort ein falscher Backenbart und eine bestickte Weste vor Augen.

Ich schreibe ihm.

Hast du zufällig einen Zylinder?

Äh, ja, glaub schon. Warum?

Habe ich mich nur gefragt. Wo ist er?

Wenn, dann in der Wohnung,
wahrscheinlich im Schrank in dem
grünen Gästezimmer. In einer Kiste.

Super, danke. Ich meine, ist es okay,
wenn ich ihn suchen gehe und raushole?

Na klar. Aber wofür brauchst du so was?

Viktorianisches Verkaufsfest.

Oh, lieber Gott, nein.

:D :D Keine Sorge, du musst nichts tun.

Werde ich auch nicht.

Nein, das dachte ich mir. :D

***

Es ist also schon okay. Wir halten Kontakt, und alles ist in Ordnung, ich spreche über FaceTime mit ihm, sehe ihn an und denke: Ja, das ist echt und es funktioniert, alles ist gut. Ich rede mit ihm, sobald er wieder hier ist, und dann …

… und dann wird mir übel, und ich bin nervös und unsicher. Ich möchte nicht … Ich kann nicht mit jemandem zusammen sein, der kein Problem damit hat, seine Partnerin zu betrügen.

***

Am Freitagmorgen ist er zurück. Er ist die ganze Nacht gefahren, obwohl das Wetter scheußlich war. Um halb sieben klopft er an die Haustür, und zu meiner Überraschung schwenkt er einen bezaubernden Blumenstrauß.

Ich blinzle ihn verschlafen an und öffne die Tür weiter. »Die sind offensichtlich nicht von einer Tankstelle. Sind das edle Londoner Blumen?«

»Natürlich. Hallo.«

»Du hättest anrufen sollen, dann wäre ich aufgestanden.«

»Du bist doch aufgestanden.« Er grinst und schließt mich in die Arme. »Außerdem wollte ich dich überraschen.«

»Das ist dir gelungen. Ich dachte, du würdest nicht vor heute Abend wiederkommen.«

»Ja, aber es erschien mir sinnlos, ins Bett zu gehen, also habe ich es nicht getan. Gott, hab ich dich vermisst.« Er drückt das Gesicht in meine Haare.

»Du riechst nach Stadt«, sage ich mit der Nase an seinem Hemd.

»Ja?«

»Ja, irgendwie schon.« Er wirkt sehr verlässlich und real auf mich, wie er hier so im Flur steht, und ich frage mich, wie genau ich es geschafft habe, in meinem Kopf eine andere Version von ihm zu erschaffen – falls es das ist, was ich getan habe.

Er küsst mich, und sofort lässt meine Anspannung nach.

»Oh, Thea«, sagt er. »Mein Schatz.«

»Okay«, sage ich, »beruhige dich. Hast du Hunger?«

»Und wie.«

Ich gehe zum Thermostat und stelle die Heizung an. Sie beginnt zu klirren und zu klimpern. Wahrscheinlich sollte ich einen neuen Boiler anschaffen, aber eigentlich ist es bei Boilern ja meistens so, dass man bis Weihnachten oder einem ähnlich anstrengenden Tag warten muss, bevor sie so kaputtgehen, dass man sie ersetzen muss, um dann vier Wochen lang ohne Warmwasser zu leben.

»Hast du unterwegs Pausen gemacht?«

»Ich habe einen Kaffee bei Tebay getrunken.« Er streckt sich und folgt mir gähnend in die Küche.

»Oh«, erwidere ich überrascht. »Haben sie die ganze Nacht geöffnet?«

»Nur zum Teil. Scones oder Landbrot gab es nicht, tut mir leid.«

»Na ja, dann lass uns mal frühstücken. Was möchtest du? Haferbrei? Schinken und Eier?«

»Hast du Schinken?«

»Ja. Und Tomaten, wenn du möchtest?«

Ich setze den Kessel auf, und er zieht sich die Jacke aus und lässt sich auf einen Stuhl fallen.

»Gott, ist es schön, zurück zu sein«, sagt er.

»War deine Reise denn erfolgreich?«

»Ja, sehr sogar. Ich habe Geld ausgegeben und Geld eingenommen.«

»Hurra.« Ich schneide drei Tomaten in der Mitte durch und lege sie auf den Grillrost. Dann schlage ich Eier in eine Glasschüssel.

»Isst du mit?«

»Es ist zwar etwas früh, aber jetzt bin ich ja auf. Also ja.« Ich koche zwei Tassen Kaffee und setze seine vor ihm ab. Er rührt langsam einen Löffel Zucker hinein und schließt die Augen. »Ich bin ganz schön müde.«

»Das kann ich mir vorstellen. Schläfst du gleich zu Hause noch etwas?«

»Ich muss noch den Mietwagen wegbringen …« Er gähnt erneut. »Und den Land Rover abholen.«

»Ja, und danach?«

»Vielleicht lege ich mich hin. Wir müssen ja nicht öffnen, oder?«

»Nicht?«

»Na ja, mal schauen, wie ich mich fühle.«

»Ich komme im Laden auch ohne dich klar, das habe ich die ganze Woche geschafft.«

»Ja, aber du wirst oben gebraucht.« Er blinzelt mir zu.

Ich lache. »Ah, verstehe. Inventur?«

Er tut, als würde er mich ernst nehmen. »Das sollten wir nicht vor Januar machen. Du weißt schon, nach dem Weihnachtsrummel.«

»Erwartest du Trubel an Weihnachten?«

»Es ist schon meistens viel los.«

»Obwohl du nie beim Viktorianischen Verkaufsfest mitmachst?«

»Ich habe ja geöffnet«, sagt er. »Ich verkleide mich nur nicht.«

»Buh. Ich glaube, du würdest dich hervorragend als Ladenbesitzer wie aus einem Dickens-Roman machen.«

»Das ist so eine lächerliche Sache.«

»Die Handelskammer scheint es für sehr erfolgreich zu halten.« Ich wende die Tomaten und lege vier Scheiben Schinken in die Bratpfanne. »Toast?«

»Oh, ja, bitte. Ich mache ihn.« Er steht auf und packt das Brot aus. Dann schneidet er vier Scheiben davon ab und steckt sie in den Toaster. »Natürlich behaupten sie das.«

»Na ja, wie auch immer,« sage ich, »ich werde mich verkleiden. Dein Zylinder passt mir perfekt.«

»Gehst du als Mann?«

»Jap.«

»Heiß«, kommentiert er, und ich lache.

»Ich habe eine eindrucksvolle Gesichtsbehaarung im Sinn.«

»Noch heißer. Koteletten oder einen Schnurrbart, den man zwirbeln kann?«

»Oh, das klingt auch nicht schlecht. Ich hatte an einen Backenbart gedacht, aber wer hätte nicht gern einen Schnäuzer zum Zwirbeln?«

Ich gebe die Eier in die Pfanne, und er nimmt Teller aus dem Schrank.

»Ich weiß, zwei Wochen sind kaum lang genug, um zu einer häuslichen Routine zu finden«, sagt er, während er die Butter aus dem oberen Kühlschrankfach holt, »aber eins der Dinge, die mir gefehlt haben, ist es, mit dir in der Küche herumzuwerkeln.«

Ich wende mich ihm zu, als die Brotscheiben aus dem Toaster springen. Er verfrachtet sie auf einen Teller und bestreicht sie mit Butter. Dabei fängt er meinen Blick auf und zwinkert mir zu.

Mein Magen zieht sich zusammen. Das ist ja alles schön und gut, aber eigentlich muss ich mit ihm reden. Seine frühe Ankunft hat mich wirklich überrascht. Vor dem Gespräch sollten wir zumindest frühstücken. Meine Grübelei muss mir anzusehen sein, denn er fragt: »Alles okay?«

»Mhm, ja. Möchtest du Brown Sauce?«

»Nein. Bist du sicher? Du wirkst …«

»Was?«

»Angespannt?«

»Nein.« Ich wende den Schinken noch einmal, lege ihn mit den

Tomaten und Eiern auf einen Teller und bringe ihn an den Tisch. Dann hole ich Besteck aus der Schublade, und wir setzen uns beide.

»Sicher?«

»Iss dein Frühstück«, sage ich und beiße in den Toast.

***

Nachdem ich geduscht und mich angezogen habe, fahre ich hinter Edward her zum Laden. Er muss bei der Autovermietung anhalten, also bin ich vor ihm da und schließe schon einmal auf. Bisher habe ich noch nichts zu ihm gesagt. Drücke ich mich nur davor oder ist es wirklich sinnvoller, zu warten, bis er sich von der Fahrt erholt hat? Ich weiß es nicht. Mir wäre es nicht so lieb, wenn jemand mich mit einer großen, ernsten Unterhaltung konfrontiert, nachdem ich die ganze Nacht wach war.

Ich höre den Land Rover draußen und stelle ein wenig amüsiert fest, dass allein das Geräusch seines Automotors mich zum Lächeln bringt.

»Hey, hey.« Er schiebt die Ladentür auf und stellt seinen Koffer neben der Theke ab. Dann geht er wieder nach draußen und holt zwei Kisten und eine Tragetasche herein.

»Was hast du gekauft?«, frage ich.

»Das hier habe ich dir mitgebracht –«

»Ach, Edward, ernsthaft?«

»Ja. Und ist es nicht aufregend, dass es nicht drei Monate im Safe verbringen muss wie ein gewisses Set Serviettenringe?« Er überreicht mir ein schmales Päckchen, das fast so lang ist wie mein Unterarm.

»Ist es ein Löffel?«

»Öffne es doch einfach.«

Ich seufze und löse vorsichtig das Klebeband, bevor ich das braune Papier auseinanderwickle. Es ist eine wunderschöne Schöpfkelle. Auf dem Griff ist in sehr schwungvollen Buchstaben *E & A* eingraviert. »Oh«, sage ich.

»Ja, tut mir leid, ich weiß, es ist ein bisschen … kitschig. Aber ist sie nicht hübsch?«

»Ja, sehr. Ist sie älter?«

»Achtzehntes Jahrhundert. 1750? Irgendwie so.«

»Sie ist wirklich schön.«

»Die können wir zusammen nutzen«, sagt Edward, und mir steigen Tränen in die Augen.

»Hey, was ist los?«

»Ach. Ähm … Pass auf …«

»Thea?«

»In meinem Kopf schwirren ein paar Dinge herum.«

Er sieht mich abwartend an. »Dinge?«

»Ja, hör mal, ich … Das ist dann wohl der Moment, in dem ich gleich sagen könnte, alles wäre gut, obwohl in Wirklichkeit gar nicht alles gut ist.«

»Was ist denn los?«

»Es ist fast zehn«, werfe ich ein, »wir sollten –«

»Wir müssen den Laden nicht öffnen. Was ist los?«

»Du bist müde –«

»Nicht so müde, dass ich nicht vernünftig denken kann. Bitte sag mir, was los ist.« Er geht zur Tür und schließt sie ab. »Komm, wir setzen uns«, sagt er sanft, und ich folge ihm langsam nach hinten in den Raum mit den Theaterstücken und Gedichtbänden. Er schaltet das Licht ein und setzt sich auf das kleinere Sofa.

Ich lasse mich neben ihm nieder und versuche, meine Gedanken zu ordnen.

»Also los. Erzähl mir von den Dingen, die dir durch den Kopf gehen.«

»Ich bin mir nicht sicher, ob sie wirklich da sind. Zumindest … Diese Woche war ich … weil du nicht da warst«, sprudle ich hervor. »Keine Ahnung, was mit mir los war, es war, als könnte ich mich nicht daran erinnern, wie du bist. Und jetzt, da ich dich sehe, sehe ich auch wieder, wie du bist. Glaube ich.«

Er wirkt besorgt. »Okay. Und ist das … Ist das schlecht?«

Ich lache. »Nein. Ich glaube nicht. Es ist nur … Okay, pass auf, ich sage es einfach freiheraus. Ich denke ständig darüber nach, ob du die Susanna bist. Im Leben anderer Leute. Und bin ich dann … Also, die Sache ist die: Was mit Chris und Susanna passiert ist, hat mich furchtbar verletzt. Und ich glaube nicht, dass es Susannas Absicht war. Sie hat überhaupt nicht über mich nachgedacht. Aber du hast Charles absichtlich verletzt, als du und Carolyn … und ich frage mich, ob –«

»Ah«, sagt er. »Dir geht es darum, was für eine Art von Arschloch ich bin.«

Ich kann nicht sagen, ob er verärgert ist. »Nein, es –«

Er winkt ab. »Doch. Es ist schon okay. Du fragst dich, ob es schlimmer ist, dass es mir egal war, was ich getan habe. Zumindest ist es Susanna nicht egal. Sie wollte deinen Mann, und sie liebt ihn, und vielleicht warst du ihr egal, aber er ist ihr nicht egal, oder zumindest nehmen wir das an. Aber ich habe zwei Leute verletzt und ihre Ehe zerstört, und ich mochte Carolyn nicht einmal. Das ist es, was dich beschäftigt, oder?«

Ich nicke, beeindruckt, dass er das so effektiv zusammenfassen konnte, ohne weiter nachfragen zu müssen. »Na ja … Ich weiß, du meintest, dass Laras Freund –«

»Oh Gott, nein, ihm ist das wirklich vollkommen egal. Über *ihn* sollten wir uns keine Sorgen machen. Aber du denkst, dass ich Untreue vielleicht für … akzeptabel halte.«

»Ich bin mir nicht sicher, ob ich das denke«, erwidere ich. »Aber es hat mich beschäftigt.«

»Ja. Aber das tue ich nicht.« Er räuspert sich. »Wenn ich Carolyn geliebt hätte, dann, ähm, hätte ich es vielleicht nicht getan. Ist das noch schlimmer? Vielleicht schon. Aber es ging nicht um sie, es ging um Charles. Ich will mich nicht herausreden. Du weißt, dass ich nie eine Art von Beziehung geführt habe, die man als normal bezeichnen könnte. Mit manchen dieser Frauen –«

»Charles' Ex-Partnerinnen.«

»Charles' Ex-Partnerinnen, ja. Mit manchen von ihnen habe ich mich eine Zeit lang getroffen. Aber ich habe keine von ihnen je betrogen. Ich habe nie mit jemand anderem geschlafen, wenn eine Person davon ausging, dass ich nur mit ihr schlafe.« Er runzelt die Stirn über diesen komplizierten Satz.

»Nicht?«

Er schüttelt den Kopf. »Nein.«

»Corinne –«

»Ich muss dich mal mitnehmen, damit du Corinne kennenlernst«, sagt er. »Ich glaube, ihr würdet euch verstehen. Aber Lara hat nie von mir erwartet … Sie ist nicht davon ausgegangen, dass ich ihr gehöre oder so. Das wäre ja auch heuchlerisch gewesen. Ich meine, ich sage nicht, dass Lara besonderen Wert auf moralische Äquivalenz legt«, er verzieht das Gesicht, »aber es ist nicht so, als hätte sie keinen Sex mit ihrem Mann. Wenn sie mich für sich haben wollte, hat sie es jedenfalls nie gesagt. Ich halte es nicht für akzeptabel, Thea, das versuche ich damit zu sagen. Ich würde nie mit jemand anderem schlafen. Ich wäre nie … untreu.«

»Aber das hat Chris auch behauptet. Zu sagen, dass man niemanden betrügen würde, ist bedeutungslos. Ja, vielleicht meinst du es jetzt gerade so, aber –«

»Würdest du jemanden betrügen? Nicht mich, irgendjemanden?«

»Nein, ich …« Ich halte inne und versuche, ehrlich zu sein. »Ich möchte glauben, dass ich es nicht tun würde.«

»Aber auch du kannst es nicht wissen, oder?« Wir sehen uns ernst an. »Ich kann dir nur sagen, wie ich mich fühle, und dir versprechen … Ich verspreche dir, dass ich mich von keiner deiner Freundinnen jemals überzeugen lasse, dass ich sie vögeln muss.«

Ich lache. »Ich glaube nicht, dass ich noch an Versprechen glaube.«

Er zupft nachdenklich an seiner Unterlippe. »Ich möchte nicht an einen Punkt geraten, an dem ich dir nichts mehr erzählen kann, an dem ich dir nicht die Wahrheit über meine Gefühle sagen kann. Oder dich dazu bringen kann, mir zu glauben. Denn ich weiß, du denkst, dass ich … Na ja, ich weiß nicht, was genau du denkst. Aber glaubst du, ich werde vielleicht etwas Schreckliches tun, weil ich schon vorher schreckliche Dinge getan habe?«

Ich beiße mir fest auf die Lippen, um nicht in Tränen auszubrechen.

Er lehnt sich zurück. »Ich glaube nicht, dass ich jemals jemand anderem als Charles etwas Schlimmes angetan habe, oder zumindest nichts wirklich Schlimmes. Ich war Frauen gegenüber abweisend und bequem und habe mich nicht festgelegt – aber nur, weil ich nie eine kennengelernt habe, mit der ich wirklich zusammen sein wollte. Und du weißt ja, das liegt daran, dass ich es nie versucht habe. Ich weiß, es ist armselig, und wahrscheinlich hätte ich mich schon vor langer Zeit in Therapie begeben sollen. Aber andererseits, wenn ich es getan hätte, wäre ich jetzt bestimmt verheiratet und wahrscheinlich ziemlich zufrieden. Denn ich habe das Gefühl, dass ich möglicherweise eine riesige, noch unerschlossene Quelle der Zufriedenheit in mir trage.« Er lacht. »Wenn du mir vor einem Jahr erzählt hättest, dass ich das sagen würde, hätte ich dich für verrückt erklärt. Aber es ist wahr.«

»Ich bin aber nichts Besonderes«, sage ich. »Warum ist es anders?«

»Für mich bist du besonders. Aber ich weiß, was du meinst. Wahrscheinlich bist du einfach genau wie ganz viele andere Menschen, nicht außergewöhnlich. Aber ich finde dich großartig. Ich kann mir nicht vorstellen, dass mir das mit uns irgendwann langweilig wird, dass du mir je langweilig wirst. Ich liebe es, mit dir zu arbeiten. Ich liebe dich. Ich habe dich diese Woche so vermisst. Es ist … völlig übertrieben. Mich hat es echt schwer erwischt.«

»Das stimmt, und auch das bereitet mir Sorgen.«

»Ich finde, du solltest dir keine Sorgen machen. Du hattest recht damit, dass niemand weiß, was als Nächstes passiert, dass wir nichts voraussehen können, und wahrscheinlich hast du auch recht, was Versprechen angeht. Aber hier sind wir nun mal. Ich lege dir mein Herz zu Füßen.«

Ich runzle die Stirn, sein letzter Satz wühlt mich auf.

»Du musst es nicht aufheben, wenn du nicht willst«, sagt er ernst. »Wenn du meinst, dass du mir nicht glauben kannst –«

»Das ist es nicht. Ich glaube dir.«

»Wirklich?«

Ich atme tief durch. »Ja.«

25

Wir sind schon fast einen Monat zusammen, bevor ich irgendjemandem außer Xanthe von uns erzähle. Ich komme abends aus dem Buchladen, um Milch im Co-op zu besorgen, als ich Alastair und seinen Hunden über den Weg laufe. Es ist etwa halb acht und kalt draußen, ein eisiger Nebel taucht die Hauptstraße in eine mysteriöse Atmosphäre. Die Luft ist so feucht, dass an den Fenstern Tropfen hinabrinnen und auf den Boden fallen.

»Er lässt dich aber heute lange arbeiten«, sagt Alastair.

»Oh, äh, nicht wirklich.«

»Nicht wirklich?«

Zum Glück ist es dunkel, ich hoffe, er sieht nicht, wie ich in dem orangefarbenen Licht der Straßenlaternen erröte.

»Nein, ich –«

»Dachte ich doch, dass ich dich gestern auch schon gesehen hätte. An einem Sonntag?«

»Ja, na gut«, antworte ich. »Ich schätze, es ist kein Geheimnis.«

Er grinst mich an. »Dann hatte Jenny recht.«

»Warum, was hat sie gesagt?«

»Ich werde dir ihre Worte nicht im Detail verraten, aber sie hat angedeutet, dass du und Edward, äh, euch nähergekommen wärt.«

Ich schnaube. »Ach, hat sie das?«

»Ja. So so. Du weißt ja, dass ich nicht Edwards größter Fan bin …«

Ich seufze. »Das ist niemand, oder? Na ja. Außer mir. Ich schon.« Verlegen sehe ich zu Boden.

Er lacht. »Aber wenn du ihn magst, ist das doch schön. Er hatte fantastische Laune, als ich ihn am Samstag gesehen habe. Das erklärt es wohl.«

Jetzt bin ich sogar noch verlegener. »Ja?«

»Wie am Morgen nach einem schlimmen Sturm, wenn die Sonne

scheint und der Bürgersteig ganz sauber ist. Sieh zu, dass er dich gut behandelt.«

»Das hat er bisher immer. Du weißt ja, dass mir seine Art nichts ausmacht.«

»Stimmt, Jenny sagt, dass es dich nicht zu stören scheint.« Er schüttelt den Kopf. »Sehr eigenartig. Aber es ist ja für alle gut, wenn er etwas fröhlicher ist. Bring ihn doch am Mittwoch mit.«

»Bist du sicher? Ich wollte nicht fragen. Ich weiß ja, dass du ihn nicht magst.«

»Ich nehme an, ich werde ihn dann ab jetzt lieber mögen. Bring ihn mit. Jilly und Cerys kommen auch.«

»Okay. Ich frage ihn. Ich weiß nicht, wie er Abendessen bei anderen Leuten gegenübersteht.«

Während ich im Co-op die Milch hole und im Gebäckregal zwischen den traurigen Überresten nachschaue, ob noch Kuchen da ist, versuche ich mir vorzustellen, wie es wohl sein würde, mit Edward bei Alastair und Jenny zu Abend zu essen. Diese ganz normale Sache gemeinsam zu unternehmen, als wären wir ein ganz normales Paar, was wir wahrscheinlich auch sind.

* * *

»Und, kommt Edward morgen mit?« Jenny sieht mich erwartungsvoll an.

Ich nicke. »Er war begeistert über die Einladung«, sage ich, und wir lachen beide, weil es offensichtlich nicht stimmt.

»Du magst ihn also wirklich?«, fragt sie neugierig.

»Ja.«

»Lieber als Charles?«

»Oh Gott, ja. Ich mag Charles nicht sonderlich. Oder … Das ist unfair, er ist schon okay.« Ich rümpfe die Nase. »Er ist immer sehr nett zu mir. Aber Edward mag ich lieber. Ja.«

»Das kommt mir wirklich komisch vor. Aber es geht mich nichts an.«

»Leider gibt es nur einen Alastair«, ziehe ich sie auf, »und der ist schon in festen Händen.«

»Oh, aye. Tja, tut mir sehr leid.« Sie zögert. »Aber Edward ist nett zu dir, oder?«

»Natürlich«, erwidere ich überrascht. »Sonst hätte ich mich gar nicht darauf eingelassen. Ich meine …« Ich halte inne, unsicher, wie viel ich ihr erzählen soll. Ich mag sie sehr, wahrscheinlich ist sie meine beste Freundin hier. »Chris war auch nett zu mir, bevor er mich verlassen hat. Ich bin nicht an Männern interessiert, die … gemein sind.«

»Oh, sei bitte nicht beleidigt. Das wollte ich damit auch nicht sagen. Entschuldige.«

»Nein, ist schon okay. Ich weiß, dass es nicht so lange her zu sein scheint, dass Chris und ich uns getrennt haben.«

»Es war aber schon eine ganze Weile, bevor du hergekommen bist, oder?«

Ich nicke. »Im Januar.«

»Das ist schon fast ein Jahr. Selbst nach einer sehr langen Beziehung denke ich nicht, dass du bloß, na ja, einen Lückenbüßer suchst. Jedenfalls wirkst du auf mich sehr vernünftig.«

»Das bin ich auch für gewöhnlich«, stimme ich zu.

Sie sieht mich nachdenklich an. »Glaubst du, was Edward angeht, bist du unvernünftig?«

»Ich glaube … Ich glaube, ich habe nicht erwartet, jemanden kennenzulernen. Und er ist …« Ich bin unsicher, was ich sagen soll, weil ich ihn auch nicht der Neugier der Nachbarn ausliefern möchte. »Er ist sehr … überschwänglich.«

»Ja.« Sie nickt. »Er hat Cerys erzählt, dass er vorher noch nie wirklich geliebt hat.«

»Oh mein Gott. Wirklich?« Ich bin sowohl entsetzt als auch entzückt darüber.

»Ja. Das sagt schon eine Menge aus, nehme ich an.«

»Nun. Ich habe schon mal geliebt. Mehr als einmal. Aber ich habe ihn sehr gern.«

* * *

»Hallo, Liebes, wie geht's dir?« Meine Mutter blickt mir von meinem Laptopbildschirm entgegen. »Bist du noch in Schottland?«

Normalerweise skype ich im Laden mit ihr, weil ich damit angefangen habe, bevor ich in der Lodge Internet hatte. Heute bin ich aber oben, in Edwards Wohnzimmer.

»Ja.«

»Wie ist das Wetter?«

Ich werfe einen Blick aus dem Fenster auf den grauen Himmel. »Winterlich.«

»Nass?«

»Heute nicht. Oder zumindest jetzt gerade nicht.«

»Hier ist es kalt«, sagt sie, »das hat mich überrascht.« Sie sind gerade in Wyoming bei einer ihrer alten Schulfreundinnen, die in die Staaten ausgewandert ist, bevor ich geboren wurde. Trotz der Kälte scheinen sie eine wunderbare Zeit zu haben: Alle seien freundlich, die Landschaft sei wunderschön, Berge und Wälder und echte Büffel. Schnee. Pferde und Scheunen und alles. Es klingt tatsächlich fabelhaft.

»Die Prärie eben.«

»Ja, ich dachte, es wäre heiß hier.«

»Ist es wahrscheinlich auch – im Sommer.«

»Und wo bist du? Das sieht nicht aus wie das Geschäft«, sagt sie.

»Ach so, nein, ich bin oben, in der Wohnung. Sieh mal.« Ich hebe den Laptop hoch und drehe ihn, damit sie sich den Raum anschauen kann. »Ist es nicht schön hier oben? Und warm, trotz der Fenster. Das liegt am Feuer.«

»Über dem Laden? Wessen Wohnung ist das denn dann? Die des Inhabers?«

»Ja. Edward.« Ich räuspere mich. Ich sollte es ihr sagen, oder? Es ist ja kein Geheimnis.

»An einem Sonntag? Arbeitest du?«

»Nein, ich bin hiergeblieben. Über Nacht.«

Sie betrachtet mich. »Oh.« Ich sehe, wie sie überlegt, ob sie mich danach fragen soll, denn ich bin bekanntlich sehr geheimnisvoll oder zumindest nicht besonders redselig.

»Ja«, sage ich schließlich, als ich Mitleid habe. »Wir … Edward und ich … Man könnte sagen, dass wir miteinander ausgehen.«

Sie versucht, meine Miene zu lesen, was über die Webcam schwierig ist.

Von der Tür aus beschwert sich Edward: »Man könnte sagen? Das klingt ja nicht sehr enthusiastisch.«

»Es fühlt sich seltsam an, das zu sagen«, verteidige ich mich, dann wende ich mich wieder meiner Mum zu. »Er ist hier, möchtest du Hallo sagen?«

»Natürlich! Ja! Lass mich eben Dad holen.«

»Oh, nein, das ist doch nicht –«

Ich höre sie trotzdem bereits nach ihm rufen, und dann taucht mein Dad auf. Er wirkt verwundert.

»Das macht dir doch nichts, oder?«, frage ich Edward. »Ich weiß, die Eltern kennenzulernen ist immer das Schlimmste.«

»Nein, denn meine Begeisterung über unsere Beziehung ist größer als deine«, erklärt er. »Ich würde jedem Fremden sofort erzählen, dass du meine Geliebte oder sogar meine Freundin bist.«

»Sag bloß nicht ›Geliebte‹ zu meinen Eltern, du Spinner.«

Er lacht und setzt sich zu mir.

»Äh, hallo, Dad, wie geht's?«

»Gut, danke, Thea. Was ist denn los? Ich verstehe nicht, was deine Mutter von mir will.«

»Ich wollte euch nur jemanden vorstellen.« Meine Eltern sitzen zusammengerückt vor dem Bildschirm. »Das hier ist Edward, er ist … Ihm gehört der Laden, in dem ich arbeite.«

»Ah, ja, der Buchladen.« Dad nickt und rückt seine Brille zurecht. »Schön, Sie kennenzulernen, Edward.«

»Hallo, Mr Hamilton. Und Mrs Hamilton.«

Meine Mutter strahlt ihn an. »Hallo«, sagt sie. »Ich bin Carol. Und das ist Roy.« Sie stößt meinen Dad an, der immer noch verwirrt ist.

Ich räuspere mich. »Dad, Edward und ich sind –«

»Verlobt«, unterbricht er mich, und ich lege die Hand über die Augen.

»Nicht verlobt«, sage ich, »das wäre wahnsinnig. Aber wir sind –«

»Ein Paar«, unterbricht Edward erneut. Er grinst meine Mum an, die hocherfreut wirkt.

»Ja, wir sind zusammen.«

»Ach, wie schön«, sagt Mum. »Ich freue mich für euch beide.«

»Wir sind aber wirklich nicht verlobt«, stelle ich klar.

»Noch nicht«, wirft Edward ein, und dann jault er auf, als ich ihn kneife.

»Man muss ja nichts überstürzen.« Mum lächelt mich glücklich an. »Seid einfach gut zueinander.«

»Das haben wir vor«, erwidert Edward.

»Dann kennt ihr euch also schon eine Weile?«, fragt Mum.

»Ja, mehr oder weniger seit meiner Ankunft hier. Natürlich war ich gar nicht in der richtigen Verfassung, um –«

»Nein, na ja, anfangs war es schwer, nicht? Ich bin froh, dass du jemanden kennengelernt hast. Ich habe mir Sorgen um dich gemacht, so ganz allein da oben.«

»Ich kenne auch noch ein paar andere Leute«, protestiere ich. »Ich habe jetzt Freunde hier.«

»Ich weiß. Aber trotzdem. Es ist schön, jemand Besonderen zu haben.«

Edward drückt meine Hand. »Das stimmt. Es hat mich gefreut, Sie beide kennenzulernen. Ich hoffe, wir treffen uns auch mal persönlich. Ich gehe dann mal wieder.« Er tätschelt mein Bein und steht auf.

»Sag nur nette Dinge über mich«, flüstert er hörbar, und ich verdrehe die Augen.

»Spinner. Woher soll ich die denn nehmen?«

Er lacht und verlässt den Raum. Ich wende mich wieder dem Bildschirm zu.

»Und, seid ihr schon lange ein Paar?« Meine Mum ist offensichtlich begeistert. »Du hast ihn kaum erwähnt.«

»Nein. Ein paar Wochen.«

»Und funktioniert das gut? Wenn ihr auch zusammen arbeitet?«

»Bisher schon. Er ist ziemlich gelassen.«

»Ich dachte, du hättest mal erzählt, er wäre so mürrisch?«

»Ach so, ja. Ist er auch. Aber das stört mich nicht. Er tut nur so, damit die Kundschaft ihn nicht behelligt. Ich bin viel besser im Umgang mit den Kunden als er.«

»Das kann ich mir schwer vorstellen«, wendet mein Dad ein. »Dich hätte ich nie im Kundenservice gesehen.«

»Ich weiß, aber es ist ja auch nicht unendlich viel los hier. Es ist nicht so wie bei HMV. Jedenfalls, bisher verstehen wir uns gut.«

Ich möchte das Schicksal nicht herausfordern, deswegen halte ich mich immer zurück, wenn ich darüber spreche. Ich beschreie es lieber nicht. Ich möchte, dass es so lange wie möglich schön bleibt.

* * *

Nachdem ich ihn meinen Eltern vorgestellt habe, muss ich wieder an den Bohème-Lebensstil seiner Eltern während der Sechziger denken, also suche ich im Internet nach ihnen. Immerhin sind sie als Teil des »Swinging London« quasi berühmt. Ich finde Zeitungsfotos. Wie seine Mutter vor einem Nachtclub in ein Auto steigt, mit Beehive, falschen Wimpern und allem Drum und Dran. Seinen Dad mit Brian Jones und Paul McCartney, um 1965 herum. Er sieht äußerst attraktiv aus – auf eine verwegene Weise – und hat den Arm um jemanden außerhalb des Bildes gelegt. Einige Fotos von einem Shooting mit der Überschrift *Mayfairs Elite mischt sich unters Volk* zeigen, wie sie auf den Stufen eines dieser baufälligen georgianischen Häuser sitzen, vielleicht in Nottinghill vor der Gentrifizierung oder so, um sie herum leere Milchflaschen, abbröckelnde Farbe. Seine Mutter trägt jede Menge Kajal und einen Kaftan, sein Dad Kleidung im Paisleymuster. Dann finde ich noch ein Bild seiner Mutter, früher, vielleicht in den späten Fünfzigern. Darauf steht sie hinter Prinzessin Margaret, und das Blitzlicht lässt ihr Kleid vollkommen weiß aussehen.

Ich fühle mich leicht unwohl, wenn ich diese Bilder betrachte. Sie erinnern mich daran, dass Edward ein ganz anderer Mensch wäre, wenn die Dinge auch nur ein wenig anders lägen. Vor fünfzig Jahren wäre unsere Beziehung schwierig gewesen, vor achtzig Jahren praktisch unmöglich. Er ist zwar kein Herzog oder so, aber dennoch. Wir hätten uns nie getroffen, es sei denn, ich wäre seine Bedienstete gewesen oder vielleicht die Frau eines Angestellten. Ehrlich gesagt möchte ich seine Mutter gar nicht kennenlernen, die bestimmt eine elegante und anmutig gealterte Frau ist. Ich bin mit Sicherheit keines der bezaubernden Mädchen, die sie auf Dinnerpartys sieht und ihm vorstellen möchte.

26

Es ist Januar. Ich bin nicht sicher, wie es dazu gekommen ist, die letzten beiden Monate sind nur so vorbeigerast in einem Wust aus … na ja. Eisigen Spaziergängen am Strand, Gedichten und Liebe. Ich bin ganz beschwingt von all der Wonne.

Endlich darf ich die Regionalgeschichte in den vorderen Raum des Ladens verlegen. Halleluja! Irgendwie kommt es mir vor, als wäre es eine Art Belohnung für gutes Benehmen, aber als ich das anspreche, lacht Edward und sagt: »Eher für schlechtes Benehmen.«

»Was soll das heißen?«

»Ich denke, du weißt ganz genau, was ich meine.«

Ich stemme die Hände in die Hüften. »Ich werde jetzt mal so tun, als hätte ich keine Ahnung, was du meinen könntest«, sage ich missbilligend, und er lacht erneut.

»Nein, du hast mich von der Idee überzeugt«, sagt er. »Wahrscheinlich hast du recht. Mir fällt nichts ein, womit du jemals nicht recht gehabt hättest.«

»Pass lieber auf«, warne ich ihn, »nicht, dass dein Gehirn noch durchbrennt, wenn du zu freundlich bist.«

Er sieht mich lange an, dann schüttelt er den Kopf. »Warum in aller Welt habe ich dich nicht schon vor Jahren kennengelernt? Warum hast du deinen Abschluss nicht in Edinburgh gemacht?«

»Ich wollte nicht vier Jahre studieren«, sage ich ernst. »Ich habe es aber tatsächlich überlegt.«

»Oh Gott. Stell dir das nur mal vor.«

»Ja, ich schätze, du hättest mich von oben herab behandelt, aus der schwindelerregenden Erhabenheit deines Abschlusssemesters, und ich hätte gedacht, dass du ein Idiot bist, und möglicherweise hätten wir einmal Sex gehabt und dann nie wieder miteinander gesprochen«, sage ich. »Ist es das, was du meinst?«

»Unsinn.«

»Dir wären all die Freundinnen von Charles entgangen, *quelle horreur.*«

»Mir fällt keine Einzige von ihnen ein, die ich nicht sofort für die Gelegenheit eintauschen würde, dich schon seit fünfundzwanzig Jahren zu kennen.«

Ich werde es nie leid, ihn diese Dinge sagen zu hören, auch wenn ich immer ungerührt tue. »Du hättest es bestimmt in den Sand gesetzt. Es klingt nicht, als wärst du der emotional intelligenteste junge Mann gewesen, der je durch die Straßen Edinburghs gezogen ist.«

Er schnaubt. »Vielleicht nicht.«

»Wie auch immer, hast du vor, mir hierbei zu helfen?«

Er betrachtet die Regale. Ich habe die Regionalgeschichte (die ganzen zweieinhalb Meter) in Kartons gepackt und in den vorderen Raum geholt. Die Sammlerstücke der Kinderliteratur und die Kunstgeschichtsbücher habe ich an den ehemaligen Platz der Regionalgeschichte verfrachtet. Die zeitgenössischen schottischen Romane stehen nun in den frei gewordenen Regalen der Kinderbücher, die Kriegsgeschichtsbücher auf dem ehemaligen Platz der schottischen Romane, und jetzt muss ich die Koch-, Back- und Gartenabteilung aus dem vorderen Raum holen und die Regionalgeschichte dorthin räumen. Ich bin etwas staubig und ehrlich gesagt völlig erledigt. Wahrscheinlich hätte ich das alles außerhalb der Öffnungszeiten machen sollen, aber was soll's.

»Ich kann sie für dich auspacken«, bietet er an. »Soll ich zuerst den Kessel aufsetzen?«

»Ach, das mache ich. Tee?«

»Ja, gerne.«

Es ist ruhig, das war es schon den ganzen Tag – was nicht überraschend ist, da es ein Mittwoch im Januar ist. Die Lampen brennen, und draußen regnet es unaufhörlich. Ich gehe zur Küchenzeile und setze den Kessel auf. Es ist düster hier hinter dem Vorhang. Durch das schmale Fenster blickt man auf einen ebenfalls schmalen Platz draußen, der von der Wand und dem Gebäude überschattet wird – nicht, dass man durch das mit Reif bedeckte Glas sonderlich viel sehen kann. Um dorthin zu kommen, muss man hinter die Werkstatt gehen. Dort stehen nur ein paar zusammengewürfelte Blumentöpfe und ein altes Tor. Trotz der fehlenden Aussicht und des eisigen Regens bin ich glücklich. Im Moment bin ich jeden Tag glücklich, und ich bin froh, dass es mir bewusst ist. Kein Vergleich zu dieser Zeit im letzten Jahr – gestern war es genau ein Jahr her, dass ich herausgefunden habe, was Chris getan hat.

Nun wache ich jeden Morgen in Edwards Bett auf, und er bringt mir Kaffee und sagt nette Dinge zu mir, wir sehen ganz modern auf unsere Handys, und dann frühstücken wir und arbeiten. Er fürchtet, dass mich das langweilt, aber das tut es nicht. Ich habe immer noch Zeit für mich, wenn er für Verkäufe unterwegs ist, und obwohl ich ihn vermisse, weiß ich, dass das eine gute Sache ist. Es funktioniert alles ziemlich gut. Ich koche eine Kanne Tee und versuche mich zu erinnern, ob noch Kekse in der Dose hinter der Ladentheke sind. Während ich darauf warte, dass der Tee zieht, höre ich die Ladenglocken und frage mich, ob wir wohl etwas verkaufen werden.

Ich hole die Milch aus dem Kühlschrank und trommle mit den Fingern auf die Arbeitsfläche. Als Edward seinen Kopf durch den Vorhang schiebt, fahre ich zusammen.

»Meine Güte, hast du mich erschreckt.«

»Entschuldige. Äh … Thea?«

»Ja?«

»Komm besser mal mit.«

»Ich warte nur noch auf den Tee, bin gleich da.«

»Ich weiß. Aber …«

Sein Tonfall ist sonderbar. »Alles okay?«, frage ich.

»Es ist etwas Unerwartetes passiert.«

»Unerwartet? Was denn?«

Er verzieht das Gesicht. »Chris ist hier.«

»Was?« Ich starre ihn an.

»Clistopher«, sagt er. Ich breche prustend in Lachen aus. Es ist ein Zitat aus einem Buch von Dianna Wynne Jones, *Von Irgendwo nach Fastüberall.* Die Meerjungfrauen sprechen den Namen des Protagonisten Christopher so aus, und seit wir uns einmal darüber unterhalten haben, nennt er Chris so, auch wenn ich ihm gesagt habe, er soll es lassen, weil Christopher Chant viel, viel cooler ist als Chris Mottram.

»Was redest du da?«, frage ich.

»Er ist hier. Gerade in den Laden gekommen.«

»Allein?« Ich habe die grässliche Vorstellung im Kopf, wie eine hochschwangere Susanna in meinem Laden steht.

Er nickt.

»Bist du sicher, dass er es ist?«

»Er hat es gesagt, und ich gehe davon aus, dass das nicht ausgedacht war. Das wäre seltsam, oder?« Fast lacht er bei der Vorstellung, aber kurz darauf ist er wieder ernst.

»Tja, Donnerwetter.« Ich sehe mich in der Küche um, auch wenn ich nicht weiß, wonach ich Ausschau halte. »Was in aller Welt will er denn?«

»Ich weiß es nicht, das musst du ihn selbst fragen.«

Ich runzle die Stirn, unentschlossen, wie ich dazu stehe. Dann deute ich auf den Tee. »Ich habe nur eine kleine Kanne gemacht«, bemerke ich verwirrt.

Edward antwortet nicht. Ich fege Staub von meiner Bluse und versuche erfolglos, mein Spiegelbild im Fenster auszumachen. Mir wurde gesagt – von Jenny, die mich jeden Tag sieht, und Xanthe, die mich nur über FaceTime sieht –, dass ich im Moment hervorragend aussehe und vor Freude strahle. Ich hoffe, es ist wahr. Mit etwas Glück wird das mehr auffallen als der Staub überall an mir und die unzähligen Kleidungsschichten, die ich im Winter im Laden tragen muss.

Es ist kindisch, vor seinem Ex gut aussehen zu wollen. Das weiß ich.

Ich atme tief durch. »Kommst du mit?«, frage ich Edward.

»Möchtest du das?«

Ich bin mir nicht sicher. »Ja.«

»Okay«, sagt er. »Sag es mir einfach, wenn ich euch etwas Privatsphäre geben soll.«

»Er ist aber sicher allein?«

Er nickt.

»Okay. Okay.«

Ich ducke mich unter dem Vorhang durch und biege rechts in den Hauptraum ab. Chris steht am Kamin, einen Vintage-Krimi in der Hand.

»Thea«, sagt er. »Hallo.« Er legt das Buch wieder auf den Sims und kommt auf mich zu. Ich weiche zurück – nicht absichtlich, es ist nur …

Überrascht stelle ich fest, wie sehr er wie er selbst aussieht. Ich weiß nicht, warum mich das überrascht. Wie sollte er sonst aussehen? Es ist komisch, ihm gegenüberzustehen. Ich habe ihn seit ungefähr zehn Monaten nicht gesehen. Es kommt mir ewig her vor.

Ich werfe einen Blick zu Edward. »Äh, hallo. Also, das ist Chris –«

»Ja«, sagt Edward, »er hat sich vorgestellt.«

Ich ignoriere ihn. »Und das ist Edward.«

»Ja«, erwidert Chris, »hi.«

Sie mustern sich, zwei Augenpaare, die einander betrachten und einzuschätzen versuchen. Es ist genauso unangenehm, wie man es sich vorstellt, seinen Ehemann und seinen – Freund – miteinander bekannt zu machen. Nach einer Pause, die ein paar Sekunden länger dauert, als mir lieb ist, wird mir klar, dass ich etwas sagen muss.

»Also, hey, das ist … Ich hätte nicht erwartet, dich hier zu sehen. Du hättest sagen sollen, dass du kommst, dann hätte ich mir freigenommen oder so.«

»Ja, ich – es war etwas spontan.«

»Für spontan ist es eine ganz schön lange Fahrt.« Ich runzle die Stirn. »Und – na ja, du bist ja sicher nicht heute den ganzen Weg gefahren, oder?«

»Nein, das stimmt. Ich bin gestern losgefahren. Es ist weiter, als ich dachte. Ich bin in einem Airbnb in Newton Stewart untergekommen.«

»Ah.« Es folgt eine weitere peinliche Stille.

»Du siehst gut aus«, sagt er.

Edward, der sich hinter die Ladentheke verzogen hat und so tut, als würde er arbeiten, schnaubt laut und versucht dann wenig überzeugend, es als ein Husten auszugeben.

»Also«, sage ich, »möchtest du einen Tee oder so? Ich habe gerade welchen aufgesetzt, als du angekommen bist. Vielleicht sollten wir …« Ich schaue wieder zu Edward, aber er sieht auf den Bildschirm seines Computers. »Vielleicht gehen wir zur Old Mill? Dann können wir was trinken und uns hinsetzen.« Wir könnten nach oben gehen, aber ich möchte ihn nicht in die Wohnung einladen. »Deswegen … bist du doch hier, oder? Das klang unhöflich, entschuldige. Aber –«

»Ja, ich … Nun, ich wollte mit dir reden, und du weißt ja, dass ich es hasse, zu telefonieren, und E-Mails sind einfach nicht das Gleiche.«

Es ist alles etwas seltsam. Es stimmt schon, dass er nicht gut im Telefonieren ist, oder zumindest telefoniert er nicht gern, und seit ich hier bin, hatten wir noch kein vernünftiges Gespräch. Aber ich wüsste auch nicht, worüber wir uns unterhalten sollten. Abgesehen vom Haus vielleicht, und dem Geld. Wahrscheinlich ist es das. Argwöhnisch überlege ich, ob er wohl irgendwie versuchen wird, sich darum zu drücken, mich auszuzahlen. Aber das ist unfair und basiert auf nichts als Paranoia.

»Könnten wir schließen?«, frage ich Edward. »Es ist nicht viel los, oder?«

Er sieht von mir zu Chris und wieder zurück. »Wenn du möchtest. Oder – möchtest du, dass ich mitkomme?«

»Ja«, sage ich entschieden.

* * *

Zum Glück ist es ruhig in der Old Mill. Ich bin nicht besonders versessen darauf, Gegenstand der allgemeinen Neugier zu werden, auch wenn das für gewöhnlich unvermeidlich ist.

»Wir gehen nach hinten.« Ich winke Cerys zu. Normalerweise bedienen sie nicht an den Tischen, aber sie ahmt eine Bewegung nach, als würde sie mir etwas auf einem Tablett bringen, und legt fragend den Kopf schief. Ich nicke. Das wird einfacher sein, als wenn einer von uns zur Theke geht und die anderen beiden unangenehmen Small Talk betreiben müssen.

Der Wintergarten ist leer, an den Fenstern jagen sich die Regentropfen. Nachdem wir uns für einen Tisch entschieden haben, setze ich mich neben Edward. Chris hat sich kürzlich die Haare schneiden lassen, und er hat sich seit bestimmt einer Woche nicht rasiert. Ich erkenne das Oberteil, das er trägt, nicht wieder, genauso wenig wie die Jacke, die er gerade ausgezogen hat. Ich sehe an mir selbst hinab und frage mich, ob ich etwas trage, was er wiedererkennen könnte, aber heute habe ich mich für eine meiner vielen typischen weißen Leinenblusen entschieden, und ich weiß nicht, ob es eine alte ist. Aber der Cardigan ist neu, Edward hat ihn mir zu Weihnachten geschenkt.

Cerys bringt uns die Speisekarten und geht dann wieder. Ich sehe ihr an, wie neugierig sie ist.

»Es ist größer, als ich es mir vorgestellt habe«, sagt Chris. »Baldochrie, meine ich. Wie weit außerhalb steht dein Haus? Ich wusste es nicht mehr.« Er sieht von mir zu Edward und wieder zurück. »Lebst du dort noch?«

»Es ist etwa acht Kilometer von hier«, antworte ich, »nicht weit. Und ja.« Das ist nicht direkt eine Lüge, aber ich weiß nicht, warum ich ihm nicht einfach erzähle, dass ich jetzt mehr oder weniger im Laden wohne.

»Und Sie sind von hier?«, fragt er Edward.

»Jap. Na ja, mein Elternhaus befindet sich etwa acht Kilometer von hier. Tatsächlich bloß die Straße hoch von der Lodge aus. Da wurde ich geboren.«

»Wirklich?«, frage ich, überrascht, dass ich ihn nie danach gefragt habe. »Du wurdest dort geboren?«

»Ja, natürlich. Das ist Tradition.« Er lächelt mich an. »Charles wurde allerdings in Dumfries zur Welt gebracht, weil er wieder anders sein musste. Wobei es ihn immer gestört hat, dass er nicht auf Hollinshaw geboren wurde.«

»Sie klingen aber gar nicht, als kämen Sie von hier – ich hätte gedacht, Sie hätten einen Akzent«, sagt Chris.

»Ja, das finden alle enttäuschend«, stimmt Edward zu.

Es folgt noch eine leicht unangenehme Redepause.

»Also, wie geht's dir?«, frage ich. Er sieht müde aus, aber das ist ja nichts, was man so direkt sagt. Ob es mit dem Haus voller Kinder und der schwangeren Freundin zu tun hat?

»Ach, mir geht's gut. Und dir? Du siehst wirklich gut aus«, sagt er erneut.

»Danke, ja, mir geht's gut.« Ich lege meine Hand auf Edwards Oberschenkel. Er legt seine Hand auf meine und drückt sie.

Cerys nimmt unsere Getränkewünsche auf, und wir sprechen über das Wetter, Chris' Fahrt in den Norden und den Fortschritt des neu entwickelten Stadtzentrums zu Hause. Chris erkundigt sich nach meinen Eltern und ich mich nach seinen. Dann fragt er nach dem Buchladen.

»Ich hätte nie gedacht, dass du mal als Verkäuferin arbeitest«, sagt er.

»Ich weiß, es ist schon lustig«, stimme ich zu. »Aber es gefällt mir.«

»Und der Buchladen ist auch nicht ganz so, wie ich ihn mir vorgestellt habe. Ich dachte aus irgendeinem Grund, er wäre kleiner. Ich glaube, Xanthe hat ihn nicht sehr gut beschrieben.«

»Du hättest ja nachsehen können«, wende ich ein, »auf der Website sind jede Menge Fotos.«

»Ja, keine Ahnung, warum ich das nicht gemacht habe«, sagt er stirnrunzelnd. »Und es ist Ihr Laden? Ich meine, Sie sind der Inhaber?«, fragt er Edward.

»Ja.«

Ihm fällt eindeutig nichts mehr ein, was er noch fragen könnte, und so sitzen wir einen Moment lang schweigend da. Ich sehe immer wieder zu Chris und horche in mich hinein, um herauszufinden, was das Treffen mit ihm für Gefühle in mir auslöst. Wenn ich ehrlich bin, bin ich leicht verärgert. Ich finde seinen Tonfall Edward gegenüber unangebracht, und das sehe ich nicht ein. Er sollte doch erleichtert sein, dass ich jemanden kennengelernt habe, sogar erfreut. Aber ich glaube, das ist er nicht.

»Das ist aber nicht Ihr Name, oder? Fortescue?«

»Oh Gott.« Ich lache mit einem Blick zu Edward. »Nein. Es ist eine Art Scherz.«

Ich erinnere mich daran, wie Edward mir den Namen der Buchhandlung erklärt hat. Es ist ein absolut lächerlicher Insiderwitz, den niemand je verstehen würde. Als ich ihm das sagte, antwortete er: »Und jeden, der ihn versteht, sollte man eindeutig meiden. Der Witz ist nur für mich gedacht.«

»Ein Scherz?«

»Das ist unwichtig«, winke ich ab. Cerys kommt mit ihrem Block zurück, und ich bestelle zu meinem Kaffee ein Stück Kuchen, während Chris um Schinken, Eier und Pommes frites bittet und Edward es bei einem Kaffee belässt.

Ich habe das Gefühl, dass die Unterhaltung mehr oder weniger davon abhängt, welche Gesprächsthemen ich mir als Nächstes aus den Fingern sauge, und das finde ich nervig. Ich spreche ein wenig über Baldochrie und Weihnachten und die Lodge.

»Du wirst sie also nicht verkaufen?«

»Im Moment nicht.« Ich halte es nicht für nötig, ihm meine Pläne zu erklären. Dann fällt mir etwas ein, was ich ihn schon länger fragen möchte. »Wird Susanna ihr Haus verkaufen?«

»Nein, im Moment vermietet sie es. Das schien am klügsten zu sein.«

Ich nicke. »Falls ihr euch trennt.«

»Wir werden uns nicht trennen.«

Ich glaube, ich habe ihn verärgert. »Ja, ich weiß. Aber es wäre ja möglich. Ich meine –«

Edwards Handy klingelt. Er sieht nach und murmelt: »Mist. Ich muss rangehen.« Er wirft mir einen entschuldigenden Blick zu.

Ich winke ab. »Schon gut, mach ruhig.«

Er steht auf und läuft davon. »Hey, Roger, hi …«, und dann bin ich mit Chris allein. Er sieht Edward hinterher und wendet seine Aufmerksamkeit dann mir zu.

»Xanthe meinte, sein Bruder wäre ein Lord«, sagt er ungläubig.

»Ja«, erwidere ich unbeteiligt. »Ist er.«

»Wie komisch. Er kommt mir gar nicht so adelig vor.«

»Ich glaube, er hat sich sehr viel Mühe gegeben, normal zu sein, als er jung war. Aber deswegen hat er auch keinen Akzent. Einen schottischen, meine ich. Weil er wirklich adelig ist. Ich vermute, in der Schule wurde ihnen der Akzent ausgetrieben.«

»Auf welcher Schule war er denn? Eton?«, fragt Chris spöttisch.

»Nein, sie haben Gordonstoun besucht, es klingt Furcht einflößend. Prinz Charles war auch dort. Und David Bowies Sohn, aber der wurde rausgeworfen.«

»Wow.«

»Ich weiß, verrückt, nicht?«

Cerys kommt mit Chris' Mittagessen und meinem Kuchen. »Ich bringe Ed seinen Kaffee«, sagt sie. »Ruft einfach, wenn ihr irgendetwas braucht.«

Chris bedankt sich bei ihr und fängt an zu essen. Es ist offensichtlich, dass ihn dieser ganze Oberschicht-Aspekt ärgert oder zumindest beschäftigt.

»Xanthe hat erzählt, dass sie seinen Bruder kennengelernt hat.«

Ich nicke. »Charles, ja.«

»Also verkehrst du jetzt mit der Aristokratie. Wie nennt man den Bruder eines Lords?«

»Mr Maltravers, in diesem Fall.«

»Also ist er kein Honourable oder wie auch immer man das nennt?«

»Nein. Ich meine, das war er, als sein Dad noch am Leben war. Aber das gilt nur für die Kinder der Lords, weil sie keine Titel haben.«

»Das muss einen ganz schön ärgern.«

Ich runzle die Stirn. »Was?«

»Na ja, wenn der Bruder ein Lord ist und man selbst nicht.«

»Ach so! Nein, er ist der Älteste. Er hat auf den Titel verzichtet. Hat Xanthe dir diesen Teil nicht erzählt?«

»Oh. Das ist ja seltsam von ihm.« Ich kann an seinem Gesicht ablesen, dass er es sowohl dumm als auch bewundernswert findet. Ich zucke bloß mit den Schultern. »Aber wahrscheinlich würde er auch nicht mit dir ausgehen, wenn er ein Lord wäre«, schiebt er hinterher. Das finde ich etwas unverschämt.

»Wahrscheinlich nicht«, erwidere ich ruhig. »Aber genug davon. Was ist mit deinen Neuigkeiten?«

»Meine Neuigkeiten?«

Ich verdrehe die Augen. »Glaubst du ehrlich, ich weiß nichts davon?«

»Wovon?«

»Dem Baby.«

»Oh.« Er rutscht unbehaglich auf dem Stuhl herum. »Ja.«

»Glückwunsch.«

»Danke.«

»Bist du aufgeregt?«

»Ich … Ja, natürlich.«

Ich nicke. Vielleicht sollte ich ihn einfach fragen, da wir schon mal hier sind. Ich räuspere mich. »Ich wusste nicht, dass du eine Familie wolltest. Das hättest du sagen sollen.«

Er blickt von seinem Teller auf, wo er halbherzig Pommes ins Eigelb tunkt. »Es ist nicht … Es war nicht geplant«, sagt er.

Ich bin erleichtert, auch wenn es mich eigentlich nichts angeht. »Ach so. Ich dachte, vielleicht –«

»Nein.«

Er will nicht darüber sprechen, aber da muss er jetzt durch. »Ich habe mich das gefragt, weißt du. Ob das der Grund dafür war, dass du mich verlassen hast.«

»Thea. Nein. Bitte denk das nicht. Es war nicht … Ich habe das alles nie geplant.«

Ich nicke. »Ich weiß. Es ist okay … Es hat mir zu schaffen gemacht, dass ich dir vielleicht nicht gegeben habe, was du wolltest.«

»Oh mein Gott. Denkst du das?« Er wirkt entsetzt.

»Ich wusste nicht, was ich denken sollte. Denn es ist nicht, als hätten wir … Ich habe überlegt, ob du vielleicht wolltest und mir das nicht bewusst war.« Ich räuspere mich. »Es hat mich mehr getroffen, als ich erwartet habe. Ich weiß, dass es für mich keinen Unterschied macht. Aber es hat mich ziemlich mitgenommen.«

»Oh Gott. Nein, nein. Ich hätte es dir selbst sagen müssen, das tut mir leid. Ich bin ein Feigling. Aber ehrlich, du darfst nicht …« Er sieht an meiner Schulter vorbei. »Pass auf, es gibt da einige Dinge, über die ich mit dir sprechen muss. Aber es ist komisch, wenn er dabei ist. Kann ich allein mit dir reden? Bevor ich zurückfahre?«

»Ich … na ja, ich denke schon. Ich wüsste nur nicht, warum.«

»Es ist bloß … Es ist komisch. Nichts für ungut«, fügt er hinzu, als Edward sich setzt.

Edward hat es jedoch gar nicht mitbekommen. »Das war Roger McBride«, erzählt er. »Er hat Sachen von einer Haushaltsauflösung und will, dass ich sie mir anschaue.«

»Sehr schön«, sage ich. »Hör mal, du musst nicht bleiben. Willst du schon mal zurück zum Laden?«

Er sieht zwischen uns hin und her. »Okay. Dann lasse ich euch allein, ja?«

Ich nicke. »Ich brauch nicht lang. Oder?«

Chris wirkt gequält, schüttelt aber den Kopf.

»Okay. Bis später.« Edward steht wieder auf und gibt mir einen Kuss. »Ich koche für halb sechs, passt das?«

Ich nicke.

»Sag Bescheid, falls es später wird. Hat mich gefreut«, sagt er dann wenig überzeugend zu Chris.

Wir sitzen einen Moment schweigend da. Sicher werden wir nicht bis halb sechs brauchen. Es ist doch erst Viertel vor vier.

Ich atme tief durch und versuche, nicht panisch zu werden.

27

»Dann schieß mal los. Was wolltest du sagen?«

Er seufzt. »Keine Ahnung. Alles ist komisch.«

»Okay.«

»Weihnachten war komisch, und –«

»Inwiefern komisch?«

Ich bin neugierig. Meine Weihnachtszeit war unheimlich schön, auch wenn ich enttäuscht war, dass Edward sich für das Viktorianische Verkaufsfest nicht verkleiden wollte. Am Ende hat er sich oben versteckt, während ich mich um alles gekümmert habe. Aber jetzt habe ich jede Menge Fotos von mir mit Zylinder, also war es dennoch ein Erfolg. Und am ersten und zweiten Weihnachtstag sind wir zur Strandhütte gefahren, und es war eiskalt, aber großartig. Wir haben jede Menge gegessen und hatten viel Sex. Ich muss sagen, es war eines der besten Weihnachtsfeste jemals. Allein der Gedanke daran bringt mich zum Lächeln.

Chris hingegen lächelt nicht. »Laut. Wuselig. Anders.«

»So werden alle deine Weihnachtsfeste von jetzt an sein«, erkläre ich ihm, amüsiert über seinen Gesichtsausdruck. »Und überhaupt, ich dachte, Weihnachten mit Kindern wäre magisch. Überleg mal, nächstes Jahr hast du ein Baby! Du kannst ihm eines dieser Shirts mit der Aufschrift *Mein erstes Weihnachten* kaufen.« Ich lache. Er nicht, er sitzt nur da. Dieses Gespräch ist harte Arbeit. Ich verstehe nicht, warum ich die ganze Anstrengung unternehmen muss, ich habe ihn schließlich nicht um seinen Besuch gebeten. Ich beobachte, wie zwei ältere Paare das Café betreten, die Kuchenauswahl studieren und dann in den Wintergarten kommen und einen Tisch links von uns anpeilen. Sie brauchen ewig, um sich aus ihren Jacken zu schälen und sich in ihre Ecke zu setzen. Chris ist fertig mit seinem Essen und spielt am Pfefferstreuer herum. Beinahe beuge ich mich hinüber und nehme ihn ihm weg, aber ich weiß, dass es unangebracht wäre.

»Weiß Susanna, dass du hier bist?«, frage ich interessiert. Er wirkt rastlos, das kenne ich nicht von ihm.

»Nein. Ich dachte, es wäre vielleicht besser, es ihr nicht zu sagen. Ich habe ihr erzählt, ich würde Barney besuchen.«

Barney lebt in Jedburgh. Chris hat mit ihm studiert, er ist ein wenig seltsam. So seltsam, dass es nicht weiter auffällig ist, wenn Chris eher allein fahren möchte. Ich nicke.

»Sie wäre bestürzt darüber, dass du sie nicht sehen willst.«

Ich blicke ihn verständnislos an. »Warum in aller Welt sollte ich sie denn sehen wollen?«

»Sie … kommt nicht gut damit klar, dass du sie hasst.«

Ich schnaube. »Darüber hätte sie vielleicht vorher nachdenken sollen, oder? Wie dem auch sei, ich hasse sie nicht mal besonders. Ich meine, zuerst schon, aber na ja.« Ich zucke mit den Schultern. »Es ist … Ich wünschte, es wäre nicht passiert, aber das ist es, und jetzt müssen wir alle weitermachen, richtig?«

»Bist du glücklich?«, fragt er ein wenig abrupt.

Ich denke darüber nach. In dieser Situation jetzt gerade fühle ich mich offen gestanden nicht allzu glücklich. Aber im Großen und Ganzen bin ich unerwarteterweise unverschämt glücklich, trotz des dunklen Schattens der Traurigkeit, der immer noch am Rande meines Bewusstseins lauert. Ich bin jedoch sehr zuversichtlich, dass er sich am Ende verziehen wird.

»Ja«, antworte ich ihm. »Ich bin glücklich.«

»Er ist … Du magst ihn, diesen … Edward.«

»Ich mag ihn sehr, ja. Ich hatte Glück, dass ich jemanden kennengelernt habe. Das hätte ich nicht erwartet.«

Er ist immer noch unruhig, jetzt spielt er an seinem Löffel, und hin und wieder huscht sein Blick über mein Gesicht.

»Und du? Bist du glücklich?«, fühle ich mich verpflichtet zu fragen. Cerys, die den älteren Herrschaften gerade Kaffee bringt, stellt auch noch eine neue Tasse Kaffee vor mir ab und eilt wieder davon. Ich bin ihr dankbar, auch für ihre unaufdringliche Art. »Freust du dich darauf … auf das Baby? Wann wird es geboren?«

»Im April. Ich … ja«, sagt er, aber ich glaube ihm nicht.

»Es wird schon schön, wenn es einmal auf der Welt ist. Du bist bestimmt nur nervös. Mach dir keine Sorgen. Jeder liebt seine eigenen Kinder.« Ich lächle ihn an, versuche, ihn aufzubauen.

Immerhin war es lange Zeit meine Aufgabe, ihn aufzubauen. So etwas vergisst man einfach nicht. Wenn er wegen der Arbeit nervös war oder einen Streit mit seiner Mum hatte, habe ich ihm immer den Rücken gestärkt. Er hat sich seit Jahren nicht mit seiner Mum gestritten, aber als wir noch jünger waren, kam das öfter vor.

Ich frage mich, was seine Eltern wohl von all dem halten. Sie sind schon lange Großeltern, seine älteste Nichte ist siebzehn oder achtzehn. Ich fühle mich schuldig, dass ich seine Familie mehr oder weniger fallen gelassen habe. Aber es ist sicher auch einfacher für sie, wenn sie nicht über mich nachdenken müssen. Ich habe eine Weihnachtskarte geschickt, aber keine Geschenke gekauft, auch keine Geburtstagsgeschenke für die Mädchen, die meine Nichten waren. Das ist gemein, es ist immerhin nicht ihre Schuld. Ich werde versuchen, es besser zu machen.

»Ich finde, ich bin zu alt«, sagt er. Ich kann es ihm ansehen, er hat entsetzliche Angst, der arme Hund.

»Ach, komm schon, Rod Stewart ist viel älter als du«, sage ich, und dann, da er verdutzt wirkt, schiebe ich hinterher: »Und er hat gerade ein Baby bekommen. Beziehungsweise vor Kurzem.«

»Aber er hatte vorher schon jede Menge Kinder. Er weiß, was er tun muss. Und wahrscheinlich muss er sowieso nichts tun, da er schließlich Rod Stewart ist.«

»Ja, das stimmt. Aber sieh mal, mein Großvater war dreiundvierzig, als meine Mum geboren wurde, und er ist erst gestorben, als sie selbst schon fast dreiundvierzig war. Wenn es das ist, worum du dir Sorgen machst.«

»Ich mache mir um alles Sorgen.«

»Oh, du liebes bisschen. Weiß Susanna davon? Wahrscheinlich solltest du mit ihr reden und nicht mit mir.«

»Ich weiß, tut mir leid. Es ist nur – es ist schwer, mit ihr zu reden, sie hat immer zu tun, und die Kinder sind da und …«

Ich trinke einen Schluck Kaffee und beobachte ihn über den Tassenrand hinweg. »War wohl spaßiger, als ihr es nur getrieben habt, hm?«

»Das ist es nicht«, sagt er, aber wir wissen beide, dass da etwas Wahres dran ist.

»Ich nehme an, daran hast du nicht gedacht. An die Kinder.«

»Ich hatte keine Ahnung, dass wir jemals zusammenziehen würden, als es … als wir anfangs …«

»Oh«, sage ich, »das erinnert mich daran, dass ich dich noch danach fragen wollte, wann das war. Erst wollte ich es gar nicht wissen, aber jetzt schon. Wann habt ihr angefangen, euch zu … treffen?«

»Meinst du wirklich, das ist hilfreich?«

»Ich weiß es nicht. Sag es mir trotzdem.«

Er seufzt. »Das war nach … Erinnerst du dich an die Party bei Deb und Andy mit dem Lagerfeuer? Als du die Grippe hattest?«

Ich denke an den Herbst, von dem er spricht. Ich hatte seit Jahren keine Grippe gehabt und war erschrocken darüber, wie heftig sie war. Das war letzten November vor vier Jahren.

»Ja, ich erinnere mich.« Es ist lange her. Schockierend lange.

»Na ja, danach fing es an.«

»Ich habe mich gefragt, wie es losging. Ich meine, hast du sie geküsst oder zuerst etwas gesagt, oder was?«

»Thea, ich glaube nicht, dass wir das wirklich besprechen sollten.«

»Ich wüsste nicht, warum nicht. Ich meine, immerhin musste ich mit den Konsequenzen leben. Standest du schon seit Jahren auf sie?«

Vor vier Jahren? Verfluchte Scheiße.

»Nein, ich habe nie darüber nachgedacht. Über niemanden.«

Ich nicke höflich. »Ah ja.«

»Du glaubst mir doch, oder?«

Ich zucke mit den Schultern. »Ich denke schon.«

»Aber sie … Es war dunkel und kalt, und es waren viele Leute da und heißer Cider –«

»Ich weiß noch, dass du mir von all diesen Dingen erzählt hast«, unterbreche ich ihn, »und von Backkartoffeln und Feuerwerk. Aber nicht von Susanna.«

»Nein, na ja. Wir unterhielten uns, und sie schob bloß ihre Hand durch meinen Arm, weißt du, und … Es war … Ich hätte sie leicht ignorieren oder meinen Arm wegziehen können, aber das habe ich nicht getan. Und danach half ich Deb beim Aufräumen, und es waren fast alle weg, außer Susanna. Ich fragte sie, wie sie nach Hause kommt, und sie meinte, sie würde laufen. Also bot ich ihr an, sie mitzunehmen, und dann hat sie mich hereingebeten.« Er hält inne. »Die Kinder waren übers Wochenende bei James.«

»Und das war's? Du warst gar nicht so schrecklich spät zu Hause, sonst würde ich mich daran erinnern. Seid ihr da miteinander ins Bett gegangen?«

»Natürlich nicht. Nein«, entgegnet er empört. »Nein. Ich … Sie gab mir ihre Handynummer und sagte mir, sie …«

Ich bin mir nicht sicher, ob ich noch mehr Details wissen möchte. Ich habe den Flur in Susannas Haus vor Augen und stelle mir die Szene vor: die Kälte, die Dunkelheit, die beiden in ihren Wintermänteln, wie sie sich befummeln.

»Hast du sie geküsst?«

Er erwidert meinen Blick kurz und sieht dann weg. »Ja. Und sie sagte … sie …«

Ich sehe, wie er sich an alles erinnert, an den Moment, als es mit »ihnen« losging, den Anfang von »unserem« Ende. Es ist immer schön, an den Beginn von etwas zu denken. Ich würde lächeln und ein warmes Gefühl verspüren, egal, an welchen meiner Beziehungsanfänge ich denken würde: den ersten Kuss, den Schritt von »potenziell« zu »tatsächlich«. Aber ich möchte es nicht in seinem Gesicht sehen. Ich frage mich, was sie gesagt hat. Dass sie ihn mag? Dass es falsch wäre? Oder dass sie bereit dazu wäre? Ich denke an einen Sommerabend vor langer Zeit, als Chris zum ersten Mal den Arm um meine Schultern gelegt hat. Da saßen wir auf dem Sofa in seiner recht schäbigen Wohnung, ich erinnere mich an den Geschmack von Cider und Zigaretten. Tragisch, nicht wahr? Es kommt mir vor, als wäre es fünf Minuten her und gleichzeitig fünfhundert.

Er spricht wieder, ich sollte ihm zuhören.

»Ich hatte nicht vor, damit weiterzumachen. Ich habe mich schon nur wegen des Kusses schlecht gefühlt.«

Nur. Das ist doch keine Belanglosigkeit. Ein verbotener Kuss, eine geheime Knutscherei, dann zurück nach Hause, in dein Bett, zu deiner Frau.

Ich trinke meine Tasse leer und warte darauf, dass er fortfährt.

»Ich habe ihr lange nicht geschrieben.« Er möchte, dass ich ihm glaube und ihm dann verzeihe. Und vielleicht hat er ihr wirklich nicht sofort geschrieben. Ich wette jedoch, er hat darüber nachgedacht. Ich frage mich, ob er darüber nachgedacht hat, während wir zusammen waren, im Bett, hat er sich vorgestellt, wie es wäre? Susanna mit ihrer Lockenpracht, der dunkleren Haut, ihren offen gesagt riesigen Brüsten? Ich würde nicht sagen, dass sie dick ist, vielleicht mollig, und sie hat tatsächlich große Brüste. Einen gemütlichen Körper. Immerhin hat sie schon drei Kinder bekommen. Und ich nehme an, sie ist schon sexy, wenn man darauf steht. Wie ich schon mal beschrieben habe, erinnert sie einen an eine Erdgöttin. Sie hat ein Tattoo auf der Schulter, eine Sonnenblume, und riecht nach Kokosöl. Ich kann es jetzt gerade beinahe riechen, vielleicht rieche ich es sogar wirklich. Er könnte nach ihr riechen. Immerhin ist sie immer dort, in seinem Haus, kauft ihm Shampoo und Duschgel, bügelt möglicherweise seine Hemden.

Es ist interessant, diese Dinge zu denken und meine Reaktion zu beobachten.

»Aber dann hast du irgendwann angefangen, ihr zu schreiben? Ist es merkwürdig, dass ich es wissen will?« Ich lache. »Ich weiß nicht mal wirklich, warum.«

»Ich habe mir gesagt, ich würde nur schreiben, um ihr zu sagen, dass … dass ich nichts mit ihr anfangen kann.«

»Ah, ja, genau. Aber das ist ja nicht das, was passiert ist.«

»Nein. Ich dachte, dass es schon nicht so schlimm wäre, ihr nur zu schreiben. Auch wenn ich wusste, dass es falsch war.«

»Und dann ist es eskaliert.«

Er schließt die Augen. »Ja.«

»Okay. Und wann habt ihr angefangen, miteinander zu schlafen? In dem Jahr?«

Er möchte es mir nicht sagen. Er denkt nicht gerne daran, zumindest nicht daran, wie es aus meiner Perspektive wirken muss. Im Unrecht zu sein ist unangenehm.

»Nicht vor dem Frühjahr.«

»Gott. Da habt ihr euch ja richtig gezügelt.«

Er öffnet die Augen wieder. Er wirkt gequält, aber das ist nicht mein Problem, oder? Ich finde, ich bin sehr ruhig. Ich möchte ihm nicht einmal ein schlechtes Gewissen machen, aber ich gehe davon aus, dass er anständig genug ist, um sich schlecht zu fühlen. Und als Nächstes wahrscheinlich gereizt, weil Schuldgefühle einen reizbar werden lassen. Ich wette, ihm würden hundert Gründe einfallen, warum all das passiert ist, und keiner davon wäre: »Weil ich ihn nicht in der verdammten Hose lassen konnte.«

»Thea –«

»Und dann habt ihr euch verliebt. Wann war das?«

»Ich weiß es nicht. Lange nicht, es war … vielleicht in dem Sommer. Ich dachte sehr lange, dass es keine Rolle spielt, dass es für uns nichts ändert. Für dich und mich.«

»Es schien auch nichts anders zu sein«, sage ich. »Jedenfalls habe ich es nicht bemerkt. Das hat es schlimmer gemacht. Ich hatte einfach keine Ahnung. Ich fand nicht einmal, dass du distanziert oder komisch warst oder … abwesend, mehr als sonst. Das hat es für mich so schwierig gemacht. So schwer zu verarbeiten. Es war ein völliger Schock.«

Ich denke an die Nachricht, die er ihr geschickt hat, das Bild. *Denke gerade an gestern*, hatte er geschrieben. Ich glaube nicht, dass ich je vergessen werde, wie ich mich gefühlt habe, als ich es sah, ihre Hände auf ihm. Denkt er gerade dasselbe? Er wirkt beschämt. Und das sollte er auch sein. Ich frage mich, ob es Absicht war. Vielleicht unterbewusst. Wenn er in sie verliebt war und sie zusammen sein wollten, war es ein einfacher Weg, es mir mitzuteilen. Er musste sich nur hinsetzen und aussprechen: »Thea, ich muss dir etwas sagen.«

Ich weiß noch, wie ich am Küchentisch gesessen und darauf gewartet habe, dass er von der Arbeit kommt. Ich war nicht in der Lage, klar zu denken. Ich habe nicht geschrien, nicht einmal geweint, zumindest anfangs nicht. Als er das Haus betrat, wartete ich bloß darauf, dass er in die Küche kam.

»Was machst du?«, fragte er mich, und ich schob das Handy über den Tisch zu ihm und sagte: »Ich denke, das könnte wichtig sein.«

Ich werde nie seinen Gesichtsausdruck vergessen, als er verstand, was passiert war. Ich konnte es fast hören: wie alles in meinem Leben zusammenbrach.

Ich dachte, er würde mich anflehen, ihm zu verzeihen. Aber das tat er nicht, er sagte nur: »Scheiße.« Dann sah er mich an. »Es ist genau das, wonach es aussieht, es tut mir schrecklich leid.«

Auch das glaube ich ihm – es tat ihm leid. Es tat ihm leid, dass ich es herausgefunden hatte, aber auch, dass er mich verletzte. Ich weiß, dass er mir nie absichtlich wehtun wollte, aber es ist auch nicht so, als hätte er sich dagegen entschieden, mich zu verletzen. Es ist ein Beschluss mit absehbaren Folgen, wenn man seinen Partner betrügt. Man muss Entscheidungen treffen, eine Menge Entscheidungen, bevor man in einer Situation steckt, in der die Ehefrau das Foto des eigenen Penis in dem Mund einer anderen entdecken kann.

»Ich weiß«, sagt er. »Ich weiß. Ich war … erleichtert, dass du nichts … geahnt hast.« Er schließt die Augen erneut. »Alle Formulierungen dafür sind so beschissen.«

Ich lache. »Ja, das kann man wohl sagen.« Ich weiß, was er meint, so etwas Ähnliches habe ich ja auch vor ein paar Monaten zu Edward gesagt. Es ist ein einziges Klischee.

»Es kam mir ewig lange so vor, als ob … Ich weiß nicht. Ich dachte, das würde eine Weile laufen und dann aufhören. Ich hätte nicht gedacht, dass es so ausgeht und wir am Ende hier landen. Ich saß manchmal im Auto und habe es laut ausgesprochen. ›Ich habe eine Affäre.‹ Aber es schien mir nie … ach, keine Ahnung. Es tut mir leid, Thea.«

Ich seufze. »Ich weiß. Wie auch immer, worüber wolltest du mit mir sprechen?«

»Ach so, ja. Okay. Die Sache ist die … Du wirst lachen«, sagt er, »und wer kann es dir verdenken. Aber …«

Es folgt eine recht lange Pause. Abwartend hebe ich die Augenbrauen.

»Ich denke … Habe ich einen riesigen Fehler gemacht? Ich glaube irgendwie schon.«

Er hat recht, ich lache tatsächlich, stoße ein explosives »Ha« aus. Es erinnert mich an meine Reaktion auf die Neuigkeiten mit dem Baby, diesen Schluchzer, der sich auf dieselbe unerwartete Weise aus meinem Zwerchfell hochgedrückt hat, und es ist so laut, dass die älteren Herrschaften in der Ecke sich umdrehen und zu uns herüberschauen.

»Ich weiß. Was für ein … Ich kann selbst nicht glauben, dass ich das gerade sage.«

»Und dann auch noch zu mir. Ausgerechnet.«

»Ja.«

»Was würdest du tun, wenn ich jetzt sagen würde: Oh ja, aber keine Sorge, wir kriegen das schon wieder hin?«

Er bleibt stumm. Ich habe fast den Eindruck, dass er sich genau das wünscht.

»Ich müsste verrückt sein, Chris, das ist dir doch klar, oder? Ich meine, verdammt, du bekommst ein Baby.«

»Ich weiß.«

»Himmel.«

»Ich weiß.«

Ich schüttle den Kopf. »Gar nichts weißt du. Du bist ein … Ich finde nicht mal ein Wort dafür.« Ich seufze. »Aber du hast nur kalte Füße. Du meinst es nicht mal so. Wenn ich sagen würde: Okay, versuchen wir's noch mal, dann würdest du genauso in Schwierigkeiten stecken, vielleicht sogar in schlimmeren.«

»Es ist nur … Ich weiß nicht, ob ich es kann.« Er sieht sehr verängstigt aus, besorgt und erschöpft.

»Heilige Scheiße. Also versuchst du es nicht einmal mit ›Thea, Ich liebe dich?‹« Ich schüttle den Kopf. »Du musst mich ja für eine richtige Vollidiotin halten. Oh ja, toll, dann los, lass es uns noch mal versuchen, weil es dir Angst macht, was du getan hast? Ich meine, du hast sie vier Jahre lang gevögelt, Chris. Das ist eine verfluchte Ewigkeit.«

Er schweigt.

»Oh mein Gott. Ich kann es nicht glauben. Das ist doch unfassbar!«

»Es ist schon so, dass ich dich liebe«, sagt er.

»Ja, genau.«

»Nein, wirklich, natürlich tue ich das. Das ist das Schwierigste an der ganzen Sache. Wenn es nicht so wäre, wäre es einfach.«

»Vergib mir, wenn ich nicht sehe, welcher Teil für dich bitte schwierig war. Ich meine mich daran zu erinnern, wie du mir gesagt hast, unsere Ehe wäre tot. Das erschien mir ziemlich endgültig, oder was meinst du? Ich kann mir nicht vorstellen, wie man so was wieder zurücknehmen soll. ›Oh, nein, warte mal, nicht tot, bloß eingeschlafen‹? Ich glaube kaum.«

»Kein Grund, gleich –«

Ich schließe die Augen und mache eine versöhnliche Geste. »Pass auf. Ich will mich nicht mit dir streiten. Ich werde immer … Ich denke, ich werde immer … Ich möchte dich nicht hassen. Ich habe dich so lange und so sehr geliebt. Aber versuch doch mal nur zwei Sekunden lang, das aus meiner Perspektive zu betrachten. Es ist nicht meine Aufgabe, dir zu helfen oder dir Unterstützung oder Beistand zu leisten. Du hast dich dafür entschieden, dir all das woanders zu holen. Außerplanmäßig. Und ich habe keinen Aufstand gemacht, oder? Zumindest keinen großen. Ich konnte dir ansehen, dass es zwecklos gewesen wäre. Wenn ich gedacht hätte, ich könnte deine Meinung ändern, hätte ich es versucht. Ich hätte alles getan …«

Ich höre, wie meine Stimme bricht. Ich werde nicht weinen. Nein.

»Aber das war damals, und jetzt liegen die Dinge anders. Alles hat sich geändert, meinst du nicht? Und die bedeutendste Veränderung ist der kleine Mottram Junior. Babys brauchen Väter, und sie bekommen sie nicht immer, aber für dich gibt es keinen Ausweg, keine Ausrede. Wir werden uns scheiden lassen, dann kannst du Susanna heiraten, und ich hoffe, du wirst glücklich. Ich möchte, dass du glücklich bist, denn wenn ich das Gefühl hätte, du hättest mein ganzes Leben über den Haufen geworfen und völlig umsonst alles zum Einsturz gebracht, wofür ich jahrzehntelang gearbeitet habe, dann wäre ich stinkwütend.«

Ich lehne mich erschöpft im Stuhl zurück.

»Du hast recht«, sagt er nach einem Moment.

»Und ob ich das habe. Mal im Ernst – du solltest dich schämen.« Ich sehe ihn an und werde ein wenig sanfter. »Es wird schon alles gut werden, das weißt du doch. Ich nehme an, du wirst es lieben, Vater zu sein. Du wirst ein guter Vater. Du bist geduldig und liebevoll, mehr kann man sich doch als Kind nicht wünschen.«

»Ich weiß nicht.«

Ich habe keine Ahnung, was ich noch sagen soll. Ich brauche ihn nicht weiter aufzumuntern.

»Und Susanna freut sich?«

»Ich glaube schon. Doch, sie freut sich, sie plant schon alles Mögliche. Wir müssen wahrscheinlich anbauen.«

»Oh. Ja, wahrscheinlich.«

»Ja, es ist nicht genug Platz für alle da.«

»Kann ich mir vorstellen.« Die Älteste, Ruby, ist vierzehn, dann kommt Alfie, der etwa zehn oder so ist, und der Jüngste ist vielleicht sieben. Ich weiß seinen Namen nicht mehr. Joe? Ich bin mir nicht sicher. Jedenfalls wird das wohl alles nicht funktionieren, wenn sie sich ihre Zimmer teilen müssen. Das ist aber nicht mein Problem.

»Dafür werde ich eine weitere Hypothek aufnehmen müssen. Und danach bekommst du dein Geld. Es tut mir leid, dass es so lange gedauert hat, das alles zu regeln.«

»Ist schon okay. Du hast Glück, dass ich das Geld von Onkel Andrew hatte.«

»Ja, ich weiß. Aber du hättest es mir doch gesagt, wenn du das Geld gebraucht hättest, oder? Ich hätte es irgendwie zusammenbekommen. Ich würde nicht wollen –«

»Ich denke schon. Es wird so oder so gut sein, es zu haben. Ich dachte, ich könnte mir vielleicht eine dieser Wohnungen an der Küstenstraße kaufen, du weißt schon, die neuen.«

Er wirkt überrascht. »In Brackwell? Heißt das, du ziehst zurück?«

»Oh, nein. Im Moment nicht. Aber wenn ich mir die Preise für Häuser da unten anschaue, scheint es mir eine gute Investition zu sein.«

»Wirst du dein Haus verkaufen? Zieht ihr zusammen, du und … er?«

»Nein, ich behalte es. Vielleicht vermiete ich es an Urlauber. Das weiß ich noch nicht genau. Im Moment leben wir nicht zusammen, oder nicht direkt, aber vielleicht bald. Er wohnt über dem Laden, und ich arbeite dort, daher wäre es ganz praktisch. Die Wohnung ist wunderschön, aber es wäre vernünftig, wenn ich auch noch ein eigenes Zuhause hätte, denke ich. Denn man weiß nie, nicht wahr?« Ich werfe ihm einen Blick zu. »Ich werde mich nie zu hundert Prozent sicher fühlen. Ich möchte nicht … Ich muss sichergehen, dass ich auch allein zurechtkomme.«

»Ja.«

»Wie dem auch sei. Ist es das … worüber du sprechen wolltest?«

Er nickt. »Ja ich … Bitte erzähl es niemandem, ja?«

Na klar, jetzt hat er Sorge, dass es vielleicht die Runde machen könnte und die Leute schlecht von ihm denken. Ich seufze. »Wem sollte ich es sagen? Komm schon, Chris.«

»Xanthe.«

»Alle erzählen Xanthe ihre Geheimnisse, oder? Aber ich lasse es, wenn du es nicht willst.« Ich sehe ihn an. »Das wird schon. Mach dir keine Sorgen. Wirklich.«

»Ich hoffe es.«

»Ganz sicher. Okay. Ich sollte gehen, wir sind schon seit Stunden hier.« Ich stehe auf und ziehe meine Jacke an. »Ich wette, Edward kann sich vor Kunden kaum retten.« Ich lache.

»Ja. Danke fürs Zuhören. Das weiß ich zu schätzen.«

»Schon okay. Ich freue mich auf einen riesigen Scheck oder was auch immer. Überweisung?«

»Wäre wahrscheinlich das Einfachste, oder? Ich melde mich. Auch wegen der Scheidung.«

»Okay, sag mir einfach, was ich tun muss. Muss ich mich von dir scheiden lassen? Ich fürchte, ich habe mich nicht informiert, ich dachte nicht, dass es eilen würde.«

»Es eilt auch nicht wirklich. Ich meine, wir können vor der Geburt sowieso nicht heiraten. Sie möchte nicht … du weißt schon, sie möchte keine schwangere Braut sein.«

»Oh, ja, einmal hat wahrscheinlich gereicht.« Ich lache erneut. »Nein. Okay. Es macht mir nichts, wenn wir es dabei belassen, bis die zwei Jahre um sind. Dann ist es diese einvernehmliche Geschichte, was sogar noch besser wäre. Auch wenn«, füge ich hinzu, »es ganz offensichtlich alles deine Schuld war.«

Er wirkt nicht belustigt, also zeige ich auf mein Gesicht. »Siehst du mein Lächeln? Ein Scherz. Zugegebenermaßen kein sehr guter, aber trotzdem.« Ich nehme meine Tasche. »Tschüss dann. Pass auf dich auf.«

»Ja«, sagt er, »du auch.«

Ich gehe zur Tür, aber er ruft noch einmal meinen Namen.

Ich drehe mich um. »Ja?«

»Ich … nichts. Tschüss.«

Ich hebe zum Abschied die Hand und laufe zum Eingangsbereich des Cafés, wo ich mich an die Theke lehne und einen Moment lang die Augen schließe.

»Alles okay?«, fragt Cerys.

»Ja. Kann ich zahlen? Und danke für den Kaffee vorhin. Den konnte ich echt gut gebrauchen.«

»Das dachte ich mir. Ihr wart Stunden hier. Zahlst du alles?«

»Ja.« Ich kann Chris das Essen ruhig ausgeben, das wird mich nicht umbringen. Sie macht die Rechnung fertig, und ich suche nach meinem Portemonnaie.

»Ist das dein Ex?«, flüstert sie. »Entschuldige, das geht mich nichts an.«

Ich lache. »Stimmt, aber ja, das ist er.«

»Ist alles okay?«

»Ja. Es gibt noch organisatorischen Kram zu regeln. Er schuldet mir ein halbes Haus.«

»Oh, natürlich. Hat er dir einen schönen Scheck ausgehändigt?«

Ich lache. »Das wäre toll. Aber nein, nicht ganz.« Ich blicke über die Schulter zu Chris, der immer noch im Wintergarten sitzt und in den Regen hinausstarrt. »Okay, danke, dann bis morgen.«

Ich trete hinaus in die kalte Nachmittagsluft, halte einen Moment inne und atme aus. Verdammt. Es ist nicht einfach, nichts davon. Ich bin nicht sicher, was ich von all dem halten soll, was gerade passiert ist. Ich hoffe … Ich hoffe, er kommt zurecht. Ich möchte nicht, dass es ihm schlecht geht, selbst wenn er es verdient hat. Ich sehe zum Buchladen hinüber und lächle. Was hatte ich für ein Glück! Mein neues Leben macht Spaß und ist überraschenderweise kein bisschen stressig. Ich überquere die Straße und umgehe die riesige Pfütze an der Bushaltestelle. Ist es nicht irgendwie lustig, dass es mir vielleicht besser geht als Chris? Nicht, dass ich deswegen schadenfroh wäre, oder zumindest nicht allzu sehr. Ich schreite durch die Ladentür, und die Glocken läuten über mir.

»Oh, hey«, sagt Edward. »Alles okay? Du warst ewig weg.«

»Ich weiß. Wie spät ist es?«

»Fast halb fünf. Wir könnten auch genauso gut zumachen, oder?«

»Ja, das könnten wir.«

* * *

Während wir oben in seiner Küche sind, ich Kartoffeln schäle und Edward Teig vorbereitet, sagt er: »Das war also Chris.«

»Ja, komisch, oder?«

»Hm.«

»Und, was sagst du? Er war ein bisschen unfreundlich zu dir, oder? Fand ich jedenfalls. Und das ist komisch, da du mich ihm ja sozusagen abgenommen hast. Oder zumindest, du weißt schon …«

»Hm.«

Ich drehe mich zu ihm um. »Hm? Das ist alles?«

Er verzieht das Gesicht. »Ich dachte, er wäre größer«, sagt er, und ich lache. »Er schien … Was wollte er?«

»Ach, ich weiß nicht. Ich bin mir nicht mal sicher, ob er es selber wusste. Es wird alles ein bisschen real, und er macht sich deswegen verrückt.«

»Das ist verständlich, würde ich sagen. Er ist ziemlich alt, um Vater zu werden. Da wäre ich selbst auch nicht sonderlich begeistert.«

»Nein, ich auch nicht.«

Nach einer Weile fragt er: »Hat er dich gebeten, zu ihm zurückzukehren?«

Erstaunt starre ich ihn an.

Er nickt. »Das dachte ich mir.«

»Nein, er … Wie in aller Welt hast du das erraten?«

Er zuckt mit den Schultern. »Es ist ein langer Weg für ein Gespräch über Hypotheken.«

»Na ja, aber –«

»Was hast du geantwortet?«

»Natürlich hab ich ihm gesagt, er kann mich mal.«

»Wirklich?«

»Ach, komm schon. Was denkst du denn?«

Er schüttelt den Kopf. »Keine Ahnung. Vielleicht denkst du ja darüber nach?«

»Edward.«

»Kann doch sein, dass du dein altes Leben zurückwillst.«

»Aber es würde keine Rolle spielen, selbst wenn es so wäre. Das wäre es nicht, was ich bekommen würde.«

»Aber zumindest ansatzweise.«

»Edward.«

Er zieht die Schublade auf und kramt darin nach dem Nudelholz.

»Das ist nicht … Du glaubst doch nicht wirklich –«

»Ich weiß es nicht.«

»Doch, das weißt du, sei nicht albern.« Ich schütte die Kartoffelschalen in den Komposteimer. »Wirklich.«

»Na ja, aber –«

»Du bist doch nicht meine zweite Wahl oder so, du Idiot«, sage ich.

»Nicht?«

»Gottverdammt.«

Das bringt ihn kurz zum Grinsen, doch dann wird er wieder ernst. »Ich würde es verstehen, wenn ich es wäre. Naja, zumindest irgendwie. Er schien schon ein ziemlicher Vollpfosten zu sein, also …«

Ich sehe ihn an. An seinem Gesichtsausdruck erkenne ich, dass er es nicht ganz ernst meint.

»Ja, er ist schon in Ordnung, normalerweise so für etwa fünfzehn Jahre, und dann fängt er an, deine Freundin zu bumsen.«

Er öffnet den Schrank neben dem Ofen und wühlt scheppernd

zwischen Bratpfannen und Kuchenformen herum, bis er eine geriffelte Tarteform hervorholt. Es gibt Quiche.

»Also hast du ihn danach gefragt?«

»Ja. Sie treffen sich schon seit vier Jahren.«

»Verflucht, echt?«

»Hm.«

»Das ist … Das ist ganz schön lang.«

»Ja, oder?«

»Geht's dir gut?«

Ich zucke mit den Schultern. »Macht keinen Unterschied, oder?«

»Nein, aber –«

»Übrigens hat er mich gar nicht wirklich gefragt. Oder zumindest hat er es nicht so gemeint. Er wäre entsetzt gewesen, wenn ich Ja gesagt hätte.« Ich seufze. »Ich weiß nicht, was ich getan hätte, wenn er mich vor, sagen wir, neun Monaten gefragt hätte.«

»Hättest du es dann in Betracht gezogen?«

»Nein, nein … Das glaube ich nicht, ich bin ja keine Vollidiotin. Aber es hätte mich ganz schön fertiggemacht.«

»Und das tut es jetzt nicht?« Er legt den Teig säuberlich in die Form und drückt ihn fest, dann hält er inne und sieht mich an.

Ich rümpfe nachdenklich die Nase und sage: »Tatsächlich fühle ich mich gerade eher ein bisschen erhaben.«

Er lacht. »Ach ja?«

»Na ja, mein Leben ist ziemlich … es ist … Ich möchte nicht sagen, dass es perfekt ist, denn damit würde ich ja geradezu Ärger heraufbeschwören.« Ich klopfe sicherheitshalber dreimal auf das Holzschneidebrett. »Aber es ist schon ziemlich, äh, toll.«

»Ja? Weil du für den Mindestlohn in einem staubigen Buchladen mitten im Nirgendwo arbeitest?«

»Ja, und mit meinem Boss schlafe, denn mit wem könnte ich sonst schlafen?« Ich grinse ihn an.

»Du würdest wahrscheinlich jemanden finden.«

»Vielleicht.« Wir sehen uns an, es ist ein intensiver Moment. Ich lächle und beuge mich dann vor, um ihn zu küssen. »Ach. Ich bin ganz zufrieden mit dem, was ich habe, um ehrlich zu sein. Das gefällt mir so ganz gut.«

***

Zeit, nach Hause zu fahren. Nach Sussex, meine ich. Ich habe meinem Vermieter gekündigt und muss noch meine Sachen holen. Ich fahre mit dem Zug hin, damit ich dort einen Lieferwagen mieten kann und nicht schon mit einem leeren Lieferwagen den ganzen Weg hinfahren muss. In der Lodge habe ich etwas umgeräumt, um Platz zu schaffen. Ich war auch oben auf dem Dachboden, der zum Glück verkleidet ist.

Edward sagt immer noch, dass ich ganz bei ihm einziehen soll, aber ich bin mir nicht sicher. Ich bin öfter in seiner Wohnung als in der Lodge, weil es praktisch ist. Aber das ist nicht der einzige Grund. Ich bin gerne dort, bei ihm. Manchmal fahren wir zusammen zur Lodge, und hin und wieder schlafe ich allein dort, aber das gefällt ihm nicht besonders. Ich meine, ich tue natürlich, was ich möchte, aber wenn ich ehrlich bin, gefällt es mir auch nicht. Es kommt mir wie eine Verschwendung vor, wenn wir doch auch zusammen sein könnten. Er sagt, er hätte schon lange auf mich gewartet und möchte die Zeit deswegen bestmöglich nutzen. Und ich muss zugeben, ich kann mir auch nicht vorstellen, dass sich irgendwer auf seinem Sterbebett wünscht, er hätte weniger Sex gehabt.

Endlich habe ich von Chris das Geld für das Haus bekommen. Ich bezahle die Hypothek nicht mehr ab, und jetzt, da ich auch keine Miete für die Wohnung mehr zahlen muss, stehe ich finanziell wesentlich besser da. Ich hoffe, wenn ich eine Wohnung des neuen Bauprojekts kaufe, werde ich die Hypothek dafür kaum bemerken.

Ich freue mich darauf, Xanthe, Rob, die Kinder und Angela zu sehen. Mit Chris werde ich mich allerdings nicht treffen. Ich habe Xanthe gebeten, die Kiste mit den Fotos abzuholen, wegen derer wir uns letztes Jahr nicht entscheiden konnten. Ich habe keine Ahnung, ob er irgendwelche davon behalten hat. Aber es ist mir auch relativ egal.

Ich bin nicht davon ausgegangen, dass Edward mitkommen wollen würde, und bin überrascht, als er das vorschlägt.

»Ich würde gerne sehen, wo du herkommst«, sagt er.

»Aber wir müssen mit dem Zug hinfahren.«

»Damit komme ich schon zurecht.«

»Und es wird anstrengend. Wir müssen Möbel schleppen und alles.«

»Auch damit komme ich zurecht. Es sei denn, du möchtest nicht, dass ich mitkomme?«

»Nein, ich … Ich hätte bloß nicht gedacht, dass du willst.«

»Warum sollte ich nicht wollen?«

»Der Laden?«

»Weißt du, ich fahre tatsächlich manchmal in den Urlaub. Ich kann schließen. Es ist Februar, und wir haben nicht viel zu tun, oder?«

»Nein, das nicht. Bist du dir sicher? Die Wohnung ist scheußlich.«

»Hat sie ein Bett?«

»Ja …«

»Und wirst du da sein?«

»Ja …«

»Dann möchte ich auch dort sein.«

»Okay. Danke. Es wird schöner sein, wenn du mitkommst.«

»Endlich gibt sie es zu«, sagt er, und wir lächeln uns an.

* * *

Es ist lustig, mit Edward in Brackwell zu sein. Ich zeige ihm einige Orte – meine Schulen, die Wohnung, in der ich nach meinem Studium gelebt habe, Chris' und meine erste gemeinsame Wohnung. Wir fahren an Mums und Dads Haus vorbei und, ganz vorsichtig, an Chris' Haus, vor dem Susannas alter Renault Espace (schlecht) geparkt steht. Ein Dreirad liegt kopfüber in einer der Rabatten, was merkwürdig ist, da keines ihrer Kinder klein genug für ein Dreirad ist. Ich fühle nicht viel, als ich das Haus anschaue, mir fällt nur auf, dass es kleiner wirkt, als ich es in Erinnerung habe.

Außerdem fahren wir nach Chichester und sehen uns die neuen Wohnungen an, die etwas eng sind, wenn ich ehrlich bin, aber da ich nicht vorhabe, selbst hier zu leben, ist das vermutlich egal. Wir diskutieren ausgiebig darüber, ob die Aussicht aufs Meer den höheren Preis wert ist, da es doch ein recht weiter Blick bis dahin ist. Mittags essen wir bei Angela und Jeff und abends bei Xanthe und Rob. Ich bin erleichtert, dass Edward charmant zu ihnen ist und sie ihn alle zu mögen scheinen. Angela macht große Augen, als ich mit ihr das Dessert holen gehe, und wispert: »Thea, du hast gar nicht gesagt, dass er so …«

»So was?«

»Na ja, du weißt schon. So gut aussieht.«

»Ach, das. Habe ich nicht?« Ich bin amüsiert.

»Nein, hast du nicht.«

»Zum Glück ist er so ein Griesgram, sonst hätte ihn sich schon vor Jahren jemand geschnappt.«

»Er scheint überhaupt gar nicht griesgrämig zu sein.« Sie reicht mir ein paar Schüsseln.

»Ja, ich glaube, ich habe ihn ein bisschen aufgemuntert.« Ich grinse sie an.

»Wird wohl Zeit, dass ich aufhöre, dich zu bemitleiden.«

Das bringt mich zum Lachen. »Ich brauche definitiv kein Mitleid.«

»Allerdings nicht.«

28

Es ist fast April. In zwei Wochen bin ich seit genau einem Jahr hier.

Ich hatte eine Idee, und es ist Zeit, sie mit Edward zu besprechen. Ich warte bis zum Frühstück am Sonntag, als wir faulenzen und Kaffee trinken, während die Frühlingssonne hereinscheint.

»Ich dachte, wir sollten vielleicht eine Party veranstalten«, sage ich vorsichtig.

Er sieht von seinem Handy auf, auf dem er Zeitung gelesen hat. »Eine Party? Um Gottes willen, bist du verrückt geworden?«

»Ich weiß. Keine große, nur ein paar Leute. Weißt du, wir waren schon bei anderen zum Abendessen und –«

»Ja, und wenn mir klar gewesen wäre, dass eine Freundin zu haben bedeutet, höflich zu meinen Nachbarn zu sein –«

Ich lege den Kopf schief. »Ja? Was dann?«

»Dann hätte ich es widerwillig akzeptiert.«

Ich betrachte seinen verärgerten Gesichtsausdruck, bis er nicht mehr ernst bleiben kann und mich angrinst. »Du hast mein Leben ruiniert. Ich war früher die ganze Zeit so mies drauf, und jetzt bin ich gezwungen, glücklich zu sein.«

»Das werde ich mal ignorieren. Jedenfalls dachte ich, ich bin jetzt beinahe ein Jahr hier, das würde ich gern feiern. Wir könnten ein paar Leute einladen, Partyessen vorbereiten, Getränke holen … Es muss gar nicht so schrecklich werden.«

»Hm.«

»Sonst würde es eine ganze Reihe von Einladungen zum Abendessen werden.«

»Nein.«

»Dachte ich mir. Obwohl du ein großartiger Koch bist und es eigentlich schade ist. Aber wenn wir Drinks und Fingerfood anbieten, könnten wir alle mit einem Mal durchbekommen.«

»Wen würdest du einladen?«

Ich fange an, Leute aufzuzählen. Nach ungefähr fünfzehn sage ich: »Und ich dachte, vielleicht – nur vielleicht, also lass mich ausreden – könnten wir deinen Bruder einladen?«

»Warum zur Hölle sollten wir das tun?«

»Weil ich ganz gut mit ihm klarkomme und es für alle einfacher wäre, wenn ihr zwei zusammen in einem Raum sein könntet.«

»Ist doch nicht meine Schuld, dass wir das nicht können.«

Daran verschlucke ich mich beinahe. »Oh mein Gott. Natürlich ist es deine Schuld! Du hast mit seiner *Frau* geschlafen.«

»Oh, ja.«

Ich lache so heftig, dass mein Nacken nachgibt, ich auf die Sofakissen sinke und Schluckauf bekomme. Er beobachtet mich lächelnd, bis ich es schließlich wieder schaffe, meine Augen richtig zu öffnen und die Tränen wegzuwischen. »Na ja, jetzt, da ich dich an diese winzige Tatsache erinnert habe: Ich nehme nicht an, dass er kommt, aber wenn wir ihn einladen, ist es immerhin eine Geste, nicht wahr? Und vielleicht, beim nächsten Mal –«

»Willst du damit sagen, dass wir das mehr als einmal machen müssen?«

»Edward Maltravers. So gern ich auch hier sitze und mit kaum jemandem rede, so funktioniert das einfach nicht. Es ist gut, Freunde zu haben, und es ist nützlich, und ich gebe mein winziges Sozialleben nicht auf, nur weil ich mit Mr Menschenhasser zusammenlebe.«

»Hm.«

»Selber hm. Kann ich ihn einladen? Und, falls er gerade mit einer Frau ausgeht, auch sie?«

»Er wird nicht kommen.«

»Nein, also ist es kein Risiko, oder?«

Er betrachtet mich nachdenklich. »Was, wenn doch?«

»Es ist ja nicht so, als würdet ihr euch dann gleich prügeln, oder? Als ich ihm gesagt habe, dass wir zusammen sind, hat er es nicht wirklich kommentiert.«

»Was hätte er auch sagen sollen? Tu's nicht?«

»Das hat er schon mal mehr oder weniger gesagt. Nachdem du mich entlassen hast. Er hat mir gesagt, du wärst ein Mistkerl.«

»Pff. Da hat er nicht ganz unrecht.«

»Ja, und ich habe ihm erzählt, dass du dasselbe über ihn gesagt hast.«

»Ha.«

»Wie auch immer. Was meinst du?«

Er überlegt. »Ich denke, dass du recht hast und er nicht kommen wird. Lad ihn ein, wenn du willst. Sollte er doch auftauchen, komme ich damit schon klar.«

»Wann habt ihr das letzte Mal miteinander gesprochen?«

»Weiß ich gar nicht mehr. Vielleicht, als er geschrien hat: ›Schläfst du mit Carolyn?‹« Er lacht und bemüht sich dann, wieder ernst zu werden. »Entschuldige. Ich weiß, das ist nicht witzig.«

»Himmel.«

***

In der Wohnung leuchten überall Kerzen, und es duftet nach den Canapés. Wir waren sehr fleißig, alles ist geputzt und glänzt in der warmen Beleuchtung, im Hintergrund läuft Musik, das Esszimmer und das Wohnzimmer sind aufgeräumt und wunderschön und voller Leute, die sich unterhalten und lachen. Ich fühle mich sehr erwachsen. Im Internet habe ich ein hübsches Kleid gefunden, und Edward sieht fantastisch aus … Ich weiß, er ist mein Freund, also finde ich ihn natürlich attraktiv, aber ich werfe ihm ständig bewundernde Blicke zu. Er hat sich beschwert, dass er sein Hemd bügeln und seine Schuhe polieren musste, und meinte: »Warum muss es denn so formell sein?«

»Es ist nicht wirklich formell, es kommen nur Leute, die wir kennen. Du musst dich nicht schick machen.«

»Du machst dich schick.«

»Ich habe bloß ein nettes Kleid an.«

»Und du warst beim Friseur.«

»Ja, aber –«

»Und du siehst umwerfend aus.«

»Danke.«

»Ich möchte dich nicht enttäuschen.«

Ich lächle. »Als ob du das könntest. Du siehst immer toll aus.«

So gut wie heute sieht er trotzdem nicht immer aus. Wann immer unsere Blicke sich treffen, zwinkert er mir übertrieben zu, weil ich ihm gesagt habe, dass er heiß aussieht.

Seit wir zusammen sind, hatten wir noch keinen Besuch. Nicht, dass wir vorher jemals Besuch gehabt hätten. Ich gebe zu, dass ich nicht sonderlich gesellig bin, aber ich habe schon immer aktiv gegen mein Verlangen angekämpft, zu Hause zu bleiben und die ganze Zeit zu lesen. Hier oben muss ich mich außerdem mehr anstrengen – immerhin sind das keine Leute, die ich seit über zwanzig Jahren kenne. Sie könnten mich einfach fallen lassen, wenn ich mir keine Mühe gebe. Niemand hat uns abgesagt, ich nehme an, sie sind alle neugierig und wollen die Wohnung und uns als Paar sehen. Selbst Charles hat die Einladung angenommen, sehr zu meiner Überraschung und Edwards Verärgerung.

»Du musst nicht mit ihm sprechen«, habe ich versucht, ihn zu beschwichtigen.

»Ha.«

»Na ja, musst du wirklich nicht. Er kennt alle anderen. Sag einfach nur Hallo und sei nett, ich weiß, dass du das kannst.«

»Pah.«

»Es ist nur für ein paar Stunden«, beschwor ich ihn. »Dann sind sie alle weg, und ich kann es wiedergutmachen.«

»Oh, na klar. Und was schwebt dir da vor?«

»Weiß ich nicht. Überleg doch mal, ob dir irgendetwas einfällt.«

***

»Er ist ganz schön betrunken«, merke ich an. »So habe ich ihn noch nie erlebt.«

»Ich auch nicht«, sagt Jenny.

»Ich hätte ihn nicht einladen sollen. Das war dumm von mir.«

»Sei nicht albern.«

»Und Edward ist stinksauer.« Ich knete die Hände.

»Er kriegt sich schon wieder ein. Soll ich mal mit Charles sprechen?«

»Nein, ich mach das schon … Vielleicht könntest du sichergehen, dass alle zufrieden sind und genug zu essen haben. Ich denke, ich sollte ein Taxi rufen, er kann in seinem Zustand ja schlecht selber fahren.«

»Da musst du schon Glück haben, um eins zu kriegen.«

»Verfluchter Mist. Ehrlich, ich hasse solches Drama. Ich gehe mal besser hoch und sehe nach, ob er nicht ohnmächtig geworden ist oder so.«

Ich eile die Treppe hinauf. Der Krach, den ich aus dem Badezimmer gehört habe, hat aufgehört. Ich habe jedoch Angst, dass er es demoliert hat oder gar im Schlafzimmer war. Ich bin mir nicht sicher, wie wir an diesen Punkt gelangt sind, alles schien gut zu laufen.

»Verdammte Spinner«, murmle ich. Edward kam vorhin die Treppe hinabgestürmt, und wenn wir keine Gäste hätten, wäre ich ihm hinterhergelaufen. Nicht, dass es nötig sein sollte, ihm hinterherzulaufen, um Himmels willen, er ist ein erwachsener Mensch. Angeblich.

Ich klopfe an die Badezimmertür. »Charles? Charles, alles okay?«

Stille.

Ich rüttle am Knauf, und zu meiner Überraschung öffnet sich die Tür. Keine Spur von ihm. »Oh. Wo bist du denn dann?«

Bitte sei nicht im Arbeitszimmer, denke ich, als ich plötzlich das Bild vor mir sehe, wie Charles Edwards Notizen zerreißt oder seine Schallplatten zerbricht. Aber dort ist er auch nicht, genauso wenig wie im Schlafzimmer. Vorsichtig öffne ich die Tür eines der Gästezimmer. »Charles?«

Es ist sehr dunkel – weshalb ich vermute, dass er hier drin ist, denn irgendwer muss die Vorhänge zugezogen haben. Ich taste nach dem Lichtschalter.

»Nicht das Licht anmachen«, sagt er.

»Komm schon, du kannst dich doch nicht hier im Dunkeln verstecken. Oder musst du dich hinlegen? Ich kann auch schauen, ob ich ein Taxi bestellen kann, oder Lynda anrufen?«

»Sie wird schon im Bett sein. Ich kann selbst fahren.«

»Das bezweifle ich.« Ich spähe in die Dunkelheit. »Oder zumindest solltest du es nicht tun.« Ich kann nicht ausmachen, wo er ist, gehe aber davon aus, dass er auf dem Bett sitzt. Doch ich täusche mich, denn als ich weiter in den Raum trete, schließt er die Tür hinter mir. Schnell drehe ich mich um, aber ich sehe ihn immer noch nicht. Er muss an der Tür stehen, der schmale Lichtspalt wird auf einer Seite unterbrochen, dort, wo die Scharniere sind.

Plötzlich bin ich nervös, auch wenn es mir dumm vorkommt. Oder? Er ist immerhin sozusagen mein Schwager.

Aus irgendeinem Grund beruhigt mich das kein bisschen.

»Jetzt sehe ich nichts mehr«, beschwere ich mich und versuche dabei, ruhig zu klingen. »Was machst du überhaupt hier?«

»Ich habe gehofft, dass du mich suchen kommst.« Nun klingt er nicht mehr so betrunken wie noch vorhin.

»Tja, hier bin ich, versuche etwas zu sehen und wünsche mir, du würdest die Tür öffnen.« Es fühlt sich fast an, als würde die Dunkelheit gegen meine Augäpfel drücken.

»Ich will nicht.«

»Ich kann nicht hier oben mit dir im Dunkel bleiben, Charles. Es sind noch andere Gäste da, weißt du.«

»Du solltest deinen Gastgeberinnenpflichten nachgehen.«

»Ja, genau.«

Wir stehen einen Moment schweigend da.

»Schön für Edward«, sagt er.

»Was denn?«

»Dass er dich hat und ich nichts habe.«

»Oh, bitte. Komm schon, sei nicht –«

»Sei nicht was? Sei nicht so verdammt wütend? Zu spät.«

»Charles.«

»Er hat mein Leben ruiniert. Wie wäre es, wenn ich seins auch ruiniere?«

»Er hatte das Gefühl, dass du das schon längst getan hast, das ist doch der Grund, weshalb er es überhaupt gemacht hat. Du weißt doch, dass all diese Dinge nicht von ungefähr kamen.«

»Das ist mir egal. Ich will wissen, wie er es findet, wenn er merkt, dass du hier oben bei mir bist.«

»Ja, ich nehme an, er wird verärgert sein.« Ich versuche, mich daran zu erinnern, wo hier die Möbel stehen und ob es hier irgendetwas gibt, womit ich ihn treffen könnte. Natürlich bin ich in einem der einzigen Zimmer im Haus ohne verdammte Bücher.

»Wenn ich ihm erzählen würde, dass wir Sex hatten«, sagt er im Plauderton, »meinst du, er würde mir glauben?«

Vollkommen entnervt verdrehe ich die Augen. »Oh mein Gott. Nein.«

»Warum nicht?«

»Weil … er mir glauben würde. Und ich würde ihm sagen, dass es nicht stimmt.«

»Aber was, wenn wir wirklich welchen hätten?«

»Kannst du aufhören, so zu reden, und mich rauslassen? Das hat doch alles keinen Zweck. Ich bereue es, dich eingeladen zu haben. Ich hatte gehofft, ihr würdet es schaffen, das alles mal hinter euch zu lassen.«

»Du dachtest, ich könnte es einfach so hinter mir lassen, dass mein Bruder mit meiner Frau geschlafen hat?«

Ich verdrehe wieder die Augen, auch wenn er mich nicht sieht.

»Das ist lange her. Ich weiß, dass du wütend warst, und wer könnte es dir verdenken? Es war schrecklich, was er getan hat. Aber er hat recht damit, dass Carolyn eure Beziehung nicht allzu wichtig gewesen sein kann. Es ist leicht, eine Affäre mit dem Schwager zu vermeiden, weißt du. Es ist nicht allein Edwards Schuld.«

»Und was ist mit den anderen?«

»Keine von ihnen hätte mit Edward geschlafen, wenn sie es nicht gewollt hätte, oder? Komm schon, versuch mal, objektiv zu sein. Ich kann mir vorstellen, dass es sehr … furchtbar ist, daran zu denken, aber mal im Ernst.«

»Und wie soll ich mich damit fühlen? Dass alle, die mir wichtig waren, kein Problem damit hatten, mich mit meinem Bruder zu betrügen?«

Ich seufze. »Wahrscheinlich fühlst du dich ziemlich furchtbar damit. Ich verteidige sein Verhalten nicht.«

»Aber das ist … Es ist dir egal. Es stört dich nicht, dass er zu so etwas in der Lage ist?«

»Ich war schockiert, als er es mir erzählt hat, aber es ist nicht so, als wäre er stolz darauf. Eure Beziehung war doch schon gestört, bevor er mit –«, ich versuche, mich an den Namen der Ersten zu erinnern, »Tasha, oder wie sie heißt, geschlafen hat. Stimmt's? Er meinte, er hat es aus Rache getan, also solltest du vielleicht mal darüber nachdenken, warum er sich rächen wollte. Ich meine, ich finde es scheußlich und melodramatisch, aber es ist auch schon sehr lange her. Wie lange liegt deine Scheidung von Carolyn jetzt zurück? Acht Jahre?«

»Ich … ja.«

»Du musst … aufhören, dich so darin zu verbeißen. Es ist schwierig für mich, zu versuchen, mit dir befreundet und gleichzeitig Edwards … Freundin zu sein.« Es fühlt sich immer noch seltsam an, das auszusprechen. Ich bin viel zu alt, um irgendjemandes Freundin zu sein.

»Dann musst du dich wohl entscheiden, nicht?«

»Ich weiß nicht, was ich dazu sagen soll. Damit drängst du mich in die Ecke. Und du weißt doch, wenn ich mich entscheiden müsste, würde ich Edward wählen, weil ich …« Wieder halte ich inne, weil es sich komisch anfühlt, es auszusprechen. »Weil ich ihn liebe.«

»Ich weiß. Und er liebt dich. Das ist alles sehr romantisch.«

Es ist merkwürdig, diese Unterhaltung im Dunkeln zu führen. Ich wette, wenn er mich sehen könnte, wäre er nicht in der Lage, irgendetwas von all dem hier zu sagen. Genervt seufze ich. »Was soll das heißen? Wir haben das nicht mit Absicht getan. Nichts von dem hier ist irgendein großer, mysteriöser Plan oder so.«

»Aber du hast dich trotzdem für ihn entschieden.«

»So klingt es fast, als hätte ich zwischen euch gewählt, aber wir wissen doch alle, dass das nicht stimmt.«

»Jawohl.«

»Meine Güte. Du hast mich zum Abendessen eingeladen, und ich habe dir erklärt, dass ich nicht glaube, dass du ernsthaftes Interesse an mir hast. Das tue ich immer noch nicht. Dir geht es dabei nur um dich und Edward, und für mich ist es bloß ungünstig, die Person in der Mitte zu sein, wenn es genauso gut … Lara oder so hätte sein können.«

»Lara war ihm egal.«

»Nein, das ist … Darum geht es mir nicht. Was ich sagen will –«

In dem Moment hämmert es an der Tür.

»Thea? Thea, bist du da drin?«

»Oh, na, super«, sage ich. »Jetzt kommt es zu einer lächerlichen Szene, und du hast mir den Abend versaut.«

»Hau ab!«, ruft Charles. »Wir sind beschäftigt.«

»Oh, ich bitte dich.« Ich bewege mich näher zu seiner Stimme und schiebe ihn zur Seite. »Weg da. Edward!«

»Thea? Was zur Hölle ist da los?«

»Du hältst dich wohl für clever«, sage ich zu Charles, während ich gegen seine Schienbeine trete. »Charles lässt mich nicht raus«, füge ich lauter hinzu. »Und es ist dunkel.«

»Mach die Tür auf!«, ruft Edward.

»Lass uns allein. Ich hab doch gesagt, wir sind beschäftigt. Au, hör auf, mich zu treten!«, faucht er.

»Mach ich nicht. Geh von der Tür weg.« Wir rangeln in der Dunkelheit. Ich bin ziemlich wütend. Ich sorge mich wegen Edwards Temperament und weil ich hier im Dunkeln mit Charles feststecke und … Ich schaffe es, meine Faust auf den Lichtschalter zu schlagen, und wir stehen uns blinzelnd gegenüber.

»Und jetzt geh von der Tür weg.« Ich ziehe an seinem Arm. Er tritt auf mich zu, und die Tür öffnet sich.

»Was zur Hölle –«, fängt Edward an.

»Ein Glück. Ich weiß nicht, was ich mit ihm machen soll«, sage ich, »er ist –«

Aber jetzt starren sie einander böse an.

»Was zur Hölle ist hier los?«

»Ja«, erwidert Charles. »Nicht so schön, deine Freundin zusammen mit deinem Bruder in einem Schlafzimmer vorzufinden, oder?«

»Oh, bitte«, stoße ich aus. »Ihr zwei seid –«

Es ist jedoch zu spät, Edward versetzt Charles einen Faustschlag, und der taumelt rückwärts und kommt auf dem Bett zum Sitzen. Er betastet überrascht seine Nase.

»Verdammt«, flucht er leicht dumpf.

»Tja, dann schließ dich nicht mit meiner Freundin zusammen in ein Schlafzimmer ein«, sagt Edward. Er sieht zu mir. »Alles okay?«

»Ja, mir geht's gut. Ich bin nur ziemlich wütend, weil das alles überhaupt nichts mit mir zu tun hat.« Ich wende mich Charles zu. »Ich möchte mich nicht den Rest meines Lebens fragen, ob du wohl versuchen wirst, mich sexuell zu nötigen.«

»Grundgütiger«, schimpft Edward. »Ich hoffe für ihn, dass er dich nicht angerührt hat!«

Ich packe ihn am Arm. »Nein, hat er nicht, und ich glaube auch nicht wirklich, dass er es getan hätte. Aber darum geht es nicht. So kann es nicht weitergehen. Tut mir leid, dass ich versucht habe, euch dazu zu bewegen, euch wie Erwachsene zu verhalten, wenn das ganz offensichtlich außerhalb eurer Möglichkeiten liegt.«

Edward stemmt die Hände in die Hüften und schnaubt verächtlich. Eine Weile starren wir alle einander finster an. Dann sagt er: »Na gut. Ich wünschte, ich hätte es nicht getan. Ich weiß, dass es schrecklich von mir war. Ich habe mich deswegen auch nur zehn Minuten lang besser gefühlt.«

»Was?«, fragt Charles.

»Dass ich mit Carolyn geschlafen habe. Das habe ich dir versaut. Hätte ich nicht tun sollen.« Er sieht zu mir. »Da.«

»Okay, gut«, sage ich. »Charles, hast du das gehört?«

»Natürlich habe ich das gehört.«

»Nein, hast du es *gehört*?« Ich klopfe mir auf die Brust. »Hast du es gefühlt und geglaubt?«

»Ich … nein.«

»Noch einmal«, befehle ich.

Edward seufzt schwer. »Es ist wahr. Ich meine es so. Ich habe es in voller Absicht getan, und damals war ich froh, es getan zu haben. Ich wollte dich verletzen, und ich war froh, etwas so … Spektakuläres erreicht zu haben. Aber das Gefühl hat nicht lange angehalten. Weil es … kein Weg war, die Probleme zu lösen.«

»Ihr habt monatelang miteinander geschlafen«, entgegnet Charles.

»Ja, das stimmt, aber deswegen ist es nicht weniger wahr, was ich sage. Es war falsch.«

»Und was ist mit den anderen? Maddy und Therese? Und Poppy und –«

»Ja, das gilt für alle«, sagt Edward. Nicht mal ich bin sicher, ob ich ihm vollkommen glaube, außerdem fällt mir auf, dass er sich nicht direkt entschuldigt hat, aber selbst das hier ist schon ein riesiger Schritt.

»Und jetzt du«, sage ich. »Was ist mit dir, Charles? Entschuldigst du dich für das mit … Wie heißt sie noch mal?«, frage ich Edward. »Ich glaube nicht, dass du mir ihren Namen je gesagt hast. Die, als du ein Teenager warst.«

»Cleo.«

»Oh mein Gott!«, ruft Charles. Er starrt Edward an, und ein Blutrinnsal läuft langsam seine Lippe hinab. »Cleo Robertson? Ist das … Oh mein Gott.«

»Ihr habt mir das verdammte Herz gebrochen«, sagt Edward. »Ihr beide.«

»Oh mein Gott. Ich glaub's nicht.«

»Du dachtest doch nicht, dass ich es völlig grundlos getan habe, oder? Siehst du, Charles, deine nicht vorhandene Eigenwahrnehmung ist echt ein Problem.«

»Aber das war nur ein *Scherz.*«

»Ja, für euch. Aber mir war es sehr ernst.«

»Aber –«

»Charles«, gehe ich dazwischen, »es hat keinen Sinn, noch weiter zu diskutieren. Du hast etwas Kindisches und Verletzendes getan, und auch wenn du damals offensichtlich noch mehr oder weniger ein Kind warst und ich denke, Edwards Reaktion darauf hätte etwas … gesünder sein können –«

»Danke, Liebling«, sagt Edward, und ich muss mich zusammenreißen, um nicht zu lachen.

»Niemand behauptet, dass es eine gute Idee war, mit all deinen Freundinnen zu schlafen – aber siehst du jetzt zumindest, wie er auf diese Idee gekommen ist?«

»Verdammt«, sagt Charles. »Aber ich … Das war … Es war ein Scherz.«

»Ich mochte sie wirklich«, erklärt Edward. »Ja, klar, jetzt klingt das alles armselig, verfluchte dreißig Jahre später, aber zu der Zeit war ich … am Boden zerstört. Und weil ich die nächsten zwanzig Jahre damit zugebracht habe, mich da hineinzusteigern und es nicht hinzukriegen, jemanden zu treffen, ist es immer noch eines der schlimmsten Dinge, die mir je passiert sind. Ich wette, wenn wir je miteinander ausgekommen wären, wäre das nicht passiert. Aber das sind wir nicht, stimmt's?«

Charles runzelt die Stirn und schweigt.

»Versuch, nicht aufs Bett zu bluten«, bitte ich, »Wenn es geht. Ich hole dir Tücher.« Ich sehe zu Edward. »Keine Prügelei, während ich weg bin.«

»Okay, Boss.« Er schüttelt den Kopf. »War das hier dein Plan?«

»Nein, mit Sicherheit nicht.«

***

Ich hole ein nasses Tuch und ein Handtuch aus dem Bad, außerdem ein paar Papiertaschentücher und gehe damit zurück ins Gästezimmer. Charles betupft sein Gesicht, und ich seufze schwer.

»Ich muss wieder runtergehen«, sage ich. »Ich kann nicht einfach alle sich selbst überlassen. Wie fühlst du dich?«

»Mein Gesicht tut weh«, kommt es gedämpft von Charles.

»Das kann ich mir vorstellen.« Ich sehe Edward an. »Kommst du mit?«

»Ich komm nach.«

»Keine Prügelei.«

Er schüttelt den Kopf. »Versprochen.«

Ich schließe die Tür hinter mir und eile zurück ins Wohnzimmer.

***

»Was ist da oben los?«, fragt Alastair.

»Eine Art Geschwisteralbtraum.«

»Prügeln sie sich?«

»Im Moment nicht.«

Jenny lacht. »Aber das haben sie? Wir haben Edward schreien gehört.«

»Es ist mir furchtbar peinlich«, sage ich. »Ich hätte nie gedacht, dass es so sehr wie in einer Soap ist, wenn man sich mit dem Kleinadel einlässt.«

Sie lacht. »Reden sie gerade?«

»Weiß der Himmel. Solange keiner geschlagen wird, ist es mir egal.«

Louise, die Zahnärztin, tritt zu uns. »Wir müssen langsam den Babysitter ablösen«, sagt sie. »Ist alles okay?«

»Ist schon gut, keine Sorge. »Ich sehe von ihr zu ihrem Mann Robert. »Müsst ihr schon gehen? Ich fühle mich ganz schlecht, dass ich euch hier allein gelassen habe.«

»Ach, mach dir keine Gedanken.« Sie lächelt mich an. »Gastgeberin zu sein kann manchmal ziemlich schwierig sein. Ich kann es gar nicht glauben, dass du sie auch nur in denselben Raum bekommen hast.«

»Langsam wünschte ich mir, das hätte ich nicht«, gebe ich düster zurück.

»Sag das nicht. Das ist schon eine ziemliche Leistung. Und ich bin mir sicher, das wird sich alles geben. Danke vielmals für die Einladung. Vielleicht schaffst du es ja, Edward davon zu überzeugen, mit dir zu Robs Fünfzigstem zu kommen? Der ist im Mai, ich schicke euch eine Einladung.«

Die Unterhaltung wird allgemeiner, und mehrere andere Gäste murmeln etwas davon, dass sie aufbrechen wollen. Bald holen sie alle ihre Mäntel und steigen die Treppe hinunter.

»Sollen wir dir beim Aufräumen helfen?«, bietet Cerys an. »Immerhin sind wir darin ausgebildet.«

»Catering-Königinnen«, stimmt Jilly zu. »Ich kann fünf volle Teller gleichzeitig tragen.«

»Ach nein, es ist ja nicht allzu viel zu tun. Überwiegend Gläser, die eingesammelt werden müssen.«

»Wenn du meinst. Ich hoffe, du musst nicht noch mehr von deinem Abend damit verbringen, den beiden dabei zuzuhören, wie sie einander Mist erzählen.« Cerys kichert.

Ich schnaube. »Hoffe ich auch.«

»Sollen wir Charles nach Hause bringen, aye?« Das kommt von Gavin, dem Badezimmer-Mann. »Es liegt mehr oder weniger auf dem Weg.«

Ich zögere. »Ich weiß nicht. Er kann sicher nicht mehr fahren, aber er kann auch bleiben, wir haben genug Platz.«

Der letzte Gast sammelt seine Sachen ein, und ich folge ihnen die Treppe hinunter und durch den Laden.

»Es war sehr schön«, sagt Jenny, »bitte zweifele nicht daran. Gib es nicht wegen heute auf, Leute einzuladen. Es war schön, einen Abend mit euch beiden zu verbringen, und das Essen war großartig.«

Ich lächle sie dankbar an. »Ja, oder? Das hat Edward alles gemacht. Ein vergeudetes Talent.«

Ich bringe sie alle zur Tür und beobachte, wie sie sich gegenseitig zum Abschied zuwinken, dann schließe ich ab und gehe wieder hoch. Das Wohnzimmer kommt mir jetzt seltsam leer vor. Ich nehme ein paar Gläser und Teller und bringe sie in die Küche, dann gehe ich im Esszimmer nachsehen, ob es noch Reste gibt. Ich nasche zwei Löffel voll Guacamole und ein paar Mini-Crab-Cakes. Dann gehe ich seufzend wieder nach oben, um nach dem Rechten zu sehen.

Im Gästezimmer hat Charles seine Schuhe ausgezogen und sich an die Kissen gelehnt, er drückt sich eine Ladung Taschentücher gegen das Gesicht. Edward sitzt im Sessel am Fenster, er muss zwischendurch nach unten geschlichen sein, während ich die Gäste hinausgebracht habe, denn auf dem Nachttisch stehen eine Flasche Talisker und zwei Gläser. Ich schüttle den Kopf.

»Ist mehr Alkohol jetzt wirklich das Richtige?«

»Medizinisch notwendig«, sagt Charles. Er klingt, als hätte er eine schlimme Erkältung.

»Blutest du noch?«

»Ich glaube nicht.« Er zieht die Taschentücher fort und betrachtet sie. »Kaum.«

»Gut. Du übernachtest besser hier, wenn du denkst, dass Lynda schon im Bett ist.«

Er sieht zu Edward, und der zuckt mit den Schultern.

»Danke.«

»Okay, gut. Ich gehe mal den Geschirrspüler einräumen. Wäre gut, wenigstens –«

»Es tut mir leid wegen vorhin«, platzt Charles heraus. Er sieht zur Decke auf und meidet meinen Blick. »Ich war ein … Ich habe mich sehr danebenbenommen.«

»Allerdings«, stimmt Edward zu.

Ich wedele mit der Hand. »Tu es einfach nicht noch mal.«

»Ich möchte mich aber entschuldigen.«

»Ja, ja, ich verzeih dir. Es reicht mir, wenn ihr zwei euch für die Zukunft auf ein ansatzweise zivilisiertes Verhalten einigen könntet.«

Sie sehen sich an.

»Viel mehr als sehr grundlegende Höflichkeit kann ich nicht versprechen.«

»Ich bin gewillt, es zu versuchen«, sagt Charles.

»Das sollte reichen, denke ich. Gut gemacht, willkommen im Reich der Erwachsenen, auch wenn ihr eure Schwierigkeiten hattet, herzufinden.« Ich sehe zu Edward. »Hilfst du mir mit den Tellern und so?«

Er steht auf. »Trink nicht den ganzen Whisky«, sagt er zu seinem Bruder. »Ist noch Essen übrig?«

»Nicht viel. Ein paar Krümel. Sie haben so ziemlich alles weggeputzt«, erzähle ich auf dem Weg nach unten. Auf der Treppe legt er die Hand auf meinen Arm.

»Thea.«

»Ja?«

»Weißt du eigentlich, wie brillant du bist?«

Ich lache. »Wie meinst du das? Inwiefern genau?«

»Alles, was du tust, ist brillant und wunderbar, und ich liebe dich.«

Ich sehe ihn argwöhnisch an. »Bist du auch betrunken?«

Er lacht. »Nein. Oder nicht sehr. Komm her.« Er umarmt mich. »Mein Bruder ist ein Arsch, aber ich werde versuchen, es ihm nicht ins Gesicht zu sagen.«

»Wie nobel.«

»Ja, oder? Tut mir leid, dass er vorhin so furchtbar war. Ich weiß, dass es meine Schuld ist. Danke, dass du so großartig damit umgegangen bist.«

»Großartig? Ich habe ihn getreten.« Ich schnaube. »Und selbst davor war ich ziemlich harsch.«